Paroles de libraires

« Quelle incroyable découverte ! Somptueusement bouleversant ! D'une force dévastatrice. On ne peut rester insensible au destin de cette petite Sicilienne obligée de fuir à New York et qui, une fois femme, se bat au prix des pires humiliations pour survivre avec son fils. »
**Gérard Collard, La Griffe noire
(Saint-Maur-des-Fossés, 94)**

« Un livre magique qui évoque avec brio la vie d'un jeune Italien dans l'Amérique des années 1920. Ses combats, ses espoirs, ses échecs et ses rêves nous bouleversent et nous emmènent loin de notre quotidien dans une histoire qu'on ne peut plus quitter. »
**Corinne Kim, Librairie de Bagatelle
(Neuilly-sur-Seine, 92)**

« C'est une histoire d'amour et de petites frappes, de bas fonds et de cinéma, d'enfants et de putains, d'espoir et de destin… un concentré de plaisir absolu ! »
**Caroline Kuntz, Librairie de Deauville,
Jusqu'aux lueurs de l'aube (Deauville, 14)**

« Entrez dans *Le Gang des rêves*, vous en sortirez chamboulés ! Venez à la rencontre de Cetta, Christmas, Sal, Ruth et les autres, ils sont tous inoubliables ! Un immense coup de cœur ! »
**Valérie Le Bras, Librairie Ravy
(Quimper, 29)**

« *Le Gang des rêves* se lit comme on regarderait un grand film. On y trouve joies, rires, larmes… Ca **Marie-Laure l**

« *Le Gang des rêves* est un livre très hollywoodien, mais construit au cordeau et où cohabitent une histoire romanesque, un portrait social du début du xxᵉ siècle et des personnages complexes et attachants. Un roman hypnotique. J'ai adoré. »

Anais Massola, Le Rideau Rouge
(Paris XVIᵉ, 75)

« Un récit dense, des personnages forts au parcours difficile. Un magnifique roman d'amour, cet amour qui permet d'affronter tous les obstacles. Avec l'extra-ordinaire pouvoir du conteur qui le caractérise, Luca Di Fulvio nous ensorcelle, impossible de dormir avant de lire le chapitre suivant. À dévorer sans hésiter ! »

Christine Salazar, Librairie Martin Delbert
(Agen, 47)

« Le fameux rêve américain vécu par une jeune mère italienne et son fils, perdus dans le New York des années 1920. Luca Di Fulvio s'affirme comme une voix originale et sensible dans une fascinante fresque noire portée par des personnages que la vie a fait grandir trop vite, mais qui n'ont jamais renoncé à l'amour. »

Julien Vallon, Librairie L'Esprit Livre
(Lyon, 69)

« Revivre le rêve américain avec Luca Di Fulvio est un pur bonheur ! Si je devais relire un livre cette année, ce serait *Le Gang des rêves* ! »

Lydie Zannini, Librairie du Théâtre
(Bourg-en-Bresse, 01)

Luca Di Fulvio

Dramaturge, le Romain Luca Di Fulvio est l'auteur de huit romans, dont certains sont devenus des succès internationaux.
Ont notamment paru chez Slatkine & Cie : *Le Gang des rêves* (2016), *Les Enfants de Venise* (2017) et *Le Soleil des rebelles* (2018). *Les Prisonniers de la liberté* paraît chez le même éditeur (septembre 2019).

LE GANG DES RÊVES

LUCA DI FULVIO

LE GANG
DES RÊVES

*Traduit de l'italien
par Elsa Damien*

Slatkine & Cie

Titre original :
LA GANG DEI SOGNI

Pocket, une marque d'Univers Poche,
est un éditeur qui s'engage pour la préservation
de son environnement et qui utilise du papier fabriqué
à partir de bois provenant de forêts gérées
de manière responsable.

© 2015 Mondadori libri s.p.a, Milano
© Slatkine & Cie 2016 pour la traduction française
ISBN 978-2-266-27243-8

À Elisa

La responsabilité commence dans les rêves,
W.B. YEATS, *Responsibilities*

Petite, on les appelle des Diamond Dogs.
David BOWIE, *Diamond Dogs*

Prologue

1

Aspromonte, 1906-1907

Au début, ils avaient été deux à la regarder grandir. Sa mère et le patron. L'une avec appréhension, l'autre avec la concupiscence indolente dont il était coutumier. Mais avant qu'elle ne devienne femme, sa mère avait fait en sorte que le patron ne la regarde plus.

Quand la petite fille avait eu douze ans, sa mère avait extrait de graines de pavot un suc dense, comme elle l'avait appris des vieilles femmes. Elle avait fait boire ce jus à la petite fille et, lorsqu'elle l'avait vue chanceler, hébétée, elle l'avait chargée sur son épaule. Elle avait traversé la route poussiéreuse qui passait devant leur masure – bâtie sur les terres du patron – et marché jusqu'à la grève, à un endroit où se dressait un vieux chêne tout sec. Elle avait cassé une grosse branche et puis déchiré les vêtements de la gamine avant de la frapper au front avec une pierre tranchante – là où, elle le savait, cela saignerait beaucoup –, enfin elle avait installé sa fille n'importe comment sur le gravier, comme si elle avait roulé au fond de la ravine en tombant de l'arbre mort, et elle l'avait laissée là, près de la branche qu'elle avait brisée. Ensuite elle était rentrée à leur cahute et avait attendu que les hommes reviennent des champs, tout en préparant une soupe à l'oignon et aux lardons. C'est alors seulement qu'elle avait demandé à l'un de ses fils d'aller chercher Cetta, sa petite fille.

Elle raconta l'avoir vue jouer du côté du chêne mort et se lamenta auprès de son mari : elle se plaignit de cette enfant qui était une malédiction, ne tenait pas en place, avait le diable au corps et la tête dans les nuages ; quand on l'envoyait faire quelque chose, à mi-chemin elle ne savait déjà plus pourquoi elle était partie, et à la maison elle n'était d'aucune aide. Son mari l'abreuva d'insultes, lui ordonna de se taire et sortit fumer. Tandis que son fils traversait la route et se dirigeait vers le chêne mort et la ravine, elle retourna à la cuisine remuer la soupe à l'oignon et au lard dans le chaudron, le cœur battant à tout rompre.

Et pendant qu'elle attendait, elle entendit comme chaque soir la voiture du patron passer devant leur cahute et klaxonner à deux reprises parce que, comme il disait, cela plaisait beaucoup aux petites filles. Et en effet, tous les soirs, bien que depuis un an sa mère lui ait interdit de sortir dire bonjour au patron, Cetta se mettait à la fenêtre de la grange, attirée par le bruit, et surveillait le chemin. Et sa mère percevait alors l'éclat de rire du patron se perdant dans la poussière soulevée par l'automobile. Car Cetta – tout le monde le disait mais le patron, lui, le disait trop souvent – était vraiment une jolie gamine, et deviendrait sans nul doute une splendide jeune fille.

Quand elle entendit, au loin, le fils qu'elle avait envoyé à la recherche de Cetta revenir en hurlant, elle ne cessa pas pour autant de remuer la soupe à l'oignon et au lard. Mais elle retenait son souffle. Elle entendit le garçon parler à son père. Puis elle entendit les pas lourds du père descendre les trois marches, dont le bois était devenu noir comme du charbon. Et ce n'est qu'après quelques minutes qu'elle entendit son mari hurler à pleins poumons son nom et celui de sa fille. Alors, laissant la soupe sur le feu, elle se précipita enfin dehors.

Son mari tenait la petite Cetta dans ses bras – visage couvert de sang, vêtements déchirés, abandonnée comme un chiffon entre les mains calleuses de son vieux père.

« Cetta, écoute-moi ! dit la mère à sa fille le lendemain, quand tous furent partis travailler dans les champs. Tu es presque une grande fille, maintenant, et quand je te parle tu comprends tout : alors regarde-moi bien dans les yeux, et tu vas comprendre que ce que je vais t'annoncer, je suis capable de le faire. Si tu ne m'obéis pas à la lettre, je te tuerai de mes mains ! » Alors elle prit une corde et l'attacha à l'épaule gauche de la gamine. « Lève-toi ! » lui ordonna-t-elle. Elle tendit la corde vers le bas-ventre de sa fille, l'obligeant à se voûter, et la lia autour de sa cuisse gauche. Puis elle sortit d'un tiroir une robe coupée large et décorée de fleurs délavées, qu'elle avait cousue à partir d'une vieille chute de tissu, et elle la lui passa. La robe couvrait la corde à la perfection. Sa mère l'avait conçue et fabriquée à cet effet. « Tu raconteras que tu es restée infirme après ta chute. Tu diras ça à tout le monde, même à tes frères, expliqua-t-elle à la petite fille. Tu garderas cette corde pendant un mois, pour t'habituer, et après je te l'enlèverai, mais tu continueras à marcher comme si tu l'avais encore. Si tu ne le fais pas, je te la remettrai, et si tu essaies de te tenir droite, je te tuerai de mes mains. Et quand le soir, le patron passera là devant avec sa belle voiture et appuiera sur son klaxon, tu courras lui dire bonjour. Tu iras même l'attendre dehors, dans la rue, pour qu'il te voie bien. Tu as compris ? »

La petite acquiesça.

Alors la mère prit le visage de sa fille entre ses mains noueuses et ridées et la fixa avec amour et avec une détermination désespérée. « Toi, tu n'auras jamais de bâtard dans le ventre ! » dit-elle.

Avant l'automne, le patron cessa de klaxonner en passant devant leur masure, résigné à l'idée que Cetta était définitivement estropiée. L'hiver n'était pas encore venu qu'il changea même de parcours.

Vers l'été, la mère dit à la fille qu'elle pouvait commencer à guérir. Lentement, pour ne pas éveiller les soupçons. Cetta avait treize ans et s'était développée. Mais cette année passée à faire l'estropiée l'avait un peu estropiée pour de vrai. Et elle ne parvint jamais, même adulte, à marcher en se tenant vraiment droite. Elle apprit à mimer son infirmité mais ne se redressa jamais plus. Son sein gauche était un peu plus petit que le droit, son épaule gauche tombait un peu plus bas que la droite, et sa cuisse gauche était un peu plus courte que la droite. Quant à la jambe tout entière, que son épaule avait traînée pendant cette année, elle semblait s'être engourdie – peut-être ses tendons avaient-ils durci –, de sorte que la jeune fille était restée, en effet, un peu éclopée.

2

Aspromonte, 1907-1908

Quand la mère avait annoncé à sa fille qu'elle pouvait commencer à guérir de sa maladie imaginaire, Cetta avait tenté de se remettre droite. Mais parfois sa jambe gauche s'engourdissait ou lui désobéissait. Et pour la réveiller ou la forcer à obéir, Cetta n'avait d'autre solution que de baisser l'épaule que la corde de sa mère avait habituée à une telle inclinaison. Et alors, dans cette position d'estropiée, on aurait dit que sa jambe se rappelait son devoir et n'avait plus besoin d'être traînée.

Ce jour-là, Cetta était dans les champs pour moissonner le blé. Il y avait avec elle, non loin de là – certains devant, certains derrière – sa mère, son père et ses frères, qui avaient tous les cheveux très noirs. Et il y avait aussi l'autre, son demi-frère, presque blond, fils de sa mère et du patron. Ce demi-frère auquel ni la mère ni le père n'avaient jamais donné de nom et que tout le monde, dans la famille, appelait simplement *l'autre*. « Toi, tu n'auras jamais de bâtard dans le ventre ! » lui avait répété sa mère toute l'année. Elle l'avait pratiquement estropiée afin que le patron cesse de la regarder. Et au moins le patron était allé rôder ailleurs.

Cetta était en sueur. Et fatiguée. Elle portait une longue robe en toile avec de fines bretelles. Sa jambe gauche s'enfonçait dans la terre ingrate brûlée par le soleil. Quand elle aperçut le patron qui montrait ses champs à un groupe d'amis, elle ne lui prêta aucune attention particulière, se sentant désormais en sécurité. Le patron marchait en gesticulant : peut-être parlait-il des nombreux journaliers qui travaillaient pour lui, pensa Cetta, et alors elle s'interrompit, une main sur la hanche, pour regarder le groupe. Elle reconnut la troisième épouse du patron, chapeau de paille sur la tête, avec une robe d'un bleu magnifique que Cetta n'avait jamais vu ailleurs, même dans le ciel. Deux femmes l'accompagnaient, sans doute les épouses des deux hommes qui bavardaient avec le patron. L'une d'elles était jeune et jolie, l'autre grosse et d'un âge indéfinissable. Les deux hommes qui discutaient avec le patron étaient aussi différents l'un de l'autre que leurs femmes. Le premier était jeune et maigre, élancé et fragile comme la tige de blé qui plie sous le poids de l'épi mûr. Le deuxième était un homme d'un certain âge avec de grosses moustaches, d'épais favoris passés de mode et des cheveux blonds comme la paille. Il était large d'épaules, trapu et puissant comme un vieux boxeur. Il s'appuyait sur une canne, et de son genou droit partait un autre bout de bois : une fausse jambe.

« Au travail, l'éclopée ! » cria le patron lorsqu'il remarqua que Cetta les observait, puis il se retourna vers ses deux compagnons et ils rirent de concert.

Cetta courba le dos et, traînant derrière elle sa jambe qui s'était engourdie, elle recommença à avancer dans sa ligne. Au bout de quelques pas, elle jeta un nouveau coup d'œil vers le patron et s'aperçut que l'homme à la jambe de bois était resté à l'écart, immobile, et la fixait.

Peu après, Cetta se retrouva tellement près du groupe qu'elle put saisir de quoi ils parlaient. Et elle entendit comme eux – mais en sachant, elle, de quoi il s'agissait – ces coups rythmés qui les intriguaient. Les suivant du coin de l'œil, elle vit les hommes écarter le blé coupé et puis, finalement, éclater de rire, lorsqu'ils comprirent ce qui causait ce bruit si singulier. Les femmes, qui s'étaient approchées pour mieux voir, firent semblant d'être gênées, et elles étouffèrent de petits gloussements malicieux dans leurs mains gantées de dentelle blanche. Puis tous commencèrent à s'éloigner : c'était bientôt l'heure du déjeuner.

Seul l'homme à la jambe de bois s'était attardé. Il observait les deux tortues en train de s'accoupler : leurs cous rugueux étaient tendus en l'air et leurs carapaces se heurtaient l'une contre l'autre, c'étaient elles qui, en se cognant, produisaient ce *toc toc toc* rythmé. L'homme à la jambe de bois regardait les deux bêtes et puis fixait Cetta et sa jambe traînante, puis il baissait les yeux vers sa propre jambe artificielle. Cetta remarqua qu'il avait une patte de lapin accrochée à son gilet.

Un instant après, il se jeta sur Cetta, la poussa à terre, souleva sa jupe, arracha sa culotte de coton élimé et, imaginant sa jambe de bois en train de cogner en rythme contre la jambe mal en point de la paysanne, il la prit en un clin d'œil, lui montrant ce que font un homme et une femme quand ils veulent imiter les animaux. Pendant ce temps, la grosse femme criait le nom de son mari à travers champs, parce que maintenant elle ne pensait plus qu'à sa hâte de déjeuner ; pendant ce temps, la mère, le père et les frères de Cetta, avec leurs cheveux tout noirs, et aussi *l'autre*, le moins brun, continuaient à travailler, à quelques pas des deux tortues qui s'accouplaient.

Quand la mère avait dit à la fille de commencer à guérir, lentement, pour ne pas éveiller les soupçons, Cetta avait peiné à se remettre de cette année passée à faire l'infirme. Et quand, après l'accouplement des tortues, à presque quatorze ans, elle se retrouva enceinte, son ventre aussi se mit à grossir plus à gauche qu'à droite, comme s'il penchait de ce côté estropié pour rien.

Naquit un enfant d'un blond extraordinaire. On aurait dit un fils de Normands, n'eussent été ses yeux d'un noir de charbon, profonds et tendres, qu'aucun blond n'aurait jamais pu espérer avoir.

« Lui, il aura un nom ! » annonça Cetta à son père, sa mère, ses frères aux cheveux noirs, et à celui que tout le monde appelait *l'autre*.

Et puisqu'il était tellement blond qu'il lui rappelait l'Enfant Jésus de la crèche, Cetta appela son fils Natale – Noël.

3

Aspromonte, 1908

« Dès qu'il sera sevré, je veux aller en Amérique !
annonça Cetta à sa mère, pendant qu'elle allaitait son
fils Natale.

— Et pour quoi faire ? » maugréa sa mère sans
lever les yeux de sa couture.

Cetta ne répondit pas.

« Tu appartiens au patron, tu fais partie de ses
terres, ajouta alors sa mère.

— Je suis pas une esclave ! » protesta Cetta.

La mère posa son ouvrage et se leva. Elle regarda
sa fille qui allaitait le nouveau bâtard de la famille.
Elle secoua la tête : « Tu appartiens au patron, tu
fais partie de ses terres » répéta-t-elle avant de sortir.
Cetta baissa les yeux vers son fils. Son sein brun,
avec un mamelon plus brun encore, contrastait avec
les cheveux blonds de Natale. Contrariée, elle le
détacha du sein. Une petite goutte de lait tomba à
terre. Cetta posa le bâtard dans le berceau maintenant
vétuste où ses frères, elle-même et aussi *l'autre*

avaient grandi. Le bébé se mit à pleurer. Cetta le fixa d'un regard dur. « On va encore devoir pleurer beaucoup, tous les deux » lui dit-elle. Puis elle sortit rejoindre sa mère.

Port de Naples, 1909

Le port grouillait de miséreux. Il y avait aussi quelques bourgeois. Mais pas beaucoup, et seulement de passage. Les bourgeois prenaient un autre navire, pas celui-là. Cetta regardait les gens par un hublot sale, au cadre rouillé. La plupart de ces misérables resteraient à terre, ils ne partiraient pas. Ils attendraient une autre occasion, tenteraient à nouveau de monter à bord, mettraient en gage leurs pauvres effets en espérant pouvoir s'acheter un billet pour l'Amérique et, dans l'attente d'un autre navire, dilapideraient leur petite fortune. Et ils ne partiraient jamais.

Mais Cetta, elle, partait.

Et elle ne pensait à rien d'autre en regardant par le hublot sale, tandis qu'elle entendait derrière elle le petit Natale, maintenant âgé de six mois, s'agiter fébrilement dans son panier en osier, sous la couverture en laine pleine de poils que la femme élégante à laquelle Cetta l'avait dérobée utilisait pour assurer le confort de son petit chien. Cetta ne pensait qu'à son long voyage en mer tandis que coulait le long de ses cuisses le liquide froid et visqueux qu'elle avait déjà connu le jour de son viol. Elle ne pensait qu'à l'Amérique tandis que le capitaine reboutonnait son pantalon, satisfait, promettant de revenir la voir avec un quignon de pain et un peu d'eau en début d'après-midi, et riait en s'exclamant qu'ils allaient bien s'amuser, tous les deux ! Ce n'est qu'après l'avoir entendu verrouiller la porte en fer de l'extérieur que Cetta s'éloigna du hublot et se frotta les cuisses avec la paille qui recouvrait le sol de la soute, sans se soucier des égratignures. Elle prit Natale dans ses bras, sortit un sein encore rougi par la pression des mains du capitaine et donna le mamelon au bâtard qu'elle emmenait avec elle. Puis, alors que l'enfant s'endormait dans sa couche qui puait le chien, Cetta se recroquevilla dans le coin le plus sombre de la soute et, les larmes sillonnant ses joues, elle se dit : « Elles sont salées comme la mer qui me sépare de l'Amérique. Elles ont déjà le goût de l'océan ! » et elle les lécha en essayant de sourire. Enfin, quand la sirène commença à faire retentir ses notes sombres et sourdes dans l'air du port, annonçant qu'on levait l'ancre, Cetta s'endormit – elle se raconta l'histoire d'une petite fille de quinze ans qui s'enfuyait de chez elle, toute seule, avec son petit bâtard, pour aller rejoindre le royaume des fées.

Ellis Island, 1909

Cetta faisait la queue avec les autres immigrés. Exténuée par le voyage et par les exigences sexuelles du capitaine, elle regardait le médecin du Bureau fédéral de l'immigration qui ouvrait les yeux et les bouches de tous ces malheureux, comme faisait son père avec les ânes et les moutons. Le fonctionnaire traçait une lettre à la craie sur certains d'entre eux – sur leurs vêtements, dans leur dos. Ceux qui avaient une lettre dans le dos étaient éloignés vers un pavillon où d'autres médecins les attendaient. Les autres poursuivaient leur chemin vers les tables de la douane. Cetta regardait les policiers qui regardaient les fonctionnaires apposer des timbres sur des papiers. Elle voyait le désespoir de ceux qui, après avoir voyagé comme des bêtes, étaient refoulés. Pourtant on aurait dit qu'elle n'était pas là, avec eux.

Tous les autres avaient observé la nouvelle terre qui approchait. Pas elle : elle était restée enfermée dans la soute. Elle avait craint pour la vie de Natale. Et dans ses pires moments de faiblesse et de fatigue, elle s'était surprise à se demander si cela aurait vraiment été une souffrance. Et alors elle le serrait contre sa poitrine, essayant d'obtenir le pardon de ce petit être qui ne pouvait pas avoir entendu ses pensées. Mais elle les avait entendues, elle, et en avait honte.

Avant de débarquer, le capitaine lui avait promis de s'arranger pour la faire passer. Dès qu'il avait posé pied à terre, dans cette immense salle où étaient entassés tous les immigrants, il avait adressé un signe de tête à un homme qui ressemblait à une petite souris, de l'autre côté des barrières en bois qui marquaient le passage en terre libre. L'Amérique. La souris avait des ongles longs et pointus et portait des vêtements de velours voyants. Il avait bien examiné Cetta et aussi le petit Natale. Cetta avait l'impression qu'il les regardait tous deux de manière totalement différente. Comme s'ils n'étaient pas de même nature.

La souris tourna les yeux vers le capitaine et porta une main à sa poitrine. Le capitaine saisit Natale, à la grande surprise de sa mère, et attrapa un sein de Cetta pour le mettre en évidence. La jeune femme se jeta sur son enfant, le reprit puis, humiliée, baissa les yeux. Mais elle eut le temps de voir que la souris riait et faisait signe que oui au capitaine. Alors elle releva la tête : la souris s'était approchée de l'un des inspecteurs de l'Immigration et lui tendait de l'argent, discutant à voix basse et indiquant Cetta.

Le capitaine palpa les fesses de Cetta. « Maintenant tu es dans des mains encore meilleures que les miennes ! » s'exclama-t-il en riant, avant de s'en aller.

Cetta, sans bien savoir pourquoi, se sentit comme perdue en le voyant s'éloigner. Comme s'il était possible de s'attacher à cette ordure ! Ou comme si cette ordure était préférable au néant qui s'ouvrait à présent devant elle ! Peut-être n'aurait-elle pas dû s'enfuir de chez elle, peut-être n'aurait-elle pas dû aller en Amérique…

Quand la file d'attente avança imperceptiblement, Cetta regarda à nouveau vers l'inspecteur des douanes et vit qu'il lui faisait signe de venir. Près de l'inspecteur se trouvait maintenant quelqu'un d'autre, la souris ayant disparu. C'était un homme aux sourcils épais et aux larges épaules, à l'étroit dans une veste en tweed. Il avait une cinquantaine d'années. Une longue mèche de cheveux partait d'un côté de sa tête pour arriver de l'autre, couvrant une partie du crâne où les cheveux ne poussaient pas. Il avait l'air ridicule. Mais en même temps, une force inquiétante émanait de lui, se dit Cetta en s'approchant.

L'homme et l'inspecteur des douanes s'adressèrent à elle. Cetta ne savait pas ce qu'ils disaient. Et moins elle comprenait, plus ils répétaient la même chose, toujours plus fort, comme si elle était sourde alors que c'étaient eux qui parlaient une langue incompréhensible, comme si le volume de la voix pouvait traduire leur langage inconnu.

La souris réapparut, intervenant dans cette discussion à sens unique. Lui aussi parla très fort. Et en gesticulant. Ses mains délicates aux ongles longs s'agitaient dans les airs, comme des rasoirs. Une bague brillait à son auriculaire. Le gros bonhomme l'attrapa par le col et cria plus fort. Puis il le lâcha, regarda l'inspecteur et lui murmura quelque chose qui ressemblait à une menace, plus terrible encore que celle qu'il avait hurlée à l'intention de la souris. L'inspecteur pâlit, puis se tourna vers la souris.

Et soudain il se mit à menacer à son tour. En un éclair, la souris tourna les talons et disparut.

Alors le gros bonhomme et l'inspecteur recommencèrent à parler à Cetta dans leur langue incompréhensible. Puis ils firent signe à un jeune homme petit et trapu, à l'air énergique et engageant, qui se trouvait de l'autre côté de la douane et attendait dans un coin qu'on lui demande de traduire les idiomes de ces deux peuples qu'un océan séparait.

« Comment t'appelles-tu ? » demanda le jeune homme à Cetta. Et il lui adressa un sourire franc et amical grâce auquel, pour la première fois depuis qu'elle avait débarqué, elle se sentit moins seule.

« Cetta Luminita. »

L'inspecteur ne comprit pas.

Alors le jeune homme écrivit le nom sur le formulaire de l'Immigration à sa place. Et sourit de nouveau à Cetta. Puis il regarda l'enfant qu'elle tenait dans ses bras et lui fit une caresse. « Et ton petit, comment il s'appelle ? lui demanda-t-il.

— Natale.

— Natale » répéta le jeune homme à l'inspecteur, qui ne comprit toujours pas. « Christmas » traduisit-il alors en anglais.

L'inspecteur, satisfait, opina du chef et écrivit : « Christmas Luminita ».

Première partie

4

Manhattan, 1922

« Mais qu'est-c'que c'est qu'ce nom ?

— Ça te r'garde pas.

— C'est un nom de nègre !

— J'ai l'air d'un nègre, peut-être ?

— T'as pas l'air d'un Italien non plus.

— Je suis américain.

— C'est ça, c'est ça… s'esclaffèrent les gosses qui l'entouraient.

— Je suis américain !

— Si tu veux entrer dans notre bande, y faut qu'tu t'débarrasses de ce nom de merde.

— Va t'faire foutre !

— Mais c'est toi qui vas t'faire foutre, Christmas mon cul ! »

Christmas Luminita s'éloigna en traînant les pieds – nonchalant, mains dans les poches, une grosse mèche de cheveux blonds tombant sur le front, et un fin duvet clair qui commençait à se former au-dessus des lèvres et sur le menton. Il avait quatorze ans mais des yeux d'adulte, comme beaucoup de jeunes de son âge grandis dans les logements sans fenêtre du Lower East Side.

« Bientôt, moi aussi j'aurai ma propre bande, connards ! » hurla-t-il lorsqu'il fut certain d'être hors de portée de tout jet de pierre.

Il fit mine d'ignorer le concert de moqueries qui le suivit tandis qu'il tournait dans une ruelle sale et non pavée. Mais, à peine seul, Christmas laissa éclater sa colère, donnant un coup de pied dans une poubelle en fer-blanc trouée et rouillée. Il se trouvait derrière une échoppe d'où provenait une odeur douceâtre de viande coupée. Une petite chienne grasse et pelée par la gale, avec des yeux rouges et globuleux qui semblaient devoir tomber de leurs orbites d'un instant à l'autre, surgit en trombe du magasin, aboyant comme une furie. Christmas s'accroupit en souriant, tendant vers elle une main ouverte. La chienne, habituée à esquiver les coups de pied, s'arrêta net à une certaine distance, avant d'aboyer une dernière fois mais sur une note plus aiguë, comme pour exprimer la surprise. Puis elle écarquilla encore davantage ses horribles yeux globuleux et tendit son petit cou pour approcher sa truffe frémissante de la main de Christmas. Grognant en sourdine, elle fit deux ou trois pas timides pour pouvoir mieux renifler ses doigts, puis sa courte queue coupée se mit à remuer, lente et digne. Le jeune garçon rit et lui gratta le dos.

Un homme sortit par la porte arrière de l'échoppe, avec un tablier couvert de sang et un long couteau à la main. Il regarda vers le chien et le garçon.

« J'ai cru qu'ils allaient la tuer ! » dit-il.

Christmas leva à peine la tête, acquiesça en silence et puis recommença à caresser l'animal.

« Tu vas attraper la gale, gamin ! » lança l'homme.

Christmas haussa les épaules sans cesser de grattouiller le chien.

« Tôt ou tard, c'est sûr, ils vont la tuer, continua le boucher.

— Qui ça ? demanda Christmas.

— Les voyous qui traînent par ici, répondit le boucher. Tu es avec eux ? »

Christmas fit signe que non. Sa mèche blonde se souleva. Ses yeux s'assombrirent un instant, avant de s'éclairer à nouveau lorsqu'il sourit à la chienne qui grognait de plaisir.

« Elle est drôlement moche, hein ! » lança l'homme tout en essuyant la lame du long couteau sur son tablier.

« Oui ! rit Christmas. Sans vouloir vous vexer…

— Il y a dix ans, un type me l'a vendue en me faisant croire que c'était un chien de race, expliqua l'homme en secouant la tête. Mais maintenant, j'y suis attaché… »

Il fit volte face pour regagner le magasin.

« Je peux la protéger ! » lâcha Christmas sans réfléchir.

Le boucher se retourna et le fixa, intrigué. Un garçon de quatorze ans, maigre, avec un pantalon rapiécé et des chaussures trop grandes trouvées Dieu sait où, couvertes de boue et de crottin de cheval.

« Vous avez peur qu'ils la tuent, c'est ça ? reprit Christmas en se mettant debout, avec la chienne qui se frottait contre ses jambes. Je peux la protéger, si vous y tenez tant que ça !

— Qu'est-ce que tu racontes, gamin ? s'exclama le boucher en éclatant de rire.

— Pour un demi-dollar par semaine, moi je la protège, votre chienne. »

L'homme, costaud et plein de force, avec son tablier couvert de sang, secoua la tête, incrédule. Il voulait retourner à son travail car il n'aimait pas laisser le magasin sans surveillance, avec tous ces pauvres morceaux de viande que bien peu de gens, dans ce quartier misérable, pouvaient s'offrir. Mais il n'en fit rien. Il lança un coup d'œil rapide dans l'échoppe et puis s'adressa encore à cet étrange garçon.

« Et comment tu vas faire ?

— J'ai une bande ! lança Christmas avec fougue. Ce sont les… » Il hésita, regardant le chien qui se frottait contre ses jambes. « … Les Diamond Dogs ! » – c'est le nom qui lui vint à l'esprit.

« Je veux pas d'emmerdes avec des guerres de bandes » répliqua l'homme en se raidissant, et il jeta à nouveau un regard vers l'intérieur du magasin, sans jamais se décider à rentrer.

Christmas enfonça les mains dans ses poches. Il gratta un peu la poussière de la pointe d'une de ses chaussures. Puis il caressa la chienne une dernière fois.

« Bon, c'est comme vous voulez… Mais tout à l'heure, j'ai entendu… non non, rien…, et il fit mine de s'en aller.

— Qu'est-ce que tu as entendu, mon garçon ? interrompit le boucher.

— Les types là-bas (et d'un coup d'œil rapide, Christmas indiqua la direction d'où on entendait encore chahuter la bande qui venait de le refuser), ils parlaient d'un chien qui aboie toute la journée et qui fait le bordel, et ils disaient que…

— Qu'est-ce qu'ils disaient ?

— Rien, rien… si ça s'trouve c'était un autre chien… »

Le boucher rejoignit Christmas au milieu de la ruelle, couteau en main. Il saisit le garçon par le col de sa veste élimée. Il avait de grosses mains puissantes d'étrangleur. Il faisait deux têtes de plus que Christmas. L'animal jappa, inquiet.

« Cette chienne galeuse déteste tout le monde. Mais toi non, elle t'aime bien, foi de Pep ! lança le boucher d'une voix menaçante, fixant Christmas droit dans les yeux. Et moi, je tiens à elle. »

L'homme continua à dévisager le jeune garçon, plongeant son regard dans le sien, en silence, tandis qu'une expression de surprise venait adoucir ses traits – oui, de surprise, parce qu'il ne parvenait pas à comprendre lui-même ce qu'il s'apprêtait à faire.

« C'est vrai, elle est encore plus emmerdante qu'une femme ! dit-il en indiquant la chienne qui haletait, langue pendante. Mais au moins, je suis pas obligé de la baiser ! » et il se mit à rire, content de cette plaisanterie qu'il avait déjà dû faire bien souvent. Puis il écarta un pan de son tablier pour fouiller dans une poche de son gilet avec ses doigts pleins de sang, secouant la tête à cause de ce qu'il faisait : il sortit de sa poche une pièce d'un demi-dollar et la fourra dans la main de Christmas.

« J'dois être devenu fou. Allez, je t'engage ! dit-il sans cesser de secouer la tête. On y va, Lilliput ! » lança-t-il enfin à la chienne en rentrant dans son échoppe.

Dès que le boucher eut disparu, Christmas fixa la pièce de monnaie. Les yeux brillants, il cracha dessus et l'astiqua avec ses doigts. Il s'appuya contre le mur

39

du magasin. Et se mit à rire. Mais pas comme un adulte. Ni comme un enfant. De même, ses cheveux blonds n'étaient pas ceux d'un Italien, et ses yeux noirs pas ceux d'un Irlandais. Un garçon avec un nom de nègre, qui ne savait pas trop qui il était. « Les Diamond Dogs ! » s'exclama-t-il en riant, heureux.

5

Manhattan, 1922

La première personne qu'il chercha fut Santo Filesi, un garçon dégingandé, couvert de boutons, avec des cheveux noirs et crépus, qui vivait dans le même immeuble que lui et avec lequel il échangeait quelques saluts, mais sans plus, lorsqu'ils se croisaient. Santo avait le même âge que Christmas et, dans le quartier, on racontait qu'il allait à l'école. Son père était docker, il n'était pas grand et avait les jambes irrémédiable-ment arquées à cause des charges qu'il portait. On disait – car dans le quartier, on faisait toujours des commérages sur Untel ou Untel – qu'il était capable de soulever un quintal d'une seule main. Du coup, bien que ce soit un brave homme paisible qui ne cédait jamais à la violence, même soûl, il était respecté et personne ne lui cherchait des noises. Avec un type capable de soulever un quintal d'une seule main, on ne savait jamais. La mère de Santo, en revanche, était aussi dégingandée que son fils et elle avait un visage allongé et des incisives très longues qui la faisaient ressembler à un âne. Elle avait la peau jaune et des mains sèches et noueuses qu'elle agitait en tous sens, toujours prête à assener une bonne claque à son fils. Au point que, dès que sa mère gesticulait, Santo se protégeait instinctivement le visage. Mme Filesi faisait le ménage dans l'école que Santo, disait-on, fréquentait.

« C'est vrai que ta mère te fabrique une pommade pour les boutons ? » demanda Christmas à Santo quand il le croisa dans la rue, le matin suivant son embauche par le boucher pour protéger Lilliput.

Santo piqua un fard, enfonça la tête dans les épaules et tenta de poursuivre son chemin.

« Ben quoi, t'es vexé ? lui lança Christmas en le suivant. C'est pas pour te provoquer, j'te jure ! »

Santo s'arrêta.

« Tu veux entrer dans ma bande ? proposa Christmas.

— Quelle bande ? demanda Santo, prudent.

— Les Diamond Dogs.

— J'en ai jamais entendu parler.

— Parce que tu t'y connais, en bandes ?

— Euh, non…

— Pétard, alors si t'as jamais entendu parler d'nous, ça veut rien dire ! C'est pas ton milieu, c'est tout ! »

Santo rougit à nouveau et baissa les yeux.

« Et… vous faites quoi ? questionna-t-il timidement.

— Vaut mieux pour toi que tu le saches pas » fit Christmas tout en regardant autour de lui d'un air méfiant.

— Et pourquoi ? »

Christmas s'approcha de lui, le prit par le bras et l'entraîna dans la ruelle voisine, envahie par les ordures. Puis il revint jeter un œil sur Orchard Street, comme pour vérifier que personne ne le suivait. Enfin il répondit, d'un trait et à voix basse :

« Parce que comme ça, s'ils te cuisinent, tu pourras rien balancer !

— Et qui c'est qui devrait me cuisiner ?

— Merde, mais t'es vraiment un bleu ! s'écria Christmas. Tu sais rien de rien ! Mais dans quel monde tu vis ? Dis donc, c'est vrai qu'tu vas à l'école ?

— Ben, plus ou moins… »

Christmas s'avança une nouvelle fois au coin d'Orchard Street, examina rapidement les alentours et puis – une moue inquiète sur le visage – se jeta brusquement en arrière et poussa Santo vers le fond de la petite rue, l'obligeant à se tapir derrière une montagne de poubelles. Il lui fit signe de se taire. Il attendit qu'un homme à l'allure tout à fait banale passe son chemin, et puis il poussa un soupir de soulagement.

« Eh merde !… Tu l'as vu ?

— Qui ?

— Écoute, rends-moi un service. Va donc voir s'il zone toujours par ici.

— Hein ? Mais qui ? Et c'est quoi, zoner ?

— Ce type, tu l'as vu ? Christmas saisit Santo au col.

— Euh oui, je crois… balbutia le garçon.

— Je crois, je crois… et tu voudrais faire partie des Diamond Dogs ? Peut-être que je me suis trompé sur ton compte. Pourtant…

— Pourtant ?

— Pourtant, t'avais l'air d'un malin ! Écoute, rends-moi un service : après on se dit au revoir, et on n'en parle plus. Va voir s'il est encore là ou s'il s'est tiré.

« — Moi ?

— Pétard, y a qui d'autre ? Toi, il te connaît pas ! Allez, couille molle, bouge-toi ! »

D'un pas hésitant, Santo quitta sa cachette nauséabonde et rejoignit Orchard Street. Il regarda un peu bizarrement autour de lui, à la recherche de cet homme ordinaire qu'il prenait pour un dangereux criminel. Quand il revint sur ses pas, Christmas remarqua que sa démarche était maintenant plus assurée. Santo glissa un doigt dans la ceinture de son pantalon et s'écria :

« La voie est libre !

— Tu as été épatant ! » commenta Christmas en se relevant.

Santo sourit avec complaisance.

Christmas lui donna une claque dans le dos.

« Allez viens, je t'offre une glace à l'eau de Seltz !

— Une glace à l'eau de Seltz ? Santo écarquilla les yeux.

— Ben oui, t'as un problème ?

— Mais ça coûte… ça coûte cinq cents… »

Christmas haussa les épaules en riant.

« C'est du fric, rien que du fric ! Y suffit d'en avoir ! »

Santo n'en croyait pas ses oreilles.

En entrant dans le petit magasin crasseux de Cherry Street, Christmas serrait très fort dans son poing sa pièce d'un demi-dollar.

« Écoute, annonça-t-il à Santo tout en s'asseyant sur un tabouret, moi aujourd'hui je m'en suis déjà tapé deux et mon estomac n'a pas tellement apprécié, alors j'ai pas envie de m'en envoyer une troisième. On n'a qu'à partager la tienne ! En plus, comme toi t'es pas habitué, si t'en bois une entière, ça risque de pas bien passer. Il faut y aller mollo, avec ce truc-là ! »

Puis il commanda à Tête de Fraise – surnommé ainsi à cause de la large tache de vin qui lui couvrait la moitié du visage – une coupe avec deux pailles et, la mort dans l'âme, il fit tinter sur le comptoir la seule pièce qu'il avait en poche.

Pendant quelques minutes, les deux garçons ne dirent mot. L'un comme l'autre étaient accrochés à leur paille, essayant d'aspirer un peu plus de la moitié qui leur revenait.

« Alors, ça veut dire quoi, qu'tu vas plus ou moins à l'école ? finit par dire Christmas, plongeant son doigt dans la coupe vide avant de le lécher.

— Eh bien, l'après-midi une prof m'apprend un peu de grammaire et d'histoire, parce que ma mère fait le ménage là-bas. Mais je suis pas vraiment inscrit, tu vois ? se défendit Santo. En fait, je m'en fiche complètement, de l'école ! ajouta-t-il avec l'emphase d'un apprenti délinquant.

— T'es un couillon, Santo. Qu'est-ce que tu vas faire dans la vie ? T'es pas comme ton père, toi tu risques pas de soulever un quintal d'une seule main ! Si tu sais des trucs, ça pourra t'être utile. Je t'envie ! commenta sans réfléchir Christmas.

— C'est vrai ? s'exclama Santo, le visage soudain rayonnant.

— Fais pas la roue comme ça, le bleu, t'as l'air d'un dindon ! C'est qu'une façon de parler, se corrigea aussitôt Christmas.

— Ah bon… je m'disais, aussi… dit doucement Santo, regardant la coupe de glace vide. Toi, t'as tout…

45

— Ben, j'me plains pas ! »

Santo baissa les yeux et fixa le sol. Une question lui brûlait les lèvres.

« Alors… j'peux faire partie des Diamond Dogs ? » finit-il par demander.

Christmas lui plaqua une main sur la bouche et lança un coup d'œil à Tête de Fraise, qui somnolait dans un coin.

« Mais t'es crétin ou quoi ? Et si jamais il t'entend ? »

Santo rougit à nouveau.

« Je sais pas si je peux te faire confiance, dit lentement Christmas en regardant Santo droit dans les yeux. Laisse-moi réfléchir. C'est pas une décision à prendre à la légère. »

Christmas lut dans le regard de Santo sa cuisante déception. Il sourit en son for intérieur.

« D'accord, je vais te mettre à l'épreuve. Mais t'es juste à l'essai, hein, que ce soit bien clair ! »

Santo se jeta dans ses bras avec un cri d'enthousiasme, comme un enfant.

Christmas s'écarta.

« Eh, oh ! Nous, les Diamond Dogs, on évite ces trucs de femmelettes !

— Oui oui, excuse-moi, c'est seulement que… que…, balbutia Santo fébrile.

— Ça va, ça va, laisse tomber ! Passons aux affaires sérieuses » fit alors Christmas, baissant encore davantage la voix et se penchant vers l'unique membre de sa bande, après avoir jeté un coup d'œil vers Tête de Fraise.

« C'est vrai que ta mère te fait une crème pour les boutons ?

— Mais quel rapport ?

— Première règle : c'est moi qui pose les questions. Si tu piges pas tout de suite, tu pigeras plus tard. Et si, après, tu piges toujours pas, souviens-toi que j'ai toujours une bonne raison : c'est clair ?

— OK… oui.

— Oui quoi ? Ta mère te fait une crème ? C'est elle qui la fabrique ? »

Santo opina du chef.

« Et d'après toi, ça marche ? »

Santo acquiesça à nouveau.

« On dirait pas, désolé de t'le dire, répliqua Christmas.

— Si si, ça marche ! Autrement, j'aurais encore plus de boutons. »

Christmas se frotta les mains.

« OK, je te crois. Mais dis-moi un truc : d'après toi, cette crème, elle marcherait pour la gale ?

— J'en sais rien… quelle gale ? » demanda Santo, perplexe.

Christmas se pencha à nouveau vers lui.

— « C'est pour un type qu'on protège. Il paye bien. Mais son chien a la gale et, si on arrive à le soigner, il nous passera encore plus de thunes (et il fit tinter un ongle contre le verre de la coupe).

— Ça pourrait marcher, fit Santo.

— D'accord, conclut Christmas en se levant. Si tu veux faire partie des Diamond Dogs, il y a un prix à payer pour être admis : file-moi un peu de la pommade de ta mère. Si ça marche, tu seras des nôtres et tu auras ta part. »

6

Manhattan, 1909

La pièce était bien chauffée et accueillante, avec aux fenêtres des draperies que Cetta n'avait jamais vues, pas même dans la maison du patron. L'homme assis derrière le bureau était celui qui l'avait emmenée lorsqu'elle était descendue du bateau, moins de cinq heures auparavant. Un individu d'une cinquantaine d'années, à première vue ridicule à cause de la longue mèche de cheveux qui partait d'un côté de sa tête pour arriver de l'autre côté, afin de couvrir sa calvitie. Mais en même temps, il dégageait une force inquiétante. Cetta ne comprenait pas ce qu'il disait.

L'autre, debout, parlait aussi bien la langue de l'homme à la mèche que celle de Cetta. Et il traduisait tout ce que disait celui qui se trouvait derrière le bureau. C'était lui – quand il les avait suivis dans la pièce, quelques minutes plus tôt – qui avait appris à Cetta que l'individu à la mèche était un avocat qui s'occupait des jeunes filles comme elle. « Jolies comme toi » avait-il ajouté en clignant de l'œil.

L'avocat dit quelque chose en fixant Cetta qui tenait

Christmas – tout juste baptisé de ce nouveau nom par le fonctionnaire de l'Immigration – dans ses bras.

« On peut s'occuper de toi, traduisit l'autre. Mais l'enfant pourrait poser problème. »

Cetta serra Christmas contre sa poitrine. Sans répondre ni baisser le regard.

« Comment tu vas faire pour travailler avec ce gosse ? traduisit à nouveau l'autre. Nous le mettrons quelque part où il sera bien traité. »

Cetta pressa Christmas contre elle, plus fort encore. L'avocat parla. Le traducteur dit :

« Si tu le serres encore un peu plus, tu vas le tuer, et comme ça tout sera réglé ! » et il rit.

L'avocat rit de concert.

Cetta ne rit pas. Elle se mordit les lèvres et fronça les sourcils, sans cesser de fixer l'homme derrière le bureau. Sans bouger. Elle posa simplement une main sur la tête blonde de son enfant qui dormait, paisible. Comme pour le protéger.

L'avocat parla alors avec brusquerie, repoussa son fauteuil et quitta la pièce.

« Là tu l'emmerdes, commenta le traducteur en s'asseyant au bord du bureau et en allumant une cigarette. Qu'est-ce que tu vas devenir, si l'avocat te met à la rue sans t'aider ? Tu connais quelqu'un ? Personne, je parie ! Et t'as pas un centime. Toi et ton fils, vous ne passerez pas la nuit, tu peux me croire » fit-il.

Cetta le regarda en silence. Toujours cramponnée à Christmas.

« Mais quoi, t'es muette ?

— Je ferai ce que vous voulez, déclara soudain Cetta. Mais mon enfant, vous n'y touchez pas. »

Le traducteur souffla la fumée de sa cigarette vers le plafond.

« Tu es têtue, petite ! » dit-il avant de quitter lui aussi la pièce, laissant la porte ouverte derrière lui.

Cetta avait peur. Elle tenta de se distraire en suivant du regard les volutes de fumée qui flottaient dans l'air et montaient vers le plafond décoré de stucs d'une beauté extraordinaire, qui dépassait tout ce qu'elle aurait pu imaginer. En fait, elle avait tout de suite eu peur. À partir du moment où, pendant que les fonctionnaires de l'Immigration timbraient ses papiers d'entrée à la douane, le jeune homme trapu et engageant qui avait donné au petit Natale son nouveau nom américain lui avait murmuré à l'oreille : « Fais attention ! » Elle s'en souvenait bien, de ce jeune : lui seul lui avait adressé un sourire. Cetta avait eu peur immédiatement, dès que l'avocat l'avait prise par le bras et lui avait fait franchir la ligne peinte au sol qui marquait le début de l'Amérique. Elle avait eu peur lorsqu'ils l'avaient fait monter dans cette grande voiture noire, à côté de laquelle l'auto du patron semblait une carriole. Elle avait eu peur en regardant ce paysage de béton qui s'élevait autour d'elle, tellement immense que tout ce que possédait le patron était une misère, et sa villa une bicoque. Elle avait eu peur de se perdre au milieu de ces milliers de personnes qui se pressaient sur les trottoirs. Et alors, Christmas avait ri. Tout doucement, comme le font les bébés, sans qu'on sache pourquoi. Et il avait tendu sa petite main, lui avait attrapé le nez et avait saisi une mèche de ses cheveux. Et à nouveau, il avait ri, heureux. Ignorant. Et Cetta s'était dit que ce moment aurait été merveilleux s'il avait su parler, s'il avait dit ne serait-ce que

« maman ». Mais en même temps, elle avait soudain réalisé qu'elle n'avait rien. Que cet enfant était tout ce qu'elle possédait. Qu'elle devait être forte pour lui, parce que ce petit être était encore plus faible qu'elle. Et qu'elle devait lui être reconnaissante, parce que lui seul au monde ne l'avait pas violée même si, plus que les autres, il l'avait toute déchirée entre les jambes.

Quand elle entendit la conversation animée qui se déroulait hors de la pièce, Cetta tourna la tête. Sur le seuil de la porte se trouvait un homme à la barbe mal rasée, avec de larges épaules et un cigare éteint entre les lèvres. Il était laid, âgé d'une trentaine d'années, avait de grandes mains noires et un nez que les coups avaient écrasé. Il se grattait machinalement le lobe de l'oreille droite. Au niveau du cœur, il portait un pistolet glissé dans un étui. Sa chemise avait des taches de sauce. Cela aurait aussi pu être du sang, mais Cetta se dit que c'était de la sauce. L'homme la regardait.

Puis la discussion s'interrompit et l'avocat apparut, suivi du traducteur. L'homme à la chemise tachée de rouge s'écarta pour laisser passer les deux autres, mais il resta là à observer la scène.

L'avocat s'exprimait maintenant sans regarder Cetta dans les yeux.

« C'est notre dernière offre, annonça le traducteur. Tu travailles pour nous, et ton fils, on le met dans une institution où tu pourras le voir le samedi et le dimanche matin.

— Non ! » s'exclama Cetta.

L'avocat hurla et fit signe au traducteur de la jeter dehors. Puis il lança vers elle les papiers signés par l'Immigration, qui flottèrent dans les airs avant de s'éparpiller au sol.

Le traducteur la saisit par le bras et l'obligea à se lever.

Ce fut alors que l'homme sur le pas de la porte parla. Sa voix profonde grondait comme le tonnerre ou comme s'il éructait, propageant de sourdes vibrations autour de lui. Il ne prononça que quelques mots.

L'avocat secoua la tête et puis grogna : « OK. »

Ensuite, l'homme devant la porte cessa de se gratter le lobe de l'oreille avec ses doigts. Il entra dans la pièce, ramassa les documents de l'Immigration par terre, y jeta un œil et, de sa voix d'ogre mais d'un ton neutre, lut : « Cetta ».

Le traducteur lâcha le bras de la jeune fille et recula. L'homme fit un signe de tête à l'intention de Cetta et quitta la pièce, sans plus adresser la parole aux deux autres. Elle lui emboîta le pas, le vit prendre une veste toute froissée et l'enfiler : elle était trop serrée de partout, au niveau des épaules comme de la poitrine, et il ne la boutonna pas. Elle se dit que, de toute façon, il n'aurait pas réussi à le faire. Puis le type lui fit encore un signe et il sortit de l'appartement, suivi de Cetta et Christmas.

Une fois qu'ils furent arrivés dehors, l'homme monta dans une voiture dont une aile comportait deux impacts de balle. Il se pencha de l'autre côté et ouvrit la portière de l'intérieur. Il tapota le siège de sa main droite pour indiquer à Cetta qu'elle devait s'asseoir. Elle prit place et il démarra. Il conduisit sans souffler mot et sans jamais la regarder, comme s'il était seul. Au bout de dix minutes, il se gara le long d'un trottoir et descendit. Il fit à nouveau signe à Cetta de le suivre et fendit une foule de miséreux bruyants, sales et couverts de haillons. Ensuite il descendit quelques marches menant à un couloir en sous-sol, sur lequel s'ouvrait une série de portes.

Il arriva au fond de ce couloir sombre et malodorant et, avant d'ouvrir la porte devant laquelle il s'était arrêté, il prit un matelas qui se trouvait appuyé contre le mur, à la verticale. Puis il entra.

La pièce – puisqu'il ne s'agissait que d'une pièce – ressemblait à bien des endroits que Cetta connaissait. Des pièces sans fenêtres. Des fils étaient accrochés d'un mur à l'autre, près du poêle à charbon, et des vêtements y étaient mis à sécher, la plupart tout rapiécés. Un rideau s'efforçait de cacher un grand lit. Il y avait une cuisinière, dont la hotte conduisait aussi à l'extérieur la fumée du poêle, grâce à deux tuyaux rouillés. Deux pots de chambre dans un coin. Un vieux buffet boiteux et sans porte, sous lequel on avait glissé une cale en bois pour le maintenir droit. Une table carrée et trois chaises. Un évier et un peu de vaisselle en fer-blanc qui avait perdu tout son émail.

Et, assises sur des chaises, il y avait deux personnes âgées. Un homme et une femme. Lui maigre, elle rondelette. Tous deux très petits. Ils avaient tourné leur visage ridé vers la porte, le regard inquiet. Une peur aussi ancienne qu'eux peinte sur leur figure. Mais ensuite, reconnaissant l'homme, ils avaient souri. Le vieux monsieur n'avait montré que des gencives et avait porté la main à sa bouche. La vieille dame avait ri, se donnant une claque sur la cuisse, et s'était levée pour aller embrasser le nouveau venu. Traînant les pieds, le vieil homme avait couru derrière le rideau qui cachait le lit. On avait entendu tinter quelque chose et puis il était réapparu, s'enfonçant dans la bouche un dentier jaunâtre.

Les deux vieillards avaient fait grande fête à l'homme laid aux mains noires, qui, entre-temps, avait installé le matelas dans un coin de la pièce. Puis, pendant qu'ils l'écoutaient parler avec sa voix qui faisait trembler les airs, la vieille dame avait mouillé un linge et s'était mise à frotter sa chemise pour lui enlever la tache de sauce tomate, ignorant ses protestations. Alors seulement, ils avaient regardé Cetta. Et ils avaient fait oui de la tête, tout en la regardant.

Avant de se retirer, l'homme glissa la main dans sa poche et en sortit un billet de banque, qu'il tendit à la vieille femme. Celle-ci baisa la main noire. Le vieillard fixa le sol, il avait l'air mortifié. L'autre s'en rendit compte, lui donna une petite claque amicale dans le dos et lui dit quelque chose qui le fit sourire. Puis il s'approcha de Cetta, qui était restée debout avec Christmas dans les bras, et lui donna les papiers de l'Immigration. Enfin, en sortant, il lui indiqua les deux vieux et dit autre chose. Puis il disparut.

« Comment t'appelles-tu ? demanda la femme dans la langue de Cetta, dès qu'ils furent seuls.

— Cetta Luminita.

— Et le petit ?

— Natale, mais maintenant il s'appelle comme ça » dit Cetta en montrant le papier de l'Immigration à la vieille dame. Celle-ci prit la feuille et la passa à son mari.

« Christmas, lut celui-ci.

— C'est un nom américain » dit Cetta, souriant avec fierté.

La femme se gratta le menton, pensive, puis s'adressa à son époux :

« On dirait un nom de nègre » fit-elle.

Le vieil homme examina Cetta, qui ne réagissait d'aucune manière.

« Tu sais qui c'est, les nègres ? » demanda-t-il.

Cetta fit non de la tête.

« Ce sont des gens... noirs » expliqua la femme, en bougeant une main devant son propre visage.

« Mais ils sont américains ? » s'enquit Cetta.

La vieille dame se tourna vers son mari. Celui-ci fit oui de la tête.

« Oui, répondit-elle.

— Alors mon fils a un nouveau nom américain » répéta Cetta satisfaite.

La femme eut l'air perplexe, haussa les épaules et regarda à nouveau son époux.

« Mais toi, tu dois au moins savoir dire son nom ! s'exclama celui-ci.

— Eh oui ! confirma sa femme.

— Tu peux quand même pas faire lire cette feuille chaque fois ! dit-il.

— Eh non ! fit son épouse, secouant la tête avec force.

— Et puis, quand il sera plus grand, il faudra que tu l'appelles par son nom, autrement il ne pourra pas l'apprendre, conseilla-t-il encore.

— C'est sûr ! » renchérit l'autre.

Cetta les regardait, perdue.

« Apprenez-le moi, dit-elle enfin.

— Christmas, dit le vieillard.

— Christ... mas, fit son épouse en détachant les syllabes.

— Christmas, répéta Cetta.

— Bravo, petite ! » s'exclamèrent-ils ensemble, heureux.

Ensuite ils demeurèrent un bon moment silencieux tous les trois, debout, sans savoir que faire.

Pour finir, la femme murmura quelques mots à l'oreille de son mari, puis alla à la cuisinière, mit quelques petits morceaux de bois dans le poêle et alluma le feu avec une page de journal.

« Elle prépare à manger » expliqua le vieillard.

Cetta sourit. Ces deux vieux lui plaisaient.

« Sal a dit qu'il passera te prendre demain matin » annonça-t-il alors en baissant les yeux, l'air gêné.

« Alors ce grand homme laid s'appelle Sal ! » pensa Cetta.

« Sal est un brave type, poursuivit-il. Ne te fie pas aux apparences. Nous, sans Sal, on serait morts.

— Pour sûr ! On aurait crevé de faim, et on aurait même pas d'cercueil ! » ajouta son épouse, qui remuait une sauce tomate épaisse et sombre dans laquelle nageaient quelques morceaux de saucisse. Avec la chaleur, une odeur d'ail avait envahi la pièce.

« C'est lui qui paie notre logement, expliqua-t-il – et Cetta crut qu'il allait rougir.

— Pose-lui la question ! lança sa femme sans se retourner.

— Ton fils, il a un père ? demanda-t-il, obéissant.

— Non, répondit Cetta sans hésiter.

— Ah, bien, bien… bredouilla-t-il, comme pour gagner du temps.

— Demande-lui ! insista son épouse.

— Oui oui, maintenant je lui demande… » grogna-t-il, agacé. Puis il se tourna vers Cetta et la regarda avec un sourire gêné. « En Italie aussi, tu faisais la putain ? »

Cetta savait ce que voulait dire ce mot. Sa mère

le répétait tout le temps quand son père rentrait tard, le samedi soir. Les putains étaient les femmes qui couchaient avec les hommes.

« Oui » répondit-elle.

Ils mangèrent et allèrent se coucher. Cetta s'allongea tout habillée sur le matelas, sans couverture. Le lendemain, Sal s'occuperait de tout, lui avaient assuré les deux vieux.

« Je ne sais même pas comment vous vous appelez » songea Cetta en pleine nuit, pendant qu'elle les entendait ronfler.

7

Manhattan, 1909-1910

« Bite. Vas-y, répète !

— Bite...

— Chatte.

— Chatte...

— Cul.

— Cul...

— Bouche.

— Bouche... »

La femme aux cheveux roux, âgée d'une cinquantaine d'années, habillée de manière voyante et assise sur un divan recouvert de velours, se tourna vers une fille d'une vingtaine d'années à l'air vulgaire, nonchalant et apathique, qui, avachie dans un fauteuil de velours également, débraillée, tripotait la dentelle de sa robe de chambre transparente couvrant un bustier de satin, le seul vêtement qu'elle portait. La femme aux cheveux roux parla rapidement. Puis elle désigna Cetta. La fille débraillée expliqua : « Madame dit que ces mots-là, ce sont tes instruments de travail.

Pour commencer, t'as pas besoin de grand-chose d'autre. Répète tout depuis le début ! »

Cetta, debout au milieu de ce salon qui lui paraissait élégant et mystérieux, avait honte de ses misérables vêtements.

« Bite… commença-t-elle à répéter dans cette langue hostile qu'elle ne comprenait pas, chatte… cul… bouche.

— C'est bien, tu apprends vite ! » s'exclama la jeune prostituée.

La femme aux cheveux roux acquiesça. Puis elle s'éclaircit la gorge et reprit sa leçon d'anglais américain :

« Je te taille une pipe.

— Je te taille… une… pompe.

— Pipe ! hurla la femme aux cheveux roux.

— P… pipe…

— C'est ça. Ensuite : enfonce-la-moi.

— Enfonce… la-moi…

— Allez, grosse bite, viens, viens. Oui, comme ça…

— Allez… grosse bite… vens, vens… Oui, cossa… »

La femme aux cheveux roux se leva. Elle murmura quelque chose à l'adresse de la prostituée qui servait de traductrice et puis quitta la pièce, mais non sans avoir donné une caresse à Cetta, avec une douceur inattendue et une lumière amicale dans le regard, à la fois chaleureuse et mélancolique. Cetta la suivit des yeux en admirant sa robe, qu'elle prenait pour un vêtement de grande dame.

« Viens, lui répéta la jeune prostituée.

— Allez, grosse bite, vens, vens… » fit Cetta.

La prostituée se mit à rire :

« Vi… ens, dit-elle lentement.

— Vi… ens, répéta Cetta.

— C'est bien ! » Alors elle prit Cetta sous le bras et la guida à travers les pièces sombres de ce grand appartement qui ressemblait à un palais.

« Est-ce que Sal t'a goûtée ? » demanda la prostituée avec un regard malicieux.

— Goûtée ? » s'étonna Cetta.

La prostituée rit.

« Non, à l'évidence ! Autrement tes yeux pétilleraient, et tu ne poserais pas la question !

— Pourquoi ?

— On ne peut pas décrire le paradis ! » s'esclaffa encore la prostituée.

Puis elles pénétrèrent dans une pièce simple, peinte en blanc et lumineuse, contrairement à toutes les autres. Aux murs étaient accrochés des vêtements que Cetta trouva merveilleux. Au centre, il y avait une planche à repasser et un fer à braises. Une femme grasse et âgée à l'air mauvais les accueillit d'un mouvement distrait de la tête. La prostituée lui dit quelque chose que Cetta ne comprit pas. La femme s'approcha de le nouvelle venue, lui fit écarter les bras, l'examina en lui touchant seins et fesses, et estima d'un coup d'œil son tour de hanches. Ensuite elle s'approcha d'un chiffonnier et fouilla dans un tiroir, d'où elle sortit un bustier qu'elle lança sans ménagement à la jeune fille. Elle lâcha aussi quelques mots.

« Elle te dit de te déshabiller et de l'essayer, traduisit la prostituée. Fais pas attention à elle ! C'est qu'une grosse vioc qui a jamais pu tapiner parce qu'elle était trop moche : ne pas baiser, ça l'a rendue aigrie.

— Fais gaffe, j'comprends c'que tu dis ! s'exclama

l'autre dans la langue de Cetta. Moi aussi, j'suis italienne !

— Mais ça t'empêche pas d'être une connasse ! » rétorqua la prostituée.

Cetta se mit à rire. Mais dès que la vieille la foudroya de son regard méchant, elle rougit, baissa les yeux et commença à se déshabiller. Puis elle enfila le bustier, et la prostituée lui apprit à le lacer. Cetta avait une drôle d'impression. D'un côté, cette nudité l'humiliait, mais de l'autre, porter ce bustier qu'elle croyait être un vêtement de bourgeoise la faisait se sentir importante. Elle éprouvait à la fois de l'exaltation et de l'effroi.

La prostituée s'en aperçut.

« Regarde-toi dans la glace ! » suggéra-t-elle.

Cetta avança. Mais soudain sa jambe gauche s'engourdit. La jeune fille commença à se couvrir de sueur et dut tirer sa jambe derrière elle.

« T'es éclopée ? demanda la prostituée.

— Non non… – le regard de Cetta se remplit de panique. Je me suis… fait mal… »

À cet instant, la grosse femme lui lança une robe de satin bleu marine avec un décolleté bordé de dentelle noire et une longue fente qui révélait ses jambes.

« Attrape ça, la putain ! » lui dit-elle.

Cetta l'endossa et puis se regarda dans le miroir. Et elle se mit à pleurer parce qu'elle ne se reconnaissait pas. Elle pleurait de gratitude pour cette terre américaine qui allait réaliser tous ses rêves. Qui lui permettrait de devenir une bourgeoise.

« Viens, il est temps que tu apprennes le métier » lui annonça la prostituée.

Elles quittèrent la salle de couture – sans saluer la

vieille – et se faufilèrent dans une petite pièce suffo-
cante. Là, la prostituée ouvrit un judas et regarda à
l'intérieur. Puis elle recula et dit à Cetta :

« Tiens, c'est ça, une pipe ! »

Cetta approcha son œil du judas et apprit.

Elle passa toute la journée à épier clients et collègues. Puis, à la nuit tombée, Sal revint la chercher
et la raccompagna chez elle. Pendant qu'il conduisait
en silence, Cetta le regarda à deux ou trois reprises
– faisant en sorte qu'il ne s'en aperçoive pas –, en
pensant à ce que la prostituée avait dit de lui. Enfin,
la voiture se gara devant les marches qui menaient
au sous-sol et Cetta, en descendant de l'auto, observa
à nouveau cet homme grand et laid qui *goûtait* les
filles. Mais Sal avait les yeux fixés droit devant lui.

Lorsque Cetta se glissa en silence dans la pièce,
les deux vieillards dormaient. Christmas dormait aussi,
entre eux. Sa mère le prit dans ses bras avec délicatesse.

« Il a mangé et fait caca, lui chuchota la vieille
dame en ouvrant un œil. Tout va bien. »

Cetta sourit et se dirigea vers son matelas. Il y
avait maintenant un sommier en métal en dessous. Elle
trouva aussi une couverture, des draps et un oreiller.

« Sal a pensé à tout, chuchota l'autre femme – et
elle s'assit en faisant grincer son lit.

— Dors ! grogna son mari. »

En posant Christmas sur la couverture, Cetta sentit
que celle-ci était douce. Elle se tourna vers la vieille
dame, qui était toujours assise et la regardait. Alors
elle la rejoignit et la prit dans ses bras en silence,
sans mot dire. L'autre l'enlaça et lui lissa les cheveux.

« Va te coucher, tu dois être fatiguée, fit-elle.

— Dormez ! gronda son mari. »

Cetta et la femme rirent doucement.

« Comment vous vous appelez ? demanda alors Cetta à voix basse.

— Tonia et Vito Fraina.

— Et la nuit, nous on dort ! » ronchonna le vieillard.

Cetta et Tonia pouffèrent à nouveau. Puis Tonia donna une claque sur les fesses de son mari. Les deux femmes rirent de plus belle.

« Eh ! Ça vous amuse ? » s'exclama-t-il avant de tirer la couverture sur sa tête.

Alors Tonia prit le visage de Cetta entre ses mains et la regarda en silence. Puis elle lui traça un petit signe de croix entre les yeux, avec le pouce, et lui dit : « Que Dieu te bénisse ! » Enfin, elle l'embrassa sur le front.

Cetta trouva ce rituel très beau. Elle regagna son lit, se déshabilla et se glissa sous la couverture avec Christmas. Et tout doucement, pour ne pas le réveiller, elle lui fit un petit signe de croix sur le front, murmura : « Que Dieu te bénisse » et lui donna un baiser.

« Il est beau et fort, ton Christmas, ajouta la vieille dame. Il deviendra un sacré gaillard !

— Mais ça suffit ! » éclata Vito.

Christmas se réveilla et se mit à pleurer.

« Mais quel crétin, c'est pas possible ! s'écria Tonia. T'es content ? C'est maintenant que tu vas être tranquille ! »

Tout en apaisant Christmas, qu'elle serrait fort contre elle et berçait doucement, Cetta riait sous cape. Et tout à coup, le visage de sa mère, de son père, de ses frères – de tous, même celui de *l'autre* – lui revinrent à l'esprit, et elle réalisa que c'était la première fois qu'elle songeait à eux. Mais aucune autre pensée n'accompagna cette vision. Puis elle s'endormit aussi.

Le lendemain, après une matinée entière et une bonne partie de l'après-midi passées à faire la connaissance de Tonia et Vito Fraina, Cetta commença à se préparer pour aller au travail. Quand Sal arriva, elle était déjà prête depuis une demi-heure. Elle confia Christmas aux deux vieux et suivit en silence cet homme laid, aux mains noires, qui s'occupait d'elle. Elle rejoignit la voiture avec les deux impacts de balle dans l'aile, s'assit et attendit que Sal mette le moteur en route et démarre. Le matin, elle avait prié Tonia de lui enseigner deux mots de cette langue toujours inconnue. Deux mots qu'elle n'apprendrait pas dans la maison de passe.

« Pourquoi ? » demanda-t-elle à Sal. C'était le premier mot que Tonia lui avait appris.

De sa voix profonde, Sal lui répondit brièvement et sans quitter la route des yeux.

Cetta ne comprit rien. Elle sourit et prononça le deuxième mot qu'elle avait voulu connaître : « Merci. »

Après quoi, Sal et Cetta n'échangèrent plus une parole. Sal s'arrêta devant la porte d'entrée du bordel, se pencha à travers l'habitacle pour ouvrir la portière du côté de Cetta et lui fit signe de descendre. Dès qu'elle fut sur le trottoir, Sal enclencha une vitesse et s'éloigna.

Ce soir-là, à l'âge de quinze ans, Cetta tailla sa première pipe.

Et au bout d'un mois, elle avait appris tout ce qu'il y avait à apprendre afin de faire ce métier. En revanche, pour enrichir son vocabulaire et être capable de se débrouiller aussi en dehors de la maison close, il lui fallut cinq mois de plus.

Tous les après-midi, Sal l'accompagnait du sous-sol de Tonia et Vito Fraina jusqu'au bordel, et la ramenait tous les soirs. Les autres filles dormaient sur place, dans une pièce commune. Mais les enfants n'étaient pas autorisés. Chaque fois que l'une d'entre elles se retrouvait avec un bébé dans le ventre, un docteur le lui faisait passer avec un fil de fer. La société des putains ne devait pas procréer, c'était une des règles que Sal faisait respecter.

Pourtant, avec Cetta, il en était allé autrement.

« Pourquoi ? » demanda Cetta un matin en voiture, six mois plus tard, lorsqu'elle fut en mesure de comprendre la réponse.

La voix profonde de Sal vibra dans l'habitacle, couvrant le bruit du moteur. Aussi brièvement que la première fois : « Occupe-toi d'ton cul ! »

Et comme la première fois – néanmoins, après une pause beaucoup plus longue – Cetta dit : « Merci. » Puis elle éclata de rire toute seule. Mais du coin de l'œil, elle crut remarquer que même le visage laid et sérieux de Sal se décrispait un peu. Et que ses lèvres, de manière presque imperceptible, esquissaient un léger sourire.

8

New Jersey-Manhattan, 1922

Ruth avait treize ans et ne pouvait pas sortir, le soir.
Or, la maison de campagne dans laquelle sa famille
passait les week-ends était triste et lugubre, se disait-
elle. Une grande villa blanche, avec une impression-
nante colonnade à l'entrée, construite cinquante ans
auparavant par le père de son père, grand-père Saul,
fondateur de l'entreprise familiale. Une vaste demeure
toute blanche avec une immense allée qui traversait
le parc jusqu'au portail principal. Avec des meubles
sombres toujours parfaitement astiqués. Avec des tapis
américains et chinois sur des sols en marbre ou des
parquets de chêne. Et des tableaux anciens, peints par
des artistes du monde entier, accrochés sur des murs
tapissés d'étoffes foncées. Et de l'argenterie européenne et orientale. Et des miroirs, des miroirs partout, qui reflétaient ce qui n'était, pour Ruth, qu'une
grande maison cossue et lugubre.

Les domestiques non plus ne savaient pas sourire. Même lorsqu'ils devaient le faire par souci des
conventions, lorsqu'ils rencontraient l'un des membres

de la famille Isaacson, ils n'arrivaient pas à sourire vraiment. Ils relevaient à peine les commissures des lèvres, baissaient la tête et, les yeux rivés au sol, retournaient à leurs occupations. Même avec elle, qui n'était qu'une petite fille aux cheveux noirs et bouclés, au teint très pâle, avec des vêtements de collégienne raffinée et l'allégresse de ses treize ans, ils ne parvenaient pas à sourire.

Personne ne souriait – ni dans cette maison, ni dans le luxueux appartement de Park Avenue où ils vivaient habituellement – depuis qu'un couvre-feu avait été décrété à cause de sa mère, Sarah Rubinstein Isaacson. Ou plus exactement, à cause de ce qu'on disait, ou avait dit, d'elle. À savoir, qu'elle aurait eu une relation équivoque – elle quarante ans, lui vingt-trois – avec un jeune homme de la synagogue de la 86ᵉ rue, brillant, intelligent et beau, qui deviendrait bientôt rabbin. En tout cas, c'est ce que l'on voulait croire.

Le père de Ruth en avait fait une maladie. Sa mère en avait fait une maladie. Afin de ne pas en faire une maladie lui aussi, l'homme de vingt-trois ans, qui du coup ne deviendrait pas le plus jeune rabbin de la communauté, avait épousé du jour au lendemain une brave juive de son âge, elle-même fille de rabbin. Le père de Ruth, Philip, n'avait jamais douté de sa femme, pas un instant, et ne l'avait nullement tourmentée suite à ces racontars. Pourtant, le poison de la calomnie avait été le plus fort. La mère de Ruth savait qu'elle pouvait compter sur la confiance de son mari, mais elle n'avait plus eu le courage de faire parade de ses bijoux et toilettes à l'opéra, aux soirées de bienfaisance de la communauté, ou aux concerts de musique classique en plein air organisés par le maire. Elle craignait d'être poignardée dans le dos par les ricanements moqueurs ; elle craignait les index pointés dans sa direction, à peine aurait-elle détourné le regard, qui la désigneraient comme la femme adultère, comme celle qui avait couché avec un homme qui aurait pu être son fils. Elle n'avait pas eu la force de porter sur ses épaules fines et élégantes – qu'elle révélait autrefois avec orgueil – le poids de la calomnie.

« Vous vous êtes laissé anéantir par un pet ! » répétait presque tous les soirs, après dîner, le vieux grand-père Saul dans son fauteuil, frottant du doigt son nez long et fin, agacé par ses lunettes.

Son fils et sa belle-fille baissaient les yeux, silencieux. La première fois que le vieil homme avait lancé cette phrase, ils n'avaient rien répliqué. Maintenant, ils ne voyaient plus de raison de le faire.

Nul ne souriait dans cette vaste demeure qui, pour Ruth, était devenue si lugubre. Les miroirs ne reflétaient plus les dizaines d'invités dansant dans le salon. Le parc n'était plus illuminé par les torches qu'on allumait pour le barbecue du dimanche soir. Le piano à queue ne résonnait plus sous les doigts des débutants qui s'improvisaient musiciens, ou des musiciens professionnels qui venaient égayer les soirées entre amis. On eût dit que les volets, la porte d'entrée et le portail au bout de l'allée avaient tous été mis sous scellés.

Et tout ça pour un pet.

Ruth avait treize ans et ne pouvait pas sortir, le soir. Mais sa maison était triste et lugubre, se disait-elle toute la journée. Personne ne souriait. À part le jardinier, un garçon de dix-neuf ans qui, depuis quelques mois, s'occupait des terrasses de Park Avenue et maintenant, depuis qu'il s'était acheté une camionnette, également de leur propriété du New Jersey. Lui, il riait tout le temps. Et Ruth l'avait tout de suite remarqué. Pas pour sa beauté, son intelligence, sa jeunesse, ou pour quelque chose de particulier qu'il aurait eu dans l'aspect ou le regard. Mais seulement pour ce rire qui, tout à coup, jaillissait de sa bouche, irrépressible. Elle n'était pas attirée par lui mais s'enchantait de ce rire qui éclatait sans que nul en comprenne la raison, et qui venait violer, profaner l'atmosphère sinistre de la maison. Par exemple, il pouvait tailler le lierre devant le garage quand tout à coup, peut-être en voyant quelque chose que l'acier de l'aile d'une des voitures de la maison réfléchissait de manière déformée, il éclatait de rire. Et il riait aussi quand Ruth lui apportait une limonade, au milieu de l'après-midi, comme si une limonade pouvait être comique. Et il riait – sous cape, sans se faire surprendre – quand le grand-père, avec son fichu caractère, le réprimandait pour quelque chose. Et il riait à cause de la vieille cuisinière qui, à son âge, ne savait pas encore faire la dinde rôtie aussi bien que sa mère ; il riait d'une soudaine averse printanière et du soleil qui lui succédait, brillant dans les flaques ; il riait d'une fleur qui poussait de travers ou d'un brin d'herbe entortillé dans la roue de la brouette, d'un merle sautillant sur le gravier, un ver dans le bec, et d'une grenouille coassant dans le petit lac artificiel du parc, des formes amusantes de certains nuages ou des maigres moustaches du majordome, de l'énorme derrière de la caมériste de la maîtresse de maison et des mamelles généreuses de la dame qui venait aider quotidiennement pour le linge.

Il riait de tout, et il s'appelait Bill.

Et un jour il avait dit à Ruth : « Pourquoi on ne sort pas un soir, toi et moi, pour rigoler un peu ? »

Ainsi, ce soir-là, bien qu'elle n'ait que treize ans et n'ait jamais obtenu la permission de sortir – encore moins avec un jardinier sans avenir –, Ruth feignit de se retirer dans sa chambre, laissant ses parents et son grand-père à leur soirée lugubre et silencieuse, et elle descendit en cachette dans la buanderie. De là, elle rejoignit une porte de service, réservée aux fournisseurs, devant laquelle Bill l'attendait en riant. Et, riant elle aussi – comme une petite fille de treize ans que la vie gâtait et ennuyait –, elle se glissa dans la camionnette de Bill.

« Moi aussi j'ai une voiture, tu vois ! s'exclama-t-il avec orgueil.

— Eh oui ! » lança Ruth, riant sans savoir pour-quoi. Peut-être simplement parce qu'elle sortait avec un garçon comme Bill, qui riait de tout.

« Tu sais, peu de gens ont une voiture, ajouta Bill.

— Ah bon ? fit-elle sans guère d'intérêt.

— Qu'est-c'que t'es bête ! Tu crois que tout le monde est riche comme ton grand-père et ton père ?... Qu'est-ce que t'as, c'est la camionnette qui te dégoûte ? » demanda Bill d'une voix rauque, les yeux plissés et très noirs dans le soir sombre. Mais ensuite il éclata de son rire léger et si drôle, et Ruth oublia aussitôt le frisson qui avait parcouru sa peau très blanche, lui donnant la chair de poule.

Bill enclencha bruyamment une vitesse, accéléra, et la camionnette, cahotant et pétaradant, fonça sur la route qui menait en ville. « Je vais te montrer ce que c'est, la vraie vie ! » annonça Bill, toujours riant.

Et Ruth rit de concert, grisée par l'aventure, tout en triturant la bague avec la grosse émeraude qu'elle avait empruntée à l'insu de sa mère afin de se faire belle et de se sentir plus grande par rapport à Bill. C'est alors seulement qu'elle réalisa que sa mère devait avoir des doigts plus fins que les siens, car elle avait du mal à enlever l'anneau de son annulaire.

« Regarde ça ! dit Bill, en garant la camionnette et coupant le moteur, après une bonne demi-heure de route. Dans ce *speakeasy*, on va pouvoir boire quelque chose et danser ! » Il indiquait un local enfumé, au coin de deux rues sombres, d'où entraient et sortaient des hommes et des femmes qui titubaient, enlacés.

« Tu as apporté l'argent ? demanda-t-il à la jeune fille.

— Mais l'alcool est interdit ! s'écria Ruth.

— Pas dans la vraie vie ! s'amusa Bill, avant de répéter sa question. Tu as apporté l'argent ?

— Oui » répondit Ruth, sortant de son sac à main deux billets, et ne pensant plus à la bague. Elle n'avait d'yeux que pour ce taudis, où tout le monde riait comme Bill. Où la vie semblait tellement différente de son lugubre palais.

« Vingt dollars ? s'étonna Bill en portant les billets à ses yeux. Ça alors, vingt dollars !

— Je les ai pris dans la poche de mon père » expliqua Ruth en riant.

Bill rit aussi et saisit la tête gracieuse de Ruth entre ses mains, éraflant sa peau délicate avec les billets et ses cals de jardinier. Et, toujours en riant, il attira le visage de Ruth vers le sien et l'embrassa sur les lèvres. Il la lâcha aussitôt après, et recommença à contempler les billets de banque.

« Ça alors, vingt dollars ! reprit-il. Tu sais combien elle m'a coûté, cette bagnole pourrie ? Dis-moi un peu, tu le sais ? Je parie que non ! Elle m'a coûté quarante dollars, et ça m'a paru une fortune. Et toi tu fourres les mains dans la poche de ton papounet et tu en tires la moitié, juste comme ça ! (et il rit plus fort que d'ordinaire.) Vingt dollars pour boire du whisky de contrebande ! (et il rit encore, mais d'une drôle de façon.)

— Ne recommence jamais plus ! ordonna Ruth, sérieuse.

— Quoi ?

— Tu n'as pas le droit de m'embrasser.

Bill la regarda en silence, avec un regard trouble, sombre, où ne paraissaient plus rien de tous les éclats de rire qui l'avaient habité jusqu'à cet instant. « Descends ! » lui lança-t-il simplement avant d'ouvrir sa propre portière. Il fit le tour du véhicule, saisit rudement Ruth par le bras et la tira jusqu'au débit de boissons clandestin, sans plus lui adresser la parole. Il tenta d'acheter une bouteille de whisky mais on n'avait pas de monnaie à lui rendre. Alors il la prit à crédit – à l'évidence, on le connaissait – et, après avoir écouté chanter une rengaine, il rit et entraîna à nouveau Ruth jusqu'à la camionnette.

« C'est un vrai cimetière, là-dedans ! s'exclama-t-il, souriant et rallumant le moteur, bouteille calée entre les jambes. Je connais des endroits bien mieux !

— Peut-être que je ferais mieux de rentrer » avança timidement Ruth.

Bill pila au beau milieu de la rue.

« Tu t'amuses pas, avec moi ? » lui demanda-t-il avec le regard sombre qu'il avait eu peu auparavant.

C'était le même regard que celui de son père, à chaque fois qu'il le frappait à coup de ceinture, parfois sans aucun motif, simplement parce qu'il était ivre. Toutefois, il sourit ensuite, redevenant le Bill que Ruth connaissait, il caressa son visage inquiet – celui d'une petite fille qui craint d'avoir fait une bêtise – et la rassura :

« On va s'amuser, c'est promis ! et il sourit à nouveau, avec gentillesse. Et je promets de ne plus t'embrasser.

— C'est promis ?

— Je le jure ! » et il porta une main à son cœur, dans un geste solennel. Puis il rit comme il le faisait toujours.

Et alors, pour la deuxième fois, Ruth oublia cette désagréable sensation de malaise qui l'avait envahie, et elle rit avec lui.

Tout en conduisant, Bill buvait à la bouteille. Il la tendit aussi à Ruth : elle posa les lèvres sur le goulot, et à peine une goutte se glissa-t-elle dans sa gorge qu'elle se mit à tousser. Et plus elle toussait, plus elle avait envie de rire. Et Bill riait de concert, il riait, il riait, jusqu'à ce que, en quelques instants, la bouteille soit vide et vole par la vitre.

« Mais il n'y a rien, ici ! » fit remarquer Ruth en regardant autour d'elle, essuyant les larmes pleurées à force de toux et de rire, une fois que Bill eut arrêté la camionnette.

« Il y a nous ! » s'exclama Bill. Et, à nouveau, il eut ce regard trouble. Noir. Noir comme la route déserte où ils stationnaient.

« Tu as promis de ne pas m'embrasser, rappela Ruth.

— J'ai juré, confirma Bill. Et je tiens toujours mes promesses » ajouta-t-il en glissant une main entre les jambes de Ruth, soulevant sa jupe et lui arrachant sa simple culotte de fillette.

Ruth tenta de se défendre mais Bill lui assena un coup de poing en plein visage. Et puis un autre, et un autre encore.

Ruth entendit un bruit d'os qui se cassaient, dans sa bouche et son nez. Puis plus rien. Quand elle rouvrit les yeux, elle se trouvait allongée à l'arrière du véhicule. Bill haletait sur elle, poussant quelque chose de brûlant entre ses jambes. Et tout en poussant, il répétait en riant : « Tu vois que je t'embrasse pas ? Salope, tu vois que je t'embrasse pas ? » Pour finir, Ruth sentit quelque chose de chaud et visqueux, et elle vit que Bill arquait le dos en ouvrant grande la bouche. En se relevant, Bill lui flanqua un autre coup de poing. « Juive de merde, lui dit-il. Juive de merde, juive de merde, juive de merde… » une insulte pour chaque bouton de son pantalon, qu'il était en train de remettre. Puis il saisit sa main et tenta de lui ôter la bague avec la grande émeraude. « J'ai passé la soirée à la reluquer, salope ! » siffla-t-il. Mais l'anneau ne venait pas. Il lui cracha sur le doigt et tira à nouveau, avec force, en jurant. Alors il se mit debout et lui flanqua des coups de pied. Dans le ventre, les côtes, le visage. Et puis, s'agenouillant les jambes écartées au-dessus de sa poitrine, il la frappa d'un autre coup de poing et se pencha en avant, vers un sac en toile. « Tu veux la voir, la vraie vie ? » Il sortit du sac une paire de cisailles dont il se servait pour tailler les roses. Il écarta les lames affûtées et les approcha de la base de l'annulaire de Ruth. « Voilà, c'est ça la vraie vie, sale juive ! » et il referma les cisailles.

Un craquement d'os, comme une branche morte.

Bill ôta l'anneau et lança au loin le doigt amputé.

Ruth hurlait encore lorsqu'il la jeta hors de la camionnette.

Bill mit le moteur en route et partit. Maintenant, il riait à nouveau de son rire léger.

9

Manhattan, 1922

« M'man, m'man ! » Christmas se précipita dans le petit appartement du 320, Monroe Street, au premier étage, là où ils vivaient depuis cinq ans, après avoir quitté le sous-sol sans fenêtre dans lequel il avait grandi. « M'man ! » – et il avait dans la voix l'intonation d'un petit enfant perdu.

L'aube était passée depuis peu.

Cetta était rentrée tard, comme toutes les nuits. C'était une femme de vingt-huit ans et, vu son âge, elle avait changé de métier. Mais pas d'horaires. Elle entendit la voix de son fils s'insinuer dans son sommeil. Elle se retourna dans son lit et fourra la tête sous le coussin qu'elle pressa sur ses oreilles, afin de ne pas devoir abandonner le rêve fabuleux dans lequel elle était plongée, et qui ressemblait si peu à sa vie.

« Maman ! » – une urgence désespérée dans la voix. « Maman, réveille-toi, j't'en supplie ! »

Cetta ouvrit les yeux dans la pénombre de la petite pièce.

« M'man… Viens… »

Cetta quitta son lit, qui occupait presque toute la chambre, à l'exception d'une vieille commode et d'un portemanteau mural. Christmas recula, son regard effrayé était fixé sur sa mère en train de se frotter les yeux. Ils passèrent à la cuisine, où se trouvait aussi le petit lit de Christmas, contre la cloison, près du poêle. À gauche il y avait la porte d'entrée, qui donnait directement dans la cuisine. Cetta la referma.

« Qu'est-c'que tu veux, à cette heure ? Et d'abord, il est quelle heure ? » demanda Cetta.

Christmas ne répondit pas, il écarta les bras et baissa la tête sur sa poitrine.

La faible lueur éclairant le petit appartement venait de la fenêtre d'une pièce que Cetta appelait pompeusement le salon et qui devait faire trois mètres carrés. C'est à cette faible lueur que Cetta réalisa que la chemise de son fils était couverte de sang.

« Qu'est-c'qui t'est arrivé ? » s'écria-t-elle en écarquillant les yeux, brusquement réveillée. Elle se jeta sur son fils et toucha là où il était ensanglanté.

« M'man… m'man, regarde… » dit doucement Christmas, et il se tourna vers le divan du salon.

Cetta découvrit un adolescent boutonneux debout devant la fenêtre, le visage aussi épouvanté que celui de son fils. Et puis une fille qui leur tournait le dos, allongée sur le divan : elle avait des cheveux noirs et bouclés, et une robe blanche avec des manches et un volant à rayures bleues. Une fille couverte de sang.

« Mais qu'est-c'que vous lui avez fait ? hurla-t-elle, saisissant son fils.

— M'man… (les yeux de Christmas étaient remplis de larmes difficilement retenues), m'man, regarde-la… »

Cetta s'approcha de la jeune fille, la prit par les épaules et la retourna. Elle la lâcha aussitôt, frappée d'horreur. La jeune fille n'avait pas d'yeux mais deux amas de chair tuméfiée, sombre et gonflée. La lèvre supérieure était fendue. Du nez sortaient deux croûtes de sang dures et noires. Elle respirait à peine. Cetta se tourna vers le garçon boutonneux et puis vers son fils.

« On l'a trouvée comme ça, m'man ! (Un tremblement enfantin persistait dans la voix de Christmas). On savait pas quoi faire, alors… je l'ai amenée ici…

— Jésus Marie ! s'exclama Cetta avant de regarder à nouveau la fille.

— Elle va mourir ? demanda doucement Christmas.

— Petite, tu m'entends ? fit Cetta en la tenant par les épaules. Va prendre un verre d'eau, demanda-t-elle à son fils. Euh… non, le whisky, il est sous mon lit… »

La fille s'agita.

« Ça va aller, ça va aller… Dépêche-toi, Christmas ! » Christmas courut dans la petite chambre de sa mère et sortit de sous le lit une bouteille à moitié pleine du mauvais whisky que vendait une vieille femme de l'immeuble, amie de certains mafieux.

La fille, en voyant la bouteille – ou plutôt en la devinant à travers ses yeux tuméfiés – s'agita à nouveau.

« Du calme, du calme… » murmura Cetta en débouchant la bouteille.

La fille émit un râle et tenta de se débattre, on aurait dit qu'elle voulait pleurer mais que les larmes restaient coincées sous ses paupières gonflées et violacées. Puis, lentement, elle leva une main qu'elle montra à Cetta. Elle était couverte de sang. On lui avait amputé l'annulaire, d'un coup net, à la base de la première phalange.

Cetta ouvrit grand la bouche, porta une main à ses lèvres et à ses yeux, et puis elle enlaça la jeune fille, la serrant fort contre elle. « Mais pourquoi, pourquoi… ? » murmurait-elle. Enfin, déterminée, elle empoigna la bouteille. « Ça va te faire mal, très mal, ma fille… » déclara-t-elle d'une voix sérieuse et forte, avant de renverser d'un coup la bouteille de whisky sur le moignon de doigt.

La fille hurla. Sa bouche, en s'ouvrant, fendit les croûtes de sa lèvre supérieure, d'où le sang se remit à couler.

Le regard de Cetta se posa plus bas, là où la jupe était très abîmée. Entre les jambes, elle vit encore du sang. Alors, avec beaucoup de délicatesse, Cetta prit le visage massacré de la fille entre ses mains.

« Je sais ce qui t'est arrivé, lui chuchota-t-elle à l'oreille. Ne dis rien… »

Et lorsqu'elle se leva du divan, elle avait dans le regard une douleur et une haine qu'elle avait pourtant cru trop profondément ensevelies pour jamais pouvoir être exhumées. Elle avait les yeux de cette petite paysanne de l'Aspromonte qu'elle avait été autrefois, celle qui avait été violée et dépucelée dans un champ de blé, et dont elle avait voulu tout oublier – tout, sauf Christmas. Elle avait les yeux de cette passagère clandestine qui avait troqué auprès du capitaine de vaisseau son voyage en Amérique contre deux semaines de viol – ce capitaine dont elle revoyait soudain, et très nettement, le visage et les mains immondes. Cetta avait les yeux d'une fillette et un regard féroce.

Elle prit Christmas par le bras et l'entraîna jusque

dans sa chambre. Elle ferma la porte. Puis elle pointa un doigt devant son visage :

« Si un jour, tu fais du mal à une femme, tu ne seras plus jamais mon fils ! Je te couperai le zizi de mes mains et puis je te tuerai. Et si jamais j'étais déjà morte, alors je reviendrais de l'au-delà pour faire de ta vie un cauchemar sans fin. Ne l'oublie jamais ! » Elle parla avec une rage noire qui effraya Christmas.

Puis elle ouvrit la porte et retourna dans le salon :

« Comment tu t'appelles, ma fille ? lui demanda-t-elle.

— Ruth… »

« Ruth » répéta Christmas en son fort intérieur, avec une espèce de stupéfaction.

« Que Dieu te bénisse, Ruth… (et elle lui traça une petite croix sur le front). Maintenant, mon fils va t'emmener à l'hôpital (et elle lança une couverture à Christmas). Fais attention à ce qu'elle ne prenne pas froid ! Et couvre-la bien, pour que personne ne la regarde, surtout là entre les jambes. Il n'y a que les docteurs qui doivent la voir (elle remit en place sa mèche blonde et lui posa un tendre baiser sur la joue). Vas-y, mon enfant ! (Puis elle l'attira à nouveau contre elle et le fixa droit dans les yeux). Laisse-la devant l'hôpital et pars en courant, car les gens comme nous, personne ne les croit jamais » ajouta-t-elle d'un ton sérieux et inquiet. Enfin, elle tourna le dos à tous et s'enferma dans sa chambre, se recroquevilla dans son lit et plaqua un oreiller sur sa tête, s'efforçant de ne pas entendre les halètements de ses anciens violeurs.

Christmas descendit à grand-peine l'escalier étroit de leur immeuble – qui appartenait à Sal Tropea –, en portant Ruth dans ses bras, enveloppée dans une couverture, et Santo le suivit.

« Tu veux que je te relaie ? » proposa Santo après un bout de route, faisant mine de prendre la jeune fille.

Mais Christmas, sans savoir pourquoi, l'esquiva. D'un mouvement brusque, instinctif. « Non, c'est moi qui l'ai trouvée ! » dit-il. Comme s'il s'agissait d'un trésor. Et il reprit sa marche. Et dans sa tête, il répétait « Ruth », comme si ce nom avait un sens particulier.

Santo, deux *blocks* plus loin, lui fit remarquer, inquiet :

« Ta mère a dit de la laisser sur l'escalier de l'hôpital…

— Je sais… interrompit Christmas, haletant.

— … car sinon on risque d'avoir des ennuis, poursuivit Santo.

— Je sais.

— … si ça s'trouve, ils vont penser…

— Mais je sais ! » rugit Christmas.

Ruth gémit.

« Excuse-moi ! murmura Christmas à la jeune fille avec douceur et familiarité, comme s'il la connaissait depuis toujours. Écarte les cheveux de son visage ! dit-il à Santo. Mais doucement. »

Enfin, il reprit sa marche. Les trottoirs étaient bondés de miséreux qui allaient travailler, de jeunes délinquants qui vagabondaient déjà, de vendeurs ambulants qui essayaient de vendre leurs babioles, et d'enfants sales qui hurlaient les titres de l'édition matinale des journaux. Ils faisaient volte-face pour observer cet étrange trio, avec leur curiosité naturelle et leur détachement de jeunes blasés. Ils les examinaient un instant et puis détournaient le regard.

Christmas sentait ses bras se raidir. Il était en sueur. Une grimace de fatigue sur le visage. Lèvres crispées et entrouvertes, dents serrées, sourcils froncés et regard fixe, il était concentré sur leur objectif, maintenant visible.

« Tu la poses sur l'escalier et on se tire ! souffla Santo.

— Oui oui… »

Arrivé à la première marche, Christmas était sûr qu'il allait la faire tomber. Il n'avait plus de force dans les bras. « Ruth, on y est… » lui dit-il doucement, approchant son visage de celui de la jeune fille, et prononçant avec une émotion toute particulière ce prénom qui, pour lui, signifiait plus que tout.

Ruth esquissa un sourire. Et essaya d'ouvrir les yeux.

Christmas eut l'impression qu'ils étaient verts comme deux émeraudes, au milieu de tout ce sang caillé. Et il crut y voir quelque chose que nul autre ne pouvait voir.

« Pose-la et on se tire ! » insistait Santo avec une note d'anxiété dans la voix.

Mais Christmas n'entendait pas. Il fixait la fille qui le fixait et qui tentait de sourire. La fille aux yeux vert émeraude. « Moi je m'appelle Christmas » lui dit-il, et il attendit que le regard de Ruth croise ses yeux noirs. Parce que, à elle, il montrerait quelque chose qu'il ne montrerait à nul autre.

Ruth entrouvrit à peine la bouche, comme si elle voulait parler, mais ne dit rien. Elle bougea une main, qui s'échappa de sous la couverture et qu'elle posa contre la poitrine de Christmas. Celui-ci sentit le vide de l'amputation. À nouveau, ses yeux se remplirent de larmes. Mais il sourit. « On y est, Ruth ! »

« Merde, mais pose-la ! Y faut s'tirer d'ici !

— Et pourquoi vous devriez vous tirer ? » intervint une voix derrière eux.

Le policier porta le sifflet à ses lèvres et souffla avec force, tout en attrapant Santo par le bras.

Christmas gravit les dernières marches tandis que deux infirmiers sortaient de l'hôpital. Ils tentèrent de prendre la fille mais Christmas agissait comme s'il la protégeait d'une agression. Tout à coup, il semblait pris de folie, comme si toute la tension qu'il avait accumulée explosait dans sa gorge, de façon incontrôlable : « Noooon ! hurlait-il. C'est moi qui la porte, moi ! Appelez un docteur ! »

Les infirmiers le bloquèrent. Deux autres se précipitèrent et prirent la jeune fille dans leurs bras. Un autre infirmier apparut sur le seuil de l'hôpital avec un brancard. Ils l'y étendirent et disparurent dans le bâtiment.

« Elle s'appelle Ruth ! hurla Christmas en essayant de la suivre, mais il fut immédiatement arrêté. Ruth !

— Ruth comment ? demanda le policier, carnet en main.

— Ruth… » répéta simplement Christmas en se retournant. Tout à coup, la fureur qui l'avait saisi peu de temps avant l'abandonna totalement, aussi vite qu'elle était venue, et maintenant il se sentait comme vidé. Et épuisé. Il vit qu'on poussait Santo dans une voiture de police.

« Qu'est-ce que vous lui avez fait ? » demanda le policier.

Christmas regarda vers l'hôpital, sans parler, tandis que le policier l'entraînait à son tour dans le véhicule.

« On lui a rien fait ! pleurnichait Santo.

— Vous nous raconterez tout ça au poste » conclut le policier en fermant la portière. Puis il frappa sur le toit, et le conducteur démarra.

Christmas était toujours tourné vers l'hôpital tandis que l'auto s'éloignait.

Ils furent mis en cellule dans l'attente d'être interrogés. « Il n'y a pas trop de monde, aujourd'hui ! » les informa l'un des matons en riant. Dans la cellule il y avait deux noirs. L'un d'eux avait reçu un profond coup de couteau à la joue. Il y avait aussi un blond d'une trentaine d'années blotti par terre, dans un coin, le regard fixe et hagard – il dégageait une odeur d'ammoniaque et murmurait des paroles incompréhensibles, dans une langue incompréhensible. Et puis il y avait un jeune qui avait peut-être deux ou trois ans de plus que Christmas, aussi maigre qu'un squelette, avec de longues mains de pianiste à la peau très lisse et deux cernes très noirs. Il semblait vif et avait l'air d'en savoir long.

Le garçon indiqua à Christmas le trentenaire, dans le coin, et expliqua : « Un Polonais. Il a tué sa femme. Et il y a cinq minutes, il s'est pissé dessus », puis il haussa les épaules et rit.

« Et toi, pourquoi t'es là ? lui demanda Christmas.

— Je pique des portefeuilles, répondit le garçon avec fierté. Et vous ?

— Pour rien ! hurla Santo, effrayé. Nous, on n'a rien fait ! »

Cela fit rire le garçon.

« On a sauvé une fille d'une bande rivale, répliqua Christmas.

— Et pourquoi donc ? rit à nouveau le jeune. Voilà ce que vous y avez gagné !

— Si quelqu'un fait du mal à une femme, je lui coupe le zizi de mes mains et puis je le tue. Ce sont les règles de ma bande, fit Christmas en faisant un pas vers le garçon. Et s'ils me font la peau, je reviendrai de l'au-delà pour faire de leur vie un cauchemar sans fin. Ceux qui s'en prennent aux femmes sont des lâches. C'est pour ça que j'en ai rien à foutre, d'être ici. Moi, j'ai pas peur. »

Le garçon le regarda en silence. Christmas ne baissa pas les yeux et puis, d'un air presque indifférent, passa la main sur sa chemise ensanglantée.

« Comment tu t'appelles ? lui demanda le jeune, avec une pointe de respect.

— Christmas. Et lui, c'est Santo.

— Moi, c'est Joey. »

— Sans parler, Christmas opina du chef, comme pour signifier quelque chose de particulier, peut-être comme s'il daignait donner une espèce d'approbation.

« Et comment elle s'appelle, ta bande ? » demanda-t-il encore.

Christmas enfonça les mains dans ses poches, désinvolte. Dans sa poche droite, il sentit le gros clou qu'il avait trouvé dans la rue ce matin, et qu'il avait ramassé pour pouvoir fixer le fil à faire sécher le linge, dans la cuisine.

« Tu sais lire ? demanda-t-il à Joey.

— Ouais » répondit-il.

Alors Christmas se tourna vers Santo, lui tendit

le clou et indiqua le mur de la cellule, couvert de graffitis.

« Écris le nom de notre bande, lui commanda-t-il en prenant sa voix de chef. Que tout le monde se rappelle de nous ! Mais écris-le bien gros, hein ! »

Santo prit le clou et grava le mur, appuyant fort. Les lettres ressortaient en blanc sur la peinture marron.

« Di… am… ond… Do… gs… ânonna péniblement Joey avant de répéter : Diamond Dogs ! » Il regarda Christmas : « Génial ! » lâcha-t-il.

10

Manhattan-Coney Island-Bensonhurst, 1910

Dans ce nouveau monde, deux choses particulières frappaient Cetta : les gens et la mer.

Les rues de la ville, surtout dans les bas quartiers, étaient toujours pleines d'une foule grouillante. Cetta n'avait jamais vu autant de personnes en même temps. Deux de ces immeubles auraient suffi à contenir tous les habitants de son village d'origine, or, rien que là, dans l'East Side, des immeubles, il y en avait des centaines ! On vivait entassés en permanence, dans les logements, les chambres et les rues aussi. Ne pas se toucher, ne pas entendre les conversations des autres ni sentir leur odeur était chose impossible. Cetta n'aurait jamais imaginé qu'il puisse exister autant de peuples ni de langues. Elle n'aurait jamais cru que des hommes et des femmes puissent être si petits et d'autres si grands ni avoir tant de couleurs d'yeux et de cheveux différentes. Elle n'avait pas idée que des gens puissent être si forts ou si faibles, si naïfs ou si fourbes, si riches ou si pauvres – et être tous mélangés. Comme dans la tour de Babel dont le curé parlait à la messe, au village. Et Cetta craignait que, à l'instar de la Babel des prêtres, celle-ci un jour ne s'écroule également, alors qu'elle-même venait tout juste de s'y installer. Elle avait peur que toutes ces personnes ne deviennent folles, d'un coup, et se mettent à hurler des mots que nul ne comprendrait, alors qu'elle venait d'apprendre cette langue difficile et fascinante, pleine de douceur et de rondeur. La seule langue que son fils américain connaîtrait.

« Vous ne devez pas parler en italien à Christmas » avait-elle recommandé à Tonia et Vito Fraina. Et elle-même ne parlait pas dans son ancienne langue aux deux vieux, qui faisaient de plus en plus office de famille. Pour Cetta, le monde de l'autre côté de l'océan n'existait pas. Elle l'avait effacé par sa seule volonté, par sa seule pensée : le passé n'existait plus. Maintenant, il n'y avait plus que cette ville. Ce nouveau monde. Qui serait la patrie de Christmas.

Certains jours, les rues l'effrayaient. D'autres fois, en revanche, elle aimait errer sans but, bouche bée, observant les voitures qui klaxonnaient derrière les charrettes tirées par des chevaux, se mirant dans les vitrines pleines de gâteaux ou de vêtements, levant la tête vers le ciel barré par les rails du métro aérien ou percé de gratte-ciel, ou encore admirant, stupéfiée, les piles, arcs et câbles en acier du Manhattan Bridge à peine terminé, qui s'élevaient hors de l'eau, reliés entre eux, et restaient miraculeusement suspendus au-dessus de l'East River. Certains jours, elle se sentait étouffer dans les rues étroites et sombres, jonchées d'immondices et pleines de gens qui puaient les ordures.

D'autres fois, elle était enivrée par les larges avenues, là où les femmes sentaient les fleurs exotiques, et les hommes les cigares cubains. Mais, où qu'elle aille, il y avait toujours des gens. Tellement de gens qu'on ne pouvait les compter. Tellement, qu'on rencontrait rarement la même personne à deux reprises, y compris lorsqu'on habitait le même immeuble. Tellement, que cette ville n'avait pas d'horizon.

C'est peut-être pour cela que après avoir longtemps vagabondé et exploré la ville, Christmas dans les bras – afin que son fils se familiarise au plus vite avec son univers –, découvrir la mer avait été, pour Cetta, presque une surprise. Pourtant, elle devait bien savoir que Manhattan était une île, et elle devait bien savoir que la mer était là, elle qui était arrivée par bateau ! Mais cette ville lui faisait tout oublier. Peut-être à cause de ce vacarme permanent, peut-être à cause de ce béton qu'on voyait partout. Peut-être parce que la mer non plus, ce n'était pas grand-chose, comparé à cette extraordinaire fourmilière humaine.

Alors qu'un instant auparavant, elle était entourée d'immeubles, tout à coup sa vision s'était élargie et elle s'était retrouvée à Battery Park, avec ses parterres bien ordonnés. Derrière, la mer. Là, elle avait suivi une masse de gens parlant fort et avait découvert l'embarcadère des ferries. Elle y avait vu des marins, ainsi que des femmes et des enfants qui achetaient des billets. Et de l'autre côté, comme l'indiquaient les panneaux publicitaires, au-delà de la mer et de cet autre univers infini d'immeubles que devenait Brooklyn, il y avait l'île des divertissements. Ainsi, Cetta s'était mise à faire la queue devant la billetterie pour Coney Island, sans même savoir pourquoi. Elle avait acheté son billet et, emportée par la foule, comme une feuille par le courant, elle avait avancé sur le quai, au moment où un énorme ferry avait accosté bruyamment. Toutefois, quand les gens avaient commencé à pousser pour grimper dans le ventre de cette baleine de fer, Cetta avait pris peur : elle craignait de ne pas retrouver le chemin du retour, de ne pas retrouver son appartement sans fenêtre ni la maison close où elle vendait son corps à des inconnus, et elle s'était placée de côté, le billet pour l'île des divertissements à la main. Et c'est de là, à l'écart, qu'elle avait regardé les amarres glisser dans l'eau et les moteurs du ferry rugir, soulevant une écume à la fois claire et trouble. Pendant qu'un ferry s'éloignait, un autre arrivait. Et les deux monstres d'acier se saluaient en faisant hurler leurs sirènes, ils s'effleuraient en se disant bonjour. Et une nouvelle foule se pressait sur le quai en vociférant. Cetta avait encore observé un moment cette mer ni bleue ni verte qui avait la couleur sombre du pétrole et n'avait pas l'air d'être vraiment la mer, et puis elle s'était enfuie, à la fois attirée et apeurée, serrant fort contre elle Christmas sans lâcher le billet pour Coney Island.

Mais à partir de ce jour là, tous les matins pendant une semaine, elle retourna contempler l'océan, comme pour se rappeler qu'il existait. Elle s'asseyait sur un banc de Battery Park, à l'écart, et suivait du regard les ferries qui allaient et venaient, toujours bondés. Elle se disait qu'un jour, elle aussi trouverait le courage de s'éloigner de chez elle, sûre de retrouver le chemin du retour. Elle demeurait assise sur son banc, balançant Christmas sur un genou et serrant dans son poing le billet pour Coney Island qu'elle avait acheté avec son argent de prostituée. Elle regardait voler les mouettes dans le ciel, se demandant si elles pouvaient atteindre le sommet des gratte-ciel. Elle se demandait aussi ce qu'elles voyaient et ce qu'elles pensaient de ce zoo humain qui grouillait en bas.

La semaine suivante, elle était en voiture avec Sal, en direction du bordel de la 25e rue, entre la 6e et la 7e Avenues.

« Toi, tu y es déjà allé, à Coney Island ?

— Oui. » Pas un mot de plus, comme d'habitude.

Cetta regarda un moment devant elle. Elle était toujours émerveillée de voir combien la ville changeait brusquement, comme s'ils franchissaient une frontière invisible. Les rues étouffantes remplies de miséreux, la boue et les échoppes avec leurs auvents crasseux aux couleurs délavées et leurs vitrines poussiéreuses, tout disparaissait soudain et devenait plus lumineux. Les passants se mettaient tout à coup à arborer des costumes gris et des chemises blanches au col amidonné, des cravates, des chapeaux qui n'étaient pas complètement difformes, des cigares plus longs, des pipes et un journal replié deux fois pour lire la rubrique des sports. Les carrioles à cheval cédaient la place aux automobiles. La poussière disparaissait des vitrines des magasins, les auvents se paraient de couleurs vives, de rayures et de réclames voyantes. Cetta n'aurait pas su dire à quel endroit précis la ville décidait de changer. Elle savait simplement que à un moment donné, tandis qu'ils se dirigeaient vers le nord, son regard était attiré par quelque chose qui brillait sur sa droite. D'instinct, elle se tournait et découvrait l'enseigne : « Fisher & Sons – Bronze Powders ». La lumière se reflétait sur un ensemble d'objets en métal remis à neuf : ils scintillaient comme de l'or. Et lorsque Cetta regardait à nouveau devant elle, à travers le pare-brise de Sal, la ville avait changé.

« C'est amusant ? demanda Cetta en souriant.

— Quoi ?

— Coney Island ! »

Et sa main alla machinalement vers son sac – le premier qu'elle ait jamais possédé, en cuir verni noir – dans lequel elle conservait le billet pour le ferry.

« Ça dépend des goûts » fut la réponse expéditive de Sal, de sa voix profonde.

Le silence tomba à nouveau. Cetta leva les yeux vers le métro aérien. Le bruit de ferraille du train couvrit un moment le bruit de la voiture et fit taire les gamins qui hurlaient les titres des journaux. Cette vibration provoqua quelque chose en Cetta, comme si on avait poussé un verre, auparavant en équilibre au bord d'une table, juste assez pour le faire tomber à terre.

« T'es ennuyeux comme un mort, Sal ! » s'exclama-t-elle sans cesser de regarder devant elle, agrippant la poignée rigide de son sac à main.

La voiture pila au milieu de la rue dans un violent crissement de freins. La tête de Cetta alla cogner contre le tableau de bord. Derrière eux, un automobiliste klaxonna furieusement et puis les dépassa en hurlant quelque chose.

Sal s'était tourné vers Cetta et pointait vers elle un gros doigt noir :

« Ne me compare jamais plus à un mort ! lança-t-il d'une voix menaçante. Ça porte malheur ! »

Et il repartit.

Sans savoir pourquoi, Cetta sentait les larmes lui

monter aux yeux. Elle les refoula en se mordant les lèvres. Quand ils arrivèrent devant l'entrée du bordel, elle descendit en toute hâte, sans saluer Sal ni prêter attention aux notes joyeuses qui provenaient de la 28e Rue, pas très loin de là, entre Broadway et la 6e Avenue, où des dizaines de pianistes jouaient les derniers airs à la mode.

« Eh, toi ! » appela Sal en se penchant par la portière ouverte.

Cetta se retourna, un pied sur la première marche.

« Approche ! » lui dit Sal.

Cetta revint sur ses pas à contrecœur, lèvres serrées. Madame (ainsi que toutes les prostituées appelaient la femme qui dirigeait la maison close) lui avait bien dit de ne jamais désobéir à Sal, sous aucun prétexte.

« T'as seize ans, c'est ça ? lui demanda Sal.

— J'en ai vingt et un mais je fais jeune, récita machinalement Cetta, croyant qu'il s'agissait d'un entraînement dans l'éventualité d'une descente de police.

— On n'est que toi et moi ! fit remarquer Sal.

— Oui, j'ai seize ans » confirma fièrement Cetta.

Sal hocha longuement la tête en la fixant.

« Demain matin, je viens te chercher à onze heures. Sois prête ! décida-t-il enfin. Et laisse le morveux à Tonia et Vito » conclut-il en refermant la portière.

Cetta fit volte-face et pénétra dans l'immeuble.

Sal la regardait en se disant : « C'est juste une gamine ! » Puis il redémarra et se dirigea vers chez Moe, le *diner* où il passait le plus clair de son temps, en compagnie d'autres durs comme lui, à l'écart dans un coin : ils discutaient de ce qui se passait en ville, parlaient des morts et des vivants, de ceux qui avaient le vent en poupe ou étaient en perte de vitesse, de qui était encore ami ou de qui, du jour au lendemain, devenait ennemi.

Cetta entra dans la maison de passe avec ses habits de jeune femme modeste et se rendit dans la salle de couture, où elle se déshabilla et enfila le bustier qui lui remontait les seins en laissant ses mamelons sombres découverts, puis les jarretières, les bas verts qui lui plaisaient tant, et enfin sa robe préférée, la bleu foncé avec des paillettes dorées éparpillées un peu partout sur l'étoffe, comme des étoiles dans la nuit. Comme le manteau de la Vierge lors de la procession de son village. En enfilant les chaussures à talons, qui la faisaient paraître plus grande, elle sentit un fourmillement dans sa jambe gauche. Instinctivement, elle courba le dos et baissa l'épaule que sa mère autrefois lui avait liée. Moins de quatre ans s'étaient écoulés : pourtant, on aurait dit une vie entière.

Cetta se donna un coup de poing sur la jambe.

« Qu'est-c'que tu fais ? » lui demanda la grosse femme qui s'occupait des vêtements des prostituées.

Cetta ne répondit rien et ne lui accorda pas même un regard. La *couturière*, comme on l'appelait au bordel, était une personne à éviter. Pas une fille ne lui faisait ne serait-ce que l'ombre d'une confidence. C'était une femme pleine de rancœur et de venin. À éviter. Cetta resta immobile jusqu'à ce que le fourmillement cesse. Puis, en sortant, elle sourit à sa propre image reflétée dans le miroir. C'était vrai, ce qu'on disait : l'Amérique était un pays magique. Sa jambe était presque guérie. Elle se bloquait de moins en moins souvent. Et personne ne s'était aperçu qu'elle boitait. Avec ses premiers dollars, Cetta s'était rendue chez un cordonnier – mais pas dans le Lower East Side, non, dans un district où personne ne la connaissait – et elle s'était fait ajouter un centimètre au talon gauche. C'était tout. Et ainsi, elle s'était redressée.

Quand elle entra dans le salon – la grande pièce remplie de fauteuils et divans où les prostituées attendaient d'être choisies par les clients –, Cetta était de bonne humeur, comme toujours. Elle salua les autres et se jeta sur un siège, découvrant ses jambes voilées de bas verts.

Deux filles – Frida l'Allemande, blonde, grande et solide, et Sadie la Comtesse, qu'on appelait ainsi parce qu'on racontait qu'elle venait d'une famille de nobles européens – s'esclaffaient bruyamment dans un coin. « Alors, comment ça s'est passé, avec Sal ? » demanda l'Allemande. La Comtesse ferma les yeux et soupira. Elles rirent de plus belle. Puis elles s'aperçurent que Cetta les fixait.

« Tu sais pas c'que tu rates ! s'exclama la Comtesse, mimant l'extase.

— Il l'a jamais goûtée ? » demanda l'Allemande, stupéfaite. Puis elle porta une main à sa poitrine et fit mine de rester bouche bée, en regardant Cetta.

« Grâce à Sal, tu ne regrettes pas… ce qui te manque » ajouta une autre fille, Jennie Bla-Bla, appelée ainsi parce qu'elle parlait toujours trop.

« Toi, tu s'rais capable de dire c'qu'y faut pas même avec la bite d'un nègre dans la bouche ! intervint Madame, recoiffant une mèche rousse échappée d'une épingle. Et un d'ces jours, ce défaut va t'attirer des ennuis ! »

Toutes les filles se mirent à rire.

« J'voulais juste dire que…, tenta de se justifier Jennie. Allez, bordel, vous voyez c'que j'veux dire !

— Allez, bordel !… l'imita la Comtesse. »

Et les autres s'esclaffèrent de plus belle.

« Essaie de faire attention à c'que tu dis ! » répliqua Madame.

Jennie se renfrogna. Puis elle éclata de rire à son tour.

Cetta ne comprenait pas ce qu'il y avait d'amusant. Elle s'efforça de sourire. Cependant, elle savait qu'elle avait rougi et espérait que personne ne l'avait remarqué. Ses compagnes parlaient toujours de Sal, mais avec des phrases mystérieuses ou qui, en tout cas, lui paraissaient telles. Elle avait tenté de l'observer et de comprendre pourquoi elles étaient toutes folles amoureuses de cet homme laid et mal dégrossi, aux mains toujours noires. Et chaque fois qu'elle leur demandait quelque explication, ses collègues ne répondaient que de manière évasive : « Il faut qu'il te goûte, alors tu comprendras tout de suite ! » répliquaient-elles. Rien d'autre. Mais sa curiosité n'allait guère au-delà. Le sexe ne l'intéressait pas. Elle faisait la putain, ça n'avait rien à voir.

La seule chose que Cetta regrettait vraiment, c'était de ne pas habiter avec les autres filles : partager le quotidien créait une intimité qu'elle n'avait avec aucune d'entre elles. Avant le coucher et au réveil, il n'y avait pas de prostituées, mais simplement des jeunes femmes. Et elles se liaient d'amitié. Cetta, en revanche, n'avait pas d'amie. Ses seuls amis, c'étaient Tonia et Vito Fraina. Mais elle, elle avait Christmas – ainsi se consolait-elle, lorsque la mélancolie la gagnait –, alors qu'un médecin anonyme venait racler le ventre de toutes ces filles avec une tige de fer pour faire passer leurs bébés.

Quant aux hommes, Cetta n'y pensait jamais. Elle les accueillait sans peine. C'était juste quelque chose qu'il fallait faire.

« C'est une fillette ! » disait Madame en l'indiquant à certains clients. Alors leur visage s'illuminait, ils venaient dans la chambre avec des bonbons et lui en offraient comme si elle était leur petite nièce, puis ils l'allongeaient en travers de leurs jambes, soulevaient sa jupe et lui donnaient une fessée. Ils lui disaient qu'elle avait été méchante et qu'il ne fallait jamais plus recommencer. Ils le lui faisaient jurer, mais ensuite ils sortaient leur membre et le lui fourraient dans la bouche encore pleine du sucre des bonbons.

« C'est une vraie salope ! » disait au contraire Madame à d'autres. Ceux-là ne lui adressaient même pas la parole en l'entraînant dans la chambre ni ne la déshabillaient. Ils la faisaient se tenir de dos, le derrière dénudé, et elle les entendait faire leurs petits préparatifs jusqu'à ce qu'ils soient prêts. Certains utilisaient un lubrifiant (que la maison de passe était attentive à toujours mettre à disposition, sur une table de chevet) mais la plupart de ce genre de clients crachaient droit entre les fesses de Cetta, étalaient la salive avec un doigt et puis la pénétraient.

« C'est une fille très sensible ! » disait Madame à d'autres encore. Après avoir fait l'amour avec elle, ceux-là pleuraient parce qu'ils l'avaient contrainte à s'humilier en se prostituant, et parce que leurs bas instincts l'avaient souillée. Ou bien ils s'allongeaient, la tête sur ses fesses, et lui parlaient de leur femme, qui était autrefois exactement comme elle, jeune et docile. Ou bien ils voulaient la prendre dans le noir et l'appelaient avec des noms qui, pour Cetta, ne voulaient rien dire, mais qui pour eux avaient été chargés de sens, qui sait combien de temps auparavant.

« C'est ton esclave ! » disait Madame à d'autres clients, avant d'ajouter à voix basse « ... mais ne me l'abîme pas ! » Ceux-là l'attachaient au lit, passaient la pointe d'un couteau entre ses seins et le long de ses cuisses, serraient ses mamelons avec des pinces à linge, lui donnaient des ordres ou lui faisaient lécher leurs chaussures.

« C'est ta patronne ! » disait encore Madame à certains. Alors Cetta les attachait au lit, passait la pointe d'un couteau sur leur poitrine et à la base de leurs testicules, serrait leurs mamelons avec des pinces à linge, leur donnait des ordres, leur faisaient lécher ses chaussures ou leur enfilait ses talons dans la bouche.

Madame devinait ce que voulaient les clients. Et Cetta devenait ce que voulait Madame. Simplement parce que c'était ce qu'une prostituée devait faire. Mais elle n'y pensait jamais avant d'arriver au bordel. Et elle l'oubliait aussitôt après, lorsque Sal la raccompagnait chez elle. Parce que Cetta avait un monde intérieur qui la tenait éloignée de tout – qui ne la protégeait pas, mais la tenait éloignée.

Elle ne demandait jamais pourquoi. Elle n'avait demandé aucune explication à sa mère lorsque celle-ci l'avait estropiée, ni à l'homme à la jambe de bois qui l'avait violée, ni à celui qui s'était fait payer le prix du voyage en abusant d'elle. Les explications ne l'intéressaient pas. Les choses étaient ce qu'elles étaient. Et pourtant, rien ni personne ne pourrait la soumettre. Cetta, tout simplement, ne leur appartenait pas. Elle n'appartenait à personne.

Le lendemain à onze heures, Sal, ponctuel, gara sa voiture le long du trottoir, obligeant un vendeur ambulant à déplacer sa misérable marchandise en catastrophe. Cetta, qui l'attendait sur les marches, passa près du marchand, lui sourit et posa une main sur son épaule. Puis elle monta en voiture. Sal démarra en écrasant sous ses roues la valise en carton dans laquelle le vendeur transportait les lacets de chaussures qu'il tentait de vendre.

« Pourquoi t'as fait ça ? demanda Cetta, se retournant pour regarder le pauvre homme avec sa valise déglinguée.

— Parce que tu lui as souri, répondit Sal.

— Tu es jaloux ?

— Dis pas de conneries !

— Alors pourquoi ?

— Parce que tu lui as souri.

— Je comprends pas…

— Si tu lui souris alors que je l'ai obligé à se déplacer, c'est comme si tu lui disais qu'il a raison. Et tu lui dis ça sous mon nez. Donc, c'est comme si tu me disais, devant lui, que j'ai tort. Alors si ça s'trouve, un jour, ce type ou n'importe quel autre connard va se mettre en tête qu'il n'a qu'à me le dire directement. C'est pour ça que j'ai dû lui faire comprendre que le chef, c'est moi. »

Cetta demeura silencieuse un moment, avant d'éclater de rire :

« Sal, j'aurais jamais imaginé que tu pouvais faire une phrase aussi longue ! »

Sal continua à conduire. Mais il n'allait pas vers la maison close.

« On va où ? interrogea Cetta.

— À Coney Island » répondit Sal.

Il se gara sur le quai, tira de sa poche deux billets identiques à celui que Cetta gardait dans son sac de cuir verni, et descendit de voiture.

« Dépêche-toi ! lui lança-t-il rudement. Le ferry va pas t'attendre ! »

Puis il la prit par le bras et l'entraîna vers l'embarcadère. Il bouscula les personnes qui faisaient la queue, passa devant tout le monde, foudroya du regard un marin qui s'était hasardé à protester et poussa Cetta dans le ventre de la baleine de fer.

Quand la sirène du ferry annonça le départ, Cetta sursauta, comme si elle se réveillait d'un rêve. Et elle fut obligée de se mordre les lèvres pour ne pas pleurer des larmes de joie, semblables à celles qu'elle avait versées la première fois qu'elle avait endossé ses vêtements de prostituée.

Mais dès que le ferry quitta le quai, elle replongea dans le rêve et l'irréel. Elle ne pensait à rien, ne voyait rien ou presque. Agrippée à la rambarde, à la proue, elle fixait l'eau qui se fendait en deux en écumant, et elle serrait les poings car elle craignait de s'envoler, de se transformer en mouette, alors qu'elle désirait rester ici, debout sur toute cette ferraille qui vibrait. C'était le premier cadeau qu'elle ait jamais reçu. Elle ne parvenait même pas à penser à Sal. Elle ne lui était même pas reconnaissante. Elle se tenait là, dans le vent qui ébouriffait ses cheveux épais et noirs, et tentait de sourire. Elle ne se retourna qu'une fois, très vite, comme dans un sursaut, pour vérifier que Manhattan n'avait pas disparu. Et puis elle regarda à nouveau devant elle, la côte de Brooklyn filait sur sa gauche, en face c'était la haute mer. Et soudain elle se mit à rire, en espérant que personne ne l'entendait, car elle voulait que cette joie ne soit que pour elle : c'était une forme d'avarice, comme si la partager aurait signifié la perdre.

Et puis, enfin, l'arrivée à Coney Island !

« Lance ! » lui dit Sal en lui passant des balles de chiffon qu'il fallait jeter sur une pyramide de boîtes de conserve. « Vas-y ! » fit-il en la poussant vers un wagon du train fantôme. « C'est une connerie pour que les gens s'embrassent dans le noir » expliqua-t-il en l'éloignant d'un rideau sur lequel était écrit : « Tunnel de l'amour ».   Mange ! » ordonna-t-il en lui tendant une montagne de barbe à papa. « Tu t'es amusée ? » lui demanda-t-il au bout d'une heure.

Cetta était comme enivrée. Le trajet en ferry, à la proue, agrippée à la rambarde au lieu d'être enfermée dans la cale, la plage que l'on voyait dès qu'on était au large, la foule qui se pressait sur le bord de mer pour écouter des orchestres, les établissements de bain, les trams électriques de toutes couleurs, la musique qui sortait des cafés sur la plage, les magasins qui vendaient des maillots de bain rayés, l'entrée de la fête foraine… Elle tenait à la main un ours en peluche que Sal avait gagné au tir. Elle avait les poches pleines de bonbons, guimauve, rouleaux de réglisse, sucettes, sucres d'orge et fruits confits.

« Eh, tu t'es amusée ? » répéta Sal.

Cetta le regarda, un peu hébétée, puis tourna la tête vers les montagnes russes et les indiqua, sans mot dire.

Sal resta immobile un instant, puis la prit par le bras,

alla à la caisse, acheta un billet et le lui donna. Sur le ticket, il était écrit : « Les plus hautes du monde ». Dans les wagons, les gens hurlaient.

« J'ai peur d'y aller toute seule ! » s'exclama Cetta.

Sal leva les yeux vers les montagnes russes. Il flanqua un coup de pied furieux dans un réverbère, fit volte face, retourna à la caisse, poussa un couple d'amoureux et acheta un autre billet. Puis il s'assit dans le wagon près de Cetta.

Tant qu'ils montèrent, Cetta fut tout sourires. Mais lorsqu'elle se retrouva au bord de la première descente vertigineuse, elle regretta d'avoir voulu essayer les montagnes russes. Elle écarquilla les yeux, sentit le souffle lui manquer, agrippa le bras de Sal et puis hurla à pleins poumons. Sal demeura immobile. Il n'émit pas un son. Il porta une main à son chapeau pour éviter qu'il ne s'envole.

Quand le tour fut fini, Sal lui lança : « Tu m'as explosé les tympans, imbécile ! »

Cetta eut l'impression qu'il était très pâle.

« On y va ! » commanda Sal, après quoi il ne lui adressa plus la parole.

Et même lorsqu'il la vit frissonner pendant le voyage du retour, il ne lui dit pas un mot, ni ne lui offrit sa veste pour la protéger. Ensuite, une fois la voiture récupérée, Sal les conduisit de l'autre côté de Manhattan, traversa l'East River, rejoignit Brooklyn et l'emmena dans une rue plantée d'arbrisseaux qui avaient du mal à pousser, dans le quartier de Bensonhurst. Les immeubles n'avaient que deux ou trois étages. Tout était différent du Lower East Side. On aurait dit un village. Sal fit descendre Cetta et, toujours en la tenant par le bras, la fit entrer dans un des immeubles. Ils montèrent au deuxième étage. Sal sortit des clefs de sa poche et ouvrit une porte.

« J'habite ici » expliqua-t-il.

Il la poussa sur un divan marron, ôta sa veste ainsi que l'étui contenant son pistolet. Il retroussa ses manches. « Enlève ta culotte ! » ordonna-t-il.

Cetta ôta sa culotte, qu'elle laissa tomber à terre. Puis elle tendit la main et toucha le sexe de Sal.

« Non ! » s'écria Sal. Il s'agenouilla devant elle, lui écarta les jambes et souleva sa jupe. Puis il plongea la tête dans la touffe noire de ses poils. Il renifla. « Des épices… » fit-il sans bouger la tête – et la vibration sourde de sa voix provoqua en Cetta un étrange frisson. « Du romarin… du poivre… » continua-t-il à dire doucement, déplaçant son nez écrasé par les coups de poings, en faisant de petits cercles.

Cetta s'aperçut qu'elle avait envie de fermer les yeux.

« Un sous-bois épais… chauffé par le soleil… mais humide… »

Quand elle était avec un client, Cetta gardait toujours les yeux ouverts. Même lorsqu'il faisait noir et que nul ne pouvait la voir. Elle ne savait pas pourquoi. Elle n'avait pas envie de fermer les yeux, c'était tout.

« Oui, c'est ça… romarin et poivre sauvage… » fit Sal, écartant les poils avec son nez.

À présent, Cetta n'arrivait plus à garder les yeux ouverts. La voix chaude et profonde de Sal résonnait entre ses jambes, comme dans une grotte, et des vibrations semblaient monter dans son ventre, qui se contractait. Et elle écoutait cette voix qui pénétrait son corps avant même de parvenir à ses oreilles.

« Des arbustes sauvages… » et, glissant son nez

entre les poils noirs, Sal le pressa contre la peau « …
dans une terre humide… »

Les yeux clos, Cetta ouvrit la bouche, mais sans
dire un mot et en retenant son souffle.

« Et dans cette terre… »

Cetta sentit le nez remonter et quitter sa peau qui
devenait humide, comme le disait la voix de Sal.

« … et dans cette terre, le miel… »

Et Cetta sentit la langue de Sal qui, lentement, se
glissait en elle, comme pour chercher ce miel qu'elle
découvrait, émerveillée, dans son propre ventre, en
train de couler à la recherche d'une sortie.

« Du miel de châtaignier… » poursuivait Sal, continuant à parler dans son corps, en la faisant trembler.
« Âpre et amer… et pourtant sucré… »

Cetta avait le souffle coupé. Sa bouche s'ouvrait
et se fermait, au rythme des bouffées de chaleur qui
enflammaient son ventre. Elle tenait maintenant les
bras écartés. Ses mains s'ouvraient et se fermaient en
même temps que sa bouche, tandis qu'elle entendait
– et sentait – la voix de Sal, qui ne cessait de parler
et de vibrer à l'intérieur d'elle, dans les profondeurs.

« Et dans ce miel… » la langue de Sal écarta la
peau et puis monta « … un bourgeon tendre… délicat… sucré… de la pâte d'amande… »

« Non… » chuchota Cetta, dans un long souffle.
Et elle ne savait pas pourquoi elle avait dit ce mot,
qu'elle n'avait jamais prononcé lorsqu'elle avait été
violée. « Non… » répéta-t-elle plus doucement encore,
pour que Sal ne l'entende pas. « Non… » dit-elle
encore, en proie à un supplice qu'elle ne connaissait
pas, qui ne faisait pas mal et ne déchirait rien. Elle

avait l'impression qu'une espèce de mélasse, quelque chose de visqueux et poisseux, sortait d'elle.

« Un bourgeon clair… » continuait Sal, enroulant le bout de sa langue et puis l'élargissant, comme pour montrer à Cetta ce qu'elle avait sans le savoir, lui enseignant ce qu'elle ignorait être capable d'éprouver « … un bourgeon clair dans une coquille sombre… comme une huître, comme la perle d'une huître… » Sal fit entendre un bruit sourd, satisfait, et poussa plus fort sa tête et sa langue entre les jambes de Cetta, accélérant le rythme de ses baisers. Oui… c'est ça, c'est ça… »

Les bras de Cetta agrippèrent la grosse et puissante tête de Sal, ses doigts se glissèrent dans ses cheveux gominés et poussèrent cette tête tout au fond d'elle, presque jusqu'à ce qu'il étouffe, parce qu'elle-même étouffait.

« Voilà… maintenant, je le sens… Le sel, le sel du miel… vas-y, petite, ça vient, ça vient… »

Cetta écarquilla les yeux lorsqu'elle sentit le *sel*, comme l'appelait la voix profonde de Sal, jaillir d'elle, irrésistible, contracter son ventre et lui couper le souffle. Alors que jusqu'ici elle gémissait, elle comprit que c'était uniquement en criant qu'elle pourrait atténuer ce supplice de la chair :

« Sal ! » hurla-t-elle, vaincue.

Et Sal releva la tête. Il la regarda. Souriant.

Cetta vit qu'il avait des dents très blanches. Droites. Parfaites. Elles détonnaient dans la laideur de son visage. Pleine de gratitude, encore secouée par le troublant vertige que la langue épaisse de Sal avait provoqué, elle se précipita sur son pantalon et se mit à le déboutonner. Sal repoussa ses mains :

« Non, je t'ai dit ! » fit sa voix profonde et brusque. Cetta fixa ses lèvres, brillantes du plaisir qu'il venait de lui donner. Elle s'abandonna sur le divan, releva sa jupe, écarta les jambes, ferma les yeux et lança : « Parle-moi encore, Sal ! »

11

Manhattan, 1910-1911

« Alors, maintenant on est ensemble ? » demanda Cetta, les yeux étincelants de joie.

Devant elle, assis sur le lit, avec un vieux chapeau d'homme trop grand qui cachait une bonne partie de son visage, se tenait le petit Christmas.

« Bien sûr, petite ! fit Cetta, baissant la voix pour qu'elle ressemble à celle de Sal, qui était interprété par Christmas dans son jeu. Et à partir d'aujourd'hui, tu ne feras plus la putain ! Je te veux pour moi tout seul.

— C'est vrai ? demanda Cetta avec sa propre voix.

— Tu peux y parier ton cul ! » se répondit-elle avec les notes les plus basses dont elle était capable, et en faisant bouger les petites mains de Christmas, qu'elle avait salies avec de la suie pour qu'elles soient noires comme celles de Sal.

Les lèvres de Christmas tremblèrent puis il éclata en sanglots, au moment même où Tonia et Vito rentraient. Cetta lui enleva en toute hâte le chapeau et elle prit l'enfant dans ses bras pour le câliner.

« Mais qu'est-ce qu'il a aux mains ? lui demanda Tonia.

— Rien, répondit Cetta souriante, il les a mises dans la cendre.

— Ah, voilà mon chapeau ! s'exclama Vito. Je le retrouvais plus, ce matin !

— Il était tombé sous le lit, mentit Cetta.

— Merde, qu'est-c'qu'il fait froid, dehors ! commenta Vito en mettant le chapeau sur sa tête.

— Mais comment tu parles ? Nettoie ta bouche quand t'es devant le gosse ! gronda Tonia. Tiens, donne-le-moi ! » fit-elle ensuite à l'intention de Cetta. Elle prit Christmas dans ses bras, s'assit à la table, plongea les mains sales du petit dans la bassine d'eau et commença à les nettoyer.

« Mais qu'est-ce que t'es moche ! On dirait tonton Sal ! » dit-elle à l'enfant.

Cetta sourit en rougissant. Elle ne croyait pas à son jeu, mais elle aimait faire semblant d'y croire.

« Prépare-toi, Cetta, Sal va bientôt venir te chercher » lui conseilla Tonia tout en essuyant les mains de Christmas, qui à présent n'arrêtait plus de rire. Puis elle regarda son mari, allongé sur le lit.

« Et toi, enlève donc ce chapeau !

— J'ai froid !

— Un chapeau sur le lit, ça porte malheur ! rappela-t-elle.

— Mais il est sur ma tête !

— Et ta tête, elle est sur le lit ! Allez, enlève-le ! »

Le vieil homme grommela quelque chose d'incompréhensible. Il se leva, alla s'asseoir à la table en face de son épouse et, dans un geste de défi, enfonça davantage son chapeau sur sa tête.

Tout en se changeant, Cetta riait encore.

Christmas s'amusait aussi, il regarda sa mère et puis se tourna vers Vito et tenta de lui enlever son chapeau :

« Pépé ! » prononça-t-il.

Le visage de Vito s'enflamma d'une rougeur inattendue. Les yeux du vieil homme se remplirent de larmes.

« Passe-le-moi ! » dit-il à sa femme. Il prit Christmas et le posa sur ses genoux, le serrant contre lui avec émotion.

On entendit dehors le klaxon d'une voiture résonner, impérieux.

« C'est Sal » fit Cetta.

Mais ni Vito ni Tonia ne lui prêtèrent attention. Tonia avait tendu un bras par-dessus la table et pris la main de son mari. Et tous deux, de leur main libre, caressaient les cheveux fins et clairs de Christmas.

Sal klaxonnait à nouveau quand Cetta arriva sur le trottoir, au pas de course. Elle monta en voiture. « Excuse-moi ! » dit-elle.

Sal démarra. Même dans ce ghetto de miséreux, les gens dans la rue préparaient Noël, imminent. Les vendeurs ambulants proposaient des marchandises différentes, de vieilles décorations dépoussiérées étaient apparues dans les vitrines, et de jeunes enfants barbouillés de colle placardaient des affiches qui faisaient la réclame pour des réveillons bon marché.

Cetta, regardant toujours droit devant elle, tendit une main qu'elle posa sur la cuisse de Sal, qui continua à conduire, sans la moindre réaction. Cetta sourit. Ensuite elle déplaça sa main, qu'elle mit sur le bras de Sal. Enfin, elle appuya la tête contre son épaule.

Elle resta quelques minutes dans cette position. Puis, la maison de passe approchant, elle se redressa sur son siège.

Quand ils s'arrêtèrent, Cetta, avant de descendre, se tourna vers Sal. Mais il lui tournait le dos : il avait ouvert sa portière et descendait de voiture. Elle le suivit dans l'escalier et puis à l'intérieur du bordel. Les filles les virent entrer. Sal ne salua personne, prit Cetta par le bras et l'entraîna dans une chambre. Il la jeta sur le lit, souleva sa jupe, lui ôta sa culotte et se pencha entre ses jambes.

Il fut rapide, sans préambule, et ne prononça pas un mot. Le plaisir arriva sans crier gare et laissa Cetta sans le souffle. Quelque chose d'intense, de presque brutal. Alors que Cetta gémissait encore, Sal était à nouveau debout : il ramassa sa culotte et la lui lança.

« Fais venir la Comtesse ! ordonna-t-il. J'ai envie de changer de parfum. »

Cetta le regarda, déboussolée. Elle ne savait que faire. Elle tenait sa culotte à la main. Elle ressentait encore l'écho des contractions dans son ventre. Elle gardait les jambes serrées.

« Va pas te fourrer de drôles d'idées en tête ! Il n'y a rien entre nous » lui déclara-t-il tandis qu'il se dirigeait vers la porte et l'ouvrait, invitant la jeune femme à sortir d'un geste de la tête. « Vous les filles, avec moi vous y passez toutes ! »

Cetta se leva du lit avec difficulté, humiliée, culotte à la main, et elle s'apprêta à sortir.

« Et oublie pas de faire venir la Comtesse ! » répéta Sal avant de fermer la porte.

Cetta était encore mouillée lorsqu'elle coucha avec

son premier client. Puis, peu à peu, elle sécha, et tout redevint comme d'habitude.

« Je peux aller au bordel toute seule, dit-elle à Sal tard dans la nuit, sur le chemin du retour.

— Non » riposta-t-il.

À partir de ce jour, Sal ne la toucha plus. Il allait la chercher et la ramenait chez elle, comme toujours. Et, comme toujours, il parlait le moins possible. Mais il ne la goûta plus. Cetta ne tendait pas la main pour le toucher, en voiture, n'appuyait pas la tête contre son épaule, et ne salissait pas non plus les mains de Christmas avec de la suie pour jouer aux fiancés. Et, le jour où elle se souvint de ce billet pour Coney Island qu'elle avait acheté et qu'elle gardait dans son sac de cuir vernis, elle le brûla dans la cuisinière.

Deux jours avant Noël, elle acheta à un vendeur ambulant un collier de faux coraux pour Tonia et un chapeau en laine pour Vito. Puis elle se rendit dans une boutique pour enfants, au coin de la 57e Rue et de Park Avenue, et regarda longuement la vitrine. Le moindre article était à des prix impossibles. C'était un magasin pour les riches. Elle voyait sortir des femmes élégantes chargées de gros paquets. Puis, aux pieds d'un berceau qui coûtait autant qu'un an de loyer dans un appartement du Lower East Side, elle remarqua deux petites chaussettes en laine aux couleurs de l'Amérique, la bannière étoilée. Elle s'assura qu'elle avait assez d'argent dans son sac et entra.

C'était la première fois qu'elle mettait les pieds dans un magasin de riches. Cela sentait merveilleusement bon.

« Je suis désolé, on est complet ! » lui lança un

homme d'une cinquantaine d'années, avec un costume sombre et une grosse chaîne en or en travers du gilet.

« Pardon ? s'étonna Cetta.

— Nous n'avons pas besoin de vendeuse » précisa l'homme, se lissant les moustaches.

Cetta rougit, esquissa un pas vers la sortie mais ensuite se ravisa :

« Je veux acheter un cadeau, expliqua-t-elle en se retournant. Je suis une cliente. »

L'homme la dévisagea, arquant un sourcil. Puis il fit un geste altier à l'intention d'un vendeur et s'éloigna sans plus adresser la parole à la jeune femme.

Quand le commis lui montra les chaussettes, Cetta les toucha longuement. Elle n'avait jamais rien senti d'aussi doux. « Faites-moi un beau paquet, lui recommanda-t-elle, avec un grand nœud ! » et, toute fière, elle sortit son argent. Pour finir, elle repéra le propriétaire du magasin qui, obséquieux, montrait une couverture brodée main à une dame élégante, et elle s'approcha.

L'homme et la femme perçurent sa présence et se retournèrent pour la regarder.

« J'ai déjà un travail, fit Cetta en souriant poliment. Je fais la putain. » Puis elle sortit, son paquet à la main.

Quand elle arriva chez elle, elle découvrit Tonia fébrile.

« On a toujours eu que trois chaises, expliqua la vieille. Mais cette année, on est quatre !

— Cette année ? s'étonna Cetta, qui ne parvenait pas à comprendre.

— Chaque année, Sal vient passer le réveillon de

Noël avec nous, intervint Vito. C'est pour ça qu'on a trois chaises. Deux pour nous et une pour Sal, à Noël.

— Et Mme Santacroce ne peut pas nous prêter de chaise, conclut Tonia.

— Je m'en occupe ! fit Cetta. Ne vous en faites pas ! »

Elle dissimula les chaussettes américaines sous le matelas, avec les deux autres cadeaux, et puis sortit.

Pendant qu'elle courait les rues du quartier, Cetta se demandait pourquoi les deux vieux étaient tellement fébriles. Mais cette pensée ne tarda pas à l'abandonner, car la nervosité la gagna à son tour. À l'idée de dîner avec Sal, ses jambes tremblaient. Elle n'avait même pas de cadeau pour lui. Et lui, aurait-il quelque chose pour elle ? Pendant un instant, Cetta se plut à rêvasser : avec ses manières brusques, Sal lui tendait un étui en cuir, dans lequel elle découvrait une bague de fiançailles. Puis elle décida de chasser cette idée ridicule. Elle regarda dans son sac à main. Il lui restait encore un peu d'argent. Elle aurait voulu le garder, mais elle se retrouva devant un magasin d'occasions, où elle remarqua un horrible fauteuil avec un haut dossier, semblable à un trône, et en imaginant Sal assis là dedans elle se mit à rire. « Voilà ton cadeau ! » se dit-elle, joyeuse, en entrant dans l'échoppe. Elle marchanda férocement et finit par emporter, pour un dollar cinquante : le fauteuil de roi, deux bougeoirs en verre ébréchés à la base avec des bougies assorties, et une nappe usagée bordée de dentelle. Elle rebroussa chemin en emportant tout cet attirail.

« Non non, la place d'honneur revient au maître de maison ! s'exclama Sal ce soir-là, refusant de s'asseoir sur le trône que Cetta avait acheté pour lui. Vito, c'est ton fauteuil ! Si tu t'y mets pas, moi je m'assieds par terre ! »

Dans ce fauteuil énorme, Vito était ridicule. Mais son visage flétri arborait un sourire plein de fierté. Il avait sur la tête le chapeau en laine que Cetta lui avait offert. Tonia portait le collier en faux coraux, et Christmas les chaussettes avec le drapeau américain.

La nappe était trop grande pour la table et ils avaient dû la plier en deux, mais dans l'ensemble on aurait quand même dit une table de riches, se disait Cetta. Les bougies étaient allumées dans leurs bougeoirs. Sal avait apporté à manger et à boire. Il y avait des pâtes cuites au four, une terrine de pommes de terre au thon en forme de poisson, du fromage, du saucisson et du vin. Cetta avait bu et la tête lui tournait un peu. Elle avait trempé un doigt dans son verre et l'avait fait sucer à Christmas, qui avait eu une grimace de dégoût. Tout le monde avait ri, même Sal, dévoilant ses dents blanches et parfaites. Cetta l'avait observé à la dérobée toute la soirée. Elle l'avait servi avec une attention toute particulière, jouant à l'épouse. Elle ne laissait jamais son verre de vin vide. Tonia et Vito aussi avaient été joyeux. Puis le moment du dessert était venu, et Sal avait débouché une bouteille de mousseux italien. Cetta n'en avait jamais bu. C'était pétillant et sucré, et ça picotait agréablement le palais. Elle avait fermé les yeux et avait senti que sa tête tournait beaucoup. Quand elle les avait rouverts, Sal avait levé son verre et son visage était devenu grave.

« À Mikey ! annonça-t-il.

— Qui c'est, Mikey ? » demanda Cetta en riant, avant de s'apercevoir que Tonia et Vito aussi avaient maintenant l'air sérieux, et que les yeux de la vieille femme se remplissaient de larmes.

Un silence gêné s'ensuivit.

« Michele, c'était mon fils, expliqua doucement Tonia.

— À Mikey ! » répéta Sal, et il fit tinter son verre contre celui de Tonia et Vito. Mais pas contre celui de Cetta.

Celle-ci resta le verre en l'air, regardant Sal, Tonia et Vito qui buvaient lentement, le cœur lourd. La fête était terminée.

Avec un geste de prestidigitateur, mais sans allégresse, Sal tira de sa poche un foulard en soie pour Tonia et le lui mit autour du cou. Pour Vito, il avait acheté une paire de mitaines : « C'est du cachemire, la laine la plus chaude qui existe ! » précisa-t-il. Puis il tendit à Cetta un fin collier avec une petite croix.

« C'est de l'or ? » demanda Cetta émerveillée.

Il ne répondit rien.

Tonia prit Sal dans ses bras, mais toute joie l'avait quittée. Vito avait le regard perdu dans le vide et les yeux rougis par la boisson. Il se leva et chancela un peu. Sal l'accompagna jusqu'à son lit et l'aida à se coucher. Puis il embrassa Tonia sur les deux joues, adressa un signe de tête à Cetta et s'en alla.

Cetta suivit Sal hors du logement sans fenêtre. Elle marcha à son côté le long du couloir obscur et gravit avec lui les marches menant au trottoir. Sal ouvrit la portière de sa voiture.

« Va pas te fourrer de drôles d'idées en tête ! prévint Sal.

— Qu'est-ce qui lui est arrivé, à Mikey ? demanda Cetta.

— Va pas te fourrer de drôles d'idées en tête ! Il n'y a rien entre nous.

— Je sais » répliqua Cetta, serrant les poings derrière son dos et, dans un de ses poings, le collier avec la croix.

Sal la fixa un moment en silence.

« T'es sûre que t'as compris ?

— Oui. Tu me lèches la chatte, un point c'est tout.

— Et quand ça me convient. »

Cetta gardait le menton levé et immobile. La lumière du réverbère enflammait ses yeux d'une braise sombre. Elle ne baissa pas le regard et rien ne révéla qu'elle avait été blessée.

« Il est mort comment, Mikey ?

— Il a été tué.

— C'est tout ? Rien d'autre ?

— Rien d'autre.

— Et tu passes Noël avec les parents de tous les gars qui ont été tués ?

— Occupe-toi d'ton cul !

— Mais tu sais rien dire d'autre ?! »

Sal monta en voiture et ferma la portière.

« Alors je demanderai à Tonia ! » lui cria Cetta.

Sal rouvrit sa portière avec fougue, descendit de voiture et attrapa Cetta par les cheveux. Il la tira jusqu'au mur et lui frappa violemment la tête contre les briques rouges rongées par le gel.

Cetta lui cracha au visage.

Sal leva la main et lui flanqua une gifle.

« Qu'est-c'que tu veux savoir, gamine ? » lui lança-t-il, sans nettoyer le crachat ni lui lâcher les cheveux. Puis il approcha la bouche de l'oreille de la jeune femme et lui parla à voix basse : « On lui a planté un pic à glace dans la gorge, le cœur et le ventre. Et puis on lui a tiré un coup de feu dans l'oreille, exactement ici » et il glissa sa langue épaisse dans l'oreille de Cetta. « La moitié de son cerveau est ressortie de l'autre côté, et comme il bougeait encore, on l'a étranglé avec un fil de fer. Puis on l'a fourré dans une voiture volée. La police les a retrouvés, lui et la voiture, dans un terrain en construction à Red Hook. Mikey était mon seul ami. Et tu sais qui conduisait cette voiture volée ? » Sal tourna la tête de Cetta afin qu'elle le regarde dans les yeux. « Moi ! » hurla-t-il et, de toutes ses forces, il écrasa son poing contre les briques rouges. Alors il lâcha les cheveux de Cetta. « Après avoir abandonné la voiture, j'ai traversé les champs » reprit Sal mais à voix basse, à présent, sans rage ni colère ni même douleur apparente, comme s'il parlait de quelqu'un d'autre. « Je voulais pas qu'on me voie. J'ai suivi les rails du métro aérien, en me jetant dans les buissons chaque fois que j'entendais arriver un train. Je me suis glissé dans un tunnel et, à l'aube, j'ai débarqué ici, dans le ghetto. J'ai loué une pièce sombre et je me suis mis à dormir. C'est tout ce qu'il y a à raconter. »

Cetta saisit la main avec laquelle il avait donné un coup de poing dans le mur : il s'était blessé. Elle porta ses doigts à la bouche et lécha le sang. Puis elle nettoya le crachat qu'il avait sur la figure.

Sal la fixa un instant, puis fit volte-face et remonta en voiture.

« Bonne nuit, petite ! » lança-t-il sans la regarder, et il partit.

Cetta le vit tourner sur Market Street et disparaître.

Elle attacha à son cou la chaîne avec la croix. Dans la bouche, elle avait encore le goût du sang de Sal.

Elle rentra dans son logement. Christmas dormait. Vito aussi, en ronflant. Tonia était assise à table, une photographie à la main. Cetta empila les assiettes.

« Laisse ça ! dit Tonia doucement, sans quitter la photo des yeux. On s'en occupera demain. »

Cetta commença à se déshabiller.

« C'est lui, Michele, dit Tonia. Ou Mikey, comme l'appelle Sal. »

Cetta s'approcha de Tonia et s'assit près d'elle. La vieille femme lui passa la photo. Ce n'était qu'un enfant. Avec un costume un peu trop m'as-tu-vu et une chemise blanche, avec des bretelles et un chapeau qu'il portait sur l'arrière de la tête, découvrant le front. Il avait l'air petit. Il était maigre, avec des sourcils noirs. Et il riait.

« Il riait tout le temps, dit Tonia en reprenant la photo. Je peux pas laisser cette photo sortie : avant, c'est ce que je faisais, mais Vito pouvait pas le supporter. Il était toujours devant elle, et il pleurait. Vito est gentil, mais il est faible. Il se laissait mourir, et moi je voulais pas rester seule. Alors, je l'ai rangée. »

Cetta ne savait que faire. Elle passa ses bras autour des épaules de Tonia.

« Sal lui avait dit ! reprit Tonia, parlant maintenant d'un ton mécanique. Il lui avait dit cent fois de pas piquer de l'argent au boss. Mais il était comme ça, Mikey : jamais satisfait. J'ai toujours voulu avoir deux enfants. Sal était le second fils que j'ai jamais eu. Je suis contente que ce soit lui qui ait conduit la voiture où était mon pauvre Mikey. Au moins, je suis sûre qu'il lui a fait une caresse avant de l'abandonner, et qu'il lui a dit quelque chose de gentil, comme de ne pas avoir peur du noir, ou que, le lendemain matin, on le trouverait et qu'on me le rendrait. Sal n'aurait pas pu le sauver. Tout ce qu'il aurait pu faire, c'était mourir lui aussi. » Tonia prit la main de Cetta. Dans l'autre, elle serrait la photo de son fils. « Sal n'a pas idée que je sais que c'est lui qui conduisait la voiture, ajouta-t-elle doucement. Vito ne le sait pas non plus. Je suis la seule à le savoir. Et maintenant, tu le sais toi aussi. Mais garde-le pour toi. Nous les femmes, c'est le genre de choses dont nous sommes capables : nous gardons pour nous les choses qui comptent vraiment.

— Pourquoi tu me le dis, Tonia ?

— Parce que je suis vieille. Et j'ai de moins en moins de forces. »

Cetta regarda la main de Tonia. Le pouce se déplaçait de haut en bas sur le visage de son fils mort, lentement, machinalement, avec la précision distraite des vieilles femmes de son village lorsqu'elles égrenaient leur chapelet.

« Mais pourquoi moi ? » lui demanda-t-elle.

Tonia cessa de caresser la photo, avança la main vers le visage de Cetta et lui fit une caresse bourrue.

« Parce que toi aussi, tu dois pardonner à Sal ! »

Cette nuit-là, Cetta ne dormit pas. Elle tint Christmas serré contre sa poitrine. Et pria pour qu'il ne devienne pas un garçon avec des vêtements de m'as-tu-vu.

Avant le Nouvel An, Tonia mourut. Un matin, elle tomba brusquement par terre. Vito était sorti jouer aux cartes avec d'autres vieux. Cetta la vit chanceler. Un instant auparavant, Tonia tenait Christmas dans ses bras, ensuite elle le lui avait passé, s'éventant le visage d'une main : « Vierge Marie, j'ai des bouffées

121

de chaleur, à mon âge ! » avait-elle dit en souriant. Mais Cetta avait lu dans ses yeux de l'inquiétude. Puis, en un éclair, Tonia s'était écroulée. De manière désordonnée. Sans un gémissement. Son corps s'était affaissé, sa tête avait violemment heurté le sol, son gros ventre avait bougé comme du flan sous sa robe noire, et ses jambes avaient remué et tremblé avant de devenir rigides.

Cetta, immobile, la regardait. La jupe de Tonia était remontée et découvrant avec indécence ses jambes blanches sillonnées d'un réseau de varices, au-dessus de ses bas noirs.

Christmas pleurait.

« Tais-toi ! » lui hurla Cetta.

Et Christmas se tut.

Alors Cetta le posa à terre et tenta de soulever Tonia. Mais elle était trop lourde. Elle la tourna sur le dos et remit sa jupe en place. Puis elle lui croisa les bras sur la poitrine, recoiffa une mèche de ses cheveux et nettoya un filet de salive qui lui était sorti de la bouche.

Quand Vito rentra, il trouva Cetta assise par terre et Christmas qui jouait avec un bouton de la robe de Tonia.

« Pépé ! » dit Christmas en montrant du doigt le vieil homme.

Vito ne dit rien. Il ôta simplement son chapeau, qu'il tint entre ses mains. Puis il se signa.

Sal s'occupa de l'enterrement. Et du cercueil. Il acheta aussi des habits noirs pour Vito et Cetta, ainsi qu'un bandeau noir à mettre au bras de Christmas. À l'église, nul ne pleura. À part eux, il n'y avait que

Mme Santacroce, la seule voisine avec laquelle Tonia s'était liée.

Cette nuit-là, Cetta entendit Vito pleurer doucement, en sourdine, avec dignité, comme s'il avait honte de son immense douleur.

Cetta se leva et alla dormir dans le grand lit avec Christmas et lui. Le vieil homme ne dit mot. Mais au bout d'un moment, il s'endormit. Et, pendant son sommeil, il tendit la main et toucha les fesses de Cetta : celle-ci le laissa faire. Elle comprenait que ce n'était pas elle qu'il touchait, mais son épouse.

Le lendemain matin, Vito se réveilla avec une espèce de petit bonheur au fond de sa douleur : « J'ai fait un beau rêve, dit-il à Cetta : j'étais jeune ! »

Et chaque nuit, tant qu'il était éveillé, il pleurait tout doucement, encore plus doucement maintenait que Cetta couchait définitivement dans le grand lit et, une fois endormi, il touchait les fesses de la jeune femme.

Au bout d'un petit mois, Cetta sentit, comme chaque nuit, la main du vieux qui la palpait. Mais, cette fois, elle entendit aussi que sa respiration – sourde et discrète comme les larmes qu'il pleurait en cachette – semblait étranglée. Puis elle perçut un souffle long, comme un sifflement. Et puis plus rien. La main de Vito se serra sur une de ses fesses, presque comme s'il la pinçait, et ne bougea plus. Le lendemain matin, il était mort. Et Cetta et Christmas étaient seuls.

« On peut rester ici ? demanda Cetta à Sal.

— D'accord, mais je veux pas d'emmerdes avec le mioche ! »

Cetta vit qu'il avait les yeux rouges. Et elle comprit que Sal aussi, désormais, était seul.

12

Manhattan, 1922

« Ce sont lesquels ? » demanda le capitaine au garde.

Le garde indiqua Christmas et Santo.

« Libère-les ! » ordonna le capitaine, mal à l'aise, faisant passer son poids d'un pied sur l'autre.

Les deux garçons s'approchèrent des barreaux pendant que le garde ouvrait la serrure dans un grand claquement. Derrière le capitaine, Christmas aperçut un homme vêtu avec élégance, le regard triste et l'air d'une personne vaincue par la vie.

« Voilà, ce sont eux, monsieur Isaacson ! dit le capitaine, à l'évidence gêné. Essayez de comprendre… Bref, il n'y a qu'à les regarder ! Mes hommes ont cru que ces deux-là, c'étaient… »

M. Isaacson leva une main pour le faire taire. C'était le geste autoritaire et machinal de l'homme ayant l'habitude de commander. Pourtant, il avait l'air plus éprouvé qu'en colère, remarqua Christmas. Une profonde fatigue marquait son visage. Et ce sont des yeux exténués qui se posèrent sur les deux jeunes.

« Merci » dit-il simplement. Puis il tendit à chacun d'entre eux un billet de banque, qu'il avait préparé à l'avance.

« Dix dollars ! s'exclama Santo.

— M. Isaacson est le père de la jeune fille que vous avez… (le capitaine s'éclaircit la voix) eh bien, de la jeune fille que vous avez sauvée.

— Dix dollars ! » répéta Santo.

— Christmas fixait le père de Ruth en silence. Et M. Isaacson le fixait en retour.

« Comment va-t-elle ? demanda le garçon à voix basse, comme si cette question ne les concernait que tous les deux.

— Bien… fit M. Isaacson. Enfin non, mal…

— On va le retrouver, monsieur Isaacson ! affirma le capitaine.

— Oui oui, bien sûr… fit le père, qui parlait à voix basse lui aussi, sans quitter Christmas des yeux.

— Mal comment ? poursuivit ce dernier.

— Mal comme une petite fille de treize ans violée et sauvagement battue, avec un doigt amputé… » répondit M. Isaacson dans un souffle. Et ses yeux perdirent un instant cet épuisement qui leur ôtait toute lumière, pour laisser place à une espèce de stupeur, comme s'il réalisait seulement ce qui était arrivé à sa fille. Et alors, saisi d'effroi, il fit soudain volte-face : « Il faut que j'y aille ! » lança-t-il avant de se diriger vers la sortie.

« Monsieur !… appela Christmas. Je peux la voir ? »

L'homme s'arrêta, et la surprise se peignit à nouveau sur son visage. Il avait la bouche entrouverte, comme s'il ne savait que dire.

« Hep, vous deux, y faut qu'on vous interroge ! »

intervint le capitaine, s'interposant entre Christmas et M. Isaacson, comme si celui-ci avait besoin d'être protégé de l'intrusion d'un garçon des rues. « Vous devez tout nous raconter ! Y faut qu'on retrouve l'ordure qui a mis la jeune fille dans cet état ! » et il observait M. Isaacson du coin de l'œil, d'un air complice et servile.

« Oui oui… répondit le père lentement, avec un certain retard.

— Je peux voir Ruth ? (Christmas voulait en être sûr).

— Oui… » répéta M. Isaacson, sans force. Il fixa Christmas en silence, le regard vide. Puis il s'achemina vers la sortie, il avait le pas lent et lourd.

« Allez, viens ! reprit-il.

— Et moi ? s'enquit Santo, qui n'avait pas cessé une seconde d'examiner le billet de dix dollars qu'il tenait en main.

— Toi, t'as qu'à tout lui raconter ! répondit Christmas en indiquant du menton le capitaine, avant de s'approcher de l'oreille de Santo. Mais rien sur les Diamond Dogs, hein ! » murmura-t-il.

— Levant les yeux, il aperçut Joey, le pickpocket, qui l'observait, les bras passés autour des barreaux. Christmas eut l'impression que ses cernes étaient devenus encore plus sombres et profonds. Et ses yeux avaient perdu leur cynisme et leur effronterie. Maintenant, il n'avait plus l'air que d'un simple garçon, comme eux. Un enfant souffreteux qui, lui aussi, avait grandi en mangeant peu et mal, dans des pièces glacées l'hiver et étouffantes l'été. Il le salua d'un mouvement de tête, et Joey lui répondit en esquissant un sourire privé de joie.

Christmas rejoignit M. Isaacson dans les couloirs du poste de police, et le suivit dehors. Une luxueuse Hispano-Suiza H6B avec un chauffeur en uniforme les attendait dans la rue, devant l'entrée du commissariat. Le conducteur ouvrit la portière en étudiant d'un air réprobateur Christmas, avec ses vêtements sales et ses chaussures boueuses. Puis il referma courtoisement la portière, reprit le volant et mit le moteur en marche.

« À l'hôpital, monsieur ? » demanda-t-il.

M. Isaacson acquiesça à peine. Son employé le regardait dans le rétroviseur. Il démarra, et la longue voiture jaune canari, aux ailes noires et au toit gris, traversa les rues poussiéreuses de l'East Side.

« C'est toi, Christmas ? demanda M. Isaacson, le regard toujours fixé devant lui, perdu dans le vide.

— Oui, monsieur » répondit Christmas, à qui ces mots avaient donné un coup au cœur.

M. Isaacson se tourna vers lui et l'observa en silence. Peut-être sans rien voir, se dit Christmas. Puis l'homme élégant regarda à nouveau droit devant, en silence, comme égaré dans son propre égarement. Christmas tripotait le billet de dix dollars, que jusqu'alors il n'avait pas encore examiné, et il sentait que cet homme, malgré toute sa douleur, ne lui était décidément pas sympathique.

« Vingt dollars, se dit-il, voilà le prix de sa douleur. »

En quelques minutes, la longue voiture, qui faisait se retourner tout le quartier sur son passage, arriva devant l'hôpital. Le chauffeur se précipita pour ouvrir la portière de M. Isaacson et Christmas le suivit, sentant sur lui le regard des deux policiers postés à l'entrée.

Le hall était envahi de pauvres gens. Dès que l'infirmière derrière le guichet aperçut M. Isaacson, elle fit signe à un collègue, qui se précipita vers eux.

« Le Dr. Goldsmith est arrivé. Il est dans la chambre de mademoiselle, dit ce dernier d'un air obséquieux. Suivez-moi ! »

Ils traversèrent une série de couloirs remplis de gens qui geignaient, fumaient ou jouaient aux cartes. L'infirmier fut désagréable avec tous ceux qui entravaient leur chemin – arrogant, comme il imaginait sans doute qu'un serviteur de M. Isaacson devait l'être. Christmas remarquait que les enfants, qui jouaient en faisant du tapage, se taisaient soudain à leur passage. Et les hommes et les femmes, instinctivement, baissaient les yeux ou courbaient le dos. Puis il regarda M. Isaacson. Il marchait comme un automate, sans les apercevoir. C'étaient peut-être la peine et les soucis, se dit Christmas. Ou bien peut-être ne voyait-il jamais les gens qui ne comptaient pas.

Mais en ce moment, cela n'avait guère d'importance. Christmas éprouvait une étrange sensation : il respirait mal, avait la tête légère comme s'il avait bu, et ses jambes étaient instables. Ses genoux semblaient se dérober. Il pensait à ces yeux verts qu'il avait devinés derrière le sang. Les yeux de Ruth qui le regardaient et lui souriaient. Et il avait l'estomac remué, ce qui ne lui était arrivé pour aucune fille. Il se rappelait même, comme s'il venait de déposer la jeune fille, combien ses bras lui avaient fait mal lorsqu'il l'avait portée. Et il se souvint que, d'instinct, il avait refusé que Santo la touche, quand celui-ci avait voulu le relayer. Comme s'il était né pour la sauver, ce matin-là. Et plus il y pensait, plus il sentait sa respiration se faire courte, haletante. Son jeune cœur anxieux battait à tout rompre.

« Dr Goldsmith ! appela l'infirmier, s'adressant à un homme aussi élégant que M. Isaacson.

— Philip ! s'exclama aussitôt le médecin, prenant M. Isaacson dans ses bras.

— Tu l'as vue ? demanda M. Isaacson inquiet. On l'a bien soignée ?

— Oui, très bien, ne t'en fais pas » le rassura le Dr Goldsmith.

M. Isaacson regarda autour de lui, comme s'il voyait pour la première fois cet hôpital et les personnes qui le fréquentaient.

« Ephreim… dit-il en écartant un bras, comme pour inclure tout ce qu'il y avait autour de lui. Mon Dieu, il faut qu'on la sorte d'ici tout de suite !

— Je me suis déjà occupé de tout, répliqua le médecin. Ruth viendra dans ma clinique…

— Pas à la maison ? s'étonna M. Isaacson.

— Non, Philip, les premiers jours, ce ne serait pas prudent. Je préfère la garder sous surveillance.

— Et Sarah, elle est arrivée ? (M. Isaacson observa à nouveau autour de lui, mais cette fois avec une lueur d'espoir dans les yeux).

— Elle dit qu'elle ne s'en sent pas capable… »

M. Isaacson secoua la tête et la baissa, les yeux rivés au sol – maintenant, ils étaient complètement éteints.

« Philip, il faut la comprendre… » et le Dr Goldsmith, comme avant M. Isaacson, écarta un bras pour désigner cet hôpital sordide avec les gens sordides qui le peuplaient.

Christmas, à l'écart, écoutait leur conversation, et

à deux reprises il s'était vu englobé dans ce geste, qui séparait de manière radicale certains individus des autres. Et soudain, il eut honte de son pantalon rapiécé et de ses chaussures trop grandes. Mais il fit néanmoins un pas vers la porte entrouverte.

« Tu vas où, mon garçon ? » L'infirmier l'arrêta aussitôt.

Christmas se tourna vers M. Isaacson. Celui-ci le regarda sans le reconnaître. Sans le voir.

« C'est moi, Christmas, monsieur…

— Où est-elle ? Où est ma petite-fille ? » Une voix impérieuse résonna.

Christmas vit un vieil homme avancer dans le couloir, furieux, agitant une canne, suivi par deux infirmières et un chauffeur en livrée.

« Papa ! s'exclama M. Isaacson. Qu'est-ce que tu fais ici ?

— Qu'est-ce que je fais ici ? Je suis venu m'occuper de ma petite-fille, espèce de couillon ! Pourquoi est-ce qu'on ne me l'a pas dit tout de suite ? rugit le vieux.

— Je ne voulais pas t'inquiéter…

— Mais quelle connerie ! Où est-elle ? (puis il reconnut le médecin) Ah, Dr Goldsmith ! Faites-moi tout de suite votre rapport ! commanda-t-il, pointant sa canne contre la poitrine du docteur.

— Ruth a trois côtes fracturées, une hémorragie interne, l'annulaire amputé, deux dents brisées, la mâchoire disloquée et la cloison nasale brisée, énuméra le médecin. Plus différentes contusions. Les yeux ne devraient pas avoir subi de lésions, mais peut-être le tympan gauche est-il abîmé… et elle a été… elle a été…

131

— Merde ! et le vieil homme frappa si violemment le mur de sa canne qu'il y laissa une marque. Si elle est enceinte, il faut se débarrasser immédiatement du bâtard !

— Papa, calme-toi… » intervint M. Isaacson.

Le vieux le regarda d'un air féroce, sans mot dire. « Où est-elle ? demanda-t-il encore. Là dedans ? »

M. Isaacson acquiesça.

« Pousse-toi de là, petit ! » fit le grand-père en essayant d'écarter Christmas avec le bout de sa canne.

Mais Christmas bloqua la canne d'une main. Déterminé. Il fixait le vieux droit dans les yeux, sans aucune crainte. Et sans savoir lui-même pourquoi il agissait ainsi.

L'infirmier se jeta aussitôt sur lui, par derrière, pour essayer de l'immobiliser.

« Je veux la voir ! » hurla Christmas en se débattant.

« Laissez-le ! ordonna le vieux à l'infirmier (puis, abaissant sa canne, il s'approcha de Christmas). Qui es-tu ?

— C'est moi qui ai trouvé Ruth ! » s'écria Christmas. Et, à nouveau, il éprouva cette sensation d'appartenance et de possession. Comme s'il revendiquait la découverte à la fois d'un trésor et d'un fardeau. « C'est moi qui l'ai amenée ici ! » et il défiait le vieillard du regard.

« Et qu'est-ce que tu veux ?

— Je veux la voir.

— Pourquoi ?

— Parce que c'est comme ça. »

Saul Isaacson se tourna vers son fils. Puis vers le Dr Goldsmith.

« Il peut la voir ? demanda-t-il au médecin.

— Elle est sous sédatifs, répondit le Dr Goldsmith.

— Oui ou non ?

— Oui… »

Le vieux Saul dévisagea Christmas.

« Tu es irlandais ? lança-t-il.

— Non.

— Juif ?

— Non.

— Évidemment. Ça aurait été trop beau. Tu es quoi, alors ?

— Américain. »

Le grand-père le dévisagea en silence.

« Tu es quoi ? répéta-t-il ensuite.

— Ma mère est italienne.

— Ah… italien, fit-il. Quoi qu'il en soit, tu as fait plus que n'importe qui là-dedans, mon garçon ! Allons-y ! » et, avec sa canne, il ouvrit la porte qui donnait dans la chambre de Ruth.

Une infirmière qui lisait une revue, assise dans un coin de la pièce, se leva. Les rideaux étaient tirés. Mais, malgré la pénombre, Christmas voyait bien le visage de Ruth, qui était beaucoup plus intimidant que ce matin. Bien que ses blessures aient été lavées et soignées, le visage de la jeune fille, là où il était entouré de bandages et de pansements, était déformé par les bleus et les gonflements.

Le vieillard porta une main à ses yeux et s'arrêta en s'appuyant sur sa canne. Il soupira. « Vas-y, mon garçon ! » dit-il doucement.

La jeune fille tourna la tête. Sa mâchoire était maintenue en place par un appareil en fer. Elle entrouvrit à peine les yeux – de nouveau, Christmas vit qu'ils étaient verts comme deux émeraudes très pures – et, lorsqu'elle reconnut son visiteur, elle eut l'air paraly-sée. Puis, petit à petit, elle commença à s'agiter, trem-blant et remuant la tête. Ses yeux étaient écarquillés, dans la mesure où ses paupières gonflées permettaient de le dire. C'était la peur. Comme si ce n'était pas simplement Christmas qu'elle voyait, mais son cau-chemar tout entier.

Christmas, effrayé, fit un pas en arrière.

« C'est moi, Christmas, prononça-t-il tout de même, c'est Christmas… »

Mais Ruth secouait la tête de droite à gauche et continuait à trembler. Le métal qui bloquait sa mâchoire l'empêchait de parler, et elle ne faisait que répéter « O… o… o… », pour dire « Non, non, non ». De plus en plus fébrile, elle sortit de sous les draps une main bandée, rougie là où l'annulaire man-quait, qu'elle plaça devant ses yeux, où des larmes commençaient à perler.

Christmas était pétrifié. Il ne savait que faire.

« Grand-père Saul est là ! interrompit le vieillard, qui intervint en saisissant et embrassant la main de Ruth, avant d'entourer tendrement sa petite-fille de ses bras. Ruth, je suis là, ne crains rien, ne crains rien ! Calme-toi, mon trésor, calme-toi… (Puis il se tourna vers Christmas.) Sors d'ici tout de suite, mon garçon ! lui ordonna-t-il. Dr. Goldsmith, Dr. Goldsmith ! »

Le médecin entra dans la chambre. L'infirmière avait déjà préparé une seringue. Le Dr Goldsmith la saisit, s'approcha de Ruth et lui injecta la morphine dans le bras.

Dans la confusion, Christmas reculait lentement, chassé par les yeux de Ruth, par les yeux vert émeraude de la jeune fille qui lui appartenait comme un trésor. Il franchit la porte, croisa le regard vide de M. Isaacson, puis fit demi-tour et commença à parcourir à pas lents le couloir qui l'éloignait définitivement de la jeune fille qu'il avait cru pouvoir aimer.

« Arrête-toi, petit ! »

Christmas se retourna.

Le vieil homme à la canne le rejoignit d'un pas ferme, malgré son âge.

« Comment t'appelles-tu ? lui demanda-t-il en tendant le menton.

— Christmas.

— Et qu'est-ce que c'est, un nom ou un prénom ? » s'enquit-il de son ton dur, sans préambule.

Il avait un regard pénétrant, pensa Christmas. Exactement le contraire de son fils. Et une grande force. Une énergie que la vieillesse ne parvenait pas à affaiblir. Tout ce que son fils n'aurait jamais.

« C'est un prénom » répondit Christmas.

Le grand-père le regardait en silence. Comme pour le jauger. Mais Christmas savait qu'il avait déjà été jaugé. Autrement, il n'aurait jamais pu entrer dans la chambre de Ruth.

« Christmas Luminita » précisa-t-il.

Le vieillard acquiesça.

« Mon fils t'a remercié de manière adéquate ? lui demanda-t-il.

— Oui » et Christmas sortit de sa poche le billet de banque roulé, qu'il lui montra.

« Dix dollars. *Schmuck !* » grogna-t-il. Il glissa la main dans la poche intérieure de sa veste, d'où il sortit un portefeuille en crocodile. Il y prit un billet

135

de cinquante. « Excuse-le ! » fit-il en indiquant son fils d'un mouvement de tête.

« Je ne l'ai pas fait pour l'argent ! protesta Christmas, sans prendre le billet.

— Je sais, répliqua l'autre en continuant à le scruter d'un regard intense, presque comme s'il voulait le transpercer. Mais nous, nous sommes des gens qui ne savons pas dire merci autrement. Accepte ! »

Il avança sa main rugueuse et fourra le billet de cinquante dollars dans la poche de Christmas, avec rudesse, presque vulgarité. « Nous n'avons rien d'autre que l'argent. »

Christmas soutenait le regard du vieil homme sans mot dire.

« Fred ! lança le grand-père à l'adresse de son chauffeur. Raccompagne M. Luminita chez lui ! (et il fixa à nouveau Christmas). Accepte ça aussi, petit ! Tu as été un gentleman. »

Quand la Rolls-Royce Silver Ghost s'arrêta dans Monroe Street, Christmas était absorbé dans ses pensées. La réaction de Ruth l'avait troublé, au moins autant que lui-même avait troublé la jeune fille. Il avait imaginé que Ruth aurait souri, comme elle avait tenté de le faire quand il l'avait laissée à l'hôpital. Il avait pensé qu'ils seraient restés là, l'un près de l'autre, oublieux du monde environnant. Il avait cru qu'elle n'aurait pas détaché un instant ses profonds yeux verts des siens. Et que, dans ce regard sans fin, ils se seraient dit tout ce qui ne venait pas aux lèvres de deux adolescents. Cet échange de regards, forgé par le destin, aurait comblé l'océan qui séparait une jeune fille riche d'un crève-la-faim. Voilà à quoi il avait réfléchi, tout au long du trajet de l'hôpital à chez lui, après avoir dit où il habitait à Fred, le chauffeur du vieux juif. Il s'était enfoncé dans le siège en cuir moelleux de cet habitacle qui sentait légèrement le cigare et le brandy, et il avait soigneusement analysé tout ça, comme un adulte. Et il avait oublié tout le reste.

Même lorsque la Silver Ghost s'arrêta devant le 320, Monroe Street, Christmas demeura là, immobile, avec ses vêtements misérables et déchirés, et ses chaussures couvertes de boue et de crottin de cheval, pensant à Ruth et à ses yeux verts.

Cette pause – pendant laquelle Fred coupa le contact, descendit de voiture et, avec son professionnalisme obséquieux, lui ouvrit la portière – donna le temps à un attroupement de curieux de se former autour de la voiture de luxe. Enfants, jeunes, femmes, hommes, tous tendaient la tête vers l'habitacle plongé dans la pénombre et chuchotaient avec vivacité entre eux, se demandant qui pouvait être le mystérieux personnage en visite dans le ghetto de l'East Side. Bien que le chauffeur, l'air guindé, tienne la portière ouverte, nul ne sortait du véhicule, et chaque seconde qui s'écoulait donnait à ce personnage encore plus d'importance et de poids dans l'imaginaire de chacun.

« Nous sommes arrivés, monsieur Luminita ! » annonça enfin le chauffeur.

Christmas fut brusquement tiré de ses pensées et, quand il sortit la tête, il se retrouva devant une vingtaine de visages stupéfaits et de bouches grandes ouvertes. En un instant, il oublia Ruth, descendit de voiture avec le naturel étudié d'un voyou, regarda autour de lui avec une indolence pleine d'ennui – s'attardant un peu sur le marchepied, comme pour fixer cette image dans la mémoire des spectateurs – et enfin, il glissa une main dans sa poche. Il en sortit le billet de dix dollars, faisant en sorte que tout le monde le voie bien, le plia et, avec la désinvolture d'un acteur expérimenté, le plaça dans la poche de la livrée du chauffeur.

« Merci, Fred, tu peux y aller ! » déclara-t-il et, ôtant la main de la poche du chauffeur, il reprit le billet sans que personne, à part Fred, ne s'en aperçoive.

« Merci à vous, monsieur Luminita, fit-il en esquissant un salut, c'est très généreux à vous » et il sourit, complice. Puis le chauffeur reprit sa place derrière le volant, fit tourner le moteur et s'éloigna avec ce véhicule qui valait plus que la vie de n'importe quel habitant du Lower East Side.

Autour de Christmas, les curieux ne soufflaient mot, interdits. Bouche bée, ils regardaient ce garçon en haillons que nombre d'entre eux avaient vu, tout jeune déjà, crier les titres des journaux dans les rues, ou rentrer chez lui les chaussures couvertes de goudron, comme tant d'ouvriers payés à la journée qui étendaient du bitume sur le toit des bâtiments, pour les isoler de la pluie. Quand Christmas fit le premier pas vers la porte de l'immeuble sordide où il vivait avec sa mère, l'attroupement s'écarta comme par magie, formant deux haies. Au bout de la rangée, Christmas aperçut Santo, qui rentrait tout juste du commissariat et souriait, médusé. Il s'apprêtait à sortir son billet de dix dollars.

« Ah, te voilà, Santo ! (Christmas l'empêcha de sortir l'argent et profita du silence pour que tout le monde l'entende bien). Qui tu sais… (détachant bien ces trois mots mystérieux)... est très satisfait de notre travail. Et il veut encore faire appel à nous, les Diamond Dogs (une nouvelle pause bien sentie lui permit de mettre le nom de sa bande en relief). Allez viens, Santo, je vais tout t'expliquer ! » Il le prit par le bras et l'entraîna vers l'immeuble. À peine gravies les premières marches crasseuses de l'entrée, Christmas s'arrêta et, comme s'il se rappelait soudain quelque chose, plongea à nouveau la main dans sa poche, d'où il sortit le billet de cinquante dollars, de façon que tout le monde le voie. Puis il le mit dans la main de Santo et lança : « Tiens, ça c'est ta part ! »

Cette fois, les curieux entassés sur le trottoir ne purent retenir un murmure de stupéfaction.

Christmas se tourna vers la petite foule. « Eh ben, qu'est-c'qu'y a ? Toujours à fourrer vos nez dans les affaires des autres ! Allez, on s'en va…, fit-il à Santo, qui écarquillait les yeux comme tout le monde. Ici on peut pas bosser tranquilles ! » et, suivi de celui qui, aux yeux de tous, allait devenir son lieutenant, il disparut dans le hall d'entrée crasseux.

« Cinquante dollars ! s'exclama Santo éberlué en montant les escaliers. Et qu'est-ce qu'on doit faire, comme travail ?

— Couillon ! » lança Christmas, et il lui arracha le billet des mains, qu'il remit dans sa poche.

13

Brooklyn Heights-Manhattan, 1922

Cette nuit-là, Bill n'était pas rentré chez lui. Il avait acheté une caisse de bière et une bouteille d'excellent whisky, douze ans d'âge, dans le même *speakeasy* où on lui avait fait crédit, la veille au soir. C'était un débit de boissons clandestin fréquenté par de petits délinquants, des gars qui se chargeaient de récupérer l'argent du racket dans de modestes affaires de protection ou de location de machine à sous. Ils avaient tous des faces de rats, même ceux qui étaient grands et forts. Parce qu'ils venaient des égouts et vivaient dans les égouts. Mais Bill se sentait important, lorsqu'il se trouvait dans ce *speakeasy*, cela lui donnait l'impression d'être l'un d'entre eux. Un dur, quoi ! Il connaissait d'autres débits de boissons où l'on vendait de l'alcool de contrebande, parfois même meilleur marché, mais il aimait frayer avec ces types qui vivaient un pistolet glissé dans le pantalon.

Il avait donc acheté une caisse de bière et une bouteille de whisky, et puis il s'était caché. Pendant toute la nuit et toute la journée suivante. Il avait trouvé un endroit isolé à Brooklyn Heights, d'où il voyait les grands ponts en fer et en acier qui semblaient maintenir les deux rives l'une près de l'autre. Avec ses cisailles, il avait coupé des branchages qui lui avaient servi à recouvrir la camionnette. Le sang de la jeune fille juive, encore sur les lames, avait fini sur l'écorce des branches. Et Bill avait ri. Puis il avait tendu l'oreille. Attentif. Comme s'il avait entendu quelque chose. Pas quelqu'un, mais quelque chose. Oui, il y avait quelque chose dans ce rire. Comme s'il avait changé. Et c'est alors seulement qu'il eut peur de ce qu'il avait fait.

Il avait bu la première bière. Et quelques gorgées de whisky. Il aurait voulu allumer un feu. Pour se réchauffer, et aussi pour avoir un peu de lumière. L'obscurité le mettait mal à l'aise. Dans le noir, quand il était petit garçon, il ne savait jamais d'où son père pouvait surgir. Le voir approcher, tandis qu'il ôtait la ceinture de son pantalon et puis l'enroulait autour de son poing, était moins effrayant. Cela ne faisait pas moins mal. C'était juste moins effrayant. Alors, il avait pris son briquet à essence et l'avait allumé. Il avait mis le feu à quelques rameaux. Personne ne remarquerait cette lueur, s'était-il dit en ouvrant sa deuxième bière, et il avait ri. De nouveau, il avait tendu l'oreille. À la recherche de ce petit quelque chose qui manquait. Et il avait eu l'impression que ça revenait. Pas entièrement. Mais ça revenait un peu. Comme si c'était une partie de lui qui revenait. Et alors, l'assurance grandissant, il avait ri encore, tenant d'autres branchettes enflammées à la main, éclairant l'inquiétante obscurité qui l'entourait.

L'aube pointait quand, à la quatrième bière et à

la moitié de la bouteille de whisky, Bill avait à peu près retrouvé son rire. Et il ne faisait plus noir. Il s'était glissé dans la camionnette et s'était allongé. En appuyant la tête sur le siège, il avait eu l'impression de reconnaître l'odeur de la juive, qui sentait bon le propre. Il avait porté une main à sa poche et en avait sorti l'argent et la bague avec l'émeraude. Il avait commencé par faire ses comptes : quatorze dollars et vingt cents. Une fortune. Puis il avait tourné et retourné la bague devant ses yeux. La grande émeraude était entourée de petits diamants qui captaient la lumière du soleil naissant, filtrée par les branchages qui dissimulaient le véhicule. Bill avait essayé de mettre l'anneau. Mais ses doigts étaient trop gros. Même l'auriculaire. Il avait tout juste réussi à y glisser sa première phalange. Cela faisait drôle : la bague tenait bien, et pourtant elle avait l'air en équilibre. Il avait ri – retrouvant son rire, le retrouvant entièrement – et puis avait fermé les yeux, avec le parfum de la juive dans les narines, et ses doigts qui lui faisaient un peu mal. Il avait léché ses égratignures. Il devait l'avoir frappée aux dents, avait-il pensé en riant doucement, et puis il s'était endormi. Il ne faisait plus nuit. Il ne faisait plus noir. Il n'y avait plus rien à craindre.

Quand il se réveilla, c'était à nouveau le soir. De nouveau le noir. Il n'y avait plus que les lumières de la ville, de l'autre côté de l'East River. Bill regarda son auriculaire orné de la bague brillante, avec la grande émeraude et son entourage de diamants. Il avait failli rire mais s'était retenu. Il craignait d'entendre encore qu'il lui manquait quelque chose. Mais il savait comment y remédier, à présent. Il descendit de la camionnette et ouvrit une bière. Il en but la moitié d'un seul trait, puis passa à la bouteille de whisky et en descendit une généreuse rasade. Il n'avait jamais bu de whisky de douze ans d'âge auparavant, c'était un truc de riches. Enfin, il termina sa bière. Il rota, ce qui le fit rire. Oui, c'était bien son rire, maintenant. Il but une autre gorgée de whisky et s'esclaffa bruyamment.

Il lui restait sept bières. Et un peu moins d'une demi-bouteille de whisky. Il but deux bières, l'une après l'autre, et lança les bouteilles en direction du fleuve, vers le pont, vers cette ville pleine de lumières multicolores.

« J'arrive ! » hurla-t-il à la ville. « Je viens te chercher ! »

Il débarrassa la camionnette des branchages qui la dissimulaient, mit le moteur en route et partit. Les phares des voitures éclairaient les poutrelles du grand pont. Et la ville se révélait dans toute sa terrible splendeur. La ville de l'argent, se disait Bill, regardant les reflets verts et arc-en-ciel de la bague, qui semblait en équilibre sur son auriculaire.

« Je viens te chercher ! » gronda-t-il à nouveau mais à voix basse, comme une menace. Et, au milieu de toutes ces lumières, son regard redevint sombre, noir, éteint. Il ouvrit une bière. Et puis une autre. Et quand il eut fini toutes ses bières, il termina le whisky. Et enfin il rit, heureux d'entendre ce son auquel il ne manquait rien.

Il se gara dans une zone mal éclairée de South Seaport et puis se rendit chez lui à pied. Il se glissa dans une rue étroite et nauséabonde, qui sentait les déchets du marché aux poissons. Là, il escalada une clôture en bois pour passer dans une cour. De cette cour, rasant un vieux mur en briques rongées par le gel, il atteignit un grillage. Il s'y agrippa, grimpa au sommet et sauta de l'autre côté. Déséquilibré par l'alcool, il tomba. Il se releva en riant doucement, et vérifia qu'il avait toujours l'anneau au doigt et l'argent en poche. Puis il suivit un muret, les bras écartés comme un équilibriste, et de là il emprunta un escalier de secours. Il ouvrit une fenêtre au troisième étage et s'introduisit dans l'appartement, en silence.

Il se tapit dans un coin et reprit son souffle. Et sourit. Il n'avait plus fait ce trajet depuis qu'il était petit garçon, quand il s'enfuyait de chez lui, apeuré, de nuit. Mais c'était comme si c'était hier.

« Qui c'est ? » lança une voix rauque et pâteuse, chargée d'alcool.

Bill avait de nouveau envie de boire.

Un bruit de verres qu'on entrechoque lui provint de la pièce voisine. Le goulot d'une bouteille contre le bord d'un verre. Là il y aurait certainement quelque chose à boire, se dit Bill, et il se leva.

« J'ai entendu un bruit par là ! fit la voix rauque, dure et désagréable. Va voir, sale putain de juive !

— C'est pas la peine, p'pa ! » rétorqua Bill en surgissant dans la pièce.

L'homme était affalé dans un fauteuil en velours vert décoloré, couvert de taches, les bras râpés. Il tenait un verre d'alcool à moitié plein. La bouteille était par terre, aux pieds du fauteuil, à portée de main. Une bouteille sans étiquette. Ce n'était pas du bon whisky de contrebande mais le *blue ruin*, la pire des boissons distillées qui circulaient sous le manteau, au marché aux poissons. Une autre bouteille, identique, était renversée par terre. Vide. L'homme regarda Bill.

« Bordel, qu'est-c'que tu fous ici, *scheisse ?* s'exclama-t-il avant d'avaler une gorgée.

— Moi aussi, j'veux à boire ! répondit Bill.

— T'as qu'à t'l'acheter ! » rétorqua l'homme.

Bill se mit à rire. Il porta une main à sa poche, prit tout l'argent qu'il avait et le jeta sur son père.

« Voilà, maintenant j'l'ai achetée ! » dit-il, et il se pencha vers la bouteille de *blue ruin.*

Son père le frappa en pleine figure.

Bill ne réagit pas. Il saisit la bouteille et en but une longue gorgée. Puis il se passa une main sur le visage, la mine dégoûtée. Il prit entre le pouce et l'index quelque chose de transparent, qu'il jeta à terre. « Du poisson ! Mais quelle merde ! s'exclama-t-il. Tu fous des écailles partout ! »

À ce moment-là, une petite femme maigre et émaciée, aux grands yeux noirs et mélancoliques, la peau olivâtre du visage tirée par des pommettes saillantes, entra dans la pièce. Elle portait une robe de chambre que Bill connaissait depuis des années. Toujours la même. Et elle avait un nouveau bleu sur la mâchoire.

« M'man… dit Bill, la bouteille à la main.

— Bill ! » s'exclama la femme, se précipitant vers son fils pour le prendre dans ses bras.

Mais Bill la maintint à distance, plaçant entre eux son bras tendu au bout duquel il tenait la bouteille de *blue ruin.*

La femme porta une main à sa bouche. Dans ses grands yeux noirs, l'inquiétude et le désespoir. L'inquiétude était un sentiment nouveau, né ce jour-là. Le désespoir, lui, un compagnon qui vivait avec elle depuis des années, tellement d'années que Bill ne pouvait se rappeler rien d'autre dans son regard.

« La police est venue…, commença lentement la femme, avant d'apercevoir la bague au doigt de son fils. Bill, Bill… qu'est-ce que tu as fait ?

— T'es vraiment qu'une connasse de juive ! explosa le père, se levant de son fauteuil en titubant. Voilà c'qu'il a fait ! (Et il lui jeta l'argent au visage). T'as que d'la merde dans la tête, comme tous les juifs !

— Ta gueule, p'pa, fit Bill, ta gueule ! » et il but à nouveau.

Son père le toisa. Il était plus grand que son fils. Et plus fort que lui. Il avait passé sa vie à le tabasser. Avec les mains, les coups de pied, la ceinture.

« Et toi aussi, t'es qu'un juif de merde ! lui lança-t-il. Tu sais que si t'es le fils d'une putain de juive, t'es juif toi aussi ? » Il ricana, une lumière sombre dans les yeux.

— Ouais, tu m'l'as dit un million de fois, p'pa ! (Bill but encore) Et ça m'fait plus rire.

— Arrêtez, je vous en prie !… » intervint la mère.

Le père se tourna vers la femme. Il leva un bras et la frappa avec rage.

« Salope de juive, toujours à te foutre au milieu ! » Sans un mot, Bill fit volte-face et alla à la cuisine.

« Viens donc là, sac à merde ! Rends-moi ma bouteille ! Je vais te le foutre dans l'cul, ton fric ! Tu finiras la corde au cou, et j'serai bien content ! Mais d'abord, j'veux laisser quelques marques sur ton dos de juif. », et il commença à défaire sa ceinture. Puis il l'enleva et l'enroula autour de son poing. Titubant de droite à gauche dans un effort pour tenir debout, il ne réalisa pas que son pantalon tombait par terre.

« Tu m'fais d'la peine » commenta Bill en revenant dans la pièce. Il but une dernière gorgée, jeta la bouteille au sol et puis enfonça dans le ventre de son père le couteau dont son paternel se servait, au marché, pour nettoyer le poisson.

La mère se jeta entre le père et le fils au moment précis où Bill assénait un deuxième coup. La femme sentit la lame lui effleurer les côtes et pénétrer dans sa poitrine avec un bruit mou. Elle écarquilla les yeux et s'écroula au sol. Alors Bill leva à nouveau son couteau et l'abattit encore. Son père avait mis les mains en avant pour se protéger. La lame lui déchira la paume.

« J't'ai jamais dit que tes mains qui puent le poisson, ça m'débecte ? » Bill rit et le poignarda à nouveau dans le ventre.

Son père s'effondra à terre, sur son épouse.

Billa leva son couteau et l'abaissa encore et encore, sans se soucier de savoir s'il frappait sa mère juive ou son père poissonnier. Et, lorsqu'il enfonça pour la dernière fois sa lame, il fut lui-même étonné de s'entendre dire, à voix haute : « Vingt-sept ! » Vingt-sept coups de couteau. Il avait compté.

Il jeta l'arme sur les deux corps ensanglantés, martyrisés, et chercha dans les placards quelque chose à manger et à boire. Il ramassa ses quatorze dollars et vingt cents. Il regarda dans la boîte en carton où il savait que sa mère mettait de l'argent de côté, et il y trouva trois dollars quarante-cinq. Puis il fouilla les poches de son père, où il dénicha un dollar vingt-cinq. Il s'assit dans le fauteuil vert et compta tout ce qu'il avait. Dix-huit dollars quatre-vingt-dix.

Il regarda la bague à son doigt. Il l'enleva. Il prit le couteau couvert de sang et, avec la pointe, démonta toutes les pierres, une à une. Il fabriqua une enveloppe avec une feuille de papier journal, plaça les pierres à l'intérieur et mit ce petit paquet de côté. Un mouchoir sortait de la poche du cadavre. Il le prit et s'en servit pour nettoyer le sang qui souillait la monture de la bague.

Enfin, il escalada la fenêtre par laquelle il était entré, et il parcourut en sens inverse tout le chemin qu'il avait l'habitude de faire, petit garçon, quand il avait peur du noir et peur de ne pas voir arriver son père ivre, la ceinture autour du poing, pour le tabasser sans raison aucune. Quand il s'enfuyait de chez lui parce qu'il savait que sa mère, la juive qui avait voulu épouser le poissonnier allemand, ne le défendrait pas. Parce que les femmes étaient toutes des salopes. Et les juives, c'étaient les pires.

« Combien tu me donnes, pour cette monture en argent ? » demanda Bill au vieux juif.

Il savait que le petit magasin restait ouvert jusque tard. Les juifs étaient vraiment des merdes. Ils feraient n'importe quoi pour le fric. C'étaient des gens sans cœur.

Le vieux prit sa loupe et examina la monture, la tournant dans tous les sens. Puis il jeta un coup d'œil au garçon. Il a l'air idiot, se dit-il.

« Qu'est-ce que tu veux que ça vaille, une monture ? » fit-il en haussant les épaules, et il la jeta sur le comptoir de l'échoppe, par la fente de sa grille de protection.

« Deux dollars ! lança le vieux.

— C'est tout ?

— On ne peut sertir aucune autre pierre, à part l'originale. Il faut tout fondre, et puis fabriquer une

149

autre monture pour une autre pierre. C'est plus de travail que de profit » expliqua-t-il.

Les juifs, tous les mêmes ! Bill le savait bien. Et ce vioc, c'était le pire de tous. Et ça aussi, il le savait bien. Mais il ne connaissait pas d'autres magasins. En tout cas, pas ouverts à cette heure-ci. Il devait rassembler le plus de fric possible et se tirer. Il porta une main à sa poche et toucha l'enveloppe avec les pierres précieuses. Non, il ne pouvait pas faire ça. Le vieux juif se dirait que c'était un voleur, et il avertirait la police.

« J'en veux au moins cinq dollars ! C'est une monture en argent. »

Oui, ce garçon est un vrai crétin, se dit le vieux, ces gens détestent les juifs parce qu'ils sont plus intelligents qu'eux. En tout cas, c'était l'explication qu'il s'était toujours donnée. Parce que tous ces Américains étaient de sacrés imbéciles.

« Trois, dit-il.

— Quatre » rétorqua Bill.

Le vieux compta quatre billets et les fit passer de l'autre côté de la grille. Puis il prit la monture.

Bill le fixait, immobile.

« Qu'est-ce que tu veux encore ? » lui demanda le juif.

Bill regardait droit dans les yeux ce vieillard qu'il avait espionné tant de fois avec sa mère, quand il était petit, et puis tout seul, quand il avait grandi. Il dévisageait ce vieux juif avide et sans cœur, qui avait chassé sa fille de chez lui lorsqu'elle était tombée amoureuse d'un poissonnier allemand. Ce juif ignoble qui avait alors couvert tous les miroirs de sa maison et récité le *Kaddish*, les prières des défunts, parce que, pour lui, c'était comme si sa fille était morte, et il n'avait jamais voulu la revoir. Et il n'avait jamais voulu connaître son petit-fils.

Bill regardait son grand-père.

« Juif de merde ! » s'exclama-t-il avec son rire léger. Il tourna les talons et partit.

Le vieux ne cilla pas. « Martha, dit-il ensuite, une fois resté seul, en s'adressant à quelqu'un dans l'arrière-boutique. Écoute un peu ça ! Un idiot m'a vendu pour quatre dollars une monture qui en vaut au moins cinquante. Une monture en platine. Ce crétin croyait que c'était de l'argent ! » et il rit, de son rire si particulier, léger, joyeux et désinvolte, avec lequel il avait conquis le cœur de sa chère épouse, cinquante ans auparavant.

Le même rire joyeux et désinvolte avec lequel, trois ans plus tard, il avait accueilli la nouvelle que sa femme avait donné le jour à une splendide enfant. La mère de Bill.

14

Manhattan, 1922

La rumeur n'avait pas tardé à se répandre. Et à enfler, à toute vitesse. À présent, on racontait que Christmas était sorti de la voiture d'un célèbre gangster juif, l'un des plus puissants de la ville. À mi-voix, certains se laissèrent même aller à quelques allusions. D'autres s'avancèrent encore davantage et se mirent à interpréter ces allusions en disant, à voix encore plus basse, que cette voiture appartenait à Louis Lepke Buchalter, voire à Arnold Rothstein ! Et, au bout de deux jours, le Lower East Side tout entier était convaincu que ce n'était pas un billet de cinquante dollars que Christmas avait sorti devant son immeuble de Monroe Street, mais une énorme liasse. « Plus de mille dollars ! » juraient un tas de gens. Et ils ajoutaient que le garçon avait un Colt avec un manche d'ivoire glissé dans la ceinture de son pantalon.

« Eh, mais l'autre fois, on plaisantait ! »

Christmas regardait les jeunes avec indifférence. Il portait une chemise, une veste et un pantalon neufs. Et une paire de chaussures à sa pointure, en cuir verni.

Et il n'avait pas dépensé un centime. Lorsqu'il avait vu Christmas entrer dans son échoppe, le couturier Moses Strauss avait failli mourir de peur : il avait cru que cette visite signifiait bien autre chose. Quand il avait compris que Christmas ne nourrissait aucun projet d'extorsion, il avait été tellement soulagé et reconnaissant qu'il lui avait fait cadeau de tout. Ce qui, à nouveau, avait aussitôt fait circuler de nombreuses rumeurs dans le quartier. Les gens considéraient Moses Strauss comme une ordure. Il n'accordait jamais ni crédit ni délai aux pauvres habitants du Lower East Side. Si Christmas avait pu faire avaler une telle couleuvre à cette ordure de juif, tout ce qu'on racontait sur les Diamond Dogs devait être vrai.

« J'te jure, c'était une blague ! » répéta le chef de la bande qui, quelques jours auparavant, avait refusé Christmas en le raillant.

Santo Filesi se tenait légèrement en retrait. Il avait en main une grosse boîte en fer-blanc. Face à ces voyous, il n'était pas à l'aise. Lui aussi arborait une chemise, une veste et un pantalon flambant neufs. Au départ, Moses Strauss avait voulu lui accorder une simple remise, ce qui était déjà exceptionnel : mais ensuite, s'apercevant que Christmas s'assombrissait, il avait empaqueté le tout, répétant que, pour lui, c'était un honneur d'avoir des jeunes aussi doués qu'eux comme clients. « Ça ne vous vexe pas que je vous appelle des jeunes, n'est-ce pas, messieurs ? » s'était-il hâté d'ajouter, le dos courbé bien bas.

« Qu'est-c'que tu veux ? demanda Christmas au chef de bande. J'ai des trucs à faire.

— J'voulais seulement dire… bredouilla le garçon (un grand gaillard de seize ans, avec une tête de bulldog et des cheveux plantés si bas sur le front que celui-ci semblait inexistant). Bref, on s'disait… (il regarda les membres de sa bande, qui avaient tous des sourcils noirs et épais, des visages aussi patibulaires que le sien et qui, comme lui, essayaient de sourire et de prendre un air amical)… On s'disait qu'il y a aucune raison de pas être amis, voilà ! On est tous italiens…

— Moi, je suis américain ! » affirma Christmas en les dévisageant.

Cette fois-ci, personne ne rit.

« Ben nous aussi, au fond, on est américains… (et le garçon fit tourner entre ses mains son misérable chapeau, qu'il avait ôté devant Christmas). Mais ce que j'voulais dire, c'est que… si ça s'trouve, vous les Diamond Dogs, vous voulez vous agrandir ? Nous, on serait d'accord pour se joindre à vous… si ça te va, hein ! On pourrait faire fusionner nos deux bandes… »

Christmas le regarda d'un air moqueur. Puis il se tourna vers Santo et éclata de rire. Son ami s'efforça de l'imiter.

« Et à quoi vous pourriez bien me servir ? demanda Christmas au chef. T'as eu une occasion, tu l'as ratée !

— J'tai dit que c'était une blague…

— Pourtant, vous m'avez pas fait rigoler.

— C'est sûr, c'était une blague complètement conne… (il se tourna vers les membres de sa bande et leur donna un ordre du regard).

— Ouais ouais, complètement conne… répétèrent-ils en chœur.

— Quel avantage j'aurais, à me joindre à vous ? interrogea Christmas, sceptique.

— On est nombreux ! répondit le garçon.

— Mais moi je parle affaires, précisa Christmas. Vous gagnez combien, par semaine ? (Sans attendre que l'autre réponde, il poursuivit). Pour nous, vous ne seriez qu'un poids mort, désolé de vous le dire ! »

Le chef de bande serra les poings mais encaissa l'insulte sans mot dire.

Christmas le fixa en silence.

« Je vous propose quelque chose, annonça-t-il d'un ton condescendant : moi, je vous laisse continuer vos affaires, et vous, vous respectez juste quelques règles. Un : on touche pas aux femmes. Deux : on touche pas à la chienne de Pep, le boucher qui bosse là derrière.

— La galeuse ? s'étonna le jeune. Et pourquoi ?

— Parce que Pep, c'est un ami (il regarda le garçon droit dans les yeux, fit un pas en avant et se planta bien en face de lui). Ça te suffit, comme explication ? »

L'autre baissa le regard.

« OK, dit-il. On touche pas aux femmes et on touche pas à la galeuse.

— Lilliput, rectifia Christmas. À partir de maintenant, pour vous aussi, elle s'appelle Lilliput.

— Lilliput… »

Christmas toisa les autres voyous.

« Lilliput ! » répétèrent-ils à l'unisson.

Christmas posa alors une main bienveillante sur l'épaule du chef.

« Si jamais les Diamond Dogs ont besoin de sous-traiter quelques petits boulots à des gars de confiance, je penserai à vous. »

Le visage du jeune s'éclaira :

« Quand tu veux ! Nous, on est prêts ! » et il ouvrit

son couteau à cran d'arrêt avec un claquement sec. Derrière lui, tous les autres en firent autant.

Santo sentit ses jambes se dérober sous lui.

« Rangez-les ! lança Christmas. Les Diamond Dogs travaillent avec ça (et il frappa sa tempe d'un doigt) : la tête ! »

Les jeunes remirent les crans d'arrêt dans leur poche.

« On y va, Santo ! dit-il alors à son lieutenant, pâle comme la mort. Dépêchons-nous, après on a rendez-vous avec qui tu sais. »

Santo avait bien appris sa leçon. Il n'avait qu'une réplique à dire et il se l'était répétée des dizaines de fois. Il s'était entraîné toute la matinée devant le miroir de sa mère, une main dans la poche et en prenant un air insolent. Mais, effrayé comme il l'était par les couteaux, c'est une voix brisée qui se fit entendre :

« Arnold ? réussit-il néanmoins à articuler.

— Mais tu veux balancer aussi son nom de famille ? » s'écria Christmas en faisant mine d'être furieux, laissant ainsi croire aux garçons de la bande que c'était du terrible Arnold Rothstein dont il s'agissait. Puis il regarda leur chef droit dans les yeux.

« On dit que vous avez rien entendu, d'accord ? dit-il en pointant son index vers lui.

— Nous on est tous sourds, pas vrai ? fit le garçon en se tournant vers sa bande.

— Tous sourds ! » reprirent-ils en chœur.

Christmas et Santo s'éloignèrent et tournèrent au coin de la rue. À peine étaient-ils parvenus dans la ruelle sur laquelle s'ouvrait l'arrière-boutique de la boucherie, que Christmas poussa un sifflement.

La chienne de Pep, avec ses yeux globuleux, surgit en jappant.

« Lilliput ! » appela joyeusement Christmas, et il s'agenouilla pour caresser l'animal qui lui faisait fête.

« Mais elle est horrible ! » s'exclama Santo.

Lilliput se tourna vers lui en grognant.

Christmas se mit à rire, puis demanda à Santo de lui passer la boîte en fer-blanc que sa mère avait préparée.

« Tu veux la mettre au four ? » s'étonna Pep, apparu sur le seuil de l'arrière-boutique, quand il aperçut sa chienne badigeonnée de pommade. Il tenait une chaise dans une main et un journal dans l'autre.

La chienne se dirigea vers lui, remua la queue, tourna autour de ses jambes et puis revint voir Christmas.

Le boucher enfonça sa chaise dans la boue de la ruelle, posa son journal dessus et puis regagna l'échoppe. À son retour, il portait un épais manteau sur son tablier plein de taches de sang. Il s'assit et déplia son journal, gardant toujours un œil sur la boucherie.

« Tu sais pourquoi je peux mettre cette chaise dans la boue ? demanda-t-il avec fierté. Parce qu'elle est en métal ! Elle résiste à tout. Et le dossier et le siège sont en Bakélite. On l'a inventée ici à New York, la Bakélite, tu le savais ? C'est indestructible.

— Elle est chouette ! fit Christmas, puis il indiqua l'échoppe à Santo. Va vérifier qu'aucune charogne ne rentre là-dedans !

— Qui ça ? » demanda Santo.

Christmas soupira.

« Mets-toi à l'entrée, et arrange-toi pour qu'aucun gros malin ne prenne un morceau de viande gratis. »

Santo se dandina un peu, hésitant, et puis se dirigea vers le bout de la ruelle.

« Mais tu vas où ? l'interpella Christmas.

— Ben, je fais le tour…

— Je pense que tu peux passer par là (et il désigna l'arrière-boutique). Ça t'embête pas, Pep ? »

Le boucher hocha la tête.

« Tout c'qui compte, c'est que tu m'fauches pas la viande toi-même ! lança-t-il à Santo.

— Non non, m'sieur… non, moi je… » balbutia celui-ci.

Le boucher éclata de rire et Santo, piquant un fard, se faufila dans l'échoppe.

« Ça c'est un dur, hein ! » s'exclama Pep à l'intention de Christmas, avant de rire à nouveau.

Christmas ne répondit rien et continua à passer la pommade sur les plaies galeuses de Lilliput.

« Ah ça, tu l'as bien huilée ! s'exclama Pep. Et c'est quoi, ce machin ?

— C'est contre la gale.

— Parce que tu connais quelque chose à la gale, toi ?

— Moi, non. Mais le docteur qui me l'a préparée, lui, il s'y connaît.

— Dis-moi, petit, t'imagines pas que je vais payer pour ça, quand même ? »

Christmas se leva, s'essuya les mains sur son mouchoir et referma la boîte.

« Ben, le docteur me l'a pas donnée gratis, hein ! fit-il ensuite.

— Et qui t'a demandé de faire ça ? »

Sur ce, Pep se pencha sur son journal. Christmas haussa les épaules et flanqua un coup de pied dans un caillou. Lilliput courut après en grognant, elle le prit dans sa gueule, secoua la tête comme si elle se battait, puis revint auprès de Christmas et déposa la pierre devant lui. Christmas rit et y donna un autre coup de pied. À nouveau, Lilliput alla la chercher en grognant.

« Et combien ça t'a coûté, alors ? interrogea soudain le boucher en relevant la tête.

— Oh, deux dollars…, répondit Christmas comme si la question ne lui importait guère, avant de lancer à nouveau le caillou pour Lilliput.

— Deux dollars ? » s'exclama le boucher en secouant la tête, avant de recommencer à feuilleter son quotidien. Il parcourut distraitement un titre, puis abaissa brusquement le journal. Il siffla et, lorsque Lilliput le rejoignit, il la souleva de terre et la mit sous son nez, la reniflant comme si c'était vraiment un poulet rôti. Il la reposa. « Du citron. Et de la gnôle. » Il passa un doigt sur la peau rouge de la chienne et se frotta les doigts. « De la paraffine. » Puis il s'essuya la main sur son tablier et reprit sa lecture. Mais aussitôt après il l'abaissa à nouveau, regardant Christmas d'un air féroce.

« Merde, deux dollars ! s'écria-t-il. Pour un peu de citron, de gnôle merdique et de paraffine ?

— Le médecin dit qu'il faut l'appliquer deux fois par jour, répliqua Christmas en soutenant son regard.

— Petit, dit Pep en pointant vers lui un doigt gros comme une saucisse et couvert d'entailles, j'ai beaucoup entendu parler de toi, ces derniers jours ! On entend même que ça ! Mais j'ai un truc à t'dire. Moi j'en ai rien à foutre, de vous autres délinquants italiens, juifs ou irlandais ! Vous êtes que des merdeux.

Tout c'que vous savez faire, c'est flanquer la trouille aux pauvres gens qui travaillent honnêtement. Mais moi, je m'en bats les couilles, de vos bandes, vous me faites pas peur ! Je vous prends à grands coups de pied dans l'cul quand vous voulez ! C'est clair ? »

Christmas le fixait en silence. Santo, inquiet, sortit de l'arrière-boutique.

« Retourne à ton poste ! » lui ordonna Christmas.

Santo s'éclipsa.

« T'étais pas là pour lire ton journal, Pep ? fit alors Christmas.

— Me dis pas c'que j'ai à faire, p'tit con ! »

Lilliput, grognant joyeusement, posa à nouveau le caillou aux pieds de Christmas, qui donna un coup de pied dedans en souriant. Le boucher regarda sa chienne courir, exubérante, et ramener la pierre. « Elle se gratte déjà moins » maugréa-t-il, le visage encore renfrogné.

Christmas lança à nouveau le caillou.

« Oh, allez au diable ! » explosa le boucher, puis il se leva et prit sa chaise à la main. Son journal tomba à terre, dans une flaque de boue. « Voilà, t'es content ? dit-il, s'adressant à Christmas et indiquant le journal. Lilliput, on y va ! commanda-t-il à la chienne avant de rentrer dans l'arrière-boutique suivi de l'animal. Et toi aussi, dehors ! » entendit-on hurler peu après.

Alors que Santo sortait en hâte de l'échoppe avec une mine inquiète, Christmas ramassa le journal dans la boue.

« M. Pep m'a dit de te donner ça », et Santo tendit deux dollars à Christmas. Celui-ci sourit et les mit dans sa poche.

« Il nous paie bien, hein ? fit Santo.

— Plutôt.

— C'est quoi, ma part ? »

Christmas ouvrit le journal. En première page, un titre en grosses lettres annonçait : *Il agresse la petite-fille de Saul Isaacson, le magnat du textile, puis assassine ses propres parents. La police donne la chasse à William Hofflund.* Le visage de Christmas s'assombrit : « William Hofflund » lut-il d'une voix lente et vibrante de rage.

« C'est quoi, ma part ? » répéta Santo.

Christmas le regarda. Il avait les yeux plissés, pareils à des fentes.

« Regarde, c'est lui. William Hofflund » dit-il simplement, et puis il partit.

15

Manhattan, 1911

« Oui… c'est ça, c'est bon… ça vient… oui, c'est
bon… ça sort… bravo… ça s'ouvre… la fleur s'en-
trouvre… et ça veut sortir… hum, ça pousse pour
sortir… comme ça, maintenant, oui, oui, oui… vas-y,
j'ai soif… »

« Sal ! » gémit Cetta. Secouée de spasmes, elle se
laissa aller sans aucune pudeur, agrippant la chevelure
épaisse de Sal avec ses doigts et appuyant la grosse
tête de l'homme contre sa propre chair en feu, et elle
sentit les humeurs chaudes de son propre corps couler
sur les lèvres de Sal, agenouillé entre ses jambes.
« Sal… » dit-elle encore, plus faiblement maintenant,
relâchant sa prise et arquant paresseusement le dos,
dans un dernier tressaillement, comme si tout s'arrêtait
– cœur, respiration, pensées. Comme dans une pan-
tomime de mort. Une mort douce à laquelle s'abandonner, mais pour ne mourir qu'un peu seulement ;
et au réveil de cette petite mort, ouvrir péniblement
les yeux et avoir l'impression que le monde entier
est différent, voilé, somnolent et pourtant, en même

temps, renouvelé. Nue sur le lit, elle soupira, s'étira comme un chat et puis se blottit contre la poitrine de l'homme qui s'était allongé à son côté. « Sal… »

Sal, les bras croisés derrière la tête, regardait le plafond bas et couvert de taches d'humidité. L'été était impitoyable. Dans la pièce où Tonia et Vito avaient vécu les dernières années de leur vie, et qui était désormais la maison de Cetta, l'air était asphyxiant. Le vieux lit à deux places grinçait au moindre mouvement. Sal était en sueur, son maillot de corps trempé.

Cetta se leva, mouilla un linge dans la bassine d'eau et commença à le passer lentement sur la peau de Sal. Il ferma les yeux. Cetta lui frotta le cou, le menton, les joues mal rasées et le front. Et puis les bras et les aisselles. Elle souleva son tricot de corps, mit de l'eau sur son ventre et sa poitrine et puis les essuya. Ensuite elle posa le chiffon dans la bassine et commença à détacher la ceinture du pantalon de Sal. Il rouvrit les yeux.

« Laisse-moi faire… » dit doucement Cetta.

Elle lui enleva ses chaussures et son pantalon, déboutonna ses fixe-chaussettes et ôta ses chaussettes. Alors elle reprit le linge humide et commença à lui rafraîchir et laver les pieds. Puis elle monta le long des jambes, passant le tissu dans le creux derrière les genoux, et alla jusqu'aux cuisses puissantes. Elle lui frotta le dessus des cuisses et puis, avec sensualité, l'entrejambe, avant de frôler son bas-ventre. Cetta reposa le linge et, avec délicatesse, commença à baisser son slip.

Sal tendit une main pour l'arrêter.

« Il fait chaud, murmura Cetta, laisse-moi faire… »

Sal lâcha prise.

Cetta fit glisser le slip vers le bas, découvrant son pénis sombre. Elle jeta le slip par terre et reprit le linge humide. Elle le lui passa sur les testicules, gros et ronds, et puis sur le sexe, qu'elle caressa et fixa. Enfin elle baissa la tête et embrassa le pénis, qu'elle prit entre ses lèvres.

Sal se redressa brusquement, il attrapa Cetta par les cheveux avec violence, lui releva la tête et la repoussa, agressif, hargneux.

Cetta tomba du lit.

« Je t'ai dit non ! cria Sal.

— Et pourquoi ? » demanda-t-elle, tendant la main pour lui toucher un pied.

Il écarta sa jambe, énervé.

« Mais t'as pas encore compris, crétine ? »

Cetta le dévisagea en silence, puis se leva et s'assit sur le bord du lit. Elle tendit à nouveau la main pour lui caresser le pied. Sal l'évita encore. Il lui jetait des regards menaçants.

« C'est parce que… dit Cetta en cherchant ses mots, parce que tu peux pas ? »

Sal se jeta en avant et lui pointa un doigt devant le visage.

« Écoute, je peux être gentil mais je peux aussi très méchant ! gronda-t-il d'un air sinistre, avec sa voix profonde. C'est à toi de choisir. T'as compris ? »

Cetta ne broncha pas.

« Si j'apprends que t'es allée raconter ça, dit Sal en articulant bien sa menace, on retrouvera ton cadavre dans l'East River. »

Cetta fit lentement remonter sa main, sans cesser de fixer Sal, puis elle attrapa le doigt de Sal, qu'elle abaissa.

« C'est à cause de moi ? demanda-t-elle.

— Non.

— Avec les autres, tu y arrives ?

— Non.

— Tu ne l'as… jamais fait ?

— Jamais. »

Cetta se pencha en avant et l'embrassa sur les lèvres.

Sal la repoussa.

« Je l'avais jamais fait ! dit Cetta, qui baissa les yeux en rougissant. J'avais jamais embrassé personne.

— Eh ben maintenant, ça y est ! grogna Sal, se laissant retomber et s'abandonnant volontiers aux grincements du lit.

— Je n'embrasserai jamais personne d'autre, affirma Cetta.

— Je t'ai rien demandé. »

Cetta s'approcha de Sal et se pelotonna contre son épaule.

« J'te l'jure ! dit-elle encore.

— Ne jure pas » trancha Sal.

Cetta lui prit la main, qu'elle caressa un instant.

« Je veux te laver les mains, fit-elle.

— Non. »

En silence, elle continua à caresser sa main puissante. Puis elle la porta à ses lèvres et lui donna un baiser. Enfin elle la passa sur son visage, en l'appuyant très légèrement.

« Et pourquoi ? demanda-t-elle.

— Ça porte malheur » rétorqua Sal.

Cetta lui donna une petite tape sur la poitrine.

« Et puis j'aime bien bricoler les moteurs, ajouta

alors Sal. Ça sert à rien de les nettoyer, de toute façon elle se resalissent tout de suite. »

Cetta esquissa à peine un sourire, se blottit contre la large poitrine de Sal et l'enlaça.

« Pourquoi, Sal ? » répéta-t-elle.

L'homme soupira. Il récupéra sur la table de chevet la moitié d'un cigare qu'il mit entre ses lèvres, sans l'allumer.

« Quand j'avais plus ou moins ton âge, je me suis fait choper, commença-t-il lentement. Un hold-up qui a mal tourné. J'étais pas très fort, pour les hold-up… » et il rit doucement.

Cetta sentait les notes profondes de la voix de Sal vibrer dans sa poitrine, avant qu'elles ne viennent lui chatouiller l'oreille. Elle savait qu'il ne riait jamais.

« Ils m'ont coffré, poursuivit Sal. Ils m'ont passé des rouleaux d'encre sur les doigts et ont pris mes empreintes. Ça les faisait rigoler. Ils riaient de mes mains sales. Puis, au parloir, ma mère a vu mes mains et s'est mise à pleurer. Le soir, j'ai frotté mes doigts sur le mur de ma cellule, mais ça ne partait pas. On aurait dit que l'encre s'était glissée sous ma peau… »

Cetta caressait toujours sa main noire. Puis elle y posa les lèvres, en silence, et la porta sous son sein gauche, là où battait son cœur.

« C'est en taule que j'ai appris à travailler les moteurs, sourit Sal. À cette époque, j'en avais rien à foutre, des voitures. Mais un jour, j'ai vu dans la cour un type avec des mains toutes noires, vraiment dégueulasses. C'était un mécano. J'ai demandé à bosser à l'atelier moi aussi. Et tous les soirs, quand je m'allongeais sur ma couchette, je regardais mes mains en pensant que s'ils me chopaient encore, ils ne pourraient plus les salir. Comme ça, ma mère s'habituerait à me voir avec ces mains noires, et peut-être qu'elle arrêterait de me casser les couilles au parloir... »

Sal fit une pause, porta une main à ses yeux et la fixa.

« Depuis que j'ai les mains sales, ils ne m'ont plus chopé, rit-il. C'est pourquoi je crois que les laver, ça me porterait malheur. »

Cetta s'agenouilla, se pencha vers la bouche de Sal, lui ôta son cigare et l'embrassa.

« Évite d'être trop collante, petite ! » ronchonna Sal.

Cetta se mit à rire, puis lui remit le cigare entre les lèvres et se blottit à nouveau contre sa poitrine.

« Quand est-ce qu'on te le ramène, ton casse-bonbons de mioche ? » demanda Sal.

On frappa à la porte.

« Maintenant » répondit Cetta et elle sourit, gênée, tout en se levant. Elle enfila sa robe de chambre et se dirigea vers la porte. La main sur la poignée, elle se tourna vers Sal, qui se rhabillait sans se presser.

« Désolée... » dit-elle.

Sal haussa les épaules, sans la regarder, et alluma son cigare.

Cetta baissa les yeux, humiliée.

« Désolée... » répéta-t-elle.

« C'est bon, tu l'as dit » bougonna Sal en remettant son pantalon.

On frappa à nouveau. Cetta ouvrit la porte. Une grosse femme tenait Christmas dans ses bras. Deux autres gamins de quatre ou cinq ans, aussi ronds que leur mère, étaient accrochés à ses jupes.

« Merci, madame Sciacca » dit Cetta en prenant Christmas.

La femme essaya de lorgner à l'intérieur.

« Le gosse me demande beaucoup de travail, attaqua-t-elle. Et vous avez vraiment de sales horaires… »

Cetta ne répondit rien. Depuis que Tonia et Vito étaient morts, elle confiait Christmas à Mme Sciacca, qui habitait au deuxième étage, avec son mari et ses quatre enfants, dans un appartement doté d'une fenêtre. Cetta lui donnait un dollar par semaine pour s'occuper de Christmas.

« Vous ne pouvez plus le garder ? demanda-t-elle.

— C'est pas que je ne peux pas, mais vos horaires, vous voyez… commença à se plaindre Mme Sciacca.

— Les horaires, ils sont comme ils sont » intervint Sal, apparaissant sur le seuil de la porte en pantalon et maillot de corps. Puis il fourra une main dans sa poche et sortit un rouleau de billets. Il en prit un de cinq, qu'il tendit à la femme.

« Prenez-les, dit Sal en la fixant avec dureté. Et mes meilleures salutations à votre mari. C'est un brave homme » fit-il.

La grosse femme pâlit, s'empara de l'argent et hocha lentement la tête.

« Faites gaffe au moutard, ajouta encore Sal. Vous savez comment ils sont, à cet âge : ils se font facilement mal. Ça m'embêterait qu'il lui arrive quelque chose. »

Mme Sciacca, encore plus pâle, tenta de sourire.

« Ne vous en faites pas, monsieur Tropea, dit-elle. On l'aime tous, Christmas ! Pas vrai, les enfants, que vous l'adorez, Christmas ? » demanda-t-elle à sa progéniture.

Les deux gamins, appelés à témoin, se réfugièrent derrière les grosses fesses de leur mère.

Sal referma la porte sans la saluer, puis se dirigea vers la chaise où il avait posé sa chemise blanche à manches courtes, qu'il enfila. Il mit ses bretelles et attacha son porte-pistolet.

Cetta prit Christmas dans ses bras, il souriait, heureux, et elle lui donna un baiser sur la joue. Mais elle regardait Sal, si grand, si laid. Et elle se souvint du jour où elle l'avait vu pour la première fois, à peine débarquée en Amérique, sur le seuil de la porte de cet avocat qui était venu la chercher à Ellis Island, et qui voulait lui enlever son bébé. « On t'a défendu » murmura-t-elle doucement à l'oreille de Christmas, et elle sentit que l'émotion allait la submerger.

« C'est bien aujourd'hui, l'anniversaire du morveux ? » demanda Sal. Et il lança avec maladresse une poupée de chiffon sur la table : c'était un joueur des Yankees, avec le numéro trois sur le maillot et une petite batte en bois dans la main.

Cetta eut la sensation d'un coup violent qui lui retournait l'estomac. Elle crut un instant qu'elle allait faire tomber Christmas par terre. Elle serra les dents avec une grimace qui pouvait ressembler à de la douleur. Puis, telle une explosion, un sanglot imprévu la secoua, la fit chanceler, et enfin les larmes lui inondèrent le visage. Les petites mains de Christmas se posèrent sur ses joues humides. L'enfant porta les doigts à sa bouche, ses lèvres tremblèrent et puis, goûtant le sel, il se mit à pleurer.

Sal les observa en secouant la tête et il finit de s'habiller.

Pendant ce temps, Cetta prit la poupée et, sans cesser de pleurer, elle commença à l'agiter devant les yeux rougis de Christmas. Puis elle la posa sur le lit et passa un doigt sur le numéro du maillot.

« Trois, tu vois ? lui dit-elle. Trois, comme ton âge…

— Mais quelle bande de pleurnichards ! » maugréa Sal en ouvrant la porte de l'appartement.

Cetta le regarda et éclata de rire, le visage baigné de larmes, tandis que Christmas tapait la poupée contre le lit.

« Va pas te fourrer de drôles d'idées en tête ! prévint Sal. Il n'y a rien entre nous.

— Je sais, Sal ! » rit Cetta en s'adressant à la porte qui se refermait.

16

Manhattan-New Jersey, 1922

Quand, de bon matin, la luxueuse Rolls-Royce Silver Ghost grise s'arrêta pour la deuxième fois devant le 320, Monroe Street, il fut évident pour tout le monde que Christmas Luminita, malgré son jeune âge, était vraiment devenu un gros bonnet.

Un groupe de curieux accompagna le chauffeur dans l'escalier de l'immeuble. On lui demandait si c'était bien la voiture de Rothstein, on voulait savoir ce qu'il y avait dans le gros colis qu'il portait, et on essaya même de s'emparer de la lettre adressée à Christmas qui dépassait de sa poche : mais le chauffeur, en parfait professionnel, ne souffla mot et ne se départit jamais de son flegme. Arrivé devant la porte de l'appartement de Cetta et Christmas Luminita, il posa le paquet à terre et frappa discrètement. Il attendit un instant et recommença. Rien.

« Christmas ! Christmas ! »

Santo surgit, criant et frappant à la porte avec un enthousiasme débordant :

« Allez, ouvre, Christmas !

— Mais qu'est-c'qui t'prend, Santo ? »

Christmas était sur le seuil, en maillot de corps et caleçon long, ses cheveux clairs ébouriffés par le sommeil.

« Merde, Christmas, arrête ce boucan ! » entendit-on protester à l'intérieur, avant qu'une porte ne claque violemment.

Christmas, ébahi, regardait le chauffeur, qui avait maintenant ramassé le paquet.

« Je suis Fred, monsieur Luminita, annonça-t-il.

— Oui oui… balbutia Christmas, encore abasourdi. Salut, Fred !

— Je viens de la part de M…, commença à dire Fred.

— D'accord, d'accord ! interrompit Christmas. Pas de noms. C'est pas la peine. On sait tous les deux qui t'envoie. Vas-y, entre, ici il y a trop d'oreilles qui traînent », et il le tira à l'intérieur de l'appartement, refermant tout de suite derrière lui.

Santo, qui avait fait un pas en avant pour entrer, se retrouva le nez à quelques centimètres de la porte fermée. Il rougit de honte. Aussitôt, la porte se rouvrit. La main de Christmas apparut et tira Santo à l'intérieur. Puis la porte s'ouvrit une troisième fois et Christmas sortit la tête : « Fichez le camp ! » cria-t-il aux curieux.

La petite foule murmura quelque chose, puis tout le monde redescendit l'escalier en commentant passionnément la scène, avant de se disperser pour diffuser la nouvelle dans le quartier.

« Vous avez l'électricité ? » demanda Fred dans la cuisine (qui était aussi la chambre de Christmas). Il regarda autour de lui, mal à l'aise.

« Bien sûr, qu'on a l'électricité ! Tu nous as pris pour qui ? répliqua Christmas avec orgueil, poings sur les hanches.

— Christmas, tais-toi, bon Dieu ! hurla Cetta depuis sa chambre.

— C'est ma mère, fit Christmas en indiquant d'un mouvement de tête la porte fermée. Elle travaille dans un night-club. »

Fred, imperturbable, le fixa puis demanda :

« Vous voulez peut-être que je vous donne le temps de vous habiller, monsieur Luminita ?

— Hein ? »

Christmas, gêné, baissa les yeux sur son caleçon. Santo se mit à rire.

« Christmas ! hurla encore Cetta.

— Oui, ça vaut mieux… murmura Christmas en rentrant la tête dans les épaules, comme tous les enfants qui se font gronder. Santo, emmène-le dans le salon ! »

Il se vêtit rapidement, plongea deux doigts dans une bassine d'eau glacée qui le fit frissonner, et puis rejoignit les autres dans la petite pièce que Cetta appelait pompeusement le salon.

« On a même une fenêtre ! fit remarquer Christmas, indiquant avec fierté le point fort de l'appartement.

— Je vois, confirma Fred.

— Bien, parlons affaires. Qu'est-ce que tu veux, Fred ?

— Je peux donner des noms ? demanda le chauffeur en regardant Santo.

— Il vaudrait mieux éviter.

— Parce que comme ça, si on me cuisine, je pourrai rien balancer ! intervint Santo avec une fierté de voyou, enfonçant les mains dans ses poches.

— Je comprends, commenta Fred impassible, acquiesçant avec sérieux. Qui vous savez, donc, vous envoie un cadeau, dit-il ensuite à Christmas en lui tendant le paquet.

— Le vieux ?

— Oui… le vieux » confirma Fred, réticent à utiliser ce terme.

Christmas ouvrit le paquet. À l'intérieur : un poste de radio. Avec un haut-parleur en forme d'entonnoir, noir et brillant, en Bakélite. Le poste était surmonté de six lampes et, sur le devant, une plaquette en métal fixée par deux vis indiquait en caractères gris « Radiola » et, juste en dessous, « Long Distance Radio Concert Amplifier – Model AA485 » et, plus bas encore, « RCA – Radio Corporation of America ».

« Pétard ! s'exclama Christmas.

— C'est un poste de radio ! s'écria Santo.

— Je sais bien, qu'c'est un poste de radio ! » répliqua Christmas.

Puis il se mit à tourner des boutons au hasard.

« Et il marche ? demanda-t-il à Fred.

— Oui, c'est prévu, répondit le chauffeur. Vous permettez ? »

Il balaya la pièce du regard, repéra une prise électrique et brancha le poste. Puis il tourna un bouton. Les deux gamins tendirent l'oreille tandis qu'un grésillement sourd sortait de l'appareil.

« Il faut faire chauffer les lampes, expliqua Fred.

— Il y a même des lampes ! » admira Christmas.

Santo avait l'air émerveillé.

Peu après, le grésillement faiblit et une voix craquelée se fit entendre.

« En février, le président Harding lui-même a apporté un poste de radio à la Maison Blanche, raconta Fred. En tournant ce bouton-là, on peut choisir sa station », et il régla le poste sur un programme musical.

Christmas et Santo étaient bouche bée.

« Cet autre bouton, c'est le volume, expliqua encore Fred. Mais je suppose que, dans l'immédiat, il vaut mieux ne pas le mettre trop fort. À cause de votre mère, j'entends… »

Christmas se tourna brusquement vers la chambre où dormait Cetta. Il courut à la porte, l'ouvrit sans frapper et se précipita dans la petite pièce sans fenêtre. « M'man, m'man, viens ! » Puis il revint dans le salon, plus fébrile que jamais.

« Maman ! hurla-t-il encore une fois. Augmente le son, vas-y, mets-le au maximum ! lança-t-il à Fred.

— Je ne crois pas que ce soit le moment…

— Oh, pétard ! »

Et Christmas se jeta sur le bouton du son qu'il tourna à fond, à l'instant même où Cetta apparaissait dans le salon, l'air inquiète, avec le souvenir du matin où elle avait été réveillée à cause de la jeune fille violée.

« Regarde, m'man, un poste de radio ! » Christmas hurla pour couvrir la musique.

Cetta semblait déconcertée, à présent. En découvrant le chauffeur en livrée, elle serra sa robe de chambre légère autour de ses épaules.

« M'man, on a un poste de radio ! s'exclama Christmas surexcité, prenant sa mère dans ses bras. Comme le Président ! »

Cetta se libéra avec brusquerie et se jeta sur l'appareil pour l'éteindre.

« Mais ça vient d'où, ce truc ? demanda-t-elle. Alors c'est vrai, ce qu'on raconte dans le quartier ? Tu l'as volé ? Tu t'es fourré dans le pétrin ?

— Non, m'man, non ! C'est un cadeau...

— Un cadeau de qui ? »

Les yeux de Cetta scintillaient, très noirs. Elle se tourna vers le chauffeur.

« Et vous êtes qui, vous ? lança-t-elle, agressive.

— Veuillez m'excuser pour cette intrusion, madame. J'ignorais que vous travailliez dans un night-club, autrement je serais venu plus tard..., commença à expliquer Fred.

— Vous êtes qui ? Cetta le toisa.

— Attends, m'man, attends ! Et tais-toi, Fred ! » intervint Christmas en pointant un doigt vers le chauffeur. Puis il prit Santo par le bras et l'entraîna vers la porte. « C'est une histoire de famille » dit-il, le poussant dehors et refermant la porte.

« Mon fils a des ennuis ? s'enquit Cetta auprès de Fred, d'une voix sombre.

— Non, madame, je peux vous l'assurer, répondit Fred avant de se tourner vers Christmas. Peut-être devriez-vous tout raconter à votre mère...

— Qu'est-ce que tu dois me raconter ?

— J'ai rien fait de mal, m'man ! Dis-le-lui, Fred !

— M. Saul Isaacson, commença le chauffeur guindé, souhaitait remercier M. Luminita d'avoir sauvé sa petite-fille...

— Ruth, maman ! Tu te rappelles ?

— Oh, comment va-t-elle ? Pauvre petite... Cetta s'attendrit immédiatement.

— Beaucoup mieux, madame, merci.

— Je me suis pas fourré dans le pétrin, m'man, insista Christmas.

— Mais non, mon chéri ! »

Cetta passa un bras autour de ses épaules et caressa ses cheveux blonds. Puis elle prit le visage de son fils entre ses mains et le dévisagea en souriant.

« Un poste de radio ! s'exclama-t-elle, rayonnante. Il n'y en a pas un dans tout le quartier ! » et elle rit comme une enfant.

« Et il y a aussi ceci, interrompit Fred (hésitant, il tendit à Christmas l'enveloppe qu'il avait dans la poche). Si vous voulez, je peux vous la…

— Mon fils sait lire et écrire ! s'exclama fièrement Cetta, le foudroyant du regard.

— Je sais lire, Fred, confirma Christmas en saisissant l'enveloppe.

— Mes excuses. À vous aussi, madame… fit Fred en inclinant légèrement la tête. C'est de la part de Mlle Ruth. Si vous voulez bien la lire, M. Isaacson m'a demandé de rester à votre disposition.

— Pour quoi faire ? s'étonna Christmas.

— Mais ouvre ! » interrompit Cetta avec l'impatience d'une petite fille.

— Christmas décacheta la lettre. Il y avait juste quelques lignes, élégamment écrites à la main, sur une feuille de papier vert sauge.

« Qu'est-ce qu'elle écrit bien… » commenta Cetta. Gênée, elle sourit à Fred et recommença à fixer la feuille.

« Qu'est-ce qu'elle dit ? »

Christmas baissa la lettre. Il était pâle. Ému.

« Qu'est-ce qu'elle dit ? répéta Cetta.

— Elle veut me voir, m'man.

— Où ? Quand ?

— Mlle Ruth n'est pas encore entièrement guérie, intervint Fred. Elle est sortie de la clinique, mais le médecin lui a recommandé de ne pas se fatiguer. Elle séjourne à la campagne. Si M. Luminita le souhaite et n'a pas d'autres engagements, je pourrai l'accompagner à la villa Isaacson et puis le ramener ici dans le courant de l'après-midi. La famille de Mlle Ruth serait honorée de pouvoir l'accueillir pour le déjeuner.

— Maman… »

Christmas ne savait que dire. Il avait les yeux écarquillés. Cetta lui sourit et le serra contre sa poitrine.

« N'aie pas peur, mon chéri, lui murmura-t-elle à l'oreille. Vas-y, et mange pour moi aussi ! » et elle rit.

« D'accord… fit Christmas à Fred, en essayant de se donner une contenance. Alors je viens !

— Je vous attends dans la voiture. Prenez votre temps, dit Fred. Veuillez pardonner cette intrusion, madame (et il esquissa un salut à l'attention de Cetta).

— Oui… » dit Cetta.

Puis, dès que le chauffeur fut sorti, elle alluma le poste.

« Oh, ça ne marche plus ! s'exclama-t-elle, n'entendant rien d'autre que le grésillement.

— Les lampes doivent chauffer, maman, expliqua Christmas avec un air de supériorité.

— Tu sais tellement de choses, mon grand ! » dit-elle en tenant le visage de son fils entre ses mains, sincèrement admirative. Puis la musique résonna à nouveau dans le salon. Cetta saisit les mains de Christmas et se mit à danser en riant.

« J'ai un peu peur, m'man » dit Christmas.

Cetta cessa sa danse. Elle le fixa, sérieuse :
« Rappelle-toi que, même s'ils ont tout le fric de la
terre, ces gens-là ne sont pas mieux que toi. Si tu es
intimidé, imagine-les en train de faire caca. »

Christmas se mit à rire.

« Ça marche, affirma Cetta, sérieuse. C'est mémé
Tonia qui me l'a appris.

— Qu'ils font caca ?

— Tout à fait. S'ils disent un truc que tu comprends
pas, si t'as l'impression qu'ils valent plus que toi,
alors imagine-les assis sur la lunette des toilettes,
tout rouges, en train de pousser pour faire sortir une
grosse merde. »

Christmas rit de nouveau.

« Allez, il faut te coiffer, viens par là ! »

Cetta l'emmena à la cuisine, prit un peigne et lissa
ses cheveux blonds. Puis elle trempa un chiffon dans
la bassine et lui frotta le visage. Elle lui nettoya les
mains avec un morceau de savon, et utilisa la pointe
d'un couteau pour lui enlever le noir de sous les
ongles.

« Qu'est-ce que tu es beau, Christmas ! Les filles
vont être folles de toi ! s'écria-t-elle avec fierté.

— Même Ruth ? » demanda timidement Christmas.

Le visage de Cetta se rembrunit un instant.

« Même Ruth, répondit-elle. Mais laisse tomber les
riches et trouve-toi une fille dans le quartier !

— Maman, comment on se tient à table, avec les
riches ?

— Ben… normalement…

— C'est quoi, normalement ?

— Tu fais comme eux. Tu les regardes, et puis tu
fais comme eux. C'est facile.

— D'accord…

— Et pas de gros mots !

— D'accord… (Christmas se balançait d'une jambe sur l'autre). Alors j'y vais…

— Attends ! » fit Cetta qui courut dans sa chambre, d'où elle revint avec son sac à main. « Achète-lui un bouquet de fleurs ! » Elle tendit dix cents à Christmas. « Apporter des fleurs, ça fait très chic. »

— Christmas sourit à Cetta et se dirigea vers la porte de l'appartement. Il l'ouvrit, puis s'arrêta.

« Écoute, m'man, ne dis rien aux gens de cette histoire… Je t'expliquerai après. Dis seulement que c'est un juif important. D'accord ?

— Ils sont juifs ?

— Oui, m'man, mais… »

Cetta cracha par terre.

« Des juifs… maugréa-t-elle.

— M'man !

— Ils ont essayé de tuer Sal, les juifs ! rappela-t-elle, sombre.

— Oui, je sais… Christmas souffla.

— Mais Ruth, au moins, elle est américaine ?

— Oui, elle est américaine.

— Ah, Dieu soit loué ! »

Cetta parut se détendre. Puis, ouvrant tout grand les yeux, comme si elle se rappelait soudain un détail essentiel :

« Attends, le parfum ! Je te donne un peu de mon parfum !

— Non, m'man, c'est un truc de femmes… »

Christmas disparut dans l'escalier. Santo l'attendait dans la rue au milieu d'un petit attroupement.

La Rolls-Royce était encerclée par des gamins. Fred, impassible, était assis à son poste. Quand il aperçut Christmas, il descendit de l'automobile et ouvrit la portière.

« Tu vas où ? s'enquit Santo.

— Chez le grand chef en personne, répondit Christmas à haute voix, pour qu'on l'entende bien. Il m'a invité à déjeuner. On doit parler affaires. »

Un murmure parcourut l'assemblée.

Christmas donna les dix cents à Santo.

« Va me chercher des fleurs. Les plus belles. Mais dépêche-toi ! » lui dit-il.

Santo se précipita chez le fleuriste au coin de la rue. Il savait qu'il ne devait jamais poser de questions. Il avait bien assimilé la première règle de la bande. Si tu piges pas tout de suite, tu pigeras plus tard. Et si après, tu piges toujours pas, rappelle-toi qu'il y a toujours une bonne raison. Quand il revint, haletant, avec le bouquet de fleurs, il tendit à Christmas deux cents de monnaie.

« Va t'acheter une glace à l'eau de Seltz ! » dit Christmas en lui lançant la pièce. Puis il se tourna vers les autres et commenta : « Apporter des fleurs à une femme, c'est très chic. » Enfin, il monta en voiture et laissa Fred refermer la portière.

À cet instant, la musique retentit au premier étage, à plein volume. Christmas se pencha par la vitre et leva les yeux. Il aperçut à la fenêtre le beau visage rayonnant de Cetta : elle tenait le haut-parleur de la radio à la main et essayait de le montrer aux gens dans la rue. Mais on voyait à peine le haut-parleur. Elle tira encore un peu sur le fil, la prise se décrocha et la radio s'éteignit. « Merde ! » jura Cetta, et Christmas vit la tête de sa mère disparaître dans l'appartement.

La Silver Ghost s'éloigna alors que la musique retentissait à nouveau à la fenêtre.

« Tu as de la classe, Fred ! » fit Christmas tandis qu'ils quittaient Monroe Street.

Le chauffeur le regardait dans le rétroviseur. Il prit le microphone et signala : « Il faut parler dans le micro, sur votre gauche. »

Christmas saisit l'appareil.

« Tu as de la classe, Fred ! répéta-t-il.

— Merci, monsieur, sourit le chauffeur. Détendez-vous, on en a pour un moment.

— On va où ?

— Dans le New Jersey.

— Le New Jersey ? Et c'est où ? Vers Brooklyn ?

— De l'autre côté. Bon voyage ! »

Christmas sentit son estomac se nouer. Puis il prit dans sa poche l'enveloppe de Ruth. Et il recommença à rêver aux yeux verts de la jeune fille à laquelle il avait juré un amour éternel. Alors il ouvrit l'enveloppe et relut la lettre.

Cher Christmas,
Mon grand-père m'a raconté ce qui s'est passé à l'hôpital, quand tu es venu me voir. Je suis désolée, je ne me rappelle pas grand-chose. Tu m'as sauvé la vie et je voudrais te remercier en personne, maintenant que je vais mieux. Mon grand-père propose de t'inviter à déjeuner.
                                        Ruth Isaacson
P.S. : le poste de radio, c'est mon idée.

Christmas prit le micro.

« Eh, Fred !

— Vous désirez ?

— C'est le vieux qui mène toute la baraque, pas vrai ?

— Il serait peut-être préférable que vous l'appeliez M. Isaacson.

— OK. Mais c'est lui qui commande, non ?

— C'est indéniablement un homme qui a une forte personnalité.

— Oui ou non, Fred ?

— Si vous le formulez ainsi... alors, oui.

— Ça se voit... »

Christmas se rassit contre le dossier en cuir, la lettre à la main, et il la lut et la relut encore. Peu après, il se pencha à nouveau vers le micro :

« Eh, Fred !

— Oui ?

— Eh, toi tu sais c'que ça veut dire, "P.-S." ?

— C'est une formule qui permet d'ajouter une annexe à la fin d'une lettre.

— J'ai rien compris.

— Quand une lettre est terminée et signée, mais qu'on veut encore dire quelque chose, on écrit "P.-S." et puis ce qu'on veut ajouter.

— Genre : "Ah, j'oubliais un truc" ?

— Exactement. »

Christmas observa la lettre en se concentrant sur ce « P.-S. » tracé de la belle écriture de Ruth : il lui paraissait terriblement élégant. Il regarda par la vitre. L'automobile s'engagea sur une large route surélevée dont Christmas ne soupçonnait pas même l'existence. Les panneaux indicateurs défilaient trop rapidement pour que Christmas puisse lire les noms de ces endroits inconnus. La vitesse et la découverte de ce monde beaucoup plus vaste qu'il ne l'avait imaginé lui donnèrent une sensation de danger. Au fur et à mesure que le panorama s'élargissait, il avait l'impression que sa tête tournait et qu'il avait du mal à respirer. L'île de Manhattan s'éloignait : elle n'était plus qu'une carte postale aux couleurs défraîchies dans la lunette arrière de la voiture. Puis, après une dizaine de minutes, l'automobile ralentit et prit une sortie. Le monde, à partir de là, changea à nouveau. Une route toute droite traversait des prés et des bois. À gauche, la mer. Bleue avec son écume blanche. Bien différente de l'eau sombre que l'on voyait des docks ou du ferry pour Coney Island. Et une plage claire.

Alors Christmas reprit le micro.

« P.-S., Fred !

— Pardon ?

— P.S.

— Que voulez-vous dire, monsieur Luminita ?

— Que j'ai oublié de te dire un truc, Fred. Alors : P.-S., non ?

— Ah, bien sûr... dites-moi !

— Je pourrais pas venir là, devant ?

— Comment ça ?

— J'aimerais mieux m'asseoir devant, avec toi. Là derrière, on a l'impression d'être dans un cercueil, et puis je déteste ce micro ! »

Fred sourit et se gara au bord de la route. Christmas descendit en courant et se glissa près du conducteur, qui se tourna vers lui. Le jeune garçon s'empara du couvre-chef de Fred et se l'enfonça sur la tête. Puis il rit et posa les pieds sur le tableau de bord. Le chauffeur, refrénant un premier réflexe de protection envers la voiture, rit à son tour et redémarra.

« Ah ça oui, que c'est du voyage ! » s'exclama Christmas.

Puis il observa son voisin, toujours aussi guindé :

« Fred, tu fumes ?

— Oui, monsieur.

— Alors vas-y, grille-toi une cigarette !

— Il ne m'est pas permis de fumer en voiture.

— Pourtant, le vieux il fume, lui !

— Lui, c'est le patron. Et je vous ai dit qu'il vaudrait mieux...

— Oui oui, Fred : M. Isaacson... Mais le vieux n'est pas là, en ce moment. Allez, grille-toi donc ta p'tite cigarette ! Tu sais, tu te trompes sur mon compte, si tu crois c'que j'crois : moi, j'suis pas une balance.

— Une... balance ?

— Ah ! s'exclama Christmas satisfait, en se donnant une grande claque sur la cuisse. Alors tu ne sais pas tout, Fred ! »

Et il rit :

« Une balance, c'est un mouchard.

— Je n'ai pas le droit de fumer.

— Et moi ?

— Vous, vous êtes un hôte de M. Isaacson et faites ce que vous désirez.

— OK, Fred, alors file-moi une cigarette !

— Elles sont dans la boîte à gants que vous êtes en train de salir avec les semelles de vos chaussures. »

Christmas remit les pieds par terre, ouvrit la trappe et prit une cigarette, qu'il alluma. « Pouah ! » fit-il entre deux quintes de toux. Puis il referma la boîte à gants et l'essuya avec le coude de sa veste, avant de reposer les pieds dessus. Pour finir, il glissa la cigarette dans la bouche de Fred. « Considère que c'est moi qui la fume ! » commenta-t-il.

Pendant quelques secondes, Fred demeura de glace. « Oh, et puis on s'en fout ! » s'exclama-t-il soudain, et puis il accéléra, lançant la voiture sur une large route qui se perdait au milieu de champs d'un vert intense.

« Ça oui, que c'est du voyage ! » s'écria Christmas penché par la vitre.

Puis, après une vingtaine de minutes, l'automobile emprunta un chemin de terre jusqu'au moment où elle s'arrêta devant un portail en fer. Un homme en uniforme sortit d'une petite maison et, dès qu'il aperçut la voiture, il vint ouvrir le portail. Tant que la voiture parcourut l'allée bordée d'arbres, Christmas demeura bouche bée.

« Mais ils vivent à combien, là-dedans ? demanda-t-il effaré lorsqu'ils arrivèrent devant la grande villa blanche.

— M. Isaacson, son fils, la femme de celui-ci et Mlle Ruth. Plus les domestiques. »

Christmas descendit de voiture. Il n'avait jamais rien vu d'aussi beau. Il lança à Fred un regard perdu.

« Je suis content de voir que tu as accepté l'invitation, petit ! » s'exclama une voix derrière lui.

Christmas se retourna et croisa les yeux de Saul Isaacson. Le vieux portait un pantalon en velours et une veste de chasse. Il rejoignit Christmas et lui serra la main en souriant.

« Ma petite Ruth est rentrée depuis une semaine, expliqua-t-il. Elle est forte, comme son grand-père ! »

Christmas ne savait que dire. Il avait un sourire

hébété collé sur le visage. Il chercha à nouveau Fred du regard.

« Je suppose que tu veux la voir ! » lança le vieux.

Alors Christmas porta une main à la poche intérieure de sa veste : il en tira une feuille de papier journal pliée, qu'il montra à M. Isaacson.

« C'est lui ! dit-il en mettant l'index sur le nom du titre. William Hofflund. »

Le visage du vieux s'assombrit.

« Range ça ! fit-il d'un ton dur.

— C'est ce salaud ! continua Christmas.

— Range ça ! répéta M. Isaacson. Et pas un mot à Ruth là-dessus. Elle est encore très affectée. Je ne veux pas que tu en parles. (Et il pointa sa canne contre la poitrine de Christmas). Tu as compris, gamin ? »

D'un bras, Christmas écarta la canne, soutenant le regard du grand-père. Soudain, il n'avait plus peur. Il ne se sentait plus perdu. « Si vous, ça vous est égal, alors c'est moi qui irai le choper ! » s'exclama-t-il.

Le vieux le fixa un instant, sourcils froncés, et ses yeux lançaient des éclairs. Puis il éclata de rire. « Tu me plais, petit, tu as des couilles ! » s'écria-t-il. Mais aussitôt il redevint sérieux et pointa à nouveau sa canne contre la poitrine de Christmas.

« Pas un mot de ça à Ruth, c'est compris ?

— C'est compris. Mais arrêtez un peu, avec votre bâton ! »

Le vieux abaissa lentement sa canne. D'une manière presque imperceptible, sans rien perdre de sa fierté, il opinait du chef, comme s'il acquiesçait sans fin.

« On va le choper, dit-il à voix basse et en s'approchant. J'ai beaucoup d'amis influents dans la police, et j'ai promis une récompense de mille dollars pour cet enfant de salope.

— William Hofflund, fit Christmas.

— Oui, William Hofflund. Bill. »

Ils demeurèrent un long moment les yeux dans les yeux, comme s'ils se connaissaient depuis toujours, comme s'ils n'étaient pas séparés par soixante ans d'âge ni par quelques millions de dollars.

« Range ce journal, s'il te plaît » demanda ensuite le grand-père.

Christmas le replia et le remit dans sa poche.

« Où est Ruth ? » demanda-t-il ensuite.

Le grand-père sourit et s'engagea dans une étroite allée de graviers bordée de haies de buis bien régulières. Christmas le suivit. Ils arrivèrent près d'un grand chêne, et le vieux pointa sa canne vers le dossier d'une chaise longue et une petite table de bambou.

« Ruth ! appela-t-il. Regarde qui est venu nous voir ! »

Christmas vit d'abord une main bandée qui s'appuyait sur le bras de la chaise. Et puis une longue et épaisse chevelure, noire et bouclée, apparut de l'autre côté du dossier.

Et, au milieu de cette masse de cheveux, les yeux verts de Ruth étincelaient.

17

New Jersey, 1922

« Salut ! dit Christmas.

— Salut ! » dit Ruth.

Puis ils restèrent là, silencieux, à se regarder. Christmas se tenait debout, sans savoir que faire de ses mains, au point qu'il finit par les fourrer dans ses poches. Ruth était assise, une couverture en cachemire sombre sur les jambes et deux revues de mode posées sur les cuisses, *Vogue* et *Vanity Fair*.

« Bien, fit le vieux Isaacson, j'imagine que vous les jeunes, vous voulez rester seuls ! » Il regarda Ruth, sondant ses réactions avec un regard doux et compréhensif. « Si ça te va » ajouta-t-il à mi-voix, souriant.

Ruth fit oui de la tête.

Alors le patriarche caressa les cheveux de sa petite-fille et reprit le sentier en sens inverse, donnant des coups de canne rythmés dans le buis. « On passe bientôt à table ! » annonça-t-il sans se retourner.

« J'ai l'impression que cette canne, c'est plus une arme qu'un truc qui l'aide à marcher ! » fit remarquer Christmas.

Ruth esquissa un sourire, mais uniquement avec la bouche, et elle baissa les yeux.

« C'est joli ici, commenta le garçon qui se dandinait d'un pied sur l'autre.

— Assieds-toi ! » offrit la jeune fille.

Il jeta un coup d'œil circulaire et repéra un banc en bois et en métal, à une dizaine de pas. Il le rejoignit et s'y assit. Sur le banc il y avait un numéro du *New York Post*. Ruth se tourna pour le dévisager. Elle sourit, gênée. Puis elle glissa sa main bandée sous la couverture, en rougissant.

« Comment vas-tu ? demanda Christmas, volontairement à voix basse.

— Pardon ? » demanda Ruth.

Christmas roula le *Post* en forme de tube et parla à l'intérieur, comme dans un mégaphone : « Comment vas-tu ? »

Ruth sourit :

« Bien » répondit-elle.

— J'entends rien ! répliqua-t-il, toujours en parlant dans le journal. Prends un mégaphone toi aussi ! »

Ruth se mit à rire et roula *Vanity Fair* :

« Bien ! » répéta-t-elle.

Christmas quitta le banc, s'approcha de Ruth, posa le journal dans l'herbe près de la chaise longue et s'assit dessus. Les yeux de Ruth étaient encore plus verts que dans son souvenir. Il lui restait des marques sur le visage : deux ecchymoses violettes sur les ailes du nez et une cicatrice claire sur la lèvre supérieure. Mais elle était beaucoup plus belle que ce qu'il avait imaginé à travers le sang.

« Le poste, il est du tonnerre ! » s'exclama Christmas.

Ruth sourit en évitant à nouveau de croiser son regard.

« Là où je vis, personne n'en a ! » ajouta-t-il.

Elle se mit à tapoter la couverture de *Vanity Fair*.

« Il a même des lampes, précisa-t-il. Tu savais qu'il faut attendre qu'elles chauffent, pour pouvoir entendre quelque chose ? »

Elle acquiesça sans le regarder.

« Merci ! » dit-il.

Ruth serra les lèvres, les yeux baissés. Elle ne se rappelait presque rien de ce garçon. Rien que son nom, ce drôle de nom. Et ses bras qui la portaient à l'hôpital. Et puis sa voix. Qui hurlait son nom quand on l'avait posée sur un brancard. Mais elle ne se rappelait pas à quoi il ressemblait. Elle ne savait pas qu'il avait ces cheveux blonds ni cette mèche qui tombait sur ses yeux noir de charbon. Elle ne se souvenait pas de ce regard ouvert, presque effronté. Ni de ce sourire, si communicatif. Elle rougit. Elle avait presque tout oublié mais elle savait que ce garçon savait. Il savait ce qui lui était arrivé. Et elle était certaine que, même maintenant, il ne la voyait pas pour ce qu'elle était mais pour ce qu'elle avait été, c'est-à-dire qu'il la voyait telle qu'elle était lorsqu'il l'avait trouvée. Et donc il savait… il savait aussi que…

« Ma mâchoire est réparée, déclara-t-elle soudain, défiant Christmas du regard. Ils m'ont redressé le nez et mis deux fausses dents, mes côtes cassées ont guéri et les hémorragies internes se sont résorbées ; sinon je n'entends pas grand-chose de l'oreille gauche mais, avec le temps, ça devrait s'améliorer. »

Puis elle sortit sa main bandée de sous la couverture : « Par contre, pour ça, on ne peut rien faire. »

Christmas la fixa en silence, sans savoir que dire, la bouche entrouverte et les yeux étincelants de colère à la pensée de ce que Ruth avait subi. Il secouait la tête de droite à gauche, comme s'il ne cessait de dire non silencieusement.

« Rien ni personne ne pourra jamais me rendre mon doigt » ajouta Ruth d'un ton agressif.

Christmas ferma la bouche mais ne put détacher son regard de Ruth.

« Je pourrai seulement compter jusqu'à neuf ! » dit alors la jeune fille avant d'émettre un rire forcé, avec un cynisme d'adulte. Parce qu'elle se sentait ainsi, maintenant : une jeune fille qui avait été obligée de grandir d'un seul coup, en une nuit.

« Si j'étais ton professeur… dit lentement Christmas, je changerais les maths exprès pour toi ! »

Ruth ne s'attendait pas à un tel commentaire. Elle s'attendait à de la commisération et à des phrases de circonstances. Elle voulait juste que ce garçon blond et stupide aux yeux noir de charbon se sente mal à l'aise, au moins autant qu'elle-même se sentait mal à l'aise, sachant qu'il était au courant de cet événement terrible qui avait marqué sa vie, de cette infirmité cachée entre ses jambes qu'elle n'avait pas le courage de nommer.

« Et si j'étais le président Harding, j'obligerais tous les Américains à ne compter que jusqu'à neuf ! » poursuivit Christmas.

Ruth avait encore la main levée, comme un drapeau ensanglanté. Elle sentit quelque chose se briser en elle. Et elle eut peur de se mettre à pleurer. « Tu es bête ! » s'exclama-t-elle avec colère, et elle lui tourna le dos, en s'efforçant d'ouvrir grands les yeux pour les garder secs. Elle entendit un léger bruit derrière elle. Quand elle fut sûre de ne pas se mettre à pleurer, elle se retourna. Christmas n'était plus là, assis par terre. Elle regarda autour d'elle et l'aperçut de l'autre côté du pré, au bout de l'allée, qui se glissait dans la voiture de son grand-père. Elle se dit qu'il était vraiment habillé de manière épouvantable. Comme les ouvriers quand son aïeul les invitait pour la fête d'Hanoukka. Avec des vêtements à la fois toujours trop neufs et toujours trop vieux. Un instant, elle craignit qu'il ne s'en aille.

Bientôt Christmas se tourna vers elle et sourit. Même à l'extrémité du pré, elle reconnaissait son sourire franc. D'un rapide mouvement de tête, il repoussa la mèche blonde qui lui tombait devant les yeux, impertinente, vulgaire. Et tellement lumineuse. Couleur des blés. Ou de l'or ancien de certains bijoux de sa grand-mère. Malgré la distance, elle voyait ses yeux, si noirs, qui brillaient. Comme si une flamme brûlait en eux. Elle le vit batailler avec un papier d'emballage et puis jeter quelque chose de coloré, à trois reprises. Ensuite il s'engagea dans le sentier et revint sur ses pas. Il avait une démarche à la fois souple et nerveuse. Il lançait ses jambes en avant avec un mouvement sec, et pourtant c'était comme s'il se déplaçait dans l'eau. Et quand son pied touchait terre, sa tête se penchait très légèrement sur le côté, avec insolence.

Dès qu'il l'eut rejointe, Christmas lui tendit des fleurs enveloppées dans un misérable papier marron en forme de cornet, mouillé à la base.

Ruth ne broncha pas. Ni ne regarda les fleurs.

« Je suis bête, tu as raison ! » dit Christmas en

posant délicatement le bouquet sur la couverture en cachemire.

Alors Ruth regarda les fleurs. Elle les compta. Il y en avait neuf. Neuf horribles fleurs de pauvres. Et elle eut à nouveau envie de pleurer.

« J'aimerais bien venir te voir tous les jours, mais… » avança alors Christmas – il faisait mine de plaisanter mais sa voix manquait d'assurance et il se balançait d'un pied sur l'autre, les mains à nouveau dans les poches – « … c'est que tu habites pas vraiment au coin de la rue ! » et il sourit.

« Nous n'habitons pas tout le temps ici. Pendant l'année scolaire, nous vivons à Manhattan. Dans une quinzaine de jours, il faut que nous rentrions, dès que je serai entièrement remise » se surprit à répondre Ruth, comme si elle aussi était déçue de ne pas pouvoir le voir. Et maintenant elle n'arrivait plus à s'arrêter :

« Nous avons un appartement sur Park Avenue.

— Ah oui… acquiesça Christmas. J'en ai entendu parler. »

Il fit une pause, fixa ses chaussures :

« Et Monroe Street, tu connais ? poursuivit-il.

— Non…

— Ben, tu perds rien ! » dit-il en riant.

Ruth écouta cet éclat de rire résonner dans ses oreilles. Elle se souvint du rire de Bill, grâce auquel elle s'était sentie joyeuse, et qui l'avait incitée à s'échapper de cette grande maison sinistre. Ce rire qui dissimulait l'horreur. Elle regarda Christmas, qui avait cessé de rire. « Merci… » lui dit-elle.

Christmas haussa les épaules.

« Dans mon quartier, il n'y a pas de fleuristes de luxe, tu sais ! souligna-t-il.

— Je ne parlais pas des fleurs.

— Ah bon… (silence). Ben, tu sais… (silence). De rien, voilà. »

Ruth rit. Mais doucement. Presque intérieurement.

« Alors comme ça, le poste t'a plu ?

— Tu plaisantes ? C'est extra !

— Et quels programmes écoutes-tu ?

— Quels programmes ? Euh… ben je sais pas… moi j'en ai jamais eu, de poste de radio !

— Moi j'aime les programmes où on parle.

— Ah bon ? Et de quoi ils parlent ?

— De tout.

— Eh oui… bien sûr. »

De nouveau, le silence. Mais un silence différent, tout à coup.

« Mademoiselle Ruth ! C'est l'heure du déjeuner ! »

Christmas se tourna. Il découvrit une jeune servante avec un corsage noir, des poignets et un col blancs, et une coiffe sur la tête, blanche elle aussi.

« On dirait un poulet en deuil » fit remarquer Christmas.

Ruth se mit à rire. « J'arrive ! » s'écria-t-elle, se levant et ramassant son bouquet de neuf fleurs.

Christmas la suivit, mains dans les poches. Une fois qu'ils furent arrivés devant la maison, il vit Fred en train de lustrer la Silver Ghost. Il le siffla : « Eh, Fred, je vais bouffer ! » hurla-t-il.

Ruth sourit.

« Très bien, monsieur Luminita » répliqua Fred.

Un majordome au boutonnage brandebourg attendait Ruth et Christmas à l'entrée. « Ils sont tous dans la salle à manger, mademoiselle » dit-il en s'inclinant très légèrement.

« Monsieur désire-t-il se laver les mains ? demanda le majordome à Christmas.

— Non, Amiral ! » répondit Christmas.

Ruth s'esclaffa. Le majordome demeura impassible et montra le chemin aux deux jeunes gens. Ruth lui remit le bouquet de fleurs et recommanda à voix basse : « Dans ma chambre ! »

Christmas traversait la maison bouche bée, sans savoir où donner des yeux. Il était attiré tour à tour par un tableau, un tapis, le marbre luisant, les marqueteries des portes, un chandelier d'argent à sept bras… « Pétard ! » murmura-t-il au majordome, quand celui-ci lui indiqua la porte de la salle à manger.

Christmas serra la main du père de Ruth, qu'il connaissait déjà, et celle de sa mère, une femme belle et élégante qui, se dit-il, ressemblait à une ampoule éteinte. Le vieux Isaacson était assis en bout de table, sa fameuse canne posée près de lui, à portée de main.

Tout le monde prit place et un serviteur s'approcha avec un grand plateau d'argent surmonté d'une cloche, qui dissimulait les mets.

« Attends ! » lança brusquement au serviteur le vieux Isaacson, excédé et prêt à brandir sa fidèle canne. « Sarah, Philip, mais vous allez remercier le jeune homme qui a sauvé Ruth, au moins ? » et, l'air sévère, il fixa son fils et sa belle-fille.

Les époux Isaacson se raidirent sur leur chaise.

« Mais bien sûr ! répondit la mère de Ruth avec un sourire poli à l'intention de Christmas. Nous voulions simplement lui donner le temps de s'asseoir. Nous avons tout le repas pour lui dire merci ! Sache donc que, du fond du cœur, nous t'exprimons toute notre gratitude.

— Il n'y a pas de quoi, madame » répliqua Christmas en regardant du côté de Ruth. Celle-ci avait les yeux braqués sur lui, mais elle les baissa dès qu'elle croisa le regard noir et profond de son sauveur.

« Oui, tous nos remerciements, ajouta faiblement le père de Ruth.

— Bordel de merde ! On se croirait à un enterrement, alors que ce devrait être une fête ! gronda le vieux.

— Tu peux servir, Nate, interrompit Sarah Isaacson en s'adressant au serviteur.

— Je croyais que les riches ne disaient pas de gros mots, observa Christmas.

— Les riches font ce qu'ils veulent, mon garçon ! s'écria Saul Isaacson en riant d'un air satisfait.

— Certains riches, intervint le père de Ruth pour répondre à Christmas. D'autres, comme tu l'as remarqué avec justesse, évitent ce genre de langage.

— À savoir ceux qui se sont retrouvés riches sans aucun mérite ! commenta le patriarche. (Puis il s'adressa à Christmas.) Puisque tu es italien, j'ai fait préparer des spaghettis avec des boulettes, expliqua-t-il tandis que le serviteur remplissait les assiettes l'une après l'autre.

— Je suis américain, précisa Christmas. En tout cas, ils ont l'air bons ! ajouta-t-il en regardant la cascade de spaghettis qui tombait dans son assiette.

— Mais les boulettes ne contiennent pas de chair à saucisse, précisa le vieux. Nous les juifs, on ne mange pas de porc. Et la viande est kasher. »

Christmas s'apprêtait à se jeter sur les pâtes quand il se souvint de vérifier d'abord comment faisaient les autres. Or, il remarqua qu'ils n'aspiraient pas les spaghettis en émettant un sifflement. Il en conclut que la bonne éducation, c'était vraiment rasoir : ils rataient tout ce qu'il y avait de rigolo avec les spaghettis ! Mais il s'adapta. Il déglutit et puis demanda au patriarche :

« Vous êtes né en Amérique, monsieur ?

— Non.

— Mais votre fils, oui ?

— C'est ça.

— Alors votre fils est américain, pas juif, conclut Christmas.

— Non. Mon fils est un juif américain, mon garçon. »

Christmas avala une autre fourchetée de pâtes en réfléchissant :

« En bref, quand t'es juif, alors t'es foutu ? fit-il ensuite. Tu ne deviens jamais américain et puis c'est tout ! »

Les époux Isaacson se raidirent. Ruth regarda son grand-père. Celui-ci rit doucement :

« C'est ça, quand t'es juif, t'es foutu, confirma-t-il.

— C'est la même chose pour les Italiens, ajouta Christmas en secouant la tête.

— Oui, tu as sans doute raison » dit le vieux.

Christmas se concentra sur sa dernière boulette pour lui régler son sort, puis il posa sa fourchette dans l'assiette et s'essuya la bouche.

« Ben moi, je veux être américain et rien d'autre » affirma-t-il.

Le vieux leva la tête et le regarda droit dans les yeux.

« Bonne chance ! » fit-il.

Ruth observait son grand-père. À l'évidence, le garçon aux cheveux blonds et aux yeux de charbon lui plaisait. Il n'aurait laissé passer ce genre d'observations à personne d'autre. Et surtout, il n'aurait été aussi souriant avec personne d'autre. Son aïeul souriait peu, et presque à elle seule. Puis Ruth tourna la tête vers ses parents. Ils suivaient peu la conversation et avec un désintérêt patent. Ils étaient absents, comme d'habitude. Il était également évident qu'ils méprisaient – ou, pire encore, n'éprouvaient nulle considération – pour le garçon qui avait sauvé leur fille. Parfois, Ruth se disait : ils croient que tout leur est dû. Elle avait souvent entendu son grand-père et son père parler des ouvriers de l'usine. Son aïeul considérait qu'ils étaient des juifs comme eux, alors que son père les appelait des gens de l'Est. Son aïeul n'avait aucun scrupule à les exploiter et à les payer le moins possible, mais il s'intéressait à leurs familles. Son père n'avait aucun scrupule non plus à les exploiter et à les payer le moins possible, mais il ne connaissait même pas leurs noms. Et les ouvriers, ces crève-la-faim, considéraient le grand-père comme l'un des leurs, un qui avait réussi, alors que le père, lui, n'était rien. Et certains jours, Ruth avait l'impression que pour le grand-père non plus, son fils n'était rien. En revanche, on aurait dit que, pour lui, Christmas était quelqu'un. Comme s'il éprouvait une certaine admiration pour ce garçon. Et c'est peut-être cette observation qui lui fit baisser la garde et qui lui permit d'éprouver une émotion inattendue, instillée par le regard de ce grand-père adoré : il n'y avait aucun doute ce garçon lui plaisait ou pouvait lui plaire. Dès qu'elle s'en rendit compte, Ruth prit peur. Parce qu'elle s'était juré à elle-même de bannir pour toujours les hommes, les mâles, de sa vie.

« Comment s'appelle le pays des juifs ? demandait Christmas au vieux, tout en attaquant un étrange plat piquant et plein d'épices.

— Les juifs n'ont pas de pays à eux, répondit-il.

— Et alors, comment on fait pour être juif ? »

Saul Isaacson se mit à rire.

« C'est une question de descendance, intervint Philip Isaacson avec un ton de supériorité. Nous conservons notre sang, c'est lui qui nous distingue des autres.

— Il y a aussi un autre détail qui nous distingue » ricana le vieux.

Christmas médita sur ces mots et son visage ne tarder pas à s'illuminer.

« Alors c'est vrai ! s'exclama-t-il médusé. Je croyais que c'était une ânerie qu'on racontait dans mon quartier ! (et il secoua la tête, incrédule, avant de fixer le grand-père). En pratique, pour savoir si un type est juif, il faut regarder son… », mais il s'arrêta net, réalisant soudain qu'il ne pouvait dire ce qu'il avait pensé. Il se tourna vers Ruth et piqua un fard.

« Son nez ! conclut le vieux, venant à son secours. Il faut regarder son nez ! »

La mère de Ruth toussa. Philip Isaacson poursuivit son repas en arquant à peine un sourcil. En revanche, après un instant de silence, le patriarche donna un grand coup sur la table avec la paume de sa main et partit dans un bruyant éclat de rire.

« Et qu'est-ce que tu veux faire dans la vie, jeune

202

homme ? lui demanda-t-il un peu plus tard devant une part de gâteau garni de chantilly et de cerises confites. Tu as un travail ?

— J'ai eu plein de boulots différents, monsieur, mais aucun ne m'a plu, répondit Christmas, avalant au plus vite une cerise afin de ne pas parler la bouche pleine, suivant les recommandations de sa mère. J'ai vendu des journaux, posé du goudron sur les toits, déblayé la neige, fait des livraisons pour une épicerie, mais maintenant j'ai… j'ai… », et Christmas, alors qu'il s'apprêtait à leur raconter qu'il avait une bande, réalisa tout à coup que ce n'était pas vraiment le genre d'activités susceptible de faire bonne impression dans une riche famille juive. Il resta bouche ouverte, sans savoir comment continuer sa phrase, et en même temps trop avancé pour pouvoir s'arrêter là.

« Tu as quoi ? » s'enquit le vieux.

Christmas tourna les yeux vers Ruth. Cela le déconcentra. Elle était d'une beauté céleste.

« J'ai… balbutia-t-il, maintenant j'ai un poste de radio ! dit-il en souriant.

— Ça ne ressemble pas à un travail ! s'amusa le grand-père.

— Non, monsieur, convint Christmas sans réussir à détacher son regard de Ruth. Mais j'aurai un programme tout à moi, continua-t-il en la fixant, une de ces émissions où on parle… »

Ruth le regardait. Elle regardait le garçon qui lui avait offert neuf fleurs et qui réinventerait les mathématiques pour les adapter à ses mains : et elle le détesta de tout son cœur parce qu'elle ne parvenait pas à détourner les yeux, elle n'arrivait pas à ne pas le regarder.

« Comme ça, Ruth pourra m'écouter » conclut Christmas.

Le vieux Saul Isaacson dévisagea Christmas, Ruth et puis Christmas à nouveau. « Dommage que tu ne sois pas juif, toi ! » pensa-t-il et, machinalement, il jeta un coup d'œil à son fils, avec son allure aristocratique procurée par l'argent et son éternel comportement mou et faible.

« Tu veux fumer un cigare, mon garçon ? » demanda-t-il à Christmas.

Celui-ci se tourna vers lui avec des yeux écarquillés : « Oh non, avec tout le respect que je vous dois, je trouve ça vraiment dégoûtant ! »

Le vieux rit et se leva : « Eh bien moi, par contre, je vais m'offrir un bon cigare ! Si vous voulez bien m'excuser… » et il se dirigea vers la pièce voisine, où le majordome avait déjà préparé tout le nécessaire sur une petite table de fumoir.

Les parents de Ruth se levèrent aussi. La mère prétexta un fort mal de tête et le père du travail à faire. Ils serrèrent la main de leur hôte avec solennité et s'éclipsèrent.

Ruth et Christmas restèrent assis à leur place. Le silence s'était à nouveau installé entre eux. Et tous deux gardaient les yeux rivés sur leur assiette encore pleine de chantilly.

Ruth tripotait des miettes de pain sur la nappe.

Christmas regarda sa main bandée. Et les ecchymoses violettes des deux côtés de son nez.

« Une fois, il y a très longtemps, quand j'étais petit, commença-t-il lentement et en rougissant à ce souvenir… on vivait dans un autre quartier, moi et ma mère. J'allais à l'école. J'avais tout juste commencé la quatrième année de primaire… (Les mots lui venaient avec difficulté. Ses joues étaient rouges et brûlantes. Mais il serra les poings et continua.) Et voilà qu'un jour dans la cour, un mec de dernière année, grand et costaud, s'approche de moi accompagné de camarades de sa classe et de la mienne. Et ils me regardent tous en rigolant. Puis le type me dit qu'il sait ce que fait ma mère comme métier… et là ils rigolent encore plus… »

Ruth leva les yeux de la table. Elle vit que Christmas avait le visage en feu et les poings serrés. Quand leurs regards se croisèrent, Ruth ne parvint plus à baisser les yeux.

« Bref, c'est un sale métier, qu'il me dit, et moi je réponds que c'est pas vrai, et ils arrêtent pas de se marrer, et le mec raconte qu'un de ces jours, il va piquer quelques centimes à son père et que… que… » Christmas serra les lèvres et respira profondément à une, deux, trois reprises. « Bon, tu as compris, non ? Il raconte qu'avec quelques centimes, il va emmener ma mère dans une chambre et lui faire des cochonneries. Alors je lui saute dessus pour lui faire ravaler tout ce qu'il a dit… » Christmas ricana, sans nulle joie « … mais lui il me donne un coup de poing, rien qu'un coup de poing, et moi je m'écroule par terre. Et pendant que tous les autres continuent à rigoler, voilà qu'il sort un canif, s'assied sur moi, arrache ma chemise… (Christmas commença à défaire quelques boutons de sa chemise) et me grave ça sur la peau. » Il ouvrit sa chemise.

Ruth découvrit la cicatrice. Elle était fine, un peu verdâtre, en relief, et formait une sorte de P.

« Putain, expliqua Christmas à voix basse. Et puis

il m'a fait faire le tour de la cour, pour que tout le monde me voie bien, en me tenant par une oreille comme si j'étais son chien. » Christmas regarda Ruth en silence. « Moi, j'aimais bien aller à l'école. Mais après ce jour-là, j'ai arrêté. »

Ruth s'aperçut qu'il avait les yeux gonflés de larmes retenues et de colère. D'instinct, elle eut envie de tendre la main et de le toucher.

« Et ce jour-là, j'ai aussi découvert le métier de ma mère » conclut Christmas sans émotion, d'un ton presque neutre.

Ruth abandonna les miettes de pain et avança légèrement la main. Ce garçon était capable d'offrir ce que nulle richesse ne pourrait jamais acheter. « Ça devait être toi » se surprit-elle à penser. Et elle se mit à imaginer avec quelle délicatesse ce garçon à la mèche blonde pourrait la prendre dans ses bras, sans qu'elle se sente jamais en danger, sans violence, prêt à la protéger de tout et de tous. Elle pensa que ses caresses devaient être légères, ses lèvres parfumées et ses yeux lumineux. Et elle se sentit attirée par lui comme par un tourbillon – mais c'était quelque chose de pur –, comme si elle avait le vertige. Et, lentement, son corps obéit à cette impulsion. Sa main traversa ce désert couvert de miettes pour atteindre sa main à lui, et sa bouche alla vers ses lèvres, effaçant la sensation provoquée par les lèvres de l'autre.

Et alors, Ruth commença à parler. Rapide, agressive. « On ne peut être qu'amis ! » lança-t-elle d'une voix dure, effrayée et anormalement forte, tout en reculant.

Dans la pièce voisine, le vieux Saul soupira.

Christmas sentit son estomac se nouer. Et il eut une

sensation désagréable, comme si en même temps il avait froid et se couvrait de sueur. Il se dit que s'il avait été debout, ses jambes se seraient dérobées sous lui. « Bien sûr... » finit-il par articuler. Il baissa les yeux sur son assiette. « Oh, et puis zut ! » pensa-t-il, et il plongea un doigt dans la chantilly qu'il n'avait pas réussi à racler avec sa cuillère. Après quoi, dans un geste de défi, il se fourra le doigt dans la bouche et le lécha, sans cesser de fixer Ruth. « Bien sûr, reprit-il alors, lui aussi avec agressivité. Toi t'es une fille riche, et moi un pouilleux du Lower East Side. Tu crois que j'ai pas remarqué ? »

Ruth se leva brusquement. Elle jeta sa serviette sur lui. « Tu es un idiot ! s'écria-t-elle, le visage rouge de colère. Ça n'a rien à voir ! »

Christmas roula sa serviette en boule, l'humecta dans la carafe d'eau et fit mine de la lancer sur Ruth.

« Tu n'as pas intérêt ! » menaça Ruth en reculant.

Christmas sourit. Il fit à nouveau semblant de la lancer.

Ruth poussa un petit cri et recula encore.

Christmas se mit à rire. Et Ruth de rire de concert. Il posa la serviette sur la table. Puis fixa la jeune fille avec sérieux.

« On verra, fit-il.

— On verra quoi ? demanda Ruth.

— On verra » répéta-t-il.

Ruth l'observa en silence. Tout en s'efforçant de chasser le visage de Bill. Mais c'était impossible : elle le voyait partout. Même lorsqu'elle se trouvait en face de son père. Chaque fois qu'elle croisait le regard d'un homme, elle voyait Bill. Et elle sentait cette humiliante déchirure entre ses jambes et cette sensation de sang visqueux. Et elle entendait le craquement, semblable à celui d'une branche sèche, produit par les cisailles qui l'amputaient d'un doigt.

« On verra rien du tout » répliqua-t-elle, sérieuse.

Christmas ramassa tout à coup la serviette et la lança sur elle.

« Imbécile ! » s'exclama Ruth et, un instant, le visage de Bill disparut et elle ne vit plus que les yeux noirs de Christmas sous cette mèche couleur du vieil or des bijoux de sa grand-mère. Et alors elle se mit à rire, récupéra la serviette et la lança sur lui. Comme une petite fille. Une petite fille qui, parfois, parvenait à oublier qu'elle était devenue une femme en une seule nuit.

Le vieux se leva, cigare entre les lèvres, et sortit. Il rejoignit Fred et lui dit : « C'est l'heure de ramener cet ouragan chez lui, avant qu'il ne mette ma maison en miettes ! »

Ruth et le vieux Saul Isaacson restèrent sur les marches du perron de la villa et regardèrent la Rolls s'éloigner, crissant sur le gravier de l'allée.

« Je me suis toujours demandé comment une belle femme comme ma grand-mère avait pu épouser un vilain bonhomme comme toi » fit Ruth en posant la tête sur l'épaule de son grand-père.

Le vieux rit doucement.

Au bout de l'allée bordée d'arbres, la Rolls s'arrêta devant le portail.

« Quand tu étais jeune, tu ressemblais à Christmas ? » demanda Ruth.

Le gardien commença à ouvrir le portail.

« Peut-être » répondit le patriarche après une pause.

La Rolls franchit le portail, tourna à gauche et disparut.

« Et moi, je suis belle comme ma grand-mère ? »

Le vieux se tourna pour la regarder. Il lui caressa les cheveux puis lui passa un bras autour des épaules.

« Rentrons, il ne faut pas que tu prennes froid » dit-il.

Plus loin, le gardien refermait le portail.

Et Christmas, enfoncé dans la banquette confortable de la Rolls, serrait dans sa main l'adresse de Ruth à Manhattan. Et celle de son école. Et son numéro de téléphone.

18

Manhattan, 1911-1912

« Et qu'est-ce que je deviendrai, quand je ne serai plus désirable ? demanda Cetta.

— Mais t'as dix-sept ans ! T'as le temps ! » répliqua Sal, allongé sur le lit en maillot de corps, distrait par Christmas qui jouait assis par terre, avec la poupée des Yankees qu'il lui avait offerte pour ses trois ans.

« Il grandit vite, hein, le morveux ? sourit-il.

— Moi aussi je grandis vite, rétorqua Cetta maussade, à part que ça s'appelle vieillir ! »

Sal observa encore un moment Christmas. Tout en se parlant sans cesse à lui-même, le gosse faisait se battre un nouveau jouet – un lion auquel il avait déjà arraché la queue – contre le joueur des Yankees, que son exubérance et le temps avaient mutilé plus gravement encore. Puis Sal se leva et rejoignit Cetta près de la cuisinière, où elle faisait cuire une sauce tomate pour les pâtes. « Tu veux vraiment gâcher notre dimanche ? » lui demanda-t-il de sa voix profonde, qu'il avait appris à moduler de façon moins rude. Il posa une main sur son épaule : à ce contact, Cetta s'écarta.

« Si le mioche était pas là, je saurais comment t'amadouer ! lui fit Sal en clignant de l'œil.

— Je vais te tuer, morveux ! » hurla Christmas, et le lion sauta à la gorge du joueur des Yankees.

Sal rit. Cetta se tourna pour le dévisager. Elle n'aurait jamais imaginé le voir rire. Mais Christmas l'amusait beaucoup. Sal croisa son regard et sourit. La jeune femme reprit un air sévère :

« Il faut que je fasse ce métier pour toujours ? Jusqu'à ce que je sois bonne à jeter ? Jusqu'à ce que tu en aies marre de me goûter ? demanda Cetta en brandissant sa cuillère en bois.

— Baisse ton arme ! s'exclama Sal.

— Baisse ton arme, morveux ! » brailla Christmas. Sal rit à nouveau.

« Je parle sérieusement, dit Cetta.

— Tu es bien trop savoureuse, fit Sal en s'approchant. Je ne me lasserai jamais de te goûter !

— Je parle sérieusement ! et Cetta assena un coup de cuillère sur la cuisinière.

— Pan ! T'es mort ! » cria Christmas avant de se jeter par terre en gémissant.

Sal rit encore.

« Excuse-moi… dit-il ensuite à Cetta.

— Je voudrais avoir une *maison* rien qu'à moi, comme Madame, continua sombrement Cetta. Et je voudrais plein de belles filles, qui font… (Cetta s'interrompit et fixa Christmas). Bref, je voudrais que les autres fassent le travail, pas toujours moi !

— Tu as le temps, Cetta ! soupira Sal, renfrogné et sans plus la moindre trace de joie dans la voix. On en a déjà parlé…

— Mais tu ne tiens pas à moi, Sal ?

— Oh, là tu me casses les couilles ! » explosa-t-il. Il se rhabilla et sortit en claquant la porte.

« Sal ! » Cetta l'appela mais en vain.

Alors elle s'assit sur le lit et se mit à pleurer en silence. Christmas se leva, les jambes un peu hésitantes, rejoignit sa mère et s'appuya contre elle. « Tu veux jouer, maman ? » demanda-t-il de sa petite voix, lui posant ses deux jouets sur les genoux.

Cetta caressa ses cheveux couleur de la paille et le serra contre elle, sans souffler mot.

« Moi aussi j'ai pleuré, quand la queue de Leo s'est déchirée, fit Christmas. Tu te rappelles, maman ?

— Oui mon trésor, sourit Cetta. Je me rappelle » et elle le serra plus fort.

C'est alors qu'elle aperçut le pistolet dans son étui. Posé sur la chaise.

Sal décida d'aller à son *diner* habituel, certain d'y trouver quelqu'un avec qui passer le dimanche. Cetta le poussait dans ses retranchements. Toutefois, ce n'était pas cela qui le tourmentait, mais le fait qu'il se sente de plus en plus à l'aise avec elle. Même son gosse commençait à lui plaire. La mort de Tonia et Vito Fraina avait laissé un vide dans sa vie. D'un côté, ils étaient tout ce qu'il avait. Mais de l'autre, ça l'avait libéré d'un sentiment permanent de culpabilité lié à l'assassinat de leur fils. Sal avait enfin cessé de se faire des reproches. Et lentement, sans qu'il s'en rende compte, Cetta avait comblé ce vide. Mais elle n'était qu'une des putains du bordel, continuait-il à se dire, s'efforçant de repousser une idée qui ressemblait fort à de l'émotion.

Or, ce n'était pas le moment d'être faible. En effet,

avoir à l'œil ces égorgeurs d'Irlandais ne suffisait plus. Les survivants des Eastman (même si personne ne les appelait plus ainsi depuis que, sept ans plus tôt, Monk Eastman s'était fait choper – il séjournait maintenant à Sing Sing) étaient des types totalement imprévisibles. On n'arrêtait pas d'entendre de nouveaux noms et de nouveaux chefs qui espéraient retourner au bon vieux temps, l'époque des guerres épiques contre la police ou contre les Italiens de Paul Kelly. L'époque où, pour rassembler ses troupes, il suffisait d'aller chercher les hommes dans la rue, à la Odessa Tea House de Gluckow dans Broome Street, à l'Hop Joint de Sam Boeske dans Stanton Street ou dans le *drugstore* de Dora Gold dans First Street. Quand il suffisait d'offrir quelques bouteilles de *blue ruin*, le tord-boyaux le moins cher en circulation. C'étaient alors des fusillades qui duraient toute la journée, des batailles rangées au cours desquelles les passants tombaient comme des mouches, des barricades d'où on lançait des pierres, des combats à coups de gourdin, matraque ou tuyau, et à la fronde. Mais, depuis quelques années, des mecs comme Zweibach, Dopey, Big Yid, Little Augie et Kid Dopper surgissaient tous les jours, et eux ne respectaient aucune règle.

Non, ce n'était pas le moment d'être faible, pensait Sal en conduisant vers le *diner*. Or, une femme, ça rend faible. Les émotions, ça rend faible. Comme toujours, il se gara à un demi-*block* de là, descendit de voiture et s'acheta un cigare chez Nora. En descendant la rue, il réalisa qu'il avait oublié son pistolet chez Cetta.

Les femmes et les émotions, ça rend faible.

Cigare aux lèvres, secouant la tête et se traitant

214

de couillon, il ne remarqua pas la voiture noire qui tournait trop vite au coin de la rue. Il ne la remarqua qu'au premier coup de pistolet. Il entendit la détonation, tout à coup il sentit une brûlure à l'épaule et heurta un réverbère. Il n'était pas armé. Il était piégé. Couvert de sueur, il rampa à la recherche d'un abri, son épaule le faisait hurler de douleur.

« Je suis foutu » se dit-il.

Mais ses amis du *diner* se précipitèrent dans la rue et répliquèrent immédiatement aux coups de feu. La voiture noire fit une embardée, grimpa sur le trottoir d'en face, renversa deux femmes tétanisées qui hurlaient et qui se retrouvèrent projetées contre un mur, enfin elle alla fracasser la vitrine d'un barbier.

Les copains de Sal coururent vers l'automobile. Silver, un souteneur aux cheveux déjà tout blancs malgré ses trente ans, arriva le premier. Il tira hors du véhicule l'un des assaillants, qui se cachait la tête entre les bras, et le descendit. Pendant ce temps, ses compagnons faisaient feu sur l'intérieur de l'habitacle.

Sal se leva. Il se dirigea vers l'échoppe du barbier. Il passa près des deux femmes renversées par la voiture. Le mur était rouge de sang. L'une d'elles n'avait plus de visage. L'autre avait les genoux brisés et les jambes repliées sur la poitrine. Sal cracha un caillot de sang, puis ferma les yeux et tressaillit. Dans son magasin, le barbier était couvert de sang. Il hurlait, blessé par la vitrine qui avait éclaté. À l'intérieur de la voiture, il y avait deux cadavres, criblés de balles. Le troisième gisait par terre.

« Foutus juifs ! s'exclamait Silver. Ils se servent de gosses ! »

Sal vit que les trois morts n'avaient même pas

quinze ans. Celui que Silver avait tué avait un trou à la place de l'œil gauche, emporté par le projectile. Ses joues étaient inondées de larmes, et celles-ci se mêlaient au sang qui sortait de sa blessure.

Puis tout devint noir et Sal s'évanouit.

« Ça te fait encore mal ? » demanda Cetta, six mois plus tard, voyant que Sal plissait les yeux et grimaçait en tendant le bras pour attraper un verre.

« J'espère que ça me fera mal pendant le restant de mes jours ! Comme ça je n'oublierai plus mon pistolet chez une putain ! » répondit Sal, comme à son habitude.

Après le jour de la fusillade, deux choses avaient changé pour Sal. La première, c'était que le boss Vince Salemme, sorti vainqueur de cette guerre, avait promu Sal et Silver. Il avait confié à Sal, en plus de la maison close, la gestion d'un nouveau tripot, qu'il appelait pompeusement un *club-house*, qui avait ouvert à l'endroit où la 3e et la 4e Avenues se rejoignent pour devenir le Bowery. Quant à Silver, comme il était doué pour la gâchette, il avait été promu de maquereau à assassin.

Ce qui avait changé également, c'était le caractère de Sal. À partir de ce jour-là, il s'était mis à avoir peur. Il était devenu paranoïaque. Il passait son temps à s'assurer que son pistolet était chargé ; il ne faisait que regarder autour de lui et se retournait sans cesse pour vérifier ce qui se passait derrière son dos. Mais, surtout, il n'avait plus le même regard. La balle qui était entrée et sortie de son épaule, éraflant la tête de l'humérus sans l'abîmer, l'avait profondément affecté moralement, et cette blessure-là ne guérissait pas, contrairement à celle de la chair. Cette plaie suppurait, et ce qui en sortait c'étaient de l'anxiété, de la peur et du malaise. « Une plaie ouverte par trois gamins » se disait Sal tous les soirs en s'endormant et tous les matins en se réveillant.

Et si, d'un côté, il continuait à se reprocher cette distraction qui aurait pu lui coûter la vie – et il continuait à la reprocher vertement à Cetta –, de l'autre, cette faiblesse inattendue le conduisait de plus en plus souvent dans les bras de sa maîtresse. La direction de la maison de jeu avait sérieusement réduit son temps libre. Néanmoins, il se mettait en quatre pour aller chercher Cetta chez elle chaque jour et pour l'accompagner à la maison de passe – comme si, à présent, elle était en danger elle aussi. Et le soir, il s'absentait du cercle pour aller la récupérer, la ramenant tantôt chez elle, tantôt au tripot. Et tous les dimanches, à l'heure du déjeuner, il s'arrangeait pour pouvoir s'attabler avec Cetta et Christmas dans la pièce étouffante qui avait été le logement de Vito et Tonia. Ainsi, en quelques mois, leur relation commença à ressembler à une espèce de mariage.

Christmas continuait à grandir, se faisant de plus en plus exubérant. Il commença également à s'attacher à Sal. Et Sal à lui, à sa façon. Cetta les regardait, attendrie. Et elle observait aussi avec tendresse son homme qui changeait : il ne devenait ni meilleur ni pire, mais chaque jour il était davantage *son* homme.

« Pan ! T'es mort, morveux ! » hurla un jour Christmas à Sal qui s'assoupissait après le déjeuner dominical, pointant sur lui un pistolet en bois.

Sal bondit et lui arracha le jouet des mains. Cetta vit la peur dans les yeux de l'homme. Et la colère.

Elle craignit pour Christmas. Quand elle s'interposa entre eux, Sal lança : « Dis-lui de ne plus jamais faire ça ! ». Puis il rendit le pistolet à Christmas et referma les yeux.

Alors Cetta se dit que si Sal était davantage *son* homme, c'était peut-être simplement parce qu'il avait peur. Or, comme elle l'aimait et savait qu'il souffrait de cette peur, un jour elle entra dans une église, s'agenouilla aux pieds d'une statue de la Vierge et pria pour que Sal redevienne l'homme qu'il avait été. Pour que la Vierge lui ôte la crainte. « C'est un gangster » expliqua-t-elle à Marie en se levant.

En 1912, une nouvelle guerre de territoire éclata. Entre Italiens et Irlandais, cette fois. Mais c'était une guerre qui ne se passait pas dans la rue. Et que l'on ne menait pas avec des pistolets. Maintenant, c'était la police de New York qui travaillait pour les Irlandais, en tout cas cette partie de la police que l'on pouvait corrompre avec de généreux pots-de-vin.

Club-houses et maisons closes, entrepôts pleins de whisky « baptisé » (c'est-à-dire coupé avec de l'eau), machines à sous, paris, tripots… Ce fut une offensive contre les activités de la pègre. Au cœur des rackets. Une offensive d'ordre économique, surtout. Mais aussi une stratégie bien organisée pour éliminer les gros bonnets par l'intermédiaire de leurs subalternes, en négociant peines et impunités.

Le soir du 13 mai 1912, Silver se présenta au tripot. Il portait un costume élégant et avait la mise d'un acteur. Sa veste de soie tombait à la perfection, avec juste quelques plis là où le pistolet la gonflait. Il avait beaucoup changé depuis la dernière fois où Sal l'avait vu. Après ce jour où il avait tiré dans l'œil

218

du garçon juif, on racontait qu'il avait pris goût à ce genre de trucs.

« Ce soir, le patron va passer, annonça Silver à Sal. Il a dit qu'il fallait que tu te laves les mains. Ça le dégoûte, des mains noires comme les tiennes qui versent à boire !

— Il y a des serveurs, pour verser à boire » rétorqua Sal.

Silver haussa les épaules :

« Il va finir par me demander de te les couper ! » rit-il. Il avait une dent en or. Une incisive de côté.

Sal se dit qu'il lui en aurait volontiers brisé une autre. Si ça se trouve, cette idée des mains ne venait même pas de Vince Salemme, mais n'était qu'une de ces conneries pour lesquelles Silver devenait célèbre. Toutefois, si cet ordre émanait vraiment du chef, alors il ne serait pas très malin de le recevoir avec ces mains noires.

« Il vient à quelle heure ? demanda Sal à Silver.

— Pourquoi ? T'as besoin de combien de temps, pour te les laver ? »

Sal le fixa en silence.

« Il passe d'abord chez Nate, dans Livonia Avenue, et après il vient ici » finit par répondre Silver.

Sal lui tourna le dos et se rendit aux toilettes. Il se frotta tellement les mains qu'elles devinrent toutes rouges, tandis qu'une anxiété croissante lui nouait la gorge. « Ça porte malheur » se disait-il.

Les coups de filet dans les maisons de jeu du Bowery et de Livonia Avenue, à Brooklyn, eurent lieu simultanément. Quand les policiers arrosés par les Irlandais firent irruption dans les trois clubs, ils laissèrent beaucoup de clients s'enfuir, ainsi que quelques prostituées. Il fut aussitôt évident qu'ils avaient une cible bien précise : ils cherchaient le boss Vince Salemme. Mais, celui-ci demeurant introuvable, le petit poisson qui finit dans leurs filets cette nuit-là fut Sal Tropea.

Aussitôt après, les policiers investirent sa maison de passe. Cetta, Madame et une dizaine d'autres filles furent embarquées dans un fourgon noir. Lors de l'assaut, un fonctionnaire du cabinet du maire fut tué. Il avait porté une main à la poche intérieure de sa veste afin de montrer ses papiers à la police, mais un agent avait cru qu'il s'apprêtait à sortir un pistolet et avait tiré cinq coups de feu sur lui, dont l'un avait blessé à la jambe la prostituée qui l'accompagnait. Quand les policiers s'aperçurent que c'était un portefeuille que l'homme avait à la main, ils s'en emparèrent et, comme par magie, lorsque les photographes arrivèrent, c'est un pistolet que le cadavre empoignait. Pendant une semaine, les journaux traquèrent le maire, l'accusant d'embaucher du personnel lié à la criminalité organisée. Puis l'affaire retomba.

Dès qu'on la poussa dans le fourgon, Cetta, y découvrant Sal menotté, s'élança vers lui et se jeta à son cou : elle pleurait, désespérée, en pensant à Christmas.

Arrivés au commissariat, Cetta et Sal furent séparés. La jeune femme fut mise dans une cellule collective avec Madame et les autres prostituées. Sal fut brutalement battu et puis enfermé seul dans une cage placée au milieu d'une pièce : chaque fois qu'entraient et sortaient des policiers, ils l'insultaient, le menaçaient et lui crachaient dessus.

« Je veux payer une caution, annonça Sal lorsque

le commissaire du district, qui ignorait le pacte entre les Irlandais et ses hommes, se présenta.

— Toi, tu ne peux pas sortir sous caution, rétorqua le policier.

— C'est pas pour moi, dit Sal avec du sang qui lui coulait du nez. C'est pour Cetta Luminita, une des poules. »

Le commissaire le regarda, surpris.

« C'est son droit, poursuivit Sal en passant ses gros doigts propres entre les mailles du filet métallique.

— On verra demain, fit l'autre.

— Elle a un enfant en bas âge » insista Sal en secouant rageusement la grille.

Le commissaire le dévisagea en silence. Il avait un regard dur mais humain.

« Tu as dit qu'elle s'appelait comment ? demanda-t-il.

— Cetta Luminita. »

Le commissaire bougea à peine la tête, en signe d'assentiment, et quitta la pièce.

Le lendemain matin, l'avocat Di Stefano vint voir Sal. En s'approchant de la cage, il plissa le nez :

« Merde, tu t'es pissé dessus ?

— Ils me laissent pas aller aux chiottes. »

L'avocat regarda Sal, sans cesser de plisser le nez.

« Ils ont chopé le chef dans Livonia Avenue ? demanda Sal.

— Comment tu connais les déplacements de Vince, toi ? » demanda l'avocat.

Il parlait à voix basse à travers la grille métallique, afin que les policiers n'entendent pas.

« Ils l'ont chopé ?

— Non. Au dernier moment, il a changé d'avis » expliqua l'avocat.

Sal le dévisagea. Et il commença à comprendre.

« C'est qui ?

— Silver. »

Sal cracha par terre.

« T'en fais pas, cette merde n'aura plus l'occasion de dépenser le fric de sa trahison, ajouta l'avocat plus bas encore.

— Amen.

— Mais maintenant, c'est à toi de faire voir si t'es un homme ou une merde » fit l'avocat en le fixant froidement.

Sal savait bien que cette phrase était une menace. Elle voulait dire : « Tu veux rester en vie ? » Il soutint le regard de l'avocat avec la même froideur, sans cligner des paupières.

« Je suis pas une merde, affirma-t-il avec force.

— Tu vas plonger, poursuivit l'avocat.

— Je sais.

— Ils vont te cuisiner. »

Sal sourit :

« Vous êtes miro, avocat ? lança-t-il. Regardez ma gueule ! Regardez mon pantalon plein de pisse ! Ils ont déjà commencé.

— Ils vont te faire une offre.

— Moi je traite pas avec les flics. Surtout quand ils sont arrosés par un Irlandais. »

— L'avocat continua à l'observer en silence. Décider si, oui ou non, on pouvait se fier à Sal Tropea, c'était son rôle. Mais il ne pouvait pas se contenter de bonnes paroles. Il devait lire la réponse dans ses yeux.

Et Sal savait que son futur dépendait de ce dernier regard. Alors, soudain, la peur qui le paralysait depuis qu'il avait été blessé à l'épaule disparut, et Sal se retrouva lui-même. Il se sentit libre. Léger. Et se mit à rire. Un rire qui venait des profondeurs, comme un rot.

Les traits délicats de l'avocat exprimèrent d'abord de la surprise, avant de se détendre. Sal Tropea ne parlerait pas. Maintenant, il en était sûr. Néanmoins, il lui restait une carte à jouer. Un dernier avertissement à donner :

« Cette poule qui te tient tellement à cœur… dit-il d'une voix lente et débarrassée de toute urgence (puisqu'il n'avait plus de doutes maintenant et pouvait simplement se permettre d'être cruel). Elle est chez elle avec son fils. Comment il s'appelle… Christmas, c'est ça ? »

Sal se raidit.

« Il te ressemble pas, ce mioche, remarqua l'avocat. Je l'ai vu, il est blond.

— C'est pas mon fils » trancha Sal, sur la défensive. Il comprenait très bien ce qui était en train de se passer.

« Il a un nom de nègre, et pourtant il est blond comme un Irlandais, ce bâtard !

— J'en ai rien à foutre, du gosse » mentit Sal.

L'avocat rit doucement. Un ricanement qui signifiait : « Je te crois pas. » Et, continuant à sourire, il reprit :

« Tu dois y tenir beaucoup, à cette grue, pour lui offrir la caution !

— C'est pas avocat que vous devriez être, mais sbire. Ça vous irait bien » fit remarquer Sal.

L'avocat rit à nouveau. Avec satisfaction, cette fois.

« J'y penserai, merci du conseil. » Puis il s'approcha encore de la grille. Non qu'il ait un secret à communiquer, mais il devait s'assurer que son message était interprété correctement. En même temps, il était sûr de son coup, à la fois parce qu'il se trouvait très doué et parce que ce Sal Tropea était beaucoup moins crétin que les brutes auxquelles, d'ordinaire, il adressait des menaces. Mais il adorait menacer les gens. C'était comme tirer avec un pistolet. Mais au lieu de voir le sang jaillir d'une blessure, on le voyait injecter les yeux. « Le chef a décidé de te rembourser la caution que tu as payée pour la poule, dit-il. Et vu qu'elle te tient tellement à cœur, il s'en occupera lui-même tant que tu seras en villégiature. »

Sal ne souffla mot.

« On est une famille, non ? » commenta l'avocat.

Sal hocha la tête.

« Et je m'arrangerai pour qu'on te mette en pension dans le voisinage, comme ça ta belle pourra venir te voir quand elle voudra » ajouta l'avocat Di Stefano en s'éloignant.

Sal fut passé à tabac le jour même. La nuit, ses lèvres étaient tellement tuméfiées qu'il se força à rester éveillé par peur de mourir étouffé dans son sommeil. Le matin, il ne s'aperçut pas que le soleil s'était levé car ses paupières étaient si gonflées qu'il ne pouvait ouvrir les yeux. Et il ne sentit nullement le goût des quelques choses qu'on lui donna à manger et à boire, parce que tout avait un goût de sang. Puis on lui proposa une remise de peine. Ensuite on lui offrit même la liberté. Mais Sal ne se fatigua même pas à refuser. Dix jours plus tard, il fut condamné. On le déshabilla et on lui donna un uniforme de prisonnier.

L'avocat Di Stefano tint parole : Sal ne fut pas envoyé à Sing Sing comme le stipulait sa condamnation, mais à la prison de Blackwell Island, sur l'East River, entre Manhattan et le Queens.

La semaine suivante, au parloir, assis en face de Cetta, Sal avait encore le visage marqué :

« Quand je sortirai d'ici, je serai encore plus moche ! » commenta-t-il.

Mais c'est autre chose que Cetta regardait. Maintenant, elle savait que Sal n'avait plus peur. Qu'il était redevenu le Sal d'autrefois. Celui qui écrasait la misérable marchandise d'un vendeur ambulant simplement parce qu'elle lui avait adressé un sourire. Et, dans son for intérieur, elle remercia la Vierge, qui avait exaucé sa prière.

Sal fit une grimace, puis appuya les mains contre la grille qui les séparait. « Je savais que ça me porterait malheur, de me les laver » conclut-il.

19

Ellis Island, 1922

L'eau était tellement glacée qu'il en avait le souffle coupé. Pour ne pas se noyer, Bill se tenait agrippé à un poteau de bois pourri et rendu glissant par les algues. Il était nu. Ses dents claquaient sans que rien ne puisse les arrêter. Il ne sentait plus ses jambes.

Mais le bateau des Service de l'immigration arrivait, maintenant. Il s'était d'abord annoncé par un long coup de sirène plaintif, et à présent Bill l'entrevoyait. Il s'agissait juste de résister encore un peu.

Quand il avait échafaudé son plan, pendant la nuit, il avait su tout de suite que ce serait très dur. Mais il n'avait pas le choix. S'il voulait survivre, il devait supporter les morsures de l'eau glacée.

Tous les journaux de la ville parlaient de l'assassinat sanglant des époux Hofflund. Et du viol de cette petite salope de juive. Le père de Bill était dépeint comme un honnête travailleur par ses collègues du marché aux poissons. Une bande d'alcooliques minables qui, comme son père, passaient certainement leurs soirées à tabasser femmes et enfants à coups de ceinture, s'était dit Bill. S'il avait su fabriquer une bombe, il les aurait tous fait sauter !

« Tous des merdes » bougonna-t-il, à moitié mort de froid.

Il était furieux. Et c'était cette fureur, encore davantage que la peur de griller sur la chaise électrique, qui lui donnait la force de résister. S'il avait pu, il aurait aussi flanqué des bombes dans les bureaux des journaux, là où on imprimait des mensonges comme ceux qu'il venait de lire. Son père était devenu une espèce de héros, un immigré allemand travaillant dur pour New York, le symbole de tous ces hommes honnêtes qui portaient sur leurs épaules le fardeau des plus humbles tâches nécessaires à la ville, en silence et sans jamais protester. Oui, Bill aurait voulu jeter une bombe dans tous ces journaux pourris, et puis confier les fils de ces connards de journalistes aux travailleurs honnêtes et silencieux du marché aux poissons, afin que les fils aussi puissent payer pour les mensonges de leurs pères, et afin de pouvoir compter les marques de ceinture sur leur dos. Le rêve américain, quelle connerie ! Il aurait fait connaître à ces peaux délicates, habituées aux bains chauds et aux vêtements de laine, la sensation cuisante du cauchemar américain.

« Vous aussi, vous êtes tous des merdes ! » jura-t-il à nouveau, et sa main glissa, lâchant un instant le poteau qui soutenait la jetée au-dessus de sa tête. Puis il cracha l'eau qui lui était entrée dans la bouche et se remit à claquer des dents.

« Cheveux blonds, yeux bleus, taille moyenne, corpulence moyenne » disaient les communiqués de police diffusés aux journaux.

Bill essaya de rire. Mais il tremblait trop. « Vous

n'avez qu'à m'trouver ! » dit-il doucement. Combien de personnes correspondaient à une description aussi vague ? Presque tous les habitants de New York, à part les nègres, les juifs de merde et les Italiens.

Plus loin, le navire fit retentir sa sirène à trois reprises. Au-dessus de sa tête, la jetée vibra sous le poids des grosses chaussures et des pas lourds d'ouvriers chargés des opérations d'amarrage. Un bateau plein de nouveaux rats destinés au grand rêve américain, se dit Bill. Son heure allait bientôt sonner. Il y était presque.

Ni les journaux ni la police n'avaient de photo de lui. Ce n'était pas ainsi qu'on le trouverait. En revanche, on connaissait son nom. Il était imprimé en majuscules dans tous les journaux, les crieurs le hurlaient dans toutes les rues de la cité. William Hofflund, William Hofflund, William Hofflund… ses papiers allaient le faire coincer. S'il ne changeait pas de nom ni de papiers d'identité, tôt ou tard il serait pris.

Tandis que le navire approchait, Bill s'agrippa de poteau en poteau jusqu'à atteindre une petite échelle qui, de l'eau, montait à la jetée. Tout allait se jouer en quelques minutes. La partie la plus difficile de son plan, cela avait été de résister dans l'eau glacée, mais maintenant venait la partie la plus délicate. S'il réussissait ce qui allait suivre, c'était pratiquement gagné. Il se hissa sur une planche qui reliait deux poteaux, près de l'échelle. Si jamais l'un des ouvriers se penchait pour cracher, il le découvrirait. Bill retint son souffle, essayant de ne pas claquer des dents. Mais il n'y arrivait pas. Alors il se mordit la langue : c'était douloureux, mais au moins ça faisait cesser ce bruit assourdissant. Le paquet de ses vêtements était sec. Dès qu'il fut sur la planche, il se rhabilla. Bientôt il n'aurait plus froid, se répétait-il, ses mains gelées incapables de boutonner sa chemise. Il avait les doigts violets. Ses lèvres étaient gonflées, boursouflées. Ça allait passer, tout ça allait passer. Bientôt.

Il revit l'expression stupéfiée et effrayée de son père lorsqu'il s'était retrouvé avec un couteau qui puait le poisson planté dans le ventre, puis dans la main, le dos et le cou. L'ironie du sort, c'était que l'idée de son plan lui était venue, précisément, en pensant à son père. C'était cet alcolo couvert d'écailles de poisson qui l'avait inspiré. Oui, ça c'était vraiment à se tordre de rire !

La nuit précédente, terrorisé par ce qu'il avait découvert dans les journaux, Bill avait erré sans but dans les rues les plus sombres et désertes de la ville, sans savoir que faire. Comme un rat d'égout devenu fou. Incapable de s'arrêter. Lorsqu'il faisait une pause, caché derrière une poubelle, pour reprendre son souffle et essayer de réfléchir, il avait tout à coup l'impression d'être en cage. La peur le poussait immédiatement à repartir, il se remettait debout et recommençait à avancer. Au bout d'un moment, il s'aperçut qu'il tournait en rond. Des cercles concentriques qui finissaient par se resserrer autour du marché aux poissons. L'endroit qu'il détestait le plus au monde. Le royaume de son père. L'Allemand qui avait épousé la juive polonaise. Or, c'est à ce moment-là que l'idée lui était venue. Il s'était souvenu des jérémiades exaspérantes auxquelles son père se livrait sans fin. Des rengaines qu'il aurait voulu lui faire ravaler à coups de pied mais qui, ce soir, lui devinrent soudain utiles.

« La première chose que j'ai vue en arrivant en bateau de Hambourg, c'est la statue de la Liberté, racontait toujours son père dans ses élucubrations d'ivrogne. C'était le soir et on ne voyait rien de la ville. Mais la silhouette de cette statue, cette escroquerie, se détachait sur le ciel. C'est la première chose que j'ai vue, et j'ai pas compris que c'était une foutue torche qu'elle tenait à la main : j'ai cru qu'elle montrait une liasse de billets ! J'ai cru que c'était mon fric, le fric que je voulais gagner dans le Nouveau Monde, l'unique raison pour laquelle j'avais quitté ma mère et mon père, pour ne pas devoir être poissonnier comme lui et ne pas avoir les mains toujours pleines d'écailles de poisson. Et non seulement j'ai trouvé ni fric ni liberté dans cette ville merdique, mais je me suis retrouvé les mains pleines d'écailles de poisson et, chaque fois que je lève les yeux, au marché, je vois cette connasse de statue qui est là-bas et se fout de ma gueule. Avec sa torche, elle a brûlé tous mes rêves ! »

Et alors, dans l'obscurité de cette nuit de rats d'égout, Bill avait levé les yeux. Et il l'avait vue. Sa torche à la main, elle éclairait les gens qui arrivaient, leur souhaitant la bienvenue. La statue de la Liberté. De sa nouvelle liberté. Regardant la silhouette de la statue, Bill avait soudain compris ce qu'il devait faire : il allait débarquer à New York, à Ellis Island, comme un quelconque inconnu foulant pour la première fois la terre de tous les possibles. Et ses rêves à lui, cette torche ne les brûlerait pas !

« Va t'faire foutre, p'pa ! » s'était-il exclamé en riant. Ensuite, il avait détruit ses papiers d'identité.

Qui aurait jamais l'idée de chercher un assassin

parmi de nouveaux émigrants ? Bill savait bien qu'à présent les arrivées n'étaient pas aussi fréquentes qu'à l'époque de son père, et qu'Ellis Island était devenue un centre de détention plus qu'une terre d'accueil. Mais d'autres rats continuaient tout de même à débarquer. Oui, le gouvernement des États-Unis d'Amérique allait lui souhaiter la bienvenue et lui donner un nouveau nom et de nouveaux papiers. À se tordre de rire !

Ainsi, cette nuit-là – après avoir dissimulé son argent et les pierres précieuses de la bague, enveloppés dans un morceau de toile cirée, dans le creux d'un arbre à Battery Park, le plus haut possible – il avait volé une petite barque avec des rames qui servait à faire la navette entre deux barques plus grandes, et il s'était dirigé vers Ellis Island. Cela n'avait pas été aussi facile qu'il l'avait imaginé. La barque était lourde, le courant puissant et les repères presque inexistants dans la nuit noire. Mais il y était parvenu. Il avait atteint la porte d'Or par la mer, trompant la vigilance des gardes. Il avait rejoint la jetée, s'était déshabillé et s'était enfoncé dans l'eau glaciale, un bras en l'air pour ne pas mouiller le paquet de ses vêtements. Il s'était agrippé à un poteau, le souffle coupé tellement il avait froid, et avait lâché la barque. Le courant, lentement, l'avait emportée au loin.

Par moments, il s'était vu sur le point de lâcher prise, de se laisser couler et d'en finir. Mais il avait gagné ! À présent, assourdi par le dernier long sifflement du bateau des Services de l'immigration, il savait qu'il avait gagné. Une vague écumante, sentant le mazout et le sel, s'engouffra sous la jetée. Puis les poteaux fichés dans l'eau tremblèrent. Les voix des ouvriers chargés de l'amarrage se recouvraient les unes les autres, ils hurlaient ordres et manœuvres. Le moment était venu. Bill pouvait presque toucher le flanc en métal du navire.

Il attendit que l'on fixe les passerelles. Puis, anxieux, il attendit que l'on fasse descendre du navire les nouveaux arrivants. Alors il gravit le premier montant de l'échelle, et sa tête se retrouva juste au-dessus du niveau de la jetée.

« Hé, toi ! » cria quelqu'un.

Bill ne se tourna pas vers cette voix. Il monta les derniers montants de l'échelle et commença à se diriger vers la masse de gens qui descendaient du bateau.

« Toi là-bas, arrête-toi ! » ordonna la voix.

Bill eut envie de se mettre à courir mais il se ravisa. Puis, lentement, il se retourna. Cette voix, c'était celle d'un policier gros et grand qui, en s'approchant, sortit une matraque de sa ceinture. Il était accompagné de trois ouvriers.

« Qui es-tu ? » lui demanda le flic quand ils se retrouvèrent face à face.

Bill regarda les émigrants qui descendaient des passerelles et que l'on faisait ranger comme un troupeau, sur trois rangs. Puis il fixa à nouveau le policier. Il ne savait que faire. Il ignorait quelle langue parlaient les nouveaux arrivants. « Je... hasarda-t-il, je suis avec eux. »

Le policier désigna les personnes en train de débarquer. « Si t'es avec eux, alors qu'est-c'que tu fous ici ? » demanda-t-il.

Bill tourna les yeux vers l'échelle.

« J'parie qu'il est allé chier ! lança l'un des ouvriers. Neuf mecs sur dix ont la diarrhée, là-d'dans ! »

Bill lui jeta un regard.

« T'es allé chier là-dessous ? » demanda le policier.

Bill acquiesça.

Le flic éclata de rire :

« Bordel, vous les Irlandais, vous êtes vraiment des bêtes ! On a des chiottes, en Amérique ! »

Les trois ouvriers s'esclaffèrent avec lui.

« Regarde sa gueule, il est violet ! » s'exclama l'un d'eux.

« Il doit avoir une chiasse carabinée, celui-là ! » ajouta un autre.

Du bout de sa matraque, le policier toucha la poitrine de Bill :

« Va t'mettre en rang avec les autres ! » commanda-t-il en le poussant.

Bill fit lentement demi-tour et se dirigea vers les Irlandais, d'un pas tranquille, sans précipitation. Il sentait des larmes de joie lui monter aux yeux et un rire intérieur le secouer.

Les autres gars riaient aussi, derrière lui. Le policier s'approcha du bord de la jetée et regarda en bas : « Ouah, ça pue la merde, par là ! » s'exclama-t-il. Les trois ouvriers se penchèrent vers l'eau et s'éventèrent de la main. « Il a tout infecté ! » fit l'un. « Au moins, il a dû zigouiller quelques rats ! » fit l'autre. « Bordel, l'Irlandais, mais qu'est-c'que t'as bouffé ? » cria le flic.

Bill se retourna et sourit. Puis il se mit en rang et examina ses nouveaux compagnons. Chaque émigrant tenait à la main un document avec toutes les informations sur le navire qui l'avait amené à New York.

En tête de file, trois fonctionnaires des Services de l'immigration mettaient les hommes d'un côté, les femmes et les enfants de l'autre. Puis ils étaient conduits dans une grande pièce où un groupe de médecins vérifiaient à la hâte l'état de santé de tous les nouveaux arrivants. Bill remarqua que l'on écrivait une lettre à la craie dans le dos de certains d'entre eux. C pour la tuberculose, H pour le cœur, SC pour les maladies du cuir chevelu, TC pour le trachome, X pour le retard mental. Ceux qui avaient une lettre étaient pratiquement foutus : c'était le retour à l'envoyeur. Bill regarda alentour. Il repéra les toilettes et demanda à un policier s'il pouvait y aller.

Le flic le dévisagea un instant et puis hocha la tête.

Lorsqu'il entra dans les toilettes, cinq personnes s'y trouvaient. Deux vieux, deux adolescents et un homme d'une quarantaine d'années. Bill sentit la nervosité le gagner. Il pénétra dans une cabine et attendit. Tellement longtemps qu'il eut l'impression de devenir fou. Lorsque enfin, une occasion se présenta.

Taille moyenne, corpulence moyenne, cheveux blonds, yeux bleus. Vingt ans environ.

« Y faut qu'j'te parle ! » lança Bill en s'approchant du jeune homme.

Celui-ci lui jeta un regard méfiant. À part eux, dans les toilettes, il n'y avait qu'un vieillard.

« J'ai découvert une arnaque, lui dit Bill à voix basse.

— Une arnaque ? » s'étonna le jeune.

Bill porta un doigt à ses lèvres et indiqua le vieux.

« Ça pourrait être l'un d'entre eux, lui murmura-t-il à l'oreille.

— Qui ça, eux ?

— Attendons qu'il sorte ! coupa Bill.

— J'en ai rien à foutre » fit le jeune en haussant les épaules.

Bill l'attrapa par un bras : « J'peux t'sauver la peau,

235

connard ! lui siffla-t-il au visage. La tienne et celle de tous les mecs de notre âge ! » L'autre ne savait comment réagir. Mais il jeta un coup d'œil suspicieux vers le vieux et observa Bill avec davantage d'attention.

« C'est quoi, l'arnaque ? » demanda-t-il à voix basse.

Le vieux péta, se tourna vers les deux jeunes, fit une grimace et puis sortit des toilettes.

« C'est quoi, l'arnaque ? » répéta le jeune.

Bill le frappa d'un coup de tête en plein visage. Puis il passa un bras autour de son cou et se mit à serrer de toutes ses forces, tout en essayant d'entraîner le garçon vers une des cabines en bois. Mais il était fort et se débattait. Il agrippa le bras de Bill et tenta de se dégager pour pouvoir respirer. Bill avait souffert de son séjour dans l'eau glacée, mais la nécessité qu'il avait de vaincre était plus pressante que celle de son adversaire. Il avait derrière lui une nuit entière passée à lutter pour sa survie. Une nuit entière passée à frôler la mort. Il serra encore davantage et contracta ses mâchoires, résistant aux coups de poing que le jeune, maintenant, assenait à l'aveuglette. Mais il sentait que, peu à peu, ces coups faiblissaient. Mobilisant alors ses muscles dans un dernier effort, il appuya violemment, à deux reprises. Il sentit la trachée du type s'écraser comme la cuirasse d'un cafard. Puis l'Irlandais agita les jambes, donna des coups de pied, fut pris de tremblements et, finalement, s'écroula. Bill ferma la porte de la cabine et lui fit les poches. Il trouva ses papiers de voyage et son passeport. Il découvrit aussi dans son slip une liasse de billets.

Il entendit qu'on entrait dans les toilettes. C'était la voix de deux hommes qui plaisantaient. Bill installa le cadavre du jeune sur la lunette. Il rampa silencieusement sur le sol, passant sous la cloison en bois pour rejoindre la cabine voisine, et puis sortit. Il sourit aux deux hommes et retourna dans la grande salle.

Une fois passés les contrôles médicaux et l'épreuve de la dictée – cinquante mots à écrire pour vérifier qu'il n'était pas analphabète – il fut emmené dans la salle des enregistrements, une immense pièce au deuxième étage, avec une très haute voûte et une coursive à mi-hauteur supportée par des colonnes rectangulaires. Aux deux extrémités de la pièce, des structures en métal obligeaient ceux qui faisaient la queue à un parcours en zigzag comme dans une espèce de cage.

« Nom ? demanda l'inspecteur à Bill quand son tour fut venu.

— Cochrann Fennore » répondit Bill.

Alors qu'il quittait la salle, il aperçut un groupe de femmes de ménage qui se dirigeaient vers les toilettes avec de gros balais en sorgho, des chiffons et des seaux pleins de désinfectant. Il descendait l'escalier avec son nouveau nom et ses nouveaux papiers lorsqu'il entendit le hurlement aigu d'une femme. On l'a trouvé, se dit Bill, souriant. On avait trouvé l'Irlandais qui lui avait offert sa deuxième vie.

Un autre cri de femme retentit, toujours aussi haut perché.

Et alors le nouveau Cochrann Fennore pensa à sa mère. Ou plutôt, se corrigea-t-il avec satisfaction, à la mère de Bill. C'était la première fois qu'il y pensait depuis ce soir-là. Et ce ne fut qu'à ce moment, en entendant le hurlement de la femme de ménage, qu'il se dit que sa mère était morte comme elle avait vécu. En silence. Elle n'avait jamais hurlé, elle : ni quand son père juif l'avait reniée, ni quand son mari allemand l'avait rouée de coups de poing et de ceinture, ni quand son fils l'avait poignardée.

« Où est Cochrann ? » entendit-il dire derrière lui alors qu'il montait dans le bateau des Services de l'immigration, en partance pour le bureau d'accueil du New Jersey.

Il se retourna. Il découvrit une jeune fille aux joues rouges et aux mains gercées. Une blanchisseuse, peut-être. Accompagnée d'un couple de quinquagénaires. Lui était petit et puissant. Un docker, sans doute. Elle était voûtée, avait des cernes profonds et des mains encore plus rouges que celles de la jeune femme, avec des plaies sur les doigts qui ne guériraient jamais.

« Je pars pas sans Cochrann ! » s'exclama la fille en essayant de regagner la passerelle.

Un policier l'en empêcha : « Rentre à l'intérieur, il est interdit de descendre ! » ordonna-t-il.

— Je pars pas sans mon Cochrann ! répéta-t-elle.

— Rentre à l'intérieur ! » cria le flic.

La femme de cinquante ans la prit par les épaules et l'entraîna à l'intérieur du navire. L'homme petit et puissant regardait autour de lui. « Il a tout notre argent ! » fit-il doucement et presque sans espoir.

La jeune fille aussi tournait la tête en tous sens et ses yeux erraient sur les passagers. « Cochrann ! Cochrann ! » appelait-elle.

« Je suis là, mon chou ! » dit Cochrann en son for intérieur. En tendant un bras, il aurait pu la toucher. « C'est moi, Cochrann ! » et soudain il se mit à rire, heureux.

20

Manhattan, 1912-1913

Cetta était seule, à présent. Pour la première fois depuis qu'elle était arrivée à New York. Sal ne pourrait plus s'occuper d'elle pendant longtemps. Quand la solitude lui pesait particulièrement, elle allait jusqu'à Queensboro Bridge et, de là, regardait Blackwell Island et le pénitencier où Sal purgeait sa peine. L'avocat Di Stefano ayant soudoyé le personnel administratif de la prison, Cetta avait obtenu l'autorisation de voir Sal une fois par semaine, pendant une heure, dans une pièce sans grille de séparation. Elle montait dans la barque du Département pénitentiaire de New York et accostait dans l'île, escortée par des matons qui ricanaient et lui proposaient de l'argent pour s'enfermer avec eux dans une salle. Mais Cetta ne les entendait pas. Elle avait simplement envie de rester avec Sal, assise près de lui, souvent en silence, occupée à regarder ses mains à nouveau sales. Puis, au bout d'une heure, Cetta se levait et retournait à sa vie. Sans lui.

La maison de passe avait été transférée dans un petit

immeuble discret au coin de la 8ᵉ Avenue et de la 47ᵉ rue ouest. Si Cetta regrettait ce déménagement, c'était surtout parce que, lorsque les fenêtres de l'ancien bordel étaient ouvertes, on entendait les notes joyeuses du ragtime que l'on jouait à Tin Pan Alley, dans la vingt-huitième rue, entre Broadway et la sixième avenue. Mais, par nature, Cetta ne s'apesantissait pas sur les malheurs et cherchait toujours le bon côté des choses : ainsi ce changement d'adresse se transforma-t-il pour elle en une nouvelle aventure. Pour la première fois, Cetta était seule, et pour la première fois, elle prit l'IRT, l'Interborough Rapid Transit.

Elle remontait Fulton Street et pénétrait dans la station Cortland Street. Puis elle descendait sur la 49ᵉ Rue et revenait sur ses pas jusqu'à la 47ᵉ. Tous les après-midi et tous les soirs. Elle s'asseyait avec les autres passagers et se sentait comme eux : une citoyenne américaine. Et rien ne lui donnait plus de joie que ce sentiment d'appartenance. À tel point que, plus d'une fois, elle emmena aussi Christmas, aux heures où elle ne travaillait pas, afin de transmettre son émotion à son fils. « Tu vois ? Tu es un Américain au milieu de plein d'Américains ! » lui disait-elle à mi-voix.

Une nuit, en rentrant du travail, Cetta était assise seule dans un coin du wagon. Elle chantonnait doucement *Alexander's Ragtime Band*, un air de l'année précédente qui avait eu un grand succès. Quand elle avait appris que c'était un certain Berlin qui l'avait composé, un musicien juif, Cetta avait tenté de se le sortir de la tête. En effet, depuis qu'ils avaient tiré sur Sal, elle avait juré la guerre aux juifs et les haïssait de

240

tout son cœur. Mais ensuite, elle avait décidé de faire une exception, parce que *Alexander's Ragtime Band* lui plaisait vraiment trop. Et ainsi, cette nuit-là, elle se berçait elle-même avec la musique d'Irving Berlin.

Vers le centre du wagon, trois petits voyous âgés de dix-huit ans environ plaisantaient entre eux, jetant de temps à autre un coup d'œil dans sa direction. Cetta ne leur prêtait nulle attention. Plus loin, à l'autre extrémité de la voiture, était assis un homme d'une trentaine d'années, blond, avec un costume froissé, des lunettes posées sur le bout du nez et un livre ouvert sur les genoux. Depuis qu'il était monté dans la rame, il n'avait jamais cessé de lire. En face de lui, un policier, l'air épuisé, somnolait en se tenant la tête entre les mains.

« Qu'est-c'qu'une belle fille comme toi fait dehors à une heure pareille ? » fit l'un des trois voyous en s'asseyant près de Cetta, tout en adressant une moue amusée à ses deux copains.

Cetta ne répondit rien et tourna le visage vers la vitre.

« Te donne pas des airs de grande dame, beauté ! lui murmura le jeune. Une grande dame, ça prend pas le métro ! » et il rit en faisant signe à ses amis d'approcher.

Les deux autres les rejoignirent. L'un d'eux s'assit devant Cetta, pieds sur le siège, en la fixant. Le second se posta derrière, entre la fenêtre et elle.

« Qu'est-c'que vous voulez ? » lança Cetta, et elle regarda en direction du policier, qui continuait à somnoler.

Elle essaya de se lever, mais le jeune assis devant elle la retint et la força à se rasseoir. Celui qui se trouvait derrière elle lui plaqua une main sur la bouche, l'empêchant de bouger, et de son autre main il pointa la lame d'un couteau à cran d'arrêt sur son cou. « Sois gentille ! » chuchota-t-il.

Le garçon assis près d'elle glissa une main sous sa jupe. « On veut juste être copains, t'en fais pas… » dit-il.

À cet instant, la rame ralentit à l'approche de la station suivante. L'homme d'une trentaine d'années assis à l'autre bout du wagon leva les yeux de son livre et croisa le regard terrorisé de Cetta. « Hé, là-bas ! » s'écria-t-il en se levant. Le policier se réveilla. Un peu hébété, il fixa l'homme avant de se tourner vers l'autre extrémité de la voiture. Les lumières de la station Canal Street inondèrent soudain le wagon. Le métro s'arrêta. Les trois voyous lâchèrent Cetta et s'enfuirent. Le policier porta un sifflet à sa bouche et courut à leur poursuite.

« Vous allez bien ? » demanda le trentenaire à Cetta en s'approchant.

Elle avait les yeux gonflés de larmes mais fit tout de même signe que oui. L'homme sortit un mouchoir de la poche de sa veste et le lui tendit. Cetta le dévisagea. Il était maigre, pas très grand, et avait un regard bienveillant. Honnête.

« Merci » lui dit-elle.

L'homme sourit, le mouchoir toujours tendu vers elle.

« Essuyez vos larmes, conseilla-t-il.

— Le problème c'est pas vraiment les larmes, il faudrait surtout que je me mouche ! » plaisanta-t-elle.

L'homme se mit à rire.

« Eh bien mouchez-vous donc ! »

Il la regarda en souriant. Un sourire franc. « Vous avez honte de vous moucher devant un inconnu ? Vous voulez que je me tourne ? »

Cetta rit à nouveau. Puis se moucha.

« J'ai jamais su faire ça discrètement, comme les femmes du monde ! » s'excusa-t-elle.

L'homme ne cessait de sourire :

« J'ai toujours trouvé les femmes du monde bien ennuyeuses ! fit-il. Je peux m'asseoir près de vous ? »

Cetta hocha la tête.

« Et je peux vous raccompagner chez vous ? » poursuivit-il.

Cetta se raidit.

« Vous avez eu assez d'émotions pour aujourd'hui ! Il est de mon devoir de vous escorter. »

Cetta le dévisagea. Il avait l'air bienveillant. Elle pouvait lui faire confiance.

« D'accord, décida-t-elle. On descend à Cortland Street, et après il faut marcher un peu.

— Cortland Street, et puis il faut marcher un peu. Bien reçu ! » s'exclama-t-il en exécutant le salut militaire, main à hauteur du front.

Cetta rit.

« Je m'appelle Andrew Perth, continua alors l'homme en lui tendant la main.

— Cetta Luminita » lui répondit-elle en la lui serrant.

L'homme retint sa main dans la sienne, sans violence mais avec une certaine force, et il la fixa droit dans les yeux. Un regard bienveillant, se dit à nouveau Cetta. Mais un regard d'homme. De désir. Un regard que Cetta connaissait bien. Elle en fut néanmoins flattée. Elle baissa les yeux et l'homme lui lâcha la main. Peu après, elle fit signe à Andrew qu'ils devaient descendre.

Pendant le trajet jusque chez elle, parcourant côte à côte des trottoirs déserts, Cetta apprit que le jeune Andrew Perth était syndicaliste. Il s'occupait des conditions de travail des ouvriers. Et lorsqu'il parlait des horaires infâmes, des salaires de misère et des vexations qu'étaient obligés de supporter les ouvriers, toujours sous la menace d'être licenciés, Cetta remarqua que ses yeux s'enflammaient. Et elle reconnut au fond de ces yeux une véritable passion, semblable à un grand amour. Lorsqu'ils eurent atteint la porte de son immeuble, Cetta s'arrêta. « Je suis arrivée, dit-elle.

— Dommage ! » fit Andrew en la dévisageant.

Cetta sourit en rougissant. Parce que, cette nuit-là, elle n'était pas une prostituée, mais une jeune femme normale qui avait rencontré un homme comme il faut. Un homme auquel elle plaisait et qui ne profiterait pas d'elle. Parce que, cette nuit-là, elle ne coûtait pas cinq dollars la demi-heure. « Je dois y aller » lâcha-t-elle alors, sachant que ce moment ne pouvait durer pour toujours. Elle lui serra hâtivement la main, lui tourna le dos et courut rejoindre son sous-sol étouffant.

Quelques jours plus tard, elle tomba à nouveau sur Andrew. Un soir, à la station Cortland Street. Ils se reconnurent, rirent, et Andrew proposa de la raccompagner chez elle. Quand le moment de se séparer fut venu et qu'ils se dirent au revoir, Andrew retint à nouveau la main de Cetta dans la sienne :

« On ne s'est pas rencontrés par hasard, avoua-t-il. Je voulais vous revoir. »

Cetta en resta sans voix. Elle ne savait que dire.

« Je peux vous inviter à dîner, un soir ? lui demanda Andrew.

— À dîner… ? répéta Cetta stupéfaite.

— Oui.

— Au restaurant… ? »

Jamais personne ne l'avait invitée à dîner. Elle avait presque dix-neuf ans et personne ne l'avait jamais invitée à dîner. Parce qu'elle n'était pas une jeune femme comme les autres. Elle était une putain. Et les putains, on les emmène au lit, pas au restaurant.

« D'accord ! répondit-elle.

— Et quand ? lui demanda Andrew.

— Mais d'abord, je dois vous dire… » commença Cetta, soudain sérieuse, avant de le fixer épouvantée. Andrew avait un regard bienveillant. Peut-être qu'elle aurait dû lui dire…

« Après-demain soir ? » la pressa Andrew, souriant.

Personne ne l'avait jamais regardée ainsi.

« D'accord, répondit-elle.

— Je viens vous chercher à sept heures.

— Oui, à sept heures, répéta Cetta. Et on ira au restaurant. »

Le lendemain, Cetta alla voir Sal. Et, pendant qu'ils se tenaient là, enfermés dans cette pièce, assis l'un près de l'autre, Cetta se disait qu'elle aurait dû lui dire quelque chose à lui aussi. Et pour la première fois, en plus de l'amour et de la gratitude, elle s'aperçut qu'elle éprouvait quelque chose de nouveau : un sentiment de culpabilité envahissait son âme. « Mais de la culpabilité pour quoi ? » se demanda-t-elle, tandis qu'ils restaient assis en silence. « Il ne s'est rien passé, je ne fais rien de mal ! » se dit-elle encore, et alors son sentiment de culpabilité lui fit soudain éprouver de la colère, colère qui la conduisit à détester Sal.

Tandis qu'elle rentrait à Manhattan sur l'embarcation du pénitencier, Cetta se tourna vers le bâtiment sombre et sinistre. « Je ne fais rien de mal, Sal ! » chuchota-t-elle, attentive à ce que les fonctionnaires de la prison ne l'entendissent pas. « Je ne fais qu'aller dîner. »

Elle raconta à Madame que Christmas n'allait pas bien et avait besoin d'elle. Ce soir-là, elle fit son travail de prostituée jusque tard, puis courut chez elle et se glissa dans le lit grinçant qui avait été celui de Tonia et Vito Fraina, surexcitée comme une gamine. Elle ne s'endormit qu'à l'aube et, quand Mme Sciacca lui ramena Christmas, Cetta se maudit en se disant qu'à sept heures du soir, elle aurait les yeux bouffis de sommeil. Peut-être Andrew ne la trouverait-il pas assez belle, et elle gâcherait ainsi son premier dîner au restaurant.

Elle passa la journée à choisir sa robe. Elle se maquilla et démaquilla dix fois de suite parce que ça n'allait jamais. Parce qu'à chaque fois qu'elle se regardait dans la glace, elle n'y voyait que le visage d'une vulgaire putain. Elle pleura et elle rit, passant mille fois du désespoir à l'euphorie. Elle s'aspergea de parfum et puis se lava dans l'eau glacée, parce que le parfum aussi sentait la prostituée. Elle cira ses chaussures et également son sac. Elle se fit un chignon et puis dénoua ses cheveux sur ses épaules. Elle les fit boucler avec des papillotes en tissu avant de les lisser en hurlant.

« Vous êtes très belle, madame Luminita ! lui dit

Andrew ce soir-là, à sept heures. Il y a un restaurant italien dans Delancey Street. Ça vous dit ?

— Pourquoi pas ? fit Cetta, qui avait toujours trouvé cette expression très raffinée.

— Je peux t'appeler Cetta ? lui demanda-t-il après quelques pas.

— Oui, Andrew ! » répondit-elle en glissant une main sous son bras.

Quelques légers flocons de neige flottaient dans l'air, étincelant comme des pierres précieuses lorsqu'ils entraient dans le halo lumineux des réverbères.

« Tu as froid ? demanda Andrew.

— Non ! » répondit Cetta souriante.

Le restaurant était un modeste établissement qui puait l'ail et la saucisse. Le menu était écrit à la peinture blanche, avec les prix de tous les plats, dehors sur la vitrine, directement sur le verre. Les plats du jour étaient soulignés d'un gros trait pour attirer l'attention.

« J'aimerais avoir des yeux noirs comme les tiens, Cetta ! » fit Andrew.

Cetta rougit et puis, sans lever les yeux, dit : « Eh bien moi, j'aimerais avoir des yeux clairs comme les tiens ! Ils sont très américains. »

Ils dégustèrent de la *caponata* de poivrons et d'aubergines, des saucisses piquantes à la sauce tomate et, en dessert, des *cannoli* fourrés à la ricotta et aux fruits confits, le tout arrosé d'un vin rouge fort et aigrelet, tandis qu'Andrew parlait d'une petite ville industrielle où, l'année précédente, les patrons avaient dépassé les bornes, comme il disait :

« Silk City, tu es au courant ? fit-il.

— C'est où ? demanda Cetta.

— Tu n'en as jamais entendu parler ? s'étonna Andrew.

— Non, je suis désolée » répondit-elle mortifiée.

Andrew tendit la main par-dessus la table :

« Non, c'est à moi de m'excuser, Cetta ! dit-il avec délicatesse. Moi je vis au milieu de toutes ces histoires, mais toi… » et il s'interrompit, avant de se passionner à nouveau : « C'est typiquement ce qui se passe, quand je parle aux gens de la rue ! Ce que je veux dire, c'est que les problèmes des travailleurs, ce sont les problèmes de tout le monde : tu comprends ? »

Cetta acquiesça timidement.

« L'ignorance, c'est ce qui permet aux patrons de faire la pluie et le beau temps. Mais tout ça, c'est bientôt fini, Cetta ! Quand vous serez tous sensibilisés aux problèmes des travailleurs, notre lutte aboutira. Tu comprends ?

— Oui… dit Cetta. Je ne veux plus être ignorante. »

Andrew la regarda avec fierté.

« Je ferai ton éducation ! » s'exclama-t-il.

Cetta sentit une chaleur l'envahir.

Ensuite Andrew continua à lui expliquer qu'à Paterson, une petite ville du New Jersey, il y avait plus de trois cents usines spécialisées dans la soie – c'est pourquoi on l'appelait Silk City – qui donnaient du travail à soixante-treize mille personnes : or, les patrons avait décidé de confier quatre métiers à tisser à chaque ouvrier au lieu de deux, comme c'était le cas auparavant.

« Comme ça, ils pourront faire des coupes draconiennes dans le personnel, tu vois ?

— Oui…

— Tu imagines combien de familles vont se retrouver à crever de faim ?

— Oui…

— Eh bien, c'est pour ça que je me bats ! »

Cetta le regarda avec admiration. Ce petit homme blond aux yeux bleus, tout maigre, combattait pour soixante-treize mille ouvriers. Il était comme un général, un gentil général qui s'occupait des plus faibles. Alors c'était ça, le socialisme, les droits civils, les luttes syndicales ! Andrew s'occupait de tous ces gens. Et maintenant, il s'occuperait aussi d'elle. Il ferait son éducation. Grâce à lui, elle deviendrait meilleure.

C'est pour cela que lorsque Andrew, devant la porte de son immeuble, l'attira doucement à lui en passant un bras autour de sa taille, Cetta le laissa faire. Et quand il l'embrassa sur les lèvres, elle le laissa faire aussi. Elle ferma les yeux et s'abandonna à cet homme bon et honnête qui la trouvait belle. Quand leurs bouches se quittèrent, elle se pressa contre lui et le serra très fort entre ses bras parce que, pour la première fois de sa vie, elle était une jeune femme comme les autres. Et alors, elle sentit qu'elle ne méritait pas cet homme merveilleux qui s'intéressait à elle et, sans desserrer son étreinte, elle lui dit doucement à l'oreille :

« Je fais la putain dans le bordel au coin de la 8e Avenue et de la 47e Rue ouest. »

Elle sentit le corps maigre d'Andrew se raidir. Et puis, lentement, il se dégagea de son étreinte :

« Il faut que j'y aille, dit Andrew.

— Oui…

— J'ai beaucoup de choses à préparer… tu sais, la grève…

— Oui…

— Alors, j'y vais !

— Merci pour le dîner, dit doucement Cetta, sans baisser les yeux parce qu'elle savait qu'elle ne le reverrait jamais. C'était magnifique. »

Andrew sourit à peine, par politesse. Et il s'éloigna.

« Merci pour le baiser » fit-elle avec un filet de voix, en le regardant tourner au coin de la rue.

Puis elle rentra chez elle et se jeta sur son lit. « J'avais juré de n'embrasser personne d'autre ! » se dit-elle en caressant Leo, la peluche toute pelée que Sal avait offerte à Christmas pour Noël. Alors, déterminée à refouler les larmes qui lui montaient aux yeux, elle se leva et courut à la maison de passe : elle raconta à Madame que Christmas était guéri et travailla jusque tard dans la nuit.

Deux semaines plus tard, la veille du Nouvel An, Madame lui annonça qu'un client l'attendait dans la chambre verte. Cetta se mit du rouge sur les lèvres, ajusta son bustier et entra dans la pièce.

Andrew était de dos. Il regardait par la fenêtre. Quand il entendit la porte se fermer, il se retourna.

« Je pense à toi jour et nuit ! » s'exclama-t-il. Il se dirigea vers elle, l'embrassa et la serra contre lui comme il ne l'aurait jamais fait avec une jeune femme ordinaire. « J'ai trop envie de toi ! » Il se mit à l'embrasser dans le cou, posa les mains sur ses hanches et puis les fit descendre jusqu'à les glisser sous sa robe.

Cetta ne se laissa pas embrasser sur la bouche, mais elle s'allongea sur le lit et écarta les jambes. Tournant la tête, elle découvrit les cinq dollars d'Andrew sur la table de chevet. Il se déshabilla, la toucha et la pénétra comme il ne l'aurait jamais fait avec une jeune femme comme il faut. Quand ce fut fini, Andrew se rhabilla très vite. En revanche, Cetta resta allongée sur le lit, nue, avec le naturel d'une prostituée avec un client.

« Rhabille-toi, je t'en prie ! lui dit alors Andrew.

— La demi-heure est terminée » coupa Cetta.

Andrew s'était assis sur le bord du lit et lui tournait le dos. Maintenant, il se tenait la tête entre les mains. Il sanglotait.

« Excuse-moi, fit-il d'une voix brisée par les larmes. J'ai l'impression d'être un animal, continua-t-il entre les sanglots. Un animal comme tous ces types que j'ai toujours méprisés. Moi, ça ne m'était jamais arrivé… je n'étais jamais allé avec… avec…

— Une putain, compléta sèchement Cetta.

— Cetta, il faut que tu me croies ! » lança-t-il avant de se retourner brusquement. Son visage était inondé de larmes.

Cetta le fixa droit dans les yeux. Il avait un regard bienveillant, se dit-elle. Honnête.

« Je suis un animal, dit Andrew à voix basse. Est-ce que tu pourras jamais me pardonner ? Je n'ai jamais cessé de te désirer, depuis la première fois où je t'ai vue, et maintenant, maintenant… je me dégoûte. »

Cetta s'approcha en silence. Elle s'assit à son côté et lui prit la tête entre les mains, qu'elle posa sur sa poitrine. Les yeux dans le vide, elle resta là à caresser ses cheveux blonds. Et ils demeurèrent ainsi, sans mot dire.

« La demi-heure est finie » lui dit enfin Cetta.

Andrew se leva. Ses larmes avaient séché sur ses joues. Cetta ne le regarda pas sortir. Elle entendit la porte se refermer doucement. Elle s'allongea sur le lit, immobile. Peu après, la porte s'ouvrit et se referma à nouveau : « Fais semblant d'dormir ! lança une voix inconnue et rude. Bouge pas ! » Puis le client posa cinq dollars sur la table de chevet, près de ceux d'Andrew, releva sa jupe et la prit par derrière, très rapidement.

Cette semaine-là, Cetta n'eut pas le courage d'aller voir Sal. Elle lui fit parvenir un gâteau qu'elle avait acheté dans une pâtisserie.

Début janvier, Andrew revint au bordel :

« Je veux pas faire l'amour, lui dit-il. Je veux seulement rester avec toi », et il glissa les cinq dollars sur la table de chevet.

Cetta le fixa. Il était revenu. Elle caressa ses joues bien rasées. L'homme qui défendait soixante-treize mille ouvriers était revenu. Pour elle. Elle approcha ses lèvres de celles d'Andrew et l'embrassa. Longuement, les yeux fermés. Puis elle le déshabilla et l'accueillit en elle. Et quand Andrew l'eut comblée de son plaisir, elle le tint entre ses bras, dans les draps défaits. « Tu ne dois plus payer. Je ne veux pas prendre ton argent, lui dit-elle encore. On se verra chez toi. »

Andrew la regarda de ses yeux bleus :

« On ne peut pas, lui dit-il. Je suis marié. »

21

Orange-Richmond-Manhattan-Hackensack, 1923

Après avoir quitté le bureau d'accueil du New Jersey et changé les économies de l'Irlandais dont il avait pris le nom pour un total de trois cent soixante-douze dollars, Bill se dirigea vers l'intérieur des terres. Il trouva un travail dans une scierie d'Orange, près d'une usine de bière fermée pour cause de prohibition et laissée à l'abandon, encore dotée d'enseignes décrépites annonçant : « The Winter Brothers's Brewery ». Le boulot était mal payé et épuisant. À peine affinés et écorcés, les grands troncs étaient hissés sur de longs tapis roulants et débités en grosses planches pleines d'échardes, et, malgré les gants qu'on avait soustraits de sa première semaine de paye, Bill n'arrêtait pas de s'enfoncer des échardes dans les mains. Le soir, il était totalement épuisé. Il avalait un bol de soupe avec un morceau de lard trop cuit et puis allait se coucher. La vieille femme chez qui il logeait lui faisait payer une petite fortune pour le lit, la soupe du soir, le petit déjeuner à base de porridge accompagné de deux tranches de pain noir, et un oignon frais et un morceau de bœuf séché pour le déjeuner. À prendre ou à laisser, lui avait-elle dit, yeux cupides et poings décharnés fichés sur les hanches, le jour où Bill s'était présenté chez elle. Alors Bill avait pris, parce qu'il était obligé d'attendre que les choses se tassent avant de pouvoir retourner à Battery Park, où il avait dissimulé son argent et ses pierres précieuses. Il partageait la chambre avec deux autres pensionnaires. Des jeunes comme lui, nouvellement arrivés. L'un était un petit Italien aux yeux jaunes comme le fiel. Il a écrit « traître » sur le front, pensa Bill dès qu'il le vit. L'autre était un géant à l'air simplet, blond et rougeaud, qui parlait peu et mal et venait d'un pays d'Europe dont Bill n'avait jamais entendu parler. Il était tellement grand et gros que ses pieds dépassaient du lit de cinquante centimètres et que ses épaules ne rentraient pas dedans, de sorte qu'un de ses bras pendait toujours par terre. Il soulevait seul des troncs qui, normalement, requéraient les efforts de trois hommes au moins. Mais Bill ne discutait avec aucun d'entre eux : il n'avait aucune confiance en l'Italien, quant au géant, il était tellement imbécile qu'il aurait fini par le mettre dans le pétrin même sans le vouloir.

Il y avait beaucoup de travailleurs, à la scierie. Des noirs, surtout. Des noirs qui resteraient là toute leur vie, ou bien des immigrés qui auraient peut-être la chance d'évoluer. Mais, même au travail, Bill ne se lia avec personne. Il se tenait toujours à l'écart. Quand la sirène annonçait la pause de midi, il prenait le mouchoir dans lequel était enveloppé son déjeuner et s'éloignait. Il cherchait un endroit isolé et mâchait lentement son oignon frais, son pain noir et son morceau de bœuf séché. Et il réfléchissait. Dans les premiers temps, il pensait à son avenir, il faisait des projets. Mais au bout d'une quinzaine de jours, le cours de ses pensées finit par être entravé par les rêves qui envahissaient ses nuits. Des rêves qui, après deux semaines de plus, se transformèrent en cauchemars. Presque chaque nuit, Bill se réveillait en hurlant, terrorisé et couvert de sueur. « Tu m'casses les couilles, Cochrann ! » avait fini par lui dire l'Italien. Le géant, en revanche, ne se rendait compte de rien et continuait à ronfler, heureux. Le jour où l'Italien perdit la moitié d'un bras dans une scie circulaire, il fut viré de l'usine. À sa place arriva un vieux qui dépensait presque toute sa paie dans des alcools de contrebande et qui, la nuit, ronflait comme le géant. Ainsi Bill demeura-t-il seul avec ses cauchemars.

Ces derniers étaient toujours différents et pourtant toujours les mêmes. Quelle que soit la situation à laquelle il rêvait, même la plus agréable, au bout d'un moment il se passait toujours la même chose, sans nul doute possible : il mourait. Il mourait de la main de Ruth, la salope de juive. La première fois, il rêvait qu'il était dans un restaurant de luxe. Le serveur lui apportait un plat qui, sous la cloche d'argent étincelante, était censé contenir du poulet rôti et des pommes de terre. Mais lorsque Bill soulevait la cloche, il découvrait sur le plat le doigt amputé d'une femme. Et alors le serveur, qui tenait un couteau à trancher à la main, lui enfonçait la lame dans la gorge. Et soudain le serveur devenait la salope de juive. Ou bien il rêvait qu'il volait dans le ciel, planant comme un oiseau. Et alors Ruth, comme si elle était au ball-trap, criait : « Pull ! » et lui tirait dessus. D'autres fois elle le noyait, l'étouffait, l'immolait ou le pendait. Ou encore, elle mettait le courant sur le fauteuil à bascule où il se reposait, et le fauteuil se transformait soudain en chaise électrique.

Il était obsédé par Ruth. Et quand il mâchait son déjeuner, assis à l'écart, il ne parvenait pas à éloigner les impressionnantes images qu'il avait vues pendant la nuit. Il avait aussi tenté de s'étourdir avec l'alcool du vieux et, cette nuit-là, il avait rêvé qu'on l'avait empoisonné : tandis que ses muscles se paralysaient et se durcissaient, Ruth riait et lui montrait son doigt amputé, dont le sang jaillissait.

Au bout de sept mois, Bill avait deux cernes profonds et le regard halluciné. Il cherchait à résister au sommeil et à rester éveillé la nuit. Mais, exténué par le travail, il ne tardait pas à fermer les yeux, et Ruth revenait le voir. Pendant ces sept mois, Bill crut qu'il allait devenir fou. Alors un soir, après avoir touché sa paie de la semaine, il rentra chez lui, ramassa ses quelques affaires sans rien dire, fouilla dans la cuisine de la vieille jusqu'à ce qu'il y trouve de l'argent, qu'il déroba, et il s'enfuit. Le moment était venu de retourner à Battery Park, de récupérer ce qui était à lui, et aussi d'accomplir un geste qui lui permettrait d'évacuer, au moins en partie, la haine qu'il avait accumulée. Sa barbe et ses cheveux étaient longs et en bataille. Nul ne le reconnaîtrait. Il irait chez le coiffeur pour ne pas avoir l'air d'un vagabond, mais on ne le reconnaîtrait pas, c'était sûr. Comme il était sûr que, de toute façon, on l'avait oublié, après tant de mois. La mort ne laissait pas une grande trace, dans son quartier pouilleux. Et pour pallier toute éventualité, il avait dans la poche de son pantalon un couteau qui serait sa protection.

Le lendemain, sur le chemin qui le ramenait chez lui, il s'arrêta à Richmond et entra dans une papeterie : « Je veux écrire une lettre à une jeune fille, expliqua-t-il à la vendeuse. Il me faudrait une enveloppe colorée, éventuellement avec un dessin dessus. Quelque chose de joyeux. »

La vendeuse lui donna une enveloppe rose décorée de fleurs.

« Vous pourriez écrire le nom dessus ? lui demanda alors Bill. Je n'écris pas bien et je ne voudrais pas faire mauvaise impression... »

La vendeuse sourit, sans doute un peu attendrie. Elle prit un stylo et attendit.

« Mlle Ruth Isaacson » dicta Bill, et il prononça ce nom honni avec une telle douceur que quiconque aurait juré que c'était vraiment de l'amour.

« Vous ne voulez pas que j'écrive aussi l'adresse ? s'étonna la vendeuse.

— Non, répondit Bill. Je vais la lui remettre personnellement. »

Il régla et, après avoir jeté ses vieux vêtements sales de la scierie et s'être acheté un manteau de laine, un costume gris d'employé et une chemise bleue avec des boutons en os, il se rendit chez un coiffeur-barbier afin de mettre en ordre ses cheveux et sa barbe. Puis il reprit la route vers son quartier.

Il s'arrêta peu avant Manhattan afin d'attendre la nuit. Il tourna et retourna l'enveloppe dans ses mains, satisfait de son plan. Il n'éveillerait aucun soupçon, avec une enveloppe comme ça ! Personne ne l'ouvrirait avant Ruth. Personne ne lirait la lettre avant elle.

C'était une enveloppe innocente. Joyeuse. La lettre d'une amie, penserait-on. Une invitation à une fête, peut-être. Bill rit et, après des mois de silence, il entendit dans l'air les notes de son petit rire clair, qui s'était tu pendant trop longtemps. Alors il se sentit à nouveau vivant. Il réfléchit encore et encore à ce qu'il allait écrire, et quand il eut choisi chacun de ses mots, il se remit à rire. Et plus il riait, plus il aimait son bon vieux rire.

Quand la nuit vint, Bill rejoignit Battery Park, grimpa dans l'arbre, glissa la main dans le creux et en sortit le paquet enveloppé dans de la toile cirée qu'il y avait caché. Il l'ouvrit avec précaution et, à l'intérieur, retrouva ses vingt-deux dollars quatre-vingt-dix cents ainsi que les pierres de la bague, c'est-à-dire la grande émeraude et les petits diamants. Il calcula qu'il possédait maintenant quatre cent cinquante-quatre dollars et quelques. Une fortune. D'autant plus qu'il n'avait pas encore vendu les pierres ! Il fourra le tout dans sa poche et se dirigea d'un pas déterminé vers Park Avenue.

À l'approche de la luxueuse habitation de Ruth, Bill sentit croître sa fébrilité. Il retrouva la tension accumulée pendant tous ces mois de cauchemars et l'idée lui vint que ces derniers allaient maintenant devenir réalité. Il imagina Ruth le montrant du doigt à un policier, alors il s'échappait et était touché dans le dos par une balle ; il se vit grillé sur la chaise électrique. « Salope ! » s'exclama-t-il rageusement, tandis qu'il glissait son enveloppe dans la boîte aux lettres de la jeune fille. Et soudain, il eut l'impression que ce billet ce n'était rien, qu'une bêtise : il aurait mieux fait de se cacher pour attendre la juive, la surprendre en route vers son lycée et puis l'étrangler, là au milieu de toutes ses riches amies, en laissant le sang souiller son manteau de cachemire. « Salope ! » répéta-t-il en s'éloignant. Ensuite, sans réfléchir, il se dirigea d'instinct vers son ancien quartier, là où il habitait autrefois. Comme si cet endroit pouvait le protéger ou, du moins, lui offrir la possibilité de redevenir le Bill de toujours. Comme si ce misérable district où il avait tué son père allemand et sa mère juive pouvait lui rendre son rire, qui s'était éteint à nouveau.

En chemin, là où la 3e et la 4e Avenues se rejoignaient pour devenir le Bowery, il aperçut les lumières d'un *club-house* à l'air louche et miteux. Il avait besoin de boire un coup. Et besoin d'une putain. Il entra.

Il la remarqua tout de suite. Elle accompagnait les clients aux tables ou dans les pièces privées. Elle souriait. Elle avait une trentaine d'années. Sûrement une Italienne. D'ailleurs, ils étaient tous italiens, là-dedans : il les reconnaissait à leurs vêtements voyants, colorés et vulgaires, à leur ton gouailleur et à leur tête de voyou. Elle aussi, elle devait être italienne, avec des cheveux noirs comme ça… Pour Bill, les Italiens et les juifs, c'étaient tous les mêmes. Et puis, cette femme avait un truc particulier qui l'excita immédiatement : elle traînait presque imperceptiblement sa jambe gauche. Retournant au bar après avoir salué deux clients, elle s'était donné un petit coup de poing sur la cuisse gauche et, croyant que nul ne la voyait, elle s'était baissée, penchée vers la gauche, et sa jambe avait recommencé à marcher normalement. « Tu boites, salope ! » se dit Bill tandis qu'il rejoignait le bar, titillé par cette tare.

« Un whisky ! commanda-t-il au barman.

— L'alcool est interdit, monsieur » répondit ce dernier en le fixant.

Bill secoua la tête, regarda alentour et indiqua un client peu loin de là.

« Et lui, qu'est-c'qu'il boit ? demanda-t-il.

— Du thé glacé, répondit le barman.

— Alors donne-moi un thé glacé. Et qu'il soit bon ! fit-il en sortant son argent.

— Avec des glaçons ou de l'eau de Seltz ?

— Sec. Un double.

— C'est le meilleur thé que vous pourrez trouver dans le coin, sourit le barman en lui versant une double dose de whisky de contrebande.

— Et cette putain-là, mon pote, elle me coûtera combien ? demanda alors Bill à mi-voix, se penchant au-dessus du bar et indiquant la femme qui l'excitait parce qu'elle boitait.

— Mme Cetta n'est pas une prostituée, monsieur, dit le barman en se penchant aussi. Mais si ce genre d'articles vous intéresse, il y a d'autres filles à l'étage… »

Bill ne répondit rien. Il but son whisky d'un trait, fit une grimace et frappa son verre sur le bar :

« Un autre thé ! » s'exclama-t-il.

Le barman remplit son verre à ras bord, Bill l'avala et régla. Puis il déambula à travers la pièce, tout en surveillant Cetta du coin de l'œil. Quand il la vit se diriger vers la porte qui donnait sur l'arrière en portant une caisse de bouteilles vides, il la suivit.

« Hé, beauté ! lança-t-il en la rejoignant dehors. Tu veux un p'tit massage de la jambe ? »

Cetta se retourna d'un bond. Elle posa la caisse

260

sur une pile d'autres bouteilles et fit mine de rentrer. Mais Bill lui coupa la route :

« Qu'est-c'que t'as ? J'suis pas sympa ? lui demanda-t-il, un sourire grimaçant sur le visage.

— Laissez-moi passer ! fit Cetta.

— J'veux pas qu'tu m'aimes, poursuivit Bill en la saisissant par le bras. J'veux juste te baiser, au cas où t'aurais pas compris…

— Lâchez-moi ! »

Bill la serra plus fort, la força à plier le bras derrière le dos et puis se colla contre elle :

« Mais j'paie, salope !

— Lâche-moi, connard !

— Alors tu m'as pas compris…

— Elle t'a très bien compris » interrompit une voix caverneuse, semblable à un rot.

Bill découvrit, sur le seuil du bar, un homme laid avec les mains noires.

« Merde, t'es qui, toi ? » lança Bill.

Il lâcha Cetta et chercha le couteau qu'il avait dans la poche. L'homme aux mains noires sortit un pistolet de son étui avec une rapidité inattendue et le lui colla en plein visage, pressé contre son front :

« Casse-toi, merdeux ! » dit-il d'une voix profonde et sans émotion.

Bill ôta lentement la main de sa poche. Il leva les bras en l'air et tenta de sourire :

« Eh, c'était pour rigoler, mon pote… Vous savez pas rigoler, dans le coin ? »

L'homme aux mains noires ne dit mot. Ni ne cessa d'appuyer le canon du pistolet sur son front.

Bill fit deux pas en arrière. Puis il s'en alla lentement, craignant une balle tirée en traître.

La peur le faisait suer. Avant de tourner au coin de la rue, il lança un dernier regard sur l'arrière du bar. La femme avait enlacé l'homme aux mains noires. « Salopes ! » dit-il à toutes les femmes du monde.

Il parcourut trois *blocks* à vive allure. Il était furibond. Il fuyait sa peur, son humiliation, sa frustration.

« Ça te dit, une p'tite pipe ? » fit une voix dans l'obscurité d'une ruelle. C'était une prostituée d'un âge avancé. Cheveux teints et filasse, couleur de la paille. Robe décolletée laissant entrevoir deux tétons sombres et fanés. Elle ôta son dentier : « Ma bouche, c'est du velours, chéri ! »

Bill jeta un coup d'œil alentour, puis il poussa la femme dans un coin, la força à s'agenouiller et déboutonna son pantalon.

« Y faut qu'tu m'paies ! » essaya de protester la femme.

Bill sortit son couteau et le lui pointa sur la gorge.

« Vas-y, suce, salope ! ordonna-t-il. Si tu fais un bruit, j'te crève. »

Et pendant qu'elle prenait dans la bouche son membre durci par la colère, Bill ne cessa jamais de lui appuyer son couteau contre la gorge. « Avale, salope de juive ! » commanda-t-il bientôt, se vidant de tout son fiel. Ensuite il fit un pas en arrière, reboutonna son pantalon, regarda la prostituée encore agenouillée et lui assena un coup de pied en plein visage. Puis il se jeta sur elle et lui pointa à nouveau le couteau sur la gorge. Il plongea une main dans son décolleté et lui arracha sa robe : quelques dollars s'envolèrent et elle se retrouva avec les seins flasques pendouillant à l'air. Bill saisit l'argent et le fourra dans sa poche. Enfin, il se leva.

« Me tue pas… » pleurnichait la prostituée.

Bill la regarda avec un profond mépris. Il écrasa son dentier, qui était tombé à terre, le réduisant en morceaux. « Salope de juive ! » cria-t-il encore avant de partir en courant et d'abandonner Manhattan.

Il parvint à sauter dans un train de marchandises qui se dirigeait vers le nord, mais le convoi s'arrêta une heure plus tard, avant que Bill sache encore où il voulait aller. Il descendit et, encore tremblant, la mâchoire contractée, il lut le panneau indiquant la gare : « Hackensack ». Il rejoignit la route principale et se mit à marcher vers le nord. Aucun des quelques camions qui passaient par là ne le prit à bord. En revanche, à sa grande surprise, après quelques *miles* une automobile noire s'arrêta sur le bord de la route :

« Tu vas où, mon garçon ? demanda le conducteur en se penchant par la vitre. Je peux t'emmener quelque part ? »

Bill sauta en voiture. L'homme d'une cinquantaine d'années était jovial, il avait le bagou du commis voyageur et portait une perruque bon marché qui n'arrêtait pas de glisser, et qu'il était sans cesse obligé de remettre en place. « Bavarder m'aide à rester éveillé ! » avait-il expliqué. Et, à partir de là, il n'avait plus fermé la bouche. Quand il fit enfin une pause, Bill lança :

« Vous avez une belle voiture !

— C'est une Tin Lizzie, avait annoncé l'homme avec fierté. Elle ne te laisse jamais en rade ! C'est une Ford.

— Ford » répéta Bill, rêveur. Et pour la première fois depuis ce soir-là, il se sentit détendu. Il aimait les voitures. Et celle-ci était vraiment belle.

« C'est le Modèle T, continua l'orgueilleux propriétaire, caressant le tableau de bord comme il l'aurait fait avec un animal de race. Mon garçon, si tu es un vrai Américain, tu as un Modèle T !

— Le Modèle T.

— Oui, monsieur ! rit le commis voyageur. Et celle-ci, c'est une Runabout, le modèle de luxe, avec allumage et roue de secours. Je l'ai payée 420 dollars.

— Elle est superbe !

— Tu peux répéter ? plaisanta l'homme en bombant le torse. Tu t'appelles comment, mon garçon ?

— Cochrann. Mais appelle-moi Bill.

— D'accord, Bill. Au fait, tu vas où ?

— On les construit où, les Ford ? demanda Bill.

— Comment ça, "on les construit où" ? Mais à Détroit, dans le Michigan ! »

Bill regardait la route, droit devant lui, éclairée par les phares tremblotants de l'automobile. Ses oreilles étaient remplies du bruit du moteur qui pétaradait avec régularité. Et tout à coup, il retrouva son rire. Le commis voyageur rit à son tour. Et caressa à nouveau le tableau de bord.

« Alors, tu vas où, Bill ? » demanda-t-il.

— Détroit, Michigan ! » annonça Bill.

22

Manhattan, 1923

Christmas frémissait de rage. Il serrait la feuille de papier entre ses mains : il était tellement tendu qu'elles tremblaient. Il n'entendait pas, autour d'eux, le chahut des enfants qui jouaient sur les pelouses de Central Park, récemment blanchies par une neige tardive ; il ne sentait pas le froid de ce printemps qui, fin mars, ne voulait pas oublier l'hiver ; il ne voyait rien d'autre que ce message, écrit sur un papier épais de mauvaise qualité. Il ne se rendait compte de rien, tout à cette haine incontrôlable qui avait explosé en lui. Ses yeux étaient rivés sur l'écriture disgracieuse et parcouraient inlassablement ces mots :

> Salope de juive, tu penses à moi ? Je suis sûr que oui. Mais moi, je fais bien plus ! Tous les jours, je te regarde, je te suis, je te surveille. Et quand j'en aurai envie, je te prendrai à nouveau. Tu te rappelles comme on s'est bien amusés, tous les deux ? J'ai encore ton sang sur mes cisailles.
> Amoureusement, Bill.

Ruth, assise près de lui sur leur banc, là où ils se voyaient chaque semaine depuis des mois, avait le regard perdu. « Je ne l'ai montré à personne » avait-elle dit en remettant le billet à Christmas. « Je ne l'ai montré à personne » répéta-t-elle alors doucement, pour la deuxième fois.

Détachant avec difficulté ses yeux de la lettre de Bill, Christmas tourna la tête vers la jeune fille. Il la regarda et sentit un flot de jalousie et de colère l'envahir. « Elle est à lui ! » se dit-il.

Ruth avait les yeux d'une petite fille. De grands yeux verts, la pupille dilatée par la peur.

« Pourquoi tu ne l'as dit à personne ? lui demanda Christmas.

— Parce que je n'aurais plus le droit de rien faire !

— Il faut le dire à ton grand-père. »

Ruth ne répondit rien et baissa la tête vers sa main mutilée. Christmas la prit dans ses bras et la serra fort. Alors Ruth se secoua, se dégagea et se leva vivement, le visage en feu :

« N'essaie plus jamais de poser les mains sur moi ! » s'écria-t-elle, tranchante.

Christmas la fixa. Il était habitué à ce regard dur, chaque fois qu'il s'approchait d'elle plus qu'il n'avait le droit de le faire.

Ruth lui tourna le dos et se dirigea vers le trottoir où l'attendait Fred en uniforme, près de la voiture qui la ramènerait chez elle. Christmas la suivit, le billet de Bill à la main, et en la regardant marcher devant lui dans son élégant et épais manteau de cachemire, il pensa encore une fois : « Elle est à lui ! » Arrivée à l'automobile, Ruth se glissa dans l'habitacle sans mot dire et referma la portière.

« Ouvre bien les yeux ! » recommanda Christmas à Fred.

Puis il se pencha vers la vitre : Ruth se tenait comme une statue de glace. Le moteur démarra et l'automobile prit lentement la route. Christmas était immobile sur le trottoir. Alors Ruth tourna les yeux vers lui : ils avaient soudain perdu leur dureté, maintenant qu'elle s'en allait. Elle appuya sa main mutilée contre la vitre, regarda intensément Christmas, et puis la voiture se fondit dans la circulation.

Christmas tournait et retournait dans ses mains la lettre de Bill, que Ruth avait omis de lui reprendre. Ou qu'elle lui avait laissée, afin qu'il n'oublie pas. Un petit groupe d'enfants passa près de lui, chahutant et se lançant des boules de neige. Un de ces missiles glacés atterrit à ses pieds, et il fusilla les gosses d'un regard encore plein de la colère qui l'habitait. « Pardon, m'sieur ! » fit l'un des gamins, effrayé par son expression. Il devait avoir trois ou quatre ans de moins que Christmas. Mais celui-ci n'avait plus du tout l'air d'un enfant. Tout à coup, il était devenu un homme. Les choses ne se passaient pas comme il l'avait imaginé. Ce qui l'avait fait grandir si rapidement, ce qui l'avait arraché à l'adolescence, c'était l'amour. Or, l'amour, ça enflammait, ça consumait, ça faisait devenir beau mais laid aussi. L'amour changeait les gens, ce n'était pas une fable. La vie n'était pas une fable.

Ruth et lui se voyaient depuis des mois, une fois par semaine, toujours le vendredi. Ils se retrouvaient à l'angle de Central Park ouest et de la 72e Rue,

Christmas disait bonjour à Fred, et ensuite ils marchaient côte à côte dans le parc jusqu'à leur banc, là ils s'asseyaient pour bavarder en admirant le lac, un peu plus loin. Ils parlaient de tout, plaisantaient et riaient, mais il y avait aussi de longs moments où ils étaient sérieux et silencieux. Comme si les mots ne servaient à rien. Et à chaque fois qu'ils se quittaient, Christmas avait l'impression d'avoir grandi un peu. Elle remontait dans la luxueuse Rolls-Royce de son grand-père, il fouillait dans ses poches pour voir s'il avait un peu de monnaie pour prendre le train de la BMT, la Brooklyn-Manhattan Transit, dans la soixante-douzième rue, afin de regagner son ghetto du Lower East Side. Elle portait des vêtements bien chauds qui la protégeaient du froid perçant de l'hiver, il contractait les épaules et boutonnait sa légère veste en toile jusqu'au cou. Elle avait des gants en cuir doublés de douce fourrure de lapin, il avait les doigts tout gercés. Elle était une riche juive du West Side, lui un voyou, un *wop*, comme on appelait tous les Italiens.

Ce qui l'avait fait grandir plus vite, ce n'était pas seulement son amour mais aussi l'amour qu'il lisait, par moments, dans les yeux de Ruth. Cet amour contre lequel elle luttait jour et nuit, parce que Bill les avait fait se rencontrer et, en même temps, les avait séparés. Parce que Bill, avec ses horribles mains, ses cisailles et sa violence, avait sali l'amour, et Ruth ne parvenait à voir rien d'autre que la saleté. Y compris en Christmas. Et elle le tenait à distance. De sorte que, plus l'amour de Christmas grandissait, moins il ne savait qu'en faire : ce sentiment restait enfermé en lui, inexprimé et pourtant violent, et bien loin de l'aider à s'épanouir, c'était un poison. Son caractère était devenu plus ombrageux ; son regard même s'était assombri ; ses espoirs, ses rêves, son allégresse et son insouciance n'étaient plus que des souvenirs d'enfance fanés, ils n'avaient pas survécu à cet ouragan intérieur et à cette expérience d'adulte.

Sur le chemin du retour, serrant toujours dans sa main le billet écrit par Bill, Christmas frémissait de colère. Les pensées se bousculaient confusément dans sa tête, à la fois sans réussir à prendre forme et sans lui donner de répit, comme une cohorte hurlante de fantômes invisibles qui se déplaceraient dans l'air sans produire de vent.

Il rentra chez lui sans faire de bruit. La chambre de Cetta était fermée. Elle dormait encore. Christmas alla dans le salon et alluma le poste de radio, mettant le volume au plus bas : « Buy a Ford, spend the difference » disait un annonceur publicitaire. « Et n'oubliez pas : depuis 1909, vous pouvez avoir une Ford T de n'importe quelle couleur… pourvu qu'elle soit noire ! », on entendait les rires du public qui accompagnaient la célèbre réplique de Henry Ford, puis un bref jingle, et enfin : « La Tin Lizzie peut être à vous à partir de deux cent soixante-neuf dollars seulement… »

« Comment ça s'fait, que t'es à la maison ? demanda Cetta derrière lui, surgissant ensommeillée dans le salon. Tu ne devais pas travailler ?

— Qu'est-c'que t'as fait à tes cheveux ? s'étonna Christmas, écarquillant les yeux.

— Ça te plaît ? C'est la dernière mode ! » répondit Cetta, et elle fit une pirouette pour lui montrer ses cheveux radicalement courts et lisses. Ils étaient coupés au carré à la hauteur du menton, dégageant sa nuque.

« T'as l'air d'un homme ! s'exclama Christmas.

— C'est la nouvelle mode, expliqua Cetta en haussant les épaules.

— T'as l'air d'un homme, répéta Christmas.

— Je suis devenue une *flapper* !

— Une *flapper* ?

— Oui, une *flapper*. C'est comme ça qu'on appelle les femmes qui suivent cette mode.

— Et pourquoi vous voulez être des hommes ?

— Nous voulons être indépendantes et libres comme les hommes. Nous, les *flapper*s, nous sortons du moule !

— Mais c'est qui, "nous" ?

— Les nouvelles femmes. Les femmes modernes.

— T'as l'air d'un homme, conclut Christmas en lui tournant le dos.

— Tu devais pas travailler, aujourd'hui ? lui demanda à nouveau Cetta.

— J'ai pas envie de goudronner des toits, rétorqua Christmas.

— Sal m'a dit qu'on te donnait dix dollars !

— J'en ai rien à foutre.

— Dix dollars, Christmas !

— J'ai pas envie de faire ces boulots de crève-la-faim qui te salissent les mains pour toute la vie et qui te bousillent le dos. Moi, je veux devenir riche.

— Et comment ? fit Cetta, s'approchant de lui et passant une main dans ces cheveux blonds qu'il avait hérités de son violeur de père.

— Je sais pas, répondit Christmas en s'écartant, agacé. Je vais trouver un moyen. Mais ce sera pas en goudronnant des toits.

— La vie n'est pas comme on l'imagine à ton âge... »

Cetta le regarda avec tendresse. Cela faisait déjà un moment qu'elle avait remarqué le changement d'humeur de son fils. Au début, il lui avait parlé de cette jeune fille juive qu'il avait sauvée. Il lui avait raconté la maison luxueuse dans le New Jersey, l'appartement gigantesque près de Central Park, les voitures, les vêtements... et tout l'amour qu'il éprouvait pour elle. Cetta avait tenté de lui expliquer qu'ils ne faisaient pas partie du même monde et que des choses comme ça n'arrivaient pas dans la vie réelle mais ensuite, au bout d'un certain temps, Christmas avait cessé de lui en parler, et il s'était de plus en plus renfermé sur lui-même. Cetta craignait que son fils ne sache pas se contenter de son sort, comme elle avait su le faire, elle, et comme le faisaient tous les habitants du Lower East Side.

« C'est à cause de cette jeune fille ? lui demanda-t-elle. Tu es amoureux ?

— Mais qu'est-c'que tu sais, toi, de l'amour ? explosa Christmas, ses yeux lançant des éclairs. Qu'est-c'que peut savoir de l'amour une... quelqu'un qui fait ton métier ? »

Cetta eut l'impression de recevoir un coup en pleine poitrine, au niveau du cœur. Ses yeux s'embuèrent de larmes.

« Qu'est-ce qui t'arrive, mon enfant ? fit-elle avec un filet de voix.

— Je suis pas un enfant ! » hurla Christmas, avant de sortir en claquant la porte.

Dans la rue régnait une forte odeur d'ail, comme toujours à l'heure du déjeuner. Les immigrés n'arrivaient pas à se détacher de leurs origines, et cette sauce tomate qui bouillonnait dans les casseroles en répandant son arôme dans le quartier était comme une racine rouge et liquide qui les enchaînait à leur sol. Une seule et même odeur provenait des centaines de logements du quartier. « Moi, je suis pas comme vous ! » pensait Christmas, encore en proie à une colère qui tourbillonnait si violemment en lui qu'il aurait voulu s'en libérer en se défoulant sur le monde entier. « Je suis américain ! », et il donna un coup de pied dans un caillou.

« Qu'est-c'qui te mine ? » lui demanda Santo, qui l'avait vu de sa fenêtre au premier étage et était descendu en courant dans la rue, malgré les protestations de sa mère qui le menaçait, une cuillère en bois à la main.

Christmas sortit de sa poche la lettre de Bill et la lui montra. Au fur et à mesure qu'il lisait, le visage de Santo se faisait de plus en plus pâle et, par contraste, ses boutons devenaient encore plus rouges et luisants.

« Alors ? demanda Christmas, quand Santo lui rendit le billet.

— Merde ! dit simplement Santo.

— On doit la protéger, déclara Christmas. Il faut qu'on soit derrière elle.

— Qui ça ? Nous ? »

Santo pâlit encore davantage, les yeux écarquillés. Instinctivement, il fit un pas en arrière, comme si Christmas était porteur de quelque dangereux virus.

« Ben oui, nous ! Qui d'autre, sinon ? poursuivit Christmas en s'enflammant. Et si on l'chope, j'lui arracherai le cœur par le cul ! »

Santo recula à nouveau.

« Mais ce gars, il est pas comme nous ! Il a égorgé ses vieux comme deux cochons, dit-il un tremblement dans la voix. Et il a fait ce qu'il a fait à Ruth ! Il est dangereux… (il fit encore un pas en arrière). On va s'faire baiser en même pas une seconde !

— Toi tu chies dans ton froc, comme d'habitude ! Va t'faire foutre, Santo !

— Christmas ! Attends !…

— Va t'faire foutre ! »

Christmas s'éloigna d'un pas rapide, bousculant quiconque entravait son chemin. « Quel endroit de merde ! » se disait-il, de plus en plus furieux. Et c'est avec cette fureur qu'il regardait les hommes et les femmes de son quartier : il les voyait plus petits que d'ordinaire et plus poilus, avec des sourcils tellement fournis qu'ils ne dessinaient qu'une grosse ligne noire au-dessus des yeux. Et tous ces regards de vaincus, ces dos courbés par la misère et la résignation, et ces poches toujours vides qui criaient la faim, grandes ouvertes comme les bouches hurlantes de leurs enfants mal nourris. Et pendant qu'il s'éloignait, c'était comme si les éternels discours de tous ces gens, des malheureux comme lui, résonnaient dans ses oreilles. Il les entendait parler du ciel et du soleil de leur pays natal, qu'ils avaient fui sans pouvoir s'en débarrasser et gardaient accroché à leurs épaules comme un parasite ou une malédiction ; il les entendait parler de mules, moutons et poulets, et puis de la terre, cette terre qu'il fallait labourer à la sueur de son front et nourrir avec le sang de ses mains et qui était, à les entendre, la seule chose qui vaille quoi que ce soit dans ce monde. Et il entendait aussi toutes leurs rengaines sur l'Amérique, l'extraordinaire nation qui promettait tout mais qui, à eux, ne donnait rien. Et tandis qu'il les poussait, se frayant un passage parmi les marchands ambulants de lacets et bretelles, et parmi les femmes occupées à envelopper dans du papier une saucisse qui devrait suffire à quatre bouches, il retrouvait la sensation de malaise et d'exaspération qu'il avait toujours ressentie, parce que ces gens parlaient de l'Amérique comme d'un mirage, comme de quelque chose qui n'existait que dans les histoires, alors qu'elle était pourtant là, devant leurs immeubles : comme s'ils ne savaient pas la voir, la saisir ! comme s'ils étaient partis mais jamais arrivés !

Tête baissée, il traversa ce que tout le monde appelait le Bloody Angle, à Chinatown, entre Doyer, Mott et Pell Street. La couleur de la peau changeait, les maillots de corps tachés de sauce tomate laissaient place aux tuniques sans col, la forme des yeux était différente ainsi que les odeurs flottant dans les rues – ici, c'était un mélange d'oignon, opium, huile de friture et amidon des teintureries –, mais les regards étaient les mêmes. Il s'agissait simplement d'un autre ghetto. Une autre prison. « C'est un monde dont on ne sort jamais. Un monde sans portes ni fenêtres, pensait Christmas. Mais moi, je m'en irai ! » Et, la tête toujours baissée, comme s'il marchait contre le vent, il continuait sa route, tellement vite qu'il courait presque, sans but, comme s'il cherchait simplement à fuir ce labyrinthe dans lequel tous les autres étaient égarés. Et il fila tout droit, jusqu'à la sortie des quartiers pauvres.

Quand il s'arrêta, à bout de souffle, il leva les yeux et comprit qu'il avait su dès le départ où il devait aller. En haut d'un bâtiment en brique rouge, carré et

massif, apparaissait une enseigne délavée par la pluie :
« Saul Isaacson's Clothing ». La main de Christmas,
qui n'avait jamais cessé de serrer les menaces de Bill
adressées à Ruth, se décrispa enfin. Il était arrivé. Il
savait ce qui était le mieux pour Ruth : « C'est le
seul qui a des couilles ! »

Il reconnut Fred qui fumait une cigarette, appuyé
contre l'aile luisante de la Rolls-Royce.

« Salut, Fred ! lança-t-il. Tu as ramené Ruth chez
elle ?

— Bien sûr.

— Pas de problème ?

— Que se passe-t-il ?

— Laisse tomber, Fred ! Le vieux est là-dedans ? »
fit-il en indiquant l'usine du menton.

Le chauffeur soupira, s'apprêtant mollement à lui
reprocher ce « vieux » que Christmas ne se décidait
pas à éliminer de son vocabulaire.

« Oui ou non, Fred ?

— Oui, répondit alors Fred. Au deuxième étage,
dans son bureau. »

Ensuite il se tourna vers un homme costaud planté
devant l'entrée, deux lourdes portes coulissantes en fer
laquées de rouge : « Laisse-le entrer ! » lui cria-t-il, et
le garde lui répondit par un imperceptible mouvement
d'acquiescement.

« Les grèves... expliqua Fred à Christmas.

— T'es un pote ! lança Christmas en se dirigeant
vers l'entrée.

— Vous vous êtes fourré dans le pétrin, *Mister* ? »
questionna Fred.

Christmas se retourna et cligna de l'œil. L'homme à
l'entrée avait une matraque glissée dans son pantalon.

Christmas leva le menton en signe de salut avant de disparaître dans l'édifice.

Le bruit n'était pas vraiment assourdissant. C'était plutôt comme si on avait amplifié le bourdonnement d'une ruche mécanique. Des dizaines et des dizaines d'hommes, mais surtout de femmes, se tenaient les uns à côté des autres, penchés chacun sur une machine à coudre et, telle une armée, ils accomplissaient tous les mêmes gestes, rapides et efficaces, presque synchronisés. La couleur des cheveux, la forme des visages et le style des vêtements avaient encore changé. Ils étaient tous juifs. Et comme c'était le cas chez les Italiens et les Chinois, Christmas remarqua qu'il n'y avait pas un seul Américain parmi eux. « Mais moi, je m'en irai ! » se répéta-t-il, avant d'ouvrir la porte du patron sans frapper.

Saul Isaacson était assis derrière un magnifique bureau, un long cigare éteint entre les lèvres et sa canne posée en travers de la table, près d'un verre rempli d'alcool. Le vieux n'en avait rien à faire, de la prohibition. Un petit bonhomme chauve, dont la longue barbe avait l'air d'être accrochée au nez busqué, se tenait au milieu de la pièce, au sol recouvert d'un tapis sombre.

« Plus longue que ça ? » demandait le couturier, sceptique.

Saul Isaacson leva les yeux vers Christmas. Une jeune femme debout près du couturier, les cheveux courts et lisses comme ceux de Cetta, sourit au nouvel arrivant. Elle portait une robe qui lui moulait la poitrine – qu'elle avait presque plate – et qui tombait tout droit jusqu'à mi-mollet.

« Il faut que je vous parle ! » lança Christmas au vieux, l'air sérieux.

M. Isaacson le fixa en silence, comme il le faisait toujours, jaugeant les situations sans avoir besoin de parler. Ensuite il lui adressa un signe d'acquiescement et répondit au couturier :

« Oui, Ashe ! Plus longue de deux doigts.

— Mais Coco Chanel dit que…, essaya de protester le couturier, parlant la bouche pleine d'épingles.

— J'en ai rien à faire, de Coco Chanel ! interrompit le patron. Ce qu'ils font en Europe, ça ne m'intéresse pas. Ici, on est en Amérique. Plus longue de deux doigts, Ashe ! »

— Le couturier rallongea l'ourlet et piqua une épingle dans la jupe de la jeune femme.

« C'est qui, Coco Chanel ? demanda Christmas

— Une grande dame ! Je viens d'offrir son N° 5 à Ruth. Exceptionnel ! Mais elle est trop européenne pour les Américains. (Il le toisa un moment). Eh bien ? T'es pas là pour une leçon sur Mme Chanel, je suppose ? »

Christmas s'approcha du bureau, sortit de sa poche la lettre de Bill et la lui tendit. Tant qu'il lut, le visage du vieux demeura impénétrable. Mais quand il eut fini, il asséna un violent coup de canne sur la table, ouvrit la porte du bureau et cria : « Greenie ! Greenie ! » avant de retourner s'asseoir, sourcils froncés.

Un instant après, Greenie entra dans la pièce : c'était un homme vêtu d'un costume voyant en soie verte et d'une chemise à rayures violettes assorties à ses bretelles. Christmas le regarda. Et il reconnut dans ses yeux quelque chose qu'il avait déjà vu dans les rues du Lower East Side. Une espèce de calme glacial. Comme quelque chose que l'on aperçoit au fond d'un étang.

Saul Isaacson tendit le billet à Greenie. Ce dernier le lut sans qu'aucun muscle de son visage ne bronche. Puis il le posa sur le bureau, sans changer d'expression, et attendit que le vieux parle. « Lui, il s'en est sorti ! pensa Christmas, admiratif. Il est américain ! »

« Il ne doit rien arriver à ma petite-fille, déclara Saul Isaacson. Occupe-toi de tout ! »

Greenie bougea à peine la tête. Il avait les cheveux pommadés et coupés très court sur la nuque, là où son cou de taureau formait des plis.

« Et si tu trouves cet enfant de salope, continua le vieux, apporte-moi sa tête !

— William Hofflund, intervint Christmas. Bill. »

Greenie ne daigna pas lui accorder un regard.

« Peu importe le coût du service » conclut le vieux.

À nouveau, Greenie acquiesça à peine avant de tourner le dos. Ses chaussures en cuir verni luisant crissèrent.

« Je viens avec toi ! lança Christmas.

— Pousse-toi d'là, gamin ! » fit Greenie en sortant.

23

Manhattan-Brownsville, 1923

« Hé, l'ami !… C'est toi ? »

La voix derrière son dos fit se retourner Christmas, absorbé dans ses sombres pensées et dévoré par sa colère grandissante. Il vit un garçon qui avait peut-être deux ans de plus que lui, vraiment squelettique, avec deux cernes sombres et l'air à la fois éveillé et blasé.

« Je parie que tu t'rappelles pas d'moi, Diamond ! » dit le jeune en s'approchant.

Christmas le regarda mieux. Il avait de longues mains de pianiste, tellement lisses qu'elles semblaient de cire. « Tu es… » et il s'efforça d'exhumer le nom du garçon qu'il avait rencontré chez les flics après avoir emmené Ruth à l'hôpital. « Tu es… »

« Joey !

— Joey, bien sûr ! Celui qui pique les porte-feuilles ! sourit Christmas.

— Eh, moins fort, Diamond ! J'ai pas envie que tous les pigeons du quartier soient au courant ! fit le pickpocket en regardant autour de lui. Alors, ça roule ? »

Christmas fit un vague geste de la main qui ne voulait rien dire de particulier, encore absorbé par sa colère. Puis il haussa les épaules. Il aurait voulu être avec Greenie, pour protéger Ruth.

« Moi, jusqu'à la semaine dernière, j'étais à l'*hôtel*, expliqua Joey, haussant les épaules à son tour.

— À l'hôtel ?

— En maison de correction, à Elmira, dans le nord » fit Joey en feignant l'indifférence.

Mais Christmas eut l'impression que les cernes de Joey étaient encore plus sombres et marqués qu'auparavant. Et aussi qu'au fond de tout ce noir, son regard s'était un peu éteint. Et quand le jeune garçon se fourra les mains dans les poches, Christmas crut voir qu'elles tremblaient un peu.

« C'était dur ? lui demanda-t-il, mettant lui aussi les mains dans les poches.

— De vraies vacances ! rit Joey, mais sans joie. Tu bouffes gratis et tu dors toute la journée. »

Christmas le fixa sans parler. Joey baissa les yeux, gêné. Mais quand il releva la tête, il souriait d'un air narquois :

« Tu te fais un tas d'amis et t'apprends la vraie vie ! » affirma-t-il.

Christmas savait bien qu'il mentait. Et pourtant, comme pour Greenie, il ne put s'empêcher d'éprouver de l'admiration : Joey aussi tentait de sortir du ghetto.

« À l'hôtel, personne n'avait jamais entendu parler des Diamond Dogs, fit remarquer Joey.

— Ben… on est nouveaux ! Mais on fait notre chemin.

— Et vous faites quel genre d'affaires ?

— En ce moment, on protège une fille contre un assassin.

— Pétard, un assassin ! Un vrai de vrai, tu veux dire ?

— Il a déjà buté deux personnes.

— Mais on dirait plutôt un boulot de flic, fit Joey. Sans vouloir te vexer, Diamond…

— On nous paie bien.

— Qui ça ?

— Un mec juif. On tient aussi son usine à l'œil. Il est pété de thunes.

— Ah, un juif du West Side ! ricana Joey.

— Qu'est-c'que t'en sais ?

— Parc'que toi, tu t'y connais, en juifs ? s'exclama Joey avec un petit sourire de supériorité. Eh bien moi oui ! Depuis l'temps où j'portais des langes, j'entends parler que d'Abraham et Isaac, du Déluge, des dix plaies d'Égypte, de l'Exode et des Commandements… »

Christmas fronça les sourcils.

« Moi aussi je suis juif, Diamond ! rit Joey et, au fond de ses cernes sombres, son regard brilla, amusé, pour la première fois. Joey Fein, dit Sticky, parce que tous les portefeuilles me collent aux doigts, fils d'Abe le Crétin, un juif de l'est qui est arrivé ici en croyant trouver la Terre Promise et qui, vingt ans après, vend encore des cravates et des bretelles dans les rues, avec une valise en carton et des chaussures trouées. T'as compris pourquoi je sais tout sur les juifs ? Ceux des quartiers ouest, ils sont riches, alors que nous dans l'est, on crève la faim !

— Je croyais que tous les juifs étaient riches, admit Christmas.

— Ah oui ? Eh bien, passe un jour chez moi à Brownsville, et j'te ferai changer d'avis !

— Où ça ?

— Bordel, Diamond, mais t'es jamais sorti de l'East Side ? s'amusa Joey. Brownsville, le trou du cul de Brooklyn ! (Puis Joey regarda un instant Christmas.) Qu'est-c'que t'as d'prévu, aujourd'hui ?

— Aujourd'hui ? Rien...

— Et ton assassin ?

— J'ai collé Greenie, un gars de confiance, à ses basques.

— Pourquoi tu viens pas avec moi à Brownsville, alors ? J'ai un p'tit boulot à faire pour les Shapiro... tu les connais ?

— J'en ai entendu parler, oui... mentit Christmas.

— Ils s'occupent de machines à sous et d'autres trafics. Ils se feront un nom, s'ils se font pas refroidir avant. Dans ce métier, c'est dur de faire de vieux os, commenta Joey d'un air blasé.

— Oui, c'est dur, renchérit Christmas en essayant de se donner une contenance.

— Alors ? On y va ? »

Christmas sentit qu'il s'apprêtait à pénétrer dans un monde nouveau et dangereux. Il se souvint des recommandations que Cetta lui avait prodiguées depuis son enfance. Et de toutes ces histoires de jeunes qui n'avaient pas voulu écouter les recommandations de leurs mères et avaient cherché à tromper leur destin. Il hésita. Mais l'excitation prit le dessus. « Moi, je partirai d'ici ! » se dit-il. Alors il haussa les épaules, sourit et répondit : « On y va ! »

Joey émit un sifflement, lui passa un bras autour des épaules, et ils se dirigèrent tous deux vers la station de la BMT sur le Bowery. Arrivés devant les portillons, Christmas fouilla dans ses poches pour y dénicher de la monnaie.

« Eh non, mon pote ! l'interrompit Joey. Qu'est-c'qu'elle te donne, cette foutue ville ? Rien ! Alors nous non plus, on lui donne rien ! » Il regarda autour d'eux, laissant errer son regard parmi la foule du métro. « J'ai trouvé ! » s'exclama-t-il, et il se dirigea vers une femme vêtue de noir, l'air fatigué, qui portait un panier de pommes rabougries. Elle était accompagnée d'une petite fille, elle aussi habillée en noir, qui avait déjà le visage émacié d'une vieille. Joey fit mine de les bousculer par accident, renversant le panier. Il s'excusa, aida la femme à ramasser les pommes, puis lui donna une petite tape dans le dos et fit une caresse à la fillette avant de retourner auprès de Christmas : clignant de l'œil, il lui montra deux billets.

« Mais c'étaient deux pauvres ! protesta Christmas.

— Ah bon ? Moi j'ai seulement vu deux billets à portée de main, Diamond ! Ces femmes, je sais pas qui c'est et j'en ai rien à foutre. C'est ça, la vie ici en Amérique ! Chaque jour, un mec comme moi peut être tabassé en plein marché, mis en bouillie et abandonné par terre, dans son sang. En un éclair, c'est fini et tout le monde se tire en faisant semblant d'avoir rien vu. Moi, je m'laisserai pas mettre en bouillie ! » poursuivit-il tandis que le train s'arrêtait dans un bruit de ferraille. Ils montèrent dans un wagon et s'assirent au fond. « Pense donc à Abe le Crétin, mon père, fit-il alors avec mépris, une colère sourde brûlant dans ses yeux comme de la braise. Quand il est arrivé ici, il n'avait rien. Il a rencontré une femme qui n'avait rien non plus, ils se sont mariés et ils ont continué à n'avoir rien ensemble. Puis je suis né et, pour la première fois, ils ont eu un truc. (Il cracha par terre). Tu te rends compte ? »

Pendant que Joey poursuivait son discours, Christmas regardait par la fenêtre et toute la ville lui semblait différente comme si, jusqu'à présent, il avait vécu dans un rêve. Un rêve que son amour pour Ruth avait brisé. Un amour impossible. Parce qu'il n'était qu'un miséreux. Parce qu'elle était une juive des quartiers ouest. Parce que Bill avait mis sa marque sur elle et parce que, désormais, tout lui semblait sale.

« Quand Abe le Crétin cassera sa pipe, on le jettera dans un trou au Mount Zion Cemetery et on écrira sur sa tombe : "Né en 1874. Mort en… (merde, qu'est-c'que j'en sais ?)…. en 1935. » Un point c'est tout. Et tu sais pourquoi ? Parc'qu'y a vraiment rien d'autre à dire sur Abe le Crétin !" conclut Joey, et ses yeux étaient pleins de la même hargne que ceux de Christmas.

« Sur ma tombe, on n'écrira pas Christmas-un-point-c'est-tout » se dit Christmas.

« Il faut descendre ! s'exclama bientôt Joey. Et maintenant, on doit marcher un peu » ajouta-t-il quand ils sortirent de la station.

Christmas regarda autour de lui. À l'horizon on retrouvait, un peu voilés par les nuages, les gratte-ciel de Manhattan. Mais ici, il n'y avait que de petits immeubles. Comme si on était dans une autre ville. Un autre monde. Et pourtant, comme partout, on voyait des hommes fatigués et pauvres : ils finissaient le service du matin aux moulins ou aux conserveries et se déplaçaient comme des fantômes. À tous les coins de rue, des jeunes avec des poses de durs à cuire regardaient de travers Christmas et Joey.

« Salut, Sticky ! lança l'un d'eux.

— Quoi d'neuf, Red ? demanda Joey.

— Et toi ?

— Je fais visiter l'quartier à mon copain Christmas, des Diamond Dogs, de l'East Side.

— Ça vous dirait, un peu de castagne ? Il faut qu'on règle son compte à un rat, proposa le délinquant.

— Et c'est toi qui t'en charges ? Ça doit être une punaise, pas un rat ! s'exclama Joey, poursuivant son chemin sans plus se retourner.

— Va t'faire foutre, Sticky !

— Bonne journée, Red ! rit Joey.

— C'est qui ? demanda ensuite Christmas.

— Un dur.

— Et ça veut dire quoi, un "rat" ?

— Un mec condamné à mort. »

Christmas et Joey marchèrent encore une dizaine de minutes sans parler. Christmas observait le quartier. Oui, c'était vraiment un autre monde. Et pourtant, c'était aussi le même. Rempli de gens qui n'y arrivaient pas.

« L'Amérique ne donne rien, déclara soudain Joey en s'arrêtant devant un petit immeuble à moitié en ruine, au coin de Pitkin Avenue et de Watkins Street. Ce qu'elle promet, tu l'obtiens pas par le travail, comme on nous le raconte : tu dois le prendre par la force, même si t'y perds ton âme. L'important, c'est d'arriver, Diamond, et pas comment tu arrives. Seuls les couillons discutent de comment on arrive (et il pointa l'index vers une fenêtre au cadre décrépi, au premier étage). Abe le Crétin, il est arrivé là ! » fit-il en se dirigeant vers le bâtiment.

C'était un logement misérable, comme Christmas en avait vu en abondance dans le Lower East Side. L'odeur de l'ail était remplacée par celles des épices piquantes et du bœuf fumé ; au lieu des images de la Madone ou de quelque saint protecteur, il y avait des symboles hébraïques, un petit chandelier de laiton à sept branches, une étoile de David. Des odeurs différentes, des images différentes. Et pourtant rien de nouveau. La mère de Joey aussi était une femme tout à fait semblable à celles que Christmas connaissait bien : un visage résigné, des pantoufles en feutre traînant sur le sol comme si son corps refusait de plier les genoux, ou comme si elle craignait soudain de se détacher de la terre et de s'apercevoir, d'un coup, qu'elle n'avait plus aucun rêve à rêver.

« Le Crétin est de sortie ? demanda Joey à peine à l'intérieur.

— Ne l'appelle pas comme ça ! C'est ton père ! répliqua la femme mais sans emphase, comme si c'était plutôt une litanie qu'elle répétait automatiquement, sans croire au miracle.

— Arrête un peu, m'man ! Ça, c'est mon ami Diamond. »

Christmas sourit à la femme et lui tendit la main.

« Tu es juif ? lui demanda la femme.

— Je suis américain…

— Il est italien » coupa Joey.

La femme, qui avait avancé la main pour serrer celle de Christmas, interrompit son geste et fourra la main dans la grande poche avant de son tablier sale. Puis elle tourna les talons et regagna la cuisine.

« Viens » dit Joey à Christmas en le conduisant dans une chambrette minuscule, avec un lit aussi petit que celui de Christmas. Soulevant une lame de bois, il révéla une cachette contenant deux couteaux à cran d'arrêt. Il en prit un et remit la lame à sa place, puis se ravisa et prit également l'autre, qu'il passa à Christmas en disant : « Autrement, comment tu vas t'amuser ? » Il rit et referma la cachette. « Je sors, m'man ! » criat-il en ouvrant la porte de l'appartement.

Un bruit provint de la cuisine : il ne s'agissait ni d'un au revoir ni d'une recommandation, et pourtant Christmas eut l'impression que c'étaient les deux.

« Et ça va nous servir à quoi ? » demanda Christmas dès qu'ils se retrouvèrent dans la rue, couteau à la main.

« C'est pour le petit boulot qu'on a à faire. »

Ils longèrent quelques *blocks* en silence, les mains dans les poches, serrées sur leur couteau, jusqu'à un *diner* sale et sordide dans Livonia Avenue. Joey entra et Christmas le suivit à l'intérieur. L'anxiété faisait battre son cœur et la main qui serrait le couteau était moite et endolorie. Joey fit un signe de tête à l'intention de la patronne du *diner* et alla s'asseoir à une table au fond de la pièce.

« Qu'est-c'que vous prenez ? demanda la patronne, une grosse femme aux bas noirs tombant sur les chevilles.

— Deux sandwichs au roastbeef » répondit Joey sans consulter Christmas.

Quand la femme se fut éloignée, Christmas examina le *diner*. Peu de clients. Tous tête baissée et silencieux.

« Et maintenant, qu'est-c'qu'on fait ? demanda-t-il, nerveux.

« — On attend » fit Joey, et il se laissa aller au confort du dossier rembourré de la banquette vert foncé.

Les sandwiches arrivèrent. Joey mangea le sien avec voracité. Christmas ne toucha même pas au sien. Il le laissa sur l'assiette blanche, ébréchée sur le côté. Il avait une crampe à l'estomac. Et sentait le couteau appuyer contre sa jambe.

« Tu manges pas ? » demanda Joey, saisissant le sandwich de Christmas et y mordant à pleines dents sans attendre la réponse. Il en avait dévoré la moitié quand, derrière une petite porte crasseuse s'ouvrant sur un couloir sombre, la sonnerie du téléphone retentit. Christmas sursauta. Joey rit, ce qui lui fit cracher quelques miettes.

La patronne du *diner* alla répondre.

« C'est pour toi, *Stinky !* appela-t-elle, l'appareil à la main.

— Sticky ! corrigea Joey, agacé, en se levant.

— Eh bien, t'as qu'à prendre un bain ! lança-t-elle en lui passant le téléphone.

— Allô ? fit Joey à voix basse et en prenant un air de conspirateur… D'accord ! » fit-il simplement après une brève pause, et il raccrocha.

« On y va ! annonça-t-il à Christmas. La voie est libre. »

« Eh, tu m'dois deux sandwiches, *Stinky* ! s'exclama la patronne quand elle les vit sortir.

— Mets-les sur mon compte, gros tas ! » lança Joey.

Aucun des clients ne tourna la tête ni ne bougea un muscle.

« Eh, quoi d'neuf, Sticky ? » demanda un gamin

de douze ans tout au plus, dès qu'ils se retrouvèrent dans la rue. Il était petit et maigre, même pour son âge, avec des yeux à la fois vifs et apeurés. Il sautillait d'un pied sur l'autre, comme s'il n'arrivait pas à trouver son équilibre.

« Tire-toi, Chick ! » lança Joey sans s'arrêter.

Mais le gosse lui colla aux talons et le suivit en faisant des zigzags.

« Tu vas où, Sticky ?

— Fais pas chier, Chick ! Casse-toi !

— T'as un p'tit travail à faire, pas vrai ? poursuivit Chick. J'parie qu'tu vas au *speakeasy* de Buggsy !

— Ta gueule, Chick ! éclata Joey, s'arrêtant net et le saisissant par le col de la veste. Bordel, comment t'es au courant ?

— J'ai entendu des trucs…

— Merde ! Si t'as entendu des trucs, p't-être que Buggsy est au courant aussi ! réfléchit Joey.

— Non non non ! y a qu'moi qui sais ! glapit Chick. J'peux v'nir ?

— Tais-toi et laisse-moi réfléchir !

— Y a que'que chose qui va pas ? » interrogea Christmas.

Joey prit Christmas par le bras et l'éloigna, tout en menaçant Chick du doigt : « Laisse-moi discuter tranquille avec Diamond, ou j'te casse la gueule ! » gronda-t-il. Puis, à voix basse, il expliqua à Christmas que Buggsy était un petit délinquant de rien du tout qui gérait un *speakeasy*, dans lequel il refusait de mettre les machines à sous des Shapiro. C'est pourquoi quelqu'un faisait le guet devant le trou merdeux où il habitait et devait appeler Joey dès qu'il partirait : ainsi ils pourraient aller sans risques crever les pneus de la camionnette que Buggsy utilisait pour ses livraisons. « Mais si Chick le sait, Buggsy aussi pourrait être au courant, et nous tendre un piège ! » conclut-il, et il regarda Christmas.

Encore une fois, Christmas sentit qu'il se trouvait à la croisée des chemins. Il pouvait encore abandonner, rendre le cran d'arrêt à Joey et retourner à sa vie de toujours avant qu'il ne soit trop tard. Mais il débordait de rage. Et ne voulait pas retourner à sa vie de toujours. « On y va ! » dit-il en serrant le couteau dans sa poche.

Joey le regarda en silence. « Oui, on s'en fout, on y va ! » s'exclama-t-il enfin.

Christmas lui saisit le bras pour l'arrêter :

« Prenons Chick avec nous, conseilla-t-il à voix basse.

— Ce morpion ?

— S'il reste ici, il finira par parler, expliqua Christmas. S'il vient avec nous, au moins il ne fera pas de dégâts.

— Ah, t'es un cerveau, Diamond ! sourit Joey, satisfait. Tous les deux, on est un duo avec des couilles, pas vrai ?

— Un duo avec des couilles ! confirma Christmas, le sang lui battant dans les tempes.

— Allez, dépêche-toi, Chick ! fit Joey en traversant la route.

— J'peux v'nir ? s'exclama le gamin, surexcité.

— Mais si j't'entends, j'te fous sous un train !

— Chouette ! T'en fais pas, Sticky, j'dis rien, j'dis rien, j'te l'jure sur la tête de ma mère, j'serai muet comme une carpe…

290

— Eh ben commence tout d'suite ! » brailla Christmas.

Cela cloua le bec du gosse, qui eut un éclair de peur dans les yeux. Joey rit. Puis ils se remirent en marche, Christmas et Joey devant, Chick derrière, en silence, et sans cesser de sautiller.

Le ciel commençait à s'obscurcir quand, trois *blocks* plus loin, Joey signala un édifice modeste et bas, un simple baraquement doté d'un toit plat et accolé à un garage. Joey montra du doigt le *speakeasy* puis, toujours en silence, indiqua à Christmas un grillage métallique tendu entre deux poteaux en fer. « La camionnette est là-derrière, dit-il à voix basse. Il devrait y avoir un trou quelque part. »

Rasant les murs, les trois garçons atteignirent la clôture. Une chaîne et un cadenas maintenaient fermé un portail branlant. Joey regarda alentour. « Ça va, je vois pas la voiture de Buggsy. Ça veut dire qu'il n'est pas là. » Puis il s'adressa à Chick : « Va voir si le trou est assez grand ! »

Le jeune garçon serra les poings, écarquilla les yeux et avança jusqu'à l'endroit où le grillage était fixé au mur du *speakeasy*. Il le secoua et sourit en direction de Joey et Christmas, sautillant d'un pied sur l'autre.

« C'est à nous ! s'exclama Joey en faisant claquer la lame de son couteau. Occupe-toi des roues avant, moi je fais les roues arrière ! »

Christmas avait un nœud dans la gorge qui l'empêchait de déglutir. La main qui serrait le couteau ne bougeait pas, comme pétrifiée. Mais ensuite, la colère qui grandissait en lui finit par l'emporter, et il fit claquer sa lame : « Allons-y ! » lança-t-il plus à lui-même qu'à Joey.

Ils se glissèrent dans le trou que la taupe avait ouvert pour eux, comme promis, et se retrouvèrent dans une espèce de petite cour en terre battue. La camionnette, avec une toile cirée sur le plancher, destinée à recouvrir les marchandises transportées – de l'alcool de contrebande, naturellement – était garée dans un coin de la cour. Joey avança d'un pas résolu vers les roues arrière. Christmas s'approcha de l'avant et planta sa lame dans le premier pneu. Cela provoqua un sifflement qui lui parut incroyablement bruyant, et semblable à un gémissement ou à un cri. Semblable au hurlement qu'il aurait arraché à la gorge de Bill, pensa-t-il en s'acharnant sur le deuxième pneu. Une, deux, trois fois. Avec vigueur, comme s'il enfonçait le couteau dans le corps d'un homme qui s'appelait William Hofflund. Bill. Au quatrième coup, la lame se rompit.

« On y va ! Merde, qu'est-c'tu fais ? » lui lança Joey en le tirant par le bras.

« Sticky ! » s'exclama au même instant Chick, qui était resté à côté et les regardait, en sautillant nerveusement.

« Enculés de mes deux ! J'vous ai chopés ! braila un petit trentenaire trapu, le nez écrasé sur un visage de boxeur, surgissant de l'arrière du *speakeasy* un pistolet au poing, suivi de deux autres types armés, à la mine patibulaire.

« On s'tire ! » hurla Joey à Christmas, alors que retentissaient dans l'air les premières détonations et que des nuages de poussière s'élevaient de la terre de la cour, là où atterrissaient les projectiles.

Joey fut le plus rapide et se faufila le premier de l'autre côté du grillage. Christmas parvint devant le trou au même instant que Chick ; saisi de panique, il le poussa et sortit dans la rue. Bousculé par Christmas, Chick trébucha, puis se remit debout et, soudain, se mit à hurler. Alors il s'effondra à terre. Christmas se retourna. Son regard croisa celui de Chick, terrorisé. Christmas revint sur ses pas alors que les balles éraflaient le mur du *speakeasy*, tendit le bras et tira Chick de l'autre côté du trou.

« J'peux pas marcher ! » pleurnicha Chick.

À ce moment, Joey aussi revint en arrière, il prit Chick par un bras et le releva. « Cours, Chick, sinon c'est moi qui te tue ! » cria-t-il. Christmas saisit le garçon par l'autre bras et ils se mirent à courir, se tenant tous les trois, tandis que le truand à tête de boxeur restait coincé dans les mailles du grillage et poussait des jurons.

Les trois garçons continuèrent à courir le long de deux *blocks*, mais Chick devenait de plus en plus lourd à soutenir. Ils s'arrêtèrent à bout de souffle dans une rue étroite et sombre. Christmas et Joey se regardèrent, pupilles dilatées et narines frémissantes. Mais aucun des deux n'avait le courage de regarder Chick, qui s'était laissé tomber à terre et gémissait.

« Ça saigne ! » se plaignit-il, et il leva en l'air une main toute rouge.

Alors Christmas et Joey se tournèrent vers lui.

« Merde, t'es blessé où, morpion ? demanda Joey d'une voix tremblante.

— À la jambe, pleura Chick, j'ai mal !... »

Le pantalon du gosse était tout trempé de sang au-dessous du genou. Joey tira de sa poche un chiffon qui avait peut-être été un mouchoir un jour, et il le lia bien serré autour de la maigre cuisse de Chick, juste au-dessus de sa blessure.

« Qu'est-c'qu'on fait ? » demanda Christmas, effrayé.

Joey regarda où ils étaient et passa la tête au coin de la rue. « On va le porter chez Big Head » décida-t-il. Puis il s'adressa à Chick : « Y faut qu'tu marches jusqu'à la salle de billard, p'tit con. Si t'y arrives pas, j'te laisse au milieu de la rue, et Buggsy viendra t'éclater la tête. T'as compris ? Et arrête de chouiner ! »

Chick déglutit et tenta de refouler ses larmes. Christmas se dit que le gosse avait l'air encore plus menu qu'avant et qu'il avait vraiment le regard d'un petit enfant. Une autre pensée commença également à se former dans son esprit mais là il ferma les yeux, comme pour la chasser, et affirma d'une voix dure et résolue : « Allez, marche, femmelette ! »

Quand ils pénétrèrent dans la salle de billard de Sutter Avenue, Chick était très pâle. Christmas et Joey durent le porter pour lui faire monter l'escalier. En les voyant entrer, tous les clients de la salle se retournèrent. C'étaient des délinquants, habitués au sang. Mais ils se figèrent quand même, parce que la première chose que chacun d'entre eux se disait, c'était que le sang attirait presque toujours le sang. Observant les trois garçons, ils se demandaient s'il valait mieux filer tout de suite ou s'ils pouvaient achever leur partie.

« Qu'est-c'que vous foutez là ? » s'écria un gros bonhomme assis à une table dans un coin et occupé à jouer aux dés. Il avait une tête énorme et difforme, une tempe et le front étant plus volumineux d'un côté que de l'autre. C'était pour cela que tout le monde l'appelait Big Head.

« La taupe nous a trahis ! expliqua Joey, haletant. Buggsy nous attendait !

— J't'avais dit de t'en occuper tout seul ! Merde, qu'est-c'qu'il foutait là, Chick ? Tu sais bien qu'il vaut pas un clou ! Et l'autre, là, c'est qui ? demanda Big Head en posant une grosse main pleine de cicatrices sur l'épaule de Joey.

— Diamond, du Lower East Side. Il a une bande à lui » expliqua Joey.

Big Head fixa Christmas :

« T'es v'nu pour casser les couilles ? demanda-t-il.

— Non non, m'sieur, répondit Christmas avant d'ajouter : Chick ne va pas bien.

— Amène-le dans mon bureau ! » dit Big Head à Joey en indiquant un réduit au fond de la salle.

— « Fais venir Zeiger ! ordonna-t-il ensuite à l'un de ses compagnons de jeu. Et remue-toi ! »

Joey et Christmas portèrent donc Chick dans la petite pièce, garnie d'un divan défoncé et crasseux. Ils allongeaient le gosse dessus quand Big Head entra à son tour.

« Oh là, qu'est-c'que vous foutez, petits cons ? beugla-t-il. Ça c'est mon divan ! Mettez-le par terre et foutez le camp ! »

Christmas et Joey se regardèrent.

« Sortez ! » hurla Big Head.

Les deux garçons quittèrent le réduit et se mirent dans un coin sombre de la salle. Tous les joueurs levèrent leurs queues de billard et les fixèrent un instant. Puis ils reprirent leur partie. Christmas et Joey n'échangèrent pas un mot. Christmas réfléchissait. Il ne pouvait s'en empêcher. Il était arrivé au grillage en même temps que Chick. Il était plus grand et plus fort que lui. Chick était un gosse maigre et fragile, or il l'avait poussé pour passer le premier. Et Chick s'était pris la balle. Voilà à quoi pensait Christmas : Chick s'était ramassé la balle qui était pour lui, la balle que le destin lui avait réservée.

Zeiger, un type d'une cinquantaine d'années qui avait l'air d'un employé des postes et portait un chapeau de paille, entra dans la salle de billard, escorté de l'acolyte de Big Head. Zeiger marchait d'un pas instable. Pourtant, il n'était pas soûl. Mais il semblait parcouru d'un tremblement continu. Il avait un visage allongé et jaunâtre, des dents noires et déchaussées. La petite valise sombre qu'il portait à la main tomba à terre et s'ouvrit. Des instruments chirurgicaux s'éparpillèrent sur le sol. Zeiger les remit en vrac dans la valise, la ramassa et reprit son chemin vers le bureau.

Christmas regarda Joey. Celui-ci avait les yeux rivés au sol et se triturait nerveusement les mains.

« Tiens ! » dit Christmas en lui tendant le couteau à cran d'arrêt brisé.

Joey fixa l'arme, fit une grimace et prit le couteau sans lever la tête vers son ami. « Je suis désolé, Diamond » dit-il doucement.

Christmas ne souffla mot. Au bout d'un moment, il vit le sbire qui avait accompagné Zeiger auprès de Chick sortir du bureau et se diriger vers une réserve. Il en ressortit avec une toile pour couvrir les tables de billard et retourna dans le réduit. Alors Christmas marcha lentement vers la petite pièce. Joey l'attrapa par le bras mais Christmas se libéra violemment. Il ne voulait pas qu'on le touche. Joey le suivit. Quand ils arrivèrent devant la porte entrouverte, Big Head sortait de la pièce. Il regarda les deux garçons :

« À partir de maintenant, la taupe et Buggsy sont deux rats, déclara-t-il. Et je m'en occuperai personnellement. »

Christmas scruta l'intérieur de la pièce, où il aperçut Chick qui pleurait, allongé sur la toile de billard.

Big Head glissa une main dans la poche de son pantalon et prit une liasse de billets. Il tendit cent dollars à Joey : « Ça, c'est pour la mère de Chick. Il restera estropié. Buggsy l'a touché au genou. Arrange-toi pour qu'ils arrivent à bon port » fit-il. Puis il prit deux billets de cinquante dollars et les donna un à un à Christmas et Joey : « Et ça, c'est pour vous, les jeunes ! »

Ensuite Zeiger sortit du bureau :

« T'as quelque chose pour moi ? bredouilla-t-il.

— Casse-toi ! répondit Big Head sans daigner lui accorder un regard. Va chercher ta merde chez les Chinois.

— J'suis fauché…

— J't'ai dit de t'casser ! » grogna Big Head, toujours sans le regarder.

Puis, tandis que Zeiger quittait la salle de billard avec sa démarche titubante de toxicomane, Big Head pointa un doigt vers un vieux assis sur un petit siège, près d'un crachoir, et hurla : « Bordel, t'attends quoi pour nettoyer tout l'sang qu'y a sur mon sol ? »

Le vieux bondit sur ses pieds, alla à la réserve dont il ressortit avec un seau, un gros balai et une serpillière, et il traîna ses pieds fatigués jusqu'au bureau. On porta Chick hors du réduit et on le posa sur une chaise. Il avait les yeux gonflés de larmes, le pantalon coupé au-dessus de la cuisse et le genou bandé. Il avait du sang coagulé sur la chaussette.

« Et vous deux, qu'est-c'que vous attendez encore ? lança Big Head à Christmas et Joey. Vous voulez un bisou avant d'aller dormir ? »

Joey saisit Christmas par le bras et l'entraîna hors de la salle de billard de Sutter Avenue.

« Je vais devoir prendre des vacances pendant que Big Head règle leur compte à ces deux rats, expliqua Joey dès qu'ils furent dans la rue. J'pourrais peut-être me trouver une piaule dans ton quartier… »

Christmas, distrait, remua vaguement la tête en signe d'assentiment. Il n'arrivait à penser à rien d'autre qu'à Chick, Chick qui sautillait d'un pied sur l'autre comme s'il était monté sur ressorts, et ses oreilles résonnaient encore du piétinement de l'enfant qui trottinait.

Joey enroula son billet autour d'un doigt : « Abe le Crétin, ça lui prend au moins six mois, pour gagner cinquante dollars ! » dit-il en tentant de rire.

« Eh oui… » fit Christmas. Mais il n'entendait pas ce qu'il disait. Il voulait juste rentrer chez lui. Il était vivant. Et Chick avait été estropié à sa place.

Joey recommença à enrouler le billet autour de son doigt. Il l'enroulait, le déroulait et l'enroulait encore.

« À bientôt, mon pote ! s'exclama-t-il enfin.

— À bientôt » répéta Christmas, et il se dirigea vers le Lower East Side.

Quand il arriva chez lui, l'appartement n'était pas plongé dans l'obscurité comme il s'y attendait. Cetta était assise sur le divan du petit salon. Immobile. Le poste de radio était éteint.

« Tu n'es pas allée travailler ? demanda Christmas étonné.

— Non » répondit simplement Cetta.

Elle n'expliqua pas qu'elle l'attendait et qu'elle avait supplié Sal de ne pas la faire travailler ce soir-là, parce qu'elle savait que son fils avait besoin d'elle.

Christmas resta debout. Sans parler. La rage de cette journée continuait à lui empoisonner le sang. Et il ne pouvait s'empêcher de penser à Chick. Et à Bill. Et à Ruth. Et à sa vie.

« Assieds-toi ! » dit Cetta, lissant de la main la place à côté d'elle sur le divan.

Christmas hésita. Puis il s'assit. Ils restèrent l'un près de l'autre, figés et silencieux. Tête baissée, ils fixaient la pointe de leurs chaussures. Puis, lentement, la colère de Christmas laissa place à la peur :

« M'man... dit-il à voix basse, après de longues minutes.

— Oui ?

— Quand on devient adulte, on trouve que tout est moche ? »

Cetta ne répondit rien. Elle regardait dans le vide. Certaines questions n'appelaient pas de réponses, parce que la réponse serait aussi pénible que la question. Elle attira son fils de quinze ans contre elle, le serra dans ses bras et se mit à lui caresser doucement les cheveux.

Instinctivement, Christmas commença par s'écarter, mais ensuite il s'abandonna entre les bras de sa mère. Il savait que c'étaient là ses dernières caresses d'enfant. Dans le silence. Parce qu'il n'y avait rien d'autre à dire.

24

Manhattan, 1913

Cetta resta sous les draps tandis qu'Andrew se levait et commençait à s'habiller.

« Comment ça se passe, la grève à Paterson ? demanda-t-elle.

— Ça se passe, répondit distraitement Andrew.

— Qu'est-ce que ça veut dire ? insista Cetta, un sourire forcé aux lèvres.

— Que ça va » fit Andrew sans se retourner.

Il s'assit au bord du lit pour mettre ses chaussures, tournant le dos à Cetta.

« Et vous allez obtenir ce que vous demandez ? » poursuivit Cetta, tendant la jambe pour aller caresser le dos d'Andrew de son pied. L'homme se redressa vivement et se remit debout. Il prit sa montre sur la table de chevet et la glissa dans la poche de son gilet. Puis il boutonna cinq boutons. « Je dois y aller, mon amour, dit-il. Je n'ai pas le temps, excuse-moi ! »

Andrew l'appelait toujours « mon amour » pensa Cetta, l'observant tandis qu'il enfilait sa veste rapiécée aux coudes et essuyait ses lunettes rondes avec un mouchoir. Il l'appelait toujours « mon amour » mais n'avait jamais beaucoup de temps pour rester avec elle. Pas après avoir fait l'amour. Il n'était pas allé une fois chez elle, le dimanche, pour voir Christmas et déjeuner avec eux. Et il ne l'avait plus jamais emmenée dans le restaurant italien de Delancey Street. Pas de séduction, pas de bougies. Il n'y avait que cette chambre dans une pension de South Seaport, près de la section du syndicat. Toujours la même. Le jeudi. Parfois aussi le mardi.

Andrew se retourna pour la regarder. « Ne m'en veux pas, mon amour… »

Oui, « amour » était décidément un mot qu'Andrew prononçait avec grande facilité, pensa Cetta. Contrairement à Sal, qui ne le lui avait jamais dit. Mais lui venait la voir dans le sous-sol de Tonia et Vito Fraina tous les dimanches avec ses grosses mains sales et apportait des saucisses pimentées et du vin, même s'il ne l'aidait jamais à cuisiner.

Andrew se pencha au-dessus du lit et l'embrassa sur les lèvres.

Il l'embrassait toujours sur les lèvres, pensa encore Cetta : lorsqu'ils se retrouvaient, faisaient l'amour, et aussi lorsqu'il s'en allait, lui recommandant de bien attendre avant de sortir de la pension, parce qu'il valait mieux qu'on ne les voie pas ensemble. Car c'était un homme marié.

« Attends dix minutes avant de sortir, lui répéta-t-il.

— Oui, répondit-elle.

— Qu'est-ce qu'il y a ? » demanda-t-il.

Cetta le fixa d'un regard dur : « C'était mieux quand je gagnais cinq dollars par passe, *mon amour*. Voilà ce qu'il y a ! » répliqua-t-elle, un sourire aux lèvres, en se détournant sur le côté.

Andrew soupira et regarda la porte de la chambre. Puis il soupira de nouveau et s'assit sur le lit. Il posa une main sur le dos nu de Cetta. « Tu es très belle » dit-il.

Cetta ne se retourna pas.

Andrew s'allongea sur le lit. Il posa un baiser dans le dos de Cetta et puis, écartant les draps, il l'embrassa tout le long du corps, jusqu'aux fesses. Cetta tendit la main et agrippa ses cheveux blonds. Elle s'assit et écarta les jambes :

« Goûte-moi ! ordonna-t-elle.

— Quoi ? fit Andrew.

— Lèche-moi la chatte ! »

Le regard de Cetta était dur. Quelque chose de violent couvait en elle, sans qu'elle veuille se l'avouer, c'était une espèce de brûlure, une douleur lointaine et importune comme un regret.

Andrew la regarda, perplexe.

« Il faut que j'y aille… dit-il enfin. Les camarades m'attendent au syndicat…

— Tu vas leur raconter que tu baises avec une grue ? lança Cetta, toujours avec le même regard dur.

— Mais qu'est-ce que tu dis, mon amour ?

— Tu leur racontes pas tous les trucs qu'on peut faire, avec une grue ? poursuivit Cetta, toujours jambes écartées.

— Non !

— Tu leur racontes pas, quand j'la prends dans ma bouche ?

— Cetta… qu'est-ce qui t'arrive ?

— T'aimes ça, quand j'la prends dans ma bouche ?

303

— Oui, mon amour, bien sûr, oui…

— Eh bien alors, lèche-moi la chatte ! Montre-moi que toi aussi, tu sais faire la grue ! »

Andrew sauta sur ses pieds.

« J'ai une grève à organiser, moi ! s'écria-t-il.

— Avec ta femme ?

— Avec les camarades ! Tu ne comprends donc pas ? C'est ça, ma vie ! » Andrew saisit le drap par un bout et en recouvrit Cetta. « C'est ça, ma vie… » Puis il tourna les talons et se dirigea vers la porte. Il posa la main sur la poignée et demeura un instant immobile, sans regarder Cetta.

« Eh bien alors, partage-la avec moi, ta foutue vie, si je suis pas qu'une grue ! » hurla la jeune femme.

Andrew se retourna pour la regarder : il semblait stupéfait. Il a un regard bon, pensa Cetta. Et alors, d'un ton plus doux, elle ajouta : « Tu avais promis de me faire devenir une véritable Américaine ! »

Andrew sourit : « Tu es vraiment une petite fille ! » fit-il tendrement, tout en retournant près du lit. Il la prit dans ses bras, la serra contre lui et passa une main dans ses cheveux noirs. « Tu es vraiment une petite fille » répéta-t-il, prenant le visage de Cetta entre ses mains. « Je voulais te faire une surprise, annonça-t-il lentement. Mais cacher une surprise à des enfants, c'est dur ! Eh bien voilà : dans dix jours, je vais t'emmener au Madison Square Garden. On organise un spectacle pour collecter des fonds et alerter l'opinion publique. Je vais t'emmener au théâtre ! » Puis il l'embrassa.

Cetta s'abandonna à son baiser. Quand leurs lèvres se séparèrent, leur souffle avait recouvert de buée les lunettes d'Andrew. Cetta rit et lui enleva ses lunettes, qu'elle nettoya avec un drap imprégné de leur odeur.

« Au théâtre ? s'écria-t-elle.

— Le 7 juin, sourit Andrew. Samedi à huit heures et demie.

— Huit heures et demie au Madison Square Garden ! » répéta Cetta en se serrant fort contre lui.

Andrew rit et se libéra de son étreinte : « Maintenant il faut que j'y aille ! On m'attend. » Il atteignit la porte de la chambre.

« J'arriverai peut-être à me libérer mardi, ajouta-t-il.

— Sinon jeudi, compléta Cetta.

— Attends dix minutes avant de sortir ! »

Puis la porte se referma derrière Andrew. Alors, elle sentit à nouveau cette espèce d'ardeur inavouable brûler en elle. « Je vais aller au théâtre ! » se répéta-t-elle afin de faire taire cette douleur, lointaine et importune comme un regret.

« Ils m'ont transféré » annonça Sal, assis sur une chaise bancale dans la salle qui leur servait de parloir, tête baissée et regard rivé sur ses mains. « C'est fini, l'atelier de mécanique : ils le ferment. Ils m'ont mis à la menuiserie. » Il leva les yeux sur Cetta, assise devant lui. Elle le dévisageait en silence. « C'est plus dur, de se salir les mains à la menuiserie, ajouta-t-il. Tout c'que tu fais, c'est t'ramasser des échardes. » Il baissa à nouveau les yeux et recommença à se triturer un doigt. En silence.

« Fais voir ! » fit Cetta en lui prenant la main. Elle l'examina attentivement. « Mets-toi plus près de la lumière ! » lui suggéra-t-elle, et elle se leva pour s'approcher de la vitre opaque et sale, protégée par des barreaux en fer.

Sal se leva machinalement pour la rejoindre.

Cetta prit la main de Sal dans les siennes et l'inspecta. « Je la vois ! » annonça-t-elle. Elle tenta d'extraire l'écharde avec ses ongles. Sal regardait par la vitre trouble : dehors, les bâtiments de la prison de Blackwell Island apparaissaient flous et semblables à d'énormes fantômes géométriques.

« J'y arrive pas » râla Cetta. Elle porta la main de Sal à sa bouche et mordit tout doucement là où l'écharde s'était glissée sous la peau. « Je te fais mal ? » lui demanda-t-elle. Sal la regarda sans parler. Il était pâle. Il avait une expression vaincue sur le visage. Cetta ne put supporter ce regard et se reconcentra sur l'écharde. « Ça y est, elle est sortie ! » s'exclama-t-elle bientôt, en crachant.

« Merci » dit Sal de sa voix profonde, avant de fixer à nouveau les fantômes de l'autre côté de la vitre trouble.

Cetta se serra contre sa poitrine. « Tu as maigri ! » fit-elle.

Sal resta immobile.

« Prends-moi dans tes bras ! » demanda Cetta.

Sal ne broncha pas. « Qu'est-ce qui a changé ? » demanda-t-il.

Cetta se figea. Un frisson glacé lui parcourut le dos. « Qu'est-ce qui a changé ? » reprit-elle d'une voix incertaine.

Sal se secoua. « Je parle de New York ! » fit-il en retournant s'asseoir.

Cetta le regarda. Sal ne parlait pas de New York. Elle le lisait dans son regard, vaincu et faible. Ce n'était pas le regard qu'il avait eu après avoir été blessé à l'épaule, entre peur et paranoïa. C'était simplement un regard qui savait. C'était le regard d'un homme qui savait, mais ne pouvait rien faire pour garder sa femme. Parce qu'il n'était plus un homme, mais un détenu.

« Ils construisent un tas de nouveaux gratte-ciel » répondit Cetta en s'asseyant devant lui.

— Bien » dit Sal distraitement.

Ils demeurèrent encore silencieux un moment.

« Tu as le bonjour de toutes les filles, fit Cetta. Et aussi de Madame. »

Sal ne commenta pas.

« Tu leur manques ! »

Sal la regarda sans mot dire.

« Tu me manques, fit Cetta en prenant ses mains dans les siennes.

— Oui... »

Un nouveau silence.

« Sal... » reprit Cetta.

Mais Sal se leva, presque d'un bond. « Il faut que j'y aille ! » s'exclama-t-il, tournant le dos à Cetta. Il frappa à la porte, derrière laquelle se tenait un gardien. « Ouvrez ! » cria-t-il.

« Sal... répéta Cetta.

— Je dois finir de polir le bureau du directeur pour ce soir » l'interrompit à nouveau Sal, sans la regarder.

Cetta entendit la clef tourner dans la serrure. La porte s'ouvrit.

Sur l'embarcation de la pénitentiaire de New York, Cetta sentit à nouveau son estomac se nouer. C'était comme une douleur lointaine, un regret. Une sensation de brûlure, à mi-chemin entre nostalgie et culpabilité. Et elle se sentit sale. Ses yeux se remplirent de larmes.

C'était jeudi. Elle retrouverait Andrew au deuxième étage de la pension de South Seaport, se déshabillerait, l'accueillerait en elle et puis, avant de s'en aller, il la récompenserait avec un billet pour le théâtre.

Samedi 7 juin 1913, Cetta se trouvait devant l'entrée du Madison Square Garden. La première chose qu'elle remarqua, au-dessus de la tête des spectateurs qui se pressaient aux guichets, ce fut l'affiche du spectacle, toute noire. Seul émergeait du noir le buste d'un jeune ouvrier. Il regardait droit devant lui, l'air déterminé. Il avait le bras droit levé avec la main grande ouverte. Son bras gauche était en arrière et se perdait dans le noir au niveau du coude. Derrière la tête fière du jeune ouvrier apparaissaient trois lettres, IWW, les initiales de *Industrial Workers of the World*. « The pageant of the Paterson Strike » annonçait le titre. Et puis, en plus petit : « Interprété par les grévistes eux-mêmes ».

Cetta se fraya un passage parmi la foule et s'approcha de l'affiche, le billet serré dans la main. En bas du poster étaient indiqués les prix. Loges : 20 $ et 10 $. Places assises : 2 $, 1,50 $, 1 $, 50 cents, 25 cents, 10 cents. Cetta vérifia son billet : un dollar. Puis elle regarda autour d'elle, à la recherche d'Andrew. « Je ne pourrai pas m'asseoir à côté de toi, mon amour, l'avait-il prévenue en lui remettant son billet. Il faut que je reste avec la direction. Tu comprends, hein ? » Mais Cetta voulait le voir ne serait-ce qu'un instant, avant le spectacle. Peut-être ne pourrait-elle pas l'embrasser, mais au moins lui serrer la main. C'était le premier et le seul homme qui l'ait jamais invitée au restaurant. Et le premier et le seul qui l'ait jamais invitée au théâtre. Un homme important et généreux qui s'occupait de tous ces gens qui, depuis début février, faisaient grève à Silk City. C'était pour cela qu'il n'avait guère de temps pour elle, se dit Cetta, balayant la foule du regard.

« Où sont assis les chefs ? » demanda-t-elle à un homme avec un brassard rouge posté devant l'entrée, qui avait l'air d'être du syndicat. Il la regarda :

« Tu es des nôtres ? demanda-t-il.

— Bien sûr ! s'exclama Cetta avec orgueil, et pendant un instant elle ne se sentit plus étrangère à cette foule.

— Excuse-moi ! lança alors l'homme. C'est que… d'habitude, nos femmes ne sont pas… accoutrées comme ça, tu vois ! »

Cetta rougit et baissa les yeux sur sa robe verte à fleurs jaunes, pourvue d'un décolleté plongeant.

« Oh, d'habitude moi non plus ! fit-elle avec un sourire gêné.

— Qui est-ce que tu cherches ? lui demanda l'homme. John, Bill, Carlo ou Elizabeth ?

— Qui ça ?

— Reed, Haywood, Tresca ou Elizabeth Flynn ? précisa l'homme.

— Non, moi je cherche Andrew Perth » expliqua Cetta.

Il réfléchit un instant. Puis il tapota l'épaule d'un voisin.

« Eh, tu le connais, Andrew Perth ? » fit-il.

L'autre secoua la tête.

« Tu sais qui c'est, Andrew Perth ? demanda-t-il à un autre homme un peu plus loin, qui portait lui aussi un brassard rouge.

— Andrew Perth ? répéta ce dernier. C'est pas un gars de la section de South Seaport ?

— Je sais pas, fit l'homme. C'est la camarade qui le cherche.

— Il est sûrement à l'intérieur. Ceux de South Seaport ont la loge numéro trois.

— Loge numéro trois, répéta Cetta. J'ai compris, j'y vais !

— Attends, camarade ! l'arrêta l'homme. Tu as ton billet ? »

Cetta le lui montra.

— « Une place à un dollar, observa l'homme avant de la fixer à nouveau. Tu aurais pu faire des économies sur la robe et nous filer plus d'argent ! » ajouta-t-il. Puis il tendit son bras avec le bandeau rouge et montra une porte : « C'est par là ! »

Cetta tourna les talons et se dirigea vers l'entrée indiquée. Elle ne savait rien des gens mentionnés par l'homme du syndicat, mais à l'évidence Andrew n'était pas le chef.

Lorsqu'elle pénétra dans le théâtre, elle eut le souffle coupé. C'était immense. En tout cas, telle fut son impression. Mais peut-être tous les théâtres étaient-ils ainsi ? Des panneaux délimitaient différents secteurs, selon le type de billet. La catégorie à un dollar était presque au fond de la salle. Elle balaya à nouveau la foule du regard, tout en avançant vers une place libre dans son secteur. C'est alors qu'elle aperçut Andrew, à la balustrade d'une loge à vingt dollars. Debout, il gesticulait et criait. Puis il applau-

310

dissait. Près de lui se tenait une femme vêtue comme un homme. Peut-être même portait-elle un pantalon, se dit Cetta. Elle avait des lunettes rondes comme celles d'Andrew et sur la tête un bonnet qui dissimulait ses cheveux, mais Cetta savait qu'ils étaient blonds, fins et lisses. Elle avait aussi la peau claire, presque transparente. Et elle souriait fièrement à Andrew. Derrière eux, il y avait quatre hommes et deux femmes. Tous habillés pareil. Comme des ouvriers. Andrew aussi était habillé comme un ouvrier.

De nouveau, Cetta eut honte de la robe verte à fleurs jaunes, qu'elle avait achetée exprès pour l'occasion à un vendeur ambulant du Lower East Side, pour trois dollars quatre-vingt-cents.

Quand elle releva la tête, elle vit qu'Andrew riait et se tournait vers la femme à lunettes ; il la prenait dans ses bras et l'embrassait. Alors Cetta eut envie de s'en aller. Mais quelque chose la retenait.

« La place à côté de toi est libre, ma belle ? » lança quelqu'un sur sa droite.

Cetta se retourna. L'ouvrier lorgnait dans son décolleté.

« Bas les pattes ! Sinon j'te coupe le p'tit oiseau et j'te l'fais avaler ! » rétorqua-t-elle, avant de recommencer à observer Andrew et sa femme. Ils étaient identiques, se dit-elle. C'étaient deux Américains. Et, une nouvelle fois, elle eut l'impression de ne pas être à sa place.

Ensuite on baissa les lumières et le spectacle commença. Cetta avait du mal à suivre le récit des confrontations entre les ouvriers et la police. Un malaise croissant la gagnait. Elle n'avait pas éprouvé de colère en voyant Andrew et sa femme, comme elle l'aurait imaginé, mais quelque chose de plus subtil. Quelque chose qu'elle ne voulait pas encore accepter.

Le public soudain se mit debout et, à l'unisson des acteurs sur la scène, tous les spectateurs entonnèrent un chant dans une langue étrangère. Cetta se leva aussi. Pour regarder Andrew.

L'ouvrier à son côté lorgna dans son décolleté :

« Tu ne connais pas la *Marseillaise* ? lui demanda-t-il.

— Va te faire foutre ! » rétorqua Cetta avant de fixer à nouveau Andrew qui chantait bras-dessus bras-dessous avec la femme à lunettes.

Cetta suivit le deuxième tableau : pendant les affrontements avec la police, un pauvre malheureux qui observait les échauffourées depuis un porche était tué par une balle perdue. Il s'appelait Valentino Modestino. « C'est toujours sur les Italiens que ça tombe ! » se dit Cetta, sans cesser de regarder Andrew. Dans le troisième tableau, on descendait le cercueil de Modestino dans sa tombe, au son de la Marche Funèbre, et il était recouvert du drapeau rouge des grévistes. Comme si c'était un héros. « Il n'était pas des vôtres. Il n'en avait rien à foutre » pensa Cetta avec colère. Puis elle regarda Andrew et murmura doucement, la voix brisée : « Il ne t'avait pas demandé de faire son éducation, lui… »

Cetta ne parvint pas à suivre le reste du spectacle, saisie par cette pensée qu'elle n'avait pas voulu formuler rationnellement, et ne détacha plus les yeux d'Andrew et sa femme. « Je suis pas comme vous » se dit-elle. Et pendant que le public entonnait l'*Internationale*, Cetta remarqua que l'ouvrier continuait à reluquer son décolleté. « Non, je suis pas comme vous ! » se répéta-t-elle, dépassée par cette sensation d'étrangeté. « Je suis une putain avec une robe totalement déplacée ! »

Ce fut alors qu'Andrew l'aperçut. Leurs regards se croisèrent un instant. Andrew détourna les yeux, gêné. La femme d'Andrew aussi vit Cetta.

À la fin du spectacle, la foule se déversa dans les rues. Cetta retrouva Andrew qui discutait fiévreusement avec d'autres personnes. Un peu plus loin, son épouse distribuait des tracts. Cetta réalisa que la femme la fixait et puis se rapprochait d'elle. Les deux femmes se retrouvèrent bientôt face à face dans la foule, à moins d'un pas l'une de l'autre. L'épouse d'Andrew examina la robe de Cetta avec un mépris évident.

« Il ne m'avait pas dit que c'était un bal masqué ! » lança Cetta.

La femme d'Andrew ôta son bonnet et secoua ses cheveux. Ils étaient blonds et fins. Et lisses. Elle avait aussi des yeux bleu clair, des yeux d'Américaine, pensa Cetta. Comme Andrew.

« Il t'a appris à avoir une conscience, au moins ? » fit l'épouse d'Andrew, la toisant avec un sourire sarcastique.

« Et toi, il t'a appris à baiser ? » rétorqua Cetta, yeux noirs et cheveux frisés ramassés en chignon sur la nuque.

L'épouse encaissa. Elle baissa les yeux un instant, vexée. Cetta vit qu'Andrew les avait repérées. Il était pâle, le regard inquiet. Faible. Mesquin.

« Il est tout à toi ! annonça alors Cetta à la syndicaliste. Il a seulement réussi à m'apprendre que j'étais une putain, ajouta-t-elle à voix basse. Mais ça, je le savais déjà. » Elle tourna les talons et se fondit dans la foule qui célébrait la grève de Silk City.

Avant de rentrer à la maison, Cetta acheta une revue de mode. Puis elle courut chez elle. Elle bouillait de rage. Et suffoquait d'humiliation. Elle ne descendit pas dans son sous-sol mais monta au deuxième étage et frappa avec force à la porte de Mme Sciacca. « Qu'est-ce que tu t'étais mis en tête ? » se répétait-elle.

La grosse voisine ouvrit, ensommeillée, un châle en laine bleue recouvrant sa chemise de nuit.

« Il est tard ! se lamenta-t-elle.

— Il faut que je voie Christmas ! lança Cetta, une urgence un peu affolée dans la voix.

— Il dort…

— J'ai un truc important à lui dire ! Poussez-vous… » et Cetta écarta Mme Sciacca, entrant chez elle comme une furie. Elle atteignit le petit lit où dormait Christmas et prit son fils dans ses bras, le tirant violemment de son sommeil.

— Christmas grommela quelque chose. Puis il ouvrit les yeux et reconnut sa mère. Il avait cinq ans, une mèche blonde en désordre sur le front et un air effrayé.

Cetta porta Christmas jusqu'à la fenêtre du petit salon, qu'elle ouvrit. Elle appuya le bambin contre le rebord de la fenêtre et lui mit devant les yeux la revue de mode.

L'enfant était pétrifié.

« Regarde bien ! Celui-là, c'est un Américain » lui dit Cetta d'un ton exalté, en lui montrant un modèle photographié en tenue de polo. Puis elle pinça les joues de Christmas et tourna son visage vers la rue.

« Et regarde là ! dit-elle en indiquant un homme qui rentrait chez lui avec sa valise de vendeur ambulant. Celui-là, ce ne sera jamais un Américain ! » Elle feuilleta à nouveau frénétiquement la revue, en proie à cette rage intérieure qui ne semblait pas faiblir. Elle s'arrêta sur la photo d'une actrice : « Ça, c'est une Américaine ! » s'exclama-t-elle. Puis elle tourna à nouveau le visage de Christmas vers la rue : « Et celle-là, elle ne le sera jamais ! » fit-elle en pointant le doigt vers une femme voûtée qui fouillait les détritus des étals.

« Maman !

— Écoute-moi ! Écoute-moi bien, mon trésor ! » Elle saisit vigoureusement le visage de l'enfant entre ses mains, les yeux enfiévrés.

« Moi, je ne serai jamais une Américaine. Mais toi, si. Tu as compris ?

— Maman…, commença à pleurnicher Christmas, déboussolé.

— Tu as compris ? » cria Cetta.

La bouche de Christmas se mit à trembler, il s'efforçait de retenir ses pleurs.

« Toi, tu seras américain ! Vas-y, répète ! »

Christmas écarquillait les yeux.

« Répète !

— J'veux dormir…

— Répète !

— Je serai… américain… » fit lentement Christmas, puis il éclata en sanglots et essaya de s'échapper.

Alors Cetta le serra très fort contre elle, et sa rage se transforma enfin en larmes. Submergée par l'humiliation, elle se mit à sangloter : « Tu seras américain, Christmas… oui, tu seras américain… pardon, pardon, mon trésor… » pleurait Cetta, caressant les cheveux de son fils, le serrant contre elle et essuyant ses larmes, tout en le mouillant de ses propres pleurs. « Maman t'aime tellement… il n'y a que toi, pour maman… que toi… mon petit chéri… mon petit chéri américain… »

La grosse Mme Sciacca les regardait sur le seuil de la porte, ses enfants autour d'elle, agrippés à sa chemise de nuit avec leur mine ensommeillée.

25

Manhattan, 1923

« Dis à ce petit con de sortir de ma boucherie ! »
fit Pep en indiquant Joey à Christmas.

Lilliput, la petite chienne de Pep, grondait en sourdine vers Joey, appuyé contre le montant de la porte
de l'arrière-boutique. Santo était à son côté et il avait
le visage encore plus enflé qu'à l'ordinaire ; il tourna
les talons et s'éloigna.

Christmas, une boîte en fer à la main, se tourna
vers Joey :

« Laisse-nous seuls ! exigea-t-il.

— Tu obéis aux ordres d'un vioc ? » ricana son
ami.

Pep s'abattit sur lui de toute sa masse. Des deux
mains, il saisit Joey par le col de sa veste légère et
râpée, le soulevant presque de terre, et le jeta hors de
la boucherie. Joey alla cogner contre Santo. Lilliput
aboyait, furibarde. « Tais-toi, Lilliput ! » cria Pep. Puis
il claqua violemment la porte de l'arrière-boutique,
faisant tomber un peu de crépi, plaqua une main sur

la poitrine de Christmas et le poussa contre le mur de l'échoppe.

« Qu'est-ce qui t'arrive, mon garçon ? demanda-t-il à voix basse et d'un ton menaçant.

— Calme-toi, Pep ! répondit Christmas en souriant. Je t'ai apporté la pommade pour Lilliput. Elle va mieux, pas vrai ?

— Oui, elle va mieux, fit Pep. Et alors ? Réponds à ma question !

— J't'ai répondu…

— J'en ai rien à foutre, de la pommade ! » fit Pep, et il lâcha la poitrine de Christmas.

Christmas rajusta sa chemise dans son pantalon et tendit le récipient à Pep :

« Tiens, tu me dois rien, dit-il.

— Ah bon ? T'es devenu riche, tout à coup ? » le pressa Pep.

Christmas haussa les épaules :

« P't-être que je me suis attaché à Lilliput… »

Il mit la main sur la poignée de la porte et commença à l'ouvrir. Mais Pep la referma violemment :

« Écoute-moi, mon gars ! fit-il en pointant un doigt couvert de sang d'animal devant le visage de Christmas. Écoute-moi…

— Hé Diamond, tout va bien, là-d'dans ? » interrompit la voix de Joey, dehors.

Pep et Christmas se regardèrent en silence.

« Tout va bien ! cria Christmas.

— Je ne l'aime pas, fit Pep en tournant le pouce vers la porte derrière laquelle se tenait Joey.

— C'est mon ami, pas le tien, dit Christmas avec une expression de défi. C'est à moi, de l'aimer !

— Je te répète ma question : qu'est-ce qui t'arrive, mon garçon ?

— Pep, c'est vraiment sympa de bavarder avec toi, mais y faut que j'y aille ! lança Christmas qui ne voulait écouter ni Pep ni personne d'autre, parce qu'à présent il n'était plus un petit garçon mais un homme.

— Tu te rappelles, quand on s'est rencontrés ? poursuivit Pep. Tu te rappelles ? »

Christmas le regardait en silence, le menton très légèrement relevé et une expression d'ennui dans le regard.

« Les Diamond Dogs ! rit Pep, amer. T'as vraiment imaginé que j'y croyais ? Je savais très bien que tu n'avais aucune bande. Et tu sais comment ? Je le lisais dans tes yeux. »

Christmas baissa un instant la tête. Mais il ajouta aussitôt, enfonçant les mains dans ses poches avec un air insolent :

« Merde, qu'est-c'tu veux, Pep ? C'est l'heure du sermon ?

— Fais pas l'dur avec moi ! dit Pep. T'es qu'une petite frappe de bas étage. Tu sais pourquoi je t'ai donné ce demi-dollar pour protéger Lilliput ? Parce que je t'ai regardé dans les yeux, sûrement pas parce que j'ai cru que tu pouvais vraiment le faire. Parce que j'ai lu quelque chose dans tes yeux qui me plaisait. Mais maintenant, je ne te reconnais plus. Si je te rencontrais aujourd'hui pour la première fois, je te chasserais à grands coups de pied dans le cul, comme ce voyou là-dehors ! »

Pep secoua la tête et parla ensuite d'une voix chaude et paternelle :

« Quand elle t'a vu, ma galeuse s'est tout de suite

mise à remuer la queue. Il faut se fier aux animaux, tu savais pas ? Ils ont un instinct infaillible. Mais si tu continues dans cette voie, dans quinze jours elle grognera contre toi aussi, quand tu viendras me racketter comme ça arrive à ces malheureux de Ocean Hill, et quand tu voudras toi aussi sucer le sang des pauvres types qui n'ont pas de flingue. Ici c'est pas une ville, et c'est pas non plus une jungle, contrairement à ce qu'on raconte. C'est juste une cage, et nous sommes trop nombreux. C'est facile de devenir fou. C'est plus un jeu, maintenant, c'est du sérieux. Mais tu as encore le temps de devenir un homme et pas un voyou. »

Christmas le fixa d'un regard dur, sous lequel bouillonnait toute la colère qu'il ne parvenait pas à contenir :

« C'était sympa de bavarder avec toi, Pep » répéta-t-il d'une voix privée de toute intonation.

Le boucher soutint son regard en silence, puis ses lèvres esquissèrent une moue douloureuse et il s'écarta pour laisser passer le garçon. Christmas atteignit la porte et l'ouvrit.

« Une dernière chose, ajouta Pep. Le boutonneux là-dehors (et d'un coup de tête il indiqua Santo, appuyé contre le mur avec Joey), s'il continue à te suivre, il va y laisser sa peau. Largue-le, si t'as encore des couilles ! Ne l'entraîne pas au fond lui aussi.

— T'aurais dû faire curé, Pep ! » lança Christmas.

Lilliput poussa un long hurlement. Puis elle alla se tapir entre les jambes de son maître, gémissant doucement.

« Ne te montre plus dans le coin ! » fit Pep en fermant la porte.

Christmas sentit que ce n'était pas simplement la porte d'une boucherie du Lower East Side qui se refermait. Et un instant, il eut peur. Mais ensuite il décida d'ignorer ce sentiment. Il avait une cuirasse, désormais. Et avec le temps, elle deviendrait encore plus résistante, se dit-il. Il siffla pour appeler ses deux compères et s'engagea seul dans la petite rue.

« Il t'a filé les deux dollars ? » demanda Santo en le rejoignant.

Christmas le dévisagea. Il ne savait pas comment était son propre regard, à présent, mais il savait que celui de Santo était toujours le même. Il fourra une main dans sa poche et en sortit deux pièces qu'il lança en l'air : « Bien sûr ! s'exclama-t-il en riant. Qu'est-ce que tu croyais ? »

Santo réussit à attraper une pièce au vol. L'autre tomba dans une flaque boueuse. Santo la récupéra dans la boue, puis s'essuya la main sur son pantalon.

« Maintenant il faut partager en trois ? demanda-t-il.

— Non, c'est tout pour toi, répondit Christmas.

— Les deux dollars sont à moi ? s'exclama Santo, heureux.

— Et pourquoi donc ? » intervint Joey.

Christmas se retourna d'un bond :

« C'est à lui » répéta-t-il simplement.

Joey le fixa : « D'accord. »

La semaine suivant le petit boulot qui avait coûté un genou à Chick, Joey avait trouvé une piaule au-dessus du Wally's Bar and Grill, géré par des Italiens amis de Big Head. Un mois plus tard, Buggsy et la taupe étaient passés de l'état de rats à celui de cadavres. Mais Joey était resté dans le Lower East Side. Et il était devenu le troisième membre des Diamond Dogs.

Quelques jours lui avaient suffi pour comprendre que la bande n'existait pas vraiment. Néanmoins, il avait un plan qui consistait à exploiter la popularité de Christmas dans le quartier. Ainsi, au bout d'un mois, ils avaient mis en place quelques rackets et organisé deux ou trois petites escroqueries. Il savait qu'on ne pouvait pas compter sur Santo. Mais Christmas n'avait pas l'air de vouloir se passer de lui. En revanche, le chef des Diamond Dogs avait de l'étoffe, selon Joey. Il était éveillé. Il ne savait rien mais apprenait vite.

Depuis quelques jours, l'été s'était abattu sur la cité et avait tué le printemps, avec la même brutalité que l'hiver avait déployée pour l'empêcher de naître, à peine plus de deux mois auparavant. Dans les rues, on aurait dit que le goudron allait fondre.

« Merde, qu'est-c'qui fait chaud ! s'exclama Christmas. Et si on allait faire péter une bouche d'incendie ?

— Une douche gratis ! » rit Joey.

Santo pâlit. Christmas le regarda. Comme toujours, la peur de Santo était peinte sur son visage. Christmas lui donna une tape dans le dos :

« On y va seulement Joey et moi, dit-il.

— Et pourquoi ? s'enquit Santo.

— J'ai besoin que tu fasses un saut à la boulangerie de Henry Street.

— C'est pour… ? » demanda Santo, pâlissant encore davantage.

Christmas fouilla dans sa poche et en sortit quelques pièces :

« Il n'y a rien à faire. Tu achètes une *focaccia* sucrée et tu la donnes à ta mère.

— D'accord, mais…

— Vas-y, Santo ! Si tu piges pas tout de suite, tu pigeras plus tard. Tu connais la règle » rappela Christmas.

Joey éclata de rire et se donna une claque sur la cuisse. Santo baissa la tête, humilié.

« Santo, fit alors Christmas en lui passant un bras autour des épaules, j'ai juste besoin que tu te pointes là-bas et qu'on te voie. C'est tout. T'achètes une *focaccia* sucrée. Et tu la paies avec dix dollars (il passa un billet à Santo). On te connaît. On sait que tu fais partie des Diamond Dogs. Montre-leur que les affaires marchent bien. Et que le fric ne manque pas. Puis va chez ta mère.

— OK, boss ! s'exclama Santo, retrouvant le sourire. Voilà tes p'tites pièces ! dit-il en rendant les pièces de monnaie.

— Merci, Santo. À charge de revanche.

— On est les Diamond Dogs, non ? » fit Santo en s'éloignant.

Christmas attendit que Santo disparaisse au coin de la rue, puis il pointa un doigt contre la poitrine de Joey : « Si tu lui rigoles encore à la figure, je te casse la gueule ! » menaça-t-il.

Joey fit un pas en arrière, bras levés.

Christmas le fixa en silence.

« J'ai décidé de le larguer » annonça-t-il ensuite.

Ruth ouvrit son journal intime. Elle caressa les neuf fleurs séchées qu'elle y conservait avec soin. Les neuf fleurs que Christmas lui avait offertes, presque un an auparavant. Neuf comme les doigts de ses mains.

Autour d'elle, dans la cour du lycée huppé et

luxueux qu'elle fréquentait, ses camarades et les jeunes des autres classes riaient et s'amusaient. Ruth se tenait à l'écart. De l'autre côté du portail, elle apercevait l'un de ces horribles bonshommes que son grand-père avait mis à ses basques. Chaque fois qu'elle sortait de chez elle, un de ces types à la mise vulgaire se collait à ses jupes. Il entrait avec elle dans les magasins, la laissait en bas de l'escalier du lycée et l'attendait à la sortie. Quand un garçon d'une classe supérieure l'avait approchée un jour pour faire le malin, le truand de service l'avait saisi par le bras et avait demandé : « Tout va bien, mademoiselle Isaacson ? » Depuis ce jour, au lycée on l'appelait Tout-va-bien-mademoiselle-Isaacson. Ruth s'était isolée encore davantage. Elle était devenue farouche. Elle refusait de se rendre aux quelques fêtes où on l'invitait encore.

Mais il y avait une autre raison pour laquelle elle se tenait éloignée de ses camarades : elle avait quatorze ans et il se passait quelque chose dans son corps. Quelque chose qu'elle ne pouvait maîtriser. Sa poitrine avait commencé à pousser et à gonfler ses chemisettes. Au début, ses mamelons l'avaient fait souffrir, une douleur aiguë semblable à un pincement, et puis, quand la souffrance avait cessé, ils s'étaient transformés. Pas dans leur aspect, mais dans leur sensibilité. À présent, les effleurer lui procurait une sensation à la fois agréable et désagréable. Quelque chose de languissant. Toutefois, le pire avait été le jour où elle avait été saisie d'une crampe glacée au ventre, comme si deux serres se plantaient dans sa chair, et puis un flot chaud et rouge avait coulé à l'intérieur de ses cuisses. Ce matin-là, elle était restée immobile dans la salle de bains. Les yeux pleins de larmes et la main sur sa bouche ouverte. Le sang. Le même sang qui avait coulé sur ses cuisses après que Bill l'eut violée. Et la même douleur à l'intérieur. Et depuis, tous les mois, sa nature de femme revenait lui rappeler Bill. Lui rappeler qu'elle avait été salie.

En feuilletant les revues de sa mère, Ruth avait découvert la nouvelle mode : les *flappers*, les garçonnes. Ces femmes avaient les cheveux coupés court, et certaines se bandaient la poitrine pour sembler plus androgynes. Elle avait aussitôt décidé de devenir une *flapper*. Elle se banderait les seins en serrant tellement qu'elle aurait l'air d'une planche rabotée. Elle serrerait tellement qu'on la prendrait pour un garçon. Malheureusement, sa mère ne lui avait pas donné la permission de couper ses longues boucles noires. Mais au moins, Ruth – car ça personne ne pouvait le lui interdire, puisqu'elle n'avait demandé la permission à personne – commença à se bander la poitrine. À la dissimuler.

Ruth tourna la tête vers un petit groupe de jeunes qui riaient, assis sur la pelouse. Elle suivit des yeux la direction de leurs regards : ils étaient tournés vers un arbre et n'arrêtaient pas de rire. Au début, elle ne comprit pas pourquoi. Mais ensuite, elle les aperçut : Cynthia Siegel et Benny Dershowitz étaient en train de s'embrasser. Sur la bouche. Un tas de jeunes commençaient à s'embrasser, à cet âge. Ruth n'arrêtait pas d'en voir. Même sa seule amie, Judith Sifakis, avait donné un baiser à un garçon : elle n'avait jamais voulu dire qui, mais elle avait embrassé quelqu'un, et elle lui avait raconté tous les détails. Ruth détacha son regard de Cynthia Siegel et Benny Dershowitz.

Tous les jeunes gens voulaient s'embrasser, à cet âge : Ruth le savait bien.

Et elle le savait parce qu'elle-même aurait voulu embrasser Christmas. C'était pour cela qu'elle le détestait. Parce qu'elle était différente de tous les autres, parce qu'elle avait neuf doigts et pas dix. Pourtant, elle pensait sans arrêt à Christmas. C'était le seul auprès de qui elle se sentait libre. Et c'était pour cela que, depuis peu, elle essayait de l'éviter ou de garder ses distances. Christmas était un danger. Ruth ne voulait pas être salie. Or, l'amour était sale. Elle qui avait connu tout ce qu'il y avait à connaître sans jamais avoir reçu son premier baiser, elle le savait. Elle le sentait sur ses lèvres et, plus bas, entre ses jambes. Lorsqu'elle était près de Christmas, c'était comme si mille fourmis couraient sous sa peau. Voilà pourquoi elle le détestait. Et voilà pourquoi elle se détestait.

Mais, ces derniers temps, il y avait autre chose en Christmas qui la troublait. Ses merveilleux yeux, si purs et si rayonnants, s'étaient assombris, et parfois ils lui rappelaient le regard noir de Bill. Elle avait l'impression de ne pas le reconnaître. Et ne pas le reconnaître, le trouver mystérieux et beaucoup plus homme que ses riches camarades de classe, non seulement cela la troublait, mais cela faisait croître en elle le désir de l'embrasser et de s'abandonner entre ses bras. Et plus son désir augmentait, plus elle se montrait dure envers Christmas afin qu'il ne le devine pas, parce qu'autrement il l'aurait vue souillée comme, pensait-elle, tous les autres la voyaient.

« Eh, tu dors ? lança une voix. La cloche a sonné ! »

Ruth referma vivement son journal intime. Une des neuf fleurs sèches tomba à terre. Le garçon s'approcha. C'était Larry Schenck, l'un des beaux gosses de l'école. Il avait seize ans. Larry ramassa la fleur et la tendit à Ruth :

« Alors comme ça, même Tout-va-bien-mademoiselle-Isaacson a un cœur ? sourit-il. Et qui est l'heureux élu ? » demanda-t-il.

Ruth effrita la fleur.

« Personne » répondit-elle, et elle retourna en classe.

« Salut, Greenie ! » avait lancé Christmas en entrant dans l'usine du vieux Saul Isaacson, à l'adresse du gangster toujours vêtu de soie verte. « Ruth est en sécurité ? »

Greenie l'avait regardé de travers, sans répondre.

« Vous avez chopé le rat ? » lui avait demandé Christmas.

Greenie s'était curé une dent avec un ongle et avait fait signe que non. Christmas avait fait une grimace et poursuivi son chemin vers le bureau du vieux, qui l'avait fait appeler.

« Il y a deux chemins pour devenir directeur d'un magasin, expliquait le propriétaire de la Saul Isaacson's Clothing. Le premier chemin commence dans l'obscurité, c'est-à-dire dans l'entrepôt, au cœur de l'activité, là où est stockée la marchandise : c'est là qu'on apprend de quoi on a besoin, et qu'on peut développer ses intuitions du marché. L'autre chemin commence derrière le comptoir, au contact avec les clients : là on apprend à comprendre les gens, à saisir ce qu'ils désirent et ce qu'on veut leur faire désirer. Ces deux directeurs sont très différents l'un de l'autre, mais en peu de temps, il faudra qu'ils deviennent semblables. Celui qui a travaillé en entrepôt doit apprendre à connaître les gens, autrement il dépendra toute sa vie de ses vendeurs ; par contre, celui qui a été vendeur devra apprendre à gérer l'entrepôt, autrement il dépendra toujours du magasinier. Tu sais quel type de directeur tu pourrais être ?

— Et pourquoi je devrais le savoir ?

— Parce que dans la vie, si tu sais qui tu peux être, alors tu feras les bons choix.

— Moi, ce que je sais faire, c'est parler aux gens.

— Oui, j'avais remarqué ! Alors, voilà pourquoi je t'ai fait appeler : j'ai une proposition à te faire. J'ouvre un magasin de vente au détail et j'ai besoin de vendeurs et de magasiniers. D'habitude, je choisis des gens avec un minimum d'expérience, mais cette fois j'ai décidé de faire une exception. Tu veux un poste de vendeur ? Si tu joues bien tes cartes, tu pourrais devenir directeur. »

Christmas le regarda en silence.

« C'est Ruth qui vous l'a demandé ? interrogea-t-il.

— Non.

— Ça ne m'intéresse pas de faire le vendeur, dit Christmas. J'ai d'autres projets.

— J'ai une dette envers toi, expliqua le vieux. Le hasard, c'est un coup de pied dans le cul que la vie te donne pour te faire avancer. Le hasard, dans le monde des adultes, c'est une possibilité qu'il ne faut pas gâcher.

— Et en effet, j'ai l'intention de l'exploiter.

— Comment ?

— Vous avez déjà pensé à marier Ruth à un directeur de magasin ? interrogea Christmas.

— Non, je voudrais quelque chose de mieux pour ma petite-fille.

— Moi aussi.

— Qu'est-ce que tu t'es mis en tête, mon garçon ?

— Ruth, c'est mon hasard. Pas vous, monsieur Isaacson.

— Ruth est juive et toi, tu es italien.

— Moi, je suis américain.

— Ne dis pas d'idioties…

— Je suis américain.

— Si tu veux, mais en tout cas tu n'es pas juif. Et Ruth épousera un juif.

— Elle n'aimera pas un juif ! dit Christmas avec colère.

— Et elle t'aimera, toi ? » rit-il, sarcastique. Toutefois, c'était un rire forcé. Il retrouvait le regard intense dont il avait le souvenir, mais en plus déterminé, à présent. Comme si, tout à coup, le gosse était devenu homme.

« C'est ça, la possibilité que le hasard m'a offerte. Et je n'ai pas l'intention de la gâcher, comme vous dites. »

Le vieux Saul Isaacson fixa Christmas, tout en brandissant sa canne :

« À partir de ce moment, je t'interdis de voir Ruth ! » s'exclama le vieux.

Christmas ne cessa de sourire, avec un air de défi :

« Pourtant vous avez toujours une dette envers moi, pas vrai ?

— Mais ça ne va pas jusque-là !

— Non, je pensais à votre offre de travail, dit Christmas. Moi, j'ai la personne qu'il vous faut.

— Je ne fais pas la charité !

— Quand j'ai trouvé Ruth, un de mes amis était avec moi. Lui aussi mérite de pouvoir exploiter le hasard. Et votre reconnaissance. »

Le vieux juif regarda intensément Christmas :

« Et qui c'est ? Encore un qui a la langue bien pendue, comme toi ?

— Non, monsieur. Santo est un magasinier né.

— Santo ?

— Santo Filesi. Il sait lire et écrire. »

La tête de Saul Isaacson oscilla de droite à gauche.

« Allez, d'accord ! finit-il par soupirer. Dis-lui de venir ici à l'usine demain matin à neuf heures précises, s'il veut ce poste. (Puis il pointa sa canne contre la poitrine de Christmas). Mais toi, tiens-toi loin de Ruth !

— Non, monsieur ! Il faudra me faire massacrer par Greenie. Mais s'il ne me tue pas… je me remettrai debout ! » dit Christmas résolu, avant de tourner les talons et de quitter le bureau.

Alors qu'il s'éloignait, Christmas entendit la canne du vieux s'abattre rageusement sur le bureau, à trois reprises. Puis il y eut un craquement sec : du bois qui se cassait.

Le lendemain, Santo se présenta devant Saul Isaacson avec une canne flambant neuve, que Christmas s'était procurée gratuitement chez un brocanteur du quartier, en lui laissant entendre qu'elle était destinée à un grand boss pour lequel les Diamond Dogs travaillaient : le numéro un en personne ! Le commerçant avait choisi sa meilleure canne en vieux bois d'ébène africain, ornée d'un pommeau en argent et munie d'une pointe renforcée en argent.

« De la part de Christmas ! fit Santo à neuf heures

ce jour-là, en la tendant au vieux juif. Il dit que c'est une canne très résistante. »

Le grand-père lui arracha la canne des mains et la brandit en l'air, prêt à l'abattre. Puis il éclata tout à coup d'un rire sonore et il embaucha Santo avec une paie de vingt-sept dollars cinquante par semaine.

Au début de l'automne, le vieux était mort.

Le Dr Goldsmith, le médecin de famille, expliqua qu'il avait recommandé à Saul Isaacson de mener une vie plus régulière, d'éviter les efforts et les crises de colère, de ralentir ses activités, de manger sans excès et d'arrêter de fumer. Mais, toujours d'après le Dr Goldsmith, le vieux avait répliqué : « Je ne veux pas vivre comme un malade pour mourir en bonne santé ! » Ainsi, le fondateur de la Saul Isaacson's Clothing – une des usines de textiles et de prêt-à-porter les plus prospères de tout l'État – était mort d'un infarctus.

Et Ruth s'était dit : « J'ai froid. »

Elle n'avait pas réussi à verser la moindre larme. C'était comme si, en un instant, son corps tout entier s'était transformé en glace. Seul le moignon de son doigt amputé lui avait fait sentir un élancement aigu et douloureux. Comme un hurlement. Et puis rien d'autre. Il était devenu de glace lui aussi. Et bien que les journées soient encore douces, Ruth s'était emmitouflée dans de gros pulls et des couvertures en cachemire. Malgré cela, elle n'avait jamais cessé d'avoir froid.

Entourée des miroirs drapés de noir, elle restait assise, immobile, sur le siège que son grand-père occupait toujours, cherchant quelque reste de la chaleur que ce vieil homme irascible et affectueux lui avait toujours communiquée, tandis que son père récitait le *Kaddish*. Personne, dans leur grande demeure, n'avait versé la moindre larme. Son père n'avait pas pleuré, mais il se laissait pousser la barbe, comme le voulait la tradition. Sa mère n'avait pas pleuré, toutefois elle n'avait peut-être jamais su pleurer, pensa Ruth.

Le jour de l'enterrement – annoncé dans tous les journaux –, la prairie du cimetière était remplie d'ouvrières et d'ouvriers, avec leurs vêtements de pauvres et un bandeau noir autour du bras. Ils ne pleuraient pas non plus. Ils avaient les yeux rivés au sol, les hommes avec la *yarmulke* sur la tête. Au premier rang, alignés auprès de Ruth et de ses parents, se tenaient des femmes et des hommes élégants, de leur monde et du monde des affaires, y compris des concurrents. Ruth avait toujours froid. Et elle n'arrivait pas à verser une larme pour cet homme qu'elle avait tellement aimé.

Le père de Ruth parla. Mais il ne dit rien de qui était vraiment le grand-père Saul. Il raconta qu'il était arrivé d'Europe, avait fondé la Saul Isaacson's Clothing et avait fait prospérer ses affaires. Le couturier Asher Mankiewiz parla aussi, précisant simplement que le grand-père était dur mais juste, et qu'il s'y connaissait en vêtements et en mode. Un ouvrier parla au nom de tous les autres, pour affirmer que Saul Isaacson était un bon juif, respectueux des traditions. Et des concurrents parlèrent aussi, mais juste pour dire que l'industriel leur avait sans cesse donné du fil à retordre, qu'il semblait avoir une longueur d'avance sur tous les autres et qu'à la fin de chaque saison, c'était toujours lui qui restait avec le moins d'invendus. Enfin le rabbin parla, pour signaler que le grand-père occupait avec ponctualité son banc à la synagogue, qu'il était généreux dans ses dons à la communauté hébraïque, qu'il ne manquait jamais aux *bris* ou *bar-mitsva* auxquelles il avait été officiellement invité et que, pour autant qu'il le sache, il avait toujours mangé kasher.

Puis on commença à descendre le cercueil dans la fosse.

« Je suis seule » se dit alors Ruth, au milieu de tous ces gens.

« Et avec sa canne, il frappait plus fort que Babe Ruth ! ajouta à cet instant une voix à quelques pas d'elle, assez forte pour que les premiers rangs puissent l'entendre. Amen ! »

Ruth et les autres se retournèrent. Christmas portait une ridicule *yarmulke* multicolore faite au crochet, posée trop en avant et un peu de travers sur sa tête.

Soudain, Ruth se mit à pleurer toutes les larmes qu'elle n'avait pas réussi à verser ces derniers jours. Toutes en même temps, comme un fleuve en crue sortant de son lit, incontrôlable, ou comme un glacier fondant en un instant, et elle sentit revenir en elle la chaleur que cette mort lui avait volée. Ses jambes se dérobèrent et, tombant à genoux, elle porta les mains à ses yeux, tentant de colmater cette terrible brèche de douleur qui s'était ouverte au beau milieu de sa poitrine.

Christmas fut aussitôt à son côté, il s'agenouilla aussi et lui passa un bras autour des épaules, essayant de contenir les tressaillements qui la secouaient.

« Je suis là, maintenant, lui murmurait Christmas à l'oreille.

— Ruth ! Ruth ! lança sa mère d'une voix stridente, tout en s'efforçant de parler bas. Ne te donne pas en spectacle !

— Jeune homme, on est à un enterrement, pas au cirque ! gronda le père de Ruth, prenant Christmas par le bras et essayant de le relever.

— Fais quelque chose, Philip ! continua la mère de Ruth de sa voix stridente, à l'adresse de son mari. Il nous couvre de ridicule !

— Greenie ! Greenie ! » appela le père.

Le gangster habillé de vert se fraya un passage jusqu'au bord de la tombe où reposait Saul Isaacson. Il prit résolument Christmas par les épaules et l'obligea à se lever.

« Emmène-le ! commanda le père de Ruth.

— Ne m'oblige pas à employer la force devant tous ces gens » souffla Greenie à Christmas.

Christmas aida Ruth à se relever et caressa son visage baigné de larmes.

« Il va me manquer » lui dit-il.

Ruth éclata en sanglots plus violemment encore et se serra contre Christmas.

« Arrête, Ruth ! lança sa mère, hystérique.

— Emmène-le ! répéta le père à Greenie.

— On y va, mon garçon » fit Greenie à Christmas, accentuant sa prise sur le bras du jeune.

Christmas regarda Ruth encore une fois et puis laissa Greenie l'escorter hors de la foule, jusqu'au chemin goudronné du cimetière.

« Je suis désolé » lâcha Greenie.

Christmas lui tourna le dos et se dirigea lentement vers la sortie, longeant les voitures de luxe avec chauffeurs en livrée qui avaient formé le cortège funéraire.

26

Manhattan, 1923

Ruth était sortie de la bibliothèque avec une heure d'avance, mais sans avertir Fred. Ce jour-là, elle rentrerait seule chez elle.

Depuis la mort de son grand-père, ses parents avaient licencié Greenie et sa bande de gorilles. La responsabilité de l'accompagner où qu'elle aille incombait dorénavant au seul Fred. Le billet de Bill, des mois après, était perçu plus comme la plaisanterie d'un sadique que comme une réelle menace. Les mailles de son filet protecteur s'étaient élargies mais, pour Ruth, même la constante présence de Fred pesait lourdement sur sa liberté. Et jour après jour, elle éprouvait davantage le besoin d'être libre.

Son grand-père était mort depuis trois mois et elle n'était pas encore parvenue à retourner à la vie. Le vide qu'il avait laissé en elle était impossible à combler. Sa nature s'était faite plus réservée encore. On aurait dit qu'un siècle s'était écoulé depuis cette soirée où, alors qu'elle avait treize ans, elle était sortie en cachette avec Bill à la recherche d'aventures, de

rires et de gaieté. On aurait dit qu'un siècle s'était
écoulé – et non pas deux ans à peine – et qu'elle
n'avait jamais été cette petite fille naïve. Bill l'avait
marquée à vie. Et la mort de son grand-père l'avait
poussée encore plus au fond de la prison qu'elle se
construisait toute seule.

C'est pourquoi ce jour-là, Ruth avait décidé de
retrouver un peu de sa vie. Elle avait dit à Fred de
passer la prendre à cinq heures, alors qu'à quatre
heures elle avait déjà quitté la bibliothèque. Le premier pas pour reconquérir son existence, ce serait de
s'attarder dans les rues, toute seule. Faire du lèche-
vitrines, toute seule. Comme n'importe quelle jeune
fille. Puis elle rentrerait chez elle et se préparerait à
son rendez-vous de l'après-midi avec Christmas, le
seul grâce à qui elle se sentait libre. Le seul qu'elle
aime et déteste avec une telle intensité. Les autres,
c'était comme s'ils n'existaient pas.

En flânant, elle se mit à imaginer le jour où elle
irait chez Christmas, dans sa rue, dans son immeuble.
Toute seule. Peut-être rencontrerait-elle aussi la mère
prostituée de Christmas, comme elle aurait pu rencontrer la mère d'un camarade quelconque. Et elle redeviendrait une jeune fille quelconque. Et elle n'aurait
pas peur de circuler dans l'effrayant Lower East
Side – cet endroit si proche de chez elle et pourtant si lointain qu'aucune de ses connaissances n'y
avait jamais mis les pieds, et si éloigné que, parmi
les gens qui comptaient, on en parlait comme d'un
mythe ou d'un enfer – car Christmas la protégerait.
Et tandis qu'elle se promenait tranquillement sur la
5e Avenue, tout en fantasmant sur ce quartier mal
famé, elle était certaine qu'elle n'hésiterait pas et ne se

sentirait pas comme une fillette apeurée à l'orée d'un bois menaçant ; elle était certaine qu'elle franchirait cette dangereuse frontière, au-delà de laquelle vivaient des bêtes féroces et des serpents enroulés autour des branches, dans l'obscurité ; elle était certaine de ne pas être troublée par les cris des animaux inconnus qui, invisibles, se déplaçaient en faisant craquer le tapis de feuilles mortes de manière inquiétante. Et elle ne craindrait pas les esprits démoniaques, les fantômes en peine, les magiciens ni les sorcières. Car Christmas la protègerait.

Tandis qu'elle se dirigeait vers chez elle, passant devant le temple de la 86e Rue, la synagogue que son grand-père avait fréquentée, Ruth sourit à son reflet dans une élégante vitrine. Non, elle n'aurait pas peur, parce qu'elle serait avec Christmas, le gentil sorcier du Lower East Side.

Elle rentra chez elle avec une fougue et un enthousiasme qu'elle n'avait pas connus depuis des mois. Avec une envie de vivre et de rire qu'elle ne se rappelait pas avoir jamais éprouvé. Elle remerciait son destin de lui avoir fait rencontrer le seul bon génie du royaume interdit, le Lower East Side.

Elle se dit que ses parents n'étaient certainement pas à la maison. Son père devait être à l'usine, sa mère occupée à gaspiller de l'argent dans quelque magasin. Et pour une fois, elle leur fut reconnaissante à tous deux pour cette solitude qui pourtant, normalement, lui pesait. Elle courut dans la salle de bains de sa mère et commença à fouiller dans les tiroirs, émue comme une voleuse à son premier coup. Elle fut ébahie par l'invraisemblable quantité de cosmétiques. C'était cela, être femme ? Elle s'immobilisa et se regarda dans le miroir. Elle ne savait pas si elle était prête. Dans son corps, tout avait changé. Elle savait qu'elle était devenue femme. Mais elle ne savait pas si elle était vraiment prête à l'être.

Soudain, toute la joie enfantine qui l'avait animée jusque-là s'évanouit. Elle sentit que ses pensées n'étaient plus celles d'une petite fille. Qu'elle n'arrivait plus à les retenir. Et l'allégresse céda la place à une autre sensation, plus brûlante et plus sombre, qui avait une saveur mystérieuse. C'était comme un tourbillon. Comme un vertige.

Elle passa une main sur sa poitrine, là où la bande la serrait, la faisant ressembler à un garçon. Elle ôta sa veste de cachemire bleu et puis, lentement, déboutonna son corsage blanc. Elle se regarda une nouvelle fois. Puis elle défit délicatement le nœud qui retenait la bande, qu'elle commença à dérouler. Le premier tour, le deuxième, le troisième, le quatrième et enfin le cinquième. Cinq tours de gaze qui lui permettaient de ne pas ressembler à une femme, de ne pas être elle-même. Elle se regarda encore. Nue. Ses petits seins rougis par la contrainte. Avec des signes plus marqués, à l'horizontale, là où les bords de la gaze avaient laissé leur empreinte. Et cette fois, elle se caressa la peau.

« Tu es prête à être femme ? » se demanda-t-elle, presque comme si, en posant la question, elle espérait entendre une réponse, sans devoir la prononcer. Sans devoir décider.

Sa main s'attarda autour du sein. Et puis se posa sur le mamelon. Ruth frissonna. Elle ressentit une espèce de langueur. Comme si quelque chose fondait en elle. Elle ferma les yeux. Et dans cette obscurité soudaine, le visage de Christmas apparut, la bouleversant. Ses cheveux blonds, couleur du blé. Ses yeux de braise, noirs et brillants. Son sourire franc. Ses manières douces. Comme étaient doux sa propre main sur son sein et ses doigts autour du mamelon.

Ruth ouvrit grands les yeux. Effrayée. Elle avait eu la réponse qu'elle cherchait. Qu'elle craignait, peut-être.

Elle était prête à devenir femme.

Mais pas tout de suite, se dit-elle, sans réussir à détacher les yeux de sa propre image dans le miroir, nue et s'abandonnant. Sensuelle. « Pas tout de suite » se répéta-t-elle. Et elle eut l'impression que cette pensée tremblait, comme sa voix aurait tremblé si elle avait prononcé ces mots.

La salissure que Bill avait collée sur elle, comme le sillage de sang qu'il avait laissé derrière lui, était toujours là, nichée entre ses jambes et imprimée dans son regard. Alors elle ramassa la gaze qu'elle avait laissé tomber et se banda à nouveau la poitrine. Presque avec un sentiment d'urgence. Toutefois, ses mains obéissaient à la sensation qui, maintenant, l'avait envahie, et la bande n'était pas aussi serrée qu'auparavant : elle était devenue tendre comme une caresse, comme le souvenir de quelque chose qui devait la protéger, chaude et réconfortante. Parce qu'elle ne devait pas se presser. Parce qu'elle avait peur de ce qu'elle pensait. De ce qu'elle décidait.

Elle se rhabilla, recommença à ouvrir les tiroirs de sa mère et se poudra légèrement le visage. Puis elle se mit un imperceptible voile d'ambre sur les paupières. Elle se coiffa en nouant deux rubans de satin rouge à ses boucles noires. Ensuite elle regagna sa chambre et se parfuma avec le N° 5 de Chanel, le dernier cadeau de son grand-père. Enfin elle retourna dans la salle de bains de sa mère et ouvrit un petit étui noir qui contenait l'objet sacro-saint de toute femme : elle s'approcha du miroir et, les mains tremblantes, se mit un soupçon de rouge sur les lèvres.

Parce que, ce jour-là, elle embrasserait peut-être Christmas, le petit sorcier.

« On doit te parler, ma chérie ! » lança son père depuis le salon, alors que Ruth se préparait à sortir, afin d'arriver ponctuelle à son rendez-vous dans Central Park.

Ruth sursauta. Elle n'était pas seule ! Elle arracha en toute hâte les rubans rouges de ses cheveux et se frotta fébrilement le visage, effaçant toute trace de maquillage. Puis elle s'essuya les lèvres sur un pan de son corsage. Elle respira profondément et se présenta dans le salon, avec le cœur qui battait encore la chamade.

Son père et sa mère étaient installés dans deux fauteuils, mains sur les genoux et expression compassée sur le visage.

Ce fut seulement alors que Ruth s'aperçut qu'on avait roulé les tapis dans un coin et accroché des étiquettes aux poignées ou aux clefs de certains meubles.

« Assieds-toi, Ruth » dit sa mère.

27

Manhattan, 1923

Christmas n'était pas pressé de rentrer chez lui. Il était allé attendre Ruth à l'endroit habituel, sur leur banc de Central Park. Mais Ruth n'était pas venue. C'était la première fois qu'elle ratait un rendez-vous. Dans un premier temps, il avait simplement attendu. Ensuite il s'était levé et avait couru jusqu'à l'angle de Central Park West et de la 72e Rue, là où ils se retrouvaient au début. Et puis il était revenu sur ses pas, toujours en courant, jusqu'au banc, de peur que Ruth ne soit arrivée et, ne le trouvant pas, ne s'en aille. Et c'est alors qu'il avait vu Fred. Une lettre à la main :

« Oublie-moi. Tout est fini. Adieu, Ruth. »

Rien d'autre. Christmas était tellement bouleversé qu'il n'avait pas posé la moindre question à Fred. Il avait entendu la voiture s'éloigner derrière lui mais ne s'était même pas retourné.

« Oublie-moi. Tout est fini. Adieu, Ruth. »

Il était resté assis sur ce banc, leur banc, tournant encore et encore le billet entre ses mains, le roulant, le tripotant, le jetant par terre avant de le ramasser et de finir, à chaque fois, par le relire. Comme s'il imaginait qu'en maltraitant ainsi ces quelques syllabes, elles finiraient par se mélanger et former des mots différents. Un message différent. Enfin, au bout de deux heures, il avait senti monter en lui une colère profonde. Coupant par le parc, il traversa la 5ᵉ Avenue et atteignit Park Avenue.

Le portier en livrée le bloqua immédiatement. Puis il appela l'appartement des Isaacson à l'interphone : « Un jeune homme dénommé Christmas demande Mlle Ruth » expliqua-t-il. Imperturbable, il écouta la réponse. « Très bien, madame, et veuillez m'excuser pour le dérangement » fit-il pour clore la communication. Alors il se tourna vers Christmas et rapporta, d'une voix nasale et antipathique :

« Mme Isaacson dit que mademoiselle est très occupée, et elle vous prie de ne plus la déranger à la maison.

— Je veux que Ruth me le dise en face ! » gronda Christmas en agitant la lettre dans les airs, avant de faire un pas en avant.

Le portier l'empêcha de passer :

« Ne m'obligez pas à appeler la police, menaça-t-il.

— Je veux parler à Ruth ! » clama Christmas.

À cet instant, une dame âgée, élégante et raffinée pénétra dans le hall de l'immeuble, fixant Christmas d'un air scandalisé.

« Bonsoir, madame Lester, dit le portier en esquissant un salut. Je vous ai fait monter vos revues. »

La vieille dame grimaça à travers ses rides et décocha un sourire forcé. Puis elle se dirigea vers l'ascenseur, où le liftier l'attendait au garde-à-vous.

Alors le portier, sans perdre son sourire, se pencha vers Christmas et lança : « Dégage, *wop*, ou ça va mal finir ! » Puis il se redressa, croisa les bras sur la poitrine et retrouva son attitude officielle de portier sur Park Avenue.

C'est pourquoi Christmas se dirigeait à présent vers son ghetto, sans se presser. Il était furieux. Mais qu'est-ce qu'elle s'imaginait, Ruth ? Qu'il était disposé à se laisser traiter comme un serviteur ? Simplement parce qu'elle était riche et lui un crève-la-faim ? Il allait lui faire passer le goût de faire des conneries pareilles ! La veille encore, il semblait pourtant – malgré tous les efforts qu'elle faisait pour le dissimuler – qu'elle l'aimait avec ce même sentiment absolu et bouleversant qu'il avait éprouvé à la seconde où il l'avait vue, à travers un voile de sang coagulé, sans savoir qui elle était et sans rien demander. Il s'était senti tout à elle, dès le premier instant et dès qu'il l'avait prise dans ses bras comme s'il portait un trésor. Et maintenant, Ruth prétendait tout arrêter avec ce billet ? Adieu. Christmas flanqua un coup de pied dans un morceau de goudron qui s'était détaché.

« Eh, attention, jeune homme ! » s'exclama un passant d'une quarantaine d'années, qui portait un costume gris et un manteau avec col de fourrure, parce que la pierre l'avait effleuré.

« Bordel, qu'est-c'tu veux, toi ? l'agressa Christmas en le poussant. Qu'est-c'tu cherches, merdeux ? Tu crois que tu m'fais peur, avec ta peau d'rat ? (et il le poussa encore). Tu crois que t'es quelqu'un ? Tu veux que j'te casse la gueule ? que j'te fasse les poches ? T'as envie d'passer Noël à l'hosto ?

— Police ! Police ! » se mit à crier le passant.

Le sifflet d'un policier retentit aussitôt.

Christmas regarda l'homme. Il lui cracha au visage et s'enfuit, courant aussi vite que possible, jusqu'à ce qu'il n'entende plus le sifflet du policier derrière son dos. Alors il s'arrêta, plié en deux, mains sur les genoux, tentant de reprendre son souffle. Autour de lui, il n'y avait que des gens joyeux. Des femmes et des hommes qui rentraient chez eux chargés de cadeaux et de petits paquets. C'était Noël pour tout le monde, mais pas pour Christmas.

« Allez tous vous faire foutre ! » hurla Christmas. Ses yeux se remplirent de larmes, qu'il refoula aussitôt. « C'est pas la peine de pleurer pour toi, Ruth, dit-il à voix basse. T'es qu'une petite fille riche de merde ! »

Il rejoignit Time Square. L'enseigne qu'il cherchait avait changé : maintenant on lisait « Aaron Zelter & Son ». Christmas ne se rappelait même pas la dernière fois où il avait été voir Santo. Leurs vies s'étaient éloignées, ils avaient pris deux chemins trop différents. Il se présenta dans le magasin. Les visages des vendeurs lui semblèrent différents, sans qu'il en soit sûr. Le directeur, en tout cas, n'était plus le même.

« Vous désirez ? demanda le nouveau directeur d'un air soupçonneux.

— Il travaille toujours ici, Santo Filesi ?

— Qui ça ?

— Le magasinier, précisa Christmas.

— Ah, l'Italien ! s'exclama le directeur. Oui, pourquoi ?

— Je suis un ami, je voudrais lui dire bonjour, sourit Christmas.

— Va l'attendre devant l'arrière-boutique. En ce

moment, il travaille ! fit le directeur sans répondre à son sourire ; puis il tira une montre de son gilet et la consulta. On ferme dans cinq minutes. Quand ton ami aura fini, tu pourras lui parler autant que tu veux sans que ça me coûte un sou.

— Merci... lâcha Christmas en se dirigeant vers la sortie du magasin.

— Il y a un vieux proverbe qui dit : "Il est interdit de gâcher le temps compté par Dieu et payé par les hommes." »

Christmas secoua la tête sans cacher son ennui. Il n'était pas d'humeur pour les sermons. Il tourna au coin de la rue et attendit la fermeture, priant pour que ces quelques minutes s'écoulent rapidement, parce qu'il n'avait aucune envie de rester seul avec ses pensées. Mais Santo ne tarda pas à sortir de l'arrière-boutique :

« Christmas ! s'écria Santo surpris, dès qu'il aperçut son ami.

— Ils ont tout changé, là-dedans ! fit remarquer Christmas en indiquant le magasin. C'est bizarre qu'ils aient pas viré un boulet comme toi !

— Ils ont failli ! fit Santo tandis qu'ils rentraient ensemble chez eux, comme au bon vieux temps. Tu connais la phrase préférée du directeur ?

— Il est interdit de gâcher le temps compté par Dieu et payé par les hommes. »

Santo se mit à rire :

« Exactement ! Alors il te l'a sortie à toi aussi ? Quel casse-couilles ! Depuis que le vieux Isaacson est mort, son fils se débarrasse petit à petit de toute la boîte. Maintenant, c'est ce radin dégueulasse qui s'occupe du magasin. Il a diminué ma paie d'un dollar cinquante, et je travaille presque deux fois plus ! »

Christmas donna une tape à Santo :

« Avec cette tenue d'employé, t'as vraiment l'air d'une pédale ! rit-il.

— Et j'vais l'devenir, à force d'être toujours enfermé dans ces foutus stocks ! »

Les deux jeunes se mirent à rire. Ils avaient quinze ans, un peu de barbe ombrait leurs visages et leurs yeux étaient déjà légèrement marqués par la vie. Ils longèrent quelques *blocks* en silence, comme autrefois.

« Comment ça s'passe, avec Joey ? demanda ensuite Santo.

— C'est pas comme avec toi » mentit Christmas.

Santo sourit et se rengorgea.

« Les Diamond Dogs me manquent !

— Tu es toujours des nôtres, affirma Christmas.

— C'est vrai… murmura Santo, enfonçant les mains dans ses poches. Au fait, ma mère ne va pas bien…

— Oui, on m'a dit.

— Tu sais quand je me suis rendu compte que c'était un truc sérieux ?

— Quand ?

— Quand elle a arrêté de me foutre des baffes, fit Santo en s'efforçant de sourire.

— Eh oui… murmura Christmas. Je suis désolé, Santo.

— Oui… »

Ils suivirent encore quelques *blocks* en silence.

« Je pensais pas que les baffes de ma mère pourraient me manquer » lâcha soudain Santo.

Christmas ne dit rien. Parce qu'il n'y avait rien à dire et parce qu'il savait que Santo ne s'attendait pas à ce qu'il lui dise quelque chose. Entre eux, c'était comme ça. Ça avait toujours été comme ça.

« Et cette fille, comment elle va ? demanda Santo pour changer de sujet.

— Qui ? demanda Christmas, feignant de ne pas comprendre.

— Ruth !

— Ah, Ruth…, Christmas eut du mal à retenir sa colère. Je la vois plus. C'est une connasse », et il coupa court.

Santo ne dit rien. Entre eux, c'était comme ça.

« Joyeux Noël, mon pote ! s'exclama Christmas quand ils arrivèrent devant leur immeuble.

— Joyeux Noël… chef ! » fit Santo.

28

Manhattan, 1913-1917

Cetta ne vit jamais plus Andrew. Après quelque temps, elle l'effaça de sa mémoire, et ne se souvint plus que de l'émotion provoquée par le Madison Square Garden. Et à partir de là, elle n'arrêta pas d'en parler à Christmas. « Le théâtre est un monde parfait, lui expliquait-elle, où chaque chose est là où il faut. Même quand ça finit mal. Parce que tout est à sa place. »

Christmas avait cinq ans et ne comprenait rien aux discours de sa mère. Mais lorsqu'ils étaient ensemble, allongés sur le lit ou en promenade dans Battery Park, admirant les ferries qui se remplissaient de gens joyeux en partance pour Coney Island, ou bien quand Cetta l'emmenait sur Queensboro Bridge et lui indiquait Blackwell Island en lui disant que, dans ces bâtiments gris, il y avait Sal, et que bientôt il en sortirait, Christmas lui demandait de lui parler encore du théâtre. Et Cetta, qui ne se souvenait que vaguement du spectacle joué par les grévistes de Paterson, brodait chaque fois un nouveau récit autour de ce souvenir.

Et ainsi, avec la grève comme point de départ, toutes sortes d'histoires naissaient : elles parlaient d'amour ou d'amitié, et étaient peuplées de dragons, de princesses et de héros qui ne trahissaient jamais leur belle, même s'ils étaient déjà mariés avec une sorcière ou bien si le roi s'opposait à leur amour.

« Quand est-ce que tu m'emmènes au théâtre ? demandait Christmas.

— Quand tu seras grand, mon chou ! répondait Cetta, coiffant la mèche blonde sur le front de son fils.

— Pourquoi t'es pas actrice ? lui demandait alors Christmas.

— Parce que je suis tout à toi ! Cetta le prenait dans ses bras et le serrait fort.

— Alors moi non plus, je pourrai pas faire de théâtre ! s'était exclamé une fois Christmas. Parce que moi aussi, je suis tout à toi, pas vrai, maman ?

— Oui mon trésor, tu es tout à moi ! avait répondu Cetta émue, mais ensuite elle avait pris le visage de l'enfant entre ses mains et elle était devenue sérieuse. Mais toi, tu pourras faire ce que tu veux dans la vie. Et tu sais pourquoi ?

— Pfff, ouais ouais… soupira Christmas en lui échappant.

— Dis-le !

— M'man, tu m'embêtes !

— Dis-le, Christmas !

— Parce que je suis américain.

— Bravo, mon enfant ! et Cetta avait ri. Oui, tu es américain ! »

Et pour être un vrai Américain, il devait aller à l'école. Et ainsi, l'année suivante, Cetta l'inscrivit à l'école du quartier. « À partir d'aujourd'hui, tu es un homme » lui déclara-t-elle. Elle lui acheta le livre de lecture, trois cahiers, deux porte-plume, un petit pot d'encre noire et un autre rouge, cinq crayons, un taille-crayon et une gomme. Et à la fin de la première année – pendant laquelle Christmas se révéla un écolier modèle, vif et curieux, qui apprenait vite –, elle lui offrit un roman.

Ils s'asseyaient l'un près de l'autre sur un banc de Battery Park et Christmas lisait à haute voix les aventures de *Croc-Blanc*, d'abord en ânonnant à grand-peine et puis, petit à petit, toujours plus rapidement. Une page par jour.

« Ça, c'est notre histoire ! affirma Cetta à Christmas quand ils eurent fini le livre, presque un an après. Je t'explique : quand on arrive ici à New York, on est comme *Croc-Blanc*, comme les loups. On est forts, mais sauvages. Et on rencontre des gens méchants qui nous rendent encore plus sauvages. Mais nous, on n'est pas simplement sauvages. On est forts aussi, Christmas, et ça ne l'oublie jamais ! Et quand on rencontre quelqu'un de bien, ou quand finalement le destin nous sourit, notre force nous permet de devenir comme *Croc-Blanc*. Des Américains. Alors on n'est plus des sauvages. Voilà ce que veut dire ce livre !

— Moi j'aime plus les loups que les chiens » fit remarquer Christmas.

Cetta caressa ses cheveux blonds comme les blés :
« Tu es un loup, mon amour. Et le loup qui est en toi te rendra fort et invincible, quand tu seras grand. Mais comme *Croc-Blanc*, il faut que tu écoutes la voix de l'amour. Si tu ignores cette voix, tu deviendras comme tous les jeunes de notre quartier,

ces délinquants qui ne sont pas des loups sauvages mais juste des chiens enragés.

— Sal est en prison parce qu'il est un chien enragé, maman ?

— Non, mon trésor, sourit Cetta. Sal est en prison parce que lui aussi, c'est un loup courageux. Mais il n'a pas le même destin que *Croc-Blanc*. Lui, il est comme le vieux chef de meute aveugle d'un œil, sage du côté où il voit, et féroce du côté où il ne voit pas.

— Et alors, toi tu es la maman de *Croc-Blanc* ? Tu attires les chiens et tu les entraînes dans le bois, où les loups les mettent en pièces ? »

Cetta le regarda avec fierté :

« Non, moi je suis ta maman et c'est tout, mon trésor. Moi, je suis comme les pages du livre, là où tu peux écrire toute ton histoire et…

— Et devenir américain, oui oui, je sais, l'interrompit Christmas, riant et se levant. On rentre, m'man ? J'ai faim ! Les Américains mangent aussi, pas vrai ? »

Sal lui avait annoncé qu'il sortirait le 17 juillet 1916. « Dans deux semaines ! » s'était dit Cetta.

Cetta avait vingt-deux ans, Christmas huit.

Cetta comptait les jours, en proie à la fois à des sentiments d'excitation et de peur, de joie et d'anxiété. Elle pensait constamment aux dimanches passés avec Sal, comme pour essayer de se réhabituer à cette présence avant qu'il ne revienne. Et quand elle allait le voir en prison, à lui aussi elle rappelait ces jours anciens, presque pour avoir la certitude qu'il reviendrait.

Après toutes ces années de solitude et de stabilité,

passées uniquement à s'occuper de Christmas, Cetta à présent était fébrile et ne tenait plus en place. Rester dans son sous-sol lui était insupportable. Surtout le dimanche.

« On sort ! » lança-t-elle ainsi un dimanche à Christmas, avant de l'entraîner dans la rue. Elle ne savait où aller. Mais cela n'avait aucune importance. Marcher la distrayait. Chaque pas était une seconde de moins. Une seconde qui la rapprochait du moment où elle verrait Sal dans l'embarcation du Département pénitentiaire de New York. Une seconde qui la rapprochait du moment où Sal et elle se regarderaient, libres tous les deux.

Tandis qu'elle errait dans les rues du Lower East Side, Cetta remarqua un attroupement et des drapeaux américains qui flottaient au vent. « Viens, on va voir ! » dit-elle à Christmas. En s'approchant, elle aperçut un petit homme trapu qui remerciait tous les habitants du Lower East Side depuis une estrade en bois décorée de cocardes. Il avait un visage solaire et énergique qui sembla familier à Cetta, sans qu'elle sache dire pourquoi. « Qui c'est ? » demanda-t-elle à une femme du voisinage.

« C'est le gars qui nous représente au Congrès, répondit la voisine. Il s'appelle Fiorello… quelque chose. Il a un nom bizarre, comme ton Christmas. »

Et alors, avec un coup au cœur, Cetta comprit soudain qui était l'homme politique sur l'estrade. Elle attendit qu'il ait fini son discours, puis se fraya un chemin parmi la foule et le rejoignit, saisie d'une émotion intense. « *Mister* LaGuardia ! appela-t-elle tout fort. *Mister* LaGuardia ! »

L'homme se retourna. Deux gardes du corps, grands

et costauds, s'interposèrent immédiatement entre Cetta et lui.

« Regarde-le bien, Christmas ! » s'exclama Cetta lorsqu'elle fut devant eux. Elle se glissa entre les deux gorilles, approcha Fiorello LaGuardia et lui prit la main, qu'elle serra entre les siennes et embrassa. Puis elle attira Christmas à elle et le poussa vers l'homme politique. « Voici mon fils Christmas ! s'écria-t-elle. C'est vous qui lui avez donné son nom américain ! »

Fiorello LaGuardia la dévisagea, gêné, sans comprendre.

« Il y a presque huit ans, continua Cetta surexcitée, on a débarqué à Ellis Island et vous étiez là… vous étiez le seul qui parlait italien… l'inspecteur ne comprenait rien et vous avez dit… lui, mon fils, il s'appelait Natale… et vous vous avez dit…

— Christmas ? demanda Fiorello LaGuardia, amusé.

— Christmas Luminita, oui ! répondit Cetta, fière et émue. Et maintenant, il est américain… (ses yeux se gonflèrent de larmes). Touchez-le ! Je vous en prie, posez une main sur sa tête… »

Fiorello LaGuardia, embarrassé, mit sa main courte et trapue sur la tête blonde de Christmas. Cetta s'élança et jeta les bras autour du cou de l'homme. Mais elle recula immédiatement.

« Excusez-moi, excusez-moi… je… (elle ne savait plus que dire)… je… moi je voterai toujours pour vous ! s'exclama-t-elle avec emphase. Toujours ! »

Fiorello LaGuardia lui sourit :

« Alors il faut vraiment qu'on se dépêche de donner le droit de vote aux femmes ! » fit-il.

Les hommes qui étaient avec lui éclatèrent de rire.

Cetta ne comprit pas pourquoi et rougit. Elle baissa les yeux et s'apprêtait à partir quand Fiorello LaGuardia saisit un bras de Christmas et le leva en l'air.

« C'est pour le futur de ces jeunes Américains que je lutterai à Washington ! s'écria-t-il à haute voix, de façon à ce que tout le public l'entende. C'est pour ces nouveaux champions ! »

Cetta regarda Christmas en se disant : « Pleure pas, crétine ! » Mais aussitôt, sa vue s'embua et son visage fut inondé de larmes. Alors que Fiorello LaGuardia s'éloignait au milieu des applaudissements du public, Cetta prit son fils dans ses bras et le serra contre elle : « Tu es un jeune Américain ! Un champion ! Tu as vu, Christmas ? C'est lui, le monsieur qui t'a donné ton nom… et il est comme le juge Scott pour *Croc-Blanc* ! Tu es américain, Fiorello LaGuardia l'a dit ! »

Quand Sal sortit de prison, la semaine suivante, Madame donna sa journée à Cetta. Et pendant toute la soirée, Cetta raconta à Sal sa rencontre avec Fiorello LaGuardia. Elle était fébrile et heureuse.

« Il a grandi ! » fit Sal tard dans la nuit, en regardant Christmas endormi. Puis il alluma un cigare, se tourna vers Cetta, et son regard se fit dur : « Je crois que tu as quelque chose d'autre à me raconter. »

Le lendemain soir non plus, Cetta n'alla pas travailler. Le matin, Sal lui avait apporté une robe en soie. Bleue. Avec un col blanc perle et une ceinture de même couleur. Il lui avait aussi offert des bas sombres ainsi que des chaussures noires et brillantes à bout carré. « Ce soir, on sort. Je viens te prendre à sept heures et demie » lui avait-il expliqué froidement.

Cetta, la veille au soir, lui avait tout dit sur Andrew. Y compris le Madison Square Garden. « Mais c'est fini ! » avait-elle insisté. Sal n'avait pas prononcé un mot. Il avait fini son cigare, avait quitté son fauteuil en forme de trône et il était parti. Cetta ne savait pas où. Et elle ne savait pas s'il reviendrait.

Or, Sal était réapparu le lendemain, avec la robe, les bas et les chaussures. Et à sept heures et demie, il était revenu la chercher en voiture.

« Où on va ? demanda Cetta.

— Au Madison Square Garden » répondit Sal. Pas un mot de plus. Il portait un costume sombre, élégant et brillant. Peut-être trop petit d'une taille. Et un manteau en cachemire noir. De la poche droite dépassait un paquet long et fin, enveloppé dans du papier cadeau fleuri.

« Premier rang, pas au poulailler ! » fit remarquer Sal en entrant dans le Madison.

Cetta en eut le souffle coupé. Et elle fut tellement émue que ses jambes se mirent à trembler.

Une jeune femme blonde les escorta à leurs places. Les lumières étaient braquées sur un espace carré surélevé et entouré d'une corde. Et dans ce carré, deux hommes en shorts et gants de boxe attendaient de combattre, tandis que l'arbitre fixait une horloge.

« Il n'y avait que ça, ce soir, fit Sal de sa voix profonde.

— C'est qui, le plus fort ? demanda Cetta. Qui va gagner ?

— Le noir, répondit Sal.

— Mais ils sont tous les deux noirs ! s'exclama Cetta.

— Justement. »

Cetta demeura un instant silencieuse avant d'éclater de rire. Et quand le gong retentit et que les deux boxeurs se jetèrent l'un sur l'autre, Cetta se serra contre le bras de Sal : « Je t'aime », lui glissa-t-elle à l'oreille.

Sal ne souffla mot. Il mit une main dans la poche de son manteau et en sortit le paquet fleuri qu'il tendit à Cetta sans la regarder. « J'ai appris à travailler le bois en menuiserie, expliqua-t-il. Ça, je l'ai fait exprès pour toi. »

Cetta embrassa Sal sur la joue et arracha avec enthousiasme le papier cadeau, heureuse elle riait. Le paquet ouvert, elle découvrit que c'était un pénis en bois.

« La prochaine fois que t'as envie d'écarter les cuisses, utilise ça » commenta Sal. Ensuite il se leva. « J'ai oublié mon cigare » ajouta-t-il sans la regarder, et il s'éloigna au moment même où l'un des boxeurs recevait un violent uppercut et où une éclaboussure de sueur venait tacher la robe neuve de Cetta.

Sal remonta les gradins, entra dans les toilettes, s'enferma à clef dans une cabine et appuya les mains contre le mur lépreux, serrant les dents, les yeux fermés. Puis un bruit obscène provenant du fin fond de son être le secoua, le fit vibrer, et alors Sal versa toutes les larmes qu'il ne voulait pas montrer à Cetta.

« Sal Tropea est fini. La rue, c'est plus pour lui » avait déclaré le boss Vince Salemme à ses lieutenants. Puis il avait convoqué Sal : « Quand tout ce bordel est arrivé avec les Irlandais, j'ai fait un premier exemple : on a retrouvé Silver pendu à un drapeau irlandais, comme il le méritait. Juif de merde ! Mais je t'attendais pour faire un deuxième exemple. » Et pour le remercier de ne pas avoir parlé et d'avoir passé toutes ces années en prison, il lui offrit l'immeuble du 320, Monroe Street comme preuve de sa gratitude. « Tu me files cinquante pour cent des loyers, Sal, et tu t'occupes à tes frais de toutes les réparations et de l'entretien, lui avait expliqué Vince Salemme. En quinze ans, l'immeuble est à toi. Mais tu fais toujours partie de la famille, n'oublie pas : si j'ai besoin de toi, tu rappliques en courant ! »

La première chose que fit Sal fut d'aller inspecter l'immeuble. La façade était mal en point et les escaliers dans un état pire encore. Les locataires étaient tous italiens ou juifs. Beaucoup d'entre eux ne parlaient pas anglais et vivaient comme des animaux, entassés à dix dans trois pièces. Il y avait cinq étages avec de sept à neuf logements par étage, plus un sous-sol avec huit pièces sans fenêtre. Au rez-de-chaussée se trouvaient quatre appartements avec salle de bain. Dans la cour derrière, d'où partaient des cordes portant perpétuellement du linge à sécher, semblables à une toile d'araignée, on avait construit un cube sans ouverture, avec trois portes en métal et en verre, qui était divisé en trois locaux plus des toilettes communes : dans le premier espace il y avait un savetier, dans le deuxième un menuisier et dans le troisième un forgeron. Et ces trois artisans vivaient dans leur atelier avec leur famille. Sal calcula qu'il avait cinquante-deux locataires potentiels. Mais en réalité, chaque locataire sous-louait à des gens qui partageaient son logement.

En un mois et à l'insu de Cetta, Sal vida les

appartements de leurs mauvais payeurs et imposa une augmentation exorbitante à ceux qui voulaient sous-louer. Au bout d'un autre mois, presque tous les locataires avaient chassé leurs sous-locataires. Alors Sal embaucha une poignée de maçons italiens à qui il promit un appartement pour deux familles en échange des travaux de rénovation de l'immeuble. Pendant deux ans ils ne paieraient pas de loyer, ensuite ils auraient une réduction de trente pour cent en échange de l'entretien du bâtiment. L'année suivante, Sal fit mettre l'électricité et raccorda chaque appartement à l'eau et à l'égout, utilisant des matériaux qu'il faisait voler de nuit. En éliminant les toilettes communes, il récupéra trois petites pièces en plus à chaque étage, faisant passer le nombre des appartements à louer de cinquante-deux à cinquante-sept.

Quand l'immeuble eut acquis un aspect respectable, Sal se prit un logement au premier étage pour son travail. On déroba pour lui un bureau en noyer dans la boutique d'un antiquaire ainsi qu'un fauteuil en cuir avec siège et dossier bien rembourrés. Il installa un lit dans la pièce de derrière, bien qu'il n'ait nulle intention de quitter son appartement de Bensonhurst. Puis il meubla l'appartement voisin : dans une pièce il mit un lit double, dans la cuisine une table carrée, trois chaises et un lit d'appoint, et dans le salon un tapis, un divan et un fauteuil. Enfin, il se rendit au logement en sous-sol qui avait été celui de Tonia et Vito Fraina.

« Rappelle-toi bien de cette date : le 18 octobre 1917... » commença-t-il à déclamer avec fierté en ouvrant la porte du logement, mais il s'interrompit aussitôt.

Cetta était agenouillée devant Christmas et nettoyait sa poitrine couverte de sang.

« Qu'est-c'que t'as foutu, morveux ? » s'exclama Sal.

Christmas ne répondit rien. Il serrait les lèvres et les poings tandis que sa mère désinfectait une blessure au couteau au beau milieu de la poitrine. Une incision qui n'était pas profonde, mais bien nette.

« On lui a fait ça à l'école… » expliqua Cetta.

Sal sentit le sang lui monter à la tête pendant que Cetta lui racontait qu'un grand gamin costaud s'était moqué de Christmas à cause du travail de sa mère, et puis l'avait marqué au couteau :

« C'est un P, conclut Cetta en regardant Sal.

— Mais tu fais pas ces sales trucs, hein, m'man ? » était alors intervenu Christmas.

Avant que Cetta ait pu embrasser son fils, Sal l'avait saisi par une main et l'avait traîné hors de leur sous-sol. Et sans dire mot, il marcha comme une furie jusqu'à l'école de Christmas. « C'est qui ? » lui demanda-t-il, regardant sombrement les gamins sortir des salles de classe.

Christmas ne répondit rien.

« C'est qui ? répéta Sal furieux.

— J'suis comme toi, dit Christmas les yeux voilés de larmes, j'suis pas un mouchard ! »

Sal secoua la tête et puis ils rentrèrent au sous-sol.

« Si c'est pas toi, c'est le morveux, y en a toujours un pour tout gâcher ! » ronchonna-t-il tout en mettant les affaires de Cetta dans une valise. Puis il les fit monter en voiture et les conduisit au 320, Monroe Street. « Ça, c'est votre nouvelle maison » expliqua-t-il d'un ton rude en levant son index sale vers une fenêtre du premier étage. Il poussa Christmas pour qu'il franchisse la porte d'entrée et arracha la valise des mains de Cetta. « Allez, avance ! » s'exclama-t-il. Arrivé devant la porte de l'appartement, il sortit une clef de sa poche, qu'il tendit à Cetta : « Vas-y, ouvre, c'est chez toi ! » ordonna-t-il.

Cetta était bouche bée. Elle ouvrit la porte et se retrouva dans la cuisine. À droite, une pièce avec un lit double. À gauche, un salon.

« C'est un appartement…, parvint-elle seulement à articuler.

— Belle découverte, bravo ! s'exclama Sal. Maintenant, faites pas le bordel ! Moi il faut que j'aille au bureau. Je suis là, à côté. »

Cetta se jeta à son cou pour l'embrasser. Sal la repoussa : « Merde, pas devant le morveux, tu vas en faire une tapette ! » s'exclama-t-il en sortant.

Le lendemain, Sal vint avec une plaque de laiton qu'il vissa sur la porte de l'appartement de Cetta. Celle-ci était au travail.

« Comment va ta blessure, morveux ? demanda-t-il à Christmas.

— Je veux plus aller à l'école, déclara le garçonnet.

— Tu verras ça avec ta mère » coupa Sal.

Puis il pointa du doigt la plaque :

« Qu'est-ce qu'il y a écrit, là ? »

Christmas se mit sur la pointe des pieds :

« Madame Cetta Luminita, lut-il.

— *Madame*… t'as pigé ? »

29

Dearborn-Détroit, 1923-1924

Les chambres à louer étaient toutes identiques. Les consignes toujours les mêmes : paiement anticipé, pas de femmes dans les chambres. Bill avait déménagé quatre fois depuis qu'il était arrivé dans le comté de Wayne, Michigan. Peu lui importait le logement. S'il changeait d'adresse, c'était simplement parce qu'il en trouvait une plus proche de River Rouge, l'usine où l'on produisait les Ford. Le Modèle T.

Mais absolument rien n'était comme Bill l'avait imaginé lorsqu'il avait été embauché. L'usine était encore en construction, elle couvrait une zone immense et il y avait des milliers d'ouvriers. Mais chaque ouvrier ne s'occupait que d'un seul élément de voiture, insignifiant et anonyme. Jamais d'un véhicule entier. À Bill était échu un morceau de carrosserie. Il devait serrer trois cercles en alliage métallique avec autant de boulons. Et c'était tout. Voilà sa contribution au Modèle T. Rien d'autre.

Le jour où il avait été embauché, il avait remarqué une page de journal affichée à l'entrée de son atelier.

363

L'article était intitulé : *Davantage de Tin Lizzie que de baignoires dans les fermes américaines*. Le journaliste écrivait que le Modèle T avait donné aux Américains des zones rurales la possibilité de se déplacer à bien plus de douze *miles* de leurs fermes, la distance maximale qu'ils parcouraient normalement avec un cheval. Avec le Modèle T, les villes étaient à portée de main. Et lors de son enquête, le journaliste avait remarqué que dans presque chaque ferme il y avait une Ford, alors que souvent les gens n'avaient pas de baignoire. Lorsqu'il avait demandé une explication à la femme d'un agriculteur, celle-lui avait rétorqué : « On ne peut pas aller en ville en baignoire ! »

Bill avait ri, amusé ; le surveillant lui avait donné une tape dans le dos et avait porté un doigt à ses lèvres. Bill avait appris que l'usine était soumise à ce que les ouvriers appelaient le *Ford whisper*. Le murmure. Il était strictement interdit de s'appuyer contre les machines, de s'asseoir, de parler, de chanter et même de siffloter et de sourire. Ainsi les ouvriers avaient-ils appris à communiquer entre eux sans bouger les lèvres, afin d'échapper au contrôle des surveillants. Ils murmuraient.

Ce que ne disait pas le journaliste dans son article, c'était que le Modèle T avait aussi donné naissance à une nouvelle pratique. Les jeunes hommes allaient chercher chez elles les filles, qui rêvassaient sous les porches dans leurs fauteuils à bascule, et ils les emmenaient faire un tour. Et puis ils les renversaient sur la banquette arrière. Les ouvriers en plaisantaient entre eux, pendant la pause. Ceux qui montaient les sièges se plaisaient à raconter à leurs collègues que ça sentait déjà les fesses nues des jeunes filles. Un jour – après que la direction, pour cette raison précise, avait décidé de produire des banquettes arrière plus étroites –, certains d'entre eux réussirent à voler un des nouveaux sièges et, derrière un hangar en construction, ils firent des essais pour vérifier si Ford réussirait vraiment à enrayer cette nouvelle mode.

Bill était parmi eux. Il ne riait pas comme les autres et se tenait à l'écart, mais il s'amusait. Une des ouvrières qui se prêtaient à mimer les positions possibles, une jeune femme blonde au regard provocant, le prit par la main : « Allez, montre-moi ce que tu sais faire ! » dit-elle à voix haute, en riant. Les ouvriers chahutèrent et sifflèrent. Bill se sentit en feu, avec tous ces regards tournés vers lui comme s'il se trouvait soudain dans une cage. La fille rit en l'entraînant vers la banquette. Son bleu de travail moulait sa poitrine généreuse. Alors Bill lui tordit violemment un bras et la força à se retourner. Puis il la poussa sur le siège et se jeta sur elle, de dos, en la tenant par les cheveux.

« Ah, cette position-là, ça s'appelle : "Prendre le taureau par les cornes" ! hurla un ouvrier.

— Mais non, pas le taureau, la vache ! » corrigea un autre.

Et tout le monde recommença à ricaner et à siffler.

La jeune femme, en revanche, était soudain devenue sérieuse. Elle avait ressenti une chaleur brutale dans le ventre. Et une émotion intense. Quand Bill l'avait lâchée, elle s'était retournée pour le regarder :

« Comment tu t'appelles ? avait-elle demandé.

— Cochrann. »

Un ouvrier à l'air faible et timide s'était approché d'eux :

« Maintenant ça suffit, Liv ! avait-il lancé à la fille, presque comme une prière.

— Casse-toi, Brad ! » avait-elle répliqué, sans cesser de regarder Bill droit dans les yeux.

— Liv…

— C'est fini, Brad, avait dit la fille. Va-t'en ! »

L'ouvrier avait regardé Bill. Celui-ci s'était tourné vers lui :

« T'es sourd ? »

L'ouvrier avait baissé les yeux et avait débarrassé le plancher.

Le soir même, Liv était devenue la maîtresse de Bill. Ils avaient fait l'amour dans un pré. Violemment. Et quand Bill diminuait ses coups, Liv lui plantait les ongles dans le dos, jusqu'au sang. Puis, dès que Bill recommençait à lui faire mal, Liv relâchait la prise. Comme si elle ne pouvait concevoir l'acte sexuel sans douleur.

Et avec Liv, les cauchemars de Bill avaient cessé. Ruth avait arrêté de le tourmenter, la nuit.

Liv se laissait frapper, attacher, mordre. Elle hurlait de plaisir quand Bill l'agrippait par les cheveux jusqu'à les lui arracher. Et quand Bill était fatigué, Liv lui faisait mal. Elle l'attachait, le frappait, le mordait. Bill apprit à hurler de douleur et découvrit le plaisir de la souffrance. Il quitta la chambre qu'il louait et s'installa dans la cabane de Liv. Et jusqu'au soir du Nouvel An, il crut presque qu'il était amoureux. Il crut qu'il pourrait vendre ses pierres précieuses, construire une nouvelle maison plus solide que celle-ci et vivre avec cette jeune femme. Peut-être même l'épouser.

Mais le soir du Nouvel An, Liv lui annonça : « J'attends un enfant. Je suis enceinte. »

Ce soir-là, en faisant l'amour, Bill la frappa brutalement. Au visage. Et il la sodomisa avec une telle rage qu'elle manqua de s'évanouir. Puis, tard dans la nuit, Bill se réveilla en sueur. Ruth était revenue le voir. Elle était revenue le tuer. Il se leva en silence, alla s'asseoir dans la cuisine, les coudes fichés sur la table bancale, et se prit la tête entre les mains. Il ferma les yeux et vit son père qui ôtait la ceinture de son pantalon et les fouettait, sa mère et lui. Il rouvrit les yeux. Il trouva une demi-bouteille de coco-whisky, un alcool qu'on laissait fermenter trois semaines dans la coque d'une noix de coco, et il la but d'un trait. Quand la boisson lui fit tourner la tête, il ferma à nouveau les yeux. Et il vit encore son père, de dos, qui les fouettait sa mère et lui, ivre. Mais ce n'était plus son père, comprit-il un petit peu plus tard, quand il ne pouvait déjà plus rouvrir les yeux. C'était lui-même qui fouettait Liv et leur enfant. L'enfant qui allait naître.

Alors Bill ouvrit la boîte en fer-blanc dans laquelle Liv conservait ses économies d'ouvrière et il les déroba. Il prit son propre pécule et ses pierres précieuses, et mit ses vêtements dans une valise, en silence, sans réveiller Liv. Enfin, il s'enfuit de la cabane.

Il atteignit Détroit à l'aube et y loua une chambre. Il passa une journée à observer les différentes bijouteries de la ville, jusqu'à ce qu'il repère celle qui ferait son affaire. Elle était située en périphérie de la ville. Il avait vu deux types louches y entrer et les avait épiés à travers la vitrine. Et il avait compris. Le lendemain, lorsqu'il vit un autre gars à l'allure de gangster entrer dans le magasin, il se glissa à sa suite. Derrière le comptoir, une grosse femme astiquait une petite vitrine contenant des bibelots en cristal et en porcelaine.

« Le Moine t'envoie deux cadeaux » annonça le voyou au bijoutier.

Avant qu'ils ne s'aperçoivent de sa présence, Bill avait déjà quitté le magasin. Il attendit caché au coin de la rue, et quand il vit sortir le gangster, il laissa encore passer une dizaine de minutes.

« Le Moine avait oublié le gros morceau ! » dit-il au bijoutier.

L'homme le regarda d'un air soupçonneux, une cigarette pendant aux lèvres :

« T'es qui, toi ? » demanda-t-il.

La grosse femme derrière le comptoir fixait Bill.

« Ça n'a pas d'importance, qui je suis. Ce qui est important, c'est de pas faire chier le Moine, t'es pas d'accord ? » répondit Bill à voix basse, en se penchant par-dessus le comptoir.

Le bijoutier se dirigea vers l'arrière-boutique : « Viens ! » fit-il avec cupidité, ouvrant une petite porte derrière un rideau. Bill regarda la grosse et suivit l'homme.

« Mille » dit le bijoutier en levant les yeux de sa loupe. Les pierres précieuses étincelaient sous sa lampe. La cigarette du commerçant se consumait dans un lourd cendrier en bronze.

« Mille pour les diamants ? D'accord, dit Bill. Maintenant, dis-moi combien tu proposes pour l'émeraude, parce que le Moine est inquiet de savoir si, toi aussi, tu penses que tout ensemble, ça vaut au moins deux mille dollars.

— Deux mille ? » s'exclama le bijoutier en secouant la tête.

Mais Bill comprit tout de suite qu'il les lui donnerait.

« Et moi, qu'est-ce que j'y gagne ? pleurnicha l'homme.

— La santé. »

Le bijoutier recueillit les pierres et se tourna vers le coffre-fort. Il l'ouvrit et commença à compter l'argent. Bill le frappa d'un coup de cendrier en bronze à la tête. L'homme s'effondra en gémissant. La liasse de billets s'envola à travers la pièce. Tandis qu'une épaisse flaque rouge commençait à se former sous la nuque du bijoutier au sol, Bill ramassa tous les billets, les fourra dans ses poches et sortit en courant du magasin, renversant la bonne femme qui était venue voir ce qui se passait dans l'arrière-boutique.

Il se rendit chez un vendeur de voitures et acheta pour cinq cent quatre-vingt-dix dollars un des meilleurs Modèle T en circulation, avec allumage automatique et roues démontables, qu'il paya comptant. Il conduisit jusqu'à la pension où il logeait, récupéra sa valise et abandonna Détroit. Quand il se retrouva en rase campagne, il compta l'argent du bijoutier. Quatre mille cinq cents dollars. Il rit. Il écouta son rire s'envoler dans les airs et mourir. « Je suis riche ! » se dit-il. Et alors, quand tout fut à nouveau silencieux, il rit une nouvelle fois et redémarra.

Il savait où aller : Liv lui en parlait tout le temps. Elle disait que là-bas, le climat était merveilleux et l'eau de l'océan toujours chaude. Elle évoquait sans arrêt les palmiers, les plages sublimes et le soleil.

« J'arrive, Californie ! » hurla-t-il par la vitre tandis que la Tin Lizzie filait sur la route.

30

Manhattan, 1924

« Bonne année, *Miss* Isaacson » dit le garçon qui manœuvrait l'ascenseur, en refermant les portes.

Ruth regardait fixement devant elle, mais on aurait dit qu'elle n'était pas là. Elle ne répondit rien. Le garçon en uniforme et casquette actionna le mécanisme, et la cabine commença sa descente. Ruth serrait dans sa main un pendentif accroché à un simple cordon de cuir. C'était un cœur rouge, brillant et gros comme un noyau d'abricot. Et très laid.

« Bonne année, *Miss* Isaacson » fit le portier à l'entrée, en lui ouvrant la porte.

Ruth ne répondit rien. Elle passa, tête baissée, et ne remarqua pas le vent glacé qui l'accueillit dans la rue. Avec son pouce, elle frottait la surface brillante du pendentif, reçu comme cadeau la veille de Noël. Elle l'avait trouvé dans sa boîte aux lettres. « Adieu, alors » était écrit sur le billet qui l'accompagnait. Rien d'autre. Aucune signature.

« Bonne année, *Miss* Ruth » dit Fred en refermant la portière de la Silver Ghost.

Mais Ruth ne lui répondit pas non plus. Elle s'enfonça dans la confortable banquette en cuir, qui ne sentait plus le cigare ni le brandy et ne lui rappelait désormais plus son grand-père. Et elle continuait à passer le pouce sur le cœur rouge. Presque avec colère, comme si elle avait voulu gratter cette horrible laque. Une semaine s'était écoulée depuis qu'elle l'avait reçu. C'était maintenant le Nouvel An.

« Tu sais où habite Christmas ? demanda-t-elle de but en blanc à Fred, sans lever la tête.

— Oui, *Miss* Ruth.

— Emmène-moi !

— *Miss* Ruth, votre mère vous attend pour déjeuner chez...

— Fred, s'il te plaît ! »

Le chauffeur ralentit, hésitant.

« Ils t'ont déjà licencié, n'est-ce pas ? demanda Ruth.

— Oui.

— Alors que peuvent-ils encore te faire ? »

Fred la regarda dans le rétroviseur. Il sourit :

« Vous avez raison, *Miss* Ruth. »

Il fit demi-tour et se dirigea vers le Lower East Side.

« Tu as déjà trouvé un autre travail, Fred ? demanda Ruth quelques *blocks* plus loin.

— Non.

— Qu'est-ce que tu vas faire ? »

Fred rit :

« Je me mettrai à conduire les camions des contrebandiers de whisky ! »

Ruth le regarda. Elle le connaissait depuis toujours.

« Mon père a foutu un sacré bordel, hein ? » fit-elle.

Fred lui lança un coup d'œil amusé :

« *Miss* Ruth, je ne crois pas que la fréquentation de ce jeune homme ait bénéficié à votre langage ! »

Ruth passa encore le doigt sur le cœur laqué.

« Tu l'aimes bien, Christmas, pas vrai ? »

Fred ne répondit rien, mais Ruth vit qu'il souriait.

« Mon grand-père l'aimait aussi » ajouta-t-elle. Elle regarda par la vitre. Ils passaient sous les voies de la BMT. Le règne du Lower East Side commençait. « Ils se ressemblaient » dit-elle à voix basse, comme pour elle-même.

« Oui » fit Fred encore plus doucement. Puis il abandonna Market Street et tourna dans Monroe Street, s'arrêtant devant le 320.

« Premier étage ! annonça-t-il, descendant de voiture pour ouvrir la portière de Ruth. Je vous accompagne.

— Non, j'y vais seule.

— Il ne vaut mieux pas, *Miss* Ruth. »

L'escalier était raide et étroit. Il puait l'ail ainsi que d'autres odeurs que Ruth n'arrivait pas à identifier. Des odeurs de corps, pensa-t-elle. De tellement de corps ! Les murs étaient décrépis et couverts de graffitis. Certains obscènes. Les marches étaient crasseuses et glissantes. Ruth enfonça l'horrible pendentif dans la poche de son manteau en cachemire. C'était le plus beau cadeau de Noël qu'elle ait reçu cette année. Pendant qu'elle gravissait l'escalier, escortée de Fred, elle sentit que sa poitrine se serrait. « Adieu, alors » lui avait écrit Christmas. Elle ne l'avait pas vu depuis dix jours. Et Christmas ne savait pas. Il ne savait pas qu'elle avait volé le maquillage de sa mère pour rougir ses lèvres. Il ne savait pas que, ce jour-là, elle aurait voulu l'embrasser.

« Attends-moi, Fred » ordonna-t-elle lorsqu'ils furent devant la porte de l'appartement.

Christmas ne savait pas pourquoi elle n'était pas venue au rendez-vous. Il ne savait pas ce que ses parents lui avaient révélé ce jour-là. Il ne savait pas pourquoi elle avait rompu. Ruth sentit ses yeux se remplir de larmes.

« Attends-moi, Fred » répéta-t-elle, et elle tourna un instant le dos à la porte.

L'immeuble résonnait de voix. Des voix qui hurlaient, riaient et se disputaient. Dans une langue inconnue. Il y avait aussi des bruits d'assiettes, des chansons vulgaires et des pleurs d'enfants. Et cette odeur épouvantable. Cette odeur de gens. Elle se sentait irrémédiablement exclue de ce monde : les larmes qui embuaient son regard séchèrent, sa respiration se fit courte et une colère impuissante contracta ses muscles. Alors elle se retourna et frappa à la porte. Furieusement. Quand Christmas ouvrit et se retrouva devant Ruth, il se figea.

Puis il plissa les yeux et jeta un coup d'œil rapide et sévère à Fred. Ensuite il fixa à nouveau Ruth, froidement. Sans mot dire.

« Qui c'est ? » lança une voix féminine à l'intérieur.

Un homme laid, une serviette pleine de sauce tomate glissée dans le col de la chemise, apparut du fond de l'appartement.

Christmas ne disait toujours rien.

La femme qui avait parlé vint aussi voir ce qui se passait. C'était une petite brune. Elle avait des cheveux de *flapper*. Elle n'avait pas l'air d'une prostituée, pensa Ruth.

« Maman… c'est Ruth, tu te rappelles ? » articula alors Christmas.

Ruth s'aperçut que la femme portait aussitôt le regard vers sa main.

« Je suis désolée, dit Ruth à Christmas. Je n'aurais pas dû venir. » Elle tourna les talons et se précipita dans l'escalier.

« Pourquoi tu l'as amenée ici ? » lança Christmas à Fred avec colère, le dépassant et courant dans l'escalier derrière Ruth. Il la rejoignit dans le hall étroit de l'immeuble et l'attrapa par un bras, l'obligeant à se retourner.

« Tu te prends pour qui ? » lui hurla-t-il en plein visage.

Fred était maintenant en bas des marches.

« Attends-moi dans la voiture, lui fit alors Ruth, les yeux froids et le ton rude. J'en ai pour une minute. »

Fred regarda un instant les deux jeunes gens, hésitant.

« T'en fais pas, Fred, intervint Christmas. Elle en a pour une minute ! »

Fred sortit. Christmas et Ruth se dévisageaient en silence.

« T'as vu c'que tu voulais voir ? » demanda alors Christmas, à voix basse et d'un ton lugubre. Puis il prit bruyamment sa respiration, les bras grands ouverts. « Respire, Ruth ! C'est ça, l'air que j'ai dans les poumons ! Ton grand-père avait raison, cette merde, tu t'en débarrasses jamais… T'as vu qui on est ? Alors maintenant, tu peux t'en aller ! »

Ruth le gifla en plein visage. Christmas la saisit par les épaules et la poussa contre le mur, haletant. Regard en feu, lèvres serrées. Tout près de la bouche de Ruth. Et alors il vit la peur qu'elle avait dans le regard. La peur qu'elle avait dû avoir avec Bill. Il la lâcha brusquement et recula. Effrayé par la peur de Ruth.

« Excuse-moi » fit-il.

Ruth ne parlait pas, tandis que la peur s'évaporait de son regard, et elle secouait simplement la tête.

Christmas fit un autre pas en arrière : « Maintenant, tu peux partir » dit-il.

Christmas ne savait pas pourquoi Ruth ne s'était pas présentée à leur rendez-vous, ni pourquoi elle lui avait écrit ce billet d'adieu. Il ne savait pas qu'elle s'était mis du rouge à lèvres. Il ne savait pas que, pendant un instant, Ruth avait été prête à être une fille comme toutes les autres. Pour lui.

« Je pars en Californie, annonça Ruth dans un souffle, une rage froide vibrant dans sa voix. Mon père a vendu l'usine. Il veut produire des films. On déménage en Californie, à Los Angeles. » Elle avait cru qu'elle aurait du mal à le lui dire. Or, à présent elle éprouvait un sentiment de soulagement. Elle le regardait avec des yeux plissés semblables à deux fissures. Elle le détestait. Elle le détestait de tout son cœur. Parce que Christmas était tout ce qui lui restait. Et elle allait devoir le quitter. Pour toujours. Pour une nouvelle vie. Elle le détestait pour ses yeux limpides qui laissaient transparaître toutes ses émotions, sans pudeur aucune. Parce qu'elle avait vu dans son regard la peur de cette violence qui avait marqué leur rencontre. Parce que maintenant, il la fixait avec un air de chien battu. Parce qu'elle lisait dans son regard son désespoir de la perdre. « Adieu » lui dit-elle en toute hâte, avant qu'il ne puisse lire dans ses yeux à elle le même désespoir. Elle lui tourna le dos et courut à la voiture. « Démarre vite ! » lança-t-elle à Fred en claquant la portière.

Christmas se secoua avec un peu de retard. Lorsqu'il arriva dans la rue, la voiture s'écartait du trottoir. « J'en ai rien à foutre ! » hurla-t-il à pleins poumons.

Mais Ruth ne se retourna pas.

31

Manhattan, 1917-1921

Toutes les tentatives de Cetta pour qu'il change d'avis échouèrent lamentablement : Christmas ne retourna jamais plus à l'école. Cetta dut finir par se rendre. Elle regardait son fils grandir et se demandait, inquiète, ce qu'il ferait lorsqu'il serait grand. Quand elle le voyait rentrer à la maison, quelques pièces en poche, après avoir passé tout l'après-midi à crier les titres des journaux dans les rues, son cœur se serrait. Elle voulait autre chose pour Christmas, mais elle ne savait quoi. Plus d'une fois, elle se prit à penser que ni lui ni elle ne deviendrait jamais américain, avec les mêmes chances que les Américains. Parce que le Lower East Side était comme une prison de haute sécurité : on ne pouvait s'en évader, et ceux qui étaient dedans étaient condamnés à perpétuité.

Mais son optimisme naturel reprenait bientôt le dessus, et elle retrouvait espoir. Alors elle saisissait son fils par les épaules et lui disait : « Il s'agit juste d'attendre l'occasion. L'important, c'est de ne pas la rater. Mais chacun d'entre nous a sa chance, ne l'oublie jamais ! »

Christmas ne comprenait pas bien les paroles de sa mère. Néanmoins il avait appris à acquiescer et à répéter tout ce que Cetta voulait. C'était ce qu'il y avait de plus rapide pour avoir la paix et pouvoir retourner à ses jeux d'enfant.

Il avait presque dix ans et avait construit un monde tout à lui, fait d'amis et d'ennemis imaginaires. Fréquenter les autres enfants de l'immeuble ne lui plaisait guère. Ces gamins lui rappelaient quelque chose qu'il préférait oublier. Ils lui rappelaient l'école et le garçon qui avait gravé le P de « putain » sur sa poitrine. Et chaque fois qu'il jouait avec eux, il craignait que quelqu'un ne fasse une plaisanterie sur Cetta et son travail. En outre, tous avaient un père. Et même si c'était un alcoolique violent et grossier, même si c'était un animal, c'était toujours un père.

Un jour, Christmas jouait seul dans l'escalier lorsqu'il entendit les pas lourds de Sal qui sortait de son bureau. Il se tapit dans un coin sombre, pistolet en bois à la main. Quand Sal fut à un pas de lui, Christmas bondit de sa cachette, brandit l'arme vers lui et cria : « Pan ! »

Sal ne broncha pas. « Ne refais plus jamais ça ! » fit-il simplement, de sa voix qui avait la profondeur d'un rot. Puis il continua à descendre l'escalier.

La semaine suivante, Christmas entendit à nouveau les pas de Sal dans l'escalier. Il se cacha et puis jaillit brusquement devant lui, pistolet à la main : « Pan ! T'es foutu, connard ! » brailla-t-il.

Sal, toujours impassible, lui asséna une claque en plein visage, qui le projeta par terre. « Je t'avais dit de plus jamais faire ça, commenta-t-il. J'aime pas répéter les trucs. » Puis il regagna son bureau.

Christmas rentra chez lui, la joue toute rouge.

« Qui t'a fait ça ? » lui demanda Cetta.

Christmas ne répondit rien et alla s'asseoir sur le divan, une expression joyeuse sur le visage.

« Qui t'a fait ça ? » répéta Cetta.

« Mon père » pensa Christmas en souriant. Mais il ne dit rien.

Cetta enfila son manteau et dit qu'elle avait une course urgente à faire.

Dès qu'elle eut fermé la porte, Christmas se leva du divan en riant, courut dans la chambre de sa mère et colla l'oreille contre le mur qui les séparait du bureau de Sal.

Cetta entra dans l'appartement de Sal, l'embrassa et se jeta sur le lit. Sal lui souleva la jupe, ôta sa culotte et s'agenouilla devant elle. Puis il lui écarta les jambes et plongea la tête au milieu. Alors Cetta se laissa aller à la langue de Sal et s'abandonna au plaisir.

Christmas avait toujours l'oreille collée au mur. Et il riait. Comme rient tous les gamins quand ils entendent les bruits de l'amour – comme de quelque chose de comique.

« Le boss dit qu'il est encore trop tôt pour arrêter, annonça Sal, sombre.

— Jusqu'à quand je devrais encore faire ce métier ? » demanda Cetta.

Sal se leva du divan de la maison close.

« Il faut que j'y aille, fit-il.

— Jusqu'à quand ? cria Cetta.

— J'en sais rien ! » explosa Sal.

Et Cetta lut alors quelque chose qu'elle n'avait jamais vu dans les yeux de son homme : une contrariété. Sal n'aimait pas qu'elle fasse la putain. « L'année prochaine, peut-être ? » demanda-t-elle en prenant Sal par la main. Mais Sal ne répondit rien. Ses yeux fixèrent le sol.

« Tu dors au bureau, cette nuit ? lui demanda Cetta.

— Peut-être… dit Sal. Il faut que je fasse un peu les comptes. »

Voilà maintenant plusieurs mois que, tous les soirs, Sal trouvait une excuse pour ne pas rentrer à Bensonhurst. Et Cetta allait dormir dans son lit, jusqu'à l'aube. Puis elle se levait et se glissait furtivement dans son propre appartement, pour ne pas réveiller Christmas.

« Ça me fait plaisir, fit Cetta.

— On verra, je te promets rien.

— Je sais, Sal.

— Maintenant, il faut que j'y aille, petite. »

Cetta sourit. Elle aimait quand Sal l'appelait « petite ». Même si maintenant elle était une femme de presque vingt-cinq ans, plus ronde et plus tendre.

« Dis-le encore !

— Quoi ?

— Petite !… »

Sal ôta sa main de celle de Cetta :

« J'ai pas de temps à perdre. C'est tout un bordel, avec cette histoire d'alcool…

— Alors c'est sûr ? demanda Cetta. (Tout le monde en parlait : le gouvernement voulait faire une loi interdisant l'alcool.)

« — Oui, c'est sûr, dit Sal. Une nouvelle ère commence. T'y crois, toi, qu'aucun Américain ne boira plus ? »

Cetta haussa les épaules.

« C'est l'affaire du siècle ! On va tous se faire un sacré pognon ! s'exclama Sal. Et j'en veux ma part.

— Comment ? » demanda Cetta, inquiète.

Sal rit.

« J'ai certainement pas envie d'aller me balader et de me faire tirer dessus par les flics. Mais y a pas que la contrebande. Il faudra aussi ouvrir des lieux clandestins pour que les gens puissent boire, non ? Ce que je veux, c'est qu'on me confie un de ces endroits. »

Cetta regarda Sal :

« Alors tu seras encore moins à la maison... fit-elle remarquer.

— Mais si ça se trouve, j'arriverai à convaincre le chef de t'embaucher comme serveuse dans mon bar ! et il cligna de l'œil.

— Vraiment ? s'écria Cetta électrisée en se jetant à son cou.

— Mais c'est dur, le boulot de serveuse, fit Sal en se dégageant de ses embrassades. C'est pas comme les poules, qui passent la journée au pieu !

— Dégage ! s'exclama Cetta en riant.

— Salut ! et Sal se dirigea vers la porte de la maison close.

— Dis-le-moi encore ! cria Cetta dans son dos.

— Je suis pas ton singe savant ! » fit Sal en claquant la porte. Cetta s'assit sur le divan. Un sourire sur ses lèvres maquillées.

Elle se regarda dans le miroir qui se trouvait en

face d'elle. Elle regarda la robe qu'elle avait cru être celle d'une grande dame lorsqu'elle avait débarqué à New York. Et elle se souvint de la première fois où elle avait vu Sal, l'homme qui l'avait sauvée. Et celui qui, bientôt, la sauverait encore en lui permettant de devenir serveuse. Et elle s'imagina avec un tablier à rayures blanches et rouges.

On sonna à la porte.

Cetta se leva d'un bond. « J'y vais ! » cria-t-elle joyeusement aux autres prostituées, dans le couloir. « C'est Sal qui veut me dire "petite" ! » se dit-elle en riant.

L'homme sur le pas de la porte fixa son décolleté plongeant. Et il sourit en plissant les yeux : « C'est justement toi que je cherchais, poupée ! » dit-il en lui palpant les fesses. C'était un petit gros qui puait toujours l'eau de Cologne. « Je t'ai amené des bonbons, vilaine petite fille ! »

Et il voulait toujours faire des jeux dégoûtants.

Christmas cessa bientôt de rire aux bruits que faisaient Cetta et Sal au lit. L'amour ne lui semblait plus comique comme autrefois. Quelque chose avait changé dans son corps. Et même s'il ne savait pas bien comment gérer ce changement, il avait compris que l'amour était une affaire sérieuse et obscure, mystérieuse et fascinante. Quelque chose pour les grands. C'est ainsi qu'il cessa de coller l'oreille au mur qui séparait les deux appartements. Et chaque fois qu'il entendait sa mère rentrer chez elle, à l'aube, il faisait semblant de dormir.

Dans l'immeuble, quelques garçons plus âgés parlaient de femmes. Mais il s'agissait de discours confus. Et surtout, aucun ne mentionnait jamais le mot amour. On aurait plutôt dit une question de mécanique. À travers leurs discours, Christmas avait compris comment on faisait. Mais ce qui l'intéressait, c'était l'amour. Or ça, personne n'en parlait jamais. Même les grands.

Quand il eut treize ans, Cetta lui offrit une batte de base-ball et une balle en cuir. Maintenant elle était serveuse et non plus prostituée : elle gagnait moins et Christmas savait tous les efforts qu'elle avait dû faire pour acheter ce cadeau.

Un jour, Christmas était assis sur les marches devant l'immeuble de Monroe Street, sa batte et sa balle près de lui, et lisait pour la deuxième fois l'amour impossible et tragique du crève-la-faim Martin Eden pour la riche Ruth Morse.

Sal gara sa voiture entre deux étalages de vendeurs ambulants et, en entrant dans l'édifice, il lança à Christmas : « Si tu veux, je t'ai trouvé un petit boulot ! »

Christmas referma son livre, prit la batte et la balle et suivit Sal dans l'escalier.

« Si j'étais toi, je jetterais la balle et garderais seulement la batte, morveux ! s'exclama Sal, avant de rire tout seul.

— C'est quoi, comme travail ? demanda Christmas.

— Ils te donnent sept dollars pour goudronner un autre toit à Orchard Street, expliqua Sal. Ce sont les mêmes que la semaine dernière. Ils ont dit que tu te débrouillais bien. »

Christmas pensa que ce n'était pas avec sept dollars par jour qu'on devenait riche, et qu'on risquait plutôt d'avoir une vie aussi merdique que celle de Martin Eden.

Mais il aimait que Sal s'occupe de lui : « On est une espèce de famille, pas vrai ? » lui demanda-t-il. Sal s'arrêta au milieu de l'escalier et le regarda. Il secoua la tête, puis recommença à monter et ouvrit la porte de ce qu'il continuait à appeler son bureau, bien qu'il ait désormais vendu son appartement de Bensonhurst. « Qui c'est qui te met ces idioties en tête ? Ta mère ? »

Christmas le suivit à l'intérieur de l'appartement : « Tu l'aimes ? » demanda le garçon à brûle-pourpoint.

Sal se figea. Il se balança d'un pied sur l'autre, embarrassé. Puis il passa près du bureau en noyer et regarda par la fenêtre.

« Je ne lui ai jamais dit, répondit-il à Christmas sans se retourner.

— Et pourquoi ?

— Mais qu'est-c'qui t'prend ? explosa Sal, se retournant le visage empourpré. C'est quoi, toutes ces foutues questions ? »

Christmas recula d'un pas. Il baissa les yeux sur la couverture de *Martin Eden*.

« Je voulais seulement savoir pourquoi… fit-il doucement avant de se diriger vers la sortie.

— Parc'que j'ai jamais été un homme courageux, je suppose » répondit alors Sal.

Le lendemain à l'aube, Christmas entendit rentrer Cetta. Il sourit sous ses couvertures, sans bouger. Puis il sortit flâner dans les rues du ghetto, acheta une brioche avec l'argent qu'il avait gagné en goudronnant des toits la semaine précédente, et rentra chez lui à onze heures, l'heure à laquelle Cetta se réveillait. Il s'assit sur le lit de sa mère et lui tendit la brioche encore chaude.

Cetta lui caressa la main tout en grignotant la brioche. « Tu es devenu vraiment beau ! » lui dit-elle.

Christmas rougit. « Tu sais, ça m'embête pas, si tu restes chez Sal ! » dit-il alors, les yeux baissés.

Cetta s'étrangla avec son morceau de brioche. Elle toussa. Puis elle rit, passa ses bras autour des épaules de Christmas et l'attira contre elle, le serrant et l'embrassant sur le front.

« Non, j'aime savoir que tu veilles sur moi, le matin ! » s'exclama-t-elle, et ils restèrent dans les bras l'un de l'autre, allongés ensemble sur le lit.

« Maman, Sal t'aime, tu sais ? souffla Christmas un peu plus tard.

— Oui je sais, mon trésor, répondit Cetta doucement.

— Et comment tu le sais, s'il ne te l'a jamais dit ? »

Cetta soupira, caressant la mèche blonde de Christmas.

« Tu sais ce que c'est, l'amour ? fit-elle. C'est réussir à voir ce que personne d'autre ne peut voir. Et laisser voir ce que tu ne voudrais faire voir à personne d'autre. »

Christmas se serra contre sa mère : « Moi aussi, je serai amoureux, un jour ? »

32

Manhattan, 1924

« Ils partent ce soir » lui avait dit Fred ce matin de mi-janvier. Il était venu le voir chez lui pour lui annoncer la nouvelle.

Christmas l'avait regardé sans parler. Il avait baissé les yeux. « Alors c'est vrai » avait-il pensé. Jusqu'à ce jour-là, il avait fait semblant de ne pas y croire. Parce qu'il ne pouvait se dire qu'il ne reverrait plus jamais Ruth. Qu'il devrait l'oublier.

« Central Station, avait ajouté Fred comme s'il avait lu dans ses pensées. Quai numéro cinq. À dix-neuf heures trente-deux. »

Et ce soir-là, Christmas se rendit à Grand Central Station. En s'approchant de l'entrée principale, sur la 42ᵉ Rue, il regarda l'énorme horloge qui dominait la façade. Il était sept heures vingt-cinq. Au début, il avait décidé de ne pas y aller. Cette petite fille riche et gâtée ne méritait pas son amour. Alors comme ça, elle était capable de l'effacer aussi facilement de sa vie ? Eh bien, il allait faire pareil ! s'était-il dit rageusement. Mais ensuite, il n'avait pas résisté.

« Je t'aimerai toujours, même si tu ne devais jamais m'aimer ! » avait-il pensé et, à cet instant même, toute sa colère s'était évanouie et l'avait quitté. Christmas était redevenu le garçon qu'il avait toujours été. Mais en lui, maintenant, il n'y avait place pour rien d'autre que pour l'amour immense qu'il éprouvait pour Ruth.

L'aiguille des minutes avança d'un cran. Sept heures vingt-six. Les statues de Mercure, Hercule et Minerve le fixaient avec sévérité. Il se décida à entrer sous le regard aveugle de la statue du magnat des chemins de fer Cornelius « Commodore » Vanderbilt. Et soudain, il eut l'impression qu'il n'aurait plus le temps.

Il se mit à courir vers le quai numéro cinq. Il voulait la voir. Ne serait-ce qu'une dernière fois. Afin que ces traits qu'il connaissait par cœur s'impriment sur sa rétine de manière indélébile. Parce que Ruth était à lui et qu'il était à Ruth.

Il arriva à bout de souffle et, se frayant un passage parmi la foule qui se pressait sur le quai, il commença à remonter les wagons, et sa peur de ne pas la trouver était telle que son cœur battait dans ses tempes. On annonçait maintenant le départ du train. Sept heures vingt-neuf. Encore trois minutes. Trois minutes, et puis Ruth disparaîtrait de sa vie.

Enfin il l'aperçut, assise près d'une fenêtre, le regard perdu dans le vide avec une expression absente. Christmas s'arrêta. Il aurait voulu frapper à la vitre et toucher sa main à travers le verre, une dernière fois. Mais le courage de s'approcher lui manqua. Il resta là debout à la regarder, au milieu de ce fourmillement de gens. Sans savoir pourquoi, il enleva son bonnet. À ce moment-là, il remarqua que Ruth baissait les yeux sur quelque chose qu'elle tenait à la main. Et puis elle mit ce quelque chose autour de son cou. Les jambes de Christmas se mirent à trembler.

« Mais qu'est-ce que c'est laid ! » s'exclama la mère de Ruth assise devant elle, fixant le pendentif en forme de cœur que sa fille venait d'attacher.

« Je sais » dit Ruth, passant son pouce sur la surface rouge et luisante du cœur. Le caressant. Avec amour, s'avoua-t-elle à elle-même, maintenant qu'elle partait et ne courait donc plus aucun risque. Et puis son regard franchit la vitre.

C'est alors qu'elle le vit. Ses cheveux couleur du blé décoiffés sur le front. Ses yeux sombres, profonds et passionnés. Et ce ridicule bonnet à la main. Et aussitôt, sans qu'elle puisse rien contrôler, l'image de Christmas se retrouva embuée de larmes.

Le garçon fit un pas hésitant en avant, se détachant de la foule, alors que désormais il était trop tard et qu'ils ne pouvaient plus rien se dire. Mais leurs regards se mêlaient. Et dans ces yeux voilés de larmes, il y avait plus de mots qu'ils n'auraient jamais pu prononcer, plus de vérité qu'ils n'auraient pu avouer, plus d'amour qu'ils n'auraient pu montrer. Et plus de douleur qu'ils n'étaient capables de supporter.

« Je te trouverai ! » articula lentement Christmas.

Le train siffla. S'ébranla.

Christmas vit que Ruth tenait une main serrée sur le cœur rouge qu'il lui avait offert.

« Je te trouverai ! » répéta-t-il doucement, alors que Ruth était emportée au loin.

Quand Christmas disparut de sa vue, Ruth se redressa. Une larme roulait sur sa joue.

Sa mère la regardait d'un air distant et glacé. Épiant les émotions de sa fille, elle avait remarqué

Christmas elle aussi. Elle la fixa encore un instant et puis s'adressa à son mari, qui lisait un journal : « L'amour des jeunes, c'est comme un orage d'été, soupira-t-elle d'un ton las. En un instant, l'eau sèche au soleil, et bientôt on ne sait même plus qu'il a plu. »

Ruth se leva.

« Tu vas où, mon trésor ? demanda la mère.

— Aux toilettes, répondit Ruth en la fixant avec un regard féroce. Je peux ?

— Ma chérie, contrôle-toi ! » s'exclama sa mère, avant de prendre une des revues qu'elle se faisait envoyer de Paris.

Ruth chercha l'employé qui s'occupait de leur wagon, se fit prêter une paire de ciseaux et s'enferma dans le cabinet de toilette. Elle se déshabilla et lia encore plus étroitement la bande qui lui écrasait la poitrine pour la cacher. Puis elle remit ses vêtements et, d'un coup de ciseaux net, coupa ses longues boucles. À hauteur des mâchoires, plus longs devant et plus courts sur la nuque. Elle les mouilla et s'efforça de les lisser. Elle rendit les ciseaux à l'employé et revint s'asseoir à sa place, devant sa mère.

Le voyage pour la Californie avait commencé.

« Adieu » pensa Ruth.

Deuxième partie

33

Manhattan, 1926

En cette fin de matinée du 2 avril 1926 – le jour des dix-huit ans de Christmas –, une fumée âcre envahissait une bonne partie de la rue. Elle piquait les yeux de tous, même de ceux qui se tenaient éloignés, sur le trottoir d'en face. La foule se pressait en murmurant autour du camion des pompiers, qui cachait l'échoppe.

Christmas était grand et fort, maintenant. Il avait une cicatrice fraîche juste au-dessous de l'œil gauche. Et un peu de barbe blonde mal rasée grimpait sur ses joues. Il portait un costume que peu de gens auraient pu se permettre, mais froissé et sale. Dans sa poche droite, un couteau à cran d'arrêt. Dans son regard, une lueur morne. Sur son visage, l'expression d'un cynisme profond et général. Une dureté froide. Autant de signes extérieurs indiquant non seulement qu'il avait grandi, mais aussi qu'il était devenu identique à un tas de garçons qui vivaient dans la rue. Qui vivaient de la rue.

Suivi de Joey, Christmas se frayait un passage au milieu des curieux, poussant, s'enfonçant dans la foule et saisissant par les épaules quiconque gênait sa progression. Il savait qu'il devait voir ce qu'il y avait de l'autre côté du camion des pompiers. Il devait voir le magasin. Et tandis qu'il avançait à travers la fumée, toujours plus dense et étouffante, il entendait quelqu'un dire « Il pouvait pas s'en sortir tout seul… », et un autre « Il était têtu comme une mule… ». Une petite femme maigre, au visage crispé par la méchanceté des faibles et des affamés, s'exclamait « Il se croyait meilleur que les autres ! », et un type affirmait à son voisin « Le racket, on peut pas y couper », ce à quoi l'autre répondait, remuant la tête de haut en bas comme pour dire oui, et puis de droite à gauche comme si, en même temps, il disait non « Le racket on peut pas y couper, il faut payer soit les policiers irlandais, soit ces charognes d'Italiens ou de juifs… »

La fumée faisait de plus en plus larmoyer Christmas mais surtout, au fur et à mesure qu'il approchait du camion des pompiers, une odeur âcre et empoisonnée agressait ses narines, une odeur qu'il avait l'impression de reconnaître.

« Je lui avais dit ! » fit un gros bonhomme que Christmas eut du mal à écarter pour pouvoir avancer, « Il l'a bien cherché ! » lâcha un autre, presque avec rancœur, « Qu'est-ce que c'est moche, de finir comme ça… » murmura effrayée une femme habillée de noir, en se signant. « C'est quoi, ces gens ? Des bêtes ? Des diables ? » s'énerva sa voisine, mais d'un ton faible et résigné, parce que tout le monde dans le Lower East Side savait que la réponse à cette question rhétorique était tout simplement oui.

C'était une odeur de rôti brûlé, de viande trop cuite,

réalisa Christmas, qui désormais se trouvait à quelques pas du camion de pompiers masquant l'échoppe, d'où s'échappait la fumée dense et humide d'un incendie à peine maîtrisé. Une odeur de rôti brûlé et puis inondé.

Juste de l'autre côté du camion, quelques policiers en demi-cercle repoussaient la foule, agitant leurs matraques d'un air menaçant et criant des ordres que nul ne semblait entendre. Comme si avoir les yeux saturés de curiosité et d'horreur rendait sourds les badauds.

« Pétard ! » s'exclama Joey avec un ricanement quand il se retrouva au premier rang avec Christmas, face à un gros policier aux cheveux roux tout en sueur. Et face à ce qui restait du magasin.

Sans se départir du regard dur et froid qui était devenu le sien pendant les deux années ayant suivi le départ de Ruth, Christmas commença à reconnaître, à travers la fumée qui se dissipait légèrement, l'intérieur de la boucherie appartenant à Giuseppe LoGiudice, que tout le monde appelait Pep. Il parvenait à distinguer le plan de travail en marbre clair, que la chaleur avait fait éclater. Mille fragments de verre provenant de la vitre de l'étal brillaient comme des paillettes sur des morceaux de viande secs et noirs qui grésillaient et se noyaient dans l'eau déversée par les pompiers. Il voyait aussi les chaînes de saucisses toujours pendues à leurs crocs mais brûlées et rabougries, avec leur graisse qui goûtait à terre. Et il remarquait que les carreaux de céramique blanche avaient explosé, arrachés au ciment qui, auparavant, les maintenait aux murs. Et il découvrait les traces que le feu avait laissées sur les murs dénudés, comme de longues langues noires qui se faisaient plus fines près du plafond, arrêtées dans leur dernier sursaut famélique pour dévorer tout l'oxygène.

Tout à coup, dans un éclat de miroir triangulaire qu'un pompier sortait du magasin, Christmas s'aperçut lui-même, avec son regard éteint et sans émotion. Et il ne se reconnut pas. Ce fut alors – tandis que les pompiers détachaient les raccords métalliques de la bouche d'incendie et commençaient à enrouler le tuyau à l'arrière de leur camion – qu'il vit arriver un lieutenant de police suivi d'une femme d'une cinquantaine d'années qui pleurait, désespérée, en s'agrippant à l'épaule d'un homme de trente ans environ, grand et fort, avec des mains d'étrangleur. Pep et lui se ressemblaient comme deux gouttes d'eau. « Tu avais une femme et un fils ! pensa Christmas. Je ne savais pas, Pep. »

Au moment même où le lieutenant disait à la femme « Ne regardez pas, madame LoGiudice ! », un coup de vent s'engouffra soudain dans l'échoppe, chassa la fumée et la poussa au visage de la foule comme un chiffon toxique, avant qu'elle ne se disperse dans le ciel. C'est alors que Christmas le vit. Il vit ce qui en restait. Au milieu de la boucherie.

La femme hurla.

La chaise avait une structure en métal. C'était celle dont Pep se servait pour lire le journal, dans la ruelle derrière son échoppe. Et Christmas vit ce qu'il en restait. De la chaise et de Pep. Au milieu de la boucherie. Une boule de chair sèche, qui n'avait aucun rapport avec l'immense et brave ogre qu'il avait été de son vivant, collée au métal gondolé.

« Ils l'ont attaché à la chaise avec du fil de fer, expliquait un policier à son collègue. S'ils avaient utilisé de la corde, elle aurait brûlé et le pauvre gars s'en serait peut-être tiré… »

La femme hurla à nouveau. Puis toussa. Ses genoux fléchirent. Son fils tenta de l'entraîner un peu plus loin mais elle planta ses pieds fermement sur le sol et cria : « Non ! » avec une voix que la douleur n'affaiblissait pas.

« Joyeux anniversaire » se dit Christmas.

« Allez, on s'casse ! lui murmura Joey à l'oreille. J'ai fait les courses… »

Christmas se retourna pour le dévisager. Les yeux de Joey étaient de plus en plus enfoncés, le noir de ses cernes avait pris la densité d'une flaque de boue et une profondeur de marécage ou d'obscurs sables mouvants qui, lentement, absorbaient son regard. Et à nouveau, se reflétant dans ces pupilles qui n'étaient plus celles d'un jeune garçon, Christmas ne put se reconnaître. Alors il tourna brusquement la tête, afin que nulle question, et surtout nulle réponse, n'ait le temps d'être formulée. Il ne voulait entendre aucune question, aucune réponse. Il éprouva une soudaine nostalgie pour l'ingénuité de Santo, qu'il ne voyait plus depuis deux ans au moins. Il eut presque envie de rire en pensant à son visage boutonneux, le jour où il lui avait payé une demi-glace pour le recruter, et aussi en se souvenant de son éternelle lenteur de compréhension et de la peur qui lui avait coupé la voix lorsqu'il avait dû faire croire à la bande de voyous, derrière l'échoppe de Pep, qu'ils avaient rendez-vous avec Arnold Rothstein. Il se remémora la pommade contre les boutons qu'ils vendaient à Pep pour… Christmas écarquilla les yeux. Mais où était passée Lilliput ? Il échappa au policier qui essayait de les retenir et atteignit la porte encore brûlante du magasin ; là un air chaud, humide et âpre lui balaya le visage. Ses yeux fouillaient la boule de chair.

Le policier aux cheveux roux le saisit par le bras et l'obligea à reculer. Christmas lança un regard vers le fils de Pep mais sans savoir que dire, que demander.

« Attendez ! dit la veuve au policier. Tu connaissais mon Pep ? demanda-t-elle à Christmas.

— Oui, madame.

— Comment tu t'appelles ?

— Christmas. »

La femme fit une grimace qui – en d'autres circonstances, si elle n'avait pas été défigurée par la douleur – aurait été le sourire de quelqu'un qui se souvient :

« Ah, tu es le garçon que Pep voulait éloigner de la rue, c'est ça ? »

Christmas crut recevoir un coup à l'estomac. Il secoua la tête :

« Non, vous vous trompez, vous devez me confondre avec quelqu'un d'autre… »

La veuve l'examina de pied en cap, et soudain passa la main sur le revers de sa veste avec un geste familier, intime, auquel Christmas ne s'attendait pas.

« Il est beau, ton costume… » fit-elle doucement. Puis elle s'écria : « Tu as vu ce qu'ils lui ont fait ? ». Ensuite elle le fixa encore un moment mais ne dit plus rien, et bientôt se détourna.

Christmas demeura immobile. Puis le policier roux recommença à l'entraîner vers la foule des curieux.

« Et Lilliput ? » cria Christmas à l'intention de la femme.

La veuve ne l'entendit même pas. Mais le fils de Pep se retourna :

« Elle est morte l'an dernier. De vieillesse » répondit-il.

La veuve leva la tête vers son fils, comme si elle revoyait Pep, et elle lui caressa la joue. Une caresse lente, qu'elle ne faisait pas vraiment en cet instant mais qui, en réalité, était la répétition d'un geste ancien, appartenant désormais et pour toujours au passé. Et, machinalement, son regard glissa vers le bas, vers les pieds de son fils ou de Pep, comme si elle cherchait l'horrible petite chienne galeuse aux yeux globuleux, qui était Pep à elle seule. Alors un sanglot la plia en deux une nouvelle fois. Ses yeux se remplirent de larmes et ils n'exprimaient aucune colère, seulement de la peine, lorsqu'elle fixa à nouveau Christmas. « Tu as vu ce qu'ils lui ont fait ? » articula-t-elle encore, mais sans s'adresser à personne en particulier et avec une expression confuse, comme si ces mots n'avaient plus vraiment de sens et qu'elle essayait juste de répéter quelque chose qui puisse l'aider à rester debout, agrippée à son fils – c'était tout ce qui lui restait.

Christmas ne put soutenir son regard et échappa à la prise du policier. « Allons-nous-en ! » lança-t-il brusquement à Joey, et il se mit à pousser et écarter la foule avec rage comme si, tout à coup, il manquait d'air. Il ne s'arrêta, haletant, que lorsqu'il eut atteint le trottoir d'en face. Alors il observa encore l'ensemble de la scène, dont il connaissait à présent tous les détails, avec les curieux, le camion des pompiers dissimulant le magasin, et la fumée qui montait de la boucherie vers le ciel. « Mais où tu étais ? se demanda-t-il.

Qu'est-c'que tu faisais ? » Enfin il s'exclama à haute voix, comme pour chasser les questions qu'il n'arrivait plus à retenir : « Va t'faire foutre ! »

« Va t'faire foutre ! hurla à son tour Joey, mais en riant. Allez, y faut vite se tirer ! »

Christmas se retourna d'un bond. Derrière Joey, il reconnut les membres de la bande qui n'avaient pas voulu de lui, lorsqu'il était un jeune garçon et avait fondé les Diamond Dogs. Ils avaient les mêmes cernes sombres, le même regard dur, froid et distant que Joey. Ils gardaient les mains enfoncées dans les poches. Et souriaient. Ils souriaient en le fixant. Et chacun de ces sourires était un message. Ils étaient devenus les médiocres seconds couteaux des Ocean Hill Hooligans. Ils traînaient toujours autour du Sally's Bar & Grill, attendant que quelqu'un ait un ordre à leur donner.

« C'est Dasher ? » cria Christmas en se dirigeant vers eux.

Mais Joey le retint. Alors le coup de sifflet d'un policier retentit : tous regardèrent dans cette direction, sur le qui-vive. Et quand Christmas tourna à nouveau la tête et chercha la bande des yeux, la rue était vide.

« Allez, bordel, on s'casse ! » s'écria Joey.

Christmas le suivit rapidement. Presque en courant. En un instant, ils se perdirent dans le dédale crasseux du ghetto. Ils s'arrêtèrent dans une petite rue. Joey sortit sa chemise du pantalon, faisant tomber à terre un sac à main, un portefeuille, une montre à gousset et quelques pièces. Il rit.

« J't'avais dit que j'avais fait les courses ! » fit-il, commençant à fouiller dans le sac et le portefeuille. Il jeta des photographies jaunies et quelques vieux

papiers, et ne dénicha que deux misérables dollars :
« Bande de pouilleux ! » lâcha-t-il en secouant la tête.

« C'est Franck Abbandando qui a fait le coup, lança
Christmas.

— Et alors ?

— Pep voulait pas lui filer le fric.

— Un sacré connard ! fit Joey en haussant les
épaules, plein de rancœur. Tu t'rappelles c'qu'y
m'avait balancé, ce boucher de merde ? Allez, va
t'faire foutre, Pep ! Tu l'as dans l'cul ! Moi j'suis
ici, et toi t'es qu'un sale con qui a cramé ! »

Christmas lui plaqua un avant-bras sur la gorge
et, les dents serrées, le poussa violemment contre le
mur. En l'étouffant. Mais alors, il se vit à nouveau
dans les pupilles noires de Joey. « Tu es le garçon
que Pep voulait éloigner de la rue, c'est ça ? » La
phrase de la veuve bourdonnait dans sa tête. Voyant
son reflet, il se reconnut enfin. Il était comme Joey.
Comme les Ocean Hill Hooligans. Comme Franck
Dasher Abbandando. Un voyou. Et il deviendrait un
assassin. Parce que, quand on pense que sa propre
vie ne vaut rien, quand on n'a pas de respect pour
soi-même, les autres finissent par compter pour du
beurre. Comme Pep. Un sale con qui a cramé. Il
lâcha Joey.

Celui-ci toussa, cracha et lutta pour reprendre son
souffle. « Merde, qu'est-c'qui t'prend ? s'écria-t-il
enfin, flanquant un coup de pied dans le sac à main
vide. Qu'est-c'qui t'prend, bordel de merde ? »

34

Manhattan, 1926

La Cadillac Type V-63 noire se gara le long du trottoir, faisant crisser ses pneus sur l'asphalte défoncé de Cherry Street. Christmas se retourna vers la portière qui s'ouvrait alors que la voiture n'était même pas encore arrêtée. Il vit un homme d'une trentaine d'années – blond, yeux clairs, oreilles décollées et nez aquilin écrasé par les coups de poing – sauter d'un bond du marchepied, le saisir par le col et lui assener un coup de crosse de pistolet en plein front. Ensuite il sentit qu'on le poussait vers la voiture, et il se retrouva soudain à l'intérieur. Alors que le sang commençait à dégouliner dans ses yeux, il tomba face la première contre les jambes d'un type brun à face de cocker, large sourire, nez un peu épaté, bien habillé et avec un chapeau gris sur la tête. L'homme le saisit par les épaules et le releva, pendant que le blond remontait en voiture et que le chauffeur redémarrait en trombe.

« Je devrais avoir peur » pensa Christmas tandis que son front allait cogner contre l'épaule de l'homme à face de cocker, salissant son costume.

L'homme le poussa de l'autre côté, et le sourire disparut de ses lèvres charnues. Il leva le coude pour inspecter la tache de sang sur sa veste. Puis Christmas sentit l'impact de ce même coude sur son visage, et sa lèvre inférieure s'ouvrit en s'écrasant contre ses dents. Il entendit l'homme à face de cocker qui s'exclamait : « Mais quel con ! »

Christmas laissa tomber sa tête en arrière, contre le cuir de la banquette qui sentait les cigares bon marché et la poudre noire. Il chercha en lui la présence d'une quelconque émotion mais revint de son inspection bredouille. Il ferma les yeux et écouta. Rien. « Je devrais avoir peur » se répéta-t-il mentalement, tout en se tournant vers son voisin, qui regardait droit devant lui avec un air sinistre. « Mais j'en ai rien à foutre. »

Depuis la mort de Pep – qui avait déclenché une série de questions auxquelles il n'avait jamais voulu répondre –, Christmas avait réalisé que, si on lui avait demandé de raconter comment il avait passé les deux années après le départ de Ruth pour la Californie, il n'aurait su que dire. Il s'était simplement laissé vivre, comme en ce moment même il se laissait aller sur la banquette arrière de cette automobile. Il était passé d'une jeunesse insouciante à une jeunesse désespérée, sans que ni l'une ni l'autre ne laisse de trace en lui. Mais s'il avait dû identifier une image qui serve de fil conducteur ou de liant entre tous ces moments, il n'aurait pu parler que de ce soir-là, deux ans auparavant, à Grand Central Station. Il aurait parlé des yeux de Ruth fixés sur les siens. Il aurait évoqué ce long train qui rapetissait et finissait par disparaître, englouti par les gratte-ciel qu'il laissait derrière lui : ce train emportait Ruth au loin et lui infligeait l'unique et profonde blessure de sa vie, qui continuait à saigner sans jamais guérir. Il aurait mentionné tous ces gens qui le bousculaient sur le quai de la gare, comme s'ils ne le voyaient pas, presque comme s'il n'était pas là, et il aurait pu répéter une à une leurs mille paroles inutiles qui résonnaient encore à ses oreilles, même aujourd'hui, deux ans après, comme des vagues menaçantes se brisant contre des rochers ou comme des cris de mouette sur la plage. Une cacophonie dénuée de sens et de puissance, qui ne réussissait pas à couvrir sa propre voix, laquelle chuchotait toujours : « Ruth... »

Tandis que la Cadillac filait vers une destination inconnue, les mots « con » et « Ruth » se mêlaient dans son esprit sonné par les coups, finissant par former une seule et même pensée : « Tu es encore le con qui aime Ruth » se dit-il. Alors il ferma les yeux et eut envie de sourire. Et en même temps il eut envie de pleurer, tant son amour était tenace et têtu, au point de ne jamais avoir pu se remettre de cette soirée dans Grand Central Station. Il l'empêchait de vivre sa propre vie, le happant dans un tourbillon sans espoir et le ramenant sans cesse à cet instant où il n'avait pas su faire un pas vers Ruth, lui toucher la main à travers le verre froid de la vitre, et lui crier toute sa douleur.

La Cadillac fonçait dans les rues poussiéreuses du ghetto. Christmas avait des élancements dans la tête et il sentait sa lèvre gonfler. L'homme à face de cocker frottait l'épaule de sa veste avec un mouchoir, cherchant à enlever la tache de sang.

« Vous m'emmenez où ? » demanda Christmas, d'un ton sans émotion.

Le blond approcha un doigt de ses lèvres et lui fit signe de se taire.

« Qu'est-ce que vous voulez ? » insista Christmas, mais sans véritable désir de le savoir.

Le blond lui flanqua un coup de poing dans l'estomac, violent et imprévu. Christmas se retrouva plié en deux, le souffle coupé. Le chauffeur rit et évita un piéton, faisant faire une embardée à la V-63. Christmas alla cogner contre la jambe du blond.

« Mais t'es vraiment con ! » jura le gangster, frappant Christmas dans le dos.

« J'en ai rien à foutre » se dit Christmas pour la troisième fois, gémissant de douleur.

Dans les semaines qui avaient suivi le départ de Ruth, Christmas avait réussi une nuit, avec l'aide de Joey, à forcer la petite loge du portier de Park Avenue. Il avait trouvé une lettre pour les Isaacson qui était prête à partir avec le courrier du matin, adressée à un hôtel de Los Angeles, le Beverly Hills Hotel, 9641 Sunset Boulevard. Christmas avait écrit une lettre à Ruth, sans obtenir de réponse. Alors il en avait écrit une autre puis une autre encore. Il ne s'était pas résigné au silence de Ruth, jusqu'à ce qu'un jour sa dernière lettre lui revienne avec un message : « Le destinataire a changé d'adresse », rien d'autre. Mais Christmas ne s'était pas avoué vaincu. Il était allé à la AT&T et avait appelé le Beverly Hills Hotel. On lui avait demandé son nom et, après une attente interminable qui lui avait coûté deux dollars quatre-vingt-dix, on lui avait répondu vaguement que les Isaacson n'avaient pas laissé d'adresse. Mais Christmas avait compris qu'il avait été mis sur une liste de *persona non grata*. Alors il avait impliqué sa mère : il était retourné avec elle à la AT&T et lui avait demandé de téléphoner au Beverly Hills Hotel en se présentant comme Mme Berkowitz de Park Lane, une voisine chez qui Mme Isaacson avait oublié un vison. Alors, comme par enchantement, l'adresse d'une villa à Holmby Hills était apparue. Mais Ruth avait continué à ne pas répondre.

« Arrête-toi devant l'entrée ! lança l'homme à face de cocker au chauffeur.

— Pas à l'arrière ? s'étonna celui-ci.

— Mais tu crois que Lepke parle aux murs ? explosa le blond, qui crachait ses mots à une vitesse incroyable, avant d'assener une claque sur la nuque du chauffeur. Juifs de merde, mais qu'est-c'que vous êtes casse-couilles ! Quand on t'dit un truc tu l'fais, un point c'est tout ! »

Le chauffeur enfonça la tête dans les épaules et lança un rapide coup d'œil à Christmas dans le rétroviseur. Il devait avoir à peu près vingt ans, pensa Christmas. Comme lui. Combien de voitures transportant des rats avait-il conduites ? Combien de morts avait-il déjà vus ? Combien de coups de feu avait-il entendus ? Combien de visages cyanosés, étranglés par du fil de fer, avait-il aperçus dans ce rétroviseur ? Trop, savait Christmas. Et maintenant, il ne pourrait plus revenir en arrière. Il avait à peu près vingt ans. Comme lui.

« Qu'est-c'que vous voulez d'moi ? » demanda encore Christmas. Et dans sa voix, il entendit pointer une inquiétude nouvelle, amenée par ses réflexions sur ce chauffeur qui lui ressemblait.

« Gurrah, cette bagnole est pleine de casse-couilles »

lâcha d'un ton calme l'homme à la face de cocker, jetant par la fenêtre son mouchoir plein de sang.

Le blond frappa Christmas. Un coup de poing sur la bouche, machinal et foudroyant. Puis il tapa sur l'épaule du chauffeur. « Gare-toi ! » ordonna-t-il.

La V-63 s'arrêta brusquement au beau milieu de la rue. Le blond au nez de boxeur sortit Christmas de la voiture et le poussa vers le trottoir, le faisant passer entre une Pontiac marron et une berline LaSalle flambant neuve. Christmas tenta de s'enfuir. Mais le sbire le tenait fermement et ne se laissa pas déséquilibrer : il flanqua dans les jambes de Christmas un coup de pied qui le projeta à terre, la tête la première. Puis il le releva en le tenant par le revers de la veste. Christmas vit qu'ils étaient arrivés devant le Lincoln Republican Club, au coin d'Allen Street et de Forsyth Street. Et alors, il comprit soudain qui était l'homme à face de cocker. Et le blond qui parlait vite. Et aussi celui qu'il était sur le point de rencontrer.

Il se dit que lui non plus ne pourrait plus revenir en arrière, une fois rentré là-dedans. Comme le chauffeur sans nom. Comme Pep. Comme Ruth.

Et il prit peur.

« Je vous ai rien fait ! s'exclama-t-il.

— Avance, connard » ordonna le blond en le poussant vers l'entrée du Lincoln.

« Lepke Buchalter et Gurrah Shapiro » murmura Christmas, l'estomac maintenant noué par la terreur.

« Ta gueule ! » dit le blond, et il le poussa violemment contre la porte du Lincoln.

À l'intérieur du club, Greenie – le gangster que le vieux Saul Isaacson avait chargé de protéger Ruth après la lettre de menace – était installé à une table, cigarette aux lèvres. Christmas le regarda, le sang lui coulant de la lèvre et du front. Greenie, avec un costume à deux cents dollars, était aussi voyant qu'un perroquet.

« Greenie… » fit-il doucement.

Greenie le regarda à son tour, sans émotion. Mais il plissa légèrement les lèvres, laissa échapper une longue bouffée de fumée et secoua la tête.

« Marche, débile ! » Le blond le poussa encore, le faisant entrer dans une salle où un homme de dos jouait seul au billard.

« Voilà où je suis arrivé » se dit Christmas. Ses yeux se remplirent de larmes. Et pendant qu'on le forçait à s'asseoir sur une chaise, il revit en un instant le chemin parcouru. Le monde que Joey lui avait révélé, et dans lequel il s'était laissé entraîner sans opposer aucune résistance ni penser aux conséquences. Il pensa à sa vie et à ces deux dernières années, totalement inutiles. Il revit le chemin parcouru et comprit qu'il était arrivé dans une impasse.

L'homme de dos fit tomber la boule numéro huit dans la poche de côté, d'un coup sec. La blanche, frappée dans sa partie basse, s'arrêta dès qu'elle toucha la huit, obéissant à l'effet donné, revint lentement en arrière et alla se placer à vingt centimètres de la cinq, près d'une des poches de coin.

« Beau coup, chef ! » s'exclama un gars courtaud aux sourcils épais et au nez aplati, à mi-chemin entre le singe et l'idiot, un énorme pistolet dépassant de son étui d'aisselle.

Le chef ne daigna lui accorder ni un regard ni une réponse, et il se retourna vers Christmas. Il l'observa en silence, sa queue de billard à la main.

Depuis le jour où la Rolls du vieux Saul Isaacson s'était arrêtée pour la première fois à Monroe Street, devant l'immeuble appartenant à Sal Tropea, tout le Lower East Side avait cru à l'histoire inventée par Christmas. Les gens n'avaient cessé de murmurer – pendant quatre bonnes années – le nom de cet homme, convaincus que Christmas était en affaires avec lui. L'homme connu sous le nom de Mr. Big, the Fixer ou le Cerveau. L'homme qui avait toujours en poche un gros rouleau de billets de banque. L'homme qui avait truqué les World Series de baseball en 1919. Le boss que Christmas, en réalité, n'avait jamais rencontré. L'Homme d'Uptown. Christmas le reconnut aussitôt. Il avait entendu parler de l'épingle à cravate en diamant et de la montre en or. De ses doigts longs et fuselés et de ses poignets fins.

Le chef s'approcha de lui en le fixant. Il était maigre, d'une beauté ténébreuse, front haut, nez aquilin, lèvres fines, yeux allongés vers le bas et grain de beauté sur la joue gauche. Il avait une élégance naturelle et ne semblait pas un gangster comme les autres. Son costume en laine était du sur-mesure, sombre et pas du tout tape-à-l'œil. Il avait la classe. On aurait dit un homme d'affaires. Et Christmas savait qu'il en était un. Mais ce qui l'impressionnait le plus, c'était la manière dont il le dévisageait, en silence. À la fois avec grâce et violence, comme si dans ses yeux se mêlaient bluff et arrogance, élégance et brutalité.

L'homme retourna à son billard, sans avoir prononcé un mot. Il fit tomber la cinq dans la poche de coin et se mit à étudier la disposition des autres boules comme s'il était seul dans la pièce, sans personne d'autre. Christmas sentit alors qu'il n'arriverait pas à maîtriser sa peur :

« *Mister* Rothstein... » lâcha une petite voix.

Arnold Rothstein ne se retourna pas. Il frappa la blanche avec un effet latéral, la boule rebondit contre le bord et revint en arrière, percutant en rétro la treize qui fut avalée par la bouche. Rothstein pointa sa queue de billard vers la trois, dans le coin opposé. Entre la blanche et la trois, il y avait la neuf.

« J'en ai rien à foutre » se dit alors Christmas. Et la peur qui lui avait serré la gorge s'évanouit soudain. Tout à coup, il comprit qu'il n'allait nulle part et que, depuis deux ans, il fichait sa vie en l'air. Et comme ces boules de billard, il était destiné tôt ou tard à disparaître dans une bouche noire.

« J'en ai rien à foutre ! » déclara-t-il alors d'une voix assurée, qui le fit se redresser sur sa chaise.

Rothstein rata son tir. Sa queue de billard frappa la boule blanche avec un bruit étrange, la boule prit une trajectoire incertaine, toucha la neuf et s'arrêta en tournant sur elle-même au milieu du tapis. Un silence irréel s'abattit sur la pièce.

« Qu'est-ce que tu as dit, jeune homme ? » fit Rothstein en jetant sa queue de billard sur le tapis.

Christmas n'avait plus peur. Il était au fond d'une impasse ? Peut-être. Mais ces deux années n'avaient-elles pas été qu'une seule et longue impasse ? Il regarda Rothstein sans parler.

« Tu lui as expliqué quelque chose ? » demanda Rothstein à Lepke.

Louis Lepke Buchalter fit non de la tête.

« Non..., répéta Rothstein. Et toi, tu devines pour-

413

quoi tu es ici, jeune homme ? » lança-t-il alors à Christmas.

Christmas secoua la tête. Sa lèvre et son front lui faisaient mal. Son dos et son estomac aussi. Sans oublier sa jambe, là où Gurrah lui avait flanqué un coup de pied.

« Non…, répéta Rothstein, calme et en recommençant à le fixer. Greenie est arrivé ? » demanda-t-il à Lepke.

Celui-ci acquiesça.

« Greenie me connaît, dit Christmas.

— Je sais, fit Rothstein. Greenie, c'est ton avocat. Sans lui, tu serais déjà mort. »

Christmas déglutit le sang qui lui remplissait la bouche.

« Alors, mon garçon, j'attends toujours ! s'exclama Rothstein. Qu'est-ce que tu as dit, tout à l'heure ? »

Christmas se passa la manche de sa veste sur les yeux. Il regarda l'étoffe souillée de sang.

« J'en ai rien à foutre » répéta-t-il.

Rothstein éclata de rire. Mais il n'y avait aucune joie dans ce rire.

« Sortez ! » fit-il ensuite d'un ton froid et coupant.

Lepke, Gurrah et leur acolyte au visage de singe s'exécutèrent. Rothstein prit une chaise, qu'il plaça devant Christmas. Il inspira et expira profondément. Il s'essuya une phalange salie par le bleu.

« J'en ai rien à foutre…, répéta Rothstein lentement. Mais t'en as rien à foutre de quoi, exactement ?

— Vous voulez m'faire peur ? s'exclama Christmas en se redressant sur sa chaise, dans une posture de défi.

— Et tu veux me faire croire que tu n'as pas peur ? sourit Rothstein.

— J'ai pas peur de vous » répliqua Christmas même s'il n'en était pas très sûr. Et pourtant, quelque chose le poussait à jouer ce jeu. À risquer le coup. Parce qu'il n'avait rien à perdre, pensait-il.

Rothstein l'examinait :

« Le Lower East Side et Brooklyn sont infestés de petites frappes comme toi, à tous les coins de rues. Mais ça m'est égal, ça ne m'intéresse pas de compter les cafards et les rats : New York en est plein. »

Christmas le regarda en silence.

« La première fois que j'ai entendu parler de toi et des Diamond Dogs, c'était déjà il y a quelques années de cela, reprit Rothstein. Tu racontais que tu faisais des affaires avec moi. Je suis au courant de tout ce qui me concerne. »

Christmas le fixait droit dans les yeux. Sans baisser le regard. Et pourtant, il savait qu'il avait peur de Rothstein. « Qu'est-ce que tu fous ? se demandait-il. Qu'est-ce que tu veux prouver ? » Il regrettait presque la peur qui l'avait saisi quelques minutes plus tôt, et qui s'était aussitôt évaporée. Parce que le jeune garçon qu'il avait été autrefois aurait eu une peur bleue de se trouver ici, dégoulinant de sang, devant le boss le plus puissant de New York. Parce qu'il se rappelait les paroles de Pep, le jour où celui-ci l'avait chassé de sa boucherie en lui disant que quelque chose s'était brouillé dans son regard : « Tu peux encore devenir un homme, et non un voyou ! » Parce qu'il s'était reconnu dans les yeux de Joey et de tous les petits délinquants du Lower East Side, et il savait qu'il était comme eux. Éteint, comme eux.

« C'est pour ça que vous m'avez fait tabasser ? » interrogea-t-il. Et encore une fois, à son ton effronté, il comprit qu'il était comme tous les garçons des rues : sans avenir, sans rêves. Seulement plein de rage.

Rothstein sourit, découvrant ses dents blanches comme s'il laissait voir des lames de rasoir :

« Ne fais pas le dur avec moi, mon garçon, dit-il calmement. Tu n'as pas l'étoffe d'un dur. Tu es en sucre !

— Qu'est-ce que vous voulez de moi ? et Christmas se redressa encore davantage sur sa chaise, le dos très droit.

— Lepke est un dur, continua Rothstein en se levant. Gurrah est un dur (et il tourna le dos à Christmas). Pas toi.

— Qu'est-ce que vous voulez de moi ? répéta Christmas, se levant soudain.

— Assieds-toi ! » ordonna Rothstein, calme et autoritaire, toujours en lui tournant le dos.

Christmas sentit que ses jambes obéissaient avant même son cerveau. Il se retrouva assis.

Dès qu'il entendit grincer la chaise, Rothstein se retourna en souriant. Il sortit un mouchoir, orné au coin de ses initiales brodées, et le lui tendit :

« Essuie-toi un peu ! »

Christmas se passa le mouchoir sur le front et puis le pressa sur sa lèvre.

« Alors, on a fini de jouer ? » sourit encore Rothstein en lui donnant une tape sur l'épaule.

À ce contact, Christmas eut l'impression de se dégonfler. Comme s'il rendait les armes :

« Qu'est-ce que j'ai fait, m'sieur ? demanda-t-il doucement, sans agressivité.

— Depuis que tu t'es fourré avec ce petit branleur de Joey Sticky Fein, tu me casses un peu les
couilles, expliqua Rothstein en revenant s'asseoir
devant lui, penché en avant et une main sur le genou
de Christmas comme s'il parlait à un ami. Ton associé,
c'est une brebis galeuse. Un traître né. C'est écrit sur
son visage ! Mais ça, c'est ton problème. Le truc,
c'est que vous me piquez une partie de la location de
mes machines à sous et que vous détournez quelques
versements qui me sont dus pour la protection des
petits commerçants, et puis vous commencez aussi à
fourguer ma camelote...

— Moi je vends rien ! protesta Christmas avec
véhémence.

— Ce que font tes gars, c'est comme si tu le faisais
toi-même, ça c'est la règle » dit Rothstein calmement,
comme un homme d'affaires normal.

Christmas le regardait sans bouger un muscle.

« Mais en ce moment, tu me crées de nouveaux
problèmes, dont je ne veux pas, ajouta Rothstein d'un
ton soudain tranchant. Tu racontes que Dasher a éli-
miné un certain boucher...

— Mais oui, c'est lui !

— Ce n'est pas lui. J'ai demandé à Happy Maione,
qui est venu me voir pour se plaindre.

— Mais si, c'est lui !

— J'en ai rien à foutre, de ton boucher ! » hurla
Rothstein.

Ses yeux se plissèrent et ses narines se dilatèrent.
Il pointa un doigt vers la poitrine de Christmas et
le frappa en rythme sur son sternum, tout en parlant
d'une voix sombre, enrouée par son hurlement.

« J'en ai rien à foutre. Ce qui m'intéresse, c'est de

pas avoir d'emmerdes avec Happy Maione et Franck Abbandando. Je peux les écraser quand je veux… mais seulement si ça m'arrange. Je veux pas d'embrouilles à cause d'un petit con qui se fait passer pour un de mes hommes et qui casse les couilles à tout le monde. Happy Maione est venu me demander la permission de s'occuper de toi. Parce que Happy, il connaît les règles. J'aurais pu dire oui… »

Christmas baissa les yeux.

« T'es un drôle de loustic. En principe, tu n'as pas un sou, et pourtant tout le monde jure t'avoir toujours vu bourré de fric, reprit Rothstein en se levant et en lui tournant le dos. On raconte que tu files cinquante dollars par jour à un morveux plein de boutons qui est vendeur dans un magasin de vêtements.

— Non, m'sieur, c'est arrivé qu'une seule fois, et j'ai repris le billet tout d'suite ! C'était juste de la poudre aux yeux. »

Rothstein sourit. Il ne savait pas pourquoi, mais ce jeune lui plaisait. Il aurait juré que c'était un joueur.

« On t'a vu donner dix dollars de pourboire au chauffeur d'une Silver Ghost que tout le monde croyait à moi.

— Je les ai repris aussi ! »

Rothstein rit, le regardant droit dans les yeux.

« Alors t'es quoi ? un magicien, un voleur ?

— Non, m'sieur. Mais c'est pas très difficile, fit Christmas. Les gens voient ce qu'ils ont envie de voir.

— Et alors, qu'est-ce que tu es ? continua Rothstein amusé. Un escroc ?

— Non, m'sieur » dit Christmas.

Et soudain, il se rappela qui il avait été. Il se rappela sa vie avant ces deux années d'obscurité. Il se rappela Santo et Pep et Lilliput et la pommade contre la gale. Il se rappela Ruth. Et il retrouva brusquement ses propres rêves, comme s'ils n'étaient jamais morts mais avaient simplement été mis de côté :

« Moi, je suis fort pour inventer des histoires. »

Rothstein le fixa un instant :

« C'est-à-dire que tu balances des conneries !

— Non, m'sieur, moi...

— Oh, tu me gonfles, avec tes *m'sieur* ! l'interrompit Rothstein, impatienté. Alors ?

— Je sais raconter des histoires. C'est le seul truc que je fais bien » reprit Christmas en retrouvant le sourire. Et il sut que, s'il s'était regardé dans un miroir, il aurait retrouvé aussi son regard, celui que Pep avait vu, il y a des années de cela.

« Et les gens croient à mes histoires parce qu'ils aiment rêver. »

Rothstein alla se rasseoir et se pencha vers Christmas. Il avait une expression à mi-chemin entre incrédulité et amusement. Il aurait juré que ce garçon était un joueur. Or, il aimait les joueurs. Lui-même était avant tout un joueur.

« Pourquoi tu racontes partout que tu travailles pour moi ? demanda-t-il.

— Mais j'ai jamais prononcé votre nom, pas une fois, j'vous jure ! sourit Christmas. J'ai seulement laissé les gens de mon quartier le croire, et moi... eh ben, c'est vrai, j'ai jamais démenti la rumeur... mais les gens ont tout fait tout seuls ! »

Rothstein sortit une cigarette d'un étui en or et la plaça entre ses lèvres sans l'allumer.

« Aucun de mes hommes ne te croirait, fit-il remarquer.

— Bien sûr que non ! admit aussitôt Christmas avant de se pencher vers le terrible boss, avec un enthousiasme qu'il croyait avoir perdu. Mais eux aussi, je pourrais leur faire croire quelque chose qu'ils ont envie d'entendre, sans le leur dire vraiment !

— Du genre ? »

Christmas eut l'impression que l'obscurité s'était enfin dissipée. Il comprit que son problème, c'était simplement qu'il avait cessé de jouer, sans savoir ni comment ni pourquoi. Pourquoi Ruth avait-elle disparu de sa vie ? Il lui avait promis de la retrouver. Mais comment pourrait-il la retrouver si lui-même se perdait dans les rues de New York ? Il devait se retrouver lui-même. Ensuite, il retrouverait aussi Ruth.

« Vous voulez faire un pari ? » proposa-t-il.

Un instant, les yeux de Rothstein brillèrent. S'il avait abandonné sa vie aisée à Uptown et sa famille riche, c'était juste pour son amour des paris. Il l'avait deviné, que ce jeune était un joueur ! Rothstein ne se trompait jamais, quand il jugeait une personne.

« Qu'est-ce qu'un crève-la-faim peut bien parier ? demanda Rothstein.

— Cent dollars ?

— Et tu vas les trouver où ?

— Vous me les prêtez ! Comme ça je parie avec. »

Rothstein rit :

« Tu es fou ! » Néanmoins, il tira de sa poche un gros rouleau de billets et en sortit cent dollars, qu'il tendit à Christmas. « Et moi, je suis encore plus fou que toi ! Parce que si je gagne, je reprends mon fric, et si je perds, je t'en donne le double ! » et il rit à nouveau.

« Maintenant, il faut m'aider, ajouta Christmas.

— Il faut aussi que je t'aide à gagner ? Rothstein avait de plus en plus l'air de s'amuser.

— Il faut juste ne pas me mettre d'obstacles. Il faut me mettre dans les conditions… d'être cru. »

Oui, décidément ce garçon était fou. Comme tous les joueurs. Et il lui plaisait de plus en plus. L'après-midi devenait vraiment intéressant :

« Qu'est-ce que je dois faire ?

— Rien. Mais je vous appellerai Arnold, comme si nous étions devenus intimes. Comme si vous ne vouliez plus me tuer.

— Je t'aurais jamais tué ! sourit Rothstein.

— Mais vos hommes auraient pu le faire, non ?

— C'est vrai ! (Rothstein rit comme si ce n'était qu'un détail, puis se leva et se tourna vers la porte.) Lepke, Greenie, Gurrah, Monkey ! » cria-t-il.

Ses hommes rentrèrent. Comme toujours, ils avaient le visage dur et la démarche assurée de types qui n'hésitent devant rien. Mais en découvrant Christmas, pieds posés sur la chaise que Rothstein venait de quitter, bras croisés derrière la nuque, détendu et souriant malgré les marques de coups, ils ralentirent et regardèrent leur chef. Mais Rothstein leur tournait le dos, et il recommença à jouer seul au billard.

« Greenie, dit Christmas, Arnold m'a raconté que tu étais mon avocat ! Merci, et à charge de revanche ! Mais on a déjà tout arrangé, comme de bons amis, pas vrai Arnold ? »

Rothstein se retourna. Il souriait, amusé. Il ne dit mot. Il se contenta de tripoter une boule. La onze, son numéro préféré. Le numéro gagnant, aux dés.

« Et toi aussi, Lepke, détends-toi ! lança Christmas. Cette fois, tu n'auras pas à m'zigouiller ! »

Rothstein éclata de rire.

Les trois gangsters ne savaient que penser. Leurs regards froids, qui demeuraient impassibles devant des flots de sang, couraient éperdus de Christmas à Rothstein, dans un sens et dans l'autre.

« Qu'est-c'qui s'passe, chef ? » demanda Monkey, le sbire au visage de singe.

Rothstein regarda Christmas.

« Tu ne connais pas la règle numéro un, Monkey ? s'exclama Christmas. Si tu piges pas tout, tu pigeras plus tard. Et si après tu piges toujours pas, rappelle-toi qu'un chef a toujours ses raisons (et son regard se porta vers Rothstein). J'ai pas raison, Arnold ?

— Je t'écoute » répondit Rothstein, arquant un sourcil.

« Vas-y, montre tes cartes, mon garçon » se disait-il.

Christmas lui sourit. Puis il se tourna vers Lepke, Greenie, Gurrah et Monkey, et commença par leur raconter des banalités sur les Irlandais. Qu'est-ce qu'il pouvait les détester ! tous des policiers corrompus ou des criminels mal dégrossis. Puis, comme s'il y avait un lien, il se mit à parler de ses cheveux blonds, hérités de l'enfant de garce qui avait violé sa mère quand elle était toute jeune fille.

Les quatre gangsters l'écoutaient, tout en continuant à regarder du côté de Rothstein, sans comprendre.

« Et on raconte que ce bâtard… mais de toute façon, moi j'en ai rien à foutre… bref, que ce bâtard avait toujours dans la poche de son gilet un porte-clefs avec une patte de lapin (alors Christmas ôta les pieds de la chaise, se leva, rejoignit les quatre hommes et murmura). Un lapin… mort. Vous voyez c'que j'veux dire ! (Il fit une pirouette et retourna s'asseoir.)

Un connard blond avec un lapin mort dans sa poche, conclut-il doucement, comme s'il se parlait à lui-même.

— Il faisait partie des Dead Rabbits ? demanda Gurrah.

— Oh, moi j'dis rien ! s'exclama Christmas en pointant un doigt vers lui. J'dis rien de tout ça, Arnold ! s'exclama-t-il en s'adressant à Rothstein, avant de fixer Gurrah dans les yeux. C'est moi qui ai dit ça ? demanda-t-il.

— Non, fit Gurrah.

— C'est moi qui ai dit ça ? demanda-t-il à Monkey.

— Non, mais…

— Mais, mais, mais… l'interrompit Christmas. Vous me mettez dans la bouche des trucs que j'ai pas dits. Moi, y a des gens avec qui j'n'ai aucun rapport, c'est clair ? Tout c'que j'sais, c'est que mon connard de père, ben… – et qu'je sois foudroyé si c'est pas vrai – c'était le meilleur copain du patron !

— Ton père était le bras droit de… » commença Greenie.

Mais lui aussi fut interrompu par un geste sec de Christmas :

« Greenie, moi j'sais rien, et j'veux pas savoir le nom de tous ces merdeux ! Tout c'que j'sais, c'est qu'il m'a laissé en héritage ces cheveux blonds qui me font ressembler à un foutu Irlandais, et que son sang coule dans mes veines, que ça m'plaise ou non ! » s'exclama-t-il en s'enfiévrant, avant de cracher à terre.

Un silence gêné s'ensuivit. Lepke regarda Rothstein, puis Christmas, et enfin déclara : « Ton père était irlandais et c'était une merde, tu as raison. Et les Dead Rabbits étaient des merdes comme tous les Irlandais.

Mais c'étaient des durs. On en parle encore dans tout Manhattan. » Alors il s'approcha de Christmas et lui donna une tape sur l'épaule.

« On m'avait dit que t'étais un branleur, jeune homme, fit Gurrah en glissant un regard vers Greenie. Mais dès que t'es entré ici, j'ai compris que t'avais des couilles !

— Mais va t'faire foutre, Gurrah ! rit Greenie.

— Mais si, j'l'ai vraiment pensé ! protesta Gurrah.

— Ouais ouais, bien sûr, continua à plaisanter Greenie (puis il regarda Christmas). Ça m'fait plaisir, mon garçon !

— J'suis désolé de t'avoir sonné les cloches ! lança alors Gurrah. Ça n'avait rien de personnel…

— C'est pas un problème, fit Christmas. (Puis il regarda Rothstein tout en tripotant ses cent dollars.) On finit de bavarder tout seuls, Arnold ? »

Rothstein fit un signe de tête aux quatre autres, qui quittèrent aussitôt la pièce.

« J'ai pas dit une seule connerie, m'sieur ! fit remarquer Christmas dès qu'il se retrouvèrent seuls. À part ce truc sur les Irlandais : en réalité, j'ai rien du tout contre eux. Pour le reste, tout c'que j'ai dit est vrai. Ma mère avait treize ans quand elle s'est fait violer par un type blond, un ami du patron de la ferme où elle habitait, en Italie. Il n'était pas irlandais mais seulement blond, et c'est bien c'que j'ai dit. Et ce bâtard avait une patte de lapin attachée à son gilet pendant qu'il violait ma mère. En Italie, la patte de lapin, c'est un porte-bonheur. Et évidemment, pour ça, le lapin doit être mort ! Mais eux, ils ont cru qu'j'étais le fils d'un des Dead Rabbits, même si les dates ne collent pas, parce que ça aurait dû se produire il y a un siècle ! Mais ça leur fait plaisir d'le penser, car ce sont des gangsters... »

Rothstein rit et s'assit devant lui.

« J'ai gagné le pari, m'sieur ? demanda Christmas.

— Rends-moi mes cent dollars » fit Rothstein.

Christmas se figea, puis tendit l'argent.

Rothstein s'en saisit, avant de le lui rendre :

« Tu as du talent pour les conneries ! Et tu as gagné. Prends tes cent dollars ! rit-il.

— Vous n'aviez pas dit que si vous perdiez, vous m'en donneriez le double ? fit Christmas, les cent dollars à la main.

— N'exagère pas, mon garçon ! T'as fait une bonne pioche. Profites-en ! Je n'aime pas perdre. »

Christmas sourit avant de grimacer : sa lèvre avait recommencé à saigner. Rothstein rit à nouveau, comme si cette douleur était sa petite revanche.

« Et qu'est-ce qu'on fait d'un mec qui a du talent pour raconter des histoires ? » demanda-t-il.

Christmas le fixa, la bouche à peine entrouverte. Comme bloqué par une image : celle d'un paquet. Un paquet que Fred ouvrait et dont il sortait un poste de radio en Bakélite. Noir. Et des voix et des sons lui revinrent à l'esprit. « Il faut attendre que les lampes chauffent », et puis un grésillement. Et puis la musique. Et puis la canne noire du vieux Saul Isaacson qui frappait le sol. « Dans la vie, si tu sais qui tu peux être, alors tu feras les bons choix ! » Et puis elle, Ruth, avec sa main bandée et la petite tache de sang sur la gaze, à hauteur de l'annulaire. Et ses cheveux noirs. Comme la Bakélite. Et sa voix : « Moi, j'aime les émissions où on parle. »

« Eh, gamin, tu rêves ? lança Rothstein. À quoi ça peut bien servir, tes putains d'histoires ?

— Je voudrais les raconter à la radio » lâcha alors Christmas.

Rothstein grimaça et pencha la tête de côté, comme s'il ne comprenait pas :

« Et pourquoi ?

— Parce que comme ça, une fille que je connais entendrait peut-être ma voix, fit Christmas. Même si elle est très loin. »

Rothstein porta une main à la racine de son nez, qu'il frotta un moment, ensuite il écarta le pouce et l'index et se lissa les sourcils. Ce garçon continuait à lui plaire.

« La radio, ça porte loin, se contenta-t-il de dire.

— Oui, m'sieur.

— Arnold, corrigea Rothstein. Entre joueurs, on s'appelle par son prénom, Christmas.

— Merci… Arnold. »

Rothstein se leva et retourna près du billard.

« Et arrête ton char, avec Dasher et Happy Maione ! »

Christmas le regarda en silence.

« Tu peux y aller, fit Rothstein. Mais dis à ce con de Sticky de faire gaffe. Il ne m'est pas aussi sympathique que toi. Et puis toi, laisse tomber la rue ! Crois-moi, c'est pas ton truc. »

Christmas adressa un regard long et intense au gangster le plus craint de New York, puis il se tourna et se dirigea vers la sortie.

« Attends ! l'arrêta Rothstein. Cette histoire de radio, c'est encore une de tes conneries ?

— Non. »

426

Rothstein ouvrit la bouche pour dire quelque chose, puis il secoua la tête et soupira.

« Laisse-moi réfléchir » bougonna-t-il. Il leva une main en l'air et soudain, dans un geste brusque, la rabaissa. Comme s'il chassait une mouche.

« Allez, débarrasse le plancher, Christmas ! »

35

Manhattan, 1926

La rumeur s'était aussitôt répandue. « On a enlevé Christmas Luminita ! » avaient raconté les témoins de Cherry Street. Et lorsqu'on disait que quelqu'un avait été *enlevé*, on s'attendait rarement, dans le quartier, à ce que cette personne revienne. Surtout si les kidnappeurs s'appelaient Lepke Buchalter et Gurrah Shapiro, deux gros bonnets : parce que s'ils se dérangeaient en personne, cela voulait dire qu'il s'agissait d'un travail commandé par l'Homme d'Uptown. Du coup, la possibilité que le kidnappé revienne diminuait encore. Le bruit, donc, avait couru très vite. Et, très vite, Christmas avait été considéré comme mort.

Une voisine qui était du genre à aimer apporter les mauvaises nouvelles – et qui s'habillait en noir peut-être justement afin de ne jamais être prise au dépourvu – avait déjà le pied sur une marche du 320, Monroe Street et se dirigeait vers l'appartement de Mme Luminita pour être la première à recueillir la douleur de la mère du défunt, lorsque la même Cadillac Type V-63 noire qui avait enlevé Christmas s'arrêta tout près d'elle. Le cœur de la voisine se mit à battre à tout rompre : la portière s'ouvrit et le kidnappé surgit de l'auto, chancelant, le visage tuméfié et ensanglanté. Peut-être le verrait-elle mourir ! se dit-elle. Là, devant ses yeux ! En un éclair, elle imagina avec quelle vivacité elle décrirait à Mme Luminita les derniers instants de son fils, et avec quels poisons elle épicerait son récit, de longues années de paroles venimeuses ayant perfectionné son art en la matière. Pendant un instant, elle se sentit jeune à nouveau, comme si une humeur nouvelle courait dans ses grosses jambes pleines de varices. Et elle se dit que vivre une vie misérable comme la sienne avait valu la peine, puisque le destin lui avait réservé, presque au bout du chemin, ce spectacle formidable et inouï. Sa bouche de serpent, aux lèvres rentrées qui ne souriaient jamais, se tordit en une moue, et ses yeux brillèrent.

« Salut Rabbit, porte-toi bien ! À la prochaine ! » s'exclama pourtant un homme à face de cocker d'un ton amical, sans la moindre intonation dramatique, penché par la vitre de la voiture.

« C'est Lepke... » commenta stupéfait un des voyous qui traînaient dans la rue. Ses compères étaient tous bouche bée, abasourdis.

La voisine l'entendit et ouvrit grande la bouche elle aussi, pétrifiée. Elle vit alors un autre gars, un blond aux yeux clairs hallucinés, le nez écrasé par les coups de poing : il descendait de voiture, donnait une claque sur l'épaule du kidnappé – qui n'avait pas l'air d'être sur le point de s'effondrer sur le trottoir –, lui disait « Salut mon pote ! » et puis riait. Il riait, amusé, tandis que le kidnappé lui répondait « Va t'faire foutre, Gurrah ! » et, à l'intérieur de la voiture,

Lepke faisait chorus. La voisine sentit ses jambes lui manquer, et ce coup de jeune que l'excitation avait provoqué en elle s'évapora en un instant. Elle sentit une amertume envahir sa bouche : c'était la bile, la haine pour ce jeune qui lui volait son spectacle. Peut-être le ressentiment qu'elle avait cultivé tout au long de sa misérable vie finit-il alors par l'étouffer, à moins que ce ne soient les trop nombreuses émotions ou la colère, ou peut-être son cœur était-il simplement vieux et mal en point, comme elle : quoi qu'il en soit, elle s'affaissa sur les marches du 320, Monroe Street. Et avant de mourir, elle fut traversée par deux pensées. D'abord une jalousie terrible envers l'autre voisine vêtue de noir qui surgissait à ce moment-là et qui allait pouvoir communiquer l'affreuse nouvelle à sa famille. Puis une profonde détestation pour ce veinard qui avait été enlevé et qui passait maintenant près d'elle sans même se rendre compte qu'elle mourait.

« Marche pas sur la vieille, Rabbit ! » cria Lepke tandis que la Cadillac repartait à vive allure, le vrom-bissement des huit cylindres en V couvrant son rire et celui de Gurrah Shapiro.

Christmas sourit sans comprendre. Sa lèvre lui fai-sait mal. Son front aussi. Il savait qu'il était dans un état pitoyable et qu'il ne pouvait se présenter chez lui ainsi. Alors il traversa le hall de l'immeuble et frappa doucement à une porte du rez-de-chaussée où, espérait-il, un vieux copain pourrait lui donner un coup de main.

« Merde, qui c'est qui t'a démoli comme ça, chef ? » s'exclama Santo Filesi en ouvrant la porte de l'appar-tement où il vivait avec son père et sa mère.

431

« Si j'te l'dis, tu lui règles son compte ? » essaya de plaisanter Christmas.

Santo rougit :

« Ben, je… non, j'voulais dire…

— Que Dieu te bénisse, Santo ! » et Christmas s'écroula dans ses bras.

Au bout d'une semaine, ses blessures commencèrent à guérir. Cetta le prévint qu'il lui resterait des cicatrices. Celle du front serait dissimulée par sa mèche blonde, mais celle qui se trouvait sur la lèvre se verrait toujours. Une espèce de médecin l'avait recousu – un homme qui avait plutôt l'air d'un couturier ambulant, de ceux qui arpentaient les rues avec leur machine à coudre portable, spécialisés dans le raccommodage rapide. Mais la croûte descendait de presque un pouce vers son menton. Cetta avait caressé cette blessure, le regard triste, comme si on lui avait cassé son jouet préféré. Et puis elle avait parlé à Christmas de Mikey, le fils de ses grands-parents adoptifs Tonia et Vito Fraina. C'était un jeune homme qui riait tout le temps, lui avait-elle expliqué, qui ne prenait pas la vie au sérieux, portait des vêtements voyants et avait toujours un tas d'argent en poche. Cetta s'exprimait d'une voix douce, chaude et pleine d'amour. Et aussi pleine de détresse. Elle avait raconté à Christmas qu'on avait planté un pic à glace dans la gorge, le cœur et le foie de Mikey. Puis on lui avait tiré un coup de pistolet dans l'oreille, faisant gicler la moitié de son cerveau de l'autre côté, et comme il bougeait encore on l'avait étranglé avec du fil de fer. Pour finir, on l'avait fourré dans une voiture volée, avait poursuivi Cetta, sans jamais quitter Christmas des yeux et sans lui permettre de baisser les siens. On avait obligé Sal, son seul ami, à conduire et à les abandonner tous les deux, la voiture volée et Mikey, dans un lotissement en construction à Red Hook, Brooklyn.

« Je me rappelle encore mémé Tonia, lorsqu'elle passait le doigt sur la photo de son garçon mort, avait ajouté Cetta. Elle avait effacé son costume, à force de le caresser... » et alors Cetta avait posé sa main grande ouverte sur la poitrine de son fils et lentement, sans parler, avait commencé à passer le pouce de haut en bas, le caressant. Le regard voilé. Soudain lui était revenue à l'esprit sa propre mère, ce jour où elle l'avait estropiée pour qu'elle ne se fasse pas violer par le patron. Depuis ce jour-là, vingt années s'étaient écoulées, et elle n'y avait plus jamais repensé – c'était une autre vie, un autre monde. Mais à ce moment-là, tandis qu'elle continuait à passer le pouce sur la poitrine de son fils, elle avait compris ce que sa mère avait éprouvé. Et vingt ans après, elle lui pardonna. « Écoute-moi, Christmas » fit alors Cetta, avec la voix dure de sa mère et en utilisant presque les mêmes mots qu'elle. « Maintenant tu es grand et tu comprends bien tout ce que je dis. Alors tu comprendras, en me regardant dans les yeux, que je suis capable de faire ce que je vais t'annoncer. Si tu ne changes pas de vie, je te tuerai de mes mains. » Elle arrêta de bouger le pouce qui caressait la poitrine de Christmas. Elle fit une pause. « Moi, je ne suis pas comme mémé Tonia. Et je ne frotterai pas jusqu'à l'usure la photo de mon fils ! » Ses yeux s'embuèrent de larmes mais son regard demeura dur et déterminé. Elle referma lentement la main qui était toujours posée sur Christmas et soudain, avec toute la force dont elle était capable, elle le frappa en pleine poitrine, d'un violent coup de poing. Puis elle sortit de l'appartement.

Quand elle revint, dix minutes plus tard, elle avait un paquet à la main.

Christmas était toujours assis sur le canapé, tête entre les mains, emmêlant ses cheveux blonds couleur du blé avec ses doigts.

« Lève-toi ! » lui lança Cetta.

Christmas la regarda. Il s'exécuta.

« Déshabille-toi ! » lui ordonna-t-elle.

Christmas fronça les sourcils mais ensuite, croisant le regard dur de sa mère, il enleva sa veste, son pantalon et sa chemise, jusqu'à se retrouver en tricot de corps, caleçon et chaussettes. Cetta ramassa ses vêtements et en fit une boule. Elle se dirigea vers la cuisinière, ouvrit la petite porte du poêle où brûlait le charbon, et y jeta le tout.

Christmas ne dit mot.

Alors, tandis qu'une fumée dense commençait à sortir de la grille du four, Cetta revint sur ses pas et lança avec brusquerie à son fils le paquet qu'elle avait apporté. « À partir d'aujourd'hui, tu ne t'habilleras plus en gangster ! » décréta-t-elle d'un ton qui, loin de s'adoucir, devenait de plus en plus déterminé.

Christmas ouvrit le paquet. Il contenait un costume marron, comme ceux que portaient tous les hommes du quartier, et une chemise blanche. Comme ce que mettait Santo.

« Et coiffe-toi ! » ajouta Cetta avant de lui tourner le dos et d'aller s'enfermer dans sa chambre en claquant la porte, parce que maintenant la peur la submergeait.

Christmas demeura immobile au milieu du petit

salon, à moitié nu, costume marron et chemise blanche à la main, tandis que la pièce se remplissait d'une fumée dense et âcre qui le faisait larmoyer et lui rappelait celle qui s'était dégagée du magasin de Pep. Il toussa. Puis ouvrit grande la fenêtre. Il regarda en bas de l'immeuble, entendit la voix des passants et aperçut des gamins en haillons qui tournaient autour d'un ivrogne, attendant le moment propice pour le dévaliser. L'air froid se mêlait à la fumée de ses vieux vêtements qui brûlaient, et le faisait frissonner.

Alors, lentement, il enfila la chemise blanche et le costume marron.

« Eh, Diamond, qu'est c'que tu fous, fringué comme ça ? ricana Joey. T'as l'air d'un employé ! Tu l'as trouvé où, ce costume ? aux puces ?

— Ça fait deux semaines que t'as disparu ! (Christmas saisit Joey par le col de la veste et le secoua violemment). Merde, mais t'étais où ? »

Joey écarta les bras et eut un petit sourire fourbe, penchant la tête de côté :

« Oh, du calme, j'avais quelques affaires à régler… »

Christmas le poussa contre le mur, sans relâcher sa prise :

« Quelles affaires ?

— Calme-toi… (Joey continuait à sourire mais ses yeux, qui tentaient de fuir ceux de Christmas, étaient gagnés par un malaise croissant). Oh, c'est toujours les mêmes trucs, Diamond… (Il porta la main gauche à sa poche). J'ai ta part, t'en fais pas ! On est associés, non ? C'est pas mon genre, d'oublier mon associé…

— Pourquoi tu t'es tiré ? (La voix de Christmas

vibrait, sinistre, dans la petite rue). Tu croyais que j'étais grillé ? Tu chiais dans ton froc ?

— Mais qu'est c'que tu racontes ? »

Joey rit, sur une note un peu stridente, tout en gardant la main dans sa poche. Et, à nouveau, il évita le regard de Christmas. Celui-ci le pressa avec force contre le mur :

« Regarde-moi ! Pourquoi tu t'es tiré ? » hurla-t-il. Les yeux de Joey se creusèrent encore plus au milieu de leurs cernes sombres, ils semblaient maintenant à peine entrouverts. C'est alors qu'il sortit la main de la poche : il fit claquer son cran d'arrêt et Christmas sentit la pointe de la lame appuyée contre son flanc, à hauteur du foie.

« Laisse-moi, Diamond ! » dit lentement Joey.

Mais Christmas ne relâcha pas sa prise. Il regarda Joey droit dans les yeux et, lentement, un sourire se dessina sur ses lèvres. Un sourire plein de mépris.

« Ouais, tu t'es chié dessus… » fit-il lentement.

Il sentit la pression de la lame s'accentuer.

« Laisse-moi ! répéta Joey. Allez, faut pas tout gâcher…

— Dis-le ! continua Christmas, le regard plein de mépris. Dis-le, que t'as chié dans ton froc ! »

Les deux jeunes s'affrontaient en silence. Les yeux dans les yeux : ceux, fiers, de Christmas et ceux, fuyants, de Joey. Puis, écrasé par le mépris qu'il lisait dans le regard de Christmas, Joey retira lentement son couteau.

« T'es un perdant ! lança Joey. T'es comme Abe le Crétin, t'es de la race de mon père… »

Christmas sourit, le lâcha et lui tourna le dos, s'éloignant d'un pas.

« T'es rien, t'es personne ! poursuivit Joey, la voix pleine de ressentiment. C'est grâce à moi que t'as bouffé, pendant toutes ces années ! Les Diamond Dogs, c'est qu'une connerie. Et toi, t'es une connerie ambulante. Y a que c'couillon de Santo qui pouvait croire à tes âneries. Tu crois que tout est un jeu… regarde-moi ! Ouais, c'est à ton tour, de me regarder ! » cria-t-il d'un coup.

Christmas se retourna. Sa mèche blonde était en bataille sur son front, cachant sa blessure à la tempe. La croûte qui descendait de la lèvre presque jusqu'au menton était sombre et épaisse.

« C'est moi qui t'ai fait bouffer ! » brailla encore Joey en se frappant la poitrine d'une main.

Christmas lui sourit, secouant la tête :

« Casse-toi ! lui dit-il, doucement et sans émotion.

— Qu'est c'que t'as raconté à Rothstein pour sauver ton cul ? demanda Joey. Qu'est-c'que tu lui as dit ? Tu m'as balancé ?

— Il sait déjà tout, j'ai rien eu à lui dire » répliqua Christmas. Puis il le regarda longuement, en silence. Et le mépris céda la place à la peine : « T'es un minable, Joey. Casse-toi ! »

Joey se jeta sur lui. Avec une colère aveugle. Christmas l'évita, le saisit par un bras, lui fit faire une roulade en détournant son élan contre lui-même, et l'envoya cogner sur le mur de briques rouges. Joey tomba à terre au milieu des détritus. Il se releva et se précipita à nouveau sur Christmas, les yeux pleins de rage. Mais Christmas l'attendait. Il lui assena un coup de coude dans la gorge et puis lui flanqua son poing dans l'estomac. Joey se ratatina sur lui-même et toussa, le souffle coupé, ses jambes cédèrent et, agenouillé, il vomit une tache jaunâtre sur le bitume défoncé de la rue. Christmas se lança aussitôt sur lui, prêt à le tabasser, maintenant qu'il était à terre. Avec la hargne qu'il mettrait contre Bill, s'il le retrouvait. C'était toujours ainsi qu'il frappait ses adversaires : en pensant à Bill, toujours à Bill. Presque pour tuer. Parce que s'il trouvait Bill, il le tuerait. C'était pour ça qu'il était devenu fort. Pour Bill.

Christmas leva un poing, prêt à l'abattre sur la nuque de Joey. Mais il s'arrêta.

« J'ai pas envie de t'démolir, fit Christmas.

— Bordel, mais tu t'prends pour qui ? s'exclama Joey dès qu'il parvint à respirer. Tu t'prends pour qui ? T'es personne !

— Fais gaffe à Rothstein ! (Christmas pointa un doigt vers lui). Il sait tout. Et il est furax. T'as raison, c'est pas un jeu. T'approche pas de sa drogue…

— Quelle drogue ?

— Bordel, j'te dis qu'il sait tout ! lui hurla Christmas en plein visage. Il savait même c'que moi, j'savais pas ! »

Joey rit en se levant :

« T'es vraiment comme Abe le Crétin ! Et tu croyais qu'il v'nait d'où, tout ce fric ? Mais va t'faire foutre, Diamond ! Tes leçons d'morale, tu peux t'les garder. Alors tu lèches le cul d'Rothstein, maintenant ?

— Fais c'que tu veux ! Mais va plus raconter que tu fais partie des Diamond Dogs ! »

Christmas lui tourna le dos et se dirigea vers la sortie de la petite rue.

Une rame de la BMT fit entendre son bruit de ferraille dans Canal Street. Christmas se mit à marcher au milieu de la foule. Et il se rendit compte qu'il

438

regardait les gens comme s'il s'attendait à tomber sur Bill d'un instant à l'autre. Afin que la haine l'aide à évacuer la douleur liée à son amour pour Ruth. Il ferma les yeux. Les rouvrit. Il ne savait où aller. Il ne savait que faire. Mais, pour le moment, l'important était de ne pas rester là.

« Diamond ! Diamond ! » Il entendit qu'on l'appelait, derrière lui. Il se retourna.

Joey était sur le trottoir, à une dizaine de pas de lui. Christmas s'arrêta.

Dès qu'il vit Christmas s'arrêter, Joey ralentit. Comme si les derniers pas étaient les plus fatigants.

« Écoute, Diamond…, lâcha-t-il en butant sur les mots, lorsqu'il fut plus près de lui. Pourquoi est-c'qu'on gâche tout ? On est amis… » et il le regarda d'un air hésitant et abattu.

Christmas eut soudain l'impression que Joey était devenu plus maigre, plus pâle, plus marqué.

« On est encore amis, non ? » fit Joey en essayant de sourire, l'écho d'une prière dans la voix.

« Joey…, commença à dire Christmas en secouant la tête.

— Non, attends, attends ! l'interrompit Joey fébrile (et il tenta à nouveau de rire, mais la tension lui coupait le souffle). Merde, attends ! Je sais c'que tu vas dire, je sais… OK, écoute-moi, on laisse tomber la drogue, on oublie tout ! Plus de drogue, les drogués peuvent aller se faire foutre, et Rothstein aussi ! Ça t'va, comme ça ? »

« Joey… » soupira Christmas.

Joey le prit par le bras. C'était la prise molle du gars qui s'accroche. Du gars qui coule. « Merde, Diamond… » Christmas le fixa en silence.

« Toi et moi, on est associés ! s'écria Joey en le regardant à nouveau, l'air abattu et les yeux creusés. Nous deux, on est les Diamond Dogs... »

Puis, anxieux, il porta une main à sa poche et en sortit des billets de banque. Il les compta et en tendit une partie à Christmas :

« Voilà, ça c'est ta part. Exactement la moitié. On fait des affaires ensemble, non ? »

Christmas fixa les billets sans broncher.

« Allez, prends-les ! dit Joey en agitant la main en l'air. Prends-les ! » Il scruta le regard de Christmas. « T'es mon seul copain... » Il n'arrivait plus à dissimuler la peur qui envahissait ses yeux. « Je t'en prie... »

« Je veux changer de vie, Joey, affirma Christmas d'une voix calme et décidée.

— Ouais, OK, moi aussi ! s'écria soudain Joey sans réfléchir, avec emphase, une lueur d'espoir effrayé dans les pupilles. D'accord, on s'en fout, on va s'mettre les idées au clair ! rit-il (et il frappa la poitrine de Christmas avec la main qui tenait l'argent). Mais pas tout d'un coup, hein ? On garde encore quelques affaires qui cassent les couilles à personne ! Question de gagner un peu de thunes jusqu'à ce qu'on trouve un boulot décent... Merde, Diamond, me demande pas de vendre des lacets comme Abe le Crétin ! Ça, même toi tu peux pas me l'demander... Il faut qu'on trouve un boulot à notre niveau. Qu'est-c'que t'en dis ? » Et il donna une claque sur l'épaule de Christmas. Puis il lui prit le bras et commença à marcher : « On va où ? Faut fêter ça ! Allez, prends le fric, Diamond...

— Non, Joey, répondit Christmas. Je te l'ai dit, je veux changer de vie... »

Joey regarda l'argent et puis le remit dans sa poche.

« Oh, bordel, ça va ! Je t'le mets d'côté si jamais tu changes d'avis, d'accord ? Mais c'est à toi, hein ! (Et il rit, sans cesser une seconde de parler.) Alors, on va où, pour faire la fête ? Ah, j'ai entendu parler d'un nouveau *speakeasy* qui a ouvert dans Broome Street, t'y crois ? Un truc pourri, une cave sous un immeuble, mais bon… Qu'est-c'que t'en penses ? Comme ça on verra s'ils ont des machines à sous, on pourra peut-être leur tirer un peu de fric… Ils pensent quand même pas qu'ils vont faire des affaires sans filer quelques ronds aux Diamond Dogs, non ?

— Joey…

— Allez, j'rigole ! »

36

Los Angeles, 1926

Quand Bill avait atteint la Californie – après un voyage qui avait duré une semaine –, il en était resté bouche bée. Et il s'était dit que c'était encore plus beau que ne le racontait Liv, à l'époque de Détroit. La première chose qui le frappa, ce fut le climat. Bill avait grandi à New York, où l'hiver il faisait un froid de canard, et où l'été était asphyxiant, humide et étouffant. En revanche, en Californie le climat était doux, sec et venté. La deuxième chose qu'il avait remarquée, c'était la lumière. Le ciel sombre et bas de New York, entrecoupé de gratte-ciel, laissait place, en Californie, à une voûte immense et limpide, azurée le jour et couverte d'étoiles la nuit. Une lumière pure et étincelante dévoilait un horizon infini, que ce soit du côté du Pacifique ou vers la Sierra Nevada et la fertile vallée de l'Eden, qui fermait la vue. L'océan lui-même était d'un bleu intense et séduisant, loin des flots vaseux et noirâtres où se mêlaient les eaux de l'East River et de l'Hudson. Toutes les couleurs de la Californie, que ce soit le rouge, le vert ou le

bleu, étaient intenses et vibrantes. Mais chacune s'in-
clinait devant la couleur qui, à l'évidence, dominait
l'ensemble de cet univers : le jaune. Il n'y avait rien,
en Californie, qui ne contienne un peu de jaune. Le
jaune de l'or que les chercheurs de pépites avaient
trouvé, le jaune du soleil qui chauffait le moindre
recoin, ou encore le jaune clair, presque blanc, des
plages qui faisaient face à l'océan. Non pas les docks
new-yorkais sombres, humides et glauques, mais de
larges et longues étendues d'un sable chaud et brillant
qui envahissait les dunes arides, au-delà desquelles
passait la route côtière. La nature tout entière semblait s'adapter à cette explosion de soleil, elle faisait
éclore des pavots jaunes qui se multipliaient rapidement, naissant du jour au lendemain et colonisant la
terre sèche et bien drainée, et qui évoquaient bien
cette vie rapide et effrénée, sans pensées ni remords,
sans incertitudes ni réflexions sur le futur. C'était
la vie comme elle devait être. Joyeuse. Et les gens,
semblables aux pavots de Californie, portaient des
chemisettes voyantes, couraient sur la plage, riaient
et faisaient l'amour comme s'ils ne se souciaient pas
du lendemain.

Voilà ce que Bill avait vu, trois ans auparavant,
en arrivant en Californie. Il s'était dit : « Je suis chez
moi ! ». Et il avait imaginé que, dans ce royaume
enchanté, il pourrait être heureux.

Passé San Francisco, il avait rejoint Los Angeles. Il
n'aurait jamais imaginé qu'une agglomération urbaine
puisse être aussi étendue. Il avait dormi dans le premier hôtel sur lequel il était tombé et avait demandé au
propriétaire de lui indiquer un gratte-ciel où il pourrait
louer un appartement. Il voulait regarder l'océan de

haut, il voulait être le plus près possible du soleil. Le propriétaire de l'hôtel lui avait répondu que sa cousine louait des appartements sur Cahuenga Boulevard. Au rez-de-chaussée. Une résidence tout à fait respectable mais bon marché. Bill lui avait ri au nez :

« Je suis riche ! » s'était-il exclamé, palpant sa poche remplie de près de quatre mille cinq cents dollars.

« À Los Angeles, l'argent file vite ! » l'avait prévenu l'hôtelier.

Bill avait ri à nouveau. Il se sentait comme un pavot de Californie. Il venait d'éclore et voulait profiter du soleil, rien d'autre. Il n'y avait aucun lendemain à craindre. Seulement un aujourd'hui à fêter.

Mais au bout de deux mois, Bill s'était rendu compte que la merveilleuse vue panoramique de son appartement allait finir par le saigner à blanc. Il avait ramassé ses quelques effets et était retourné à l'hôtel :

« Ils sont où, ces appartements de Cahuenga Boulevard ? » avait-il demandé à l'hôtelier.

Et le soir même, il s'était installé dans la résidence de style hispanisant de Mme Beverly Ciccone, une cinquantenaire à la poitrine généreuse et aux cheveux peroxydés, qui avait hérité cette propriété de son deuxième mari, Tony Ciccone, mort à quatre-vingt-trois ans. Ce Sicilien avait planté une orangeraie dans la Valley, qu'il avait ensuite vendue à une usine de jus de fruits. Et maintenant qu'elle était veuve, Mme Ciccone devait se méfier des chasseurs de dots, comme elle avait tenu à le préciser elle-même, parce que Los Angeles en regorgeait – du moins, c'est ce qu'elle prétendait – et un endroit comme le Palermo Apartment House attisait bien des convoitises. « Comme il m'avait attirée, moi ! » avait ri la femme en faisant rebondir ses énormes seins. Puis elle avait conduit Bill à son nouveau logement.

Le Palermo Apartment House était un bâtiment en U qui donnait sur Cahuenga Boulevard, on y accédait en montant trois marches de pierre rouge et en passant sous une arche qui faisait penser aux maisons mexicaines, telles que Bill les avait vues dans des westerns. Au milieu, il y avait un chemin de dalles en ciment aggloméré, le long duquel Mme Ciccone avait planté des rosiers. De petits sentiers de gravier menaient au porche de chaque appartement. Les vingt logements – sept pour chacun des deux longs côtés, un à chaque coin et quatre au fond – étaient composés d'un petit salon sur lequel s'ouvrait la porte d'entrée, d'une salle de bain et d'un coin cuisine aménagé. Le salon était meublé d'un canapé-lit à deux places, d'un petit fauteuil, d'une table avec deux chaises, et d'une natte par terre. Près du canapé-lit, un petit meuble bas servait de table de chevet, et une armoire à deux battants était encastrée dans le mur.

« Si vous voulez un miroir dans la salle de bains, il faut me donner cinq dollars d'avance, avait annoncé la veuve Ciccone. Le locataire précédent l'a cassé, et il est parti sans me rembourser. Je peux quand même pas y perdre !

— Et pourquoi c'est moi, qui devrais y perdre ? lui avait demandé Bill.

— D'accord, avait alors rétorqué la peroxydée aux gros seins. On fait moitié moitié et on n'en parle plus. Deux dollars cinquante ! »

Bill avait mis la main à la poche et en avait sorti son rouleau de billets. Il lui avait payé quatre semaines d'avance et la moitié du miroir. La veuve Ciccone n'arrivait pas à quitter le rouleau de dollars des yeux. Quand elle était revenue avec le miroir, Bill avait remarqué qu'elle s'était mis du rouge à lèvres en dessinant un genre de cœur, et qu'elle avait défait deux boutons de son corsage rose, laissant entrevoir d'énormes tétons laiteux compressés dans un soutien-gorge de la même couleur que le chemisier. Et les pantoufles élimées qu'elle portait auparavant avaient été remplacées par une paire de chaussures pointues à talons.

« Vous êtes acteur, *Mister* Fennore ? lui avait-elle demandé, passant la main dans ses boucles oxygénées.

— Non, avait répondu Bill.

— Mais vous travaillez dans le cinéma, quand même ?

— Non.

— Bizarre, avait commenté la veuve Ciccone.

— Pourquoi ?

— Parce qu'à Los Angeles, tout le monde veut faire du cinéma.

— Pas moi.

— Dommage, vous êtes bel homme…, avait souri la femme. Si vous voulez, vous pouvez m'appeler Beverly, *Mister* Fennore. Ou simplement Bev.

— D'accord.

— Alors je t'appellerai Cochrann…, avait-elle dit. Ou, parce que c'est plus facile, Cock ! »

Et elle avait ri avec malice, portant une main à sa bouche.

Bill n'avait pas ri. Il ne trouvait jamais cela amusant, les femmes qui jouaient les catins.

« Où y a-t-il une banque ? lui avait-il demandé.

— À deux *blocks* d'ici. Le directeur est un ami…
enfin, il me connaît. Dis-lui que c'est moi qui t'envoie,
Cock ! »

La veuve avait quitté l'appartement en tortillant son
énorme derrière, qui avait peut-être été une des causes
de la mort rapide de Tony Ciccone.

Bill avait fermé la porte et examiné tranquillement
son logement. Les murs étaient sales et, ici ou là, des
taches rectangulaires plus claires entourées de noir
indiquaient là où des reproductions avaient dû être
accrochées autrefois.

Le lendemain, il avait effectué un dépôt de deux
mille dollars à l'American Saving Bank, avait gardé
soixante-dix-sept dollars en poche et acheté un pinceau et deux pots de peinture blanche. Puis il était
retourné au Palermo et avait repeint ses murs. Cette
nuit-là, l'odeur de l'appartement avait été tellement
insupportable que Bill avait dormi fenêtres grandes
ouvertes en écoutant les bruits de Los Angeles, allongé
dans son lit.

Presque tous les locataires du Palermo Apartment
House rêvaient de cinéma. La fille de l'appartement
numéro cinq, en face de celui de Bill, avait de longues
boucles châtains qu'elle entretenait amoureusement
depuis que Olive Thomas était morte, en 1920. Cette
fille, Leslie Bizzard (« Mais mon nom d'artiste, c'est
Leslie Bizz » avait-elle confié à Bill), était persuadée que Hollywood avait besoin d'une actrice pour
remplacer la petite reine de *The Flapper*, qui s'était
suicidée à Paris avec une dose mortelle de poison
(« Du chlorure de mercure en granules » avait-elle
précisé), après avoir été impliquée dans des scandales
de drogue. Six années s'étaient écoulées depuis la

disparition d'Olive Thomas, mais Leslie n'avait jamais cessé de soigner ses boucles châtains qui, d'après elle, la faisaient ressembler de manière stupéfiante à la vedette disparue et allaient faire son succès. « Mais il faut de la patience ! » avait-elle confié à Bill. Entre-temps, elle était vendeuse dans un magasin de vête-ments. Et elle attendait.

Au numéro sept vivait Alan Rush, un vieux gout-teux que tous les locataires respectaient parce qu'il avait été figurant dans deux superproductions de Cecil B. DeMille.

Au numéro huit il y avait un jeune éphèbe, Sean Lefebre, un danseur de corps de ballet qui faisait du théâtre et, à l'occasion, du cinéma aussi. Bill avait éprouvé une immédiate répulsion envers ce bellâtre blafard. Et quand il l'avait vu rentrer chez lui un soir, serré contre un autre homme et donnant libre cours à des effusions amoureuses, il avait compris la raison de son dégoût. Le lendemain, il avait dénoncé l'homosexuel à la patronne du Palermo Apartment House, d'un air dégoûté. Mais la veuve Ciccone lui avait ri au nez : « Los Angeles est plein de pédales, mon trésor ! s'était-elle exclamée. Il va falloir t'y habituer, Cock ! »

Au numéro quatorze vivait un gros rustaud, Trevor Lavender, accessoiriste à la Fox Film Corporation, qui méprisait les « artistes ». Tous, sans exception. Parce que c'étaient des faibles, disait-il.

Dans l'appartement numéro seize vivait Clarisse Horton, une femme de quarante ans, coiffeuse dans les studios de la Paramount qui élevait seule son fils Jack – sept ans à l'époque de l'arrivée de Bill –, fruit d'une aventure occasionnelle avec une mystérieuse star du cinéma, dont Clarisse n'avait jamais voulu révéler le nom. D'après sa mère, Jack allait devenir une vedette de music-hall, et c'est pourquoi elle l'entraînait au chant. Il interprétait éternellement la même chanson pleine de pathos. C'était l'histoire d'un enfant dont la mère s'était enfuie, une nuit, en l'abandonnant : Jack écartait les bras, le visage triste et ébahi tourné vers l'horizon, suivant le voyage imaginaire de sa mère et se demandant – c'étaient les paroles de la chanson – ce qui allait lui arriver. Puis il se répondait à lui-même qu'elle rejoindrait peut-être toutes les mères qui avaient abandonné leurs enfants, et là elle aurait des remords et reviendrait, ainsi que toutes les autres mères – « À la recherche du bonheur » disait la dernière strophe de la chanson.

Mais ce bonheur, au fur et à mesure que le temps passait, Bill n'en trouvait nulle trace. Ni dans sa vie ni dans celle des autres. Tout cela n'était que de la poudre aux yeux.

Bill passait de plus en plus de temps à dormir. Ruth ne le tourmentait plus. Les cauchemars avaient disparu. Son sommeil devenait léthargique, lourd, pesant. Il se réveillait plus fatigué et ensommeillé que la veille au soir. Il bâillait en permanence et passait souvent des journées entières en pyjama, sans se raser ni se laver. Au début, il croyait agir ainsi parce que c'était comme ça qu'il avait toujours imaginé la vie des riches. Une vie sans obligations, sans horaires, sans réveils forcés. Une vie de fainéantise totale. Pendant un temps, il avait connu, sinon le bonheur, du moins une sorte de contentement. Mais ensuite, cette habitude s'était peu à peu transformée en apathie. Et l'apathie avait apporté avec elle une forme de dépression. Son insatisfaction était telle – une insatisfaction enfouie, pas encore métabolisée – qu'il n'éprouvait plus aucun intérêt pour tout ce qui l'entourait, et qu'il restait cloué encore plus longtemps sur le canapé-lit, qu'il ne refermait jamais plus. Semaine après semaine, son compte à l'American Saving Bank s'asséchait. Et, semaine après semaine, Bill repoussait le problème. Mais, désormais, il savait qu'il n'était plus riche. Il devait épargner sur tout. À commencer par la nourriture. Au début, il allait toujours manger dans un petit restaurant mexicain à La Brea. Ensuite, il était passé à un kiosque à sandwiches au fond de Pico Boulevard : il garait sa Ford au coin de la *speedway*, s'allongeait sur le sable tiède et mangeait, le regard errant sur l'océan. Mais il avait bientôt dû renoncer aux sandwiches aussi, et il se servait de moins en moins de sa Tin Lizzie parce qu'il devait économiser sur l'essence. Il commença à s'acheter de la nourriture dans un petit magasin hispanique, et il préparait ses repas seul. La veuve Ciccone ne faisait plus sa catin, remarqua Bill. Et elle cessa de l'appeler Cock.

Or, plus Bill se restreignait, plus sa rage d'autrefois le reprenait. Et, avec cette colère, il commença progressivement à se retrouver lui-même. Mais cette colère lui instilla aussi un nouveau sentiment : l'envie. Une envie dévorante pour la richesse qui passait près de lui, à chaque coin de rue. Il ne vit plus les crève-la-faim comme lui et ne remarqua plus les autres locataires du Palermo, avec leurs misères quotidiennes. Il passait la plupart du temps sur Sunset Boulevard, à épier les villas ou à reluquer les voitures de luxe qui défilaient en l'ignorant totalement, lui comme le reste de l'humanité, qui comptait pour des prunes.

Ainsi avait-il examiné de près la Pierce-Arrow à vingt-cinq mille dollars qui avait appartenu à Roscoe Fatty Arbuckle, la McFarlan couleur bleu cobalt qui avait été celle de Wally Reid avant qu'il ne meure dans un asile, la Voisin de tourisme de Valentino avec son bouchon de radiateur en forme de cobra enroulé, la Kissel rouge de Clara Bow, la Pierce-Arrow jaune canari et la Rolls-Royce blanche – avec chauffeur en livrée – de Mae Murray, la Packard violette d'Olga Petrova et la Lancia de Gloria Swanson avec son intérieur léopard, qui laissait sur son passage un parfum de Shalimar. Alors sa vieille Ford lui avait donné la nausée, tellement elle était laide, insignifiante et ridicule. Et c'était là, sur Sunset Boulevard, qu'il avait compris que tous ces foutus riches avaient quelque chose qu'il aurait voulu avoir. Et, jour après jour, l'envie l'avait aveuglé, au point qu'il avait fini par se persuader que tout le monde, sans exception, avait quelque chose de plus que lui, pas seulement les riches.

Alors, avec toute la force de sa hargne, il se promit qu'il allait gagner de l'argent. Et qu'il allait devenir riche pour de vrai, coûte que coûte. Or, la manière la plus rapide d'y arriver – alors qu'il avait presque épuisé ses économies à l'American Saving Bank –, c'était de travailler dans le cinéma.

C'est ainsi que Bill devint l'esclave du même rêve que tous les habitants de Los Angeles.

Lorsqu'il se présenta dans une petite rue, *downtown*, répondant à une annonce dans un journal spécialisé dans le spectacle, Bill était plein d'espoirs. L'annonce disait qu'on cherchait des gens pour former de nouvelles équipes techniques. Le hangar ne se trouvait pas dans la zone des studios, mais Bill savait bien qu'il devait commencer quelque part pour pouvoir réaliser ses rêves de richesse. C'est pourquoi il se présenta. Il fut embauché comme assistant machiniste. Cinq jours par semaine. La paie était médiocre, mais elle lui permettait de manger et de conserver son logement au Palermo Apartment House, pour le moment ça suffisait.

« D'accord ! dit Bill.

— À demain, fit le chef d'équipe.

— On fait aussi des westerns ? demanda Bill en souriant.

— On en tourne un demain ! répondit l'autre.

— J'adore les westerns » commenta Bill avant de s'en aller.

Le western auquel Bill collabora durait douze minutes, et il fut tourné en une seule journée. Une femme traversait le désert dans une voiture à cheval. En réalité on ne voyait jamais le désert, la caméra ne cadrant que l'intérieur du véhicule, secoué à l'extérieur par deux assistants, dont Bill, afin de donner l'idée du mouvement. La femme relevait ses jupes, délaçait son corsage, révélant une poitrine blanche et généreuse, puis elle se laissait baiser par un gars qui voyageait avec elle. La scène durait sept minutes, préambule compris. Ensuite la voiture était attaquée par les Indiens. La femme survivait à l'attaque – que l'on ne voyait pas – et se faisait baiser par le chef de la tribu, un acteur blond avec une ridicule perruque noir de jais et un visage grimé en rouge. Cette scène-là durait cinq minutes.

Quand le réalisateur avait annoncé que la journée était terminée, la femme qui s'était laissé tringler par deux hommes devant tout le monde s'était rhabillée, avait passé du rouge sur ses lèvres et était sortie du hangar, devant lequel l'attendait un vieux dans une Packard flambant neuve.

« J'ai jamais vu ce genre de western ! plaisanta alors Bill avec un machiniste qui, la main sur sa braguette, reluquait une actrice qui essayait des costumes pour le film du lendemain.

— Il faut être riche pour s'acheter un film porno, expliqua l'autre. Et aussi pour se payer un de ces p'tits culs ! »

Le soir, rentré chez lui, Bill dut se résigner à l'idée que le chemin pour Hollywood ne serait pas simple. Mais il y avait quelque chose, dans ce nouveau travail, qui le troublait encore plus. Les hommes de l'équipe bavaient tous devant les actrices. Or, Bill n'éprouvait que du mépris pour ces traînées. Pourtant, il était aussi intimidé par leurs regards. Parce que ces traînées étaient riches. Leurs fourrures et leurs bijoux avaient beau être minables, elles se croyaient supérieures à lui. Il était certain qu'aucun gars de l'équipe ne dépasserait jamais le stade de la branlette avec ces garces. Parce qu'il fallait être riche pour entrer dans leur champ de vision et pour être considéré comme un être humain. Elles n'étaient amicales qu'avec le réalisateur et producteur des films, Arty Short. Et, à l'évidence, Arty Short les avaient déjà toutes baisées. Il les baisait quand il voulait.

Mais Bill ne pouvait se permettre de démissionner. Il n'avait plus un sou. Sa survie dépendait maintenant de ce travail, aussi répugnant soit-il. Et cette situation le faisait trembler de colère, augmentant encore la haine qu'il éprouvait envers ces salopes d'actrices.

Alors qu'il bouillonnait de rage, il entendit la voix claironnante de Bev Ciccone dans le patio. Il s'approcha de la fenêtre et écarta les rideaux. Avec la veuve Ciccone il y avait une jeune femme brune à la peau très blanche, bien habillée, qui traînait péniblement une lourde valise en carton derrière elle. La fille avait un regard railleur et sûr d'elle. Comme toutes les filles qui arrivaient à Hollywood. Ce regard durcirait avec le temps. Avec les déceptions. Si elle voulait survivre, elle serait obligée de se fabriquer une écorce, une cuirasse, à mettre entre le monde et elle.

« Encore une actrice ! se dit Bill. Encore une traînée ! »

La fille aperçut Bill qui l'épiait derrière les rideaux. Elle se redressa aussitôt, bombant la poitrine, et détourna la tête d'un air détaché. Mais Bill eut l'impression qu'elle rougissait.

« Et voilà ! » fit la voix de Bev Ciccone dans l'appartement voisin, parfaitement audible à travers les fines parois. Elle lui parla alors de son défunt mari Tony Ciccone, de l'orangeraie dans la Valley, des jus de fruits et des chasseurs de dots qui la traquaient en tant que patronne du Palermo Apartment House. « Si tu veux un miroir dans la salle de bains, ma chérie, il faut me donner cinq dollars d'avance, expliqua enfin la veuve selon le scénario habituel. Le locataire précédent l'a cassé et il est parti sans me le rembourser. Je peux quand même pas y perdre ! Tu comprends, hein, chérie ? »

Depuis son salon, Bill avait entendu la fille accepter sans discuter. Elle s'appelait Linda Merritt et – ô surprise – elle était persuadée qu'elle allait devenir une vedette. Elle avait abandonné la ferme où elle avait grandi auprès de ses parents, et elle était certaine de trouver bientôt un rôle à Hollywood. Bill se jeta sur son canapé, se désintéressant de la conversation entre la veuve Ciccone et sa nouvelle voisine, jusqu'à ce qu'il entende la porte de l'appartement se refermer et le crissement du gravier sous les pantoufles de Bev.

Alors il quitta son sofa et appuya l'oreille contre le mur mitoyen. Il n'aurait su dire pourquoi. Il avait saisi quelque chose dans le regard de la nouvelle arrivée. Comme une faiblesse. Ou peut-être étaient-ce ces cheveux noirs et ce teint si clair qui, dans la pénombre du soir, lui avaient un instant rappelé Ruth. Sans raison apparente, il fut tout à coup pris de curiosité. Il l'écouta poser sa valise sur la table. Puis entrer dans la salle de bains. Peu après, ce fut un bruit de chasse d'eau. Il entendit ensuite un grincement : les ressorts du canapé-lit, dans le salon. Et puis plus rien, pendant quelques minutes. Comme si Linda Merritt était immobile. Mais soudain, alors que Bill s'apprêtait à se rasseoir dans son canapé, il y eut un sanglot. Comme venu de nulle part. Un sanglot unique. Contenu. Peut-être avait-elle porté une main à sa bouche pour l'étouffer.

Il sentit un fourmillement lui parcourir le corps. « Toi, t'es pas une traînée » murmura Bill, avec un petit sourire. Il posa une main sur son entrejambe et s'aperçut qu'il était excité. Après trois années de solitude, il avait trouvé une fille qui lui plaisait. Il s'endormit satisfait. Le lendemain matin, dès qu'il entendit Linda sortir chercher du travail, un sourire faux plaqué sur ses lèvres fines et légèrement maquillées, il alla dépenser un dollar soixante-dix chez un quincaillier pour acheter un foret à manivelle. Il rentra chez lui et perça un petit trou dans le mur entre sa salle de bains et celle de Linda.

Le soir, lorsqu'il la vit revenir, il appuya une oreille contre le mur du salon et, dès qu'il l'entendit pénétrer dans la salle de bains, il courut au trou dans le mur, sur la pointe des pieds, et l'épia pendant qu'elle enlevait sa culotte et s'asseyait sur la lunette des toilettes. Il la regarda se passer une feuille de papier toilette entre les jambes et remonter sa culotte. Celle-ci était blanche et épaisse. Ses bas et porte-jarretelles étaient blancs aussi. C'étaient des sous-vêtements de pauvres. Puis Linda sortit de la salle de bains et regagna le salon. Bill aussi retourna dans son salon et colla l'oreille au mur. Il entendit des bruits qu'il ne put interpréter. Des bruits de papier. Soit elle lisait les petites annonces, soit elle écrivait une lettre à ses parents, décida-t-il. Puis il l'entendit bricoler dans la cuisine et manger. Autour de neuf heures et demie, Linda retourna dans la salle de bains et Bill l'espionna. Elle se déshabilla entièrement et commença à se laver. Bill se toucha l'entrejambe. Pas une trace de l'excitation de la veille au soir. Il flanqua un coup de pied dans le lavabo sur lequel il était appuyé. Linda tourna la tête dans sa direction. Elle avait un regard perdu. Faible. Alors Bill ressentit un petit fourmillement entre ses jambes. Mais à peine la fille recommença-t-elle à se laver que ce fourmillement disparut.

Bill se jeta sur son lit, d'humeur massacrante. Il ne prêta pas attention au grincement du canapé-lit que Linda venait d'ouvrir. Il faisait nuit et Bill ne parvenait pas à s'endormir, lorsqu'il entendit un sanglot. Puis un autre, peu après. Il se leva et approcha l'oreille du mur. Et alors, entre un sanglot et un autre, il entendit

Linda pleurer tout doucement. Le pantalon de son pyjama se remplit de plaisir.

Le lendemain, quand Linda fut sortie, il fit un trou avec son foret dans la cloison entre les deux salons. Il alla travailler, sous le regard distrait et méprisant de la grue de service qui se faisait ramoner devant tout le monde, avant de rentrer au pas de course au Palermo. Là, il colla l'œil sur le trou : il vit que Linda était déjà rentrée et dînait. Puis il se prépara lui aussi quelque chose à manger, le corps pris d'une espèce d'allégresse, et il attendit le moment où le canapé-lit de Linda allait grincer, sans plus aller regarder ce qu'elle faisait, mais l'oreille aux aguets.

Dès qu'il entendit le premier sanglot de Linda, il approcha son œil du trou et scruta l'obscurité. Il apercevait la silhouette de la jeune fille sous la couverture, en position fœtale. Ses épaules étaient légèrement secouées. Alors Bill glissa une main dans son pyjama et, lentement, commença à se toucher au rythme des pleurs de Linda. Et quand il atteignit le plaisir, il chuchota tout doucement son prénom, les lèvres posées contre le mur qui les séparait.

Ce ne fut qu'alors, nourri du malheur de Linda, qu'il goûta un peu de ce bonheur que, trois ans auparavant, il avait eu l'illusion de trouver à bon marché en Californie.

37

Los Angeles, 1926

« Il faut qu'on fasse quelque chose avec tes horribles cheveux. Maintenant tu n'es plus une gamine, tu es une femme, ne l'oublie pas ! lui avait dit sa mère ce matin-là. Je t'emmène chez mon coiffeur !

— Oui, maman, avait répondu Ruth, assise devant la fenêtre de sa chambre qui donnait sur la piscine de leur villa de Holmby Hills.

— Je veux que tu sois parfaite ! avait ajouté sa mère.

— Oui, maman » avait répondu Ruth machinalement, d'une voix monocorde, sans quitter du regard les huit statues de style néoclassique qui entouraient la piscine. Trois pour les deux longueurs, une au milieu des deux côtés plus courts et arrondis.

« Et ce soir, efforce-toi de sourire ! avait poursuivi sa mère. C'est une soirée importante pour ton père, tu le sais bien.

— Oui, maman » avait dit Ruth pour la troisième fois. Et elle était restée immobile.

Alors sa mère l'avait prise par le bras :

« Eh bien, qu'est-ce que tu attends ? »

Sans mot dire, Ruth s'était levée, était sortie de la pièce, avait suivi sa mère dans le grand escalier de la villa jusqu'à la majestueuse entrée en marbre italien, et puis elle était montée dans la nouvelle Hispano-Suiza H6C, qui avait remplacé la H6B qu'ils avaient autrefois à New York.

Arrivée chez le coiffeur, elle s'était assise dans un fauteuil, dans une cabine privée, et avait laissé une jeune femme peroxydée lui enfiler une blouse, tandis que sa mère et Auguste – le coiffeur au nom français – décidaient quoi faire de ses cheveux.

Puis Auguste avait regardé le reflet de Ruth dans le miroir :

« Tu seras magnifique, ce soir ! » lui avait-il dit.

Ruth n'avait pas répondu.

Auguste, légèrement vexé, s'était à nouveau tourné vers sa mère :

« Et quelle couleur pour les ongles, madame ? »

Le regard de Mme Isaacson était allé au doigt amputé de Ruth :

« Elle mettra des gants » avait-elle répondu d'un ton glacial. Et puis elle était partie.

Ruth était restée immobile, comme si elle ne comprenait rien à ce qui lui arrivait. Si on lui disait de redresser la tête elle la redressait, si on lui disait de se tourner elle se tournait. Quand on lui demandait si l'eau était trop froide elle répondait non, quand on lui demandait si elle était trop chaude elle répondait non, toujours du même ton distrait. Elle était là mais sans y être. Rien ne lui importait. Elle ne ressentait rien.

Parce que Ruth, depuis bientôt trois ans, parvenait à ne plus rien sentir.

On aurait dit qu'elle était retournée dans ce train qui l'emportait loin de New York. Aussitôt arrivée à Los Angeles, elle avait commencé à attendre que Christmas lui écrive. Elle avait concentré toute son attention, toutes ses pensées et toutes ses émotions sur sa vie passée. Et elle avait vécu dans l'espoir que Christmas, le gentil sorcier du Lower East Side qu'elle avait été prête à embrasser sur leur banc de Central Park, serait son présent et son futur. Mais Christmas avait disparu. Dès qu'elle était arrivée au Beverly Hills Hotel, Ruth lui avait écrit au 320, Monroe Street. Aucune réponse. Elle lui avait écrit quand ils avaient emménagé dans la villa de Holmby Street. Toujours aucune réponse. Mais Ruth avait attendu. Christmas ne la trahirait jamais, se répétait-elle. Néanmoins, jour après jour, sa certitude s'amenuisait. Jusqu'à ce qu'un matin, au réveil, elle finisse par ranger l'horrible cœur laqué de rouge au fond d'un tiroir.

Et alors, en refermant ce tiroir, elle avait entendu un petit *crac* dans sa tête. Un bruit à peine perceptible, et pourtant net.

Mais elle avait attendu quand même. Sans plus espérer. Or, l'espoir la quittant, sa tête s'était remplie d'idées que, pendant longtemps, la présence de Christmas avait réussi à étouffer. Quand Ruth s'était rendu compte qu'elle attendait que Bill disparaisse de ses cauchemars, il était trop tard pour que cela cesse. Et quand elle s'était rendu compte qu'elle attendait que la blessure laissée par la mort du grand-père Saul guérisse, il était trop tard. Et tout à coup, l'attente s'était transformée en angoisse. Or, elle n'avait pas d'armes pour combattre cette angoisse croissante. Il lui arrivait de se retrouver soudain pantelante, comme si elle avait trop couru, alors qu'elle était simplement assise à sa place, dans le lycée huppé qu'elle fréquentait. Ou bien elle se surprenait elle-même les yeux écarquillés, comme face à quelque horreur, bien qu'elle ne fasse que regarder le tableau où un professeur inscrivait à la craie les points essentiels de la leçon. D'autres fois encore, elle avait l'impression qu'une déflagration terrifiante lui faisait exploser les tympans, tandis qu'il s'agissait simplement de la voix d'un camarade l'invitant à une fête. On aurait dit que le monde entier avait pris des couleurs, des saveurs, des odeurs et des sons qui étaient simplement trop violents pour elle.

Elle s'était mise à porter des lunettes noires. Mais les couleurs étaient dans sa tête. La nuit, elle se bouchait les oreilles avec un coussin, mais c'était dans son cœur que les hurlements se nichaient. Elle ne mangeait presque plus, mais les poisons qui envahissaient sa bouche étaient enfouis en elle. Elle tentait de se tenir à l'écart des choses et des gens, mais le doigt amputé par Bill semblait lui parler sans cesse de cet enfer à la fois de feu et de glace qu'était le monde.

Plus tard, pratiquement un an après son départ, un jour où elle avait cru mourir, vaincue par tous ces fardeaux qui l'écrasaient, un jour où elle avait été certaine de ne plus pouvoir continuer et où elle s'était cru prête à se laisser renverser par une Pierce-Arrow qui arrivait en rugissant, ce jour-là, elle avait à nouveau entendu un *crac* dans sa tête.

Plus fort, cette fois-ci. Plus identifiable.

Et pendant que l'écho de ce bruit intérieur s'éteignait, les couleurs, les sons et les odeurs, tout cela commençait à faiblir. Tout devenait gris. Silencieux.

Immobile. Les vagues de l'océan se taisaient, les mouettes dans le ciel se taisaient. Et elle n'entendit plus le rire de Bill. Ni la voix de son grand-père.

« Enfin, ils sont tous morts » avait-elle pensé, avec une espèce d'apathie.

C'est alors qu'elle avait découvert, bien qu'elles se trouvent là depuis toujours, ses « huit sœurs ».

Et à présent, depuis bientôt deux heures qu'Auguste le coiffeur s'occupait de ses cheveux, Ruth ne s'était pas encore regardée dans le miroir. Elle ne se regarda pas non plus quand sa mère, revenue d'une des boutiques les plus chics de Los Angeles avec un paquet volumineux, félicitait Auguste pour sa coiffure, tout en remplissant un chèque astronomique.

« Essaie de ne pas abîmer ta coiffure avant ce soir ! recommanda sa mère, lorsqu'elles remontèrent en voiture.

— D'accord » dit Ruth. Et puis elle ne parla plus jusqu'à Holmby Hills. Elle descendit de l'auto, regagna sa chambre, s'assit devant la fenêtre et recommença à fixer les statues néoclassiques au bord de la piscine. Ses « huit sœurs », comme elle les appelait. Huit sœurs dénuées d'âme et de sentiment. Froides et muettes. Elle frissonna. Mais elle ne se leva pas pour aller chercher un chandail. C'était inutile. À l'instar de ses huit sœurs, c'était à l'intérieur, qu'elle avait froid. Et nul cachemire ne pourrait la réchauffer.

Et puis, son apathie la protégeait. Elle lui procurait un sommeil lourd, épais, obscur, sans rêves ni pensées. Profond et silencieux. Comme l'absence totale. Comme la mort. Un sommeil interrompu de courtes veilles qui n'avaient guère d'importance, puisqu'elles ne lui amenaient qu'une légère mauvaise humeur, rien de plus qu'un vague agacement. Épuisée, tête lourde, gestes lents, elle ne résistait pas longtemps à la tentation d'un nouveau sommeil, d'une nouvelle absence. Et ainsi, Ruth disparaissait à nouveau. Personne ne pouvait la trouver. Pas même elle. Elle se laissait aller à une léthargie qui la suivait au lycée, pendant les cours, comme à table, quand elle était avec ses parents ; cette torpeur lui cachait les horreurs de la nuit et les impudeurs brutales du jour.

Assise devant la fenêtre, elle s'abandonna au sommeil. S'éveilla. Puis somnola encore, rouvrit les yeux et les ferma à nouveau. Chaque fois qu'elle rouvrait les yeux, elle découvrait une nouvelle tenture dressée au bord de la piscine. C'était pour la fête. Au fur et à mesure que l'on tendait les toiles pour le buffet, ses huit sœurs disparaissaient de sa vue. Mais Ruth savait qu'elles étaient là. Et elle les fixait toujours. Sans que la moindre pensée ni la moindre émotion ne traverse son esprit. C'étaient les pensées et les émotions qui lui avaient apporté ce froid, que même le soleil californien ne parvenait pas à chasser. Ce froid qu'elle avait ressenti, pour la première fois de sa vie, lorsque son grand-père était mort. Ce froid contre lequel il n'existait pas de remède. Ainsi, elle passait son temps à ne rien faire. Comme maintenant. Elle ne faisait que regarder, ou plutôt imaginer ses huit sœurs, sans se laisser distraire par les cohortes de serveuses et de serveurs qui allaient et venaient depuis la cuisine de la villa pour préparer les longues tables du buffet, indifférente à l'orchestre qui accordait ses instruments et répétait les derniers airs à la mode. Elle était sourde à la voix glaciale de sa mère qui reprochait à son mari de n'être qu'une lavette, un perdant, l'ombre du grand-père Saul, et sourde à la voix faible et mal contrôlée de son père qui reprochait à sa femme d'être une gamine gâtée, incapable de solidarité ; et elle ne voyait pas le jour décliner doucement, au fur et à mesure que le couchant approchait. Parce que Ruth avait fermé les yeux depuis longtemps et s'était abandonnée à l'obscurité. Au silence. Et au froid glacial.

« Tu n'es pas encore prête ? » s'exclama sa mère en entrant dans la chambre, alors que dehors ses huit sœurs semblaient s'animer à la lueur tremblotante des torches disposées au bord de la piscine et dans les allées de la villa.

Ruth se retourna lentement.

Sa mère lui indiqua quelque chose sur le lit.

Ruth regarda, sans curiosité. C'était une robe en soie. Rouge rubis. Décolletée et sans manches. À côté de la robe, des gants de même couleur, qui montaient plus haut que le coude. Et sur le tapis français, des chaussures à talons hauts avec deux fines lanières sur le cou-de-pied. Rouges aussi.

« Les bas, tu les prends noirs ou gris fumé » précisa sa mère avant de fermer les yeux un moment, comme pour imaginer le résultat. Quand elle les rouvrit, elle secouait la tête : « Non non, gris fumé, c'est beaucoup mieux » décréta-t-elle. Elle ouvrit un tiroir et choisit les bas qu'elle laissa tomber sur la robe. Puis elle fouilla dans un autre tiroir pour y trouver des porte-jarretelles : « Quand est-ce que tu te décideras à être une femme ? » se lamenta-t-elle en poussant un soupir, insatisfaite de sa recherche. Elle sortit de la chambre et revint peu après, un porte-jarretelles gris perle à la main. « Voilà ! dit-elle. Un porte-jarretelles doit être léger comme la caresse d'un amant, si tu veux mettre une robe en soie. »

Ruth n'avait pas cessé un instant de fixer la robe sur le lit.

« Dès que tu es prête, viens dans ma salle de bains et mets-toi un soupçon de rouge à lèvres. Le numéro sept, continua la mère. Je te le laisse ouvert, comme ça tu ne peux pas te tromper. »

Ruth ne broncha pas.

« Tu entends ? demanda la mère.

— Oui, maman. »

Sa mère la regarda un instant. Elle arrangea une mèche de ses cheveux.

« Tu veux mettre un collier ? lui demanda-t-elle.

— Comme tu veux » répondit Ruth.

La mère l'examina d'un œil expert :

« Il ne vaut mieux pas, conclut-elle avant d'enchaîner : est-ce qu'il faut que je te rappelle encore combien cette soirée est importante pour ton père ? »

Ruth parvint à détacher son regard du lit et dévisagea sa mère. Elle aurait voulu lui dire qu'elle détestait cette robe rouge rubis. Sans savoir pourquoi.

Crac.

« Ruth, à quoi penses-tu ? lui demanda sa mère, agacée.

— À rien, maman » fit Ruth.

« À rien ! se dit la jeune fille, comme si elle se donnait un ordre. À rien. »

« Souris et sois gentille avec tout le monde ! » recommanda la mère.

Ruth acquiesça.

« Mais qu'est-ce que tu es ennuyeuse… ronchonna la mère en sortant de la pièce. Ne descends que lorsque tout le monde sera là ! À huit heures et demie » précisa-t-elle en s'éloignant dans le couloir.

Ruth demeura un instant immobile, puis se remit à fixer la robe sur le lit. Elle la détestait. Ce sentiment l'alarma, parce que voilà bientôt deux ans qu'elle ne détestait rien. Mais ce qui la troubla encore plus, ce fut de ne pas comprendre pourquoi elle éprouvait une telle haine, qui ne cessait de croître, envers cette robe posée sur son lit. Envers cette robe qui semblait se répandre comme une tache rouge sur son lit.

Crac.

« Mes huit sœurs » songea-t-elle, cherchant à échapper à ce bruit qui, tout à coup, avait commencé à résonner dans ses oreilles. « Moi, je suis la neuvième ! » se dit-elle. Neuf. Neuf comme les doigts de sa main. « Ne pense à rien ! ordonna-t-elle en fermant les yeux avec force. Ne pense à rien ! se répéta-t-elle, s'efforçant de se convaincre. N'éprouve rien ! »

Mais, même dans cette obscurité artificielle, la robe rouge rubis continuait à lui apparaître, se répandant sur son lit comme une tache de sang rouge.

Crac. Un petit bruit. Comme le bruit d'une feuille sèche que l'on piétine. *Crac.* Plus fort. Comme une branche cassée. *Crac.* Encore plus fort. Comme le bruit d'un doigt amputé par une paire de cisailles.

Assourdissant.

Elle les regardait en train de s'empiffrer. Ils faisaient une véritable razzia sur tous les mets et le champagne offerts par son père. On aurait dit des sauterelles, pensait-elle. Des sauterelles mortes qui agitaient encore les pattes, bouche ouverte. À moins, se disait-elle sans quitter du regard ces invités tapageurs, qu'elle ne soit morte, elle – les yeux ouverts, brusquement écarquillés.

Elle était splendide. Elle le savait. Elle s'était admirée dans le miroir. Elle était splendide. Comme Bill l'avait vue. Elle avait du rouge – pas le subtil numéro sept que sa mère lui avait préparé, mais le violent numéro onze – généreusement appliqué sur les lèvres. Et elle s'en était aussi mis sur les paupières. Du rouge écarlate. Elle gardait ses yeux écarlates grands ouverts sur les sauterelles.

Alors Ruth se mit à rire. Et elle descendit la première marche. Chancelante.

Elle frissonna, cette nouvelle robe de soirée lui laissant les épaules et le dos découverts. Cette robe de soie rouge rubis.

« Rouge comme le sang visqueux entre mes jambes : pas vrai, Bill ? dit-elle doucement, en riant. Rouge comme le sang qui n'arrête pas de couler du doigt que tu as emporté : pas vrai, Bill ? » et elle continua à rire, car tout cela était très amusant. Tellement amusant qu'il fallait qu'elle le raconte aussi aux sauterelles. Ruth la Rouge.

Elle descendit une autre marche. Elle s'appuya à la rampe. « Hum, pas mal, tes pilules, m'man… » murmura-t-elle, instable sur ses jambes. Mais personne encore ne pouvait l'entendre. Les sauterelles avaient la bouche pleine. Et riaient. Oui, elles aussi, elles riaient ! « Ton whisky de contrebande aussi, il est pas mal, m'man… » dit-elle en descendant une autre marche. Elle allait les faire rire encore davantage. Oui, elle allait les faire rire ! Rire devant ce sang. « Rouge comme ce cœur rouge : pas vrai, Christmas ? Rouge comme le baiser que je ne t'ai jamais donné :

pas vrai, Christmas ? » Encore une marche. « Je suis la prêtresse du sang ! » et elle rit. « C'est pour ça que ma mère m'a offert cette robe rouge, faite de sang... » Deux autres marches. Mais tout tournoyait autour d'elle. Le plafond se détachait des murs. Les murs se détachaient du sol. Et le sol ondoyait comme le pont d'un navire pris dans la tempête. « Oui, je suis au milieu d'un lac de sang... et je me noie. Je me noie et... c'est drôle, non ? C'est drôle, quelqu'un qui se noie dans le sang, parce que... parce que c'est drôle, c'est tout ! » Encore trois marches, ses genoux fléchissaient. Ruth s'accrocha davantage à la rampe et ôta ses chaussures. « Des chaussures rouges » rit-elle en les laissant tomber à terre. Elle leva la tête et aperçut son père, dans son costume immaculé en lin blanc. Avec un visage tout blanc. Tendu. « Toi t'as pas de sang papa..., balbutia-t-elle. Tout ton sang... c'est moi qui l'ai versé... » rit-elle avant de regarder sa main au doigt amputé. « J'ai pas mis les gants... désolée, maman... j'avais peur de les tacher avec le sang... » elle rit encore tout en brandissant, sans parvenir à le distinguer nettement, son moignon de doigt qu'elle avait colorié de rouge écarlate. Le même rouge qu'elle avait mis sur ses lèvres et ses yeux. Elle se tourna à nouveau vers son père, dont le visage défait semblait chercher quelque chose. « Les invités ne sont pas venus ? c'est ça, p'pa ? » Elle fut secouée d'un haut-le-cœur. Porta une main à sa bouche. Ouvrit grands les yeux. Sentit son front glacé se couvrir de sueur. Elle descendit la dernière marche de l'escalier. Par-delà l'entrée en marbre, elle les voyait, maintenant : les hôtes étaient tous autour du buffet. Près des huit sœurs, qui ne daignaient pas leur adresser la

469

parole. Malgré ses efforts pour se concentrer, Ruth ne reconnut aucune de ces stars : si, à l'écran, elles ressemblaient à des dieux, dans la vie elles n'étaient que sauterelles, aux redoutables mandibules dévorant tout ce qui tombait à leur portée. Sans se demander qui le leur offrait. C'étaient des vedettes, et tout leur était dû. À moins, songea Ruth, qu'elles n'aient simplement le pressentiment que cela n'allait pas durer. Pas plus qu'elle-même.

« Moi non plus, je ne vais pas durer longtemps ! s'écria-t-elle en riant. Bonsoir tout le monde ! » et elle s'écroula par terre. Sa tête heurta le départ de la rampe en fer forgé. Elle rit. Elle aperçut sa mère qui courait vers elle. « Maman… » murmura-t-elle presque affectueusement, comme si un espoir avait reflué dans sa gorge, faussant l'intonation de ce mot. « Maman… » répéta-t-elle. Et tandis qu'elle prononçait ce nom, elle eut l'impression qu'il sonnait de manière différente, comme s'il était composé d'autres lettres. Comme si elle avait dit « grand-père ». Ou bien « Christmas ». Et alors que sa mère la rejoignait, suivie de deux domestiques, et que toutes les sauterelles se tournaient vers elles, les mandibules pleines de nourriture, son rire se transforma en pleurs. Pendant un instant. « Maman, je pleure du sang ? » demanda-t-elle la voix empâtée par l'alcool mêlé aux pilules de sa mère.

« Ruth ! chuchota sa mère excédée. Ruth…

— …. ne te donne pas en spectacle ! » acheva sa fille. Et alors elle se remit à rire, en essuyant ses larmes. Mais soudain la colère la saisit, comme une secousse, un tremblement de terre. Elle se leva, se débattit, gifla l'un des deux serveurs et bouscula sa mère. Comme une furie, elle toisa les sauterelles qui, tout à coup, s'étaient tues et la fixaient. Aussi rapide et inattendue qu'un feu ravageant un champ de paille, la rage la submergea, et Ruth planta alors ses ongles dans sa robe et dans son propre corps : car ce n'était pas contre sa mère ou les sauterelles, contre Christmas ou Bill, ni contre le monde entier que Ruth éprouvait cette rage terrible. C'était contre elle-même. Elle saisit un pan de sa robe et la déchira. Tout le monde découvrit que la fille aux yeux rouges portait d'épaisses bandes qui lui aplatissaient la poitrine. Et quand elle commença à attraper un bout de la gaze, les deux domestiques s'emparèrent fermement d'elle.

« Ce n'est rien, continuez à vous amuser ! » lançait la mère à leurs hôtes tandis que les serviteurs portaient Ruth dans l'escalier, accompagnés par les hurlements de la jeune fille, qui ainsi rompait enfin son long silence.

On jeta Ruth sur son lit.

« Il faut t'attacher ? » glapit sa mère avec un regard féroce et glacial.

D'un coup, Ruth se tut. Aussi soudainement qu'elle s'était mise à hurler. Et elle détourna la tête.

« Non, maman, répondit-elle doucement.

— Tu as gâché la soirée de ton père, tu t'en rends compte ? s'exclama la mère.

— Oui, maman.

— Mais tu es folle !

— Oui, maman.

— Il faut que je retourne auprès des invités, poursuivit-elle. Après ça, j'appellerai un médecin.

— Oui, maman.

— Sortez ! » ordonna-t-elle aux deux domestiques. Puis elle les suivit.

Ruth entendit la porte de sa chambre que l'on fermait à clef. Elle demeura immobile, la tête vide.

Crac.

Un bruit doux, cette fois. Un bruit amical. Amorti. Sourd.

« Tu as gâché la fête de ton père... commença-t-elle à dire doucement, d'une voix dénuée de toute intonation. Je t'en prie, Ruth... ton père a investi tout son argent... tout notre argent... dans le système DeForest... DeForest... tu as compris, non ? Le cinéma parlant... ton père n'est pas comme ton grand-père... pas comme ton grand-père... pas comme ton grand-père... DeForest... le système DeForest... tout son argent... le Phonofilm DeForest... tout son argent... le Phonofilm DeForest... faillite... DeForest a fait faillite... les producteurs... ton père n'est pas comme grand-père Saul... il faut que des producteurs l'aident... il n'est pas comme grand-père Saul... l'aident... l'aident... l'aident... tu as gâché la soirée de ton père... Grand-père Saul... de ton père... tu as ruiné ton père... »

Crac.

Comme une chute légère.

Ruth se tut. Tout avait cessé de tourner. Les murs, le plafond et le sol ne bougeaient plus. Maintenant, tout était immobile. Tout était clair. Son esprit était limpide. Transparent.

Elle se leva. Alla à la fenêtre. L'ouvrit. Grimpa sur le rebord. Elle pouvait voir les sauterelles, là en bas. Mais les sauterelles ne la voyaient pas. Seules ses huit sœurs se tournèrent pour la regarder. Elles lui sourirent. Tendirent les bras. Vers elle.

Elle sauta dans le vide.

Crac.

Quand elle toucha terre parmi les hôtes de la fête, sur les carreaux toscans en terre cuite, Ruth fut étonnée. Elle ne sentait rien. À nouveau, elle ne sentait rien. Aucune douleur. Elle n'entendait aucun cri non plus. Ni ne voyait aucune couleur. Elle avait quelque chose de sucré dans la bouche. Son sang était devenu sucré.

Et puis, l'obscurité vint enfin.

38

Manhattan, 1926

Christmas compta sept hautes marches de granit blanc et poreux. Il posa la main sur la barre métallique de la porte tambour et pénétra dans le hall de cet immeuble de la 55e Rue ouest, non loin du banc de Central Park où il retrouvait Ruth autrefois. Il se dirigea d'un pas assuré vers le comptoir de la réception, en ronce de noyer luisant. Deux femmes étaient assises derrière, l'une très jeune et l'autre d'une quarantaine d'années, toutes deux très jolies et habillées à l'identique. Dans leur dos, une inscription en grandes lettres annonçait : « N.Y. Broadcast ».

« On m'a dit de me présenter aujourd'hui » expliqua Christmas à la plus jeune.

La jeune femme lui sourit tout en tendant le bras vers le combiné du téléphone interne :

« Avec qui avez-vous rendez-vous ? » lui demanda-t-elle gentiment.

Christmas porta une main à sa poche et en tira une feuille où était inscrit un nom : « Cyril Davies » répondit-il.

La jeune fille fronça les sourcils et d'un doigt lui fit signe d'attendre. Puis elle se tourna vers sa collègue et attendit qu'elle termine sa conversation téléphonique.

Christmas regardait autour de lui et se disait, surexcité : « Ça y est, j'y suis ! »

« Tu connais le numéro de... Cyril Davies ? » demanda la jeune femme à sa collègue lorsque celle-ci eut terminé sa communication.

La collègue, les coins de la bouche affaissés, secoua la tête.

« Vous êtes sûr qu'il travaille ici ? » demanda la jeune réceptionniste à Christmas.

Les deux femmes le fixaient. Elles regardaient son costume marron bon marché ainsi que la cicatrice qui marquait sa lèvre inférieure et descendait jusqu'au menton.

« Tu es sûr ? insista la quadragénaire.

— C'est ce qu'on m'a dit » répondit Christmas, mal à l'aise.

Elle haussa un sourcil et, sans cesser de le dévisager, dit à sa jeune collègue : « Vérifie dans l'annuaire. » Puis elle décrocha le téléphone et composa un numéro : « Mark, dit-elle à voix basse, où es-tu ? » Rien d'autre.

Peu après, tandis que la jeune collègue parcourait une longue liste en murmurant « D... D... Dampton... Dartland... Davemport... », un homme en uniforme surgit dans le hall.

« Y a un problème ? fit l'homme de la sécurité en examinant Christmas.

— Davison... Dewey... continua la jeune femme. Pas de Davies ! conclut-elle en s'adressant à sa collègue.

— Je suis désolée, fit celle-ci à Christmas. Aucun Davies.

— On m'a dit de me présenter aujourd'hui, insista Christmas. Et ça, c'est le nom qu'on m'a donné. »

La quadragénaire prit l'annuaire et pointa un doigt entre deux noms :

« De Davidson, on passe à Dewey. Il n'y a pas de Davies, je suis désolée, dit-elle froidement.

— Ce n'est pas possible ! protesta Christmas.

— Monsieur... commença à dire l'agent de sécurité en tendant une main vers le bras de Christmas.

— Non, ce n'est pas possible ! répéta Christmas. J'ai été embauché pour travailler à la radio ! » dit-il avec fougue, faisant un pas en arrière pour échapper à l'agent.

« Monsieur... fit à nouveau celui-ci, la main toujours tendue vers lui.

— Vérifiez encore ! C'est impossible ! lança Christmas à la jeune femme.

— Aucun Cyril Davies ne travaille ici, jeune homme, confirma avec froideur la quadragénaire.

— Je suis désolée, murmura l'autre en le regardant.

— Cyril ? intervint alors l'homme de la sécurité.

— Cyril Davies » confirma Christmas. L'homme rit et baissa le bras :

« C'est le magasinier ! annonça-t-il aux deux femmes.

— Qui ça ? s'étonna la quadragénaire.

— C'est le noir, expliqua-t-il.

— Cyril ? fit-elle.

— Oui, c'est ça, Cyril ! confirma-t-il.

— Cyril, répéta la femme à sa collègue. Le noir. Tu vois qui c'est ? »

La jeune femme esquissa un vague signe d'acquiescement de la tête, puis elle se désintéressa de Christmas et se mit à feuilleter une revue.

« Il faut passer par l'entrée de service, expliqua l'autre à Christmas. Tu sors, tu prends la première à droite et tu frappes à une porte verte au bout de la rue. C'est écrit "N.Y. Broadcast" dessus, tu peux pas te tromper ! compléta l'homme de la sécurité, avant de lui tourner le dos et d'appuyer les coudes sur le comptoir, penché vers la quadragénaire. Eh, Lena, j'ai deux billets pour…

— Ça ne m'intéresse pas, Mark ! l'interrompit-elle avec aigreur. Reste à ton poste, au lieu d'aller te balader ! Tu es payé pour surveiller l'entrée. Ne m'oblige pas à te coller un rapport ! »

L'homme rougit, souffla, puis s'écarta du comptoir et se tourna vers la porte. Christmas se tenait encore au milieu du hall et fixait la grande inscription : « N.Y. Broadcast ». « Et alors, qu'est-c'que t'attends ? aboya l'homme. Ça c'est l'entrée des gens qui comptent ! Débarrasse le plancher ! Tu travailles pas à la radio, t'es qu'un magasinier ! »

Christmas tourna les talons et sortit.

Tout en descendant les sept marches de granit blanc, il sentait la déception s'abattre sur lui, mais une fois sur la dernière marche, il se retourna vers l'entrée et – alors qu'un homme bien habillé, une sacoche en cuir verni à la main, pénétrait dans les studios de la N.Y. Broadcast – il affirma à voix basse : « Un jour, j'entrerai par cette porte, et Ruth entendra ma voix ! » Ensuite il longea l'immeuble et prit une petite rue sombre encombrée de cartons vides : il aperçut au bout une porte métallique à deux battants peinte en verte, sur laquelle ressortaient, en laiton brillant, les lettres : « N.Y. Broadcast ». Il passa ses doigts sur l'inscription.

« Maintenant, gamin, c'est à toi de prouver que cette histoire de radio, ce n'est pas qu'une de tes conneries ! » s'était exclamé Arnold Rothstein deux jours avant, après l'avoir convoqué au Lincoln Republican Club. Au début, Christmas n'avait rien compris. Lepke et Gurrah étaient là, bras croisés, à le regarder, pendant que Rothstein lui expliquait que grâce à *certains amis*, il lui avait trouvé un travail dans une station de radio. Christmas n'avait pas même réussi à articuler « merci ». Il était resté bouche bée. Et puis il avait répété, hébété : « Radio ? » Tout le monde avait éclaté de rire. Rothstein lui avait donné une tape sur l'épaule, puis il lui avait pris les mains et les avait retournées pour voir ses paumes. Elles étaient noires et gercées. « C'est mieux que de goudronner les toits, non ? » lui avait-il lancé. « À charge de revanche, Mr. Big » avait alors assuré Christmas. Nouvelle crise de rire. Gurrah encore plus fort que les autres, avec une note aiguë et stridente, en se tapant sur les cuisses ; et alors qu'il l'imitait – « À charge de revanche, chef ! » –, son pistolet était tombé par terre. Seulement une fois les rires terminés, Christmas avait réussi à regarder dans les yeux Arnold Rothstein, l'homme qui tenait tout New York. Rothstein avait souri avec bienveillance, pour autant qu'un type comme lui puisse le faire. Ensuite il l'avait attrapé par la peau du cou et entraîné vers le billard. Il avait poussé toutes les boules et sorti du fond de sa poche deux dés en ivoire, très blancs, qu'il avait placés dans la main de Christmas :

« Montre-moi si t'as de la chance ! Le onze gagne, le sept perd. »

Pendant que Christmas revoyait ce lancer de dés, il continuait à passer les doigts sur les lettres en laiton de la porte verte. N.Y. Broadcast.

« Vire donc ces doigts cradingues de mon inscription ! » lança une voix rugueuse derrière son dos.

Christmas se retourna et découvrit un noir maigre et tordu, une jambe plus courte que l'autre, au milieu de la rue. Le noir tira un trousseau de clefs de la poche de son bleu de travail, rejoignit Christmas et le bouscula. Il passa une manche de sa veste en coton sur les lettres et puis glissa la clef dans la serrure. Il avait un visage flétri et ridé, comme les vieux pêcheurs d'huîtres de South Street et de Pike Slip qui vivaient sur l'East River, sous le pont de Manhattan. Et des yeux tout ronds, jaunâtres et parcourus de petites veines écarlates. Mais il n'avait pas plus de quarante ans. Il ouvrit la lourde serrure et se tourna vers Christmas : « Qu'est-ce que tu veux ? Va donc traîner ailleurs ! » fit-il.

Christmas le regarda et sourit.

Et en même temps, il revoyait les dés voltiger, filer sur le tapis vert, rebondir dans tous les sens, puis heurter les bords en silence, revenir en arrière et commencer à s'arrêter, tandis que Rothstein gardait la main sur son cou. D'abord un cinq. Puis un six. Onze. « T'as du pot, Rabbit ! » s'était exclamé Gurrah. Rothstein avait serré davantage ses doigts : « Maintenant, fiche le camp ! » avait-il dit. Et c'était seulement alors, en franchissant la porte, que Christmas avait réussi à dire : « Merci ! » Lepke avait sifflé bruyamment, comme le faisaient les Italiens lorsque des filles passaient dans la rue : « Fais gaffe, les artistes, c'est tous des pédales ! » et il s'était mis à ricaner.

« Qu'est-c'qu'il y a de drôle, jeune homme ? » demanda le noir à Christmas, toujours à la porte de la N.Y. Broadcast.

Peut-être n'était-ce pas comme il l'avait rêvé pendant ces deux jours, se dit Christmas. Peut-être s'écoulerait-il encore beaucoup de temps avant qu'il n'entre par la porte principale des studios. Mais il était là. Et c'était la seule chose qui comptait.

« J'ai fait un onze ! dit-il au noir.

— Mais t'es un crétin ou quoi ?

— C'est toi, Cyril ? » lui demanda Christmas.

Le noir fronça les sourcils :

« Qu'est-c'que tu veux ?

— On m'a dit de me présenter aujourd'hui » et Christmas, hésitant, lui tendit le billet.

Cyril le lui arracha des mains avec rudesse :

« Je suis noir, pas analphabète ! gronda-t-il. Ah oui, on m'avait dit qu'il y avait un nouveau... (il regarda Christmas). Moi, j'ai pas besoin d'un assistant. Mais s'ils t'ont embauché, alors... (il haussa les épaules). Qu'est-ce que t'y connais, en radio ?

— Rien. »

Cyril secoua la tête et les coins de sa bouche s'affaissèrent, accentuant les rides qui creusaient son visage.

« Comment tu t'appelles ?

— Christmas Luminita.

— Christmas ?

— Oui.

— Mais qu'est-c'que c'est qu'ce nom ?... c'est un nom de nègre ! »

Christmas le regarda dans les yeux :

« De nous deux, c'est toi le spécialiste, Cyril ! » fit-il.

Cyril lui pointa un doigt sur la poitrine :

« Pour toi, je suis *Mister Davies*, gamin ! » grogna-t-il. Mais Christmas vit que ses deux globes saillants brillaient, amusés. Puis l'homme tendit une main à l'intérieur de la réserve et se saisit d'un chiffon qu'il lança à Christmas :

« À partir d'aujourd'hui, ton boulot ce s'ra d'astiquer les lettres ! »

Il pénétra dans la réserve et ferma la porte derrière lui, dans un claquement sourd.

Christmas passa rapidement le chiffon sur les lettres et puis frappa à la porte.

« Qui c'est ? demanda Cyril à l'intérieur.

— Ouvre, Cyril, j'ai fini !

— Y a pas d'Cyril, ici ! »

Christmas poussa un soupir :

« OK ! Pouvez-vous m'ouvrir la porte, *Mister Davies* ? »

Cyril ouvrit et obligea Christmas à reculer pour aller vérifier les lettres. Le laiton brillait. Il hocha la tête et puis entra, laissant la porte ouverte. Christmas le suivit.

« Et ferme doucement ! » ordonna Cyril sans se retourner.

« Je suis rentré ! » se dit Christmas.

C'était une pièce immense, pleine d'étagères, sombre et basse de plafond. Au fond il y avait un établi, avec un fer à souder électrique, un étau manuel, des tournevis, une grosse loupe avec un soufflet d'extension, des ciseaux, des boîtes pleines de vis de toutes tailles, des microphones démontés, des rouleaux de câbles, des lampes, et plein d'autres choses totalement inconnues de Christmas.

« Qu'est-ce que je fais ? demanda celui-ci.

— Rien, répondit Cyril en s'asseyant à son poste de travail. Trouve-toi un coin où tu me casses pas les pieds, et tais-toi. »

Christmas se promena dans la réserve, fouinant d'étagère en étagère. Il souleva un support avec des lampes fixées dessus.

« Remets ça à sa place ! » insista Cyril.

Christmas le reposa sur l'étagère et poursuivit son exploration. Il régnait dans cette pièce une odeur qu'il ne connaissait pas mais qui lui plaisait. Une odeur métallique, se disait-il. Il remarqua une grosse bobine en bois avec du fil de cuivre dénudé enroulé autour.

« Et ça, à quoi ça sert ? » demanda-t-il.

Cyril ne répondit pas. Il saisit un tournevis et se mit à démonter un microphone.

Christmas s'approcha de lui. Il suivit ce qu'il faisait.

« Vous le réparez ? demanda-t-il.

— C'est ça que t'appelles te taire ? » fit Cyril sans jamais quitter des yeux son travail.

Christmas continua à observer les mains osseuses de Cyril, rapides et habiles à l'ouvrage. Après avoir ouvert la coque de protection du micro, il posa son tournevis, glissa un doigt dans un embrouillamini de fils et le ressortit ensuite délicatement en s'écriant :

« Ah, te voilà, salaud !

— *Te voilà* qui ? » s'étonna Christmas.

Cyril ne répondit toujours rien. Il reprit le tournevis, démonta un serre-fils à l'intérieur du micro, déroula le fil de soudure, approcha un câble d'une borne et, avec le fer à souder, fit tomber deux gouttes de plomb dans lesquelles il noya l'extrémité dénudée du câble. Puis il souffla dessus, vérifia la soudure, revissa le serre-fils, replaça soigneusement tous les fils à l'intérieur et fixa la carapace de métal. Enfin il passa un chiffon plein de gras sur les chromes du micro, avant d'insérer celui-ci dans un support. « Fais pas chier, salaud ! » dit-il dans le microphone. Un haut-parleur amplifia sa voix, de l'autre côté de la réserve. Cyril se mit à rire, décrocha le micro et le remit à sa gauche, dans une boîte en carton blanc où était écrit : « Salle A – IV p. – Effets sonores ».

Il s'étira et puis sortit une lampe de radio d'une boîte similaire, à sa droite. Il la plaça entre la lumière et lui et l'examina en silence. Il secoua la tête puis l'enveloppa dans un chiffon sale. Il prit un petit marteau et écrasa l'ampoule d'un coup sec : « Adieu, Jérusalem ! » dit-il tandis que le verre se brisait. Il rouvrit le chiffon et récupéra avec une pincette de fins filaments, qu'il posa dans une petite boîte. Ensuite il se leva, chiffon à la main : « Il faut vraiment que tu sois dans mes pattes, gamin ? » lança-t-il, allant vers un panier en métal où il fouilla parmi des éclats de verre. Quand il regagna son établi, Christmas tenait en main une vieille photographie représentant une femme noire, avec un regard fixe mais intense, debout, les deux mains appuyées sur une chaise où étaient posés un manteau et un chapeau.

« C'est votre mère ? » demanda Christmas.

Cyril lui ôta la photo des mains et la remit sur la table. Il alla se rasseoir et sortit d'une nouvelle boîte un panneau avec des curseurs. Il saisit le tournevis et commença à démonter le panneau, en silence.

Christmas resta un instant immobile, puis il tourna le dos et alla s'asseoir par terre, de l'autre côté de l'atelier, démoralisé. Peu après, il entendit un grésillement électrostatique qui provenait du haut-parleur au-dessus de sa tête :

« Tu es ignorant, petit, comme tous les blancs ! déclara la voix amplifiée de Cyril. Ce n'est pas ma mère ! C'est Harriet Tubman ! C'était une esclave. Son patron la prêtait à d'autres négriers. On l'a battue et enchaînée, on lui a fracassé la tête et brisé les os, et elle a vu ses sœurs être vendues à d'autres patrons. Et quand elle a réussi à s'enfuir, son mari, qui était un noir libre, l'a abandonnée, par peur de perdre ce qu'il avait, c'est-à-dire rien ! À partir de là, Harriet a aidé des dizaines et des dizaines d'esclaves à fuir. Après la Guerre de Sécession, il y avait une prime de quarante mille dollars sur sa tête. Plus que pour n'importe quel criminel de l'époque. Parce que Grandma Moses, comme nous l'appelons, elle était pire qu'un criminel, pour vous les blancs. Elle parlait de liberté : ce mot, vous les blancs vous en avez plein la bouche et c'est du vent. Mais dans la bouche d'un noir, ce mot devient un crime. Jusqu'à la fin, elle a lutté pour abolir l'esclavage. Elle est morte ici, dans le comté de New York, le 10 mars 1913. Et tous les 10 mars, en son honneur je crache sur un truc qui appartient à un blanc. Alors ne laisse rien traîner ce jour-là, tu es prévenu ! »

Christmas demeura silencieux un moment.

« Ma mère est italienne, dit-il enfin. Et elle a été traitée comme une espèce de noire.

— C'est des conneries ! » rétorqua Cyril. Puis on entendit le grésillement du haut-parleur qui s'éteignait.

Pendant quelques minutes, ils n'échangèrent plus un mot. Cyril courbé sur son travail. Christmas assis par terre.

« Viens donc me tenir ce câble » fit Cyril au bout d'un certain temps.

Christmas se leva et rejoignit l'établi.

« Tiens-le comme ça, sans bouger, bougonna Cyril.

— Ici ? »

Cyril saisit la main de Christmas et la plaqua sur la table, pour qu'elle tienne fermement le câble. Puis il se mit à souder l'extrémité d'un autre fil.

« Merci, fit Christmas.

— Toi, tu parles trop. »

39

Manhattan, 1926

Cyril était penché sur son établi, comme d'habitude. Mais depuis une semaine, on pouvait lire sur
son visage laid et ridé une expression de satisfaction.
Cyril savait tout sur la radio. La radio, c'était sa vie.
Il ne ferait jamais carrière parce qu'il avait la peau
noire comme l'ébène, mais peu lui importait. Il lui
suffisait de pouvoir réparer tout ce qui se cassait, et
de mettre au point de nouveaux systèmes afin d'améliorer la diffusion de paroles et de musique sur les
ondes. C'est tout ce qu'il demandait. D'ailleurs, à sa
façon, il avait déjà fait carrière. Quand il avait été
embauché comme magasinier, sa seule tâche était de
classer les pièces et de les apporter aux techniciens
qui réparaient les dommages. Puis, avec le temps, et
alors que sa paie demeurait celle d'un magasinier, il
était devenu le technicien que tous ceux des étages
supérieurs consultaient. Ce qui avait fait de lui un
homme heureux. La réserve, c'était son univers. Son
royaume. Il en connaissait tous les rayons et savait
où trouver tout ce dont il avait besoin, et pourtant

quelqu'un d'extérieur aurait jugé l'ensemble totalement chaotique. Quand on l'avait informé qu'il allait avoir un assistant, une dizaine de jours auparavant, Cyril s'était figé. L'idée d'accueillir un inconnu n'était pas pour lui plaire. Il l'avait perçue comme une intrusion. Mais depuis une semaine, ses manières bourrues laissaient tout de même deviner une certaine satisfaction devant l'arrivée de Christmas. En effet, s'il y avait une chose que Cyril détestait, c'était de monter aux étages supérieurs, les étages des blancs, pour livrer et remonter les pièces réparées. Quand il se trouvait dans les studios à proprement parler, il n'était plus le roi qu'il se sentait être dans la réserve. Il redevenait un simple noir. « Ce n'est pas l'heure du ménage » lui lançait-on lorsqu'on le voyait apparaître. Eh oui, que pouvait bien faire un noir dans un endroit pour les blancs ? Le ménage, bien entendu. Quoi d'autre ? Alors il était obligé de leur expliquer, par exemple, – le plus poliment possible, parce que les blancs, en plus, étaient très susceptibles – qu'il devait monter un microphone réparé. Et, à chaque fois, son pâle interlocuteur le regardait stupéfait. Et aucun de ces blancs des étages supérieurs ne le reconnaissait jamais. Pour les blancs, les noirs étaient tous pareils. Comme un connard de chien sur le trottoir, qui ressemblait aux millions de connards de chiens sur tous les trottoirs de New York. Alors, maintenant, c'était à Christmas de livrer les pièces réparées. C'était lui qui montait avec les boîtes en carton blanc dans les étages, chez les blancs. Ainsi Cyril était-il définitivement le roi de la réserve. Et c'était pour cela qu'en ce moment, pendant qu'il récupérait un cristal de galène dans un vieux poste de radio, il souriait intérieurement.

« Diamond ! cria soudain une voix. Hé, Diamond ! »

Cyril se retourna vers la porte métallique de la réserve, qui résonnait sous les coups de quelqu'un en train de hurler de l'autre côté. Il se leva et s'approcha, méfiant.

« Diamond ! Diamond ! T'es là ? Ouvre cette foutue porte !

— Qui es-tu ? » demanda Cyril, sans ouvrir.

Les coups cessèrent.

« Je cherche Christmas, expliqua la voix. Il travaille bien ici ?

— Qui es-tu ? répéta Cyril.

— J'suis un copain. »

Cyril fit claquer la bruyante serrure et entrouvrit la porte. Il découvrit un garçon qui devait avoir à peine plus de vingt ans, blanc, avec un visage mauvais, de profonds cernes et un costume trop voyant pour qu'il puisse s'agir de quelqu'un de respectable. Il regretta immédiatement d'avoir ouvert.

« Christmas n'est pas là. Il fait une livraison » expliqua-t-il hâtivement, après quoi il tenta de refermer la porte.

Mais le garçon bloqua la porte du pied. Il avait des chaussures vernies très vulgaires.

« Et quand est-c'qu'il revient ? demanda-t-il.

— Bientôt, répondit Cyril en essayant à nouveau de refermer la porte. Attends dehors !

— Eh, le nègre, tu te prends pour qui, pour me donner des ordres ? lança-t-il agressif, avant d'ouvrir grande la porte, avec force. Je l'attends dedans.

— Tu peux pas rester ici ! » protesta Cyril.

Le jeune fit claquer la lame d'un couteau à cran

d'arrêt et commença à s'en passer la pointe entre les dents.

« Je déteste les sandwiches au roast-beef. Toute la viande se fout entre tes dents…, et il jeta un coup d'œil autour de lui, avec un air effronté.

— Et moi, je déteste les fanfarons ! Casse-toi, merdeux ! s'exclama Cyril en haussant la voix.

— Merdeux ? Qui c'est, le merdeux ? rétorqua l'autre en s'approchant de lui, couteau à la main. Le merdeux, c'est ton nègre de père !

— Tu me fais pas peur.

— Tu parles ! Tu chies dans ton froc, sale nègre ! rit le garçon en le bousculant.

— Va-t'en !… » ordonna Cyril avec moins de conviction.

L'autre le bouscula encore.

« Je t'ai dit de pas me donner d'ordre, le nègre ! Cou-couche panier, sinon…

— Joey ! cria d'un ton impérieux Christmas qui entrait à ce moment-là par la porte intérieure.

— Hé, Diamond ! s'exclama Joey en se balançant d'un pied sur l'autre, comme s'il dansait au son d'une musique qu'il était seul à entendre. Ton esclave, là, il croit qu'il peut m'donner des ordres ! » et il rit.

Christmas déboula comme une furie et se posta entre les deux hommes.

« Range ce couteau ! » dit-il durement.

Joey le regarda avec un sourire. Puis il referma le couteau et, fléchissant les genoux, il le glissa dans sa poche d'un geste fluide. Il parcourut la réserve du regard.

« Alors c'est dans ce trou à rats, qu'tu bosses !… »

Avec brusquerie, Christmas le prit par le bras et l'entraîna vers la porte donnant sur la petite rue.

« Excusez-moi, *Mister* Davies. Je reviens tout de suite ! lança-t-il à Cyril tout en forçant Joey à aller vers la sortie.

— *Mister* Davies ? Joey ouvrit grande la bouche, une expression exagérément ébahie dans ses yeux sombres.

— Avance, Joey !

— *Mister* Davies ? à un nègre ? ricana Joey. Merde alors, t'es trop fort, Diamond ! C'est à ça que t'es réduit ? Tu bosses pour un nègre et en plus y faut que tu l'appelles *Mister* ?

— J'en ai pas pour longtemps » dit Christmas à Cyril en refermant la porte.

Lorsqu'ils se retrouvèrent seuls dans la rue, il poussa Joey avant de lui lâcher le bras.

« Qu'est-c'que tu veux ? » lui demanda-t-il ensuite froidement. Joey écarta les bras et effectua une petite pirouette sur lui-même. « Tu remarques rien ?

— Beau, le costard !

— Cent cinquante dollars.

— Il est beau, j'te l'ai déjà dit.

— Et tu veux pas savoir comment j'peux m'l'offrir ?

— J'imagine.

— Eh bien, mon pote, j'parie qu'non ! J'ai un boulot, maintenant. Soixante-quinze dollars par semaine, qui deviendront bientôt cent vingt-cinq. Et tu sais ce que ça veut dire ? Cinq cents par mois, six mille par an ! (Joey cligna de l'œil avant de faire une autre pirouette). Ça veut dire que bientôt, j'aurai une bagnole rien qu'à moi !

— J'suis content pour toi.

— Et toi, tu t'fais combien, dans ce trou à rats ?

— Vingt.

— Vingt ? Merde, être honnête, ça paie pas ! (et Joey émit un ricanement qui sonnait faux). Quand t'as des trous dans tes chaussures, tu les rafistoles avec du carton comme Abe le Crétin, c'est ça ?

— Ben oui, fit Christmas. Bon, faut qu'j'y aille.

— Tu veux pas savoir c'que j'fais, comme travail ?

— Du trafic de drogue.

— Erreur ! Du *schlamming*. »

Christmas le regarda sans mot dire.

« Je parie mon cul que tu sais pas d'quoi j'parle. J'ai pas raison ?

— Ça m'intéresse pas, Joey.

— Eh ben, j'vais t'le dire quand même. Pour ta culture. Au fond, tout c'que tu sais, c'est moi qui t'l'ai appris. C'est pas vrai, c'que j'dis ?

— Et je l'ai oublié. »

Joey ricana.

« T'es trop fort, Diamond. On dirait que c'est toi, le fils d'Abe le Crétin ! Tu dis le même genre de trucs que lui. »

Christmas acquiesça d'un air indifférent. Son regard détaché et froid fit frémir Joey de colère.

« Le *schlamming*, ça veut dire que tu prends une barre de fer et que tu l'enveloppes dans un *New York Times*. Puis tu vas massacrer quelques jambes et quelques crânes d'ouvriers. C'est marrant. Tu sais, toutes ces conneries qu'on entend sur la solidarité entre nous autres, les juifs ? Eh ben, pour des conneries, c'est vraiment des conneries ! En fait, les riches juifs des quartiers ouest paient les gangsters juifs des quartiers est pour qu'ils brisent les os des crève-la-faim juifs de l'est qui font grève pour une augmentation de salaire. C'est rigolo, hein ?

— Très.

— Allez, détends-toi, Diamond ! » Joey lui assena un léger coup de poing sur l'épaule et sautilla un peu sur place, à la façon d'un boxeur. « On est potes, non ? » Puis il écarta les bras :

« Bon, si tu changes d'avis et que tu veux participer au truc, tu peux toujours me trouver au Knickerbocker Hotel, entre la 42e Rue et Broadway. T'es un costaud, tu nous serais utile ! Penses-y !

— OK, maintenant j'y vais. Content de t'avoir revu » fit Christmas, et il se tourna vers la porte verte sur laquelle ressortaient les lettres « N.Y. Broadcast », qu'il avait astiquées ce matin aussi.

« Diamond, pourquoi tu te prends pas deux heures de pause ? » suggéra soudain Joey, avec une voix où vibrait le dépit.

— Je peux pas.

— Tu peux pas ou t'as pas envie ?

— Y a une différence ? »

Joey plissa les lèvres en un sourire malicieux :

« Allez, dis à monsieur le nègre que tu reviens dans deux heures ! Au Knickerbocker, y a deux salopes du tonnerre. Tu tires un bon coup et puis tu rentres dans ton trou. C'est moi qui offre !

— Je vais pas aux putains » siffla Christmas, se raidissant et le fixant avec dureté.

Joey recula de quelques pas. Il se frappa le front d'une main, avec un geste théâtral :

« Ah, c'est vrai, j'avais oublié que ta mère était une putain ! (Et il sourit, les yeux pleins de fiel, en conti-

493

nuant à s'éloigner à reculons). Te taper une morue, ça te donnerait l'impression de baiser avec ta mère, c'est ça ?

— Va t'faire foutre, Joey ! » et Christmas regagna la réserve, claquant violemment la porte derrière lui. Là il flanqua un coup de pied dans un carton, puis un autre et un autre encore. Jusqu'à détruire le carton.

Cyril était assis à sa place. Il se retourna sans mot dire.

Christmas croisa son regard.

« Excusez-moi, *Mister* Davies, articula-t-il d'une voix frémissante de rage.

— Si t'as envie de casser quelque chose, viens donc par là et rends-toi utile. Il y a pas mal de *mariages juifs* à célébrer » proposa Cyril.

Christmas s'approcha de l'établi, de mauvaise humeur :

« De quoi ? »

Cyril sourit :

« Je les appelle comme ça parce que, lors de leurs mariages, les juifs mettent un verre dans un mouchoir et puis le brisent (et là il indiqua une grosse boîte à Christmas). Là-dedans, il y a plein de lampes de radio mortes. Tu prends ce chiffon et le marteau. Tu les casses et tu mets la cathode dans ce conteneur, l'anode dans celui-là, et les grilles de contrôle ici.

— OK, fit Christmas d'un air sombre.

— Quand tu te seras assez défoulé, il faudra que tu grimpes au cinquième, à la salle des concerts. Tu saurais monter un micro ?

— Euh, pas vraiment…

— Merde, mais qu'est-ce c'que j'en fais, d'un assistant qui sait rien faire ? ronchonna Cyril. Maintenant,

494

tu m'as vu faire des dizaines de fois ! C'est un truc que n'importe quelle andouille saurait faire.

— ... bon, OK.

— Ah, bien ! »

Alors Cyril se tourna et se pencha à nouveau sur son établi.

Christmas prit la boîte contenant les lampes abîmées et commença à les casser avec rage, les écrasant sous de furieux coups de marteau. Il en brisa plus de cinquante. Puis il cessa. Il observa Cyril, occupé à réparer un tableau électrique. Ensuite il inspira puis expira profondément :

« Je suis désolé pour ce qui s'est passé, *Mister* Davies, lâcha-t-il.

— Si t'as fini de faire tout ce potin, ça te dérangerait pas trop d'aller monter le micro au cinquième ? Sans te presser, bien sûr ! La N.Y. Broadcast est à ton entière disposition, hein ! » lança Cyril.

Christmas sourit, jeta le verre brisé dans la poubelle et prit la boîte du microphone :

« J'y vais, *Mister* Davies ! fit-il.

— Et arrête donc avec ce *Mister* Davies, couillon ! Tu veux vraiment que tout le monde se foute de ta gueule ? »

La salle des concerts était ainsi appelée parce que c'était la plus vaste salle de la N.Y. Broadcast, et elle était équipée pour accueillir un orchestre de quarante musiciens. Christmas y était déjà allé avec Cyril et, dès le premier coup d'œil, il avait été fasciné par sa forme en amphithéâtre, avec ses emplacements surélevés pour les musiciens. Sur le mur du fond s'ouvrait un grand rectangle de verre, derrière lequel on apercevait la cabine où s'asseyaient les techniciens du son. Au centre, il y avait un micro séparé des autres : c'était la place du soliste ou du chanteur. Sur la droite, un immense piano à queue, noir et luisant.

« Ah, tu en as mis du temps, pour arriver ! » lança une voix derrière lui.

Christmas se retourna et vit débarquer par une petite porte insonorisée une femme de vingt-cinq ans environ, à la peau brune et à la longue crinière de cheveux noirs comme la nuit, épais et bouclés.

« Allez, dépêche-toi ! fit-elle, parlant avec un léger accent hispanique. Je vais appeler le preneur du son.

— Mais je…

— Je t'en prie, ne me fais pas perdre encore plus de temps ! s'exclama-t-elle d'un ton expéditif mais chaleureux. Là, au micro du soliste ! (Et elle indiqua à Christmas l'emplacement au centre de la salle). Tu as apporté la partition ?

— Euh, non, vous savez…

— Ah, j'en étais sûre ! et elle rit, dévoilant une rangée de dents blanches et parfaites. Vous êtes tous les mêmes ! D'accord, je vais la chercher. J'en avais fait faire une copie en plus », et elle se dirigea vers l'entrée qu'avait empruntée Christmas.

À cet instant, par la même porte, surgit un homme d'une quarantaine d'années, un étui noir sous le bras.

« Et vous, qui êtes-vous ? demanda-t-elle.

— Vous m'avez appelé pour une séquence de cornet à pistons, expliqua l'homme en brandissant son étui noir.

La femme se retourna vers Christmas :

« Mais alors, tu es qui, toi ?

— Moi, je dois monter un microphone ! s'exclama Christmas. Je travaille en bas, à la réserve, et…

— Et moi, je ne t'ai pas laissé parler ! » rit-elle.

Christmas se dit qu'elle était très belle. Radieuse.

Elle fit une espèce de pirouette sur elle-même pour faire face au musicien :

« Et vous, vous avez apporté la partition ?

— Non ! » répondit-il.

La femme s'adressa à nouveau à Christmas :

« Qu'est-ce que je t'avais dit ? Ils ne l'apportent jamais ! (Et elle cligna de l'œil). OK, en attendant monte donc ton micro ! (Puis elle s'occupa encore du musicien). Vous, échauffez vos lèvres, on enregistre tout de suite. J'appelle le preneur de son et je vais vous chercher une partition…

— J'ai fait faire une copie en plus ! » compléta Christmas.

La femme se retourna et lui sourit avant de sortir.

— Christmas posa la boîte blanche à terre, l'ouvrit et en sortit le micro. Il y avait écrit « 5R3 » dessus. Autrement dit, la cinquième place à droite, au troisième rang.

Pendant ce temps, après s'être humecté les lèvres, le musicien avait porté le cornet à sa bouche et il exécutait des gammes rapides devant un micro, au deuxième rang.

« Excusez-moi, intervint Christmas tout en branchant ses câbles, mais vous allez enregistrer au micro du soliste.

— Qu'est-ce que tu racontes ? s'étonna le musicien. Le cornet joue toujours ici ! »

La femme hispanique rentrait à cet instant, accompagnée du preneur de son :

« C'est lui qui a raison : au micro soliste, merci !
lança-t-elle au musicien, plaçant la partition sur le
pupitre au centre de la salle.

— Et l'autre, qui c'est ? lui demanda le technicien
en indiquant Christmas du menton.

— Mon assistant personnel ! » répondit-elle en
riant.

Le technicien franchit une petite porte insonorisée, pour réapparaître un instant plus tard derrière le
grand rectangle de verre. On entendit le grésillement
du téléphone intérieur :

« Quand tu veux ! Un essai niveaux, d'abord. Et
dis à ton assistant personnel de bien refermer la porte
en sortant. »

La femme se tourna vers Christmas, qui avait fini
de monter son micro :

« Tu veux rester ? » lui demanda-t-elle à voix basse.

Le visage de Christmas s'éclaira :

« Je peux ?

— Ben, tu es mon assistant personnel, non ?
plaisanta-t-elle. Viens, assieds-toi ici, près de moi »,
et elle s'installa à une petite table, tournant le dos
au rectangle de verre et faisant face à la salle des
concerts.

Christmas s'assit à son côté.

« Lumières, Ted ! » lança-t-elle.

On tamisa les lumières de la salle, créant une
agréable pénombre. Une lampe s'alluma sur le pupitre.

« De la mesure 54 à la 135, indiqua la femme au
musicien.

— Essai niveaux, annonça le technicien au téléphone.

— Non, Ted, tu peux contrôler les niveaux pendant qu'il répète le morceau.

— D'accord !

— Tu nous envoies le reste de l'enregistrement en salle, et puis tu le lui laisses dans l'écouteur.

— Je suis prêt ! dit le preneur de son.

— Vous êtes prêt ? » demanda-t-elle au musicien.

Celui-ci hocha la tête.

La musique envahit la salle. Le musicien regardait la femme. Elle bougeait la main devant elle, avec légèreté, comme un papillon. Puis elle dit à voix basse : « Et… un, deux, trois, quatre » et fit signe au musicien. Le cornet entama sa mélodie, exactement sur le temps voulu.

Christmas écarquillait les yeux. C'était magique.

La femme se tourna vers lui. Comme il était beau ! songeait-elle. Il avait l'air fier et intelligent. Et cette cicatrice qui fendait sa lèvre et descendait vers le menton le rendait encore plus séduisant. Bien qu'il soit très jeune.

« Comment t'appelles-tu ? chuchota-t-elle.

— Christmas.

— Christmas ?

— Je sais, je sais, c'est un nom de noir, anticipa Christmas d'un ton résigné et sans tourner la tête, hypnotisé par la musique.

— Non, ce n'est pas ce que je voulais dire ! protesta la femme. C'est un nom joyeux. »

Alors Christmas la regarda. Leurs visages étaient tout près l'un de l'autre. Elle avait des lèvres charnues, rouges et sensuelles, pensa-t-il.

« Et toi, comment tu t'appelles ?

— Maria » répondit-elle en le fixant de ses yeux noirs. Puis elle sourit et ajouta :

« Je sais, je sais, c'est un nom d'Italienne…

— Maria ! interrompit le preneur de son. Tu peux te taire un peu ?

— Oui oui, Ted ! » fit Maria, poussant un gros soupir pour plaisanter, sans quitter Christmas des yeux. Puis elle s'approcha encore davantage et colla ses lèvres chaudes à son oreille :

« Mais je suis portoricaine ! »

Elle sentait bon, pensa Christmas. Un parfum d'épices dorées au soleil.

Et il savait qu'il lui plaisait.

La première fois que Christmas était allé avec une femme, il avait dix-sept ans. Ruth était partie à Los Angeles depuis un an déjà. Il se trouvait dans un *speakeasy* de Brooklyn, sur Livonia Avenue, avec Joey. Celui-ci parlait tout le temps de femmes, pourtant Christmas ne l'avait jamais vu aller avec aucune. Ce soir-là, Joey avait fait le malin avec une serveuse plus âgée qu'eux. Il sifflait lorsqu'elle passait près d'eux pour aller servir aux tables et lui lançait de petites plaisanteries que Christmas trouvait idiotes. Au bout d'un moment, la serveuse était revenue sur ses pas et s'était plantée devant Joey, mains sur les hanches. Elle le toisait, son visage à quelques centimètres du sien. Sans mot dire. Christmas avait vu Joey rougir, faire un pas en arrière et bafouiller quelque chose. « Alors, c'est tout ce que tu sais faire, Rudolph Valentino ? » avait-elle lancé en l'examinant de la tête aux pieds. Christmas avait éclaté de rire. Alors la femme s'était tournée vers lui : « T'es mignon, toi ! » avait-elle lâché avant de retourner à son travail. Dès qu'ils s'étaient retrouvés seuls, Joey avait fait une réflexion aigre avant de déclarer qu'il n'avait pas de temps à perdre avec cette crétine, puisqu'il devait s'occuper de soutirer un peu d'argent côté machines à sous. « Les affaires, ça passe avant les filles, Diamond ! » avait-il conclu en s'éloignant pour aller rejoindre un sbire à la mine patibulaire.

Christmas était resté à l'écart, un sourire amusé aux lèvres, et ses yeux s'étaient dirigés vers la serveuse. Il s'était aperçu qu'elle le regardait. Pas de la même façon qu'elle avait regardé Joey. Le sourire avait disparu des lèvres de Christmas. Et il avait senti quelque chose se mouvoir en lui. Mais quelque chose d'agréable. Il avait penché lentement la tête, faisant glisser la mèche blonde de ses yeux. La serveuse avait jeté un coup d'œil circulaire autour d'elle, comme pour s'assurer de quelque chose. Puis elle s'était à nouveau tournée vers Christmas et lui avait adressé un signe de tête, presque imperceptible. Pour l'inviter à la suivre. Alors Christmas l'avait suivie, comme hypnotisé. La femme s'était arrêtée au niveau du comptoir, avait à nouveau jeté un œil alentour, là elle avait saisi un trousseau de clefs et s'était dirigée vers la sortie arrière du bar. Christmas avait vu la porte se refermer derrière elle. Il avait hésité, en proie à une espèce de fébrilité qui semblait s'emparer de son corps, et puis l'avait suivie. Il s'était retrouvé dehors, dans un parking plongé dans l'obscurité. Aucune trace d'elle. « Psst !… » Christmas s'était retourné. La serveuse était dans une voiture, sur la banquette arrière, et par une vitre baissée faisait signe de la rejoindre.

« Ferme, il fait froid ! » lui avait-elle lancé, aussitôt Christmas dans le véhicule.

Christmas s'était assis, raide, pétrifié. Son cœur battait la chamade et il avait le souffle court. Et puis il s'était mis à rire. Doucement. La serveuse avait ri aussi, avait posé la tête sur son épaule et avait commencé à lui caresser la poitrine. Et puis à déboutonner sa chemise. Elle avait écarté les pans de sa chemise et embrassé sa peau claire. Christmas avait fermé les yeux, sans jamais cesser de rire, à voix basse. Et la femme, tandis que ses baisers descendaient vers le ventre, riait de concert. Puis elle avait pris la main de Christmas et l'avait posée sur son sein, à travers l'uniforme bleu, l'incitant à le presser et le caresser. Elle avait ri encore, amusée. Christmas avait ri plus fort, en continuant à palper, à travers l'étoffe, cette chair douce et généreuse de femme dont il rêvait toutes les nuits, dans son lit.

« Dégrafe mon corsage » lui avait chuchoté la serveuse à l'oreille, tout en faisant glisser sa main entre les jambes de Christmas.

À ce contact, Christmas avait tressailli et s'était brusquement reculé sur la banquette, dans un mouvement instinctif. Honteux de la turgescence dans son pantalon.

La femme avait ri plus fort. Sans se moquer. Simplement amusée :

« C'est la première fois ? lui avait-elle murmuré à l'oreille.

— Oui » avait souri Christmas, sans fausse pudeur.

Elle avait poussé de petits cris de joie, comme devant un mets appétissant, et puis avait chuchoté : « Alors, on doit faire les choses bien. » Elle avait dégrafé son uniforme, l'avait ouvert et avait montré à Christmas sa poitrine douce et blanche comme le lait, retenue par un soutien-gorge. Elle avait pris les mains de Christmas entre les siennes et les avait frottées en soufflant dessus :

« Elles sont froides ! avait-elle observé. Il faut avoir les mains chaudes, pour une femme, tu sais ?

— D'accord... » avait murmuré Christmas, incapable de détacher les yeux de ce décolleté plantureux.

Elle avait saisi une main de Christmas qu'elle avait glissé dans son soutien-gorge. Christmas, au contact de cette peau, était resté bouche bée, comme s'il n'arrivait plus à respirer.

« Pince-le ! avait-elle expliqué dès qu'elle avait senti les doigts de Christmas sur son mamelon. Doucement... oui, comme ça... tu vois comme il grossit ?

— Oui...

— Et maintenant, sors-le du soutien-gorge, délicatement, comme un truc fragile... comme un flan ! » et elle avait éclaté de rire.

Christmas aurait voulu rire aussi, parce qu'il sentait le rire monter en lui, mais il était trop concentré sur ce miraculeux globe de chair qui sentait à la fois un peu le whisky, la sueur et un parfum étrange, que Christmas avais pris pour l'odeur des femmes.

« Embrasse-le... et passe le bout de ta langue sur le mamelon... comme ça, oui... et mordille-le, mais tout doucement, comme on fait avec le lobe de l'oreille des bébés... là, c'est bien... »

Ensuite la serveuse avait soulevé sa jupe et placé la main de Christmas entre ses jambes, et il avait découvert alors, outre une légère couche de mousse, quelque chose d'humide et de doux comme le velours, encore fermé mais prêt à éclore, qui lui avait révélé une source de liquides chauds, visqueux et attirants, à l'arôme âcre et pénétrant. Et quand la femme lui avait déboutonné le pantalon et s'était assise sur lui, arquant le dos et le conduisant en elle, Christmas avait compris qu'il ne voudrait plus rien faire d'autre qu'assouvir son désir à cette source.

Enfin, une fois la serveuse rhabillée, Christmas retrouva son envie de rire. Alors il avait ri et avait enlacé la femme. L'embrassant sur les seins, la bouche et le cou. Il riait et riait encore lorsqu'il avait senti une nouvelle force, brusquement revenue, qui poussait et lui gonflait l'entrejambe.

« Je dois y aller ! » avait dit la serveuse, et elle l'avait fait descendre de voiture. Puis elle avait essuyé avec un mouchoir les traces que leur étreinte avait laissées sur le siège de l'auto. En descendant, elle avait passé une main dans les cheveux blonds et hirsutes de Christmas.

« Mais qu'est-ce que t'es mignon ! s'était-elle exclamée. Tu vas rendre les filles folles, avec cette mèche ! »

Christmas l'avait attirée à lui et embrassée. Tendrement. Les yeux fermés, comme pour mieux mémoriser toutes ces odeurs et ces saveurs.

« Tu sens bon ! avait-il murmuré.

— Oh oui, elles seront toutes folles de toi, beau gosse ! avait-elle ri en ébouriffant sa mèche. Mais pour le moment, je te veux tout pour moi ! Reviens me voir. Je t'emmènerai chez moi. »

Puis elle avait disparu dans le *speakeasy*.

Christmas était resté dans le parking, hébété, dans un état de grâce fatiguée, un vague sourire flottant sur son visage, sans pâtir du froid perçant de l'hiver new-yorkais.

« Ah, te voilà ! s'était écrié Joey, apparaissant soudain. Mais qu'est-c'que tu fous là ? Ça fait une demi-heure que j'te cherche ! »

Christmas n'avait pas répondu. Il s'était contenté de le fixer, le regard adouci par les sensations toutes récentes de sa première fois.

« Eh, tu sais, la serveuse de tout à l'heure ? avait ajouté Joey en se pavanant. Je viens d'la croiser à l'intérieur et elle m'a embrassé sur la joue ! J'me la tape quand j'veux !

— Oui oui…, avait fait Christmas, rêveur.

— T'as bu, Diamond ? Tu sais bien que tu tiens pas l'alcool ! Allez, on s'casse, j'ai récolté vingt dollars, mon pote ! »

Christmas l'avait suivi et, tout en marchant, s'était efforcé de se rappeler tous les parfums de l'amour.

Cette nuit-là, dans son lit, il avait pensé à Ruth. Mais il n'avait éprouvé aucun sentiment de culpabilité. Parce qu'il savait qu'il n'était pas amoureux de la serveuse. Et il se disait qu'il apprendrait à être un amant délicat et talentueux, pour Ruth. Afin que, avec Ruth, cela soit encore plus beau. « Il faut que je m'entraîne ! » s'était-il promis doucement, blotti dans son lit. Et là il s'était endormi, heureux.

Au cours des mois suivants, il fréquenta assidûment la serveuse. Ensuite il passa à d'autres femmes, presque toujours plus âgées que lui. Il apprit que les poitrines blanches et généreuses, aux mamelons rose pâle de la taille d'un grain de beauté, avaient un goût de miel ; celles en forme de poire, avec un mamelon en forme de chrysanthème, mou, sombre et légèrement flétri, étaient un peu âcres ; les petits seins bruns et solides, aux mamelons tournés vers le haut, prêts à bondir comme des poissons volants à l'instant où ils jaillissent hors de l'eau, avaient une saveur salée et piquante ; ceux qui étaient transparents, tendus, veinés de bleu, et qui ressemblaient à des ballons gonflés, comme fermés par des mamelons compressés et fatigués, avaient un goût de poudre de riz ; et ceux, mous et détendus, des femmes plus mûres, aux mamelons un peu ridés, comme du raisin sucré séché au soleil, cumulaient, dans leur cachette débusquée depuis longtemps, toutes les saveurs que ces femmes avaient savourées, accueillies et oubliées. La peau des femmes était tantôt soyeuse, tantôt faite pour retenir les caresses ; elle était parfois lisse et poudrée, et parfois tellement humide que le plus intense des plaisirs trouvait à s'y noyer. Quant au secret qu'elles nichaient entre leurs jambes, c'était une fleur qu'il fallait effeuiller avec attention, passion, délicatesse ou bien ardeur. Il apprit à saisir le moindre de leurs regards et de leurs gestes. À utiliser sa mèche rebelle, son sourire ouvert, son expression boudeuse, son culot, son allégresse et son corps, qui était devenu à la fois souple et musclé. Et il apprit à aimer les femmes, toutes les femmes, avec naturel, mais sans jamais oublier Ruth.

« On enregistre ! » crachota la voix du technicien dans le téléphone de la salle des concerts, ramenant Christmas à la réalité présente.

« À quoi pensais-tu ? demanda Maria à Christmas, à mi-voix.

— J'écoutais tes pensées ! » lui souffla Christmas à l'oreille.

Maria sourit :

« Quel menteur !

— Maria, donne-lui le départ ! » demanda le technicien.

Maria mit ses écouteurs et recommença à faire des gestes de la main à l'intention du musicien. Elle lui indiqua le départ. Le cornet retentit au moment voulu. Alors Maria, enlevant ses écouteurs, se tourna vers Christmas :

« Maintenant, il ne faut plus faire de bruit ! » chuchota-t-elle.

Christmas lui sourit, puis porta ses mains jointes à sa bouche et souffla dessus, tout en fixant Maria.

Celle-ci fronça les sourcils, dans une question muette.

Christmas mit un doigt devant sa bouche, lui faisant signe de se taire, et inclina un peu la tête, de manière que sa mèche blonde lui couvre un œil.

« Maintenant, j'ai les mains bien chaudes » murmura-t-il.

Maria fronça à nouveau les sourcils.

« Je t'ai dit que j'écoutais tes pensées » souffla Christmas.

Maria, inquiète, se tourna vers le preneur de son :

« Sérieusement, il ne faut pas faire de bruit ! » répéta-t-elle.

Christmas sourit. Et c'est en silence qu'il tendit une main pour caresser celle de Maria. Avec sensualité, en la glissant sur le dos de la main de la jeune femme et puis le long de ses doigts. Maria se raidit un instant. Elle se retourna à nouveau vers le technicien et puis fixa le musicien. Mais elle ne retira pas sa main. Alors Christmas effleura son poignet du bout des doigts et monta le long de son avant-bras. Ensuite il passa à la jambe. Il atteignit lentement le genou et commença à retrousser un peu la jupe. Maria lui bloqua la main, mais sans l'obliger à l'ôter. Christmas demeura immobile quelques instants, avant de recommencer à soulever le bas de sa jupe. Alors Maria relâcha sa prise. Quand Christmas sentit l'ourlet de la jupe entre ses doigts, il abandonna le tissu ; il passa la main sur les bas glissants et puis, tout doucement, sans se dépêcher, la fit remonter le long de la cuisse, à l'intérieur, caressant la peau douce au-dessus du porte-jarretelle. Et avant d'atteindre l'objectif, là où les jambes de Maria se rejoignaient, les doigts délicats de Christmas s'attardèrent, montant et puis redescendant, retardant le moment, afin que celui-ci puisse être imaginé, désiré et redouté. Lorsqu'il écarta un peu la culotte et introduit ses doigts à l'intérieur, il fouilla dans un épais duvet avant de trouver Maria, chaude et humide. Prête. Ouverte. Disponible. Accueillante. Toute garde baissée.

À ce contact, Maria tressaillit.

« Chut ! Pas de bruit ! » lui chuchota Christmas à l'oreille.

Pour toute réponse, il obtint un gémissement essoufflé et languide.

Alors Christmas partit à la recherche du trésor des trésors – cette petite excroissance à la fois douce et ferme que la serveuse, à l'époque de son éducation, lui avait montrée et expliquée afin qu'il connaisse bien le plaisir des femmes –, et il commença à le caresser doucement, avec des mouvements lents et circulaires, mais ni identiques ni répétitifs, multipliant les variantes, jusqu'à ce qu'il sente – coïncidant avec une note aiguë du trompettiste qui enregistrait son morceau – les jambes de Maria se contracter de plus en plus violemment et la main de la jeune femme, qui avait agrippé son bras, le serrer de manière convulsive. Alors Christmas accéléra le rythme, et c'est seulement lorsqu'il sentit que Maria plantait ses ongles dans son bras, le souffle coupé, s'efforçant en vain de ne pas ouvrir la bouche, que Christmas s'arrêta – mais en douceur, afin de l'accompagner dans la descente, sans spasmes ni à-coups.

« Elle m'a l'air bonne ! commenta le preneur de son quand le musicien eut achevé sa dernière mesure. Qu'est-ce que tu en penses, Maria ?

— Oui…

— Tu veux en faire une autre ? demanda-t-il.

— Non, non… ça va comme ça. Merci ! répondit-elle hâtivement en se levant. Il faut que j'y aille, Ted ! lui lança-t-elle de l'autre côté de la vitre. Merci, vous avez été parfait ! » dit-elle au musicien.

Puis elle tira Christmas par le pan de sa veste et sortit de la salle des concerts. Elle jeta un coup d'œil alentour, se dirigea à grands pas jusqu'au bout du couloir, ouvrit une porte et inspecta l'intérieur. Puis elle attrapa Christmas, le tira à sa suite, referma à clef et l'embrassa avec passion. Christmas la souleva sous les bras et la posa sur le rebord du lavabo, qui émit d'inquiétants grincements.

« Dépêche-toi ! » dit Maria.

Christmas souleva sa jupe, avec la fougue à laquelle Maria s'attendait, et il la pénétra. Elle s'accrocha à ses cheveux avec fureur, l'embrassant, l'attirant toujours plus profondément en elle et gémissant de plaisir. Ils eurent bientôt le souffle court et haletèrent à l'unisson jusqu'à l'instant final, lorsqu'ils tombèrent à terre, le lavabo s'étant détaché du mur.

« Tu t'es fait mal ? demanda Christmas.

— Non ! rit Maria. Mais partons vite, autrement ils vont nous obliger à rembourser ! et elle rit encore.

— J'adore les filles qui rient ! » s'exclama Christmas.

— Ce soir-là, en rentrant chez lui, il aperçut Santo sur le trottoir d'en face, main dans la main avec une jeune fille un peu laide, petite et grassouillette. Il s'arrêta pour les observer. Santo, comme s'il avait senti sur lui le regard de son ami, se retourna, et ses yeux croisèrent ceux de Christmas. À la faveur de la lumière d'un réverbère, Christmas vit Santo qui rougissait et baissait les yeux, avant de continuer son chemin comme s'il ne l'avait pas vu. Christmas sourit et pénétra dans le hall décrépit du 320, Monroe Street. Il commença à gravir l'escalier en sifflotant l'air de jazz que le cornet avait joué ce jour-là, dans la salle des concerts. Mais, arrivé au palier intermédiaire, il s'arrêta et tendit l'oreille, à l'écoute de voix fortes et très animées qui provenaient du rez-de-chaussée.

« Voilà, c'est lui, le père de Carmelina ! entendit-il le père de Santo crier sur le pas de sa porte, s'adressant à son épouse qui, depuis trois ans, était clouée au lit et refusait de mourir, contrairement aux pronostics des médecins. Antonio, c'est mon collègue de la cale treize depuis... depuis combien d'années est-ce qu'on décharge des marchandises, Tony ?

— Ne les compte pas, s'te plaît, tu vas nous vieillir encore plus ! répondit l'autre docker. Faut plutôt penser à nos gosses, eux ils sont jeunes ! Et faut espérer que leur mariage sera aussi heureux que les nôtres !

— C'est vrai, dit son compagnon. Entre donc, et trinquons à la santé de ta Carmelina et de mon Santo ! »

Christmas entendit la porte de l'appartement des Filesi se refermer. Alors il se posta à l'étroite fenêtre du palier, qui donnait sur Monroe Street. Et il reconnut Santo, dans un coin sombre de la rue, qui attirait à lui Carmelina, sa fiancée un peu laide, et qui l'embrassait en passant les mains sur ses épaules, avec maladresse.

« Trop de précipitation ! » rit-il doucement à l'intention de son ami. Puis, s'éloignant, il recommença à siffloter le motif de jazz. Mais il sentait une légère mélancolie le gagner. Parce que la seule chose qui lui avait permis de se sentir vivant, ces dernières années, c'étaient les femmes.

Mais il avait perdu Ruth.

« Je te trouverai ! » fit-il.

40

Newhall-Los Angeles, 1926-1927

Le dimanche, son père et sa mère venaient lui rendre visite. Son père lui disait à peine bonjour, posait un baiser hâtif sur sa joue et puis se mettait dans un coin. Ruth et sa mère s'asseyaient dans le patio. Elles voyaient les autres fantômes errer dans le jardin, sous le regard attentif des infirmiers en blouse blanche. Sa mère parlait. Mais pour ne rien dire. Elle parlait parce que c'était ce qui se faisait. Alors elle le faisait. Une heure après, ils repartaient. « Il se fait tard » disait la mère. « Oui, il se fait tard » répétait le père. « À dimanche prochain » concluait la mère. Le père était déjà en voiture, portière ouverte. Ce n'était pas la Hispano-Suiza H6C. Ni la Pierce-Arrow. C'en était une autre. Plus vieille. Moins étincelante. Sans chauffeur.

Cependant, ce dimanche-là, sa mère lui avait parlé de quelque chose :

« Ton père, ce raté, a perdu presque tout notre argent dans l'affaire Phonofilm. Personne ne veut de ce truc, à Hollywood ! La Warner Brothers utilise le Vitaphone, William Fow le Movietone, et la Paramount le Photophone. Personne n'en veut, du Phonofilm, et DeForest a fait faillite ! Et nous avec lui, ou peu s'en faut...

— Laisse-la tranquille ! était intervenu le père, pour la première fois depuis qu'ils lui rendaient visite. Qu'est-ce que ça peut lui faire... dans son état...

— Il faut qu'elle sache, avait poursuivi la mère.

— Mais tu ne vois pas qu'elle ne t'écoute même pas ? et il avait secoué la tête.

— Il faut qu'elle sache ! avait-elle répété, glaciale, comme toujours.

— Mais laisse-la tranquille ! » s'était-il exclamé. D'une voix dure. Presque forte. Presque déterminée.

Alors Ruth, pour la première fois, avait tourné la tête pour le regarder.

Et son père lui avait presque souri.

Et, pendant un instant, Ruth avait eu l'impression qu'il ressemblait à son grand-père.

« Il se fait tard, avait déclaré la mère, se levant et enfilant ses gants.

— J'arrive tout de suite. Attends-moi dans la voiture, avait alors déclaré le père, rompant la liturgie dominicale, tandis que sa fille et lui ne cessaient de se regarder.

— Il se fait tard » avait insisté la mère, se raidissant et se dirigeant vers la voiture, garée sur le gravier de l'allée.

Alors le père s'était assis près de Ruth. C'était la première fois, depuis tous ces mois, qu'il le faisait. Il avait sorti de sa poche une boîte noire en carton rigide. Il l'avait ouverte pour en extraire un petit appareil photographique. « C'est un Leica I, avait-il commencé à expliquer, comme tout père dans ce genre de situation, tournant l'appareil entre ses mains. C'est allemand. La pellicule est déjà dedans. L'appareil a un objectif de cinquante millimètre. Et un télémètre… là, tu vois ? Ça sert pour la mise au point, pour mesurer les distances. » Il l'avait tendu à sa fille. « Tu mets ton œil dans ce viseur. Ce que tu vois, c'est ce que tu photographies. Il suffit d'appuyer sur ce bouton, là. Mais d'abord, il faut régler le temps d'ouverture du diaphragme. Moins il y a de lumière, plus tu dois lui laisser de temps. »

Ruth était restée immobile, les yeux fixés sur les mains de son père tenant l'appareil. Mais elle ne le prit pas. La voix de son père, soudain douce, résonnait dans ses oreilles. Elle se dit qu'elle ressemblait un peu à celle de son grand-père.

« Quand tu as pris une photo, avait-il poursuivi, il faut faire avancer la pellicule en faisant tourner cette roulette, comme ça… dans ce sens. »

Ruth n'avait pas bronché.

Alors il avait posé l'appareil photographique sur ses genoux et était demeuré quelques instants silencieux.

« Ce que t'a dit ta mère est vrai, avait-il repris mais d'une voix différente, fatiguée et vaincue – faible. On a presque tout perdu. On est en train de vendre nos objets de valeur. Mais on dirait que la ruine a une odeur, tu sais ? Les gens nous sentent arriver de loin. Tous des charognards ! Ils me proposent des sommes ridicules, car ils savent que je ne peux pas dire non. Et j'ai dû aussi mettre en vente la villa de Holmby Hills… » et là il s'était interrompu, comme s'il n'avait plus la force de poursuivre.

Ruth s'était tournée pour le regarder. En silence.

Son père gardait la tête baissée, enfoncée dans les épaules. Enfin, il avait levé les yeux vers sa fille :

« Essaie de guérir vite, ma chérie, avait-il dit d'une voix redevenue douce. Je ne sais pas pendant combien de temps encore je pourrai te garder ici », et sa tête s'était à nouveau inclinée, presque indépendamment de lui. Il avait tendu la main et avait caressé doucement la jambe de sa fille.

Ruth avait observé cette main. Ses articulations commençaient à être noueuses. Comme celles de son grand-père. Et les premières taches apparaissaient sur le dos de la main. Comme chez son grand-père.

« Je suis désolé… » avait lâché le père, se levant puis se dirigeant vers la voiture.

Ruth avait écouté le bruit des portières que l'on refermait. Celui du moteur que l'on mettait en marche. De la vitesse que l'on enclenchait. Et des roues qui crissaient sur le gravier. Sans lever la tête. Le regard rivé à cette caresse qui réchauffait encore sa jambe.

Et ce fut alors, sans même savoir pourquoi, qu'elle avait saisi l'appareil photo et, à travers le viseur, elle avait regardé l'automobile emporter ses parents. Et elle avait pris une photo.

Sa première photo.

Quand elle fit développer le film, elle découvrit l'auto et le portail en noir et blanc. On apercevait aussi, en noir et blanc, l'écriteau « Newhall Spirit Resort for Women » de la clinique pour maladies nerveuses où elle était internée.

Et elle sentit qu'elle avait conquis un petit espace de paix. Mme Bailey avait une soixantaine d'années et elle était pensionnaire du Newhall Spirit Resort for Women depuis plus de dix ans. La plupart du temps, elle était assise dans un coin de la salle commune réservée aux patientes considérées « non gênantes ». Les autres, les « gênantes », étaient enfermées dans des cellules capitonnées, et on ne les voyait presque jamais. Les non gênantes, c'étaient les patientes, comme Mme Bailey et Ruth, qui réagissaient de manière positive aux traitements pharmaceutiques – en réalité, ceux-ci consistaient à administrer des anesthésiques qui devaient faire office de sédatifs. Les gênantes, c'étaient ces patientes hospitalisées pour motifs d'alcoolisme, de drogue et de schizophrénie, dangereuses pour elles-mêmes ou pour les autres. Elles étaient fréquemment soumises à des bains d'eau glacée et enfermées dans des cellules où leurs possibilités de nuisance étaient réduites au minimum. Cela n'empêchait pourtant pas les robustes infirmiers de les maltraiter et de les battre, avec l'aval des médecins. Parce que la violence, associée à un sevrage forcé, c'était en fait la seule thérapie pratiquée. Ce qui différenciait le Newhall Spirit Resort for Women des hôpitaux psychiatriques où l'on oubliait les malades des classes moins aisées, c'était simplement la nourriture, les couvertures, matelas et draps – bref, ce qui se voyait –, et ainsi cette institution devait-elle libérer de tout sentiment de culpabilité les familles qui se débarrassaient de leurs filles, épouses et mères. La différence principale, naturellement, c'était la somme que l'on devait débourser pour ces traitements, autrement dit pour faire semblant de ne pas voir.

Après avoir classé sommairement Ruth comme candidate au suicide et l'avoir isolée lors d'une brève période d'observation, les médecins avaient estimé qu'elle n'était pas gênante et donc ne constituait pas un danger pour autrui, et ils lui avaient attribué une chambre double. L'autre lit était occupé par Mme Bailey. On avait diagnostiqué chez Mme Bailey une schizophrénie hésitant entre hébéphrénie et catatonie : aux symptômes de dissociation mentale typiques de l'une s'ajoutaient les troubles de la volonté et du comportement qui caractérisaient l'autre. Au début, Ruth avait eu peur de Mme Bailey et de son sombre silence.

Dès le premier jour de leur cohabitation, elle avait remarqué que Mme Bailey ne supportait pas les chaussures. À tout moment, elle ôtait ses souliers. Puis elle croisait le gros orteil par dessus le deuxième doigt de pied. Et là, enfin, le visage de la femme se détendait. Il semblait empreint d'une sérénité distraite.

« Chacun doit trouver son propre équilibre » avait déclaré Mme Bailey après une semaine de cohabitation muette, sans cesser de fixer un point vague devant elle, et presque comme si elle avait senti le regard de Ruth sur elle.

Mme Bailey était la première patiente que Ruth avait photographiée avec son Leica.

« Je peux vous prendre en photo ? lui avait-elle demandé ce jour-là.

— Les poules ne demandent pas l'autorisation de faire un œuf, avait répliqué la femme.

— Comment ?

— Et les renards ne demandent pas l'autorisation de les manger.

— Alors je peux vous prendre en photo ?

— Et le paysan ne demande pas au renard l'autorisation de tendre un piège... »

Ruth avait levé son Leica et avait cadré Mme Bailey de profil.

« C'est pour ça que je suis ici, avait ajouté la femme sans jamais quitter des yeux le point qu'elle fixait. À cause de ce piège… » Et une larme avait roulé le long de sa joue ridée.

Ruth avait appuyé sur le bouton et fait avancer la pellicule.

Mme Bailey s'était retournée pour la regarder.

Ruth avait pris une autre photo. Et lorsqu'elle avait fait développer la pellicule, elle avait découvert les magnifiques et dramatiques yeux de Mme Bailey qui la fixaient depuis le papier. Comme ce jour-là. Mais sans l'effrayer. Ruth avait passé beaucoup de temps à examiner ces yeux, et alors elle avait cru saisir qui était Mme Bailey. Regarder à travers l'objectif établissait une distance à la fois plus grande et plus petite. Cela lui permettait d'enquêter sans que l'on enquête sur elle. Elle avait l'impression de voir sans être vue. Comme si son Leica était une armure, un paravent ou une cache. Comme si la pellicule servait d'intermédiaire à ses émotions, épurées aussi grâce à l'impression en noir et blanc.

Elle les rendait supportables. Acceptables.

Après Mme Bailey, elle avait photographié la jeune Esther qui, chaque fois que le Leica la cadrait, portait une main à ses fines lèvres pour se ronger les ongles, inquiète, et demandait aussitôt la photo prise : « Tu peux aussi en prendre une de ma mère ? » bien que, comme Ruth l'avait découvert, sa mère soit morte en la mettant au monde. Et puis il y avait Mme Lavander, qui était toujours soucieuse du fond de la photographie : elle ne voulait pas que son mari repère la moindre fissure dans le mur derrière elle, parce qu'il travaillait dans la construction et attachait beaucoup d'importance aux murs. Puis ce fut le tour de Charlene Summerset Villebone, qui n'était consciente ni de Ruth ni de personne d'autre. Et de Daisy Thalberg, qui lui demandait de compter jusqu'à trois à haute voix avant d'appuyer sur le bouton : elle ne supportait pas de ne pas savoir quand le cliché serait pris, ainsi retenait-elle son souffle, arrêtant totalement de respirer, gagnée par une agitation croissante, jusqu'à ce qu'elle entende le *clic* de l'appareil photo.

« Prends-moi aussi en photo ! lui avait demandé quelque temps plus tard un jeune médecin.

— Non ! avait répondu Ruth.

— Pourquoi ?

— Parce que vous, vous souriez. »

Mais le modèle préféré de Ruth était toujours resté Mme Bailey. Elle avait pris plus de cinquante clichés d'elle pendant leurs trois semaines de cohabitation. Elle les gardait tous dans le tiroir de sa table de chevet, séparés des photos des autres résidentes du Newhall Spirit Resort for Women. Peut-être parce que Mme Bailey était sa compagne de chambre. Peut-être parce qu'elle l'aimait plus que les autres. Peut-être parce qu'elle retrouvait quelque chose d'elle-même dans son regard. Peut-être parce que c'était la seule personne à laquelle elle parlait (le soir, quand les infirmiers avaient fermé leur chambre à clef) d'elle-même, de Bill et de Christmas, bien que Mme Bailey ne réponde jamais et ne donne aucun signe d'écoute. À moins que ce ne soit précisément pour cette dernière raison.

« Montre-les-lui ! » ordonna un jour Mme Bailey.

C'était un dimanche. Le premier dimanche sans que les parents de Ruth viennent la voir. Son père lui avait envoyé un télégramme. Ils avaient rendez-vous avec un potentiel acheteur de la villa de Holmby Hills.

« À qui ? » demanda Ruth machinalement, sans curiosité, habituée aux propos incongrus que la femme lançait de temps à autre, rompant son silence.

À cet instant même, la porte de leur chambre s'ouvrit. Un petit homme rond d'une soixantaine d'années entra, il avait un nez en forme de pomme de terre, d'épais sourcils blancs et de minuscules yeux clairs, creusés et pétillants.

« Clarence, dit Mme Bailey, regarde les photos de Ruth. »

Le visage de l'homme s'éclaira d'un sourire radieux :

« Comment vas-tu, ma chérie ? Cela me fait plaisir d'entendre ta voix ! » s'exclama-t-il, débordant d'enthousiasme, rejoignant sa femme et l'embrassant avec tendresse sur la tête.

« Je t'aime » murmura-t-il tout doucement, afin que Ruth n'entende pas.

Mais Mme Bailey s'était à nouveau renfermée dans son monde, et elle avait recommencé à fixer quelque chose devant elle.

« Ma chérie… fit l'homme. Ma chérie… »

Le sourire qui avait éclos sur ses lèvres ne tarda pas à mourir. Il prit une chaise et l'installa près de celle de sa femme. Avec délicatesse, sans bruit. Il s'assit et prit la main de son épouse entre les siennes, la caressant doucement. En silence.

Il resta ainsi une heure et puis se leva, embrassa à nouveau sa femme sur la tête et, encore une fois, lui murmura : « Je t'aime ». Enfin il sortit, d'un pas las, refermant doucement la porte derrière lui, sans regarder Ruth ne serait-ce qu'une seule fois.

« Comment saviez-vous que votre mari allait arriver ? » demanda Ruth à Mme Bailey dès qu'elles se retrouvèrent seules.

La femme ne répondit rien.

La semaine suivante, Mme Bailey lui dit soudain :

« Parce que je l'ai toujours entendu. Même avant de le connaître. »

C'était dimanche et le père de Ruth lui avait annoncé, dans un nouveau télégramme, qu'ils ne viendraient pas non plus lui rendre visite ce jour-là. Comme le dimanche précédent, Ruth était restée dans sa chambre avec Mme Bailey, sans descendre dans le patio.

« Qui ça ? » demanda Ruth.

Alors Clarence Bailey entra dans la chambre.

« Regarde les photos de Ruth, Clarence ! » dit Mme Bailey.

Alors, pour la première fois depuis qu'il allait la voir, il détacha les yeux de sa femme et se tourna vers Ruth.

« Aide-la, Clarence ! » ajouta Mme Bailey.

Rentrant chez elle après quatre mois au Newhall Spirit Resort for Women, Ruth se sentait à la fois dépaysée et pleine d'excitation. Son père et sa mère étaient assis à l'avant. Son père était au volant et sa mère avait le visage tourné vers la vitre, apparemment absorbée dans la contemplation du paysage. Ruth occupait la banquette arrière. La voiture n'avait pas cette odeur de cuir et de neuf qui, auparavant, avait toujours caractérisé les véhicules de la famille. Elle n'avait rien du luxe de toutes les automobiles dans lesquelles Ruth s'était déplacée depuis l'enfance. Mais Ruth s'en moquait. C'était la voiture de sa première photo. Et devant elle, il y avait son père, l'homme qui lui avait offert le Leica, l'homme qui lui avait parlé avec douceur, avec une voix qui ressemblait à celle de son grand-père Saul, l'homme qui lui avait caressé la jambe et qui allait s'occuper d'elle. Son père. Son nouveau père. Car c'était à cela qu'avait pensé Ruth tous les jours, à partir de cette visite à la clinique qui avait changé sa vie. Elle avait un nouveau père. Qui allait la prendre dans ses bras, la réchauffer et la protéger.

« Prépare-toi ! lança soudain sa mère, rompant le silence et se retournant pour dévisager sa fille. Il y a eu de grands changements à la maison. (Puis elle recommença un instant à regarder par la vitre). Et tout ça, grâce à ton père...

— Sarah, ne recommence pas ! protesta mollement son père, sans quitter la route des yeux.

— ... et à son sens des affaires, poursuivit sa femme, imperturbable.

— Enfin, elle sort tout juste de cet endroit...

— De cet asile pour les riches, oui » précisa Mme Isaacson, se tournant à nouveau pour dévisager sa fille.

Ruth baissa la tête et serra le paquet de photographies qu'elle tenait en main.

« Et il est bon qu'elle sache que, grâce à toi, nous ne sommes plus riches...

— Sarah, je t'en prie...

— Regarde-moi dans les yeux, Ruth ! » continua la mère.

Ruth leva la tête. Elle aurait voulu se cacher derrière son Leica.

« Si ça devait t'arriver encore, expliqua la mère en la fixant, on ne pourra plus se permettre de t'envoyer dans cet endroit, comme l'appelle ton père... »

Elle aurait voulu se cacher derrière son Leica. Mais elle ne photographierait jamais sa mère, pensa Ruth.

« Sarah, ça suffit ! » explosa M. Isaacson, assenant un coup de poing sur le volant.

Pourtant, il n'y avait pas de force dans ce cri, pensa Ruth. Dans la voix de son père, elle ne retrouvait pas même l'écho de la force du grand-père Saul.

« Je veux que ta fille... au moins elle... reprit la mère en fixant son mari avec un sourire méprisant et glacial, ait le courage de regarder la réalité en face.

— Ne l'écoute pas, Ruth ! » intervint le père, cherchant le regard de sa fille dans le rétroviseur.

Ruth remarqua que son père avait son regard de toujours, plein de faiblesse. Rien de l'éclat lumineux du grand-père Saul.

« Ne l'écoute pas, ma chérie... »

Ni de sa douceur.

« Je vais participer à un projet très intéressant... entama le père mais il s'arrêta et balbutia quelque chose, fuyant le regard de sa fille. Je vais produire un film... » acheva-t-il enfin, à voix basse.

La mère de Ruth le regarda et éclata d'un rire cruel.

« Arrête, Sarah !

— Allez, dis-lui, ô grand producteur ! et elle ricana à nouveau. Dis-lui, à ta petite chérie ! Dis-lui, quel film tu vas produire !

— Sarah, ferme-la ! »

Mme Isaacson observa son mari en silence. Longuement. Puis elle tourna à nouveau la tête vers la vitre.

« Ton père va investir le peu d'argent qui nous reste… » commença-t-elle à exposer d'un ton neutre.

« Sarah ! » rugit le père, et il freina violemment. La voiture fit une embardée et alla s'arrêter sur le bas-côté.

Le front de la mère heurta le pare-brise. Ruth bascula en avant, son visage cogna contre le siège devant elle et son paquet de photos tomba à terre. Ses clichés s'éparpillèrent partout.

« Je ne te permets pas ! » gronda M. Isaacson, pointant un doigt tremblant vers son épouse.

Celle-ci se toucha le front, à la racine des cheveux. Puis regarda son doigt. Il était couvert de sang.

« Il faudra que tu t'habitues, ma chérie, fit-elle à sa fille d'une voix froide et maîtrisée, en la regardant dans le rétroviseur qu'elle avait tourné afin d'examiner la légère coupure qui marquait sa peau si soignée. L'ambiance à la maison, ce sera ça, maintenant. Ton père a oublié de qui il est le fils, d'où il vient, et qui nous sommes. »

M. Isaacson posa la tête sur le volant :

« Je t'en prie, Sarah… » lâcha-t-il d'une voix pleurnicharde.

41

Manhattan, 1927

« Tu peux être tranquille ! Le 10 mars prochain, pour honorer la mémoire de Harriet Tubman, je ne cracherai pas sur tes affaires ! rit Cyril, agitant un vieux journal sous le nez de Christmas. Et tu sais pourquoi ?

— Parce que je suis un aide-magasinier fantastique, et que grâce à moi tu n'es plus obligé d'aller dans les étages ? sourit Christmas.

— Ne dis pas d'âneries ! Si je ne crache sur aucune de tes affaires, c'est parce que tu n'es pas blanc ! (Et Cyril, riant aux éclats, ouvrit le journal sur l'établi.) Regarde ! Alabama, 1922. Jim Rollins, un noir plus noir que moi, couche avec une blanche. *Miscegenation*, mélange des races, un crime grave. Autrefois t'étais pendu pour un truc comme ça, mon garçon ! Mais après, on découvre que la femme avec qui il a couché est italienne. Lis ici… Edith Labue. Et il est acquitté. Parce que, vous les Italiens, pour les Américains vous n'êtes pas blancs ! Vous avez ce qu'ils appellent la « goutte noire » (et il rit à nouveau).

Nous sommes presque frères, mon garçon : alors, le 10 mars, je ne te mettrai pas dans ma liste des blancs sur lesquels je crache !

— Où est-ce que tu as dégoté ce journal ? s'étonna Christmas.

— Dans les archives de mon beau-frère. C'est un activiste des Droits Civils pour nous les *pov' Nèg'es, maît' Ch'istmas*, plaisanta Cyril. J'étais en train de parler de toi et il s'est souvenu de cette histoire.

— Dis donc, *brother*, pourquoi tu parlais de moi avec ton beau-frère ?

— Je lui disais que, pour un blanc, tu n'étais pas si mal. Et en effet, l'explication c'est que tu n'es pas blanc ! rit encore Cyril. Et maintenant, mets-toi au travail, traîne-savate ! On voit vraiment que t'as du sang noir dans les veines, tu n'as pas envie de bosser comme les vrais blancs ! (Puis il tendit une boîte à Christmas.) J'imagine que ça t'embête pas trop d'aller monter ce mixeur dans la salle des concerts ? lança-t-il. Mais ne passe pas toute la matinée avec ta belle. Aujourd'hui, on ne travaille qu'une demi-journée, alors il y a beaucoup de boulot. »

Christmas prit la boîte :

« Si je me dépêche, tu m'apprends comment on construit un poste de radio ? Je voudrais en offrir un à un ami qui se marie. »

Cyril le dévisagea un instant en silence, comme s'il devait prendre une décision importante :

« Vu qu'aujourd'hui on ne travaille que le matin, dit-il, si tu n'as rien de mieux à faire, tu peux venir déjeuner chez moi. Je pense que j'ai deux postes déjà prêts.

— Chez toi ? demanda Christmas ébahi.

« — Eh ben quoi ? Ça te dégoûte, d'aller chez un nègre ? »

Christmas se mit à rire :

« Tu me le vends combien ? »

Cyril eut un geste de mépris.

« T'es vraiment un demi-blanc, mon garçon ! Quand un noir comme moi te dit qu'il a un poste de radio, et qu'il t'invite à déjeuner chez lui, ça veut dire que le poste, il te l'offre ! Merde, tu comprends décidément rien aux nègres !

— Vraiment ? s'exclama Christmas surpris.

— Vraiment quoi ? Que tu comprends rien aux nègres ? Ça c'est sûr !

— T'es épatant, Cyril ! fit Christmas. Un vrai pote ! Je te revaudrai ça. Je te jure, un jour je te revaudrai ça.

— Mais va t'faire foutre, *padrino* ! grogna Cyril en se penchant sur son établi. Maintenant, dépêche-toi avec ce mixeur. Tu te rappelles comment on fait, au moins ?

— Oui oui ! fit Christmas en s'élançant vers la porte intérieure.

— D'abord, tu débranches...

— Je sais, *brother*, je sais ! » et Christmas sortit du magasin, sourd aux ronchonnements de Cyril. Il monta l'escalier au pas de course et se précipita dans la salle des concerts.

« Christmas, ne fais pas de projets pour nous deux, lui avait déclaré Maria après deux semaines passées à essayer tous les endroits de la N.Y. Broadcast où on pouvait faire l'amour. J'épouserai un Portoricain comme moi. » Christmas, souriant, lui avait répondu : « Ça tombe bien, Maria, parce que moi j'épouserai une juive ! » À partir de là, leur relation, dépouillée de tout tourment amoureux, était devenue encore plus passionnée.

Maria, qui s'occupait de contacter les artistes engagés pour les différentes émissions, lui avait ouvert les portes des studios, et Christmas avait enfin pu voir comment on faisait de la radio. Dans ses moments de liberté, il assistait aux enregistrements ou aux mises en ondes en direct. Il allait écouter la musique, mais aussi des émissions comiques ou des débats. Et tous les studios qu'il avait découverts lui étaient rapidement devenus familiers. Il s'était lié avec des techniciens, des réalisateurs de pièces radiophoniques et aussi quelques artistes. Il s'asseyait dans un coin de la salle obscure et il écoutait. Apprenant. Rêvant.

« Je dois monter un mixeur » expliqua-t-il à Maria lorsqu'il la rencontra dans la salle des concerts.

Comme toujours, Maria était radieuse. Elle secoua son épaisse chevelure noire et lui indiqua la console démontée dans la petite pièce du preneur de son. « Elle est tout à toi ! » lança-t-elle – puis, à peine le technicien sorti, elle se mit à caresser le dos de Christmas.

« Cette nuit, j'ai rêvé de toi ! lui murmura-t-elle à l'oreille.

— Et qu'est-ce que je faisais ? lui demanda Christmas, tout en démêlant un enchevêtrement de câbles.

— Comme d'habitude…, répondit Maria.

— Même dans tes rêves ? » rit Christmas

Maria se frotta contre lui et l'enlaça.

« Bien sûr ! fit-elle. Du coup, ce matin, je n'ai plus envie ! »

Christmas se retourna pour la regarder :

« Je te ferai revenir l'envie ! »

Maria recoiffa sa mèche blonde :

« Tu veux venir au théâtre avec moi, ce soir ? lui demanda-t-elle, sérieuse.

— Au théâtre ?

— Oui, au théâtre ! Victor Arden, un excellent pianiste qui joue aussi pour nous quand il est libre, m'a donné deux billets pour ce soir.

— Et tu veux aller au théâtre avec moi ? interrogea Christmas, stupéfait.

— Ben oui... ça te dit ? »

Christmas se mit à rire :

« Eh bien, aujourd'hui c'est le jour des invitations ! s'exclama-t-il.

— C'est quoi, ton autre invitation ? »

Christmas rit à nouveau :

« Cyril ! Je vais déjeuner chez lui. »

Maria inclina la tête, ses yeux noirs étincelaient :

« Tu es différent de tous les gens que je connais. Aucun blanc n'irait déjeuner chez un noir.

— Tu sais, toi non plus, tu n'es pas tellement blanche, et pourtant... (il cligna de l'œil).

— Oh, pour faire ça, les blancs sont beaucoup moins regardants !

— De toute façon, Cyril vient de découvrir que les Italiens ne sont pas des blancs, sourit Christmas, l'attirant à lui et l'embrassant. Cyril, toi et moi, nous sommes américains, un point c'est tout.

— Quel beau rêve !

— C'est la réalité, Maria ! » affirma-t-il avec détermination.

Maria le dévisagea :

« Tu as le don de faire croire aux histoires que tu racontes, tu sais ! »

Christmas la regarda avec sérieux.

« C'est la réalité, répéta-t-il. »

Maria baissa les yeux et s'écarta :

« Alors, tu viens au théâtre ou pas ? demanda-t-elle tandis que Christmas se penchait à nouveau sur son embrouillamini de câbles.

— C'est où ?

— À l'Alvin. Ils ont à peine fini de le construire. On l'inaugure ce soir, c'est le spectacle d'ouverture. Ils donnent *Funny Face*, une comédie musicale avec Adele et Fred Astaire, tu sais, le frère et la sœur...

— *Lady, Be Good !* s'exclama Christmas. Ma mère chante ça toute la journée ! Quand je vais lui dire que je les verrai, elle en crèvera de jalousie !

— Peut-être que je pourrais dégoter deux billets pour un autre soir...

— Je t'adore, Maria ! s'écria Christmas en l'embrassant. Ce serait fantastique !

— Et ce soir, alors ?

— Mais... comment il faut que je m'habille ? » demanda Christmas, s'assombrissant.

Elle sourit :

« Tu es très beau comme tu es ! Je vais faire un tas de jalouses.

— Maria ! appela un homme en costume cravate surgissant dans la salle des concerts. On commence !

— Je dois y aller ! fit Maria précipitamment. 52ᵉ Rue ouest. L'Alvin Theater...

— *Funny Face !* » conclut Christmas en faisant une grimace.

Maria rit et disparut.

Maintenant, il faisait nuit. Christmas marchait dans les rues sombres de Manhattan sans aucun but précis, et il revivait sa journée.

Le déjeuner chez Cyril avait été source de nombreuses surprises. Christmas avait découvert un coin de la ville qu'il ne connaissait pas du tout. À partir de la 110e Rue, là où la verdure de Central Park s'achevait, le décor changeait radicalement, c'était la fin des zones riches et, après quelques *blocks*, autour de la 125e Rue, c'était le début de ce que l'on appelait les « Negro Tenements », de gros immeubles qui ne différaient en rien de ceux du ghetto du Lower East Side où il avait grandi. Toutefois, Cyril, lui, ne vivait pas dans un de ces grands *buildings*. Il avait une maison en brique et en bois, semblable à celles que Christmas avait vues à Bensonhurst et, en général, à Brooklyn. Et dans cette bicoque de deux étages mal en point, à la façade dévorée par le froid humide de l'hiver et par la chaleur étouffante des étés new-yorkais, Cyril vivait avec sa femme Rachel, la sœur de sa femme, Eleanore, son beau-frère Marvin – l'activiste des droits civils –, leurs trois enfants de cinq, sept et dix ans, la vieille mère de Cyril, grand-mère Rochelle – fille de deux esclaves du Sud et veuve d'un esclave affranchi – et le père du beau-frère, Nathaniel, qui dans sa jeunesse avait été l'ami du père de Count Basie et qui, pendant toute la visite de Christmas, avait martelé un piano droit, peint en vert vif, installé dans la cuisine, accompagné par les bougonnements étouffés de grand-mère Rochelle, qui répétait sans fin que les artistes étaient tous des escrocs et des bons à rien. Christmas s'était attablé et avait dégusté un gratin de patates douces et un gigantesque silure.

Mais ce qui l'avait le plus étonné – en dehors du naturel avec lequel il avait été accueilli dans cette famille –, c'était la cabane que Cyril appelait son laboratoire. A priori ce n'était qu'une ruine, quelques planches instables plantées sur le lopin de terre derrière sa maison – peut-être s'agissait-il autrefois des latrines –, mais Cyril l'avait arrangée et agrandie grâce à des matériaux de récupération et avait fabriqué un bon petit abri. À l'intérieur de ce laboratoire régnait un chaos encore pire que celui de la réserve de la N.Y. Broadcast. Il y avait toutes sortes d'appareils étranges. Christmas les avait examinés un à un, admiratif devant toute l'ingéniosité de Cyril. « Ce sont des prototypes, avait expliqué fièrement celui-ci. Ils sont tous en état de marche. Regarde ! » Alors il avait pris deux longues perches de bois qui s'emboîtaient l'une sur l'autre, atteignant presque six mètres de haut, et il avait attaché la tige ainsi obtenue au mur extérieur de la cabane. Tout en haut de cette perche, une antenne rudimentaire se balançait dans le vent. Cyril avait branché le courant sur une boîte noire, qui avait commencé à grésiller. Puis il avait installé un microphone près du vieux Nathaniel qui, imperturbable, continuait à pianoter, tandis que les femmes faisaient la vaisselle. Enfin, Cyril et Christmas étaient sortis dans la rue et avaient parcouru un *block*. Cyril avait frappé à la porte d'un *drugstore* fermé. « Ouvre, le nègre ! » avait-il crié et, quand le propriétaire du petit magasin avait ouvert la porte, riant d'une voix basse et étouffée, Cyril et Christmas étaient entrés. Dans l'arrière-boutique, après avoir laissé chauffer les lampes d'un récepteur radio piteux, Christmas avait clairement entendu les notes du piano, la voix impatiente de grand-mère Rochelle qui criait au vieux Nathaniel d'arrêter, et celui-ci qui répondait qu'il ne pouvait pas car il était l'ami du père de Count Basie. « Alors, qu'est-ce que t'en dis, le blanc ? avait lancé Cyril, mains sur les hanches et torse bombé. Moi aussi, j'ai ma station de radio ! » Christmas était resté bouche bée jusqu'à ce qu'ils regagnent le laboratoire. « Merde, t'es un génie ! » s'était-il alors exclamé. Le chef magasinier avait souri, flatté et gêné, puis avait démonté son dispositif rudimentaire et, enfin, avait soulevé une toile : « Voilà le poste pour ton ami, avait-il dit. Il n'est pas très beau mais il fonctionne »avait-il ajouté en indiquant une vieille casserole qu'il avait trouée pour servir de support aux lampes. « Je les fabrique et je les offre aux noirs du quartier » lui avait expliqué Cyril. Puis il avait demandé le nom des mariés, avait pris un petit pinceau et de la peinture noire, et il avait inscrit sur l'arrondi de la casserole, avec l'écriture tremblante et incertaine d'un enfant : « Santo et Carmelina Filesi ».

Christmas était rentré chez lui en métro, le poste de radio dans une grosse boîte à biscuits que la femme de Cyril avait enrubannée, et il avait apporté à Santo son cadeau de mariage. Ils avaient réglé le poste sur la N.Y. Broadcast, et Christmas s'était pavané en racontant à la famille Filesi, réunie autour de ce prodige de la technique, qu'il connaissait le gars qui parlait à cet instant même : il s'appelait Abel Nittenbaum et ne se prenait pas pour de la merde, mais au fond c'était un brave homme. Santo était ému et confus de ce cadeau. « Ben quoi, nous deux on est les

Diamond Dogs, non ? » s'était exclamé Christmas. Ils avaient bavardé un peu et Santo lui avait raconté qu'il avait changé de magasin : « Maintenant je suis chef du rayon habillement chez Macy » avait-il expliqué. Christmas l'avait félicité et puis avait ajouté qu'il devait rentrer chez lui, afin d'essayer de redonner un peu de fraîcheur à son vieux costume marron, parce que ce soir-là il allait au théâtre pour voir le frère et la sœur Astaire. Alors les yeux de Santo avaient brillé. Il avait pris Christmas par le bras, avait crié à sa mère de dire à Carmelina qu'il n'en avait pas pour longtemps, et il avait entraîné son ami jusqu'à la 34e Rue. Il était entré chez Macy, avait comploté un moment avec le directeur et, pour finir, il avait poussé Christmas dans une cabine. Il lui avait fait essayer un costume en laine bleu, avait demandé à l'une des couturières de raccourcir immédiatement le pantalon en faisant un ourlet de deux centimètres, et puis avait enveloppé le vêtement et avait déclaré à Christmas : « Ça, c'est un costume digne du chef des Diamond Dogs ! » Ensuite ils avaient pris le chemin du retour, vers leur vieil immeuble de Monroe Street, sans plus échanger un mot – parce qu'entre eux, c'était comme ça.

Ce soir-là, à l'Alvin Theater, Christmas était très élégant. Du moins, c'était son impression. Maria avait tenu son bras durant tout le spectacle, pendant qu'Adele et Fred Astaire illuminaient la scène de leur grâce innée, elle dans le rôle de Frankie et lui dans celui de Jimmy Reeve, et chantaient ensemble *Let's Kiss and Make Up*. À la fin du spectacle, Maria avait emmené Christmas dans les coulisses pour lui présenter Victor Arden, le pianiste. Tandis qu'ils discutaient, Adele Astaire était passée, enveloppée dans un manteau de cachemire noir, et Christmas lui avait crié « Bravo ! » en italien. L'actrice lui avait répondu par une révérence cocasse. Son frère Fred état apparu à la porte de sa loge et avait protesté : « Et moi, je n'ai droit à aucunes félicitations ? » Alors Christmas s'était exclamé : « Mais vous, vous ne dansez pas monsieur, vous glissez ! On dirait que vous patinez sur une couche de glace, c'est incroyable ! » et il avait fait une révérence, copiant celle d'Adele. Le frère et la sœur Astaire avaient éclaté de rire et étaient partis bras dessus bras dessous, satisfaits.

Et c'était à cause de toutes ces émotions que, ce soir-là, Christmas ne se décidait pas encore à rentrer chez lui. L'ingéniosité de Cyril, l'amitié de Santo et la magie du théâtre l'avaient surexcité. Sa tête était traversée de mille pensées. Le théâtre l'avait ensorcelé. Il n'avait jamais vu de comédie musicale de sa vie. Au théâtre, tout était parfait. Le théâtre, c'est la vie parfaite ! se disait Christmas dans son costume en laine bleu flambant neuf, le manteau ouvert malgré le froid, afin d'apercevoir son costume pendant qu'il marchait.

Lorsqu'il réalisa qu'il était arrivé devant les studios de la N.Y. Broadcast, il regarda les grandes lettres de la porte d'entrée. De l'autre côté de la porte tambour, il apercevait la silhouette du gardien de nuit qui somnolait sur son bureau. L'immeuble entier était plongé dans l'obscurité, à l'exception d'une lumière au dernier étage, le septième, réservé aux bureaux de la direction. Christmas porta une main à sa poche et palpa la clef de la porte de derrière. Alors il sourit, fit demi-tour, prit la rue perpendiculaire et ouvrit la porte de la réserve. Il traversa la pièce sans allumer et monta au deuxième étage, au studio numéro trois, une vaste salle d'enregistrement avec, en plein milieu, une table bien astiquée où étaient installés neuf microphones : c'est là que l'on mettait en onde les pièces radiophoniques.

Christmas pénétra dans le studio plongé dans la pénombre, s'assit à la table, laissa tomber son manteau à terre, ôta sa veste et retroussa les manches de sa chemise, comme il avait vu les acteurs le faire. Il approcha un micro et l'alluma.

Un grésillement retentit, puis plus rien.

Christmas pensa au silence tendu qui avait précédé le lever de rideau, au théâtre. Il ferma les yeux et, soudain, eut l'impression de revoir l'explosion de lumières qui s'était produite dès que l'orchestre avait commencé à jouer l'envoûtante musique de Gershwin.

Alors il s'éclaircit la voix et lança : « Bonsoir, New York... »

Karl Jarach avait trente et un ans. Le père de Karl, Krzysztof, fils d'un petit commerçant en céréales de Bydgoszcz, en Pologne, était arrivé à New York en 1892. Quand il avait débarqué à Ellis Island, il ne savait rien faire. Il avait travaillé au port comme docker mais, de petite taille et de frêle corpulence, il n'avait tenu que trois mois. Les six mois suivants, il avait alors essayé d'être maçon. Cependant, même pour être maçon, Krzysztof n'était pas assez musclé. Lors d'un bal – organisé par la petite communauté de Polonais qu'il fréquentait le soir, pour parler sa langue – l'immigré avait rencontré Grazyna, et les deux jeunes gens étaient tombés amoureux. Ils se marièrent l'année même, et Krzysztof fut embauché comme vendeur dans la quincaillerie du père de Grazyna. Au bout d'un an, Krzysztof avait appliqué à la quincaillerie les règles qu'il avait apprises de son père, dans le magasin de céréales de Bydgoszcz, rationalisant les achats et les stocks et investissant dans des nouveautés. L'activité commerciale du magasin en avait grandement bénéficié. Le père de Grazyna l'avait promu directeur et, au cours de l'année suivante, Krzysztof, s'endettant jusqu'au cou auprès des banques, avait transféré la quincaillerie, quittant le local étriqué de Bleeker Street pour un endroit beaucoup plus vaste et passant dans Worth Street, au coin de Broadway. Krzysztof avait le sens des affaires. Les deux grandes vitrines de la quincaillerie – où il exposait des articles pour la maison qui attiraient même les femmes des quartiers limitrophes – s'étaient bientôt révélées un bon investissement, et il avait rapidement réussi à rendre leur argent aux banques. La seule chose qui ne marchait pas, dans la vie de Krzysztof, c'était que sa Grazyna n'arrivait pas à lui donner d'enfant. C'est pourquoi la mère de Grazyna, qui en faisait une maladie, se rendit à l'église et fit un vœu à la Madone.

Et, trois mois après, Karl avait été conçu.

Karl fut l'enfant le plus gâté de toute la communauté polonaise. Il grandit dans l'insouciance, sans nul souci d'argent, et quand il atteignit l'âge d'aller à l'université, Krzysztof avait mis de côté la somme nécessaire pour ses études. Mais Karl, à la surprise générale, déclara qu'il n'en avait pas envie. Alors Krzysztof, malgré sa déception, commença à le former à la gestion de la quincaillerie. Cependant Karl était toujours distrait, ne faisait preuve d'aucune application, s'ennuyait et, dès qu'il le pouvait, se plongeait dans la lecture d'incompréhensibles ouvrages sur la technologie naissante de la transmission par ondes radio. « Bordel de merde ! s'écria un jour Krzysztof à table (c'était la première fois qu'il perdait patience avec son fils depuis sa naissance). Si c'est la radio qui t'intéresse, fais de la radio, bon sang ! Mais ne gâche pas ta vie ! »

L'explosion de son père eut un effet bénéfique sur la torpeur de Karl. En une semaine, les livres et leurs abstractions laissèrent place à la liste des stations radiophoniques naissantes et des ateliers de radio et de téléphonie de New York et des environs. Karl frappa à toutes les portes et, pour finir, fut embauché par la N.Y. Broadcast comme employé de première classe.

Son père lui acheta deux costumes neufs car, expliqua-t-il, il ne fallait pas qu'il ait l'air d'un pouilleux de Polonais. Et c'est grâce à l'un de ces deux costumes que Karl fut remarqué par un dirigeant, qui le prit en sympathie et accepta de lui donner sa chance. Ainsi, de même que Krzysztof avait appliqué à la gestion de la quincaillerie les règles apprises dans le magasin de céréales de son père, Karl appliqua à la station de radio les règles apprises dans la quincaillerie de son père.

Appliquant aux êtres humains les critères que son père utilisait pour des vis et des clous, Karl donna une tournure rationnelle au « stock humain » qu'il devait gérer. Au bout de quelques années, travaillant bien plus que son contrat ne l'exigeait, s'engageant corps et âme, il fit carrière et devint un dirigeant de deuxième classe de la N.Y. Broadcast, non seulement chargé de gérer les émissions, mais aussi d'en concevoir de nouvelles.

Ce soir-là, comme cela lui arrivait souvent, Karl était encore dans son bureau tard dans la nuit, il cherchait des idées pour remplacer un ennuyeux programme culturel présenté par un professeur d'université – ami d'un dirigeant de première classe – qui parlait de l'histoire de l'Amérique sans réussir à éveiller le moindre intérêt chez les auditeurs, à cause surtout de son vocabulaire trop complexe. Le grand ponte avait aussi une voix nasale qui aurait endormi un homme sous perfusion de café depuis une semaine, pensait Karl. Car il ne savait pas à qui il parlait, il ne connaissait pas les gens auxquels il s'adressait, et n'avait nulle envie de les connaître. Mais si la N.Y. Broadcast voulait que la radio entre dans les maisons des gens ordinaires – comme Karl s'en était fait l'avocat à plusieurs reprises auprès de la direction – la radio devait parler leur langue, connaître leurs problèmes et leurs rêves.

Karl frotta ses yeux fatigués. Découragé, il referma le dossier où il notait ses idées pour de nouvelles émissions, et il enfila veste et manteau. Il était démoralisé. Cela faisait des semaines qu'il cherchait un moyen de raconter l'Amérique sans les discours barbants de ce pompeux professeur. Il ferma son bureau à clef, enroula une épaisse écharpe en cachemire autour de son cou et emprunta l'escalier de service parce que, la nuit, il ne se fiait pas aux deux ascenseurs. À cette heure-là, les liftiers ne travaillaient plus et le gardien de nuit était célèbre pour son sommeil lourd. Si Karl restait coincé dans l'ascenseur, il devrait sans doute attendre l'arrivée des liftiers, le lendemain matin. Du coup, quand il travaillait tard, il descendait toujours à pied.

L'immeuble était plongé dans la pénombre et le silence. Les pas de Karl résonnaient sur les marches. Toutefois, alors qu'il était presque au deuxième étage, il entendit une voix remonter dans la cage d'escalier. Amplifiée. Chaude, ronde. Allègre. Pleine de vie. Une voix jeune et inconnue. Alors il ouvrit la porte qui donnait au deuxième étage et avança à pas feutrés le long du couloir sur lequel s'ouvraient les studios d'enregistrement.

Il aperçut un petit attroupement devant le studio numéro trois.

« … parce que la règle fondamentale du gangster, disait la voix qui était maintenant forte et claire, c'est qu'un homme possède une chose simplement tant qu'il est capable de la garder… »

Karl s'approcha encore. Un homme qui faisait partie du groupe rassemblé devant le studio trois se retourna et l'aperçut. C'était un noir, balai et seau d'eau à la main. Ses grands yeux ronds et blancs brillèrent dans l'obscurité. L'air préoccupé, il toucha l'épaule de la femme devant lui. Celle-ci se retourna à son tour et son visage noir prit la même expression inquiète. Elle ouvrit la bouche pour parler, mais Karl l'interrompit d'un geste de la main et posa un doigt sur ses lèvres, lui faisant signe de se taire. Il rejoignit le groupe et, au fur et à mesure que les employés se retournaient, il leur faisait à tous signe de rester silencieux. Ils étaient tous noirs. C'étaient tous des femmes et hommes de ménage.

« Vous vous demanderez comment je sais toutes ces choses, poursuivait la voix. Eh bien, c'est facile…

Je suis l'un d'entre eux. Je suis le chef des Diamond Dogs, le plus célèbre gang du Lower East Side. J'ai été un crève-la-faim… »

Karl toucha légèrement l'épaule de la femme qui nettoyait son bureau :

« Salut, Betty ! murmura Karl.

— Bonsoir, monsieur Jarach ! répondit la femme, après un sursaut.

— Qui est-ce ? » lui demanda-t-il à voix basse, indiquant le studio trois plongé dans le noir.

Betty haussa les épaules :

« On ne sait pas ! » répondit-elle.

Karl comprit qu'elle lui parlait par pure politesse, mais qu'en réalité elle n'avait qu'une envie, écouter cette voix. Karl lui sourit et se tut.

« … tout est parti du quartier des Five Points, que l'on appelait alors le Bloody Ould Sixth Ward, le sixième district. Mais ni vous ni moi n'étions nés, bien heureusement… »

Karl vit que tout le personnel de service souriait et se regardait en hochant la tête.

« C'était une zone insalubre et mal famée, au croisement de Cross Street, Anthony Street, Orange Street et Little Water Street…, poursuivait la voix. Vous ne connaissez pas ces rues ? »

Tous secouèrent la tête.

« Jamais entendu parler » bougonna Betty.

« Pourtant, je parie que vous y êtes passés des dizaines de fois ! enchaîna la voix, comme si elle avait entendu leurs réponses. Anthony Street est devenue Worth Street… »

Karl s'aperçut que les autres étaient bouché bée. Et lui-même ouvrit la bouche, surpris, en se disant :

« Mais c'est la rue de la quincaillerie de mon père !
Là où j'ai grandi ! »

« ... Orange Street, maintenant, s'appelle Baxter
Street. Cross Street est devenue Park Street. Little
Water Street, par contre, a disparu... Alors, combien
de fois avez-vous foulé ces trottoirs chargés d'Histoire ? »

Tout le personnel de service secouait la tête, incrédule. Karl aussi était émerveillé et fasciné. Il se faufila
à travers le groupe et tenta de regarder dans le studio
trois, mais il ne vit rien d'autre qu'une silhouette noire
penchée sur la table, microphone à la main.

« Et c'est dans cet endroit étrange, plein de
saloons et de salles de bal, une espèce de Coney
Island de l'époque, fréquentée par des gens comme
nous, marins, pêcheurs d'huîtres ou petits employés,
qu'est née la culture des gangsters, qui, à cette époque,
étaient beaucoup plus frustes qu'aujourd'hui... »

Karl était ensorcelé. Il écoutait dans le même
silence tendu que tous les hommes et femmes de
ménage, autour de lui.

« Il se fait tard, l'heure est venue de te quitter,
New York... »

Un murmure de déception parcourut le public.

« Mais je reviendrai bientôt pour vous parler des
slums, des recruteurs, de la Old Brewery, de Moïse
le géant, de Gallus Mag, de Patsy the Barber et de
Hell-Cat Maggie, une femme que vous souhaiteriez
ne jamais rencontrer... »

Le personnel de service rit à voix basse en se poussant du coude. Karl sourit avec eux.

« Et je vous révélerai les faits et gestes des gangsters
d'aujourd'hui, ceux que je fréquente tous les jours et

que vous croisez dans la rue, avec leurs costumes tape-à-l'œil en soie. Je vous apprendrai à parler comme eux et vous raconterai les aventures incroyables qui se déroulent à votre insu dans les rues sombres de notre ville…

— Quand ça ? demanda naïvement un homme de ménage.

— Je vous quitte avec une anecdote sur Monk Eastman, à l'époque où il travaillait comme videur dans une salle de bal de l'East Side, au début de sa sanglante carrière. Il maintenait le calme dans ce local grâce à un énorme gourdin, qu'il marquait méticuleusement d'une entaille à chaque fois qu'il liquidait un client turbulent. Or voilà qu'un soir, Monk s'est approché d'un pauvre petit vieux inoffensif et lui a défoncé le crâne d'un coup terrible…

— Oh !… s'écria une grosse noire près de Karl, portant une main à sa poitrine.

— Chut ! Betty la fit taire.

— … et quand on lui a demandé pourquoi il avait fait ça, Monk a répondu : "J'avais déjà quarante-neuf marques sur mon gourdin, j'voulais un chiffre rond !"… »

Tout le public rit doucement. Karl y compris.

« Allez, je vous quitte ! Il faut que je règle son compte à une *balance* qui n'est maintenant plus qu'un *rat*, et puis il faut que j'aille ramasser le *pèze* de mon *speakeasy*, conclut la voix. Bonsoir, New York ! Et rappelle-toi… les Diamond Dogs suivent tes histoires… »

Puis on entendit le grésillement du microphone qui s'éteignait.

« Voilà, l'histoire de l'Amérique ! » se dit Karl et,

après un instant de silence, il se mit à applaudir. Tout le personnel de service applaudit avec lui.

On entendit alors le bruit d'une chaise que l'on éloignait précipitamment de la table et, lorsque Karl éclaira le studio, ils se retrouvèrent face à un garçon d'une vingtaine d'années effrayé, une mèche blonde décoiffée sur le front et les manches de chemise roulées jusqu'aux coudes. Il les regardait les yeux grands ouverts et balbutiait à l'intention de Karl :

« Excusez-moi… je… excusez-moi… je m'en vais tout de suite…

— Comment tu t'appelles ? demanda Karl.

— Je vous en prie, ne me virez pas…

— Comment tu t'appelles ?

— Christmas Luminita.

— Tu en connais beaucoup, des histoires comme ça ?

— Euh, oui… monsieur…, répondit Christmas.

— À dix heures. Demain. Ici, sourit Karl. On enregistre le premier épisode. »

42

Los Angeles, 1927

Bill était en train de démonter un décor. Il était neuf heures du soir et il n'y avait personne d'autre dans le hangar. Au cours de ces derniers mois, il n'avait fait aucun progrès dans le monde du cinéma. Cette première étape pour s'approcher de Hollywood et de la richesse s'était révélée un coup d'épée dans l'eau. Il avait été embauché comme assistant machiniste, et c'est toujours ce qu'il faisait. Son salaire était à peine plus élevé que celui d'un noir bien payé. Mais ses possibilités de carrière étaient tout à fait les mêmes que celles de n'importe quel nègre. C'est-à-dire nulles.

Bill donna un grand coup de pied à la base d'un des deux poteaux en bois qui maintenaient en place un panneau du décor. Il fit de même pour le second. Puis il écarta les deux montants de bois et le panneau tomba bruyamment sur le sol, résonnant dans tout le hangar. Voilà ce qu'il avait appris, à Hollywood : tout dépendait de quel côté du décor tu te trouvais. Si tu étais devant, tu pouvais être qui tu voulais. Aujourd'hui un pacha, demain un riche industriel, mais de toute façon le roi du monde. Tu avais une villa de rêve, un bureau de grand patron et une piscine chauffée. Bill se retourna pour contempler le décor mutilé. À présent, le luxueux harem dans lequel on avait tourné toute la journée des scènes saphiques était pathétique et ridicule. Si tu étais à l'arrière du décor, toutes ces réalités se révélaient pour ce qu'elles étaient : des panneaux de carton peints, maintenus en place par des poteaux en bois. Bientôt ces panneaux seraient repeints pour inventer une autre escroquerie. Lors de son premier jour, le chef machiniste, tapant de la main sur les montants de bois qui tenaient les décors, lui avait dit : « Le bois, c'est ça qui compte, ne l'oublie jamais ! Quand tu démontes un décor, il faut t'occuper du bois. Le bois, ça reste. Le carton, par contre, ça vaut que dalle. » Parce que c'était ça, Hollywood : du néant. Pire, de l'illusion.

Bill posa le panneau dans un coin, puis il démonta deux autres poteaux, enlevant les clous du haut et du bas, et les empila avec soin sur les autres. D'habitude, il se dépêchait de finir son travail pour pouvoir rentrer chez lui. Pour espionner Linda Merritt qui pleurait. Mais pas ce soir. Et, à partir de ce soir, il ne se dépêcherait plus jamais. Parce que Linda était partie. Elle s'en était allée. Elle ne deviendrait pas une vedette. Elle avait hissé le drapeau blanc et était retournée à sa ferme. Elle n'arrêterait sans doute pas de pleurer, mais pour de nouvelles raisons – de nouveaux regrets, de nouvelles désillusions. Mais ce qui faisait enrager Bill, c'était qu'il ne pourrait plus jamais l'épier.

Il ramassa le panneau à terre et le lança avec violence vers le coin où il les rassemblait tous. Mais le vent s'engouffra dans le panneau comme dans une voile ou une aile brisée : il se gonfla et prit un envol maladroit avant de s'écraser au sol en s'enroulant. Bill lui flanqua un coup de pied furieux, puis le souleva et le déposa dans un coin. Puis, retournant au décor, il s'affala sur le grand lit où les actrices, ce jour-là, s'étaient roulées nues, répandant leurs humeurs factices dans les draps que les projecteurs faisaient passer pour des draps de soie. Il enfonça son visage dans un oreiller et essaya de maîtriser sa colère. Ses narines se remplirent de Shalimar, le parfum de l'actrice principale, cette traînée qui se prenait pour Gloria Swanson. Bill la détestait. Plus encore que toutes les autres grues qui fréquentaient ce hangar. Les autres ne le remarquaient même pas, mais elle si : dès le premier jour, elle l'avait repéré. Et elle l'obligeait à lui apporter du café ou de l'eau, elle exigeait n'importe quel service pourvu qu'il soit humiliant, et elle le narguait de toutes les manières possibles. Quoi qu'il arrive, le café était toujours trop noir ou trop sucré, trop clair ou pas assez sucré. L'eau était toujours trop chaude ou trop froide. Ou bien c'était lui qui avait été trop lent ou trop rapide. La putain regardait le réalisateur et lançait : « Mais où t'as pêché ce lourdaud, Arty ? », elle riait puis se tournait vers la maquilleuse ou le chef machiniste et ajoutait : « Il doit être un peu retardé, non ? » Bill ne pouvait que se taire, même s'il la fixait, les yeux en feu. Et elle, la traînée, elle s'en rendait compte et en jouissait ; elle le défiait, passait la main sur ses seins toujours nus et riait. Elle riait de lui.

Bill saisit un oreiller et eut envie de le mettre en pièces. Mais aussitôt il se maîtrisa. Le lendemain, le chef machiniste lui présenterait la note. Et Bill ne gagnait pas assez pour se permettre de payer un coussin puant le Shalimar et la grue. Il le lança au loin et se mit sur le dos, narines dilatées et frémissantes de colère, fixant les rails au plafond du hangar, là où étaient accrochés tous ces projecteurs qui le scrutaient comme autant d'yeux électriques.

Non, il n'était pas impatient de rentrer chez lui, ce soir. Et pas uniquement ce soir. Il ne serait plus jamais impatient de rentrer dans son sordide petit logement au Palermo. Parce qu'elle était partie. Lors de ces derniers mois, Linda avait essayé de bavarder avec lui. Mais il l'avait toujours évitée. Il ne voulait pas qu'elle trouve en lui un ami à qui confier ses peines. Il voulait que Linda souffre toute seule, parce que tel était son plaisir. Et même lorsqu'elle avait frappé à sa porte, un soir, l'invitant à partager avec elle une bouteille de tequila, Bill lui avait fermé la porte au nez sans ménagement aucun. Il l'avait laissé se soûler seule et, cette nuit-là, elle avait été sublime. Linda avait pleuré encore plus que d'habitude. Lumière allumée. À travers la cloison, elle s'était laissé aimer comme elle ne l'avait encore jamais fait. Cela avait été une nuit de passion.

Mais ce n'était pas uniquement la disparition de Linda qui rendait Bill fou de rage. Ce matin-là, le nouveau locataire s'était présenté à sa porte. C'était un jeune à l'air arrogant. Un type qui se croyait mieux que les autres parce qu'il était scénariste et possédait une machine à écrire. Et, lorsque Bill avait ouvert, il avait vu un sourire malicieux sur le visage de ce scénariste de merde, de ce sale snobinard. « Je suis désolé, mon pote, mais la fête est finie ! » s'était-il exclamé. Bill n'avait pas compris tout de suite. Alors le scénariste, sans cesser de sourire, avait haussé un sourcil et indiqué le mur du salon du menton. « Je parle de ton petit spectacle gratis ! avait-il expliqué. J'ai trouvé les trous dans le mur (et il avait ri). Je suis désolé que ta belle soit partie. Mais je n'ai pas l'intention de t'offrir le même divertissement, du coup je les ai bouchés. Ceci dit, tu m'as donné une bonne idée pour une histoire ! » Bill aurait voulu lui casser la gueule, mais le scénariste à l'air supérieur avait tourné les talons et peu après, depuis son salon, Bill l'avait entendu taper sur sa foutue machine à écrire. Et il était certain qu'il écrivait sur lui. Qu'il se moquait de lui. Qu'il le tournait en ridicule.

« Hé, petzouille, tu me renifles ? » une voix résonna soudain dans le hangar.

Bill bondit hors du lit, l'air d'être pris en faute.

L'actrice éclata de rire, montrant ses parfaites dents blanches :

« T'en fais pas, je le dirai à personne ! lança-t-elle dans l'escalier menant à la coursive où s'ouvraient les loges. Ça restera notre petit secret ! (Et, se tenant à la rampe avec sa main gantée, elle se tourna vers Bill et passa la langue sur ses lèvres dessinées au rouge écarlate, d'un mouvement bref et railleur.) J'ai oublié le cadeau d'un admirateur, expliqua-t-elle ensuite sans plus daigner lui adresser un regard. Mais toi, continue à te chatouiller le poireau, fais comme si j'étais pas là ! » et elle disparut dans une loge en riant.

Bill bouillait de colère. Il saisit un marteau et s'attaqua à deux poteaux. Il les détacha des planches sur lesquelles ils étaient cloués et les mit soigneusement sur la pile. Puis il souleva le panneau et le porta dans un coin avec les autres.

« C'est toi qui l'as pris ? » fit l'actrice d'une voix dure, un instant plus tard.

Bill se retourna pour la regarder. Elle était enveloppée dans une fourrure claire de médiocre qualité qui, ouverte, dévoilait une robe moulante de soie pourpre.

« C'est toi qui l'a pris ? » répéta-t-elle, parcourant d'un pas déterminé la coursive et commençant à descendre l'escalier.

« Quoi ? demanda Bill, sans bouger d'où il se trouvait.

— Minable, merdeux ! » l'insulta-t-elle tout en le rejoignant, ses pas résonnant bruyamment dans le hangar désert.

Elle était mexicaine mais avait la peau claire. Elle n'avait pas l'air d'une Mexicaine, plutôt d'une juive, se surprit à penser Bill. Une riche juive en fourrure couverte de bijoux. Maigre. Avec des seins qui pointaient à peine. Quel âge pouvait-elle avoir ? Dix-huit ? On croyait voir une femme parce que c'était une traînée, pensa Bill, mais ce n'était qu'une gamine.

« Mon bracelet ! Il est en or, enfant de garce ! s'exclama-t-elle lorsqu'elle fut devant lui. Je l'ai oublié dans ma loge et toi, tu l'as piqué !

— Moi, j'ai rien pris, répondit Bill.

— Rends-le-moi et on en reste là ! » exigea-t-elle en pointant un doigt vers le visage de Bill. Elle avait des ongles longs et soignés peints de vernis rouge. Et une bague avec une émeraude rectangulaire de pacotille.

« J'ai rien pris » répéta Bill. Et il se dit qu'elle n'était qu'une gosse. Avec de longs cheveux noirs qui formaient de tendres boucles.

« Enfant de putain…

— Ici la putain, y en a qu'une ! l'interrompit Bill, tandis qu'il sentait toute la colère accumulée en lui qui pressait pour sortir.

— J'le dirai à tout l'monde, sale voleur ! s'écria-t-elle. T'es fini ! Ils vont te virer et tu finiras en taule, connard ! » mais tout en l'insultant, elle recula d'un pas.

Bill s'aperçut alors que toute son assurance, toute son arrogance de traînée, quittait son regard. Il se mit à rire, comme cela ne lui était pas arrivé depuis longtemps. Et dans ce rire tinta cette note haute et joyeuse qui, autrefois, avait été l'expression de sa vraie nature.

« Tu finiras en taule ! » hurla-t-elle, et elle fit un autre pas en arrière, parce que ce qu'elle avait lu dans le regard de Bill l'avait alarmée.

« Tu as peur, pas vrai ? » fit Bill en s'approchant d'elle. Ce n'était qu'une gamine, se répéta-t-il. Alors il caressa ses longues boucles noires. Et passa la main sur la peau claire de sa joue, qui n'était pas celle d'une Mexicaine. Celle d'une juive, plutôt.

« Ne me touche pas ! » dit-elle, pleine de mépris, et elle voulut lui tourner le dos.

Mais Bill l'avait déjà saisie par le poignet. Ce n'était qu'une môme gâtée, pensait-il en fixant sur elle un regard halluciné. Sombre. Une petite fille juive, riche et pourrie, une putain.

« Je t'embrasse pas, j'te l'jure ! » fit Bill, et il lui envoya un coup de poing en pleine figure.

L'actrice tomba à terre en gémissant. Puis elle tenta de s'échapper à quatre pattes.

« Je t'embrasse pas… Ruth » murmura Bill en l'attrapant par le col de sa fourrure claire.

L'actrice se débattit en criant, essaya de fuir, et son manteau glissa. Alors Bill saisit ses cheveux noirs de jais et la força à se retourner. Elle avait la lèvre fendue, le sang se mêlait au rouge à lèvres. Ses yeux étaient envahis par la peur. Bill rit – écoutant avec plaisir cette note étincelante et légère enfin retrouvée, qui sortait de sa bouche comme un chant –, et lui flanqua un autre coup de poing. Pensant à Linda qui était partie. Pensant à ces larmes qui avaient illuminé ses nuits solitaires à Hollywood. Pensant à ce scénariste frimeur qui se croyait supérieur parce qu'il avait une machine à écrire. Pensant à Ruth, à cette première fois, à cette première joie. À cette nuit où il avait compris qu'il existait un moyen d'expulser toute la rage et toute la frustration qui l'empoisonnaient. Et alors il cogna à nouveau l'actrice. Au visage. Puis au ventre et à l'estomac. Il l'empoigna par les cheveux, la força à se relever et la traîna jusqu'au lit sur lequel elle s'était roulée toute la journée, sourire effronté et lascif aux lèvres, ce sourire à présent perdu. Il la jeta sur les draps que les lumières avaient fait ressembler à de la soie, se mit à califourchon sur elle, l'immobilisa en lui tenant les poignets et lécha ses larmes qui se mêlaient au sang.

« Tu veux connaître la vraie vie, salope ? » lui disait-il en se remettant à la massacrer à coups de poing et de claques. Il plongea une main dans son décolleté et déchira sa robe de soie avec violence, riant de son rire léger. Il lui arracha son soutien-gorge, la frappant au visage chaque fois qu'elle essayait de résister. Et, après toutes ces années, Bill se sentit enfin vivant à nouveau. Rien d'autre ne l'intéressait. Il ne pensait pas aux conséquences. Il ne pensait à rien.

Parce qu'il n'y avait rien d'autre que ça. Rien d'autre que cet instant. Rien d'autre que lui. Les petits seins durs rebondirent à peine. Bill en saisit un et le serra fort, comme une orange, comme s'il voulait le presser, comme si ce sein contenait un jus délectable.

L'actrice hurla. Elle s'étouffa avec son propre sang et toussa.

Bill rit encore – il ne parvenait plus à retenir cette joie longtemps oubliée – et souleva sa jupe. Il lui arracha culotte et porte-jarretelles, lui écarta les cuisses puis, excité, déboutonna son pantalon et s'enfonça dans le corps de la jeune femme. « Tu veux voir le vrai monde, c'est ça ? lui hurla-t-il au visage. Eh bien le voilà, le vrai monde, sale putain ! » Et pendant qu'il poussait son membre en elle, avec une violence chargée de hargne, se nourrissant de toute la douleur et tout le désespoir de sa victime, il ne parvenait à penser à personne d'autre qu'à Ruth. Et lorsqu'il atteignit l'orgasme, arqua le dos et remplit l'actrice de tout son fiel, il fut effrayé à l'idée que Ruth s'était emparée de son sang et de son cerveau.

Alors il serra la mâchoire jusqu'à ce que ses dents grincent, avec une rage que la violence sexuelle n'avait pas entièrement évacuée de son corps, prêt à se déchaîner à nouveau sur la jeune femme qui gisait sous lui.

L'actrice avait tourné le regard vers le côté. Ses yeux noirs exprimaient quelque chose de nouveau. Un air surpris et perdu s'était ajouté à la peur.

Bill se retourna et découvrit qu'Arty Short les fixait en silence, dans un coin, derrière un panneau du décor. Bill se figea et ne bougea plus un muscle. Mais il était prêt à bondir. Prêt à tuer s'il le fallait. Je n'aurai sûrement pas le choix, se dit-il. Le réalisateur ne le quittait pas des yeux, une drôle d'expression sur le visage. Lui non plus ne bronchait pas. Sa main gauche tenait un bracelet qu'il balançait. Un bracelet en or. Ce mouvement était le seul dans tout le hangar. Les deux hommes se mesuraient en silence, s'affrontaient du regard, s'étudiaient. Et Bill cherchait à anticiper le premier geste de l'autre, pour ne pas être pris au dépourvu.

L'actrice gémissante, toujours prisonnière du poids de son violeur, esquissa un mouvement.

Alors le metteur en scène parla : « Tu serais capable de refaire ça devant la caméra ? » demanda-t-il à Bill d'une voix rauque.

Bill fronça les sourcils. Qu'est-ce qui déraillait, dans cette scène ? Il pensait être prêt à tout, même à le tuer, mais il n'était pas prêt à ça !

Maintenant l'autre souriait et s'approchait du lit.

« Arty… pleurnicha l'actrice, lèvres fendues et déjà enflées.

— La ferme ! » l'interrompit-il, sans cesser de fixer Bill.

Celui-ci se leva. Reboutonna son pantalon. Essuya ses doigts poisseux sur un coin de drap.

« Si tu sais le refaire devant la caméra, on va devenir riches ! » s'exclama Arty.

Bill le dévisageait sans mot dire.

Alors le réalisateur se tourna vers l'actrice et posa le bracelet en or entre ses seins, délicatement. « C'est ça que tu cherchais, Frida ? lui demanda-t-il en souriant. Tu l'avais laissé dans ma voiture. » Puis il passa derrière Bill et ramassa le manteau de fourrure. Le revers du côté gauche était taché de rouge. Arty donna deux

chiquenaudes à la fourrure, comme pour la dépoussié-
rer, retourna auprès de la jeune femme et tendit une
main vers elle, en bon cavalier. Il l'aida à se remette
debout et puis à enfiler son manteau. « Ferme les
boutons, conseilla-t-il, comme ça personne ne verra
rien. » Il mit la main à la poche de son pantalon et
sortit un billet de cinquante dollars d'un porte-monnaie
muni d'un fermoir en or, qu'il tendit à Frida. « Pour
le taxi. Et la blanchisserie. » Il passa deux doigts sur
le poil clair taché de sang. Et il rit. Il posa les mains
sur les épaules de la jeune femme, la fit se retourner
et la poussa vers la sortie du hangar :

« Prends-toi quinze jours de convalescence. Appelle
le Dr Winchell et dis-lui que c'est moi qui paie. (Il
l'embrassa sur les cheveux et, à nouveau, la poussa
vers la sortie.) Et ne parle à personne de ce qui s'est
passé si tu veux continuer à travailler.

— Arty... murmura-t-elle.

— Bonne nuit, Frida ! » fit le réalisateur, puis il
lui tourna le dos, fixant Bill d'un regard intense, en
silence, jusqu'à ce que les pas mal assurés de Frida
cessent de résonner dans le hangar. Puis, dès qu'ils
se retrouvèrent seuls, son visage grêlé s'éclaira d'un
sourire amical :

« Viens ! Allons manger et parler affaires, lança-t-il,
passant le bras autour des épaules de Bill. Je vais
faire de toi une star ! »

43

Manhattan, 1927

« Tu commences quand tu veux ! » dit Karl Jarach dans le téléphone intérieur.

Christmas regarda de l'autre côté de la vitre, dans la régie, là où le dirigeant de la N.Y. Broadcast, le preneur de son, mais aussi Maria et Cyril – à qui Christmas avait demandé de venir – le fixaient en silence. Il tenta de sourire à Maria et Cyril. Mais il ne parvint à esquisser qu'une grimace. Il avait les lèvres sèches. Il était tendu.

« Quand tu veux ! » répéta Karl.

Christmas opina du chef. Il tendit une main vers le microphone et le serra. Il avait la paume humide de sueur.

« Bonsoir, New York… » commença-t-il d'une voix hésitante.

Il leva les yeux. Maria le regardait, anxieuse, en se rongeant un ongle. Cyril semblait impassible mais Christmas s'aperçut qu'il avait les poings serrés.

« Bonsoir, New York… répéta-t-il avec une vague intonation narquoise. Je suis le chef des Diamond

Dogs, et je vais vous raconter une histoire qui... (il s'interrompit). Non, il faut d'abord que je vous explique qui sont les Diamond Dogs. Les Diamond Dogs sont une bande et moi, enfin nous, nous sommes... » et il regarda de nouveau vers Maria.

Celle-ci lui sourit en acquiesçant. Mais il n'y avait pas d'allégresse dans ses grands yeux noirs. Cyril agita les poings dans sa direction, pour lui donner du courage : « Vas-y ! » lut Christmas sur ses lèvres.

« C'est pour ça que je connais un tas de secrets, reprit Christmas. Les secrets des rues sombres, du Lower East Side, du Bloody Angle à Chinatown, de Brooklyn... et de Blackwell Island et de Sing Sing, parce que moi... moi, je suis un dur... vous voyez ce que je veux dire ? Moi, je suis un de ceux qui... » et, de nouveau, Christmas s'interrompit.

Il n'arrivait pas à respirer. Maintenant qu'il était là, à un pas de son rêve, il balbutiait. Maintenant qu'il avait la chance à sa portée, son estomac n'était plus qu'un nœud serré dans un étau. Ses poumons devaient ressembler à deux torchons mouillés, essorés et noués. Il lisait dans les yeux de Maria et Cyril une nervosité croissante. Et peut-être un peu de déception. La même déception qu'il éprouvait lui-même. Déception et peur.

Il écarta son micro avec dépit. « J'y arrive pas ! » se dit-il.

« Reprends du début ! fit la voix de Karl Jarach dans le téléphone intérieur. Tranquillement.

— Quand t'es dans la réserve, tu peux jamais te taire ! » gronda Cyril.

Christmas leva la tête et rit. Difficilement.

« On reprend ! » dit encore Karl.

Christmas s'approcha du micro. Ses douleurs à l'estomac et dans la poitrine ne lui donnaient aucun répit.

« Salut, New York… » Christmas demeura silencieux un instant. Puis se leva brusquement. « Je suis désolé, monsieur, je n'y arrive pas… » fit-il tête basse, la voix pleine de frustration.

« Je vais lui parler ! proposa Cyril à Karl.

— Maria ? » demanda Karl.

Maria acquiesça.

Cyril s'apprêtait à sortir de la régie.

« Attendez ! Karl l'arrêta. Attendez… dit-il en réfléchissant, avant de se tourner vers le technicien du son : éteins les lumières !

— Lesquelles ?

— Toutes.

— Dans la salle ?

— Dans la salle et ici ! répondit Karl avec impatience.

— Mais on ne voit plus rien ! protesta le technicien.

— Éteins ! » cria Karl.

Il éteignit toutes les lumières. Le studio plongea dans le noir.

Et c'est dans le noir que la voix de Karl grésilla dans le téléphone intérieur :

« Une dernière fois, Christmas (pause). Amuse-toi ! (pause) Comme la nuit dernière. »

Christmas resta immobile. « Amuse-toi ! » se répéta-t-il. Puis, lentement, il s'assit. Il chercha le microphone à tâtons. Inspira et expira. Une, deux, trois fois. Ferma les yeux. Et écouta le silence tendu de la salle, comme au théâtre…

« Hissez le torchon ! cria-t-il soudain, d'une voix goguenarde.

« — Mais qu'est-ce qui lui prend ? demanda le preneur de son dans l'obscurité.

— Silence ! » ordonna Karl.

Maria agrippa l'épaule de Cyril.

« Hissez le torchon ! cria à nouveau Christmas, et il attendit que l'écho de son cri s'éteigne. Bonsoir, New York ! lança-t-il alors d'une voix chaude et gaie. Non, je ne suis pas devenu fou ! Hissez le torchon, c'est l'expression qu'on utilisait autrefois au théâtre pour dire "Levez le rideau." Alors… hissons le torchon, mesdames et messieurs, parce que vous vous apprêtez à assister à un spectacle que vous n'avez encore jamais vu. Un voyage dans la ville des policiers et des voleurs, comme on appelait alors notre New York. Imaginez-vous dans un des théâtres du Bowery avec, sur scène, des actrices tellement corrompues et dissolues qu'elles ne pourraient jouer dans aucun autre théâtre, croyez-moi ! Préparez-vous à assister à des farces vulgaires, des comédies indécentes, des pièces qui parlent de gangsters de la rue et d'assassins. Et faites attention à votre portefeuille… » Christmas rit doucement. La douleur à l'estomac s'était évanouie. L'air entrait et sortait librement de ses poumons. La scène s'était éclairée et la musique répandait sa mélodie. Il pouvait entendre les bavardages des gens, mais aussi leurs pensées et leurs émotions. « Assis à vos côtés, il y a des crieurs de journaux, des balayeurs, des ramasseurs de mégots, des chiffonniers, de jeunes clochards mais surtout des prostituées et des *plongeurs*… oui, vous avez bien compris, des plongeurs. Ah, c'est vrai, excusez-moi, vous êtes des gens plats, qui ignorez tout de notre argot. OK, première leçon, alors : un *plat*, c'est un type comme vous, qui ne connaît rien aux trucs des voyous. Et le plongeur, c'est quelqu'un qui... plonge les mains dans vos poches. Le meilleur pickpocket que vous puissiez imaginer. Du coup... faites gaffe ! Attention, je le vois ! Ça y est, toi là, il t'a déjà fauché ton portefeuille et toi, là-bas, un *haricot*, c'est-à-dire une pièce d'or de cinq dollars. Quant à toi, tu peux dire adieu à ton *Charlie* – c'est ce que tu appelles une montre en or. Dans un instant, tu vas vouloir savoir l'heure, tu vas porter la main à la chaîne accrochée à ton *Ben*... vous ne connaissez pas ça non plus ? Pétard, vous êtes vraiment *plats* ! Le *Ben*, c'est le gilet. Donc, tu vas chercher ton *Charlie* et tu vas découvrir qu'il s'est envolé. Adieu. Inutile de te mettre à crier, ça ferait rire tout le monde. Et ils riraient encore plus si tu courais vers une *grenouille* ou un *cochon*, c'est-à-dire un policier, parce qu'il ne pourrait rien pour toi, crois-moi... Même si *Hamlet* était là... non, ne regarde pas vers la scène, Hamlet n'est pas un personnage : c'est le chef de la police. » Christmas fit une petite pause. Maintenant, tout était facile. Les paroles sortaient de sa bouche avant même qu'il y réfléchisse. Il s'amusait. Il se mit à rire tout haut. « Et tu sais où il court, avec ton *Charlie*, pauvre imbécile ? Il va droit à l'*église*. Non, pas celle que toi, tu fréquentes, celle-là on l'appelle l'*automne*. Et si on veut parler de l'automne, on dit la *feuille*. Non, l'église dont je te parle, c'est l'endroit où on modifie les poinçons des bijoux. Bref, tu te retrouves sans *Charlie* et avec un problème : il faut que tu rentres chez toi pour expliquer ça à ta *dis-grâce*. Tu ne devines pas tout seul ? La *disgrâce*, c'est forcément ta femme, non ? Or, ta *disgrâce* ne va pas te croire, et elle va t'insulter en t'accusant d'avoir offert ta montre à ta *gauchère*, c'est-à-dire à ta maîtresse. Et là, ça va barder. Mais si jamais, avant d'aller au théâtre, tu as fait un petit tour chez une *chauve-souris*, c'est-à-dire une prostituée qui travaille la nuit, estime-toi heureux si tu n'as pas été repéré et suivi par un *vampire*. Car là oui, ça barderait sérieusement. Parce que les *vampires*, tu sais, ce sont ces types qui chopent un brave dindon comme toi en train de sortir d'un bordel et qui le font chanter. Pour ne rien révéler à ta *disgrâce*, ils peuvent te demande un *Ned*, et alors tu t'en sors avec une pièce d'or de dix dollars. Mais ils peuvent aussi t'extorquer un *siècle* : et toi tu as ça, cent dollars, mon dindon ? Je ne voudrais pas que, par désespoir, tu te mettes au *bingo*, c'est-à-dire à l'alcool. Mais au cas où, vérifie bien qu'il n'ait pas été *baptisé*… coupé avec de l'eau, tu piges ?… et que ce ne soit pas du *blue ruin* parce que, comme son nom l'indique, celui-là c'est vraiment la ruine, une sacrée ruine, et avec ça tu ne tardes pas à devenir un *sentimental*, un ivrogne. Et à ce stade, ça y est, tu es un *consacré*, un perdant, et tu commences à descendre la pente. Tu t'assieds à un *Caïn et Abel*, comme on appelle la table, et tes deux *flappers*… tes mains, mon pote, pas les femmes d'aujourd'hui qui ont les cheveux courts à la Louise Brooks… bref, je disais, tes *flappers* commencent à mélanger *les livres du diable*, autrement dit les cartes et alors, en un éclair, tu finis par avoir une *tête de vendredi*, un air sinistre, et bientôt tu en arrives à parier jusqu'à tes *flûtes allemandes*, tes bottes. Après ça, tu essaies de faire un coup et, un instant plus tard, te voilà un *canari* en cellule, et tu vas te retrouver *encadré*, c'est-à-dire sur le gibet…

— Exceptionnel ! » s'exclama Karl sans élever la voix, dans l'obscurité de la régie.

Cyril prit la main que Maria n'avait jamais ôtée de son épaule, et la serra :

« Il est comme ça, dans la réserve ! Il ne peut pas se taire une minute ! Il me rend fou ! » dit-il avec fierté.

Le preneur de son riait :

« Merde alors, comment il connaît toutes ces histoires ? s'étonna-t-il avant d'ajouter vivement : pardon, monsieur, je me laisse aller...

— Tu enregistres ? lui demanda Karl à voix basse.

— Oui oui, répondit l'autre sans cesser de rire.

— Chut ! ordonna Maria.

— Bon, il se fait tard, New York... fit la voix chaude de Christmas, remplissant de ses notes lumineuses la régie plongée dans le noir. Mais je reviendrai. Maintenant, ma bande m'attend. Les Diamond Dogs. Vous en avez entendu parler, n'est-ce pas ? Bien sûr, nous sommes célèbres, et c'est pour ça que je sais tant de choses... Mais je vous les apprendrai à vous aussi, les *plats* – et, si ça se trouve, un jour vous pourrez entrer dans mon gang... Alors ouvrez bien vos oreilles ! Je vous conduirai par la main à travers les rues obscures de notre ville, et vous découvrirez ainsi tous ses recoins... là où grouille toute cette vie qui vous fait peur... et qui, plus encore, vous fascine... » Il fit une pause et conclut : « Bonsoir, New York... »

Et le silence tomba.

« Bonsoir, Ruth » pensa Christmas.

Puis on ralluma et Christmas découvrit, de l'autre côté de la vitre, le visage de ses quatre spectateurs, avec leurs sourires débordants d'enthousiasme. Maria sortit de la régie en courant et l'embrassa : « Bravo,

bravo, bravo ! » lui murmura-t-elle à l'oreille. Cyril aussi apparut dans la salle, se balançant d'un pied sur l'autre, à la fois fier et gêné, sans savoir que dire.

« Il faut d'abord que j'en parle à la direction, expliqua Karl en lui serrant la main. Mais tu es... Un programme comme ça, personne ne l'a jamais fait !

— Personne ! confirma Cyril, d'une voix émue.

— Tu peux faire ça pendant combien de temps ? demanda Karl.

— Combien de temps ? répéta Christmas, qui avait un peu le tournis et était envahi par une drôle de sensation, mélange d'euphorie et de mélancolie, comme s'il avait envie à la fois de rire et de pleurer.

— Combien d'histoires comme ça tu peux raconter ? »

Christmas serra la main de Maria :

« Je peux en raconter toute ma vie ! répondit-il. Et quand elles seront finies, j'en inventerai de nouvelles ! ajouta-t-il en riant.

— Tu es fort ! s'exclama le technicien.

— Merci ! répondit Christmas, qui maintenant n'avait qu'une envie, fuir et rester seul.

— Un programme comme ça, personne ne l'a jamais fait ! » insista Karl, comme s'il se parlait à lui-même.

44

Los Angeles, 1927

La fille plantée au milieu du plateau regardait autour d'elle, l'air perdu. Le hangar était plongé dans le noir. Seule une lampe accrochée aux rails du plafond jetait une lumière crue au centre du décor, dessinant un cercle aux contours flous. La scène représentait, avec grand réalisme, un lavoir commun dans un immeuble populaire. À gauche sur le mur du fond, une porte décrépite menait à l'intérieur. À droite de cette porte, il y avait trois grands lavoirs. Sur les murs latéraux s'ouvraient deux fenêtres étroites placées très en hauteur, comme si la pièce se trouvait au sous-sol de l'immeuble, et derrière ces ouvertures étaient cachées deux caméras. Une troisième, positionnée de l'autre côté du mur du fond, épiait la scène par un trou simulant une bouche d'évacuation d'eau, située à hauteur d'homme entre deux des lavoirs. Contrairement aux décors de cinéma habituels – où il n'y avait pas de quatrième mur, afin de filmer sans que rien ne gêne le champ de vision –, celui-ci était fermé par un grillage métallique maintenu en place par des poteaux en fer. Derrière le grillage, sur les côtés, deux caméras filmaient, suffisamment en retrait pour ne pas entrer dans le champ de la caméra dissimulée entre les deux lavoirs. Les cinq caméras se mettraient en route simultanément, sur ordre du réalisateur, et filmeraient la scène sans interruption. Car il n'y aurait pas d'autre clap. Ce n'était pas une scène que l'on pouvait recommencer. Voilà pourquoi les caméras partiraient toutes ensemble, munies chacune d'une pellicule de vingt minutes. Une seule bobine. L'action ne durerait pas plus longtemps.

C'était une idée d'Arty Short. Il était certain que ce dispositif lui permettrait d'obtenir un réalisme impossible autrement. Or, la scène qu'ils s'apprêtaient à tourner exigeait un réalisme total. Certes, elle coûtait cher. Mais les affaires marchaient bien, en ce moment. Même très bien. Et c'était un investissement qui allait lui faire gagner encore plus d'argent. « Une nouvelle ère commence ! avait déclaré Arty à son protégé, celui que tout le monde connaissait sous le nom de *Punisher*. Toi et moi ensemble, avait-il souligné, nous inaugurons une nouvelle époque ! »

À présent, la jeune femme se tenait immobile au milieu du plateau et se triturait les mains. Déroutée, elle ne savait que faire. Elle se sentait très tendue. Elle tentait de sourire et de prendre un air désinvolte ; mais il faisait sombre, elle ne distinguait ni la troupe ni le réalisateur, de l'autre côté du grillage, et le malaise la gagnait. On l'avait contactée la veille, alors qu'elle faisait la queue avec des dizaines d'autres figurantes pour participer à *La Symphonie nuptiale*, un film du cinéaste Erich Von Stroheim. Un homme s'était approché d'elle et lui avait proposé de venir faire un bout

568

d'essai pour un rôle qui, si elle était prise, la ferait sortir de l'anonymat. Un premier rôle, avait-il assuré. Certes, c'était un petit film, mais les plus grands producteurs de Hollywood le verraient – tous les gens qui comptaient à Hollywood le verraient. Elle n'avait pas dormi de la nuit, en proie à une agitation fébrile. Elle avait espéré que la maquilleuse effacerait les traces de sa nuit blanche, or personne ne l'avait maquillée. Pour jouer sa scène, on ne lui avait donné qu'une robe. Ainsi que des sous-vêtements. La costumière lui avait expliqué que le réalisateur était un maniaque du réalisme. La fille avait trouvé ça bizarre. Comme il lui avait paru bizarre qu'il n'y ait personne d'autre pour passer le bout d'essai. Mais à Hollywood, si on voulait percer, il valait mieux ne pas trop se poser de questions, s'était-elle répété. Au fond, elle avait déjà été obligée de faire quelques compromissions depuis qu'elle était arrivée à Los Angeles, et elle ne le regrettait pas. Si elle avait posé comme modèle dans *GraphiC*, c'est parce qu'elle avait couché avec le photographe. Elle avait aussi eu une relation avec un homme marié ami du producteur Jesse Lasky, et c'était ainsi qu'elle était parvenue à faire de la figuration dans quelques films. C'était comme cela qu'on faisait carrière à Hollywood. Et c'était pour faire carrière que, trois ans auparavant, elle avait quitté Corvallis, dans l'Oregon, au cœur de la Willamette Valley. Certes, si à Corvallis elle avait couché avec un photographe et un homme marié, on l'aurait considérée comme une putain : mais à Hollywood, les règles n'étaient pas les mêmes, et elle ne se sentait pas du tout une putain. Elle ne couchait pas avec n'importe qui. Elle ne le faisait ni par plaisir ni par vice. Elle ne l'avait fait qu'avec le photographe et l'ami de Jesse Lasky. À Corvallis, sa beauté ne lui aurait servi qu'à épouser un employé de mairie au lieu d'un bûcheron, comme toutes ses amies. Il n'y avait rien d'autre à attendre de Corvallis, une bourgade dont l'emblème était le chrysanthème. Un jour, à la bibliothèque municipale, elle avait lu que dans certaines régions du monde, le chrysanthème était la fleur des morts. Or, elle ne voulait pas vivre comme une morte.

La porte du décor s'ouvrit et le réalisateur apparut. Il avait un visage laid et très maigre, la peau grêlée et une expression désagréable. Mais elle voulait plus de vie. Alors elle s'efforça de sourire.

« Tu es prête ? lui demanda Arty Short.

— Qu'est-ce que je dois faire ? rit-elle, faisant mine de se sentir à l'aise, comme une actrice chevronnée. Il y a un scénario ? »

Arty l'observa en silence. Il lui toucha les cheveux en plissant les yeux. Plus il se tourna vers la porte ouverte :

« Je veux deux tresses ! » cria-t-il.

Une femme très ordinaire entra sur le plateau en traînant les pieds. Dans une main, elle tenait quatre rubans. Deux rouges et deux bleus.

« J'attache les tresses avec un ruban ? » demanda-t-elle.

Arty Short acquiesça.

« Rouge ou bleu ? interrogea-t-elle d'un ton machinal et indifférent.

— Rouge. »

La femme sortit un peigne de sa poche, se plaça derrière l'actrice et se mit à la coiffer sans ménagement.

Arty continua à examiner la fille tandis que la couturière lui faisait des tresses.

« Je veux que tu aies l'air ingénu, tu comprends ? » lança-t-il à la jeune femme.

Elle hocha la tête en souriant. Elle détestait les tresses. Toutes les filles de Corvallis en portaient. Et elle était sûre qu'avec des tresses, elle aurait l'air d'une montagnarde. Mais c'était l'audition de sa vie. Un premier rôle. Et elle était prête à faire beaucoup plus que ça pour le décrocher.

« Tu t'appelles comment, déjà ? demanda Arty.

— Bette Silk… (Elle hésita, puis eut un petit rire.) Enfin, ça c'est mon nom d'artiste. En réalité, je m'appelle…

— OK, Bette, écoute-moi bien, interrompit Arty. Ce que j'attends de toi, c'est que… (Il eut un geste d'impatience.) Mais il faut combien de temps, pour faire ces foutues tresses ? »

La coiffeuse noua le deuxième ruban et s'éclipsa.

« Excuse-moi, Bette, reprit Arty avec une voix moins dure, mais je ne veux aucun bordel sur le plateau quand je tourne. Tu vas bien ?

— Oui.

— Bon, je reprends. Tu es en fuite. Quand je crie "action", tu entres par là, essoufflée et terrorisée. Tu fermes la porte avec ce verrou. (Arty lui indiqua un petit verrou, au milieu de la porte, qu'il poussa.)

— Et pas les deux autres ? demanda-t-elle en montrant deux verrous beaucoup plus robustes, en bas et en haut de la porte. Si je suis en fuite…

— Bette… l'arrêta Arty Short, irrité. Bette, ne t'y mets pas toi aussi… Si je te dis que tu ne dois fermer que celui-là, tu ne fermes que celui-là.

— Oui oui, excusez-moi, c'est juste que…

— Si je te dis de te jeter par la fenêtre, tu le fais, Bette ! T'as compris ? » lança-t-il d'une voix dure.

Bette rougit et baissa les yeux :

« Oui, excusez-moi…

— Bien. Donc, tout ce que tu as à faire, c'est ça : tu fuis et tu cherches refuge dans ce lavoir.

— Et pourquoi je fuis ? »

Arty la fixa en silence avant de lâcher :

« Tu es prête ?

— Euh, oui… répondit Bette timidement.

— Très bien.

— J'ai des répliques à dire ?

— Ça te viendra naturellement, tu verras, sourit aimablement Arty. Lumières ! » cria-t-il en regardant vers le haut.

Les projecteurs pointés sur la scène s'allumèrent. Bette se sentit noyée dans la chaleur de l'éclairage. Et à cet instant, elle comprit qu'elle allait faire du cinéma. Pour de vrai. Dans un premier rôle.

« Viens ! » dit Arty, la prenant par une épaule et la guidant de l'autre côté du décor. Il tira le verrou et ouvrit la porte.

Bette regarda encore une fois la scène illuminée avant de rejoindre l'obscurité des coulisses. Elle sentit les battements de son cœur s'accélérer.

« Lui, c'est ton partenaire » expliqua Arty.

Elle lui fit face et découvrit un homme de vingt-cinq ans environ qui l'observait sans trahir la moindre émotion. Ce fut comme être frappée par un coup de vent glacial, et elle détourna aussitôt la tête vers le plateau et les lumières ruisselantes des projecteurs.

« Moteur ! » s'écria Arty.

Le cœur de Bette battit plus fort encore.

« Action ! » fit-il.

Mon rêve se réalise ! pensa Bette. Elle respira un grand coup et courut vers la scène. Sa précipitation était telle qu'elle tomba à terre. Elle se releva et se jeta sur la porte. Elle la referma derrière elle et tira le verrou.

Alors Arty Short se tourna vers Bill :

« Elle est tout à toi ! » lui dit-il.

Bill enfila alors un masque en cuir noir moulant muni de fentes pour les yeux, la bouche et le nez.

« Vas-y, Punisher ! » lança Arty.

Bill flanqua un coup d'épaule à la porte. Le verrou céda. La porte s'ouvrit en grand. Bill, immobile, regarda Bette un instant, avec ses longues tresses et ses formes généreuses. Il la vit reculer vers un mur, une expression de terreur feinte sur le visage. C'était une très mauvaise actrice. Il se tourna vers la porte qu'il referma. D'un coup de pied, il poussa le gros verrou du bas. Puis mit aussi le verrou du haut. Et alors il recommença à observer sa victime. Il avait dans les oreilles le ronflement des caméras. Il sourit sous son masque en cuir. Avec un geste théâtral, la fille avait porté une main à sa bouche, comme le faisaient les actrices du cinéma muet. Il s'approcha d'elle à pas lents. La fille murmurait, comme dans un miaulement : « Non… non… je vous en prie… allez-vous-en… non… » Bill l'attrapa par une tresse et la projeta au milieu de la scène. Quand elle se releva, son expression de peur était plus vraisemblable. Mais pas encore assez. Alors Bill lui envoya un poing dans l'estomac. La fille se plia en deux en gémissant. Et lorsque le Punisher lui releva le visage, le mettant bien en évidence pour la caméra, la douleur et la terreur étaient parfaitement réalistes. Alors Bill se mit à rire et lui arracha sa robe, sans cesser de la bourrer de coups de poing ; il écoutait ronfler les caméras et sentait son excitation croître.

« Stop ! » cria Arty Short au bout de dix minutes.

Dans le silence qui suivit, on entendit quelqu'un appuyer sur l'interrupteur du générateur. Les projecteurs s'éteignirent et commencèrent à refroidir en grésillant. Le hangar fut plongé dans le noir. Puis la lampe accrochée aux rails du plafond, au milieu du plateau, répandit à nouveau sa lumière crue. Et par terre dans le cercle aux contours flous – tandis que Bill ôtait son masque de cuir noir et quittait le plateau –, la fille resta immobile quelques instants, comme morte. Puis elle porta une main à son sexe pour le couvrir, avec un geste d'une lenteur anormale. De son autre bras, elle cacha sa poitrine dénudée. Elle fut secouée par un sanglot. Elle tourna la tête vers les caméras qui ne ronflaient plus et murmura : « Mon Dieu... »

Autour d'elle, dans le noir, tout le monde se taisait.

« Docteur Winchell ! » appela Arty Short.

Dans le pâle cercle de lumière, un homme d'une soixantaine d'années apparut. Ses rares cheveux blancs ne résistaient plus que sur les tempes, il avait de petites lunettes rondes en or et un costume gris, et portait une sacoche dans une main et deux couvertures dans l'autre. Il s'agenouilla près de la jeune femme, étendit une couverture sur elle et mit l'autre en boule sous sa tête, et enfin il ouvrit son sac. Il en sortit une seringue qu'il remplit d'un liquide clair et épais. La fille avait toujours la tête dirigée vers l'obscurité et les caméras éteintes. Lorsqu'elle sentit le médecin lui prendre délicatement le bras et le serrer avec un garrot hémostatique, elle se tourna pour le regarder.

« C'est de la morphine, expliqua le Dr Winchell. Ça fera passer la douleur. »

Puis il enfonça l'aiguille dans une veine qui avait gonflé, défit le garrot et injecta le liquide. Il retira l'aiguille et tamponna la petite plaie avec un coton humecté de désinfectant.

Pendant que le médecin reposait son matériel dans sa sacoche, Arty Short s'approcha. Il sortit de sa poche une liasse de billets, se pencha sur la fille et lui fourra l'argent dans la main. « Ça fait cinq cents dollars, fit-il. Et j'ai déjà parlé avec un producteur, qui m'a promis de te donner un rôle dans un film. Par contre, si tu vas voir la police, c'est à toi-même que tu fais du tort, et à personne d'autre. (Il se leva). Tu as été très bien » conclut-il. Ensuite il s'éloigna et ses pas résonnèrent dans l'obscurité du hangar.

Gêné, le Dr Winchell sourit à la jeune fille, puis il prit de la gaze et commença à tamponner et désinfecter ses blessures au visage, délicatement, nettoyant le sang.

Ils entendirent Arty Short, un peu plus loin, qui s'exclamait : « Tu as été du tonnerre ! Et tu verras ce que j'arriverai à en faire, au montage ! Allez, viens boire un coup, Punisher ! Tu deviendras une légende, tu peux me croire », et son éclat de rire retentit dans le hangar.

La fille regardait le docteur Winchell qui continuait à soigner ses blessures : « Vous ressemblez à mon grand-père… » murmura-t-elle.

45

Los Angeles, 1927

« Vous étiez sérieux, quand vous avez promis à votre femme de m'aider ? » demanda Ruth à M. Bailey, lorsqu'elle apparut devant l'agence photographique Wonderful Photos, au quatrième étage d'un immeuble de Venice Boulevard.

M. Bailey l'observa. Ruth tenait une valise à la main. Une élégante valise en crocodile vert.

« Tu as des ennuis ? » lui demanda-t-il, tout en s'écartant pour la laisser entrer.

Ruth resta figée.

« Non, répondit-elle simplement.

— Alors c'est moi qui vais en avoir, des ennuis ? » demanda-t-il.

Une expression de stupeur se peignit sur le visage de Ruth.

« Non non, bien sûr que non…, dit-elle doucement.

— Pourquoi tu n'entres pas, Ruth ? » fit M. Bailey.

Mais elle resta sur le pas de la porte, gênée. Incapable de bouger.

Quitter la villa de Holmby Hills n'avait pas été

difficile. Dès qu'elle était rentrée de la clinique, la grande maison lui avait paru encore plus inhospitalière qu'auparavant. Le salon où ses parents avaient organisé des fêtes somptueuses était pratiquement vide, à l'exception de quelques meubles de peu de valeur. Les murs autrefois couverts de tableaux avaient été pillés par les marchands d'art. Les sols s'étaient retrouvés nus, dépouillés de tous leurs épais tapis. La piscine avait été vidée et elle se remplissait de feuilles mortes. Son père passait la journée à attendre la visite d'acheteurs potentiels, ou bien sortait en catimini pour des rendez-vous avec ses nouveaux associés. Quand elle voyait son mari se faufiler ainsi dehors, sa mère le poursuivait en criant : « Tu vas faire faire des auditions à tes putains ? Au moins, reviens avec quelques dollars en poche, espèce de raté ! » Puis elle s'affalait à nouveau dans son fauteuil, où elle passait le plus clair de son temps à boire. Dès le matin.

Pourtant, ce n'était pas cette atmosphère sinistre qui avait rendu aussi facile la décision de partir prise par Ruth. En fait, pendant trois jours, elle n'avait pas réussi à mettre à exécution ce qu'elle avait annoncé. Mais, un matin, son père était entré dans sa chambre accompagné d'un homme élégant au visage anguleux et au regard glacial. Cet individu avait examiné la pièce sans manifester d'intérêt pour rien. M. Isaacson gardait les yeux rivés au sol, évitant de croiser ceux de Ruth. « Ça ! » avait tout à coup déclaré ce type en indiquant le précieux cadre ancien en argent bosselé posé sur la table de chevet, qui contenait le daguerréotype du grand-père Saul. Le père de Ruth n'avait pas bronché. Alors l'homme avait saisi le cadre, ouvert l'arrière et enlevé la photo du vieux Saul Isaacson, qu'il avait jetée sur le lit. Puis il avait quitté la chambre, cadre en main, en disant : « Il y a autre chose à voir ? Dépêchons-nous, je suis pressé ! » Le père de Ruth n'avait pas eu la force de dire quoi que ce soit à sa fille et, après avoir doucement fermé la porte, il s'était éclipsé.

Le jour même, Ruth avait pris sa valise en croco vert, avait mis dedans des vêtements, le daguerréotype du grand-père Saul et le cœur laqué de Christmas, et elle avait abandonné la villa de Holmby Hills. Cela n'avait pas été difficile.

Atteindre ce quatrième étage de Venice Boulevard n'avait pas été difficile non plus.

« Entre, Ruth ! » répéta M. Bailey.

Ruth le regarda. Puis elle regarda par terre, fixant la plaque de laiton qui séparait le sol du couloir de l'immeuble de celui de l'agence photographique. Telle une frontière. Comme si ce dernier pas lui pesait plus que tous ceux qu'elle avait faits jusque-là. Comme si, une fois le seuil de la porte franchi, elle ne pourrait plus échapper à sa décision. Et pendant qu'elle fixait la plaque de laiton, son nez et son esprit se remplirent des odeurs qu'elle avait respirées dans Monroe Street, lorsqu'elle était allée dire adieu à Christmas. Ces mêmes odeurs, qui l'avaient effrayée alors, lui parurent à présent réconfortantes. Et un instant, l'image du vieux M. Bailey, reflétée dans la plaque de laiton, lui parut être celle de Christmas. Elle revit son sourire joyeux, sa mèche blonde en bataille, ses yeux noirs comme du charbon et son expression effrontée. Elle se sentit inspirée par sa personnalité rayonnante, son inconscience, son courage et sa confiance en la vie.

Elle leva les yeux et regarda M. Bailey. Le vieil homme souriait, compréhensif.

« Comment va Mme Bailey ? lui demanda-t-elle.

— Comme d'habitude, répondit M. Bailey. Entre…

— Elle vous manque beaucoup ? » demanda Ruth, une profonde mélancolie dans la voix, mettant dans sa question toute la nostalgie qu'elle éprouvait en pensant à Christmas.

M. Bailey se pencha vers la valise en crocodile, s'en empara et, de son autre main, entraîna Ruth dans l'agence photographique :

« Viens, dit-il, nous discuterons à l'intérieur. »

Ruth vit M. Bailey marcher sur le seuil en laiton. Et elle remarqua qu'il ne portait pas des chaussures anglaises raffinées comme son père, mais de robustes chaussures américaines. Ruth hésita un peu et puis franchit cette frontière brillante.

« Voilà, c'est fait ! » se dit-elle.

Dix minutes plus tard, la secrétaire de M. Bailey posa sur le bureau de l'agence un plateau avec du thé chaud et des pâtisseries. Puis elle quitta la pièce, refermant la porte sans bruit.

« Ce n'est pas moi qui ai décidé de mettre Mme Bailey dans cet endroit, expliqua alors le vieil homme sans que Ruth lui ait rien demandé. Je ne l'aurais jamais fait. Si ça avait dépendu de moi, j'aurais arrêté de travailler et me serais dévoué corps et âme à Mme Bailey, jour et nuit. Non, ce n'est pas moi qui ai décidé. (Et les yeux de M. Bailey s'embuèrent un instant, au souvenir de ce moment intime et doulou-reux.) Un jour… alors que cela faisait des mois qu'elle était tombée dans le piège, comme elle a toujours appelé sa maladie… bref, un jour elle s'est assise devant moi et m'a dit : "Regarde, Clarence. Tu vois que je suis lucide ? Il faut que tu me mettes dans une clinique pour les maladies mentales." Comme ça, sans préambule, sans détour. J'ai essayé de protester, mais elle m'a aussitôt arrêté : "Je n'ai pas le temps de discuter, Clarence, m'a-t-elle dit. Au bout de dix mots, je vais recommencer à dire des bêtises. Ne me sois pas déloyal, tu ne l'as jamais été. Je n'ai pas le temps de discuter." (Le vieil agent dévisagea Ruth.) Je lui ai pris les mains et j'ai baissé les yeux, comme un lâche, parce que j'avais envie de pleurer mais je ne voulais pas... je ne voulais pas qu'elle me voie dans cet état de faiblesse. Je serrais ses mains dans les miennes et, quand j'ai levé la tête... Mme Bailey n'était plus elle-même. Ou plutôt... elle n'était plus là. Et alors j'ai fait ce qu'elle m'avait demandé. Parce que, si je l'avais gardée auprès de moi, j'aurais été... déloyal. » Les yeux de M. Bailey sourirent, pleins de tristesse. Il but une gorgée de thé, se leva et se dirigea vers la fenêtre, tournant le dos à Ruth. Quand il lui fit face à nouveau, il avait une expression sereine. Comme s'il s'était débarrassé de toute sa mélancolie.

Ruth le regardait. La tasse de thé réchauffait ses mains. Et la chaleur émanant du regard de M. Bailey était plus forte encore. Soudain, Ruth sentit qu'elle n'avait plus peur et qu'elle était en sécurité. Comme elle l'avait été avec son grand-père. Comme elle l'avait été avec Christmas.

« Pour Mme Bailey, se libérer un moment de son piège et me demander de regarder tes photos, ça a dû être terriblement difficile, reprit M. Bailey. Et elle l'a fait à deux reprises. Elle a une force incroyable... n'ai-je pas raison ?

— Oui, répondit Ruth doucement.

— Eh bien alors, mettons-nous au travail ! »

M. Bailey fit le tour de la table, prit Ruth par la main et la fit sortir de son bureau. Les murs de l'agence étaient tapissés de photographies. M. Bailey, toujours en tenant Ruth par la main, s'arrêta devant la réception, là où travaillait sa secrétaire :

« Mme Odette, à partir de demain, si vous trouvez la porte de la salle des archives fermée en arrivant, n'entrez pas et ne faites pas trop de bruit. Nous avons une invitée » lui expliqua-t-il.

Puis il parcourut le couloir jusqu'à une porte de bois clair, qu'il ouvrit.

« Vas-y, entre et aide-moi à débarrasser cette pièce ! » lança-t-il à Ruth. Il se mit à ramasser des dossiers pleins de photos, éparpillées partout par terre et sur les meubles, et les porta dans la pièce voisine, où il recréa le même désordre, à l'identique. « Tu peux dormir ici jusqu'à ce que tu trouves quelque chose de mieux. Moi j'habite dans l'appartement au-dessus, au cinquième. Si tu as besoin de quoi que ce soit, sonne chez moi ! En réalité, il y aurait de la place là aussi, mais... enfin bref, il ne me semble pas correct qu'un demi-veuf comme moi installe une jeune fille chez lui... n'ai-je pas raison ?

— Si, monsieur Bailey, sourit Ruth en rougissant.

— Appelle-moi Clarence ! dit le vieil homme. Dans cette armoire, il devrait y avoir des couvertures et des draps. Tu sais pourquoi il y a un lit dans cette pièce ? Mme Bailey disait que les artistes sont toujours fauchés et qu'un bon agent doit s'occuper d'eux, même s'ils ne lui font pas gagner un sou. (M. Bailey se mit à rire). Ce n'est pas un raisonnement très commode à suivre, mais il m'a plu ! » et il rit à nouveau, portant le dernier dossier de photos hors de la pièce et le jetant sur un canapé.

« N'ai-je pas raison ? » conclut-il en revenant dans la salle des archives.

Ruth hocha la tête.

On entendit une porte se refermer.

« C'est Odette qui s'en va sans dire au revoir. À part son prénom horrible, c'est son seul défaut, s'amusa M. Bailey. Ne va pas imaginer qu'elle a quelque chose contre toi, elle est toujours comme ça ! Elle est un peu sauvage. Mais c'est une excellente secrétaire et c'est quelqu'un sur qui on peut compter. »

Ruth hocha à nouveau la tête. Elle regarda par la fenêtre. Le soleil s'était couché.

« Tu as dîné ? lui demanda M. Bailey.

— Merci, mais je n'ai pas faim.

— Si je te disais que tu es trop maigre, Mme Bailey me gronderait, commenta l'agent, alors faisons comme si que je n'avais rien dit ! »

Il sourit et la regarda un instant en silence.

« Bon, moi je suis vieux, dit-il enfin, et d'ordinaire je me couche de bonne heure. Tu as peur de passer la nuit seule ici ?

— Euh, non…

— Alors dors bien ! (M. Bailey jeta un coup d'œil circulaire à la pièce, en secouant la tête.) Ce n'est pas terrible, je sais… Mais avec le temps, on pourra rendre l'endroit plus accueillant…

— N'ai-je pas raison ? » compléta Ruth, riant comme elle ne l'avait pas fait depuis longtemps.

Le vieil agent rit de concert.

« Si tu veux, dimanche prochain, tu peux venir

toi aussi voir Mme Bailey. Je suis sûr que ça lui fera plaisir, dit-il tandis qu'un nuage de mélancolie voilait à nouveau son regard. Même si elle ne te le dira jamais… (Il inspecta à nouveau la pièce). Ah, j'oubliais : les clefs ! Tiens, prends les miennes et enferme-toi de l'intérieur. Demain, nous ferons faire un double. »

Alors il tendit la main pour caresser les cheveux noirs de Ruth, avec la rudesse maladroite d'un grand-père.

« Bonne nuit, Ruth ! lança-t-il enfin.

— Bonne nuit… Clarence ! »

Ruth attendit d'entendre la porte de l'agence se refermer, puis elle ouvrit l'armoire où elle trouva draps et couvertures. Elle prépara le lit d'appoint sommaire installé dans un coin, près du mur, couvert de coussins qui lui donnaient des airs de divan. Puis elle posa la valise en crocodile vert sur le lit et ouvrit ses deux grosses serrures. Elle sortit la photo de son grand-père, qu'elle posa sur une étagère. Puis elle prit le cœur laqué de rouge que Christmas lui avait offert lors de leurs adieux, trois ans auparavant, et elle le serra fort. Puis elle glissa la valise sous le lit et se coucha toute habillée.

« Bonne nuit, Christmas ! » murmura-t-elle avant de fermer les yeux, comme si elle s'attendait à une réponse.

Au milieu de la nuit, elle se réveilla en sursaut, saisie d'angoisse. Elle se précipita sur la porte de l'agence, qu'elle ferma à clef. « Va-t'en ! murmura-t-elle. Va-t'en, Bill ! » répéta-t-elle d'une voix faible et désespérée. Puis elle alla se recoucher. Elle accrocha le cœur laqué à son cou. « J'ai peur, se dit-elle, j'ai peur de tout. » Elle ferma les yeux et essaya de se rendormir le plus rapidement possible. « Tu avais même peur de Christmas, espèce d'imbécile ! » se dit-elle à haute voix. Et alors, pour la première fois depuis bien longtemps, elle éprouva une espère de tendresse pour elle-même. Elle versa des larmes qui n'étaient pas de désespoir. Mais d'acceptation.

Ruth ne luttait plus contre elle-même.

Alors elle s'assit, déboutonna son corsage et défit les bandes qui lui compressaient la poitrine. Elle observa les marques rouges et les caressa doucement, avec amour. Elle laissa l'horrible pendentif rouge en forme de cœur lui effleurer la peau. Puis elle ramassa la gaze et la jeta dans la corbeille à papier. Elle revint près du lit, remit son corsage et, tandis qu'elle s'endormait en serrant le cœur de Christmas, elle s'étonna de découvrir que, sans la pression des bandes, elle recommençait à respirer librement.

« Tant que tu n'as pas assez de clients réguliers, tu peux arrondir les fins de mois en développant également les photos des autres, lui conseilla M. Bailey le lendemain matin dans son bureau. De toute façon, la chambre obscure est une excellente école. Cela aide beaucoup à comprendre comment on prend des photos, et surtout cela permet de toucher la magie de la photographie… Au fait… tu trouveras deux piles de livres dans ta chambre. La première, ce sont des manuels techniques. Je voudrais que tu les étudies. La deuxième, c'est une sélection d'œuvres des meilleurs photographes du monde. Examine attentivement leurs travaux. Ensuite, j'aimerais que tu dresses une liste écrite des photographes qui te plaisent et de ceux qui ne te plaisent pas. Et pour chacun de ces deux groupes, il faudra que tu indiques ceux chez qui tu ne te reconnais pas du tout et ceux chez qui, au contraire, tu retrouves quelque chose de toi. Ensuite, tu devras choisir quatre photos : celle que tu n'aurais jamais prise, celle que tu aurais voulu prendre, celle que tu ne seras jamais capable de prendre et celle qui te décrit le mieux. Enfin, ce sera à toi de prendre ces quatre photos. Tu n'auras certainement pas le même sujet, et le cadrage ne pourra peut-être pas être identique, mais essaie de les reproduire quand même, le plus fidèlement possible. Fais surtout attention aux ombres et aux lumières. Tous mes appareils sont à ta disposition. Choisis celui qui te semble le plus adapté à chaque cliché. »

Au cours des quatre semaines suivantes, Ruth apprit l'art du développement et de l'impression et, comme l'avait prédit M. Bailey, elle découvrit la magie de la photographie. Dans l'obscurité de la chambre noire, les sujets photographiés apparaissaient sur le papier comme de nébuleux fantômes. Tout en se familiarisant avec les réactifs et les bains, elle essayait les appareils photo que M. Bailey avait mis à sa disposition, les flashs au magnésium et les trépieds, elle apprenait les temps d'exposition pour les plaques, et ses narines commencèrent à distinguer l'odeur des gélatines, du bichromate de potassium, du bromure et du chlorure d'argent. Le soir, elle étudiait les manuels et l'histoire de la photographie, depuis les anciens savants arabes jusqu'aux gélatines sensibles en passant par les premières plaques pour tirage contact, les daguerréotypes, l'ambrotype et le ferrotype. En compulsant ces ouvrages, elle eut l'impression d'être en phase avec l'esprit des photographes, et elle prit conscience des immenses possibilités narratives qu'un cliché fixé sur le papier pouvait offrir.

Quand elle estima être prête, elle se présenta devant M. Bailey :

« J'ai fini ! Voici la liste que vous m'avez demandée, et voici les quatre photos.

— Bravo ! s'exclama Clarence. Maintenant, tu es prête pour ton premier travail.

— Mais vous ne les regardez pas ?

— Et pourquoi est-ce que je le ferais ? fit Clarence en plissant ses petits yeux perçants. Je serais bien incapable de te dire ce que tu as compris de toi-même ! Il n'y a que toi qui peux le savoir... N'ai-je pas raison ? »

À cette réponse, Ruth demeura un instant interloquée. Elle tourna et retourna le fruit de son travail entre ses mains, réfléchissant. Enfin elle crut comprendre et sourit :

« Oui, Clarence, vous avez raison !

— Bien. Il faut que tu ailles à la Paramount. Demain après-midi, à quatre heures. Tu as rendez-vous avec Albert Brestler au studio cinq. C'est quelqu'un de très important. Adolph Zukor tient toujours compte de ce qu'il dit.

— Et je vais le photographier ? demanda Ruth, étonnée.

— Non, tu vas photographier son fils Douglas. Il fête ses sept ans. Brestler lui a organisé une fête dans le studio cinq. Avec plein de gamins. Tu le prends en photo pendant qu'il joue et souffle ses bougies.

— Ah bon... fit Ruth.

— Qu'est-ce qu'il y a ?

— Je n'aime pas photographier les gens qui rient.

— Eh bien, tu le photographies quand il ne rit pas ! »

Ruth resta un moment immobile et silencieuse.

« Il y a autre chose ? » demanda Clarence, distrait.

Ruth fut sur le point de répondre. Mais elle serra les lèvres et quitta le bureau.

En arrivant au studio cinq, Ruth se sentit mal à l'aise. Les mères des enfants étaient couvertes de bijoux, comme pour une première. Les gosses étaient déguisés en ridicules petits pages du dix-huitième siècle. Le studio brillait de tous ses feux, éclairé par de puissants projecteurs de cinéma. On avait installé un trône doré sur une petite estrade au milieu du hangar. C'est là que l'on fit asseoir Douglas Brestler, couronne sur la tête et sceptre à la main.

« C'est vous, la photographe ? » demanda la mère du petit garçon en la voyant entrer. Elle la toisa d'un air supérieur et puis, s'accompagnant d'un geste de la main qu'elle aurait pu adresser à une domestique, elle lui lança : « Allez, mademoiselle, dépêchez-vous un peu ! » Et bientôt elle sembla l'oublier, comme si elle n'existait pas.

Peu à peu, la gêne de Ruth s'estompa. Ni les parents ni les enfants ne se souciaient d'elle. On aurait dit qu'elle était invisible.

Ruth prit une série de photos de Douglas en train de fixer, sérieux, un petit avion reçu en cadeau, dont une aile avait été brisée par l'un de ses camarades. Ensuite elle photographia la joue rougie du petit vandale, auquel sa mère avait mis une claque. Elle prit aussi un cliché de Mme Brestler, bouche pleine, avec un peu de chantilly sur le menton. Puis elle surprit une mère qui glissait un ongle long et rouge dans sa bouche afin d'extirper un bout de nourriture coincé entre ses dents. Une autre contemplait son bas filé. Mais surtout, elle photographia les enfants. En sueur, fatigués, avec leurs ridicules collerettes façon dix-huitième siècle pleines de chocolat et leurs jabots défaits. Elle prit en photo ceux qui, épuisés, s'effondraient dans un coin pour somnoler. Elle fixa sur la pellicule une petite bagarre. Et les larmes d'une enfant dont le tutu en satin avait été déchiré. Et puis elle les photographia tous ensemble, vus d'en haut, depuis une coursive où elle était montée. Regroupés autour de la table des gâteaux, comme des affamés. Ou comme sur un champ de bataille.

« Merde, c'est quoi, ces photos ? était en train de dire Albert Brestler à Clarence lorsque Ruth rentra à l'agence, la semaine suivante. Tu dirais que c'est une fête, ça ? On se croirait à un enterrement ! Ma femme est furibarde ! »

Ruth crut mourir sur place. L'entrée de l'appartement était vide et Odette était déjà partie. Elle s'approcha de la porte latérale du bureau de M. Bailey, entrouverte, et se mit à écouter.

« Pourquoi êtes-vous venu me voir, monsieur Brestler ? fit Clarence d'une voix posée. J'imagine que ce n'est pas pour vous faire rembourser : vous ne vous seriez pas dérangé en personne. N'ai-je pas raison ? »

Ruth aperçut Brestler qui s'asseyait et passait en revue les photos en silence, avec une expression irritée.

« Plus je les regarde, et plus… (Il fit une pause et soupira). Elles sont… elles ont un…

— Oui, moi aussi c'est ce que j'ai pensé, quand je les ai vues » renchérit Clarence.

Brestler le fixa :

« Mais il ne fallait pas que tu l'envoies photographier une foutue fête ! Tu es connu pour ne jamais rater un coup et je t'ai toujours reconnu ce talent, mais là… (Il jeta les photos sur la table, avec colère.) Ma femme a raison, on dirait un enterrement ! »

Ruth mourait sur place. À présent, les deux hommes se taisaient. Un lourd silence plombait le bureau. Elle aurait voulu fuir et ne plus écouter. Mais elle ne parvenait pas à bouger.

« Si je t'avais proposé la fille pour un travail plus important, tu lui aurais donné sa chance ? » demanda ensuite Clarence avec un sourire.

Brestler soupira :

« Je ne pense pas, non, répondit-il.

— Exactement ! C'est bien ce que je pensais »,
et Clarence le scruta en silence, de ses yeux rusés.

Brestler dodelina de la tête, recommença à examiner les photos, puis il glissa une cigarette entre ses lèvres et l'alluma. Il aspira une longue bouffée et retint la fumée dans ses poumons avant de l'expirer lentement.

« Elle sont bonnes, finit-il par dire.

— Oui, elles sont très bonnes. »

Ruth se sentit rougir. Maintenant, oui, elle aurait vraiment voulu s'enfuir.

« OK, fit Brestler. Qui est-ce qu'elle peut photographier, d'après toi ?

— Des gens qui ne rient pas.

— Des gens qui ne rient pas…, grogna Brestler avec impatience. Qui, par exemple ? Des acteurs dramatiques ?

— Des acteurs dramatiques, parfait !

— Et qui d'autre ? »

— Commençons par les acteurs dramatiques, répondit paisiblement Clarence. Si les photos sont bonnes, même ceux qui rient tout le temps voudront qu'elle les photographie… et ils éviteront de rire. Je n'ai pas raison ?

— Comment s'appelle la fille ?

— Ruth Isaacson.

— Juive ?

— Je ne lui ai pas demandé.

— Être juive, c'est un bon laissez-passer, à Hollywood.

— Bon, alors je lui demanderai.

— Oh, va te faire voir, Clarence ! s'exclama Brestler en se levant, avant de pointer un doigt sur les photos de son fils. Mais celles-là, je ne les paie pas ! Et arrange-toi pour m'envoyer tout de suite un photographe pour enfants, il faut clouer le bec de ma femme avant qu'elle ne demande le divorce.

— Celui de l'an dernier, ça irait ?

— Mais tu avais dit qu'il était mort !

— Ah bon ? sourit Clarence. J'ai dû confondre. » Brestler se mit à rire et sortit du bureau en sifflotant.

— Clarence prit les photos de la fête dans ses mains et les observa en silence.

« Entre, Ruth, fit-il ensuite. Qu'est-ce que tu fabriques encore, là-dehors ? »

Ruth eut un frisson. Elle entra, le visage empourpré, honteuse d'avoir été découverte.

« Clarence, excusez-moi, je…

— À partir de ce jour, tu es la photographe des stars *qui font la tête*, l'interrompit l'agent en riant. Qu'est-ce que tu en dis ? Ça te fait plaisir ? »

46

Manhattan, 1927

« Je peux entrer ? » fit Christmas un matin de bonne heure, passant la tête dans le bureau de l'administrateur et propriétaire de l'immeuble du 320, Monroe Street, au premier étage.

« Viens, morveux ! » répondit Sal Tropea avec sa voix qui, avec l'âge, était devenue encore plus rauque et caverneuse. Assis à son bureau, il faisait ses comptes.

« J'ai dégoté deux billets pour *Funny Face*, à l'Alvin ! s'écria Christmas en les brandissant dans les airs.

— Et alors ?

— C'est une comédie musicale.

— Et alors ? répéta Sal.

— Invite maman ! » s'exclama Christmas en posant les billets sur le livre de comptes.

Sal l'examina :

« Où t'as trouvé ce costume ? »

Christmas sourit avec satisfaction, passant la main sur sa manche bleue en laine fine :

« Il est beau, hein ?

— Où tu l'as trouvé, je t'ai demandé ! Ta mère veut que tu mettes le marron.

— J'ai rien fait de mal, se rembrunit Christmas. C'est Santo qui me l'a offert.

— Qui ça ?

— Santo Filesi.

— Celui qui se marie ? demanda Sal.

— Oui.

— C'est ton ami ?

— Oui.

— Ce sont de braves gens, commenta Sal, s'approchant du livre de comptes et faisant glisser les billets de théâtre sur la table, sans les toucher. Ils paient tous les mois et toujours à temps. (Il soupira). Mais ce mariage m'inquiète. Les mariages, ça coûte les yeux de la tête. Bordel, qu'est-ce qu'ils ont, les gens, à se marier ?

— Ils sont pour ce soir, précisa Christmas en indiquant les billets.

— Je pense que, ce mois-ci, je ne leur demanderai pas de loyer, poursuivit Sal, toujours concentré sur son livre de comptes. De toute façon, ils n'arriveraient pas à payer. Au moins, comme ça, j'aurai pas à piquer une gueulante et j'éviterai de passer pour un crétin. (Il leva les yeux vers Christmas). C'est un beau cadeau de mariage, non ?

— Alors, tu l'emmènes ?

— Tu réponds jamais aux questions !

— Toi non plus, Sal, rétorqua Christmas. Tu l'emmènes au théâtre ?

— Tu as la tête encore plus dure que ta mère, râla Sal. Tu sais que ce petit gars, le docker…

— Soulève un quintal d'une seule main, oui, Sal.

Tout le monde le sait, depuis des années, l'interrompit Christmas.

— Mais c'est un brave mec.

— Va te faire foutre, Sal, j'ai compris ! » fit Christmas, perdant patience et tendant le bras pour récupérer les billets.

Sal, de sa main d'étrangleur éternellement noire, l'attrapa par le poignet. Avec force.

« Mange du savon, morveux !

— Oh, ça va, Sal... Maintenant laisse-moi, faut qu'j'aille bosser.

— C'est quoi, ce spectacle ? demanda alors Sal, lâchant sa prise et s'appuyant contre le dossier de son fauteuil en bois avec des roulettes en fer.

— *Funny face.*

— Jamais entendu parler.

— C'est nouveau. C'est une comédie musicale, avec...

— Et t'as dit qu'ils le donnent où ?

— L'Alvin Theater, 52ᵉ Rue ouest, soupira Christmas. Tu connais pas, je sais. Même le théâtre est tout neuf, ils ont à peine fini de le...

— Et pourquoi il s'appelle l'Alvin ? demanda Sal.

— Mais merde, qu'est-c'que j'en sais, Sal ! » s'exclama Christmas exaspéré.

Sal rit, mit les mains derrière sa nuque et croisa les jambes :

« C'est M. Pincus qui l'a construit, un gros bonnet, mais dans cette affaire il y a aussi deux vieilles connaissances à moi, expliqua-t-il, un demi-sourire éclairant son visage laid. Les propriétaires, ce sont Alex Aarons et Vinton Freedley. Alex et Vinton. Al et Vin. Alvin. Les spectacles, j'en ai rien à foutre, par contre je sais tout sur le marché immobilier ! »

Sal découvrit ses dents dans un sourire plein de satisfaction :

« Qu'est-c'que tu dis d'ça, morveux, Monsieur-je-sais-tout ? et il rit, avec sa voix qui ressemblait à un rot.

— OK, tu as gagné ! rit Christmas à son tour.

— Revenons à cette comédie musicale…, fit Sal.

— C'est avec Fred et Adele Astaire. Fred Astaire, c'est…

— Oui oui, je sais, ta mère me casse les oreilles du matin au soir avec cette foutue chanson… C'est une pédale, ce Fred machin-chose ?

— Astaire. Qu'est-c'que ça peut faire, si c'est une pédale ou non ?

— C'est un danseur.

— C'est pas une pédale, soupira encore Christmas. Mais pourquoi c'est toujours aussi dur, de discuter avec toi ?

— Comment tu sais qu'c'est pas une pédale ? poursuivit Sal, sans se démonter ni changer d'expression. C'est un danseur, non ? Les danseurs, c'est tous des pédales. Qui voudrait faire des trucs de bonnes femmes, à part les pédales ?

— Je l'ai vu avec une fille que t'imagines même pas en rêve ! »

Sal le scruta.

« Ah bon ? Alors ce Fred Machin-chose, ce s'rait pas une pédale ?

— Non, Sal ! Mais comment j'dois t'le dire ? »

Sal baissa les yeux sur son livre de comptes et

commença à l'examiner. Puis, peu après, il releva la tête et fixa Christmas :

« Qu'est-c'que tu veux encore ?

— Tu emmènes maman au théâtre, ce soir ? demanda Christmas, qui n'avait nullement l'intention d'abdiquer.

— On verra.

— Dis donc, ça fait combien de temps que vous êtes pas sortis tous les deux ? »

Le regard de Sal se troubla. Et sa mémoire le renvoya à cette soirée au Madison Square Garden, alors qu'il sortait tout juste de prison.

« Ben quoi, tu joues au maquereau, maintenant ? ricana-t-il, puis il secoua la tête. Ça fait trop longtemps, bougonna-t-il finalement.

— Alors, tu vas l'emmener ?

— On verra.

— Sal !

— D'accord, d'accord, bordel de merde ! (Sal s'empara des billets et éclata de rire.) Je t'ai filé une bonne petite suée, hein ? lança-t-il, content de lui.

— Et ne dis pas à maman que je te les ai donnés, précisa Christmas. Elle sera plus heureuse si elle croit que c'est toi qui les as achetés.

— C'est des bonnes places, au moins, ou bien tu vas m'faire passer pour un minable ?

— C'est à l'orchestre.

— À l'orchestre, à l'orchestre… À mon époque, je l'ai emmenée au premier rang !

— Salut, Sal ! Il faut que j'y aille…, et Christmas se dirigea vers la sortie.

— Attends, morveux ! »

Christmas se retourna, la main déjà sur la poignée de la porte.

« Qu'est-c'qui s'passe, avec cette histoire de radio ? » lui demanda Sal.

Christmas haussa les épaules, l'air déçu :

« Encore rien, répondit-il.

— Merde, il leur faut combien de temps, pour s'décider ? éclata Sal, et il flanqua un tel coup de poing sur la table que le livre de comptes fit un bond. Bordel, mais ça fait déjà quinze jours ! Qu'est-c'qu'y croient ? que toi t'attends et qu'eux y font c'qui les arrange ? Connards de riches, branleurs, sacs à merde… »

Christmas sourit :

« Merci pour Santo ! lança-t-il en sortant.

— Salut, morveux… » grommela Sal.

Resté seul, Sal expulsa bruyamment l'air par les narines, comme un taureau, assena un autre coup de poing sur le bureau et puis se leva pour aller ouvrir en grand la fenêtre :

« Si tu veux, j'leur fais briser les jambes ! cria-t-il à Christmas, maintenant dans la rue. T'as qu'à l'dire, et moi j'leur envoie deux mecs pour leur massacrer les jambes bien comme il faut ! »

Karl Jarach n'arrivait pas à y croire. Après plus de vingt jours d'attente, ils lui avaient dit non. Au début, ils avaient tourné autour du pot, soutenant qu'il n'y avait pas de bon créneau, et puis, lorsqu'il les avait mis au pied du mur, ils avaient fini par lui déclarer que c'était un programme vulgaire et sans intérêt. Qu'aucun auditeur ne l'écouterait et que ça ne marcherait jamais. Quelle bande d'idiots ! La direction de la N.Y. Broadcast était composée d'une bande d'idiots. Et c'était précisément ça qu'il venait de dire à Christmas, lorsqu'il était descendu dans la réserve pour lui annoncer que le programme ne se ferait pas.

« Des blancs » commenta simplement Cyril en crachant par terre. Et il adressa un regard plein de mépris à Karl.

Celui-ci lisait toute la déception de Christmas sur son visage :

« Je suis désolé, lui dit-il. Vraiment désolé. »

Christmas lui sourit tristement, puis se tourna vers Cyril pour lui demander :

« Il n'y aurait pas des mariages juifs à célébrer ? »

Le magasinier prit un gros carton par terre, rageusement, ainsi que deux marteaux :

« J'en ai besoin moi aussi ! s'écria-t-il. Et pourtant, je sais à qui j'aimerais mieux défoncer la tête ! » et, à nouveau, il regarda Karl de travers.

Puis Karl les vit se diriger vers le fond de la réserve, ouvrir le grand carton et s'acharner sur de vieilles lampes.

« Il faut que je remonte » fit-il. Mais ni Christmas ni Cyril ne l'entendirent. Ou peut-être firent-ils semblant de ne pas l'entendre, pensa Karl. Alors il se retira, le dos voûté, et regagna le septième étage.

« On a un problème, monsieur Jarach ! s'exclama la secrétaire en venant à sa rencontre, essoufflée.

— Un autre ? » réagit Karl sombrement. Il entra dans son bureau et se mit à la fenêtre. New York était enveloppée dans l'obscurité de la nuit tombante. Quantités d'employés se répandaient déjà dans les rues et se pressaient vers le métro. Une autre journée de travail s'achevait.

« Skinny et Fatso ! lança la secrétaire.

— Eh bien quoi, Skinny et Fatso ? demanda Karl de mauvaise humeur, se retournant.

— Ils ont eu un accident de voiture. Ils ne peuvent pas venir faire leur émission » expliqua-t-elle avec une tête d'enterrement – c'était une auditrice fidèle du programme comique *Cookies*, présenté par les deux artistes de variétés.

Karl la regarda sans mot dire. Il s'en fichait bien, de ces deux crétins de Skinny et Fatso !

« On envoie de la musique ? demanda la secrétaire.

— Oui oui...

— Quel genre de musique ?

— Ce que vous voulez... »

Elle resta un instant immobile. Puis elle fit volte-face et quitta le bureau.

Karl se posta à nouveau à la fenêtre. Les gens se hâtaient de rentrer chez eux. « Bonsoir, New York ! » pensa-t-il. Tout un coup, un frisson lui parcourut l'échine : « Oh, et puis merde ! » s'exclama-t-il, et il se précipita hors de son bureau.

« Mildred ! Mildred ! cria-t-il à sa secrétaire qui entrait dans l'ascenseur. Ne faites rien ! Rentrez chez vous, je m'occupe de tout !

— Mais, monsieur Jarach...

— Allez, ça y est, Mildred, c'est fini pour aujourd'hui ! »

Alors il fit sortir la secrétaire de l'ascenseur et lança au liftier :

« Au deuxième, vite ! »

Dès que les portes de l'ascenseur se rouvrirent, Karl se précipita vers la salle des concerts :

« Où est Maria ? » demandait-il aux gens qu'il croisait.

Lorsqu'il la trouva, Maria avait déjà enfilé son manteau.

« Vous ne pouvez pas encore partir ! s'écria Karl, le souffle court. Écoutez-moi, on a très peu de temps. Vous vous rappelez comment s'appelait le technicien qui a enregistré l'essai de Christmas ?

— Leonard.

— OK, Leonard. Eh bien, trouvez-le-moi tout de suite ! Récupérez le disque en cire de l'enregistrement et rejoignez-moi… *Cookies*, c'est dans quel studio ?

— Dans le neuf.

— Au troisième ?

— Oui, au troisième.

— Bien, alors on se retrouve là-bas, dit Karl en la saisissant par les épaules. Dépêchez-vous ! (Il regarda la montre en or que son père lui avait offerte.) On a moins de cinq minutes. »

Dans la salle neuf, au troisième étage, le technicien du son et l'annonceur de la N. Y Broadcast attendaient la musique qu'ils devaient envoyer sur les ondes.

« Vous êtes prêts ? demanda Karl en entrant dans la salle.

— Oui, mais… commença le technicien.

— On en a pour un instant ! l'interrompit Karl, pointant un doigt vers lui pour le faire taire et puis se tournant, anxieux, vers la porte de la salle.

À cet instant même, Maria entrait en courant, disque en main.

« Le voilà ! s'exclama-t-elle.

— À toi de jouer, ordonna Karl en le donnant au technicien.

— Qu'est-ce que c'est ? » demanda l'annonceur en s'installant au micro.

Maria et Karl se regardèrent.

« Vous êtes sûr ? demanda Maria.

— Je n'ai jamais été aussi sûr ! affirma Karl avec un sourire radieux.

— Je suis prêt, fit le technicien dans le téléphone interne.

— Merci, Maria. Vous pouvez rentrer chez vous, dit Karl.

— Ah non, cette émission là, je ne la raterais pour rien au monde ! sourit Maria. Mais je vais l'écouter dans la réserve.

— Dites-lui bonjour de ma part ! » recommanda Karl.

Maria hocha la tête et quitta la salle en refermant la porte insonorisée.

« Quand vous voulez. Quinze secondes avant l'annonce, grésilla la voix du technicien.

— Qu'est-ce que je dois dire ? s'enquit l'annonceur.

— Après l'annonce, éteins toutes les lumières ! Toutes ! » commanda Karl au technicien.

Celui-ci fit un geste d'acquiescement, de l'autre côté de la vitre.

« Qu'est-ce que je dois dire ? répéta l'annonceur, une note d'anxiété dans la voix.

— Dix secondes » fit le technicien.

Karl regarda l'annonceur. Puis le poussa sur le côté.

« Je m'en occupe ! » et il se tourna vers le preneur de son pour voir le signal du départ.

Celui-ci, une main en l'air, compta sur ses doigts. Cinq, quatre, trois, deux, un. Puis il baissa le bras.

« Ici la N.Y. Broadcast, votre radio, commença Karl, en posant sa voix. Ce soir, à cause d'un petit imprévu, *Cookies* ne pourra pas être diffusé… (Et là Karl serra les poings, espérant que personne ne changerait de station). Mais nous sommes fiers de vous présenter notre nouvelle et fantastique émission conçue par Christmas… (Karl s'interrompit : merde, il s'appelle Christmas comment ? se demanda-t-il avec des sueurs froides). Christmas… Christmas tout court, mesdames et messieurs, poursuivit-il. Et vous n'allez pas tarder à comprendre pourquoi je ne peux vous révéler son nom de famille. C'est un type peu recommandable. Et le programme s'intitule… (Karl s'arrêta à nouveau. Un titre. Il lui fallait un titre.) *Diamond Dogs* ! » annonça-t-il. Et là, il fit signe au technicien.

La salle plongea dans le noir.

« Hissez le torchon ! » résonna dans le studio. Silence. Et puis encore : « Hissez le torchon ! » L'écho du cri mourut.

Karl passa une main sur son front. Il était en nage. « Et puis merde ! » pensa-t-il en s'asseyant, heureux.

Et alors la voix de velours de Christmas retentit : « Bonsoir, New York… »

47

Los Angeles, 1927

« Ruth, tu as de la visite ! lança M. Bailey, frappant
à la porte de la chambre obscure sans l'ouvrir.

— J'arrive ! » répondit-elle gaiement.

Elle était contente des photographies qu'elle était
en train de développer. Elles représentaient Marion
Morrison, qui avait été une star de la célèbre Horde
Grondante, l'équipe de football de l'Université de
Californie du Sud. C'était un grand gaillard qui
n'avait pas souri une seule fois durant toute la séance
de photos. Pas même pendant les pauses. Pour le
moment, il était juste accessoiriste aux studios de la
Fox, mais Clarence lui avait confié qu'il allait devenir
une vedette. Il le tenait de Winfield Sheehan, le chef
de la Fox. Mais peu importait à Ruth. Pour elle, la
seule chose qui comptait, c'était que le jeune homme
n'avait jamais souri. Elle l'avait fait poser dehors et
non en studio. Clarence lui avait dit qu'il serait parfait
dans les westerns, aussi Ruth l'avait-elle emmené dans
un lieu aride, presque désertique, un jour où la pluie
menaçait. Les photos étaient sombres et très contras-

tées. La silhouette imposante de Marion Morrison se détachait sur le paysage. Mains dans les poches, l'air insolent. Mais quelque chose d'autre émergeait aussi des photos de Ruth. Un profond sentiment de solitude. Comme s'il était le dernier homme resté sur terre.

« Viens, Ruth ! répéta M. Bailey.

— Oui oui, j'ai fini ! lança-t-elle en mettant sa dernière photo à sécher. Qui c'est ? demanda-t-elle gaiement.

— Viens ! » se contenta d'insister M. Bailey.

Ruth perçut la tension dans la voix de Clarence. Elle ouvrit la fenêtre de la chambre obscure et quitta la pièce.

« Tu es attendue dans mon bureau » précisa Clarence.

Ruth traversa le couloir et, avant d'entrer, hésita un instant. Elle posa la main sur la poignée en laiton brillant, la tourna et poussa un battant de la porte.

« Bonjour, ma chérie ! dit M. Isaacson, debout devant le bureau.

— Bonjour, papa ! fit doucement Ruth, immobile sur le pas de la porte.

— Cela fait longtemps que tu n'es pas venue nous voir » commenta son père.

Ruth entra dans la pièce et referma la porte derrière elle.

« C'est vrai » dit-elle. Elle ne savait que faire. Elle se demandait si elle devait embrasser son père ou bien rester là immobile, comme une étrangère.

« Et maman, comment va-t-elle ? lança-t-elle pour rompre le silence.

— Elle est dans la voiture, répondit M. Isaacson, tournant la tête vers la vaste fenêtre du bureau de Clarence, qui donnait directement sur Venice Boulevard. Elle n'a pas eu la force de monter... elle n'est pas très bien, dernièrement...

— Elle boit beaucoup ? » coupa Ruth avec brusquerie.

M. Isaacson baissa les yeux, sans répondre.

« Nous partons, lâcha-t-il.

— Vous partez ? s'étonna Ruth. Vous rentrez à New York ? »

Son père secoua la tête, mélancolique :

« Non. Ta mère ne le supporterait pas... répondit-il sans lever les yeux. Nous allons à Oakland. J'ai vendu la villa de Holmby Hills pour un prix ridicule et j'ai accepté une offre à Oakland, où ils viennent d'ouvrir un cinéma... bref, ils ont besoin d'un gérant et moi... Tu sais, ces films uniquement pour les adultes ? Ta mère avait raison, comme d'habitude : ce n'était pas un monde pour nous. Ce sont des gens trop grossiers, trop vulgaires. J'avais l'impression de mourir, et puis... ben, ça ne rapportait pas tant que ça. À Oakland, on a pris un appartement près du cinéma et... tant que ça dure, on restera là. »

Ruth fit un pas en direction de son père. Très crispée. Pourtant elle fit un autre pas, puis un autre encore. Et une fois près de lui, elle passa les bras autour de son cou :

« Papa, murmura-t-elle, je suis désolée ! »

Au contact de sa fille, M. Isaacson eut soudain l'air complètement défait. Ses yeux s'embuèrent de larmes. Il mit une main à sa poche et prit un mouchoir qu'il porta à son nez. À cet instant, Ruth réalisa combien cet homme était faible. Mais elle ne le détesta pas. Parce que c'était son père, après tout. Et ce n'était pas sa faute, s'il n'était pas le père qu'une fille aurait voulu. Elle l'attira contre elle et le prit à nouveau dans ses bras. Avec force. En lui pardonnant tout ce qu'il n'avait jamais réussi à être.

« Je suis photographe, lui dit-elle, l'étreignant plus comme un petit garçon que comme un père. Et c'est entièrement grâce à toi. Merci, papa. Merci. »

M. Isaacson éclata en sanglots. Une série de petites secousses. Mais lorsqu'il leva les yeux vers sa fille, il y avait quelque chose de joyeux dans son regard :

« Bravo, ma fille ! fit-il, riant et pleurant en même temps. Tu es comme mon père. Tu es comme grand-père Saul. (Il prit le visage de Ruth entre ses mains.) Tu es forte, Ruth, et moi je remercie le Ciel tous les jours parce que tu ne me ressembles pas. Porter ce fardeau supplémentaire sur mes épaules aurait été terrifiant.

— Ne dis pas ça, papa ! implora Ruth en l'embrassant. Ne dis pas ça…

— Si tu passes par Oakland, viens nous voir. West Coast Oakland Theater, Telegraph Avenue » continua M. Isaacson en se dégageant de son étreinte.

Il mit la main à la poche intérieure de sa veste élégante et en sortit une enveloppe :

« Voici cinq mille dollars. Je ne peux rien te donner de plus, ma chérie, dit-il en les lui tendant.

— Je n'en ai pas besoin, papa. J'ai un bon travail…

— Prends-les, Ruth. Je t'en prie. Ton grand-père disait que nous ne savons exprimer nos sentiments qu'avec de l'argent, insista son père. Je t'en prie. »

Ruth tendit la main et prit l'enveloppe.

« Mais c'est moi qui t'ai offert ton Leica, hein ! fit M. Isaacson.

— Et c'est le plus beau cadeau qu'on m'ait jamais fait, affirma Ruth.

— Il y a encore autre chose… ajouta son père d'une voix hésitante. (Il déglutit avec difficulté et baissa à nouveau les yeux). Je n'étais pas au courant… (Il regarda Ruth et esquissa un sourire amer). Mais je n'aurais peut-être rien fait, de toute façon… (Il toucha son alliance, la faisant tourner nerveusement autour de l'annulaire, sans se décider à poursuivre.) Je ne sais pas si je fais bien de te le dire… ne la déteste pas, Ruth ! Ne la déteste pas. Elle a toujours cru qu'elle le faisait pour ton bien…

— Mais quoi, papa ? Qui ?

— Ta mère, Ruth, lâcha M. Isaacson. Moi je ne le savais pas, mais ces derniers temps, depuis que tu es partie, elle… elle parle beaucoup, tu sais… l'alcool… et…

— Papa ! le pressa Ruth.

— Ce garçon qui t'a sauvée…

— Christmas ?

— Ce garçon t'a écrit… de nombreuses lettres. Au Berverly Hills et puis à Holmby Hills, et ta mère… ta mère ne te les as jamais remises. Quant aux lettres que toi, tu lui as écrites… elle les a toutes déchirées. »

Ruth demeura silencieuse. Le souffle coupé. Comme si elle avait reçu un coup de poing à l'estomac.

« Ne la déteste pas, Ruth… elle croyait qu'elle le faisait pour ton bien…

— Oui… » murmura Ruth.

Puis elle tourna le dos à son père, se dirigea vers la fenêtre et regarda dans la rue. Elle repéra une voiture marron garée le long du trottoir d'en face. Et eut l'impression d'apercevoir à l'intérieur de l'auto un éclat métallique derrière le pare-brise, au niveau du siège avant, près de la place du conducteur. L'éclat d'une flasque en métal.

Quand elle se retourna, son père n'était plus dans la pièce.

48

Manhattan, 1927

« Vous êtes virés ! » lança Neal Howe, le directeur général de la N.Y. Broadcast, assis derrière son bureau de merisier incrusté, tout en nettoyant ses petites lunettes rondes avec un mouchoir de lin immaculé sur lequel ressortaient ses initiales. Il avait un visage osseux et de fines veines formaient une toile d'araignée presque imperceptible sur ses joues. Et la peau de son crâne – sous ses rares cheveux – était rouge. Il portait un costume gris confectionné sur mesure, parfaitement repassé et sur les revers duquel étaient épinglées des décorations militaires. Quand il fut satisfait de la propreté de ses lunettes, il les planta sur son nez et toisa Christmas et Karl, debout devant lui :

« Vous vous demanderez pourquoi je prends le temps de vous l'annoncer personnellement… (Il sourit d'un air mauvais et pointa contre eux un doigt sec, à l'ongle pointu.) C'est parce que, si nous étions en guerre, ce que vous avez fait, ça s'appellerait de l'insubordination ! Et vous passeriez en cour martiale !

— Vous voulez nous faire pendre ? » demanda

Christmas, le regard moqueur et enfonçant les mains dans ses poches. Il jeta un coup d'œil vers Karl et s'étonna de voir son visage devenu extrêmement pâle et immobile.

Le directeur général eut un geste de colère :

« Ne fais pas le malin, jeune homme ! fit-il d'un ton tranchant. Et quand tu es devant moi, enlève les mains de tes poches !

— Autrement, qu'est-ce que vous faites ? rétorqua Christmas. Vous me virez ? »

Le visage désagréable du directeur général devint livide.

« Monsieur Howe, écoutez-moi, je vous en prie ! intervint Karl d'une voix faible. Le garçon n'y est pour rien. C'était mon idée. Il ne savait même pas que j'allais la diffuser... Vous ne pouvez pas vous en prendre à lui aussi...

— Je ne peux pas ? ricana le directeur général.

— Ce que je voulais dire, monsieur, c'est que...

— Laissez tomber ! Christmas interrompit Karl et posa une main sur son bras. Il veut nous obliger à le supplier mais il va nous virer de toute façon. C'est ça, son petit jeu ! Vous ne voyez pas ? La justice, il n'en a rien à faire. Il a juste envie de nous humilier. Ne perdez pas votre temps et ne lui donnez pas cette satisfaction. Partez...

— Comment te permets-tu, jeune homme ? explosa le directeur général, se levant, le visage écarlate.

— Mais arrête, vieux tromblon ! Christmas lui éclata de rire au visage et tourna les talons. Vous venez, *Mister* Janach ? »

Karl le fixa, le regard trouble, comme s'il avait du mal à réaliser ce qui lui arrivait.

« Turkus ! Turkus ! » appela le directeur général.

Un homme au visage marqué par les coups surgit dans la pièce. Il portait l'uniforme de la sécurité.

« Jette-les dehors à coups de pied au cul ! » cria le directeur général, hystérique.

L'homme de la sécurité tendit une main vers Christmas.

« Si tu poses un doigt sur moi, Lepke Buchalter t'enfonce un pic à glace dans la gorge ! » fit Christmas avec une expression féroce.

Le regard de l'homme se fit hésitant et il interrompit son geste à mi-course.

« T'as envie que les flics trouvent ton cadavre demain, dans une bagnole abandonnée dans un terrain en construction de Flatbush ? » lança encore Christmas à l'homme de la sécurité. Puis il se tourna vers Karl. « Allons-y, *Mister* Janach ! » Il le prit par le bras avec détermination et l'entraîna vers la sortie, dépassant le garde, immobile et décontenancé.

« Turkus !

— Adieu, vieux tromblon ! ricana Christmas en quittant le bureau, suivi de Karl.

— Jarach, je m'arrangerai pour qu'aucune radio ne vous embauche, je vous le jure ! hurla le directeur général cramoisi. Turkus, flanque-leur des coups de pied au cul, sinon je te vire toi aussi ! »

L'homme de la sécurité sortit et rejoignit Christmas et Karl devant les ascenseurs :

« Ne remettez plus jamais les pieds ici ! rugit-il.

— D'accord, bravo, tu as sauvé la face. Maintenant, casse-toi ! fit Christmas, entrant dans l'ascenseur et fermant les grilles. Rez-de-chaussée » demanda-t-il au liftier.

Et tandis que l'ascenseur descendait en grinçant, Karl parvint enfin à formuler la pensée qu'il avait essayé jusqu'ici d'écarter : tout était fini. Son bureau au septième étage allait accueillir un autre dirigeant. Les échelons qu'il avait gravis avec tellement de difficultés, sacrifiant vie privée, divertissements et distractions, et se dévouant uniquement à son ascension, à son travail et à la radio, tout s'était écroulé. Karl Jarach allait redevenir celui qu'il aurait dû être dès sa naissance.

« Vous ne vous sentez pas bien, *Mister* ? » interrogea Christmas, le voyant chanceler lorsqu'ils sortirent de l'ascenseur.

Karl hocha la tête sans mot dire.

« Merci pour ce que vous avez fait, dit Christmas. C'était chouette, de croire que mon rêve pouvait se réaliser… »

Karl acquiesça à nouveau, essayant de sourire.

« Venez ! » l'invita Christmas. Au lieu de se diriger vers la sortie, il poussa la petite porte qui menait au sous-sol.

« Ils ont annulé l'émission ? demanda Cyril apparaissant plus bas, à la porte de la réserve. Quels cons ! Ils ne pigent rien, mon garçon… »

Il dévisagea Karl qui s'était arrêté au milieu de l'escalier, puis fit mine de redescendre dans son royaume.

« Ils m'ont viré » intervint Christmas.

Cyril se retourna :

« Quoi ?

— Et *Mister* Jarach aussi a perdu son poste. Pour insubordination. »

— Cyril lança un coup d'œil à Karl, toujours au milieu de l'escalier, appuyé contre le mur, et il

614

secoua la tête un instant, respirant bruyamment par ses larges narines. Puis il saisit la porte de ses deux mains noueuses et la fit claquer violemment. Il la rouvrit et la fit claquer à nouveau. Et il recommença encore et encore, avec force et colère, jusqu'à ce que la peinture du montant s'effrite et salisse le sol.

« Bande de cons ! brailla-t-il en levant la tête vers les étages.

— Qu'est-ce qui se passe ? intervint alors le gardien, surgissant du rez-de-chaussée.

— Tu as entendu l'émission de ce garçon ? lui demanda Cyril, les yeux exorbités de colère.

— Quelle émission ?

— *Diamond Dogs*, précisa Cyril.

— C'était toi ? s'exclama l'homme stupéfait, pointant un doigt vers Christmas. Épatant !

— Eh bien, ils l'ont viré ! gronda Cyril.

— Viré ?

— Oui, viré ! Pour insubordination.

— Insubordination ?

— C'est pas la peine de répéter tout ce que je dis, grogna Cyril avant de reprendre son souffle. Bande de cons ! » cria-t-il.

Le gardien ferma la porte derrière lui, soucieux :

« Fais pas le bordel, Cyril ! dit-il.

— C'est quoi, cette connerie d'insubordination ? poursuivit Cyril. Mais quels cons !

— Cyril, arrête ça ! le prévint encore le gardien. Ils avaient sûrement... moi j'y connais rien, à ces trucs, mais bon... ils avaient sans doute leurs raisons, quoi ! Enfin, j'veux dire...

— Tu dis des conneries, voilà c'que tu dis ! interrompit Cyril.

— Arrête ça ! répéta le gardien avec dureté, avant de passer à Christmas : et toi, jeune homme, tu peux pas rester ici, si t'as été viré !

— Je prends mes affaires et je m'en vais, répliqua Christmas en se dirigeant vers la réserve.

— Va t'faire foutre » marmonna Cyril à l'adresse du gardien qui s'éloignait. Puis il laissa passer Christmas et le suivit dans la réserve.

Karl était toujours immobile. Il se tenait au mur d'une main. Tout le poids de ces derniers événements l'écrasait, et c'était comme si une plaque lui comprimait la poitrine. C'était fini. Karl Jarach allait retourner d'où il était venu, se disait-il. Il allait redevenir un simple Polonais, fils d'immigrés. Il recommencerait à fréquenter sa communauté, les bals et les fêtes dans les hangars, et il épouserait une brave fille de chez lui. « Clous sans tête, clous de tapissier, clous à tête large, clous à béton. »

« *Mister* Jarach ! appela Christmas, passant la tête par la porte. Vous êtes sûr que vous allez bien ? »

Karl hocha la tête, visage tiré, puis il descendit l'escalier et entra à son tour dans la réserve. « Vis à métaux, vis à bois, vis à tasseaux… » songeait-il.

« Tu as du talent, mon garçon ! disait Cyril. N'écoute pas ces abrutis ! Merde, tu as du talent à revendre ! Tu as tellement de talent que… ah, ils peuvent aller se faire foutre, encore et encore ! C'est vraiment un pays de merde… et le rêve américain, c'est vraiment une connerie ! Si t'es pas l'un d'eux, le rêve, tu peux te le mettre au cul… Mais toi, laisse pas tomber ! (Cyril saisit Christmas par les épaules et se mit à le secouer.) Regarde-moi, regarde un peu ce nègre en face de toi, et écoute bien : tu as tout ce qu'il faut, mon garçon, et toi tu peux réussir. Tu m'as compris ?

— Oui oui, sourit Christmas.

— Je dis la vérité ! et Cyril le secoua à nouveau par les épaules, avec une vigueur pleine d'affection. Ne laisse pas tomber, sinon c'est eux qui auront gagné. T'as compris ?

— Oui, Cyril, répéta Christmas. Merci. »

Karl était sur le pas de la porte. « Lime à métaux, lime à bois, marteau de charpentier, marteau de cordonnier, marteau d'horloger, tournevis long à bout plat, tournevis court à bout plat, pince à ressort, pince perroquet... » continuait-il à énumérer dans sa tête, tout en observant les deux hommes. Des magasiniers. Des gens du sous-sol, pas du septième étage. Un nègre et un Italien. Des immigrés. Comme lui. Il se sentit seul. Oui, seul, et pas simplement vaincu, parce que, pour gravir les échelons qui l'avaient mené au sommet de l'immeuble de la N.Y. Broadcast, il avait négligé ce qu'il y avait entre ces deux-là. L'amitié, la solidarité. Tout ce à quoi il avait renoncé lors de son ascension. « Scie à bois à dents longues, scie à bois à dents fines, scie à chantourner, scie à métaux avec lame amovible, scie à dégrossir, scie à cadre... » Maintenant, il se retrouvait à la case départ. Dans un sous-sol. Sans possibilité de s'élever. Et en plus, il était seul.

« Je vous laisse » lâcha-t-il alors, parce qu'il se sentait de trop.

Christmas et Cyril se retournèrent pour le dévisager.

Et Karl vit dans leurs yeux qu'ils n'auraient pas de paroles d'encouragement pour lui. Ni de solidarité. À cause de sa superbe. Parce que Karl Jarach avait cru pouvoir y arriver seul. Et maintenant, c'est seul qu'il repartirait faire ce pour quoi il était destiné. « Gouge droite, gouge courbée, gouge à angle droit, gouge arrondie large, gouge arrondie fine… »

« Et vous, qu'est-ce que vous allez faire maintenant, *Mister* Jarach ? lui demanda Christmas.

— Œillet à vis, œillet passant, écrou à œillet… répondit Karl, un étrange sourire sur les lèvres.

— Comment ? fit Christmas en fronçant les sourcils.

— Rien rien, fit Karl en secouant la tête. Je pensais à haute voix. »

Il se dirigea vers la porte de la réserve donnant sur la ruelle qui le ramènerait vers le monde auquel il appartenait.

« Ne laisse pas tomber, mon garçon ! répétait Cyril à Christmas. Merde, ne laisse pas tomber ! »

Karl aurait aimé qu'à lui aussi, on dise de ne pas laisser tomber. Et il sentit un immense vide en lui, parce qu'il savait que personne ne le lui dirait jamais.

« Bordel, si j'étais pas un crève-la-faim de nègre, je t'en fabriquerais une, moi, de radio ! » s'exclamait Cyril.

« Truelles, spatules courtes, spatules à manche, maillets… »

« Je te la fabriquerais de mes mains et tout New York t'écouterait, au nez et à la barbe de ces couillons ! » disait la voix passionnée de Cyril.

« Vilebrequin, fraise, foret à métaux, foret à bois, foret à brique… »

« Tu sais c'qu'y faut, pour fabriquer un foutu transmetteur bien comme il faut ? insistait Cyril, au moment où Karl ouvrait la porte de la réserve et sentait l'air froid et humide de la ville le fouetter. Techniquement, ce s'rait du billard, pour moi… »

« Entretoises, solives, écrous, boulons, fils de coton ciré… »

« … mais il faut du fric… »

« Rivets aveugles, rivets en aluminium à tête large, sabot de charpente à ailes extérieures, sabot de charpente à ailes intérieures… » pensait Karl de manière obsessionnelle, tandis qu'il lâchait la poignée de la porte et, définitivement expulsé de la N.Y. Broadcast, s'en remettait à son destin. À la florissante quincaillerie de son père.

« … beaucoup de fric… »

« Colliers de serrage, colliers de câblage, serre-joints, câbles en acier… » continuait à se dire Karl. Mais il se mouvait au ralenti parce que, tout à coup, ce que racontait Cyril était entré en résonance avec le cours de ses propres pensées.

« Si seulement j'avais un peu d'argent, moi je te la fabriquerais, ta radio ! et tu pourrais faire entendre ton émission à tous les New-Yorkais…

— Moi j'ai le matériel ! interrompit brusquement Karl, revenant dans la réserve. Moi je l'ai, le matériel ! »

Christmas et Cyril se retournèrent et le fixèrent ébahis.

Karl ferma la porte et les rejoignit. Soudain surexcité et plein de vitalité.

« On ne doit pas laisser tomber ! dit-il à Christmas (et il eut l'impression qu'on lui soufflait la même chose à l'oreille). On ne doit pas laisser tomber ! répéta-t-il parce que cette simple phrase, maintenant, le faisait se sentir moins seul. Moi j'ai le matériel pour construire une radio. Mon père possède une quincaillerie, une grande quincaillerie. Il nous donnera tout ce dont on a besoin, fit-il en s'adressant à Cyril. Tu es sûr de pouvoir construire une station de radio ? »

Christmas scruta Cyril.

« Euh… je crois, répondit le magasinier.

— Tu crois ? demanda Karl.

— Et celle que tu as construite chez toi ? intervint Christmas.

— Celle-là… ben oui, mais c'est un transmetteur artisanal… il ne couvre qu'un *block*…, balbutia Cyril hésitant.

— Tu peux la construire ou non ? » insista Karl.

Cyril réfléchit en se grattant la tête.

« Cyril… commença Christmas.

— Ne me bouscule pas, mon garçon ! » s'écria Cyril.

Alors il tourna le dos aux deux autres et commença à marcher de long en large dans la réserve. De temps à autre, il s'arrêtait devant une étagère, prenait une pièce dans ses mains et l'examinait en grommelant. Ensuite il la remettait en place et se remettait à arpenter la pièce, tête baissée.

Christmas et Karl l'observaient sans mot dire.

Pour finir, Cyril s'arrêta et croisa les bras sur sa poitrine, une expression indéchiffrable sur le visage.

« Alors ? demanda Christmas.

— Garde ton souffle pour l'émission, mon garçon ! s'exclama Cyril.

— Tu peux le faire ? demanda Karl.

— Et vous, vous pouvez me procurer tout ce qui me servira ?

— Tout ce que tu veux ! »

Cyril remua vaguement la tête de haut en bas, d'un air malicieux :

« Pour un blanc, vous n'êtes pas si mal, *Mister* Jarach... fit-il.

— Appelle-moi Karl. »

Cyril sourit, plein de fierté et de satisfaction :

« Mais ça ne change rien au fond : dommage que tu sois blanc, tu n'es pas mal.

— Alors ? On va y arriver ? demanda Karl.

— Oui, répondit Cyril.

— C'est vrai, Cyril ? s'exclama Christmas surexcité.

— Mais oui, on va y arriver, on va y arriver ! » et Cyril éclata de rire.

49

Manhattan, 1927

« Allez les nègres ! criait Cyril sur le toit d'un immeuble de la 125ᵉ Rue. Ça c'est un travail que même un blanc saurait faire ! Allez les nègres ! » criait-il aux dix hommes qu'il avait recrutés, les plus forts du quartier.

Le câble d'acier que Karl avait pris dans la quincaillerie de son père était accroché à une structure métallique en forme de pyramide allongée. La structure – qui consistait en un assemblage de barres de métal verticales, horizontales et obliques, fixées entre elles par des vis passantes et des boulons – grinçait de manière inquiétante pendant que les dix noirs, soufflant comme des taureaux sous l'effort, la hissaient vers le toit.

« Allez les nègres ! » continuait à les encourager Cyril. Il lui avait fallu un mois pour fabriquer cet engin.

Christmas et Karl assistaient à la scène depuis le trottoir, au milieu d'une petite foule de gens du quartier, tous des noirs. Il y avait aussi Maria, tendue, qui serrait le bras de Christmas et, comme tous les spectateurs, retenait son souffle.

« Pourquoi vous ne l'avez pas construite sur le toit ? demanda-t-elle à Christmas.

— Parce que Cyril est plus têtu qu'une mule ! s'énerva Karl, flanquant un coup de pied dans un morceau d'asphalte que le gel avait fait éclater.

— Montons ! » dit Christmas.

Il se dirigea vers la porte de l'immeuble. Il gravit les cinq étages de ce bâtiment où s'entassaient des dizaines et des dizaines de familles et parvint sur le toit, suivi de Maria et de Karl, au moment précis où la structure de métal se coinçait sous la dernière corniche.

« Allez les nègres ! » s'écria Cyril en se penchant par dessus le rebord du toit.

Les dix hommes tirèrent de toute leur force sur le câble d'acier.

L'engin heurta des moulures et les esquinta, faisant tomber sur la foule en bas une pluie de plâtre et de ciment.

« On n'y arrivera pas ! lança la voix d'un des dix hommes, brisée par l'effort.

— Y faut qu'j'vous fouette, comme les maîtres de vos grands-pères ? gronda Cyril. Ne laissez pas tomber ! Ne lâchez pas maintenant ! On y est presque ! »

Christmas et Karl se joignirent aux noirs et tirèrent de toutes leurs forces. La structure recommença à grincer, puis soudain elle se cabra, bascula et finit à l'envers, pointe en bas.

Des exclamations inquiètes s'élevèrent de la foule amassée sur le trottoir en dessous.

La structure se remit à osciller. C'est alors que des hommes perdirent, un bref instant, la prise. Deux d'entre eux, entraînés par le poids de la structure, tombèrent à terre, tandis que les autres parvenaient à arrêter le câble. Christmas sentit soudain une brûlure lancinante sur la paume de ses mains. Il poussa un cri mais ne lâcha pas prise : le câble était taché de sang.

« Allez, recommencez ! ordonna Cyril. Je compte jusqu'à trois. Tous en même temps ! »

Les deux noirs qui étaient tombés se relevèrent. Ils empoignèrent le câble.

« Un… deux… trois ! hurla Cyril. Maintenant ! De toutes vos forces, bande de nègres ! »

Sous la tension, le câble bougea. L'engin recommença alors à monter mais il resta à nouveau coincé sous la corniche, et fut pris d'un impressionnant mouvement de balancier.

« On y arrivera pas ! lança un des noirs, brisé de fatigue, la peau brillante de sueur malgré le froid.

— Il faut la faire redescendre ! haleta un autre.

— Non ! brailla Cyril.

— C'est impossible, Cyril ! » s'écria Karl hors de lui.

Cyril regarda autour de lui.

« Attachons le câble à cette cheminée, proposa-t-il. On fait une pause et puis on recommence.

— Presse à visser et clef de vingt-trois » indiqua Karl.

On fit passer le câble autour du corps en béton, puis l'un des noirs mit la presse et serra les boulons, fixant ainsi le câble. Aussitôt tous se laissèrent tomber à terre, sur le goudron du toit, hors d'haleine.

Christmas regarda ses mains. Elles étaient en sang.

Maria les banda avec un mouchoir qu'elle déchira en deux.

« Attrape ça, jeune homme ! dit un noir gigantesque en lui lançant des gants. J'en ai deux paires.

— Je l'avais bien dit, qu'on avait besoin d'un treuil ! râla Cyril.

— Et moi je t'avais dit de la construire directement sur le toit ! » protesta Karl.

Cyril rentra la tête dans les épaules, sans répliquer. Il s'approcha du rebord du toit et secoua la tête, une expression sombre sur le visage.

Christmas s'approcha de lui. Il posa les coudes sur la rambarde et resta à son côté, sans mot dire.

« On n'y arrivera jamais » avoua lentement Cyril après quelques instants.

Christmas observa l'engin qui se balançait dans le vide, trois mètres plus bas.

« On n'y arrivera jamais, répéta Cyril.

— Attendez-moi ici ! réagit alors Christmas. Ne faites rien avant que je revienne. (Il se tourna vers les dix noirs). Est-ce que quelqu'un aurait un vélo à me prêter ? » demanda-t-il.

L'homme gigantesque qui lui avait donné les gants se leva. Il le rejoignit près du rebord du toit et se pencha vers le trottoir :

« Betty ! cria-t-il. File le vélo à ce blanc ! (Il se tourna vers Christmas). C'est bon, jeune homme, ma femme s'en occupe. »

Christmas lui sourit et dévala l'escalier décrépit de l'immeuble délabré. Dès qu'il fut dans la rue, une femme à la peau brillante comme de l'ébène lustré, avec un regard très expressif, disparut dans un sous-sol, dont elle ressortit peu après en tenant une vieille bicyclette rouillée. Christmas grimpa en selle, puis leva la tête pour crier à Cyril, Karl et Maria :

« Je reviens tout de suite ! »

Et il se mit à pédaler avec toute la force qu'il avait dans les jambes, sans ralentir aux carrefours, le vent ébouriffant sa mèche blonde. Il pédala ainsi à travers tout Manhattan, qu'il parcourut jusqu'à la cale treize.

Dans un énorme hangar, il trouva celui qu'il cherchait. Les hommes étaient assis en cercle et se racontaient des histoires en riant.

« Monsieur Filesi ! lança Christmas, le souffle court. J'ai besoin de vous. »

Le père de Santo l'accueillit avec un sourire et se leva de sa chaise :

« Ce garçon est un ami de mon fils, expliqua-t-il, le présentant à ses amis. C'est lui qui lui a offert un poste de radio pour son mariage. Il s'appelle Christmas. »

Les autres dockers saluèrent Christmas.

« Tu en veux ? » demanda M. Filesi, indiquant une bouteille de vin qu'un des dockers avait sortie d'une cachette dans le mur du hangar.

Christmas, à bout de souffle, plié en deux et se tenant les côtes, lui fit signe que non.

« Alors, qu'est-ce qui se passe ? fit M. Filesi, placide.

— C'est vrai que vous pouvez soulever un quintal d'une seule main ? » interrogea Christmas.

Une demi-heure plus tard, M. Filesi, Tony – le père de Carmelina, l'épouse de Santo – et Bunny, un autre docker, garaient leur camionnette devant l'immeuble de la 125ᵉ Rue, où pendait la structure de fer fabriquée par Cyril. Ils regardèrent la foule des noirs et levèrent les yeux, se grattant tous trois la tête.

« En saillie, annonça M. Filesi.

En saillie, confirma Tony.

— Câble et rails ? demanda M. Filesi.

— C'est le seul moyen, répondit Tony.

— Alors câble et rails » répéta Bunny, et il alla ouvrir la porte arrière de la camionnette. Il chargea sur son épaule un long rouleau de câble, humide et verdâtre à cause des algues, et saisit deux barres de fer plus grandes que lui.

« Ça suffit ? demanda-t-il.

— Oui, répondit M. Filesi.

— J'accoste et toi tu pêches, proposa Tony.

— Jamais de la vie ! réagit M. Filesi. Christmas, c'est l'ami de mon fils. Alors c'est moi qui accoste, et toi tu pêches. »

Il s'avança d'un pas déterminé vers l'entrée de l'immeuble, suivi par les regards de toute une foule de noirs qui entre-temps avait encore grossi.

« Bonjour tout l'monde ! » lança M. Filesi, sourire aux lèvres, en débouchant sur le toit. Puis il se pencha au-dessus de la rambarde, recommença à se gratter la tête et, se retournant, parcourut du regard les dix noirs qui s'étaient levés. « Lui ! » lança-t-il d'un air expert vers l'homme gigantesque qui avait prêté ses gants à Christmas.

Le noir s'avança près de M. Filesi, qui lui arrivait tout au plus au niveau de l'estomac.

« Dis donc, t'en as mangé toi des biftecks, quand t'étais p'tit ! rit M. Filesi en lui donnant une claque sur l'épaule. Comment tu t'appelles ?

— Moses.

— Moses. Alors toi, tu fais le pilier, d'accord ?

— Et qu'est-ce que c'est, le pilier ? » demanda Moses.

Tony prit le câble de Bunny et l'attacha autour de la poitrine de Moses.

« Le pilier, c'est celui qui tient le gars qui accoste.

— Et qu'est-ce que je dois faire ? » interrogea encore Moses.

M. Filesi empoigna une barre avec laquelle il donna un coup sur la rambarde, pour l'effriter. Avec un morceau de ciment qui s'était détaché, il traça un X sur le goudron, à un pas et demi du rebord.

« Il faut que tu te mettes là et que tu ne bouges plus d'un pouce. (Il planta ses yeux dans les siens.) Je peux avoir confiance en toi, Moses ?

— Je ne bougerai pas.

— Je te crois, fit M. Filesi. Moi je suis le mec qui accoste, et le mec qui accoste doit avoir confiance en son pilier. Bunny, il fait l'étai. Et mon copain Tony, il fait le pêcheur. Alors maintenant, on est une équipe. »

Tony prit le câble et le fit descendre du toit, se servant de son bras pour le mesurer. Ensuite il le remonta et l'attacha autour de la taille et entre les jambes de M. Filesi, créant ainsi un harnais. « On est prêts ! » déclara-t-il.

Bunny appuya les pieds contre la rambarde, se pencha pour aller attraper Moses par la taille, comme dans un étrange mouvement de danse :

« Tiens-moi toi aussi, mais va pas t'imaginer des trucs ! Si t'essaies de me tripoter les fesses, moi j'te coupe la queue ! » s'exclama-t-il.

M. Filesi et Tony se mirent à rire. Moses rit à son tour et saisit les puissants bras de Bunny.

« Je suis prêt, dit Bunny.

— Je suis prêt » renchérit Moses.

M. Filesi monta sur la rambarde :

« Tendez le câble d'acier, dit-il aux noirs. Et quand Tony vous le dit, tirez ! »

Tony prit le câble et M. Filesi commença à descendre dans le vide. Sur le trottoir, la foule retenait son souffle. Christmas serrait la main de Maria.

Cyril s'approcha de Karl :

« C'est toi qui avais raison, admit-il. Je suis désolé.

— Laisse tomber, fit Karl sans quitter des yeux M. Filesi qui descendait lentement, pour rejoindre la structure suspendue dans le vide.

« J'y suis ! lança-t-il.

— Maintenant il est tout à vous ! fit Tony à Bunny et Moses.

— Pour le moment il te paraît léger, mais attention, bientôt il va commencer à peser, précisa Bunny à Moses.

— Je bougerai pas d'un pouce ! affirma Moses.

— On est prêt. »

Alors Tony prit les deux barres de fer, une dans chaque main, et les fit descendre vers M. Filesi en les faisant passer entre l'immeuble et la structure métallique. Se tenant à l'horizontale, pieds calés contre le mur, M. Filesi saisit l'extrémité des deux barres, une dans chaque main : il plia les genoux, serra les dents, puis tendit les jambes tout en tirant les barres loin du mur. Ainsi la structure s'écarta de l'immeuble et se retrouva soutenue par les deux barres mises en parallèle.

« Rails en place ! lança M. Filesi le visage écarlate, tant l'effort était énorme.

— Tu tiens bon ? demanda Tony.

— Bordel, ordonne la manœuvre, maintenant !

— C'est que j'adore te voir tout rouge comme ça, on dirait un bon pinard ! s'esclaffa Tony.

— Mais quel con ! rit M. Filesi.

— À mon commandement, commencez à tirer ! annonça alors Tony aux noirs. Doucement, sans à-coups. Ne lâchez pas, autrement mon pote s'écrase par terre... précisa-t-il sérieux, avant de se pencher vers M. Filesi : si on se revoit plus, je voulais te dire que t'étais un chouette copain ! rit-il.

— Mais va t'faire foutre, Tony !

— Maintenant ! » cria Tony.

Grinçant sur les rails, la structure commença à monter sans rester coincée dans la corniche, dont la seule force de M. Filesi la tenait écartée. Quand elle eut dépassé la rambarde, Tony se tourna vers les noirs :

« Stop ! Vous, ne bougez pas ! Et toi, passe les rails ! dit-il à M. Filesi. (Il récupéra les barres qu'il fit glisser de son côté de la rambarde, et les laissa tomber à terre). Bunny, récupère le gars qui accoste ! ordonna-t-il enfin.

— Recule ! précisa Bunny à Moses. Lentement. »

Moses commença à reculer, poussé aussi par Bunny. M. Filesi, aidé par Tony, réapparut sur le toit.

« Ne lâchez toujours pas ! dit M. Filesi aux noirs qui tenaient le câble d'acier. Maintenant c'est à ton tour, le pêcheur ! fit-il en s'adressant à Tony. Faisons remonter le petit poisson !

— Je vous donne un coup de main ! proposa Moses.

— Non, Moses, toi t'es pas du métier, dit M. Filesi. On y va, Tony ! » et il attrapa un bout de la structure.

Tony se saisit d'une autre extrémité.

« J'y suis. Torsion à droite ?

— Et où tu voudrais la faire, la torsion ?

— Mais c'est toi qui porteras tout le poids, t'es trop vieux ! rit Tony.

— Si t'arrêtes pas tes bavardages, moi j'remonte le poisson tout seul !

— Je suis prêt.

— Maintenant ! »

M. Filesi et Tony, gémissant sous l'effort mais avec la légèreté de deux danseurs parfaitement coordonnés, firent basculer la structure en se servant du bord de la rambarde et, en un instant, elle vint s'abattre bruyamment sur le toit, laissant sa marque sur le goudron. Satisfaits, les deux dockers se donnèrent des claques dans le dos et, comme si de rien n'était, dépoussiérèrent leur bleu de travail tandis que Christmas, Maria, Karl, Cyril, Moses et les neuf autres noirs applaudissaient, à l'unisson avec la foule amassée sur le trottoir.

« Il faut vous le redresser, votre truc, ou vous pouvez faire ça tout seuls ? demanda M. Filesi à Christmas avec un sourire amusé.

— Sans vous, on n'y serait jamais arrivés ! lui dit Cyril. Et pourtant vous êtes des blancs... »

M. Filesi haussa les épaules.

« C'est pas une question de peau, c'est juste une question de métier » dit-il modestement. Puis il se tourna vers Moses et pointa un doigt vers lui : « Quand tu veux, y a du boulot pour toi à la cale treize ! Qu'est-c'que t'en dis, Tony ? C'est un jeunot, mais c'est pas un gringalet.

— Ouais, ça pourrait s'faire... même si c'est seu-

632

lement un nègre ! » dit Tony en clignant de l'œil en
direction de Cyril.

Moses éclata de rire :

« Merci ! dit-il.

— Par curiosité… fit alors M. Filesi. Mais qu'est-
c'que c'est, ce foutu machin ?

— C'est notre station de radio ! » s'exclama fièrement Christmas.

50

Los Angeles, 1927

Cher Christmas,
Je n'ai appris que tout récemment que tu m'avais
écrit. Je n'ai jamais reçu tes lettres. Et toi, tu n'as
jamais reçu les miennes. C'est à cause de ma
mère. Mon père m'a demandé de ne pas la haïr.
Mais je ne sais plus vraiment ce que je ressens.
J'ai froid et chaud en même temps, mes mains
tremblent, et j'ai un nœud à l'estomac sans
savoir pourquoi. J'ai l'impression d'être perdue
et hébétée, j'aurais envie à la fois de crier et
de rire.
Pour le moment, je me contente de pleurer.
Mais pleurer ainsi, c'est une libération, tu sais !
Pouvoir pleurer toutes les larmes de mon corps,
sans les arrêter, sans qu'elles soient prison-
nières de ma glace intérieure et sans craindre
que ma vie, à son tour, ne rompe toutes ses
digues.
C'est drôle. J'ai l'impression d'être assise sur
notre banc, avec toi. À l'époque aussi, j'avais
froid et chaud en même temps, mes mains trem-

blaient, et je n'arrivais pas à donner de nom à cette émotion qui me nouait l'estomac.

Mais tu étais là avec moi. Et je n'avais pas trop peur.

Ensuite, tout a changé. La chaleur a quitté ma vie et mon corps, laissant place uniquement à un froid glacial et paralysant. J'ai empêché mes mains de trembler, agrippant le siège de ce train qui m'emportait loin de toi. Je n'ai plus eu envie de rire. Seulement de crier. Mais je ne l'ai pas fait. Je n'ai fait qu'attendre. Oui, je t'ai attendu, j'ai attendu que tu m'écrives et me fasses signe. J'ai attendu un signal m'indiquant que tu allais venir me sauver pour la deuxième fois, que nous allions retrouver notre banc et que tu m'aiderais à conjurer la terrible malédiction qui me tient emprisonnée dans cette nuit où une petite fille est devenue vieille sans jamais avoir été une jeune femme.

Mais tes lettres ne sont pas arrivées. Et un jour, j'ai cessé de les attendre. Mes mains ont lâché la bouée et je me suis laissée aller à la dérive dans ces eaux sombres et glacées, sans plus aucun désir de toucher la rive.

Il y a trop de dragons et de méchantes sorcières dans notre histoire. Et moi je suis trop vieille pour avoir le courage de les combattre et d'aller à ta recherche. J'ai peur de te découvrir assis sur ce banc avec une autre. J'ai peur que ce banc n'existe plus. J'ai peur que tu aies oublié mon nom. J'ai peur que tu n'aies plus le temps d'écouter ce que j'ai à te dire. J'ai peur de ne pas savoir te le dire.

Mais j'imaginerai les paroles de toi que je n'ai jamais lues. Et elles me réchaufferont. Chaque fois que j'aurai peur, chaque fois qu'il fera noir. Chaque fois que j'aurai envie de rire.

Pardonne-moi si je ne peux pas en faire davantage. Pardonne-moi de ne pas avoir eu la foi. Pardonne-moi d'avoir laissé le dragon empoisonner notre histoire. Pardonne-moi d'avoir été incapable de grandir et d'être simplement devenue vieille. Pardonne-moi de ne pas avoir su croire en nous.

Mais nous avons existé. Et en moi, nous existerons toujours. Maintenant je quitte notre banc, Christmas. Christmas.

Christmas. Christmas. J'aime le dire et le redire. Je t'aime.

À toi, et pourtant jamais à toi, Ruth

Ruth plia la feuille en deux. Puis la déchira. Et la déchira encore. Jusqu'à ce qu'il n'en reste plus que des confettis. Alors elle s'approcha de la fenêtre et les lança en l'air.

Sur le trottoir de Venice Boulevard, un passant leva les yeux et aperçut une jeune fille brune au quatrième étage d'un immeuble qui, immobile, regardait tomber quelques flocons de papier. Bien qu'à cette distance, il ne puisse distinguer ses yeux, il eut la certitude qu'elle pleurait. Calmement. Avec la dignité d'une douleur obscure et profonde.

« Ton modèle d'aujourd'hui a téléphoné pour dire qu'il ne pouvait pas venir aux studios » annonça Clarence en entrant dans la pièce.

Quand Ruth se retourna, elle avait les yeux secs. Mais la douleur toujours peinte sur le visage.

M. Bailey baissa les yeux comme il l'aurait fait si, en arrivant, il l'avait trouvée nue.

« Excuse-moi, murmura-t-il.

— Alors je suis libre, aujourd'hui ? plaisanta Ruth.

— Non, répondit Clarence. Il veut que tu ailles chez lui. »

Ruth se raidit.

« C'est un brave homme » affirma Clarence.

Les yeux de Ruth errèrent à travers la pièce.

« Il est bizarre… mais c'est un brave homme. (M. Bailey s'approcha de Ruth.) Il envoie son chauffeur mais si tu veux, je prends la voiture et je t'accompagne.

— Non, ça va… »

Ruth se dirigea vers son sac et vérifia ses appareils photographiques.

« Je peux faire quelque chose ? » demanda alors Clarence.

Ruth se retourna pour le regarder. Elle savait qu'il ne faisait pas allusion à la séance de photos. Elle secoua la tête et sourit. Puis elle l'embrassa :

« Merci ! » dit-elle.

M. Bailey lui caressa les cheveux. En silence. Longuement. Comme si le temps s'était arrêté.

Ruth sentit qu'un certain apaisement venait calmer sa douleur et sa confusion. Elle avait cru que Christmas l'avait oubliée. Elle avait douté de lui. C'est parce qu'elle était sale et voyait la souillure partout, avait-elle pensé. Car telle était sa plus grande douleur : ne pas avoir eu confiance en Christmas.

« Je t'ai trahi ! se dit-elle, et elle sentit un poids énorme l'écraser. Je ne te mérite pas. »

Elle s'écarta un peu et regarda M. Bailey :

« Je n'ai jamais photographié quelqu'un d'aussi important » fit-elle remarquer.

Clarence sourit.

« Si, c'est vrai ! insista Ruth.

— Il a un visage, comme nous tous. Deux yeux, un nez et une bouche » dit M. Bailey.

Ruth soupira :

« Et s'il trouve que mes photos sont moches ?

— Regarde-le bien et puis choisis la bonne lumière » conseilla-t-il.

Ruth s'apprêtait à parler quand la porte de la pièce s'ouvrit en grand et qu'Odette apparut :

« Le chauffeur de M. Barrymore est arrivé, annonça-t-elle.

— Vas-y ! » lança Clarence.

Il se pencha pour ramasser le sac de Ruth et le lui tendit :

« Deux yeux, un nez et une bouche » répéta-t-il.

Ruth sourit, incertaine, saisit le sac contenant les appareils photo et se dirigea vers la porte.

« Clarence, dit-elle en se retournant, je peux rester habiter ici ? »

M. Bailey eut l'air stupéfait.

« Je sais que maintenant, je gagne assez pour prendre un appartement, expliqua-t-elle, mais je voudrais rester dans cette pièce. Je peux ? »

Clarence rit.

« Allez, vas-y et dépêche-toi ! »

Le chauffeur ouvrit la portière de l'automobile de luxe, comme Fred le faisait autrefois. Ruth se glissa à l'intérieur, s'installa sur le siège en cuir et serra son sac contre elle.

Quand ils arrivèrent à la villa, une gouvernante hispanique se mit à discuter avec le chauffeur à voix basse, elle avait l'air inquiète et jetait de rapides coups d'œil vers Ruth.

« Eh bien, on commence ? » gronda une voix caverneuse à l'intérieur de la villa. C'est alors que John Barrymore apparut, *The Great Profile*, comme tout le monde l'appelait à Hollywood, une allusion à son nez parfait. Il portait une robe de chambre en satin et n'était pas coiffé.

Soucieuse, la gouvernante hispanique regarda encore Ruth : « *Ha bebido...* » murmura-t-elle.

« C'est toi qui dois me prendre en photo ? lança John Barrymore. Allez viens, on se dépêche ! » et il rentra dans la villa.

Ruth hésita un instant, son sac à la main, avant de le suivre à l'intérieur.

Le grand acteur s'était jeté dans un fauteuil de son salon. Il avait quarante-cinq ans, il était d'une beauté tragique et désarmante. John Barrymore eut l'air d'oublier la présence de Ruth. Il fixait le vide avec une expression perdue, lointaine. Comme s'il n'était pas là.

Ruth s'agenouilla en silence et sortit son Leica. Elle prit une photo. De profil. Ce profil parfait, troublé par une mèche de cheveux décoiffée sur le front. Et ce regard dramatique qui ne regardait rien.

Barrymore se retourna. Il dévisagea Ruth comme s'il venait juste de la remarquer, et son beau visage s'éclaira d'un lointain sourire.

« Par traîtrise, hein ? lui lança-t-il.

— Pardon... » fit Ruth en se levant.

John Barrymore se mit à rire :

« Alors je t'appellerai *La Traîtresse*. Je suis connu pour trouver des surnoms.

— Je peux encore prendre quelques clichés comme ça ? lui demanda Ruth.

— Bien sûr, je suis tout à toi, Traîtresse ! » dit Barrymore en prenant la pose, souriant.

Ruth baissa son appareil photo :

« Non, ne souriez pas !

— Tu ne veux pas que mes admiratrices voient comme je suis heureux ? »

Ruth ne répondit rien et l'observa intensément.

Les lèvres de Barrymore ne cessèrent pas de sourire, cependant ses yeux s'éteignirent et devinrent pensifs.

Ruth prit une photo et fit tourner la roulette.

Barrymore se détourna et resta de dos. La lumière qui entrait par la large fenêtre du salon éclairait les mèches désordonnées de la star. Ses épaules pourtant larges et droites s'étaient courbées. Et ses poings s'étaient fermés.

Ruth prit une photo.

Barrymore se retourna pour la regarder. Sa belle bouche sensuelle, presque celle d'un adolescent, était entrouverte. Il avait un regard perdu.

Ruth prit une photo. Et fit tourner la roulette.

« Je vais m'habiller » annonça Barrymore en se levant, et il se dirigea vers une pièce voisine.

Ruth laissa passer quelques secondes et puis le suivit.

Barrymore se tenait dans la pénombre. Seul un rai de lumière, filtrant à travers deux rideaux épais, éclairait en partie ses pieds nus, une bouteille par terre et ses mains, réunies comme dans une prière. Il gardait la tête baissée et fixait la bouteille, immobile.

Ruth ouvrit l'obturateur au maximum et régla le temps d'exposition. Elle s'appuya contre le montant de la porte pour réduire au maximum tout mouvement. Et alors elle prit une photo.

Barrymore n'eut aucune réaction.

Ruth entra dans la pièce et entrouvrit les rideaux, afin que la lumière vienne baigner les cheveux de la star, tombant en bataille sur son front. Elle se plaça sur le côté, s'agenouilla et prit la photo. Puis elle se mit un peu plus de face et prit un autre cliché.

« Regardez-moi ! » demanda-t-elle.

Ruth appuya sur le bouton.

« Tu réalises que je ne te laisserai jamais les publier, n'est-ce pas, Traîtresse ? » fit Barrymore d'une voix chaude et voilée de mélancolie. Il n'y avait nulle arrogance dans son regard. Nulle agressivité.

Ruth appuya.

« Je vous les offre, dit-elle. Vous en ferez ce que vous voudrez.

— Je les déchirerai » fit Barrymore.

Ruth appuya.

« Ce matin, moi aussi j'ai déchiré quelque chose ! dit-elle, surprise de son propre aveu.

— Quoi ?

— Quelque chose que je ne voulais pas voir. »

Derrière son appareil, ses yeux devinrent humides, tandis qu'elle tournait la roulette.

Barrymore se pencha en avant. Il lui prit l'appareil des mains, la cadra dans l'objectif et prit une photo.

« Pardon, Traîtresse ! lui dit-il en lui rendant le Leica. Mais tu étais très belle. »

Ruth rougit et se leva.

Barrymore se mit à rire :

« Je t'ai eue, hein ? »

Ruth ne répondit pas.

Barrymore se leva, lui posa une main sur l'épaule et lui dit :

« Donne-moi cinq minutes. Je m'habille et on fera des photos qu'on pourra montrer aux autres. (Il la regarda.) Et je ne sourirai pas, c'est promis. »

Ruth gagna le salon. Elle s'assit là où, auparavant, s'était affalé John Barrymore. Elle tenta de retrouver sa chaleur. Et puis son esprit retourna aux confettis qui avaient voleté sur Venice Boulevard, à la lettre qu'elle n'aurait jamais le courage d'envoyer à Christmas. « Je te trouverai » avait dit Christmas plus de trois ans auparavant, dans Grand Central Station. Ruth l'avait lu sur ses lèvres. Et, depuis ce jour-là, elle avait attendu qu'il la trouve. Et elle attendrait encore. Parce qu'elle n'avait pas le courage de se laisser trouver. « À toi, et pourtant jamais à toi » se dit-elle.

Durant l'heure qui suivit, John Barrymore posa avec patience, prenant toutes ces expressions ténébreuses pour lesquelles il était célèbre. Mais jamais plus il ne donna à voir les ténèbres que Ruth avait surprises auparavant.

Le lendemain, Ruth développa les photos. Toutes. Elle remit à Clarence les clichés officiels et puis se rendit chez Barrymore.

« Voilà le négatif ainsi que les photos que j'ai prises sans votre permission, expliqua-t-elle. Personne ne les a vues. »

Barrymore les examina :

« Tu es douée, Traîtresse, fit-il. C'est moi, ça. »

Alors Ruth sortit de son sac une autre photo, qu'elle lui tendit. Barrymore la regarda. C'était la photo qu'il avait prise de Ruth.

« Ça aussi, c'est moi, dit-elle. Quand vous déchirerez vos photos, occupez-vous aussi de celle-là. »

Pendant que Ruth s'éloignait, Barrymore retourna la photo. Derrière, il était écrit : « À Christmas. À toi, et pourtant jamais à toi. La Traîtresse ».

51

Manhattan, 1927

Quand ils empruntaient cette rue, les gens du quartier regardaient la grande horloge marquant sept heures et demie et souriaient. Quant aux policiers blancs qui passaient par là, ils levaient les yeux, secouaient la tête et, immanquablement, commentaient : « Ces nègres, y sont vraiment durs à comprendre ! Y mettent une horloge qui marche même pas ! » Si les gens du quartier souriaient, c'était parce qu'ils savaient ce qu'il y avait derrière cette fausse horloge peinte par Cyril. Le jour où M. Filesi avait hissé sur le toit l'antenne émettrice, la première patrouille qui s'était arrêtée devant l'immeuble de la 125ᵉ Rue avait posé toutes sortes de questions. Ne sachant que répondre – puisque la station de radio était clandestine –, Christmas avait alors eu l'idée de leur raconter que c'était le squelette d'une grande horloge. « Ben quoi ? Les nègres de Harlem ont pas l'droit d'savoir l'heure ? » avait lancé Cyril, agressif. Les policiers, entourés par la foule des curieux qui s'étaient rassemblés ce jour-là, ne voulaient pas de problèmes : ils étaient partis en disant qu'ils devaient quand même signaler l'affaire. Et c'est ce qu'ils avaient fait, remettant au département compétent un procès-verbal fait à la va-vite où ils expliquaient que les nègres de Harlem avaient installé une grande horloge en haut d'un immeuble de la 125e Rue. Depuis lors, les policiers se moquaient des noirs : ceux-ci acceptaient de bon cœur leurs plaisanteries, parce qu'ils savaient que c'étaient les blancs qui se ridiculisaient.

Un mois plus tard, la station était en état de marche et prête à émettre. Pendant ces deux mois – comme Maria l'avait raconté à Christmas, Cyril et Karl –, la N.Y. Broadcast avait été inondée de courriers d'auditeurs qui avaient apprécié la mise en ondes de *Diamond Dogs* et se demandaient pourquoi il n'y avait pas eu d'autres épisodes. La direction de la N.Y. Broadcast s'était réunie et avait décidé de répondre favorablement aux demandes du public. L'idée d'employer Christmas n'avait effleuré aucun des dirigeants. « C'est un amateur » avaient-ils simplement commenté. Ainsi avaient-ils appelé deux auteurs de pièces radiophoniques pour écrire les textes. Puis ils avaient embauché un acteur à la voix grave et à la diction parfaite et avaient lancé l'émission, qu'ils avaient intitulée *Gangster d'une nuit*. Mais leurs histoires manquaient totalement de corps. Elles n'avaient ni épaisseur ni réalisme. Les auteurs avaient grandi en Nouvelle-Angleterre, dans des petites villes anonymes et des familles aisées. C'étaient des jeunes gens qui, une fois l'université finie, rêvaient de Hollywood et s'étaient repliés sur l'écriture d'émissions de radio, avec un enthousiasme de cols blancs. L'acteur était un cabotin qui arrondissait ses fins de mois en faisant de la publicité, tout en cherchant en vain des rôles dans les théâtres de Broadway. Aucun des trois n'avait jamais foulé les rues sales du Lower East Side ou de Brownsville. Ils utilisaient des expressions artificielles et un argot qui venait des films de gangsters de quatrième catégorie. Des stéréotypes incapables de toucher les auditeurs, contrairement au premier épisode de Christmas. Ainsi, petit à petit, l'audience avait diminué, et la direction de la N.Y. Broadcast avait fini par suspendre le programme : les gens s'étaient à nouveau contentés des plaisanteries éculées de Skinny et Fatso dans *Cookies*.

« Venez voir ! » s'exclama Cyril deux mois plus tard, sur le trottoir défoncé de la 125e Rue, un soir où la lune resplendissait dans un ciel pur et intense. Il croisait fièrement les bras sur sa poitrine et levait les yeux vers l'antenne déguisée en horloge. Puis il traversa la rue et entra dans l'immeuble, suivi de Christmas et Karl.

Ils montèrent au cinquième étage et Cyril frappa à une porte brune laquée.

Bientôt, une femme d'une trentaine d'années à la beauté provocante, vêtue d'une robe de soie artificielle bleu électrique moulante et très décolletée, ouvrit en souriant.

« Entrez ! dit-elle.

— C'est *sister* Bessie, expliqua Cyril en faisant les présentations. C'était la femme de mon frère, mais il s'intéressait surtout à la bouteille. La dernière fois que j'ai eu de ses nouvelles, il était à Atlanta. Mais depuis deux ans, on ne sait plus rien.

— Et depuis, je fais la putain » compléta *sister*

Bessie, haussant légèrement le menton avec un air effronté, ses deux grands yeux sombres frémissant à la fois de colère et de fierté. Tout à coup, Christmas se sentit mal à l'aise. Il porta une main à la cicatrice de sa poitrine, ce P du putain qu'on avait gravé sur lui à cause du métier de sa mère, une marque qu'il devait supporter depuis l'enfance. Il baissa les yeux, embarrassé. Sa mèche blonde lui tomba sur les yeux.

« Mais regarde un peu tous les cheveux qu'il a, ce blanc ! » s'exclama *sister* Bessie en lui ébouriffant la tignasse d'une main.

Christmas recula brusquement la tête.

Elle l'observa :

« T'en fais pas, j'essaie pas de t'séduire ! fit-elle d'un ton provocant. Je bosse jamais à la maison ! », et elle se mit à rire.

Christmas eut un mouvement d'agacement.

Sister Bessie le prit par la main et l'invita, ainsi que Karl, à la suivre. Elle les entraîna vers une porte fermée, leur faisant signe de se taire. Elle l'ouvrit et indiqua deux lits :

« Eux, ce sont mes gosses ! » dit-elle doucement.

Dans la pénombre, Christmas distingua deux gamins tranquillement endormis.

Sister Bessie, sans lui lâcher la main, le fit entrer à l'intérieur. Elle caressa la tête d'une fillette de cinq ans qui avait une belle masse de boucles noires et dormait en suçant son pouce, une poupée de chiffon serrée entre ses bras. « Elle, c'est Bella-Rae » murmura-t-elle à l'oreille de Christmas.

Puis elle caressa la tête rasée d'un autre enfant, qui ouvrit de grands yeux ensommeillés :

« Maman… gémit-il.

— Dors, mon trésor » fit *sister* Bessie.

Le bambin referma les yeux et se blottit sous ses couvertures.

« Et lui, c'est Jonathan » chuchota-t-elle à Christmas. Il a sept ans. »

Christmas sourit, gêné. Et en même temps, il se revoyait lorsqu'il se réveillait la nuit en pleurant, chez Mme Sciacca – après la mort de ses grands-parents de New York, comme il appelait Tonia et Vito Fraina : cette grosse vache et ses enfants le regardaient exaspérés et le faisaient se sentir étranger. Et il se revit aussi, un peu plus tard, quand un cauchemar le réveillait dans son lit d'appoint de la petite cuisine de Monroe Street : il appelait sa mère qui n'était pas là, puis allait se glisser dans son lit, espérant retrouver au moins son odeur entre les draps et sur son oreiller, jusqu'à ce que Cetta rentre du travail.

Sister Bessie le fit sortir de la pièce et attendit que Karl les suive. Ensuite, tout en fermant la porte, elle sourit :

« C'est pas des anges ? »

Christmas fut saisi d'une profonde mélancolie, et il eut l'impression de ressentir, comme si une ancienne maladie revenait, la terrible sensation de solitude qu'il avait éprouvée enfant.

« Oui, dit-il en libérant brusquement sa main de celle de *sister* Bessie.

— Ouh, c'est qu'il est farouche, le petit ! sourit-elle en regardant Cyril.

— *Sister* Bessie, maintenant il faudrait qu'on… commença Cyril.

— Mais vous êtes venus pour bosser ou pour bavarder ? elle l'interrompit d'un ton bourru. Je veux bien mettre une pièce à votre disposition, mais moi j'ai pas le temps de faire salon, hein ! »

Elle leur tourna le dos et alla dans sa chambre.

Cyril éclata de rire. Puis, avec Christmas et Karl, il gagna la pièce que Bessie leur avait réservée, juste en dessous de la grande antenne. Une série de câbles gainés entraient et sortaient du mur, et grimpaient sur le toit. Tout un équipement rudimentaire et artisanal avait été assemblé sur des planches rabotées clouées sur deux tréteaux en bois.

« Et ça marche ? demanda Karl en haussant un sourcil.

— *Sister* Bessie, allume la radio ! cria Cyril.

— Si tu réveilles Jonathan et Bella-Rae avec ta grosse voix, je vous chasse tous les trois ! » menaça-t-elle, apparaissant sur le pas de la porte. Puis, avant que Cyril n'ait le temps d'ouvrir la bouche, elle ajouta :

« Je l'ai déjà allumée ! C'était évident qu'en voyant ce bazar, tes copains croiraient jamais que ça marche.

— Va de l'autre côté, Karl ! ordonna Cyril avant de se tourner vers Christmas. Et toi aussi ! »

Christmas et Karl rejoignirent la chambre de *sister* Bessie. Christmas remarqua que tout l'appartement était particulièrement propre et soigné.

« J'te l'ai dit, j'bosse jamais à la maison ! » lança-t-elle en clignant de l'œil.

« Ma mère non plus ne le faisait pas » pensa Christmas en rougissant.

Le poste de radio que *sister* Bessie avait installé sur une commode laquée blanche n'avait pas été acheté dans le commerce.

« Ça aussi, c'est ce fou là-bas qui l'a construit ! »
expliqua-t-elle en montrant son poste.

Elle tourna une manivelle fabriquée avec un bouchon en liège.

« Vous m'entendez, gros nigauds ? la voix de Cyril
résonna dans la pièce. Mais évidemment, que vous
m'entendez ! Vous êtes branchés sur la station radio
pirate de Harlem, fréquence 540... près de la fréquence 574 et de la WNYC : comme ça, ceux qui
se trompent, ils nous trouvent... Il est pas malin, le
nègre ? Nous couvrons tout Manhattan et Brooklyn.
(Une pause.) Bon, moi ça me gonfle de parler.
Revenez ici ! On est prêts à émettre.

— Mais non, on n'est pas prêts ! » s'exclama Karl,
regagnant la pièce et fermant la porte.

Christmas et Cyril le regardèrent stupéfaits.

« Qu'est-ce que vous comptez faire ? poursuivit
Karl. Commencer à émettre, un point c'est tout ?

— Et qu'est-c'qu'y faudrait faire d'autre ? demanda
sombrement Cyril.

— Mettre les gens dans les conditions de nous
écouter, expliqua Karl.

— Hum, c'est-à-dire ?

— Leur faire savoir que l'on émet, Cyril ! intervint
Christmas, qui avait commencé à comprendre où Karl
voulait en venir.

— Mes nègres le savent déjà, et ils n'attendent
que ça ! protesta Cyril.

— Mais le reste de la ville n'est pas au courant, et
on ne peut pas simplement espérer qu'ils tomberont
sur notre fréquence par hasard ou en cherchant la
WNYC, Karl développa son idée sur un ton conciliant.

— Alors il faudrait que je me balade dans New York pour avertir tout le monde ?

— Oui, quelque chose comme ça…, sourit Karl.

— Ben vous avez qu'à y aller tous les deux ! ronchonna Cyril. Moi, j'ai fait mon boulot.

— Mais non, aucun de nous n'ira se balader, Cyril ! poursuivit Karl en souriant. Tu verras, je m'occupe de tout.

— Si tu le dis…

— Mais avant, il nous faut de l'argent, reprit Karl avec sérieux. Moi, je peux mettre cinq cents dollars.

— Moi j'ai pas un centime, fit Christmas mortifié.

— Moi non plus, avoua Cyril.

— Alors, il va falloir trouver les mille dollars qui manquent ailleurs, sourit Karl.

— Mais qu'est-ce que tu vas faire avec tout ce fric ? s'étonna Cyril.

— Écoute Cyril, moi j'ai eu confiance en toi, souligna Karl en lui posant une main sur l'épaule. Tu as été brillant. »

Cyril laissa échapper une expression d'autosatisfaction.

« Mais maintenant, c'est à toi d'avoir confiance en moi, continua Karl. Aide-moi à trouver mille dollars.

— Mille dollars… rouspéta Cyril.

— Toi aussi, Christmas ! dit Karl en le fixant avec sérieux. C'est important.

— Merde, mais mille dollars, ça pousse pas sous les sabots d'un cheval ! s'exclama Cyril d'un air buté.

— J'ai déjà une idée, révéla alors Karl. On va demander un dollar à mille personnes.

— Mais qu'est-c'que tu racontes ? s'exclama Cyril.

— Un dollar, ce sera la somme minimum pour

posséder un morceau de notre radio, poursuivit Karl. On s'engagera à rendre ce dollar à la fin de l'année. Et si on gagne davantage... on arrivera peut-être à leur en rendre deux.

— Tu parles d'une affaire...

— Cyril, écoute ce qu'il dit ! intervint Christmas, surexcité. C'est une bonne idée !

— Mais non, c'est une idée pourrie ! éclata Cyril. On fait une radio clandestine, comment tu crois qu'on va gagner du fric ? Avec de la publicité illégale ? Merde, qu'est-c'que vous avez dans l'crâne, tous les deux ?

— On sera pas illégaux pour toujours, protesta Karl. On est dans un pays libre...

— Mais regarde autour de toi, le Polonais ! s'écria Cyril. D'après toi, ces nègres, là, y sont libres ? Libres de faire quoi ? De crever de faim ! Et tu veux qu'on leur pique un dollar ?

— Tu leur prends un dollar et tu leur donnes un espoir, affirma Christmas.

— Alors il faudrait que je trouve mille nègres prêts à acheter un morceau de radio ?

— Pas mille, précisa Christmas. Certains donneront dix dollars, d'autres cent...

— Cent dollars ! Bordel, mais vous êtes vraiment deux crétins !

— Je vais aller voir Rothstein, annonça Christmas. Rothstein, il est riche. Il pourrait même me filer les mille dollars à lui tout seul.

— Mais oui, mais oui, c'est ça... » grommela Cyril.

C'est alors que la porte de la pièce s'ouvrit et que *sister* Bessie surgit, porte-monnaie à la main. Elle en manipula bruyamment le fermoir et fouilla dans ses pièces en s'efforçant de les compter. Enfin, elle jeta sur les planches une poignée de petite monnaie : « Votre premier dollar, vous l'avez ! » s'exclama-t-elle.

Christmas la regarda comme s'il la voyait pour la première fois. Comme une femme. Et pour la première fois, il lut dans ses yeux tout ce qu'il n'avait jamais su accepter chez sa mère.

Se sentant observée, *sister* Bessie se tourna pour mieux le voir.

Christmas baissa les yeux, gêné et rougissant. Puis il la regarda à nouveau :

« Ma mère aussi était une putain » déclara-t-il en essayant d'avoir l'air aussi fier qu'elle.

Cyril et Karl se retournèrent pour le dévisager.

Les généreuses lèvres rouge foncé de *sister* Bessie découvrirent une dentition éclatante. Elle s'approcha de Christmas et saisit son visage entre ses beaux doigts fuselés. Elle lui caressa un sourcil avec son pouce et l'embrassa sur une joue. Elle se mit à rire, dévoilant à nouveau ses dents droites et parfaitement alignées. Puis elle se planta face à Cyril et Karl :

« Un fils de putain vaut autant que cent fils à papa, n'oubliez jamais ça ! » lança-t-elle d'un ton agressif.

Cyril et Karl écartèrent les bras, comme dans un geste de reddition.

« Tu peux être fier de ta mère, affirma-t-elle alors.

— Oui » dit Christmas.

Elle lui prit à nouveau le visage entre ses belles mains et lui donna un autre baiser sur la joue. Puis elle se tourna vers Cyril :

« Et alors, tu le prends ce dollar ou pas ?

— OK, OK, céda Cyril en donnant un coup de

poing sur les planches, ce qui fit tinter les pièces. À force de traîner avec des idiots, on finit par devenir idiot soi-même ! Allez, on essaie. Je vais taper mes nègres et Christmas ses gangsters. (Il secoua la tête.) Mais quelle radio de merde… »

Christmas, Karl et *sister* Bessie éclatèrent de rire.

« Riez, riez…, sourit Cyril. Mais j'ai toujours pas compris à quoi ça va nous servir, tout ce fric.

— Tu verras, fit Karl.

— La CKC sera fantastique ! exulta Christmas.

— La quoi ? demandèrent à l'unisson Karl et Cyril.

— La CKC. C'est comme ça que s'appellera notre radio, annonça Christmas avec fierté. Les initiales de nos noms. Ça coule de source, non ?

— Et le premier C, c'est pour qui ? demanda Cyril soupçonneux. Christmas ou Cyril ?

— Tu veux être en premier ? rit Christmas. OK, le premier C, c'est le tien.

— Tu te fous de moi ?

— Non non, associé, dit Christmas.

— Associé… scanda Cyril l'air rêveur, savourant d'avoir ce mot en bouche.

— Associé, reprit Karl radieux.

— Associé avec deux blancs, *sister* Bessie ! Tu y crois, toi ? rit Cyril. J'irai en enfer, ça c'est sûr ! »

La semaine suivante, Cyril récolta huit cents dollars. Les gens du quartier vidaient leurs poches avec enthousiasme dès qu'ils entendaient sa proposition. Si l'idée de posséder une minuscule partie d'une radio représentant la liberté ne les émouvait pas plus que ça, en revanche, acheter un bout de cette fausse horloge qui roulait les blancs dans la farine leur donnait l'impression de la leur mettre au cul personnellement.

Ces pauvres gens ne demandèrent jamais l'assurance que leur argent leur serait rendu. Si c'était pour le mettre dans le cul des blancs, c'était un dollar bien dépensé.

Christmas récolta mille quatre cents dollars. Le seul Rothstein lui en donna cinq cents. Christmas savait comment les lui extorquer. Il lui raconta que c'était comme un pari, et Rothstein allongea le fric. Il en soutira sept cents à Lepke Buchalter, Gurrah Shapiro et Greenie. Avec eux, l'histoire du pari ne marcha pas, car ils n'avaient pas la même maladie que Rothstein. Mais dès qu'il leur expliqua que c'était un truc illégal, tous trois furent ravis à l'idée de posséder une partie de quelque chose qui allait contre la loi : ils raffolaient de ce genre de nouveautés. Ensuite Cetta, sa mère, lui fourra dans la main quatre-vingt-cinq dollars qu'elle avait économisés, et enfin il alla torturer Sal jusqu'à ce qu'il crache les cent quinze dollars qui lui manquaient pour arriver à la somme ronde de deux cents dollars.

« Deux mille deux cents dollars ! s'exclama Karl avec satisfaction à la fin de la semaine. Avec mes cinq cents, on arrive à deux mille sept cents. Et mon père m'en a promis encore trois cents. Trois mille dollars tout rond ! On va pouvoir faire les choses en grand » et il rit comme un enfant, en se frottant les mains.

Le lendemain, une série d'affiches placées dans des zones stratégiques mais peu coûteuses de la ville, entre Harlem, le Lower East Side et Brooklyn, annonçaient en lettres capitales : « CKC – Votre radio clandestine ».

La semaine suivante, les affiches furent remplacées et tous les New-Yorkais purent lire : « CKC – Votre radio clandestine – Le compte à rebours commence.

Plus que sept jours. » Le lendemain, le sept fut remplacé par un six, sans que soit refaite toute l'affiche. Puis vinrent le cinq, le quatre, le trois, le deux et enfin le chiffre un.

Pour ces deux séries d'affiches publicitaires – y compris les interventions pour changer les chiffres – ils dépensèrent neuf cent vingt dollars. Il leur en restait deux mille quatre-vingt qui, la semaine suivante, furent intégralement investis dans de nouvelles affiches de couleurs vives. En plus des informations précédentes, celles-ci annonçaient : « Le jour est venu, New York ! À 19 h 30, branchez-vous sur la fréquence 540 AM et écoutez *Diamond Dogs*. Vous deviendrez l'un d'entre nous ! », et les mots CKC, 540 AM et Diamond Dogs s'allumaient et s'éteignaient alternativement.

Harlem était en ébullition bien avant sept heures et demie. Tous les postes de radio fabriqués par Cyril au fil des ans étaient allumés et réglés. Cetta aussi avait allumé avec une heure d'avance le Radiola que Ruth avait offert à Christmas, et Sal était assis à son côté, plus pâle et ému qu'elle, bien que le poste ne diffuse encore dans la pièce que le ronflement de ses lampes. Au siège de la N.Y. Broadcast, Maria, en compagnie des deux preneurs de son qui avaient participé à la première mise en ondes de *Diamond Dogs*, était enfermée dans une petite pièce du troisième étage, et elle avait branché l'équipement de la radio sur 540 AM. Cyril était dans la chambre de *sister* Bessie et les enfants se serraient contre leur mère, sans bien comprendre pourquoi il fallait écouter à la radio un blanc qui parlait de l'autre côté de la cloison.

La salle équipée pour la transmission avait été plongée dans le noir afin de donner à Christmas l'obscurité dont il avait besoin. La fenêtre et la porte avaient été insonorisées grâce aux boîtes des centaines d'œufs que tout le quartier avait fait cuire au cours des semaines précédentes.

« Tu es prêt ? » demanda Karl à Christmas.

Christmas lui répondit avec un sourire tendu.

« Tout va bien se passer, le rassura Karl.

— Oui » fit Christmas et il ferma les yeux, respirant à fond et empoignant d'une main ferme l'un des trois microphones que Cyril avait volés dans la réserve de la N.Y. Broadcast.

Ils avaient installé un vieux gramophone auprès de l'équipement radiophonique. Karl tourna la manivelle et abaissa le levier du frein. Sur le plateau, il y avait un disque acheté par Christmas.

Dans la chambre de *sister* Bessie, Cyril regardait l'horloge. « Maintenant » murmura-t-il.

« On est en direct, dit Karl.

— On y va, murmura Christmas.

— Bonjour mesdames et messieurs, bienvenue à cette première et historique émission clandestine, dit Karl à son micro, avec une voix qui tremblait à peine. Nous allons vous diffuser *Diamond Dogs*. Vous êtes bien à l'écoute de la CKC ! »

Il y eut un instant de silence, pendant lequel Cyril s'agita sur le lit. Puis une voix jeune et chaleureuse lança : « Bonsoir, New York... »

« C'est mon Christmas ! s'exclama Cetta émue.

— Chut, idiote ! lança Sal, tendu.

— Mais avant de commencer, je veux vous demander quelque chose » fit Christmas au micro.

Karl le regarda dans la pénombre de la pièce.

Cyril se leva du lit en esquissant une moue de satisfaction.

Cetta retenait son souffle. Sal lui serra fort les mains, sans quitter le poste du regard.

« Je veux que vous pensiez à toutes les prostituées de New York. Mais pas au sexe. Je veux que vous les voyiez comme je les vois. Comme des femmes. (Ainsi résonnait la voix de Christmas dans les postes de radio de Harlem, du Lower East Side et de Brooklyn.) Moi, je leur dois beaucoup. Mais c'est tout New York qui a des dettes envers elles. Alors, n'oubliez pas de leur accorder votre respect... elles ont du cœur même pour ceux d'entre nous qui n'en ont pas. »

Sister Bessie prit ses enfants dans ses bras et se tourna vers Cyril en riant.

« Maintenant, nous allons écouter une chanson tout à fait spéciale, poursuivit la voix envoûtante de Christmas. Et ensuite, je vous ferai entrer dans notre monde à nous, plein d'obscurité et de dangers, le monde des gangsters de la rue... »

Christmas fit un signe à Karl, qui positionna le micro dans le haut-parleur du gramophone et débloqua le levier du frein.

« C'est pour toi, maman ! » lâcha la voix de Christmas.

Karl posa délicatement l'aiguille sur le disque.

Dans son salon, Cetta entendit l'aiguille racler les sillons, et puis la voix de son fils :

« Fred Astaire m'a dit personnellement qu'il te la dédicaçait. Tu la reconnais ? »

Les premières notes sortirent du Radiola.

« *Lady*..., commença Cetta avant qu'un sanglot ne l'interrompe. *Lady... Be...,* balbutiait-elle en pleurant.

Lady, Be Good ! » réussit-elle enfin à dire. Puis elle s'abandonna totalement à ses larmes, embrassant Sal qui, s'il demeurait rigide et pétrifié, continuait à fixer le poste, comme hypnotisé.

« Y paraît que Fred Astaire, c'est une pédale » fit Sal à voix basse, tout en sortant un mouchoir de sa poche et en le tendant à Cetta.

Cetta rit entre ses larmes.

« Merci, maman, dit la voix de Christmas à la fin de la chanson. Et maintenant criez avec moi, tous ensemble : hissez le torchon ! Et que le spectacle commence, New York ! »

52

Los Angeles, 1927

Bill arrêta sa Studebaker Big Six Touring de 1919 devant l'auvent rayé du Los Angeles Residence Club de Whilhire Boulevard sans éteindre le moteur. Il caressa le volant de la Big Six : il devait briller autrefois, quand la voiture était neuve, mais presque dix ans de mains posées dessus l'avaient rendu opaque et craquelé çà et là. Néanmoins, cette automobile avait quand même de la classe. Elle avait commencé sa carrière comme une voiture de riches. Pas comme sa sordide Ford Modèle T. Bill l'avait achetée d'occasion un mois plus tôt. Huit cents dollars, payés rubis sur l'ongle. Oui, bien qu'un peu vieillotte, la Studebaker était une voiture dont on pouvait se vanter, se dit-il avec satisfaction tandis que l'employé du Residence Club lui ouvrait la portière.

« Bonsoir, monsieur Fennore, fit l'homme.

— Salut, Lester, sourit Bill. Emmène-la faire dodo ! » dit-il en frappant le capot.

Le portier s'installa dans le véhicule. Bill resta sur le trottoir tandis que la soyeuse carrosserie bordeaux de sa décapotable disparaissait dans le parking des clients. Évidemment, dans la rue, personne ne se retournait pour l'admirer bouche bée. Et personne, en le voyant au volant, ne se disait qu'il était riche. Mais c'était déjà un grand pas en avant par rapport à la Ford. Et si les affaires continuaient à prospérer, un jour il pourrait se permettre une Duesenberg. Le Modèle J. Un bolide capable d'atteindre les cent dix-neuf *miles* à l'heure. Il avait été présenté cette année au salon de l'automobile à New York. Bill avait vu les photos dans une revue. Et il avait décidé qu'un jour, tôt ou tard, il aurait une Duesenberg. Il sourit à nouveau, puis leva les yeux vers le cinquième étage du Los Angeles Residence Club. Suite 504. Ce n'était pas comme les suites du Whilshire Grand Hotel, un peu plus loin, au numéro 320 du boulevard. En fait, il ne s'agissait que d'une grande pièce vaguement divisée en deux, sans porte de séparation. D'un côté le lit, de l'autre deux fauteuils, un canapé et une table basse. En haut dans les coins, le papier peint était noirci, et par endroits se décollait. Le portier du Club ne portait pas d'uniforme avec des brandebourgs, comme au Grand Hotel. Il n'y avait pas non plus de service en chambre : il fallait descendre s'acheter un sandwich dans le magasin d'en face et le monter soi-même. On changeait draps et serviettes toutes les semaines, le lundi, et si par hasard le client renversait du café et voulait anticiper le renouvellement, il devait payer un supplément d'un demi-dollar. La femme de chambre était une vieille noire boiteuse qui se contentait de refaire le lit et d'emporter les sachets gras des sand-wichs, et qui souvent oubliait de vider le cendrier plein de mégots. Non, ce n'était pas une véritable suite, bien que le Club l'appelle ainsi afin de la différencier d'une simple chambre. Quant à la piscine derrière l'établissement, ce n'était rien d'autre qu'une flaque verdâtre. Lester avait confié à Bill que le propriétaire de l'hôtel était un affreux radin : « Je ne la mettrai en service que lorsqu'on sera complet » lui avait-il expliqué. Et naturellement, ils n'étaient jamais complets. Mais pour Bill, c'était quand même un immense pas en avant par rapport au sordide Palermo Apartment House. Et il était certain qu'un jour, il arriverait au Whilshire Grand Hotel.

« C'est le début d'une nouvelle ère ! » se dit-il gaiement, reprenant l'expression préférée d'Arty.

Bill pénétra dans l'hôtel, prit l'ascenseur et monta au cinquième étage. Il ouvrit les deux fenêtres de la pièce, fit un brin de ménage, se rafraîchit le visage et alla vérifier quelque chose dans le meuble de la salle de bain, sous le lavabo : c'était bien là. Lester avait tenu parole et lui avait trouvé une bouteille de whisky. Pas l'habituelle tequila mexicaine. Pas un quelconque rhum. Bill prit la bouteille et deux verres, et les posa sur la table du salon. Il attendait de la visite. Il sourit. Il ouvrit la bouteille et se versa deux doigts de whisky. Arty croyait avoir été simplement invité pour boire un coup. Il ne se doutait pas que, ce soir-là, ils allaient discuter affaires. Gros sous. Bill avait fait ses calculs : il en voulait plus.

On frappa. De l'autre côté de la porte, les rires de deux filles lui parvinrent. Arty était venu accompagné.

« Merde ! » jura Bill à mi-voix. Puis il ouvrit la porte, sourire éclatant aux lèvres :

« Entre, Arty ! lança-t-il.

— Coucou, Punisher ! » firent les deux jeunes

femmes à l'unisson, s'invitant dans la pièce pour embrasser Bill.

Bill les repoussa, agacé :

« Je pensais que tu viendrais seul, fit-il à Arty.

— Ah, ah ! Tu voulais me faire la fête ? » s'écria Arty, posant une main sur ses fesses, comme pour se protéger.

Les filles se mirent à rire. La première était blonde et plantureuse, presque grassouillette. L'autre était brune et très maigre. Bill les connaissait. On les appelait « les Jumelles » et elles étaient spécialisées dans les rôles saphiques. Arty raffolait des lesbiennes. Il aimait les reluquer, et après se les faire.

« Je voulais parler affaires, expliqua Bill.

— Eh ben moi, j'voudrais m'en servir, d'mon *affaire !* » s'amusa Arty.

Les filles gloussèrent et puis s'embrassèrent sur les lèvres.

« Je parle sérieusement, insista Bill.

— Moi aussi, tu peux me croire ! Demande un peu à Lola ! » Arty prit la main de la blonde et la plaça à hauteur de son membre.

La fille miaula de feinte stupeur et puis s'esclaffa, de concert avec sa compagne. La brune passa derrière Bill et lui glissa entre les jambes une main, qu'elle fit remonter sur sa braguette.

« Casse-toi ! lança Bill en la poussant en arrière.

— Qu'est-ce qu'il y a de tellement important ? demanda Arty, soudain sérieux.

— Je veux parler affaires, répéta Bill. (Puis il regarda les filles). Mais pas devant elles. »

Arty soupira et jeta un coup d'œil à la pièce :

« Filez dans la salle de bains, ordonna-t-il. Enfermez-vous et ne sortez que lorsqu'on vous appelle.

— OK, Arty ! firent-elles.

— Et soyez sages, les enfants ! » plaisanta Arty en palpant les fesses de la blonde.

Les filles allèrent s'enfermer dans la salle de bains en riant.

« Alors ? demanda Arty.

— Assieds-toi » fit Bill.

Il versa deux généreuses rasades de whisky. Il leva son verre et le fit tinter contre celui du réalisateur.

« Combien de films est-ce qu'on a déjà tournés, Arty ?

— Huit.

— Neuf avec celui d'aujourd'hui, c'est ça ?

— C'est ça.

— Toi et moi, on inaugure une nouvelle ère. C'est ça ? poursuivit Bill, fixant le réalisateur droit dans les yeux.

— Avec celui d'aujourd'hui, c'est sûr ! rit Arty avec satisfaction. J'ai commencé à regarder les rushes. C'est un matériel exceptionnel. (Il but une gorgée.) Tu te rappelles ce que j'ai t'ai dit, le jour où je t'ai chopé ?

— Je ferai de toi une star.

— Et j'ai pas maintenu ma promesse ? »

Bill sourit et reconnut : « Si. »

Dans le milieu des riches vicelards de Hollywood, le Punisher était d'ores et déjà une icône. Une icône sauvage pour ce monde sauvage. Le masque en cuir noir que Bill avait voulu mettre par peur d'être reconnu et de devoir payer pour les crimes commis à New York s'était révélé une idée en or. Le Punisher n'avait pas de visage. Ainsi, chaque spectateur pouvait s'imaginer derrière ce masque. Et chaque spectateur pouvait imaginer avoir les tripes pour violer une femme. Pour la frapper. Pour la traiter comme du poisson pourri. Comme une esclave. Au-delà de la loi, au-delà des règles. Par-delà toute morale. Le Punisher était la voix et le corps de toute la violence présente en chaque homme. En chaque mâle. « Si » répéta Bill.

« Et ce n'est encore rien, crois-moi ! » poursuivit Arty, finissant son whisky avant de s'en verser un deuxième.

Les huit films précédents avaient été tournés de manière traditionnelle. Prise de vues, cut, pause, prise de vues et ainsi de suite. Les victimes du Punisher étaient des actrices professionnelles, des visages – et des corps – déjà bien connus dans le monde de la pornographie. Elles faisaient semblant d'être violées. Pour de l'argent. Cependant, Bill les frappait pour de vrai, mais pas comme il l'aurait fait dans la vie réelle. C'était de la fiction. Entre une prise de vues et une autre, une fille devait s'arranger pour que l'excitation de Bill ne diminue pas, tandis que la maquilleuse mettait du rouge sur les fausses blessures des victimes. Au début, Hollywood avait accueilli avec grand enthousiasme les prouesses du Punisher. Les spectateurs s'étaient satisfaits de cette mise en scène. Jusqu'alors, nul n'était allé aussi loin dans le domaine de la pornographie. Par comparaison, les autres films en circulation étaient bien fades. Mais ensuite, le public s'était habitué à ça aussi. Quelques acteurs et réalisateurs qui achetaient toujours les films du Punisher pour leurs fêtes privées avaient commencé à dire qu'ils étaient las de voir toujours les mêmes actrices. D'autres s'étaient plaints sous prétexte qu'on voyait qu'elles faisaient semblant. C'est alors qu'Arty avait eu cette idée. Tout allait être vrai. Réaliste. Sans cuts, sans pauses, sans actrices professionnelles. Il fallait de vraies filles. De vraies victimes. Et tout devait être comme le jour où il avait épié Bill, dans le hangar désert, en train de violer son actrice fétiche, Frida la Mexicaine.

« Ce n'est encore rien, je t'assure ! répéta Arty avec emphase. Tu me crois ?

— Oui.

— Attends que le nouveau film commence à circuler, et tu vas voir ! continua Arty. On va nager dans l'or ! »

Bill se versa à boire. En silence.

« C'est de ça que j'voulais te parler, dit-il.

— Mais de quoi ?

— Combien j'empoche, moi ?

— Qu'est-ce que tu veux ? une augmentation ? Arty se mit à rire. OK, d'accord. Mille, c'est pas assez ? Tu veux combien ? Je peux aller jusqu'à mille cinq cents par film. Ça te va ? »

Bill but son whisky tout en le regardant. Sans mot dire.

« Merde ! Mille cinq cents, quand même ! »

Bill ne dit toujours rien.

« OK, bordel, mille sept cents, alors ! Je peux pas faire plus. Sinon je rentre pas dans mes frais. »

Bill finit son verre d'un trait. Il fit claquer ses lèvres et se versa un autre whisky.

« T'as pas intérêt à me forcer la main ! lança Arty d'une voix dure.

— Sinon quoi ? » sourit Bill.

Arty se leva, irrité :

« Merde, c'est moi qui t'ai créé ! Ne l'oublie jamais ! Qui c'était, Cochrann Fennore, avant que... bordel... avant que je l'invente ? Un assistant machiniste, un crève-la-faim. Et regarde-toi, maintenant ! T'as une bagnole de luxe, une foutue suite... et ça fera que s'améliorer. Ta vie va s'améliorer. (Il pointa un doigt vers lui en baissant la voix). Mais t'as pas intérêt à me forcer la main, je te préviens. »

Bill but encore un coup. La tête lui tournait et il se sentait de plus en plus exalté. Il avait l'impression d'être invincible. Et aussi un peu ivre :

« Et Arty Short, c'était qui, avant le Punisher ? s'exclama-t-il d'une voix pleine de mépris. Un maquereau ! Rien d'autre qu'un maquereau qui tournait des petits films de putains minables. Comme tous les autres maquereaux de Los Angeles. Merde, d'après toi, tu serais qui, sans le Punisher ? Un mac, Arty. T'es qu'un mac, pas un réalisateur ! Un mac de merde ! »

Arty se figea. Bill s'approcha de lui, en le fixant droit dans les yeux. Il avait un regard sombre, froid et impassible. Arty recula un peu. Bill se planta face à lui. Arty, secouant la tête, tenta de détourner le regard. Bill le saisit par le cou :

« "Je ferai de toi une star", c'est vrai, c'est c'que tu m'as dit ce jour-là, fit Bill sans lâcher prise. T'arrêtes pas de m'le répéter, et t'arrêtes pas de t'répéter aussi que t'as été un sacré malin. Mais est-ce que tu t'demandes des fois c'que j'ai pensé, moi, ce soir-là, avant que tu parles ? Dis, t'y as jamais réfléchi, Arty ?

— Tu me fais mal... » protesta le réalisateur.

Bill se mit à rire :

« Tu veux savoir ce que j'ai pensé, moi, quand je t'ai découvert là ? »

Il le fixa un instant en silence avant d'approcher les lèvres de son oreille :

« Je me suis dit que j'allais te tuer, Arty » chuchota-t-il.

Alors il relâcha sa prise, le laissant reprendre son souffle, retourna s'asseoir et se versa une autre rasade de whisky.

« Et ça, tu devrais y réfléchir ! Si t'avais pas eu ton idée brillante, à l'heure qu'il est, tu serais un maquereau crevé ! »

Arty esquissa un demi-sourire et un petit rire gêné, avant d'aller s'asseoir devant Bill :

« Mais pourquoi est-ce qu'on en arrive là ? Pourquoi tu t'emballes ? De quoi on parle ? De deux mille dollars par film ? Eh ben, si c'est ça…

— À partir de maintenant, on fait cinquante cinquante, l'interrompit Bill.

— Hein ?

— Tu deviens sourd, Arty ?

— Pardon, mais réfléchis un peu… j'ai un tas de frais, moi ! La pellicule, le personnel, la location du studio…

— On décomptera les frais et on partagera ce qui reste moitié moitié.

— Mais tu comprends pas…

— Si, je comprends très bien. On tiendra un livre de comptes où on inscrira la moindre épingle à cheveux. Si les techniciens veulent une augmentation, on en parle ensemble. S'il faut acheter de la pellicule, on le fait ensemble. S'il faut fabriquer un décor, on compte chaque poteau et chaque pot de peinture. Je contrôlerai le moindre centime, Arty ! Et si t'essaies d'me rouler, j'te casse la gueule et j'me trouve un autre réalisateur. C'est clair ? » et Bill descendit une autre gorgée de whisky.

Arty secouait la tête et regardait le sol, cherchant des arguments :

« Mais c'est que… c'que tu comprends pas, c'est que… c'est pas qu'une question de livres de comptes… c'est toute une organisation, c'est compliqué… » Arty passa une main sur la peau grêlée de ses joues. Il respira à fond. Puis il leva les yeux et regarda Bill. Maintenant, il était tout rouge :

« Moi, j'ai les relations ! » cria-t-il d'une voix étranglée.

Se penchant par-dessus la table, Bill l'attrapa par le col de la veste et l'attira vers lui :

« Et moi, j'ai la bite ! Et les couilles ! Et la rage, Arty ! »

Il le lâcha.

« Moi, j'ai la rage » répéta-t-il à voix basse.

Puis les deux hommes demeurèrent un instant silencieux. Bill avait le regard du vainqueur. Arty rentrait le cou et la tête dans les épaules.

« Bon d'accord, finit par lâcher Arty. On est associés ? »

Bill se mit à rire :

« T'as fait l'bon choix, mon ami ! »

Arty sourit et descendit un autre verre de whisky.

« Allez, alors il faut fêter ça avec les Jumelles ! s'exclama-t-il.

— J'en ai rien à foutre, fit Bill en haussant les épaules.

— Hé, les morues ! cria Arty. Sortez des chiottes ! »

Les filles ouvrirent la porte, leur habituel sourire aux lèvres.

« Commencez donc ! » ordonna Arty en indiquant le lit du menton.

Elles se jetèrent sur le lit en riant et commencèrent à s'embrasser et à se déshabiller.

Arty quitta le fauteuil et se mit à les regarder. Il se tourna vers Bill :

« Viens donc, associé ! l'invita-t-il.

— Ça m'dit rien, répondit Bill. T'as qu'à t'les taper, toi ! »

Arty colla une claque sur les fesses rebondies de la blonde.

« Allez, associé, regarde toute la viande qu'y a ! » rit-il.

Puis il se laissa faire par les jeunes femmes qui l'entraînèrent sur le lit, le déshabillèrent et le comblèrent de leurs attentions.

Bill continua de boire. Et il regarda l'érection d'Arty : tellement prête, tellement immédiate, tellement mécanique. À présent qu'il pouvait avoir toutes les salopes qu'il voulait, Bill n'arrivait plus à baiser, dans la vie normale. Il ne bandait plus. Il n'était jamais assez excité. Il avait aussi essayé en frappant quelques garces, mais il ne parvenait pas à avoir une érection décente.

La brune avait attaché un phallus artificiel devant son sexe et pénétrait la blonde par-derrière, tandis que celle-ci suçait le membre d'Arty.

« Tu devrais te faire monter un miroir ! conseilla Arty à Bill.

— Oui, oui » fit distraitement Bill, buvant à nouveau.

La bouteille était presque vide. Il n'y avait que

sur les plateaux qu'il y arrivait à tous les coups. Désormais, même la violence ne lui suffisait plus. Ce qui l'excitait, c'était le ronflement sourd de la caméra. La célébrité.

« Fais-le venir ! » demandait pendant ce temps Arty à la brune.

La fille quitta le lit et rejoignit Bill à pas lents et provocants, la verge artificielle rigide ballotant devant elle. Elle se planta devant lui. Phallus pointé en avant. À la hauteur du visage de Bill.

« Tu l'as jamais fait avec un mec ? » lui demanda-t-elle en passant la main sur ses seins minuscules.

Bill se leva d'un bond et lui flanqua un poing un plein visage :

« Va t'faire foutre, pétasse ! » hurla-t-il. Et puis il la cribla de coups de pied.

« Cochrann ! Merde, Cochrann ! cria Arty. Me l'abîme pas, bordel ! »

Bill s'arrêta, haletant. Il avait la tête qui tournait. Il avait trop bu. La fille était encore à terre, recroquevillée en position fœtale pour se protéger des coups.

« Cassez-vous ! ordonna Bill d'une voix empâtée par l'alcool.

— Cochrann, merde, qu'est-c'qui t'arrive ? s'exclama Arty, poussant la blonde et s'asseyant au bord du lit.

— Dehors ! » brailla Bill. Il avait le regard embrumé et les yeux rougis. Il titubait.

La brune se releva et porta une main à sa lèvre. Elle saignait un peu. Elle ôta le phallus artificiel et commença à se rhabiller, imitée par la blonde. Arty demeurait assis sur le lit et secouait la tête. Puis il soupira, se leva et se rhabilla.

« Demain je serai au montage, l'informa Arty tout

en ouvrant la porte de la chambre. T'as envie de venir jeter un œil ? »

Bill acquiesça sans le regarder.

Arty et les filles sortirent en fermant la porte derrière eux.

Dès qu'il fut seul, Bill se laissa tomber sur le lit. Le visage enfoncé dans l'oreiller et les yeux clos. Le noir dans lequel il plongeait semblait tourner autour de lui. C'est alors que, dans ce tourbillon noir, l'image d'une femme commença à se former. Ou plutôt, celle d'une fillette. Avec une robe blanche à volants bleus. Une robe d'écolière. De longues boucles noires retombaient sur ses épaules. Une fille de treize ans. Ruth. Au début, Bill eut peur d'être tourmenté par l'un de ses cauchemars habituels. Ruth venait le tuer, une fois encore. Mais non, la jeune juive lui souriait et puis commençait à se déshabiller. Sa robe s'en allait par lambeaux, comme si elle l'arrachait.

Bill porta une main à son entrejambe et ouvrit son pantalon, en restant allongé sur le ventre. Et il commença à se caresser le membre.

Au fur et à mesure que Ruth se déshabillait, Bill la voyait se couvrir de sang. Et pourtant, il ne se passait rien : il n'était pas excité. Mais ensuite, alors qu'il s'apprêtait à ôter la main de son sexe inerte, quelque chose se produisit dans sa tête : il entendit un ronflement lent et sourd, un obturateur qui s'ouvrait et se refermait régulièrement, et la pellicule qui avançait dans le rouleau denté en s'imprimant. Et c'est alors qu'il sentit un agréable fourmillement entre ses jambes. Et son sexe se durcit.

Et pendant qu'il se touchait, de plus en plus frénétiquement, il imagina que cette première violence était filmée. Cette nuit magnifique où il avait découvert sa propre nature. Jusqu'à ce qu'il atteigne l'orgasme.

Il resta alors immobile quelques minutes. Sa main, son ventre et le lit étaient collants à cause du liquide chaud qu'il avait fait gicler. Enfin il se retourna. Il tendit le bras vers le récepteur du téléphone, le souleva et attendit.

« Bonjour, monsieur Fennore, grésilla la voix du portier.

— Lester, dis à la noire de venir changer les draps ! ordonna Bill.

— Vous savez qu'on n'est pas lundi, n'est-ce pas, monsieur Fennore ?

— Un demi-dollar, oui je sais, Lester » répondit Bill avant de raccrocher.

53

Manhattan, 1927-1928

L'imposant bonhomme s'installa juste devant le gros poste de radio, poussant les autres clients qui, à sept heures et demie du soir, se pressaient chez Lindy pour écouter *Diamond Dogs* tout en dégustant un morceau de *cheesecake*.

« Hep, ça c'est ma place ! lança quelqu'un derrière lui.

— Ah bon ? Et c'est écrit où ? répondit le type sans même se retourner.

— J'ai pas besoin d'l'écrire, pousse ton gros cul d'là ! insista la voix.

— Mais c'est qu'tu cherches les ennuis ! » s'exclama l'autre. Il regarda enfin derrière lui. Ses mains énormes formaient des poings et il avait une expression menaçante sur le visage. Mais dès qu'il reconnut celui qui se trouvait là, il pâlit, se leva d'un bond et ôta son chapeau :

« Oh, excusez-moi, monsieur Buchalter... je... je savais pas... »

Lepke Buchalter ne répondit rien et se tourna vers le comptoir.

« Leo, explique donc à cet abruti qui c'est qui t'a offert le poste ! s'exclama-t-il en parlant à Leo Lindermann, le propriétaire de ce café sur Broadway.

— Qui t'a obligé à le prendre, tu veux dire ! corrigea la femme de Leo.

— Ne te plains pas, Clara ! Avoue que tu n'y as pas perdu tant que ça ! fit Arnold Rothstein qui entrait à ce moment-là, sourire aux lèvres. Grâce à ce poste, à sept heures et demie, ton bar est plein à craquer !

— Ben oui, c'est vrai, c'était une bonne idée ! rit Clara. Mais si vous voulez du *cheesecake*, dépêchez-vous de passer commande, Mr. Big ! Y'en a presque plus.

— Une double portion ! » lança Rothstein tout en rejoignant Lepke.

Le gros type rentra encore plus la tête dans les épaules et commença à reculer, mais il trébucha et s'affala sur une table. Les gens réunis dans le bar – essentiellement des hommes de Rothstein – éclatèrent de rire.

« Maintenant, taisez-vous ! ordonna Rothstein en s'asseyant. Je veux entendre le p'tit gars. Monte le son, Lepke !

— Bonsoir mesdames et messieurs, et bienvenue dans votre radio clandestine, annonça la voix de Karl. Vous êtes sur le point d'entendre un nouvel épisode de *Diamond Dogs*.

— Chut ! » cria Lepke.

Clara et Leo Lindermann posèrent les assiettes qu'ils faisaient passer en cuisine, afin de mieux entendre.

« Vous êtes bien sur la CKC ! la voix de Karl résonna encore.

— Leo, je t'ai dit que j'étais actionnaire de cette radio ? fit Rothstein.

— Cent fois, Mr. Big ! répondit Leo.

— Eh bien il faudra t'y habituer : je vais te le dire encore quatre cents fois, vu que j'ai parié cinq cents dollars ! s'esclaffa Rothstein. (Puis, après avoir jeté un œil autour de lui, il se tourna vers Lepke.) Et Gurrah, il ne vient pas ?

— Il a été bloqué à Brownsville pour une affaire urgente, répondit Lepke. Il écoute sûrement le programme chez Martin. Et comme j'le connais, j'suis sûr qu'il est en train de râler parce que les sandwiches sont dégueulasses !

— Bonsoir, New York… » fit la voix chaleureuse de Christmas dans le poste.

Soudain, chez Lindy, on n'entendit plus un souffle.

« Cette histoire se passe par une nuit obscure, New York, poursuivit la voix de Christmas. Parce que la vie des gangsters, c'est pas juste les belles bagnoles et les filles renversantes… Il y a aussi les sales boulots. Ceux que personne ne veut faire… et pourtant il faut les faire, et bien !

— C'est vrai ! commenta un voyou avec deux longues cicatrices qui lui barraient le visage, coupant son œil droit, aveugle.

— Silence, connard ! interrompit Lepke. Qu'est-c'que t'en sais, toi, des boulots bien faits ?

— L'histoire de ce soir est triste et dure… et si elle vous effraie trop, eh bien… vous n'êtes pas faits pour New York. Alors suivez mon conseil : ne changez

677

pas seulement de fréquence, mais aussi de ville…, continuait Christmas.

— Il sait y faire, le gosse, hein ? » chuchota Lepke à l'oreille de Rothstein.

Celui-ci sourit avec un sourire plein de fierté :

« J'ai misé sur le bon cheval !

— C'est une histoire qui illustre tout ce qu'on est obligé d'inventer pour survivre dans cette jungle. Évidemment, je ne donnerai aucun nom : j'ai appris que pas mal de fonctionnaires de notre bien-aimée police nous suivent… Bonsoir, capitaine McInery, comment va votre épouse ? Et bonsoir au sergent Cowley, de la part de la CKC… Vous êtes là aussi, M. Farland, M. le procureur du district ? Vous prenez des notes ? »

Tous les gangsters réunis chez Lindy se mirent à rire.

Même chose chez Martin, à Brownsville. Là, comme Lepke l'avait prédit, Gurrah Shapiro venait de jurer en mordant dans un sandwich qui ne valait pas la moitié d'un énorme *combo sandwich* de chez Lindy.

Les gangsters réunis dans le *club-house* du Bowery et ceux de la salle de billard de Sutter Avenue riaient de concert.

« Bref, reprit Christmas, un soir, il y a quelque temps de cela, un type devait disparaître… définitivement, si vous voyez ce que je veux dire. Mais ceux qui devaient le faire disparaître étaient sous surveillance : il y a comme ça de sales jours où tous les flics ont les yeux braqués sur nous. Ça arrive. Mais parfois, il faut aussi se dépêcher de faire taire certains bavards – ça aussi, ça arrive. Alors, que faire ? Se servir de son cerveau. Et il arrive que le hasard te donne un coup de main. Même si c'est un hasard cruel. Dans notre cas, il se trouve que le père du gars qui doit faire disparaître le bavard est mourant et se trouve dans son appartement, juste au-dessus du garage que le fils dirige. Du coup, qu'est-ce qu'il fait, le gars ? Il attire celui qui doit disparaître dans son garage et, avec l'aide de complices, il le liquide. Ensuite, il file deux gros biffetons à un jeune qui va conduire une voiture volée jusqu'à un terrain vague et l'abandonner là, avec le cadavre à l'intérieur. Et comme ça, le lendemain, quand les flics font irruption dans la maison du suspect, ils trouvent tout le monde au chevet du père. Alors ils enlèvent leur casquette, s'excusent et baissent la voix. Le cas est archivé et ne sera jamais résolu… »

« Eh, celle-là, c'est d'moi qu'il la tient ! » s'exclama fièrement Greenie, dans le salon d'un bordel de Clinton Street, tandis que toutes les prostituées qui se trouvaient autour de lui soupiraient, rêvant de rencontrer ce jeune à la voix si chaleureuse qui connaissait leur vie comme nul autre homme.

« De quelle affaire il parle ? demanda le capitaine Rivers à ses hommes, dans la grande salle du quatre-vingt-dix-septième district. Vous devez me le trouver, ce Christmas !

— Et comment on fait, chef ? répondit le sergent. C'est juste une voix dans l'air !

— Eh bien, commencez par son nom ! pesta le capitaine. Il y a combien de types, à New York, qui portent un nom aussi con que Christmas ?

— C'est sûrement pas son vrai nom » fit remarquer le sergent.

Le capitaine acquiesça.

« Ouais, c'est juste.

— Quand même, on pourrait... »

« Vous savez pourquoi on appelle les flics des *cops* ? » demandait Christmas à ce moment-là.

« Chut ! » fit le capitaine, tendant l'oreille vers le poste de radio.

« À cause de leur étoile en cuivre, *copper* » expliqua Christmas.

« Je l'savais ! s'exclama un agent.

— T'es pas à un jeu, connard, y a rien à gagner ! » gronda le capitaine

« Mais à l'époque des Five Points, poursuivit Christmas, on les appelait aussi les *têtes de cuir*, parce qu'ils portaient un petit casque en cuir. Pourtant, je ne crois pas que ça servait à grand-chose contre les coups de batte... »

« C'est bien vrai ! fit Sal en riant chez Cetta, dans le salon où ils se tenaient tous deux main dans la main, l'oreille collée au Radiola.

— Laisse-moi écouter ! » lança Cetta en lui donnant une tape sur le bras.

« En parlant de coups de batte, ça me fait penser à un truc que me disait toujours mon père... » commença Christmas.

« Son père ? rit Sal. Mais qu'est-c'qu'y peut dire comme conneries, le morveux ! »

« Chaque fois qu'il me voyait dans les escaliers avec mes affaires de baseball, il me disait avec sa grosse voix : "Écoute-moi, morveux ! Jette la balle et garde que la batte !"... »

« C'est moi qui lui disais ça, pas son père ! » s'amusa Sal. Et puis tout à coup il se fit sérieux. Il serra les lèvres. Cetta sentit qu'il se crispait et devenait dur comme de la pierre. Peu après, il se leva brusquement et éteignit le poste :

« On va faire un tour ! C'est vraiment une connerie, cette émission ! »

Il se dirigea vers la porte de l'appartement et l'ouvrit :

« Alors, tu viens ou pas ? lança-t-il d'un ton désagréable.

— Y a rien de mal à avoir des émotions, glissa Cetta.

— Oh toi, t'es aussi bête que ton fils ! » maugréa Sal, avant de sortir en claquant la porte.

Cetta sourit et ralluma le poste, se blottissant sur le canapé, là où elle sentait encore la chaleur de Sal.

« Vous savez quelle est la vraie différence entre un gangster italien et un gangster juif ? » demandait Christmas.

Au Wally's Bar and Grill, un vieux mafieux, miraculeusement encore vivant à son âge vénérable, serra ses mains nouées par l'arthrite sur les épaules de son fils :

« On va voir si cette petite frappe nous connaît vraiment ! » dit-il en italien.

Le fils se tourna en riant vers son propre fils, un gaillard de seize ans occupé à se curer les ongles avec un couteau à cran d'arrêt doté d'une lame de vingt-cinq centimètres.

« La différence de fond entre un gangster italien et un gangster juif, poursuivit Christmas, c'est que l'Italien apprend le métier à son fils pour en faire un gangster comme lui...

— Ça tu peux l'dire, p'tite frappe d'la radio ! »

rit le vieux mafieux. Son fils rit avec lui. Ainsi que son petit-fils.

« … alors que le juif envoie son fils à l'université, pour qu'il ne répète pas les mêmes conneries que lui et puisse passer pour un Américain… »

« Merde, mais qu'est-c'qu'y raconte, ce trou du cul ? » s'exclama le vieux, lâchant les épaules de son fils.

Celui-ci se tourna vers le petit-fils. Il lui arracha le couteau des mains et lui colla une claque :

« Allez, à partir de d'main, toi tu r'tournes en classe, p'tit con ! » aboya-t-il, pointant un doigt vers son visage.

« Encore une fois, il se fait tard… et l'heure est venue de nous dire au revoir, fit la voix de Christmas. Bonsoir, New York… »

« Bonsoir, New York ! » répliquèrent en chœur tous les gangsters réunis chez Lindy.

« C'est un cheval gagnant ! la voix de Rothstein domina celle des autres. C'est moi qui lui ai fait faire de la radio ! Et moi je ne perds jamais un pari, ça tout le monde le sait ! »

Cetta se leva du canapé, s'approcha du poste de radio et passa une main sur sa surface brillante, comme une caresse.

« Et bonsoir à toi aussi, Ruth… où que tu sois… » conclut Christmas.

Cetta éteignit le poste et les lampes, en refroidissant, grésillèrent dans le silence soudain et profond de l'appartement.

La station de radio clandestine CKC fut bientôt sur toutes les lèvres. Désormais, les gangsters considéraient *Diamond Dogs* comme leur émission personnelle. Et comme le bruit s'était vite répandu que Rothstein avait acheté et offert un poste de radio pour écouter Christmas chez Lindy, de nombreuses bandes rivales et autres organisations criminelles se mirent à équiper *club-houses*, salles de billard, *speakeasies* et même des garages où ils trafiquaient les voitures volées, afin de pouvoir suivre, à sept heures trente précises, *Diamond Dogs*.

Mais un phénomène similaire avait aussi touché les quartiers pauvres de Manhattan et de Brooklyn. Grâce aux récits de Christmas, les gens ordinaires rêvaient d'être des durs, capables de conquérir cette liberté que la société leur refusait dans la réalité et qu'ils n'avaient pas la force de revendiquer. Christmas était devenu leur voix. Grâce à lui, ils rêvaient opportunités et transgressions et se sentaient capables – confortablement installés devant leurs boîtes à lampes – de prendre des risques.

Quant à Harlem, la place forte où était caché l'émetteur clandestin, le quartier se prenait pour la véritable patrie de la liberté. Et chaque noir du quartier, qu'il ait investi ou non le dollar initial demandé par Cyril, s'estimait propriétaire de la station dissimulée derrière l'horloge peinte en haut de l'immeuble de la 125e Rue.

Cyril n'avait pas une minute à lui et ne cessait de fabriquer des postes pour le voisinage. Mais l'habitante la plus fière du quartier c'était *sister* Bessie, qui répétait à tous vents que c'était elle qui avait donné le premier dollar, comme s'il s'agissait de la première pierre sur laquelle toute l'entreprise reposait.

Naturellement, les journaux ne perdirent pas une

occasion de broder sur le sujet. Dans les pages locales, il y avait toujours une allusion à l'émission et au phénomène *Diamond Dogs*, qui faisait tache d'huile.

« Tout ça c'est de la publicité gratuite ! » s'exclamaient Christmas et Cyril, heureux, en découvrant les titres pleins d'emphase dans la presse. En revanche, Karl secouait la tête avec inquiétude. Mais il ne disait rien. Il était devenu pensif.

Bientôt la police fut poussée à l'action par les autorités municipales, sur qui les stations de radio légales exerçaient de lourdes pressions parce que leur écoute s'effondrait de manière vertigineuse sur le coup de sept heures et demie, et qu'aucun programme n'arrivait à rivaliser. Naturellement, quelques émissions naquirent pour tenter de copier *Diamond Dogs*, mais leurs auteurs et acteurs n'avaient jamais la fraîcheur de Christmas et surtout, aux yeux du public, la légalité de ces programmes leur ôtait une grande part de leur attrait. Pourtant, la police ne fut jamais près de découvrir où se cachait le siège de la CKC : non seulement à cause de la loi du silence, qui à Harlem comme chez les gangsters fonctionna à merveille, mais aussi parce que les policiers eux-mêmes – souvent des auditeurs enthousiastes du programme – ne s'impliquèrent jamais à fond dans cette recherche.

L'hiver se déroula ainsi, et le printemps arriva. Les grandes stations de radio recommencèrent à faire pression sur la police. Et à influencer la presse, en se réclamant du principe sacré de la légalité, que la CKC violait jour après jour.

« On ne tiendra pas éternellement, fit Karl un soir, après l'émission.

— Qu'est-c'que tu proposes ? on laisse tomber ? maugréa Cyril.

— Je dis juste qu'on ne tiendra pas éternellement, répéta Karl. C'est le moment de faire le saut de qualité. C'est maintenant ou jamais.

— Mais quel saut ? » demanda Cyril.

Christmas était assis dans un coin et écoutait, renfrogné. De sombres idées en tête.

« On doit essayer d'élargir notre programmation, poursuivit Karl. On doit devenir une vraie station. Et entrer dans la légalité, dans le système. Si on ne le fait pas maintenant, les autres vont nous éliminer. Allez, dis-le-lui, toi ! » lança Karl en se tournant vers Christmas.

Christmas évita le regard de Karl.

« Mouais… p't-être…, bougonna-t-il.

— Comment, "peut-être" ? s'exclama Karl en écartant les bras, dans un geste d'impuissance. On en a déjà parlé !…

— OK, OK ! éclata Christmas en se levant. Mais je suis plus sûr…

— Mais de quoi tu devrais être sûr ? demanda Karl.

— Oh, et puis merde ! Je suis pas sûr et c'est tout ! s'écria Christmas, et il sortit de l'appartement de *sister* Bessie en claquant la porte.

— Ben, qu'est-c'qui lui prend ? » s'étonna Cyril.

Karl ne répondit rien et s'approcha de la fenêtre. Il vit Christmas sortir de l'immeuble et tourner en rond sur le trottoir crasseux de la 125e Rue.

« Mais enfin, qu'est-ce qu'il a, le gosse ? insista Cyril.

— Qu'est-c'que j'en sais ? Pourquoi tu lui

demandes pas, toi ? lança Karl d'un ton dur. Je suis
pas sa nourrice ! et pas la tienne non plus !

— Oh, si c'est comme ça qu'tu l'prends, associé…
réagit Cyril en se rembrunissant. Alors va t'faire
foutre !

— OK, pardon, Cyril ! et Karl s'assit à nouveau.
Je sais comment ça marche, une radio. Pour le
moment, on est sur la crête de la vague et les gens
sont encore curieux, mais… tout repose sur les épaules
de Christmas. Et il ne peut pas durer éternellement. »

Cyril prit un micro en main.

« Alors tout est fini, c'est ça ? demanda-t-il, sombre.

— Non, c'est pas ce que je dis. Mais il faut
se diversifier… on doit devenir indépendants de
Christmas.

— Tu veux le jeter par-dessus bord ?

— Et si c'était lui, qui nous jetait par-dessus bord ?
rétorqua Karl avec fougue.

— Et pourquoi il ferait ça ? demanda Cyril sur la
défensive.

— J'ai pas dit qu'il le fera, précisa Karl. Mais il
faut se diversifier. Il faut faire d'autres programmes…
il faut…

— C'est pour ça que Christmas est de cette humeur
de merde, ces derniers jours ? l'interrompit Cyril.

— C'est possible, répondit Karl. Mais il a peut-être
quelque chose d'autre en tête.

— Il sent que ses jours sont comptés ?

— Mais je sais pas ce qu'il sent ! fit Karl impatienté. En tout cas, nous deux, il faut qu'on invente
quelque chose, Cyril… et qu'on commence à gagner
de l'argent. Notre rêve doit commencer à rapporter,
sinon…

— Sinon, c'est qu'un rêve.

— Ben oui.

— Et c'est pas avec ça qu'on mange.

— Ben non.

— Et le gosse, qu'est-c'qu'il dit ? »

Karl regarda Cyril :

« Lui, il ne dit rien. »

Karl quitta sa chaise et s'approcha de la fenêtre. Il remarqua que Christmas était encore dans la rue.

« J'aime pas ça… » murmura Cyril.

Christmas leva les yeux vers la fenêtre et aperçut Cyril. « Va au diable toi aussi ! » pensa-t-il rageusement avant de s'éloigner pour rentrer chez lui. Il ressassait ce qui lui était arrivé trois jours auparavant, lorsqu'il avait franchi la porte en verre de la N.Y. Broadcast, où il avait été convoqué en grand secret par Neal Howe, le directeur général qui l'avait licencié.

« Entrez, monsieur Luminita ! » lui avait dit le vieux avec les décorations militaires épinglées sur les revers de la veste.

À ses côtés, derrière la grande table de merisier, étaient assis trois autres administrateurs de la station de radio ainsi que le nouveau directeur artistique, un trentenaire dégingandé qui avait pris la place de Karl.

« Vous savez pourquoi vous êtes ici, *Mister* Luminita ? avait lancé Neal Howe.

— Vous avez encore envie de me virer ? » avait répliqué Christmas, enfonçant les mains dans ses poches d'un air provocateur.

Le vieux avait esquissé un sourire forcé.

« Laissons donc les vieilles rancœurs derrière nous, voulez-vous ? Parlons plutôt affaire. (Et là il avait fait une longue pause avant de continuer). Dix mille dollars par an, ça vous semble un bon début ? »

Christmas avait senti le sang se figer dans ses veines.

« J'avoue, nous nous sommes trompés quand nous avons évalué les potentialités de votre programme…, avait poursuivi Neal Howe, une note d'agacement mal contenue dans la voix. Comment s'appelle-t-il, déjà ? avait-il fait semblant d'oublier.

— *Diamond Dogs*, était intervenu le directeur artistique.

— Ah oui, *Diamond Dogs* » avait acquiescé le directeur général.

Christmas était en pleine confusion. Il n'arrivait pas à détacher son esprit de ces dix mille dollars par an.

« Pas terrible comme titre, à vrai dire, avait souri Neal Howe (les autres avaient souri aussi, avec la même suffisance que leur chef). Mais puisque les gens le connaissent sous ce nom, à présent… on le gardera. Qu'en dites-vous, *Mister* Luminita ?

— Qu… qu'est c' que j'en dis ? avait-il balbutié.

— Notre bureau légal est prêt avec le contrat » avait ajouté M. Howe en le fixant droit dans les yeux. Puis il s'était penché par dessus la table et avait martelé : « Dix mille dollars, c'est une offre plus que généreuse ! »

Christmas avait eu du mal à déglutir. Il sentait ses jambes se dérober. « Dix mille dollars ! » se répétait-il.

« Alors qu'en dites-vous, *Mister* Luminita ? »

Christmas n'arrivait pas à parler. Il était resté silencieux, sa tête se remplissant de chiffres.

« Je…

— Pourquoi ne prenez-vous pas un siège ? l'avait interrompu Neal Howe.

— Oui… Christmas s'était assis. Oui…, avait-il répété.

— Oui, quoi ? Vous acceptez notre proposition ? l'avait pressé le directeur général.

— Je… (Il respira profondément.) Et Karl, et Cyril ?

— Qui ça ? avait fait Neal Howe, feignant de ne pas comprendre.

— Karl Jarach retrouvera son poste ? avait poursuivi Christmas, reprenant courage. Et Cyril Davies, le magasinier, devrait être promu chef technicien.

— Monsieur Luminita ! avait ri Neal Howe, regardant ses employés assis derrière la table en merisier. Mais c'est vous, *Diamond Dogs*, pas ces deux-là ! C'est vous que les gens veulent écouter.

— On est associés, avait dit Christmas, une énergie nouvelle dans la voix. Sans eux, il n'y aurait pas de *Diamond Dogs*. Quand vous nous avez virés, vous avez parlé d'insubordination. Ça, ce serait une trahison.

— Non, mon garçon. Ça, ce sont les affaires.

— Karl et Cyril doivent faire partie de l'équipe » avait répété Christmas.

Le visage de Neal Howe était devenu écarlate.

« Vous croyez pouvoir dicter vos règles ? s'était-il exclamé d'une voix dure et tranchante. On vous offre dix mille dollars parce que, selon nous, vous les valez. Ces deux autres, pour la N.Y. Broadcast, ils ne valent rien du tout. Si le nègre veut continuer à faire le magasiner, il a son poste mais rien d'autre. Jarach, par contre, ne remettra plus jamais les pieds ni à la N.Y. Broadcast ni dans une autre radio, je peux vous l'assurer ! C'est à prendre ou à laisser, *Mister* Luminita. Réfléchissez-y. Si vous acceptez, les dix mille dollars sont à vous. Ceci n'est pas une négociation. Si vous avez la sottise de refuser, vous irez vous noyer avec vos camarades. Si Jarach sait faire son métier un tant soit peu, il vous a sans doute expliqué que votre aventure ne saurait continuer encore bien longtemps. On vous tend la main, *Mister* Luminita. Profitez de l'occasion. Vous pouvez vous sauver. Nous allons mettre en œuvre tout ce qui est en notre pouvoir pour fermer votre radio imbécile. Et je peux vous assurer que le pouvoir, ce n'est pas ce qui nous manque ! »

Christmas s'était levé.

« Dix mille dollars » avait répété Neal Howe.

Christmas lui avait fait face en silence.

« Réfléchissez-y une semaine, *Mister* Luminita. Ne vous laissez pas influencer par votre jeune âge. Pensez à votre avenir ! » Neal Howe avait alors baissé la tête sur un dossier et avait commencé à le feuilleter, comme si la conversation ne l'intéressait plus. Puis il avait à nouveau levé les yeux sur Christmas :

« J'oubliais une chose. Acceptez un conseil : n'en parlez pas avec vos… associés. Les gens sont pleins de nobles principes quand il s'agit de l'argent des autres, mais ils ne raisonnent pas pareil quand la question les regarde directement. Votre bon ami Jarach est venu nous voir il y a deux semaines pour me demander si je voulais acheter *Diamond Dogs*. Mais quand il parlait de vous, il était loin de votre remarquable enthousiasme juvénile. Au contraire, il m'a affirmé qu'il vous convaincrait d'accepter, et pour pas cher ! »

Christmas s'était figé :

« C'est pas vrai ! » avait-il lancé d'instinct.

Neal Howe s'était mis à rire :

« Vous n'avez qu'à lui demander ! avait-il répliqué. À moins que vous ne préfériez garder pour vous notre conversation d'aujourd'hui, et réfléchir sérieusement à la vie qui serait la vôtre avec dix mille dollars par an. » Il l'avait fixé, yeux plissés. « On se voit dans une semaine, *Mister* Luminita. »

Christmas était demeuré un instant immobile, hébété. Puis il avait fait volte-face et avait quitté la salle de réunion.

« Arrangez-vous pour que Karl Jarach apprenne que le gamin est venu se vendre » avait ordonné Neal Howe à ses collaborateurs.

Christmas avait descendu l'escalier de la N.Y. Broadcast comme s'il était ivre. Deux informations s'entrechoquaient dans sa tête. Dix mille dollars par an. Karl voulait vendre la CKC à Neal Howe.

Pendant ces trois jours, Christmas s'était muré dans le silence. Pas un mot. Il s'était renfermé sur lui-même. Car tout à coup, il avait réalisé qu'il n'était plus aussi certain que Neal Howe avait menti. Et il n'était plus sûr que Karl ne soit pas un traître.

« Voilà pourquoi il insiste tellement sur le saut de qualité ! pensa Christmas en rentrant chez lui, ce soir-là, après avoir quitté précipitamment l'appartement de *sister* Bessie. Voilà pourquoi il raconte qu'on peut pas durer éternellement ! Il est en train de nous vendre. Sans rien nous dire » continua-t-il à ruminer, montant l'escalier qui le ramenait à son appartement sordide. Plus la colère grandissait en lui, plus cet immeuble et cette vie lui semblaient atroces. Il ne supportait plus les fissures des murs ni son costume triste de crève-la-faim. « Il croit qu'il peut se servir de nous comme de marionnettes ! » se dit-il avec rage en ouvrant la porte de chez lui. L'odeur âcre de l'ail qui imprégnait les murs envahit ses narines. Laissant vagabonder son regard sur le lit d'appoint dans le coin de la cuisine, sur le salon misérable et sur le mobilier bon marché, il eut la certitude que Karl était un horrible traître.

« Salaud ! » pensa-t-il.

54

Manhattan, 1928

Il était hors d'haleine. Ses jambes le faisaient souffrir. Pourtant il ne pouvait s'arrêter, il ne pouvait interrompre sa course, car il sentait qu'ils étaient juste derrière lui. Tournant dans Water Street, il aperçut un docker qui rentrait chez lui, son sac d'outils sur l'épaule. « Hé ! hurla-t-il, désespéré. Aidez-moi ! »

Le docker se retourna vers le jeune homme au costume voyant qui, épuisé, courait à grand-peine, poursuivi par deux brutes, pistolet au poing. Et il vit apparaître aussi, un peu plus loin, une voiture, tous phares éteints.

« Aidez-moi ! » cria le garçon.

Le docker jeta un œil autour de lui et ouvrit la porte d'un immeuble ; il s'apprêtait à refermer derrière lui quand le jeune homme le rattrapa et tenta d'entrer à son tour.

« Aidez-moi ! Ils veulent ma peau ! » hurla-t-il encore.

Le docker le dévisagea. Les traits du garçon étaient déformés par la peur et la course. Il avait des yeux sombres entourés de cernes profonds et noirs. Le docker continuait à le fixer en silence et sentait le souffle du garçon par la porte entrouverte.

« Aidez-moi... » murmura le garçon, les larmes aux yeux.

Le docker donna un coup d'épaule dans la porte, abandonnant l'autre dehors.

Joey se retourna vers ses poursuivants. Il recommença à courir. Mais ses jambes étaient raidies par l'effort. Il tourna dans Jackson Street. Devant lui, il apercevait les eaux sombres de l'East River et, derrière, les pentes douces de Vinegar Hill. Il glissa. Tomba. Il se releva et reprit sa course, mais il n'était pas encore parvenu sous le viaduc de South Street que la voiture noire le dépassa et lui coupa brusquement la route. Les portières s'ouvrirent.

Joey s'arrêta net. Se retourna. Ses deux poursuivants avaient cessé de courir. Haletants, ils souriaient et avançaient avec calme. Tout à coup, on aurait dit que le temps s'était arrêté. Joey baissa les yeux et remarqua qu'en tombant, il avait déchiré le genou de son costume à cent cinquante dollars. Cela lui rappela une chute qu'il avait faite enfant : ce jour-là, son père Abe le Crétin lui avait nettoyé le genou avec sa cravate en crachant dessus et, une fois rentrés chez eux, il avait raccommodé son pantalon. Alors il se laissa tomber à terre et se mit à pleurer.

Lepke Buchalter et Gurrah Shapiro descendirent de voiture, suivis d'un homme au visage passe-partout, chapeau de feutre sur la tête. Le chauffeur resta derrière le volant.

« Oh, Joey... fit Gurrah d'une voix traînante. Mais

qu'est-ce que tu fais ? Tu pleures comme une fillette ? »

Joey n'arrivait pas à lever les yeux.

« Où est l'argent ? » demanda Gurrah d'un ton
gentil.

Joey faisait non de la tête, sans parler. Son visage
était baigné de larmes et il reniflait bruyamment.
Gurrah se baissa, faisant craquer ses genoux. Il sortit
un mouchoir de sa poche, prit Joey par le menton,
souleva son visage et appliqua le mouchoir sous son
nez :

« Mouche-toi ! » fit-il.

Joey pleurait.

« Allez, mouche-toi ! » répéta Gurrah, d'une voix
moins amicale.

Joey se moucha.

« Plus fort » insista Gurrah.

Joey se moucha plus fort.

« Bravo ! dit alors Gurrah. Alors, Joey, où t'as mis
le fric ? Lansky voudrait bien le revoir. »

Joey porta la main à sa poche intérieure et en tira
un rouleau de billets.

« Tout y est ? » demanda Gurrah sans y toucher.

Joey fit oui de la tête.

« Tu vois comme c'est facile ! rit Gurrah. Tu t'sens
plus léger, maint'nant ? Allez, avoue ! Tu t'es enlevé
un poids de la conscience, hein ? »

Ensuite il le prit par le bras.

« Viens, Joey ! Rends-lui toi-même son fric, à
Lansky. C'est plus mignon si tu lui donnes en personne, non ? (Et il le poussa vers l'homme au chapeau de feutre.) Lansky, regarde un peu le gosse !
Il te ramène l'argent. Il te l'a piqué, d'accord, mais

maintenant il te le rend. C'est un brave gamin, tu vois » dit-il quand ils furent devant Lansky.

Celui-ci regardait Joey d'un air impassible, mains dans les poches.

Joey lui tendit un rouleau de billets.

« Remets-les à leur place » lui dit-il sans enlever les mains de ses poches.

Joey glissa le rouleau dans la poche de sa veste.

Lansky le regarda :

« Tu as déchiré ton pantalon » fit-il remarquer.

Alors Joey se remit à pleurer.

« Excuse-moi, Lansky, dit Gurrah en prenant le mouchoir de celui-ci dans sa pochette. Le mien est sale. »

Il saisit Joey sous le bras et l'entraîna vers une pile du viaduc.

« Mouche-toi ! » ordonna-t-il en collant le mouchoir sous son nez.

Joey tenta de lui échapper. Mais Gurrah le tenait fermement. En regardant derrière lui, Joey vit que Lepke regagnait la voiture.

« J'suis un copain d'Christmas ! » cria-t-il en pleurant. Lepke, j'suis un copain d' Christmas ! »

Lepke se retourna pour le regarder et lui sourit. Un sourire franc, rassurant :

« Je sais, Joey. T'en fais pas ! »

Il remonta en voiture et claqua la portière. Lansky referma la sienne également.

« Mouche-toi ! » répéta Gurrah.

Joey se moucha plus fort.

« Respire bien, dit gentiment Gurrah. Ouvre la bouche, prends ton souffle, et puis mouche-toi. »

Joey ouvrit la bouche. Gurrah lui fourra le mou-

choir à l'intérieur. Et puis le sien aussi. Joey s'agita
en tous sens, yeux grands ouverts, pris au dépourvu.
Il ne réalisa pas que l'un des voyous qui l'avait suivi
à pied lui passait un fil de fer autour de la gorge et
commençait à serrer. Joey donna des coups de pied,
tenta de hurler et d'attraper le fil. Mais plus il bougeait, plus il s'affaiblissait. En un instant, ses yeux
roulèrent dans leurs orbites et son pantalon se couvrit
d'urine.

Gurrah regardait.

« Dégueulasse ! » lança-t-il quand ce fut fini.
Ensuite il s'adressa au bourreau de Joey et lui lança :
« Salis pas l'East River avec cette merde. Fous-le à
la décharge ». Et il regagna l'automobile qui repartit
aussitôt, phares éteints.

« Alors c'est la dernière fois ! » fit Christmas en
attirant Maria contre lui.

Celle-ci s'étira paresseusement et puis se blottit
contre la poitrine de Christmas.

« Eh oui, fit-elle.

— Ce lit va me manquer, fit remarquer Christmas
tout en passant une main dans ses longues boucles
noires.

— Ah bon ? s'étonna Maria.

— Le lit de chez moi n'est pas aussi confortable ! »
Maria se mit à rire :

« Goujat ! et elle le pinça. Eh ben moi, c'est toi
qui vas me manquer ! » ajouta-t-elle.

Christmas se glissa sous la couverture et l'embrassa
entre les seins.

« Tu m'invites au mariage ? lui demanda-t-il.

— Non.

« — Et pourquoi ? » interrogea-t-il en s'abandonnant à nouveau sur l'oreiller.

Maria ébouriffa sa mèche blonde et le fixa droit dans les yeux, en silence :

« À cause de ça.

— Quoi, ça ?

— Ramon remarquerait comment on se regarde, sourit Maria. Et ça lui plairait pas.

— Il me tuerait ? »

Maria sourit :

« Je suis amoureuse de Ramon. Je veux pas qu'il souffre.

— Vous serez heureux ! » lança Christmas, une pointe de tristesse dans la voix.

Maria approcha sa joue de la sienne. Elle effleura son cou avec ses lèvres :

« Tu penses à elle ? » murmura-t-elle avec douceur.

Christmas se leva du lit et commença à se rhabiller :

« Tous les jours, à chaque instant, répondit-il.

— Viens par là ! fit Maria, bras grands ouverts. Dis-moi au revoir avant de t'en aller ! »

Christmas boutonna sa veste et puis se pencha sur Maria, l'embrassant tendrement sur les lèvres :

« Qu'est-c'que tu es belle ! s'exclama-t-il, les yeux voilés par la mélancolie des adieux. Ça me manquera, de ne plus rire avec toi.

— Moi aussi…, dit Maria

— J'y vais…

— Oui… »

Ils se regardèrent. Sourirent. Deux amants qui se quittaient sans souffrance. Deux amis qui se perdaient. Deux compagnons de jeu dont les chemins se séparaient. Ils sourirent de cette légère douleur qu'ils s'infligeaient.

« Il est tôt… tu ne veux pas rester encore un peu ? » proposa alors Maria.

Christmas lui caressa le visage en secouant la tête :

« Non. J'ai un rendez-vous avant l'émission.

— Qu'est-ce qui peut être plus intéressant que de rester avec moi ? » plaisanta Maria.

Christmas sourit sans répondre.

« Eh bien ?

— Il faut que j'aille saluer un ami.

— Ah bon… »

Ils se regardèrent.

« J'y vais… répéta Christmas.

— D'accord… »

Ils se regardèrent encore.

« Tu la retrouveras ! » affirma alors Maria, et elle lui serra la main.

Christmas lui sourit et tourna les talons, sortant de l'appartement et de la vie de Maria.

Il prit une rame de la BMT et resta assis là, fixant un boulon rouillé devant lui, sans remarquer qui montait et descendait du wagon, la tête à la fois trop vide et trop pleine. Il se préparait à un autre adieu. Définitif. Douloureux. Inévitable.

En même temps, comme lorsqu'il se trouvait avec Maria, une partie de son cerveau n'arrêtait pas de gamberger sur ce qu'avait fait Karl, le traître. « Salaud ! » se dit-il avec rancœur. Il voulait les vendre. « Ton tour viendra aussi » se dit-il.

Quand sa station arriva, il descendit et marcha lentement, sans se dépêcher. Il franchit le portail du Mount Zion Cemetery, parcourut les allées silencieuses et enfin, dans une zone isolée du cimetière hébraïque, il vit un homme qu'il n'avait jamais rencontré mais dont il avait souvent entendu parler, et une femme qui avait refusé de lui serrer la main lorsqu'elle avait su qu'il n'était pas juif. L'homme avait un costume gris sombre aux manches et au col élimés et une *yarmulke* sur la tête. La femme vêtue de noir portait un voile. Tous deux avaient des vêtements d'hiver. Et ils suaient dans la chaleur étouffante de l'été.

Christmas s'approcha du couple et demanda : « Je peux rester là ? »

L'homme et la femme tournèrent la tête et le regardèrent avec un visage dénué de toute expression. Ni stupeur ni agacement. Puis ils recommencèrent à fixer la petite pierre tombale blanche, sur laquelle état gravée l'étoile de David.

« Yosseph Fein. 1906-1928 » indiquait la pierre.

Elle ne disait rien d'autre. Ni « fils aimé », ni que tout le monde l'appelait Joey, ni que son surnom c'était Sticky – parce que tous les portefeuilles se collaient à ses doigts, ni qu'il était horriblement maigre ou qu'il avait des cernes noirs et profonds. « Quand Abe le Crétin cassera sa pipe, on le jettera dans un trou au Mount Zion Cemetery et on écrira sur sa tombe : "Né en 1874. Mort en... (merde, qu'est-c'que j'en sais ?)... en 1935." Un point c'est tout. Et tu sais pourquoi ? Parc'qu'y a vraiment rien d'autre à dire sur Abe le Crétin ! » s'était exclamé un jour Joey, plein de mépris. Et maintenant, Joey avait la tombe qu'il avait imaginée pour son père. On n'y avait pas écrit qu'il voulait s'acheter une belle voiture. Ni qu'il récoltait l'argent du racket pour les machines à sous des autres, ni qu'il vendait de la drogue ou gagnait plus que son père en faisant du *schlamming*, c'est-à-dire en frappant ses semblables avec une barre de fer enroulée dans un numéro du *New York Times*. On n'y avait pas écrit qu'il avait la peur et la faiblesse des traîtres peintes sur le visage. On n'y avait pas écrit qu'il avait dérobé à Meyer Lansky une partie de l'argent que le syndicat passait à l'organisation pour être sous la protection de la mafia juive. On n'y avait pas écrit qu'il était mort étranglé et qu'il avait été jeté aux ordures, ni qu'il portait un costume de soie à cent cinquante dollars, trop voyant pour être celui d'une personne comme il faut. Il n'y avait rien d'écrit. Nom, date de naissance, date de mort, c'est tout.

Il n'y était même pas écrit que Christmas avait été son seul ami.

Et là, dans cette zone isolée du Mount Zion Cemetery, il n'y avait personne à part son père et sa mère, immobiles devant la terre retournée. Comme deux statues de sel, en nage dans leurs vêtements d'hiver. Personne d'autre. Personne qui regrette Joey. Personne qui soit assez proche d'Abe le Crétin et de sa femme pour leur exprimer son soutien. Ils n'étaient que trois.

« C'était... un garçon... » commença à dire Christmas, parce qu'il ne voulait pas que Joey s'en aille sans un mot d'adieu. Mais il s'interrompit, incapable de poursuivre.

« C'était un garçon » pensa Christmas en s'éloignant. Parce qu'il n'y avait pas grand-chose d'autre à dire.

Ce fut alors, dans ce silence qui n'effaçait rien, que s'éleva un bruit, imprévu et incontrôlé. Un bruit étrange. Une espèce de mugissement sourd.

Christmas se retourna et vit que les épaules d'Abe le Crétin s'affaissaient, secouées par un autre sanglot, bref et presque ridicule, qui fit tomber sa *yarmulke* à terre. Sa femme se baissa, le ramassa et le reposa sur la tête de son mari. Puis les épaules d'Abe le Crétin se redressèrent, et le père et la mère redevinrent à nouveau deux statues de sel, occupées à fixer en silence la terre retournée.

55

Los Angeles, 1928

Arty n'arrêtait pas de lui dire qu'il devrait s'acheter une maison comme la sienne. Il lui expliquait que c'était un investissement pour ses vieux jours. Et disait que les pavillons mitoyens qu'on construisait *downtown* étaient une véritable affaire.

Mais Bill ne pensait pas à ses vieux jours. Il n'arrivait pas à s'imaginer vieux. Il n'aurait pas su dire pourquoi, mais c'était comme ça. D'ailleurs, à Hollywood, Arty Short était sans doute le seul à penser à ses vieux jours. Selon Bill, à Hollywood, même les vieux ne pensaient pas à la vieillesse. C'est pourquoi il n'achèterait jamais l'un de ces tristes pavillons mitoyens avec, devant, un bout de jardin qui t'oblige à saluer les voisins chaque fois que tu sors les poubelles et, derrière, un autre carré de verdure qui te force à supporter leurs barbecues du dimanche. Non, pour Bill, ce n'était pas ça la vie. Ce n'était pas cette vie qu'il attendait de Hollywood.

Depuis qu'il était devenu coproducteur des films du Punisher, les gains de Bill s'étaient accrus de manière vertigineuse. « Alors comme ça, tu voulais te gaver tout seul, hein ? » avait-il lancé à Arty après la première recette. Une fois les frais déduits, il était resté à chacun d'eux un pactole de presque quatre mille dollars. Par la suite, la nouvelle s'était répandue qu'un nouveau genre de pornographie circulait, violent et réaliste, et le nombre de leurs clients avait augmenté. Il y avait même des Texans, des Canadiens et des New-Yorkais. Et aussi des gens de Miami. Le deuxième film leur avait fait gagner sept mille dollars chacun. Les nouveaux clients avaient fini par leur acheter aussi le premier film : ainsi, aux quatre mille dollars initiaux s'étaient ajoutés trois mille dollars supplémentaires. Au moment du troisième film, l'attente était telle que, lorsqu'il avait été mis sur le marché, Bill et Arty s'étaient partagés vingt et un mille dollars en un mois seulement. Dix mille cinq cents chacun. Des chiffres qui donnaient le vertige. Et de film en film, leurs gains continuaient à croître. Bill et Arty en étaient à présent à sept films, le dernier leur ayant rapporté trente-deux mille dollars, et ils étaient de plus en plus souvent invités aux fêtes qui comptaient. Le Punisher était une star. Tout le monde voulait savoir qui il était : c'est pourquoi les deux producteurs étaient ainsi courtisés. Mais aucun des deux n'avait jamais révélé l'identité du Punisher.

En fréquentant ces gens, Bill avait compris que le Punisher faisait exactement ce qu'ils faisaient, eux. C'est ainsi que von Stroheim avait gagné son surnom de Dirty Hun, comme tout le monde l'appelait après la publication des mémoires de Mae Murray. C'était comme Roscoe Fatty Arbuckle, qui avait tué Virginia Rappe à l'hôtel St Francis en la violant avec une bouteille. Hollywood n'était qu'une machine à violer. D'ailleurs, toutes les illusions que cette cité créait et détruisait en un clin d'œil n'étaient-elles pas aussi des viols ? Voilà pourquoi le Punisher rencontrait autant de succès. Parce qu'il incarnait l'esprit de Hollywood et des hommes qui y étaient aux commandes. Le Punisher faisait, physiquement et directement, ce que tous les autres faisaient de façons différentes.

Bill en avait eu la confirmation lorsque Moll Daniel, une des filles qu'il avait violées dans le cinquième film de la nouvelle série du Punisher, avait commencé à les faire chanter. D'ordinaire, les filles se taisaient. Les cinq cent dollars que Bill et Arty leur offraient représentaient un bon pécule, à cette époque. La promesse de les recommander à des producteurs et réalisateurs faisait le reste. L'illusion que des hommes de pouvoir les verraient dans ces petits films dégradants, et décideraient sur cette base de leur offrir un rôle, était typiquement ce qui les avait conduites à Hollywood. Et puis, il y avait la honte. Mais Moll exigeait plus que des promesses et des illusions. Et elle n'avait pas honte. D'une certaine façon, Bill l'admirait. Arty, en revanche, était terrorisé. Alors ils étaient allés voir un de leurs clients, un célèbre producteur qu'Arty connaissait depuis des années et qui traitait seulement avec lui, et ils lui avaient exposé le problème. Le producteur, un grand admirateur de la violence du Punisher, avait promis de tout arranger. Il offrirait un rôle à Moll et en ferait sa maîtresse : il avait un faible pour les rousses, expliqua-t-il. Mais en échange, il voulait connaître l'identité du Punisher. Arty était prêt à cracher le morceau, et c'est alors que Bill l'avait bousculé : il s'était précipité pour prendre le producteur par l'épaule, l'avait entraîné dans un coin du bureau et lui avait chuchoté quelque chose à l'oreille. Le producteur avait levé la tête et avait regardé Bill en silence. Puis il avait acquiescé. Avec sérieux.

« Mais qu'est-ce que tu lui as dit ? » avait demandé Arty dès qu'ils étaient sortis des studios. Bill s'était approché de l'oreille d'Arty et avait répété : « C'est toi, le Punisher. Fais-lui mal, elle adore ça ! ». À partir de ce jour, le célèbre producteur n'avait plus voulu traiter qu'avec Bill.

C'était ça, Hollywood ! Arty ne pigeait décidément rien. Il n'était qu'un maquereau qui s'y connaissait en caméras.

Et maintenant – confirmation que ce couillon ne pigeait rien à Hollywood –, il voulait que Bill s'achète un pavillon mitoyen, comme un employé de banque ! Non, Arty ne savait vraiment pas vivre, se disait Bill ce jour-là, allongé au bord de sa piscine dans la villa qu'il avait louée à Beverly Hills. La piscine était petite. Le jardin était petit. Ce n'était même pas le meilleur coin de Beverly Hills. Mais quand même, il en avait fait, du chemin, depuis le temps du Palermo Apartment House ! Et il avait remplacé la Studebaker par une LaSalle flambant neuve. Bill l'avait achetée après avoir lu que Willard Rader, l'année précédente, avait lancé le moteur à huit cylindres en V sur la piste de la General Motors à Milford en réussissant à tenir la moyenne record pour un véhicule de tourisme de quatre-vingt-quinze *miles* à l'heure, les arrêts pour le ravitaillement en carburant compris, sur une distance de neuf cent cinquante-deux *miles*. C'étaient deux *miles* de moins que la moyenne établie la même année par les voitures de course à Indianapolis. Bref, une automobile exceptionnelle. Arty s'était exclamé qu'elle coûtait les yeux de la tête et que mettre tout cet argent dans une voiture était une connerie. Mais Arty ne savait pas vivre. Alors que Bill, si. Ainsi l'avait-il achetée et, dès qu'il le pouvait, il allait faire un tour le long de la côte. Rien n'égalait le plaisir de filer à une vitesse folle sur l'asphalte, avec l'océan qui étincelait sur sa droite, en direction de San Diego.

« Je suis riche ! » se dit Bill en s'étirant sur sa chaise longue au bord de la piscine, pendant que le soleil californien séchait ses cheveux, après son plongeon du matin. « Salope ! » lâcha-t-il ensuite en regardant la couverture que *Photoplay* avait consacrée à Gloria Swanson, nominée pour l'oscar de la meilleure actrice cette année-là, pour son rôle de Sadie Thompson. Les hommes riches, il supportait. Mais pas les femmes. « Ignoble salope ! » répéta-t-il, et il cracha sur la revue posée sur la table en bois laqué. Puis il rit, enfila son peignoir et décida d'aller faire un tour en voiture. Sa LaSalle étincelait près du portail.

C'est alors qu'il les découvrit.

Deux policiers en uniforme avaient garé leur véhicule de patrouille devant l'entrée. Ils étaient sortis de l'auto et l'un d'eux tenait un papier à la main. L'autre avait ôté les menottes de sa ceinture. Bill se tapit derrière un angle de sa villa de style mauresque. Il vit qu'ils sonnaient à la porte. Une, deux, trois fois. Un bruit strident qui pénétrait dans les oreilles de Bill comme un hurlement. Puis l'un des deux policiers, celui avec les menottes, jeta un œil alentour :

« Madame, vous connaissez Cochrann Fennore ?

lança-t-il à une femme qui entrait dans la villa d'en face.

— Qui ça ? demanda-t-elle.

— L'homme qui habite là, expliqua-t-il en indiquant la villa de Bill.

— Ah, oui… celui-là… Il conduit comme un fou ! ronchonna-t-elle. C'est pour ça que vous êtes là ?

— Non, madame, ça n'a rien à voir avec sa conduite.

— Qu'est-ce qu'il a fait ? interrogea-t-elle.

— Il y a quelques années, quand il habitait dans l'Est, il a fait le vilain ! Le procureur lui a réservé des vacances à San Quentin, rit le policier.

— Il ne m'a jamais plu, fit-elle d'un ton aigre.

— Vous ne le verrez plus, ne vous en faites pas.

— Tant mieux ! » conclut la femme en rentrant chez elle.

« Ils m'ont retrouvé ! » se dit Bill, cœur battant à tout rompre. En un instant, il revit la robe blanche à volants bleus de Ruth qui se teintait de rouge, la bague avec l'émeraude, les cisailles qui serraient l'annulaire, et le couteau du poissonnier qui s'enfonçait dans la main de son père, puis dans le ventre et entre les côtes de sa mère.

Il revit les deux cadavres par terre, la flaque de sang qui se répandait sur le sol, et une écaille de poisson qui flottait sur cette mare de sang. Il sentit le dernier souffle du garçon irlandais dont il avait volé l'identité et l'argent, et revit les joues rouges de sa fiancée qui le cherchait, hurlant son nom sur le bateau de l'Immigration. Et en un clin d'œil, plus rapidement qu'avec sa LaSalle, Bill revécut son existence de violences, d'abus et de viols. « C'est fini ! » pensa-t-il, gagné par la panique. Tout le sang qu'il avait versé et toutes les larmes qu'il avait provoquées envahirent son cerveau, tandis que ses tympans étaient déchirés par le bruit insistant de la sonnette, et par la voix âpre d'un des deux policiers qui criait : « Cochrann Fennore, ouvrez ! Police ! »

En proie à la terreur, Bill se glissa à l'intérieur de la villa par une fenêtre ouverte, s'habilla en toute hâte et atteignit le petit portail en bois au fond du jardin. Il l'ouvrit, jeta un œil alentour puis se mit à courir. Courir, courir. Jusqu'à ce qu'il s'effondre à terre, hors d'haleine. Alors il se dissimula derrière un buisson et tenta de respirer. Mais, autour de lui, tout se teignait de rouge. Le sang sortait de la terre et des branches sèches. Même le ciel se colorait de rouge. Il se leva brusquement et se remit à courir, courir, courir. Plus pour échapper à lui-même qu'à la police. Et alors qu'il courait – sans savoir où il se dirigeait, ni où il se trouvait – il commença à entendre un ronflement dans sa tête, de plus en plus fort. Il se boucha les oreilles et hurla pour couvrir ce bruit. Soudain il trébucha et tomba dans un escarpement. Il se mit à rouler, les branches lui égratignant le visage et les mains. À mi-pente, il fut arrêté par un tronc d'arbre. Sous le choc, il resta un instant plié en deux. Il essaya de se relever, ses jambes cédèrent et il glissa. Alors il se remit à rouler. Il parvint à s'agripper à une racine. Il haletait. Mais le ronflement ne cessait de lui remplir les oreilles. Tout à coup, il y eut une explosion de couleurs flamboyantes, et puis tout devint noir.

Dans l'obscurité, le ronflement reprit, familier. La caméra tournait. Et lui se trouvait là, au milieu du plateau. Assis sur un fauteuil dur et inconfortable. Il tenta de bouger. Il avait les mains et les pieds liés par des cordons de cuir. Il entendait des voix derrière lui. Il voulut se tourner, mais sa tête et son menton étaient immobilisés aussi. Une calotte froide était fixée en haut de son crâne et laissait échapper un liquide encore plus froid. De l'eau. De l'eau pure. Le meilleur conducteur de l'électricité. Il était sur la chaise électrique. Ruth apparut. Habillée en gardienne de prison. Elle s'approchait de lui et caressait son visage. Sa main avait un doigt amputé. Et du sang coulait de la blessure. Ruth le regardait, pleine d'adoration. « Je t'aime » murmurait-elle. Mais à cet instant, un metteur en scène – Erich von Stroheim ? – portait le mégaphone à sa bouche et lançait : « Action ! » Alors l'expression de Ruth changeait. Elle le fixait avec un regard froid, de glace, et, de sa main ensanglantée, abaissait le levier qui commandait le courant. Bill sentit la décharge lui traverser le corps : Ruth riait et von Stroheim continuait à crier « Action ! », les projecteurs de dix mille watts éclairaient le plateau en l'aveuglant et les caméras ronflaient sournoisement en filmant sa mort.

Bill hurla et ouvrit les yeux d'un coup.

Il faisait nuit. Il était encore agrippé à la racine. L'obscurité était totale. Pas la moindre lumière. Il ne savait pas où il était.

Et il avait peur. Comme lorsqu'il était petit et que son père arrivait, ceinture enroulée autour du poing. Une peur qui lui coupait la respiration, lui glaçait les mains et lui paralysait les jambes. Comme toujours, quand il faisait nuit.

Alors, lentement, les larmes commencèrent à lui

monter aux yeux et puis à couler, se mêlant à la terre qui lui salissait le visage et la transformant en boue.

Bill resta accroché à cette racine toute la nuit, les pieds calés contre une pierre, tremblant, seul avec le poids de sa propre nature. Seul avec l'horreur à laquelle il s'était abandonné, depuis six ans maintenant. Et dans cette obscurité, il se perdit complètement. Il perdit le chemin. Les images du passé, le temps qui s'écoulait, tout se mêla et se superposa – son enfance de douleur et sa jeunesse dépravée, New York et Los Angeles, ses victimes et ses espoirs, sa pauvreté et sa richesse, la camionnette à quarante dollars dans laquelle il avait violé Ruth et sa LaSalle super rapide, son visage et le masque du Punisher, la terreur devant son père et celle devant la chaise électrique, ses rêves et ses cauchemars –, donnant naissance à une espèce de marécage de sables mouvants, sombres et effrayants, qui l'entraînaient dans une zone encore plus noire de cette nuit noire qui ne se décidait pas à finir. L'aube ne lui apporta aucune lueur mais le laissa englué dans cette boue obscure, qui était tout ce qui lui restait. C'était son héritage.

Bill avait ouvert grandes les portes à sa folie.

56

Manhattan, 1928

« C'est d'la merde, ce micro ! » explosa Christmas, assis à son poste de travail à la CKC. Il regarda nerveusement l'horloge.

« Qu'est-c'qu'il a ? » demanda Cyril.

Christmas ne répondit rien. Il vérifia de nouveau l'heure. Sept heures vingt. Plus que dix minutes avant le direct et l'invité n'était pas encore là. Karl et Cyril allaient faire une de ces têtes, en le voyant ! Mais la jubilation qu'il avait goûtée par avance à l'idée de leur surprise était gâchée par le mélange de rancœur et d'incrédulité qui bouillonnait en lui depuis qu'il avait appris ce que Karl avait fait. Karl le traître. Karl le salaud. Mais son heure était arrivée, à lui aussi ! Christmas avait couvé sa colère pendant une semaine entière, sans qu'un mot lui échappe. Mais le moment était venu de rendre des comptes. Avec un énervement mal contrôlé, il démonta le microphone et fouilla dans un tiroir.

Karl le regardait, sourcils froncés.

« Qu'est-c'que tu cherches ? » insista Cyril, patient.

Christmas ne répondait toujours pas. Il jura à mi-voix et éparpilla autour de lui câbles et chevilles. Puis il regarda à nouveau l'horloge.

« Qu'est-c'qui va pas, avec ce truc ? » demanda à nouveau Cyril en examinant le micro.

Christmas se retourna et le lui arracha brusquement des mains :

« C'est d'la camelote, ça vaut pas un clou ! maugréa-t-il exaspéré.

— Il a raison, Cyril : pour une diva comme lui, il ne faut que le meilleur » intervint Karl, sarcastique.

Christmas planta sur lui ses yeux noirs.

Karl soutint son regard, puis se tourna vers la fenêtre et écarta le tissu sombre pour jeter un œil dehors.

« Ferme ça ! ordonna Christmas. Tu sais bien que la lumière me gêne.

— Il y en a des choses qui te gênent, ces derniers temps ! fit remarquer Karl en replaçant le rideau.

— Ben oui, t'as raison, répliqua sombrement Christmas. Et en haut de la liste, y a toi !

— Mais qu'est-c'qui vous prend, à la fin ? intervint Cyril, se levant et se plaçant entre les deux autres, comme par hasard. On n'a plus que dix minutes ! Calmez-vous, fit-il d'un ton conciliant. C'est la célébrité qui vous pousse à vous disputer comme deux femmelettes hystériques ? Il rit en secouant la tête.

— Quand on vient de nulle part, un rien vous monte à la tête, fit Karl en fixant Christmas.

— Et quand on lèche les bottes des chefs, on est prêt à vendre les gens comme si c'étaient des clous dans une quincaillerie de merde – au kilo ! » siffla Christmas en le défiant du regard.

Cyril les observait, décontenancé.

« Merde, vous m'dites un peu c'qui s'passe ? demanda-t-il avec rudesse avant de vérifier l'heure. Mais vous m'expliquez ça vite fait, hein, parce que dans huit minutes, moi j'suis à l'antenne ! »

Christmas ricana, glacial :

« Vas-y, Karl ! Explique à tous ceux qui nous écoutent que tu veux nous vendre pour quelques ronds !

— Tu es pathétique, fit Karl secouant la tête. Tu n'as même pas le courage de le dire.

— Mais dire quoi ? insista Cyril, inquiet.

— Le gosse se vend aux gros poissons. Il nous laisse tomber, toi, moi et toute la baraque. Il a décidé de viser haut et d'envoyer paître tous ceux qui ont cru en lui, déclara-t-il avec mépris.

— Ah, elle est jolie, ta p'tite histoire ! » Christmas pointa un doigt vers Karl tout en se tournant vers Cyril. Sa voix vibrait de rage : « Tu sais ce qu'il magouille, lui ? Il est allé voir les grosses légumes de la N.Y. Broadcast. Il veut vendre la baraque pour une misère, en échange d'une place au soleil pour son bureau.

— C'est quoi, ces conneries ? éclata Karl en le saisissant par le col.

— Mais c'est toi, qui dis des conneries ! cria Christmas, se libérant d'un geste brusque.

— Ça suffit ! » La voix de Cyril, un vrai rugissement, plongea la pièce dans un silence tendu, rompu uniquement par la respiration haletante des deux autres.

« Et maint'nant, expliquez-moi de quoi vous parlez, dit-il ensuite.

— Il est allé à la N.Y. Broadcast ! siffla Karl.

Cyril regarda Christmas :

« C'est vrai ? » demanda-t-il calmement.

Christmas resta silencieux.

Karl eut un sourire amer :

« Ils t'ont offert combien ?

— Plus que t'as demandé, toi, pour me vendre, répondit Christmas durement.

— Ne dis pas n'importe quoi ! Karl saisit Cyril par les épaules et le tourna vers Christmas. Regarde-le, ton gosse, regarde-le ! C'est déjà un requin. Mais à quoi d'autre on pouvait s'attendre, avec quelqu'un qui ne fréquente que des voyous ? Regarde-le ! Il s'en va. Dis-le-lui, allez ! Dis-le-lui qu'tu t'en vas, Christmas !

— C'est vrai ? » demanda de nouveau Cyril.

Christmas le regarda en silence. Puis lui lança :

« Tu le crois ? »

Cyril le fixa :

« Moi j'crois seulement c'que je vois, répliqua-t-il.

— Et qu'est-c'que tu vois ? fit Christmas.

— Je vois que dans cinq minutes, c'est l'émission. Je vois aussi que t'arrêtes pas de regarder l'heure, comme un condamné à mort, dit Cyril. Et surtout, je vois deux petits coqs qui se battent dans un poulailler, avec des mots pleins la bouche. Mais des faits, j'en vois aucun. »

Christmas se tourna vers Karl. Il se leva et alla vers lui. Tellement près que leurs visages se touchaient presque.

« Toi aussi tu y es allé, à la N.Y. Broadcast…

— Non, dit Karl.

— Avant moi, avant qu'ils viennent me chercher…

— Non.

— Tu voulais vendre notre programme. Et tu as dit à cette merde de Howe que tu allais me convaincre de bosser pour une poignée de dollars. »

Karl le fixa en silence. Sans baisser les yeux, sans reculer d'un pas. Sans l'ombre d'un fléchissement ou d'une hésitation.

« Tu t'es fait baiser, lâcha-t-il d'un ton ferme. Je n'ai rien fait de tout ça. »

Christmas mesura Karl du regard, frappé par son aplomb. Il était également décontenancé par tous les sentiments contradictoires qui le traversaient. D'un côté, il sentait encore en lui l'écho de sa colère pour la trahison de Karl, mais de l'autre il avait l'impression que celui-ci disait la vérité. D'un côté, il était encore plein de cette rancœur injustement nourrie pendant des jours, mais de l'autre il était gagné par une nouvelle colère mêlée de honte, parce qu'il avait été démasqué par Karl. Et alors qu'il se débattait entre ces sentiments contradictoires, sans parvenir à parler – soutenant le regard sévère de Karl, dans lequel il lisait reproche et mépris, accusation et condamnation, tout ce qu'il éprouvait lui-même –, on entendit un grand fracas provenir de l'entrée de l'appartement.

« Qui êtes-vous ? demandait *sister* Bessie, soupçonneuse et alarmée.

— Christmas m'attend ! Laissez-moi passer, on est en retard ! »

On perçut une autre voix encore, mais indistincte, comme si quelqu'un parlait en mettant la main devant la bouche.

« Mais qu'est-c'qui s'passe ? » s'exclama Cyril, s'apprêtant à ouvrir la porte.

Au même instant surgirent dans la pièce un garçon

717

et un homme encapuchonné vêtu d'un élégant manteau sombre en cachemire, suivis de *sister* Bessie.

« Enlève-moi ce truc ! J'étouffe ! » protesta l'homme encapuchonné.

Cyril écarquillait les yeux.

Sister Bessie lança :

« Mais tu les connais, Christmas ?

— Enlève-lui le capuchon, Santo ! » ordonna Christmas, sans cesser de dévisager Karl.

Karl non plus ne quittait pas Christmas des yeux.

Santo enleva le capuchon de l'homme.

« Oh, mais c'est Fred Astaire ! » s'écria *sister* Bessie.

« C'était amusant, mais je n'en pouvais plus ! » s'exclama Fred Astaire, se passant une main dans les cheveux. Puis il découvrit Christmas et Karl qui se dévisageaient en silence, leurs visages à moins de trente centimètres l'un de l'autre.

« Qu'est-ce qui se passe ici ? un duel ? » demanda-t-il en riant.

Ni Christmas ni Karl ne répondirent. Ils ne tournèrent même pas la tête. Ils continuaient à s'affronter en silence.

« Alors ? finit par lancer Karl, cinglant. Tu t'es vendu ?

— Je leur ai dit non. Hier » répliqua Christmas d'un ton résolu.

Cyril poussa un long et bruyant soupir, comme s'il recommençait à respirer après s'être longtemps retenu :

« Excusez si j'vous dérange, intervint-il pragmatique, mais j'vous rappelle qu'on fait une émission en direct, qu'elle commence dans trente secondes et que Fred Astaire vient d'arriver encapuchonné chez *sister* Bessie… » Secouant la tête, il s'approcha de l'équipement radiophonique et commença à appuyer sur des boutons. « Moi j'y comprends plus rien… » maugréa-t-il.

Christmas se tourna alors vers Fred Astaire. Il retrouva la maîtrise de soi et lui sourit :

« Merci, *Mister* Astaire ! dit-il et, d'un geste théâtral, il l'indiqua à Cyril. *Mister* Astaire est le premier invité de *Diamond Dogs*. (Il donna une tape sur l'épaule de Santo et cligna de l'œil.) Et lui c'est Santo, l'autre membre des *Diamond Dogs*, mais aussi le nouveau directeur du département habillement de chez Macy. Et il gagne tellement d'argent qu'il est propriétaire d'une voiture, ce qui nous a permis d'"enlever" *Mister* Astaire.

— Toujours à tes ordres, chef ! s'exclama Santo.

— Mais vous êtes fous ! ronchonna Cyril en appuyant sur une série de boutons. Trente secondes…

— Vous vous rappelez comment il faut commencer, *Mister* Astaire ? demanda Christmas.

— Oui oui, j'ai bien appris ma leçon, répondit Fred Astaire.

— Vingt…, et là Cyril, bourru, jeta un œil vers Karl et Christmas. Hep, les deux femmelettes, c'est fini, les coups de griffes ? »

Christmas se tourna vers Karl. Leurs regards, en se croisant, étaient encore chargés de tension.

« Dix… »

Fred Astaire s'assit et prit le microphone en main.

« Je pensais que tu avais confiance en moi, lâcha Christmas, crispé.

— Cinq…

719

— Moi aussi, fit Karl avec un regard dur.

— On est en direct », et Cyril frémit en appuyant sur un bouton.

Christmas et Karl se fixaient d'un air glacial.

« Bonsoir, New York… » fit une voix.

Tout le monde tourna la tête.

« Je sais, ceci n'est pas la voix de votre Christmas. En effet, je suis Fred Astaire… »

Christmas détourna les yeux de Karl et s'assit près de l'acteur.

« Mesdames et messieurs, je vous parle depuis le siège clandestin de la CKC, poursuivit Fred Astaire. Mais ne me demandez pas comment j'y suis arrivé. On m'a enlevé. On m'a mis un capuchon sur la tête, on m'a poussé dans une voiture et on m'a fait tourner pendant une demi-heure pour me faire perdre mes repères…

— Et on a réussi, *Mister* Astaire ? intervint Christmas au micro.

— Ça c'est sûr ! rit Fred Astaire. Pas mal, vos techniques de gangsters ! »

Christmas se mit à rire aussi. Mais il ne chercha pas Karl du regard, comme il le faisait d'habitude pour lire son approbation dans ses yeux. Karl rit mais sans regarder Christmas, afin de ne pas devoir lui apporter son soutien, qu'il lui avait toujours donné auparavant. Tous deux savaient que quelque chose s'était brisé.

« Mais ne t'inquiète pas, New York ! continua joyeusement Fred Astaire. Je suis sain et sauf. Et dès l'émission terminée, je serai à nouveau libre, et je vous attends tous au théâtre ce soir… Au fond, je me disais que les gangsters et les acteurs ne sont pas si différents que ça… J'ai quelques anecdotes assez intéressantes à vous raconter à ce sujet. Nous aussi, nous avons nos méthodes pour éliminer un collègue... »

Christmas, Karl, Cyril, Santo et *sister* Bessie éclatèrent de rire. Tous les auditeurs qui avaient allumé leur poste aussi. Ainsi que Cetta, qui porta la main à la bouche, tant elle était émue. Et Sal ricana en marmonnant : « Pédale ! »

« Il n'y a qu'une espèce pire que les gangsters et les acteurs, reprit la voix de Fred Astaire. Je veux parler des avocats, naturellement ! »

57

Manhattan, 1928

Après Fred Astaire – dont la venue eut un écho extraordinaire, y compris dans les journaux –, ce fut au tour de Duke Ellington d'être « enlevé ». Pendant l'émission, avant de se produire gratuitement, il s'exclama : « Mais c'est que je l'aime bien, cette CKC, à part la corvée du capuchon ! Ici on laisse même entrer les nègres, c'est pas comme au Cotton Club. J'en ai deux assis juste à côté de moi ! » Cyril bomba fièrement le torse, en silence. En revanche, *sister* Bessie ne put se retenir et s'écria : « C'est moi qui ai mis le premier dollar dans cette radio ! J'en possède un morceau et pas toi, Duke ! Alors c'est toi qui es assis à côté de moi, pas le contraire ! » Cela provoqua un grand éclat de rire derrière les micros de *Diamond Dogs* et lui valut popularité et respect dans tout Harlem.

Furent enlevés ensuite Jimmy Durante, Al Jolson, Mae West, Cab Calloway, Ethel Waters et deux jeunes acteurs de Broadway, James Cagney et Humphrey DeForest Bogart, qui affirma avoir surtout voulu participer afin de connaître Christmas. « Et pour-quoi ? » lui demandèrent-ils. « Eh bien, je suis né le jour de Noël : je ne voulais pas rater un type qui porte le nom de mon anniversaire ! »

Être enlevé devint à la mode. Il n'y avait pas une personnalité qui ne veuille participer à *Diamond Dogs*. Être encapuchonné signifiait faire partie de ce groupe de privilégiés qui avaient pu mettre les pieds dans le siège clandestin de la radio. « Je suis allé dans le *repaire* ! » : c'est ce qu'on racontait dans les restaurants chics, les fêtes et les premières théâtrales ou cinématographiques. Aucun invité ne se rebellait contre la pratique du capuchon. Ainsi le siège de la CKC continua-t-il à rester secret et à alimenter les légendes citadines. Santo devint le chauffeur du Gang, comme tout le monde appelait désormais la CKC, retrouvant ainsi la jubilation et l'ardeur d'autrefois, quand Christmas et lui étaient les seuls membres de la bande fantôme.

Au début, les reporters tentèrent de filer les stars en odeur d'enlèvement et ils se jetèrent à leurs trousses avec appareils photographiques et carnets de notes. Tôt ou tard, ils auraient sans doute fini par décou-vrir le siège de la CKC, mais c'était sans compter les gangsters de New York, qui entreprirent de leur mettre des bâtons dans les roues. Ils dissuadaient les fouineurs par des méthodes efficaces, celles-là mêmes qu'ils utilisaient dans les affaires criminelles. Une balle posée sur le tableau de bord de la voiture, une lettre anonyme où étaient énumérés emplois du temps et adresses de tous les membres de la famille, ou une intimidation face à face si besoin était, accompagnée de la destruction de leurs appareils photo.

Le cerveau de ce réseau de protection, c'était Arnold Rothstein. Mais quand il réalisa que, pour tout journaliste animé du feu sacré qu'il parvenait à décourager, un nouvel échotier repartait aussitôt à la charge, Mr. Big finit par organiser une opération plus radicale, qui impliqua des dizaines d'hommes et douze automobiles. Un matin, après avoir mis au point tous les détails de l'expédition, Rothstein fit enlever les directeurs du *New York Times*, du *Daily News*, du *Forward*, du *New York Amsterdam News*, du *Post* et aussi celui du journal d'opinion le *Daily Worker*. Les six hommes furent encapuchonnés dans la rue. Et, comme prévu par le plan de Rothstein, aucun des témoins ne prévint la police : au contraire ils se mirent à rire, certains qu'il s'agissait d'un enlèvement pour *Diamond Dogs*. Et, dans un premier temps, les directeurs pensèrent de même. Mais lorsqu'ils se retrouvèrent tous réunis au Lincoln Republican Club devant Arnold Rothstein en personne, leur bonne humeur disparut d'un coup pour laisser place à la peur.

« Christmas n'est pas un gangster. Mais c'est comme s'il était des nôtres, attaqua Mr. Big sans préambule – quand ses acolytes, avec leur rudesse habituelle, eurent forcé les directeurs à s'asseoir sur six chaises préparées à l'avance. Moi je suis prêt à déclencher une guerre contre vous autres journalistes, oui, contre vous tous, si vous essayez de griller la CKC, ou bien si vous jetez le discrédit sur ce gars et son émission à cause de notre petite conversation d'aujourd'hui… qui n'a jamais eu lieu, bien sûr. Personne ne doit rien savoir sur la CKC ni sur *Diamond Dogs*. Dites-le bien à vos hommes, et tenez en laisse tous les francs-tireurs qui battent le pavé en quête d'un scoop. Et ne venez pas me raconter des conneries, genre liberté de l'information. Votre liberté de merde entraînerait la fin d'un des seuls trucs amusants qu'il y ait dans cette ville pourrie. »

Rothstein quitta sa table de billard et les rejoignit, les fixant l'un après l'autre : « Si vous foutez en l'air *Diamond Dogs*, vous me verrez débarquer chez vous ! » menaça-t-il d'une voix sombre.

Ensuite il sourit, dévoilant ses petites dents aiguisées, et ajouta :

« Mais j'ai décidé de vous faire une faveur. (Là il jeta un œil du côté de Lepke et se fit apporter un petit nombre de brins de paille). On va faire un jeu, comme lorsqu'on était gosses. Celui qui tirera la paille la plus courte pourra être enlevé et assister à une diffusion de *Diamond Dogs*. Pour ne pas faire de mécontents, ce ne sera pas un invité officiel : il prendra simplement note de tout et puis passera ses informations aux autres, afin que tous vos journaux puissent sortir avec un compte rendu détaillé de l'émission, comme si vous aviez été invités ensemble à la CKC. C'est pigé ? (Et Rothstein sourit à nouveau, de sa façon bien à lui, qui ne faisait qu'effrayer davantage son interlocuteur). Inutile d'ajouter que, si par certains indices, vous laissez deviner où se trouve la CKC, j'estimerai notre pacte rompu. »

Alors Mr. Big tendit son poing tenant les pailles vers les directeurs. Il commença par le représentant du *New York Amsterdam News*, puis ce fut chacun son tour. La paille la plus courte revint justement au directeur de cet hebdomadaire publié à Harlem.

« Bien, affaire réglée ! lança alors Rothstein en les congédiant. Christmas ignore tout de notre gentille petite bavette, alors n'allez pas vous mettre de drôles d'idées en tête. C'est un brave gosse, plein de talent. (Il les dévisagea à nouveau un à un.) Et il est sous ma protection, conclut-il en faisant signe à ses hommes de virer les directeurs de journaux. Et maintenant, débarrassez le plancher, bande de scribouillards ! »

Le lendemain, le directeur du *New York Amsterdam News* s'arrêta devant l'immeuble de la 125e Rue et leva les yeux vers l'horloge de Harlem qui indiquait éternellement sept heures et demie. Il sourit et monta au cinquième étage, sachant bien, à l'instar de tous les habitants du ghetto noir, que c'était là que *Diamond Dogs* émettait. De même, il savait bien qu'il devait tirer le brin de paille en premier, en choisissant celui marqué d'un peu de rouge, à peine visible. Car Rothstein n'aimait pas prendre de risque. Ni perdre au jeu. Le directeur se présenta à Christmas et lui expliqua ce qui s'était passé avec Rothstein.

Deux jours après, tous les journaux de New York parurent avec un compte rendu détaillé de l'émission. Presque tous les directeurs titrèrent à la une *Dans le repaire des Diamond Dogs*, signant personnellement l'article afin de se faire valoir en société, comme des acteurs ou musiciens célèbres. Et ce jour-là, les crieurs de journaux écoulèrent leur marchandise dans les rues de New York à une vitesse jamais vue auparavant.

Les écoutes de *Diamond Dogs* firent ainsi un nouveau bond. Le phénomène fut tel que même les journaux nationaux reprirent l'information, qui voyagea d'une côte à l'autre du pays, jusqu'à Los Angeles, où elle parvint aux oreilles de vedettes et producteurs de Hollywood.

« Trop de réclame… ronchonna Karl dix jours plus tard.

— Au départ, tu nous as cassé les pieds avec ton histoire d'affiches, et maintenant tu te plains qu'il y a trop de réclame ? s'agaça Cyril.

— Ça va mettre les autorités au pied du mur, expliqua Karl. Ils ne pourront pas continuer à faire semblant de rien. Et ils vont finir par nous choper.

— Eh bien qu'ils viennent ! lança Cyril. Ils devront expliquer ça à mes nègres.

— Karl a raison » intervint Christmas.

Karl se tourna vers lui. Christmas soutint son regard, en silence.

Depuis le jour où ils s'étaient affrontés, chacun doutant de l'autre, quelque chose s'était rompu dans leur relation. Comme si tous deux se sentaient écrasés par la suspicion qu'ils avaient nourrie l'un à l'égard de l'autre.

« Tu as raison, Karl, lui dit Christmas. Tu as toujours eu raison. »

Karl le fixa à nouveau.

« Je suis désolé » lâcha Christmas.

Le regard de Karl, insensiblement, s'adoucit :

« Moi aussi, je suis désolé » reconnut-il.

Il fit un pas vers Christmas et tendit la main. Christmas la lui serra, puis il attira Karl contre lui pour lui donner l'accolade.

« Pétard, ces blancs… » soupira Cyril tout en continuant à réparer un microphone, souriant tête baissée.

« Mais quelle scène pathétique ! s'exclama *sister* Bessie débarquant dans la pièce. Le directeur de l'*Amsterdam* est là. Je l'fais entrer ou j'attends qu'vous vous rhabilliez, les filles ?

— Merde, qu'est-ce qu'y veut encore ? s'étonna Cyril.

— Mange du savon, les gosses sont à la maison ! gronda *sister* Bessie. Alors, qu'est-c'que j'fais ? Il est là, il attend.

— Je peux entrer ? fit alors le directeur, passant la tête à l'intérieur de la pièce et agitant une enveloppe à bout de bras. C'est pour Christmas ! Elle est arrivée ce matin à la rédaction. Elle m'était adressée et contenait une lettre fermée pour Christmas. On m'a demandé de te la remettre.

— Et toi, si tu la lui remets, ça veut dire que tu avoues connaître notre cachette, tête de nœud !

— Cyril ! protesta *sister* Bessie.

— Excuse-moi, *sister* Bessie, dit Cyril.

— Vous voyez ce que je veux dire ? dit alors Karl. On avance à découvert.

— Je suis désolé, dit le directeur du *New York Amsterdam News*. Ça vient de Los Angeles... »

Christmas pâlit, lui arracha l'enveloppe des mains et l'ouvrit avec fougue. « Ruth ! ne faisait-il que penser. Ruth ! » Il sortit la lettre pliée en trois et alla directement à la signature, son cœur battant à tout rompre. Puis il baissa la lettre, déçu. « Louis. B. Mayer... » dit-il lentement.

« Qui ça ? » demanda Cyril.

Christmas regarda à nouveau la signature :

« Louis B. Mayer, Metro-Goldwyn-Mayer..., lut-il.

— Et qu'est-ce qu'il veut ? demanda Cyril.

— Je sais pas » dit Christmas en jetant la lettre sur la table. « Ruth » pensait-il encore, soudain abattu.

Karl prit la lettre :

« Cher *Mister* Christmas, nous avons entendu parler

729

par la presse du succès que vous rencontrez avec des histoires mystérieuses et réalistes qui passionnent le public, lut-il à haute voix. Nous sommes convaincus que votre talent serait très apprécié ici à Hollywood et nous voudrions vous convier à un entretien dans nos studios pour discuter d'idées de scénarios. Vous pouvez me contacter aux numéros… bla-bla-bla… frais de déplacement et de logement à notre charge… bla-bla-bla… mille dollars de dédommagement… Bien à vous, Louis B. Mayer… »

Un silence stupéfait s'ensuivit.

« Le cinéma…, murmura *sister* Bessie peu après.

— J'en ai rien à foutre, coupa Christmas.

— Au contraire, tu devrais y aller ! » s'exclama Karl.

Christmas resta tête baissée.

« Je parle sérieusement ! insista Karl.

— Et moi, Hollywood, j'en ai rien à foutre, répéta Christmas.

— Mais ta petite amie, elle est pas à Los Angeles ? » demanda Cyril avec une nonchalance feinte.

Christmas se tourna pour le dévisager.

Mais Cyril avait déjà baissé les yeux et faisait mine d'être absorbé par des câbles :

« Dans deux minutes, on est en direct » ajouta-t-il.

Christmas hocha la tête et s'assit à son poste, devant le microphone.

« Moi je m'en vais ! » signala le directeur de l'*Amsterdam*.

Personne ne lui répondit. *Sister* Bessie lui donna une tape sur l'épaule et l'accompagna hors de la pièce, refermant derrière eux.

Christmas, Karl et Cyril demeurèrent silencieux.

« Trente secondes, indiqua ensuite Cyril.

— J'ai un truc à vous dire... intervint alors Karl.

— Maintenant ? » râla Cyril.

Christmas ne broncha pas. Il pensait uniquement à Ruth.

« Avec toute cette réclame, ils vont finir par nous choper. Et ils vont nous obliger à fermer, poursuivit Karl.

— T'as encore une de tes idées géniales ? fit Cyril, sceptique. Vingt secondes.

— La WNYC nous propose quelque chose » révéla alors Karl, un énigmatique sourire aux lèvres.

Christmas et Cyril braquèrent les yeux sur lui.

« Ils nous laissent émettre sur notre fréquence, ils mettent tout leur équipement à notre disposition, y compris les studios, et c'est nous qui décidons de la programmation, sans qu'ils s'en mêlent, continua Karl en sortant de la poche intérieure de sa veste une liasse de feuillets. Voilà le contrat. On reste associés à la majorité. Cinquante et un pour cent à nous trois.

— Et c'est quoi, l'intérêt, pour nous ? demanda Cyril soupçonneux. Dix secondes...

— On devient une station légale. On pourra avoir de la publicité, on aura des revenus... énuméra Karl.

— Ils prennent l'émission la plus écoutée de New York et ils nous filent rien d'autre en échange que leurs studios ? l'interrompit Cyril. C'est ça ? (Il secoua la tête). Cinq... »

Karl sourit.

« À vrai dire, ils ont aussi fait une offre pour racheter les quarante-neuf pour cent qui restent...

— ... quatre... »

Karl déplia le contrat et le posa sur l'équipement

731

rudimentaire de la CKC, pointant un doigt sur un chiffre.

— …trois… deux…

— Ça vous suffirait, pour signer, cent cinquante mille dollars, messieurs les associés ? » conclut Karl.

Cyril resta bouche bée et écarquilla les yeux, soudain blême. Puis, tel un automate, il appuya machinalement sur le bouton de la transmission :

« Nous sommes en direct… putain de merde… » fit-il avec un filet de voix.

Le rire de Christmas résonna dans les postes de toute la ville.

« Bonsoir, New York… » lança-t-il, avant de rire à nouveau.

Et ses auditeurs purent entendre distinctement deux autres voix rire avec lui.

58

Los Angeles, 1928

« Mais qu'est-ce que tu lui as fait, à Barrymore ? s'amusa M. Bailey en entrant dans la chambre de Ruth. Il raconte partout que tu es la meilleure photographe du monde ! (Il brandit quelques photos.) Et pour être sincère, ce n'est même pas un de tes meilleurs travaux. Je dirais même qu'elles sont un peu froides. »

Ruth eut un sourire fugace et ambigu.

Le visage joyeux de M. Bailey se rembrunit aussitôt et ses yeux expressifs laissèrent transparaître de l'inquiétude.

Ruth sourit :

« Ne pensez pas à mal, Clarence ! s'exclama-t-elle. Vous savez, les Indiens ont peut-être raison lorsqu'ils disent que les photos volent l'âme. Mais moi, je lui ai rendu la sienne.

— Hum... je n'ai rien compris à ton histoire, dit Clarence avec une moue cocasse. Je sais juste que, maintenant, le tout-Hollywood te réclame : ton agenda est plein. »

Ruth, au cours des deux semaines suivantes, photographia John Gilbert, William Boyd, Elinor Fair, Lon Chaney, Joan Crawford, Dorothy Cumming, James Murray, Mary Astor, Johnny Mac Brownsville, William Haines et Lillian Gish. Vedettes et producteurs furent séduits par ses clichés énigmatiques, intenses, sombres et dramatiques. Et quand il vit les photos des autres artistes, Douglas Fairbanks Jr. – qui avait souri de façon excessive – demanda une deuxième session, promettant à Ruth de suivre ses instructions à la lettre afin d'obtenir des photos aussi belles que celles des autres, riches d'une épaisseur que leurs sujets ne possédaient pas forcément dans la vie. La Paramount, la Fox et la MGM se mirent à exercer des pressions sur Clarence Bailey pour obtenir l'exclusivité du travail de Ruth, ce qui eut pour seule conséquence de faire monter en flèche ses rétributions.

Un samedi matin, Ruth avait rendez-vous avec Jeanne Eagels dans les studios de la Paramount. L'année précédente, l'actrice avait tourné un film pour la MGM, mais la Paramount misait apparemment beaucoup sur elle et l'avait programmée dans deux films pour l'année à venir, en tant qu'actrice principale.

Ruth la découvrit assise dans le coin d'un grand studio. Le hangar tout entier était plongé dans la pénombre. Seule était éclairée une zone où les figurants se maquillaient et s'habillaient. Jeanne Eagels était installée sur une chaise et une coiffeuse s'occupait de ses cheveux. En se rapprochant, Ruth commença à distinguer les traits de son visage. Elle avait des cheveux platine et une peau très claire. Elle tenait les jambes croisées et Ruth remarqua la finesse de

ses chevilles. Comme celle de ses poignets, qui semblaient presque fragiles, comme du cristal. L'actrice,
l'air revêche, se triturait les mains. Quand elle fut plus
près, Ruth réalisa que Jeanne Eagels était très maigre,
d'une beauté à la fois innocente et sombre, et qu'elle
s'efforçait de maîtriser une respiration haletante. Elle
était vêtue sobrement : jupe grise à hauteur du genou,
chaussures noires, bas couleur chair, corsage blanc et
fin collier de perles.

« Je ne suis pas prête ! » lança-t-elle d'un ton agacé
en voyant Ruth. Cependant, son expression changea
aussitôt, et une espèce de désarroi traversa son regard.
Elle se mordit la lèvre inférieure, si fine, et sourit à
Ruth :

« Non non, ce n'est pas vrai… dit-elle. On m'a fait
venir exprès pour ces photos…

— Ce n'est rien, vous êtes sûrement fatiguée… »
la rassura Ruth.

Jeanne Eagels ne répondit rien. Son expression
changea à nouveau, comme si elle était saisie d'une
brusque angoisse. Elle écarta la main de la coiffeuse
qui s'occupait d'elle et se tourna vers la pénombre
du studio, qu'elle scruta de ses yeux anxieux. Puis
elle porta une main à sa poitrine, comme si elle cherchait à contrôler sa respiration. Elle regarda Ruth et
se mit à rire. Doucement, sans joie. Mais avec une
gentillesse inattendue.

Elle avait à peine plus de trente ans mais semblait
en avoir vingt. Une fille de vingt ans avec un regard
de femme qui a vécu. Ça allait être des photos intéressantes, se dit Ruth.

L'actrice se leva soudain, fouilla dans son sac à
main et en sortit une cigarette. Elle la tripota un

moment sans l'allumer, se retournant sans cesse vers la porte du studio. Lorsqu'elle entendit des pas dans la pénombre, elle tendit son cou maigre et cessa presque de respirer. Elle avait une expression dramatique et intense.

Ruth leva son appareil photo et appuya sur le bouton.

« Non ! » cria aussitôt Jeanne Eagels. Puis elle se tourna en direction des pas qui approchaient.

« C'est toi, Ronald ? » lança-t-elle d'une voix brisée par la tension.

— Oui ! » répondit une voix forte et rauque.

Un sourire glissa sur les lèvres de Jeanne, sans illuminer pour autant son visage, remarqua Ruth. L'actrice s'éloigna et rejoignit l'escalier conduisant aux loges de l'étage, réservées aux acteurs principaux. Elle monta précipitamment les marches en se tenant à la rampe. Arrivée à l'étage, elle se retourna vers le bas de l'escalier. Un petit homme maigre, chapeau de paille rabattu sur les yeux, la suivit. Contrairement à Jeanne, il marchait d'un pas assuré et presque nonchalant. Il tenait en main une sacoche de médecin en cuir. Ils disparurent tous deux dans une loge.

Ruth regarda la coiffeuse. Celle-ci détourna aussitôt les yeux, gênée.

Moins de dix minutes plus tard, Jeanne Eagels réapparut à la porte de la loge. Elle se dirigea vers l'escalier qu'elle redescendit d'un pas calme et léger, à peine instable. Comme si elle flottait. Elle s'assit devant le miroir et finit de se coiffer seule. Puis elle se tourna vers Ruth.

« Alors, on commence ? lui dit-elle avec un sourire angélique et distant.

— On peut les faire ici ? demanda Ruth. J'aimerais bien utiliser les miroirs. »

Sans répondre, Jeanne Eagels, yeux mi-clos, inclina la tête en arrière, dans une pose sensuelle et abandonnée. Elle était passive. Indifférente. Ruth prit une photo. L'actrice rouvrit les yeux et regarda le reflet de Ruth dans le miroir, avec un sourire désarmant. Photo. Puis Jeanne appuya sa tête sur la table de maquillage. Ses cheveux platine s'étalèrent sur le plan de bois, éclairés par les ampoules qui entouraient le miroir. Photo. L'actrice ferma les yeux et porta une main à son épaule. À présent ses mains se mouvaient, légères, comme si elles évoluaient dans l'eau, sans plus aucune trace de leur nervosité de tout à l'heure. Photo. L'actrice rit, entrouvrant à peine les lèvres. Photo. Sa main remonta l'épaule jusqu'au cou, comme une caresse. Photo. Alors Jeanne se retourna, s'assit bien droit sur sa chaise, bras abandonnés sur la poitrine et tête légèrement penchée sur le côté.

Ruth cadra. Ces photos allaient être magnifiques, se dit-elle. Or, au lieu de la combler de joie, cette pensée lui instilla une sensation de malaise.

« Vous avez une tache sur votre corsage » fit remarquer Ruth, baissant son appareil et indiquant le bras droit de l'actrice à hauteur du coude, vers l'intérieur.

Jeanne Eagels réagit lentement. D'abord elle sourit à Ruth, distante, avant de baisser les yeux vers la petite tache rouge qui s'élargissait sur l'étoffe blanche. Elle la couvrit d'une main. « Du rouge à lèvres » fit-elle.

Mais Ruth savait que c'était du sang. Du sang qui sortait d'une minuscule plaie dans la veine du bras. Et soudain – alors que les pas de l'homme à la sacoche de médecin résonnaient dans l'escalier – elle comprit pourquoi elle n'avait éprouvé aucune joie à l'idée des belles photographies qu'elle allait développer. Elle comprit d'où lui venait ce malaise familier qu'elle ressentait à chaque cliché. Elle réalisait tout à coup ce qu'elle était en train de photographier. Car ses toutes premières photos avaient été celles de femmes qui avaient le même regard absent que Jeanne. Un regard perdu. C'étaient les femmes du Newhall Spirit Resort for Women, la clinique où elle avait été internée. Et elle savait ce qu'il y avait au fond de ces pupilles aussi petites que des têtes d'épingle. Le désespoir. La défaite. La mort. Ruth photographiait la mort.

« On a fini ! lança-t-elle d'un ton pressé.

— Ah bon ? » fit Jeanne Eagels, l'air détaché et indifférent.

Ruth rangea son appareil dans son sac et sortit en toute hâte du studio. Elle ne s'arrêta que longtemps après, sous la lumière aveuglante du soleil californien, loin de Hollywood. Elle regarda autour d'elle. Elle ignorait où elle se trouvait. Peut-être était-ce *downtown*. Peut-être la mer n'était-elle pas très loin. Elle ne savait pas où elle se trouvait mais cela n'avait aucune importance. C'était le monde réel. Le monde qu'elle ne cessait de fuir depuis trop longtemps. Depuis qu'elle avait quitté New York pour rejoindre la Californie. Depuis qu'elle avait perdu Christmas. Depuis qu'elle s'était perdue elle-même.

« Depuis que tu as fait semblant de t'être retrouvée » se dit-elle.

Elle n'avait fait que fermer les yeux une fois de plus, se bernant elle-même en se racontant qu'elle avait les yeux grands ouverts derrière l'objectif de son Leica. Elle s'était barricadée dans le studio d'une agence photographique, laissant un vieil homme généreux et protecteur jouer le rôle de diaphragme entre la réalité et elle. Elle s'était bercée d'illusions : comme si photographier des vedettes, c'était vivre ! Ces mêmes vedettes qu'elle avait vues comme des sauterelles, le soir de sa tentative de suicide. Ces mêmes vedettes qui battaient follement des ailes parce qu'elles savaient qu'elles ne dureraient pas, parce qu'elles savaient que ceci n'était pas la vie mais simplement un songe bien éphémère. Ou un cauchemar, comme pour Jeanne Eagels. Ou John Barrymore. Ou elle-même.

Ruth s'assit sur une marche devant le perron d'un immeuble, et se prit la tête entre les mains. Elle entendait toutes sortes de voix autour d'elle, des cris de mouettes dans le ciel, de la musique qui sortait d'une fenêtre et le vrombissement sinistre des automobiles sur une voie rapide au-dessus d'elle. Elle s'était bouché les oreilles pendant si longtemps ! se dit-elle. Au début elle ne regardait rien, n'écoutait rien, n'entendait rien. Ensuite elle s'était contentée de faire semblant de regarder, écouter et entendre, sans que cela change rien. Elle s'était cachée derrière le daguerréotype de grand-père Saul, qu'elle avait fait revivre dans le regard chaleureux de Clarence Bailey. Et elle avait enfermé Christmas dans un horrible cœur laqué – la seule chose qui lui tienne compagnie la nuit. Un objet inanimé.

« Tu es seule » conclut-elle en écoutant les gens autour d'elle qui couraient, marchaient, s'appelaient, riaient et s'insultaient. Qui échangeaient.

Elle avait vécu avec des fantômes. Le fantôme de son grand-père et celui de Christmas. L'un était mort. Quant à l'autre, c'était tout comme, puisqu'elle n'avait pas le courage de le rechercher et de voir s'il était toujours en vie. Vivant pour elle.

« Tu es seule » se répéta-t-elle. Une immense tristesse l'envahit.

Alors elle se leva et sortit le Leica de son sac. Elle se mit à vadrouiller dans ces rues inconnues, lentement, sans but particulier. Sans autre désir que celui de sortir de sa propre prison. Cette prison dont elle avait construit elle-même murs, barres et cadenas. Cette prison dont elle avait égaré la clef. Elle marcha en observant ce qui l'entourait, comme elle ne le faisait plus depuis très longtemps. Elle regardait et essayait de voir. Elle écoutait et essayait d'entendre.

Dans une ruelle sombre et crasseuse, elle découvrit un clochard couché à terre, endormi. Elle prit une photo. Une autre encore. Enfin, elle abaissa le Leica et regarda l'homme. Avec ses propres yeux. Elle respira l'odeur désagréable qu'il dégageait.

Puis elle reprit son chemin, s'engageant au hasard dans des rues de cette ville qu'elle ne connaissait pas, comme si elle pénétrait dans une jungle mystérieuse.

Dans une petite échoppe, elle aperçut une grosse femme en train d'essayer une robe à fleurs. La vendeuse tentait désespérément de boutonner le vêtement. La dame bien en chair avait l'air mortifiée. Ruth leva son Leica et prit une photo à travers la vitrine. La cliente rondelette et la vendeuse l'aperçurent et se tournèrent pour la regarder, stupéfaites. Ruth appuya sur le bouton. Au premier plan, entre les deux femmes, des lettres dorées bordées de noir, floues, indiquaient : « Clothes ».

Ruth continua à marcher. Tout lui semblait différent, à présent. Comme si elle faisait à nouveau partie de ce monde. Le monde normal. Le vrai monde. Comme si elle recommençait à respirer. Comme lorsqu'elle avait ôté les bandes qui serraient sa poitrine et lui comprimaient les poumons. Comme si, à partir de maintenant, elle ne pouvait plus fuir.

Elle rentra au studio très tard, ce soir-là, et passa la nuit à développer les photos qu'elle avait prises. Un homme à la bouche incroyablement pleine, au restaurant, face au regard désapprobateur de sa femme. Une serveuse en uniforme à l'arrière d'un restaurant qui se massait les pieds, cigarette aux lèvres. Une longue file de voitures d'occasion, avec les prix écrits sur le pare-brise, et le vendeur au bout, minuscule et seul, sans client. Un homme et une femme qui s'embrassaient tandis que leur gosse tirait la jupe de la mère en pleurant, frustré par cet amour qui l'excluait. Un train de marchandises et un vieux clochard qui n'arrivait pas à monter sur les wagons en marche. Une rangée de maisons toutes fenêtres fermées, semblant inhabitées. Une femme avec un œil au beurre noir qui étendait son linge. Un vieil homme sur un fauteuil à bascule, sous le porche décrépit de sa maison. Un enfant qui sortait la poubelle.

Le lendemain matin, elle remit ses photos à M. Bailey. Les quelques clichés de Jeanne Eagels et ceux de Los Angeles.

« Tu as décidé de changer de registre ? demanda Clarence.

— Je ne sais pas » fit Ruth.

M. Bailey mit machinalement les photos de Jeanne Eagels dans une enveloppe destinée à la Paramount. Puis il saisit celles que Ruth avait prises *downtown* et les étudia à nouveau. Longuement, avec attention. « Elles sont émouvantes » observa-t-il.

Ruth prit l'habitude de se promener dans Los Angeles avec son Leica. Systématiquement. Tous les jours. Pour voler des images émouvantes, se disait-elle. Mais sans le savoir, jour après jour, cliché après cliché, ce qu'elle faisait, c'était s'habituer à la vie. Comme si elle repartait de zéro et apprenait à vivre. Comme si cette errance sans but était une espèce d'école.

Au bout de deux semaines, elle réalisa que des personnes rieuses apparaissaient aussi sur ses photos, maintenant. Ce n'étaient pas encore des images joyeuses, elles gardaient un caractère profond et sombre, mais on aurait dit qu'elles s'adoucissaient. Peut-être ses cadres s'élargissaient-ils afin d'inclure dans l'objectif la vie dans son ensemble, avec ses ombres et ses lumières.

Néanmoins, le soir, en refermant la porte de sa chambre, elle se répétait toujours : « Tu es seule. »

Un dimanche, de retour de leur visite hebdomadaire à Mme Bailey au Newhall Resort for Women, Ruth aperçut un parc plein d'enfants et demanda à Clarence d'arrêter la voiture. Elle descendit et se dirigea vers le parc, tandis que l'auto de M. Bailey s'éloignait. Au fur et à mesure qu'elle s'approchait, elle entendait de plus en plus clairement les cris excités des gamins : cela la fit sourire, après le silence catatonique de la clinique psychiatrique. Elle s'assit sur un banc et regarda les enfants jouer. Des enfants ordinaires. Semblables à ces gosses de riches qu'elle aurait dû photographier en train de rire et s'amuser, lors de son premier travail. Et elle se rappela les efforts qu'elle avait faits pour exclure sourires et jeux de ses clichés. Alors, comme si elle voulait rendre aux gamins la joie qu'elle leur avait enlevée ce jour-là, elle leva son appareil et cadra.

Le visage farceur d'un bambin de cinq ans surgit dans son viseur. Il l'avait repérée, et maintenant il la regardait et riait en prenant toutes sortes de poses bouffonnes. Ses oreilles en chou-fleur étaient mises en évidence par ses cheveux coupés très court. Il avait des jambes longues et maigres et des genoux pointus. Il fit semblant de boxer. Ruth sourit et appuya sur le bouton. Le gosse riait, surexcité par la nouveauté. Il imita la danse de guerre d'un Indien. Autre photo.

« J'te fais Tarzan ! » lança-t-il. Il grimpa sur un arbre peu élevé et tenta de saisir une branche, pour se balancer comme avec une liane. Mais il lâcha prise et fit une mauvaise chute, s'égratignant le genou. Son visage coquin prit aussitôt une expression renfrognée et éperdue. Il regarda autour de lui et se mit à pleurer.

Ruth quitta son banc et courut auprès de lui. Elle se baissait pour l'aider lorsque deux mains fortes et bronzées saisirent l'enfant.

« C'est rien, Ronnie ! » dit le jeune homme qui l'avait pris dans ses bras.

Ruth le regarda. Il était grand, avec de larges épaules et une longue mèche blonde en bataille sur le front. Il était bronzé et ses yeux bleus et limpides brillaient dans son visage régulier, au nez fin. Ses lèvres rouges et charnues découvraient des dents blanches, longues et régulières. Ruth se dit qu'il devait avoir quelques années de plus qu'elle. Il avait peut-être vingt-deux ans.

« C'est ma faute, intervint Ruth en baissant les

yeux sur son Leica. J'étais en train de le prendre en photo et...

— Et Ronnie ne perd jamais une occasion de grimper aux arbres, c'est ça ? » lança le jeune au gosse, d'un ton de reproche affectueux.

Le môme arrêta de pleurer :

« Je voulais faire Tarzan, le roi de la jungle ! » expliqua-t-il boudeur, le visage strié de larmes.

« Et tout ce que tu as réussi à faire, c'est creuser un cratère dans le parc avec tes fesses ! s'exclama l'autre en lui indiquant un trou imaginaire. Regarde le résultat ! Si les flics nous chopent, ils vont nous arrêter et nous faire griller sur la chaise électrique. »

Le gamin se mit à rire :

« C'est pas vrai !

— Demande donc à la jeune fille, dit le garçon en regardant Ruth. S'il vous plaît, dites-le-lui ! »

Ruth sourit :

« En fait, j'ai des amis à la police, alors on pourra peut-être s'en tirer avec la perpétuité... »

Le jeune homme rit à son tour.

« J'ai mal au g'nou » geignit le gosse.

L'adulte observa la blessure, puis secoua tristement la tête.

« Catastrophe ! Il va falloir amputer.

— Non !

— C'est une mauvaise blessure, Ronnie, très mauvaise... On ne peut pas faire autrement. (Il regarda Ruth). Vous êtes infirmière, n'est-ce pas ? »

Ruth ouvrit la bouche, ébahie :

« Mais...

— Vous devez l'aider. C'est une opération terrible, extrêmement douloureuse.

— D'accord, dit alors Ruth.

— Bien, suivez-moi au bloc » dit-il en se dirigeant vers une fontaine.

Ruth leva son Leica et prit une photo. Puis elle le rejoignit à la fontaine pendant que le jeune allongeait Ronnie par terre et ramassait un petit bâton. Il prit ensuite un mouchoir dans son pantalon et un autre dans la poche de Ronnie.

« OK, maintenant il va falloir être courageux, l'ami ! lança le jeune à Ronnie, posant sa voix et prenant un accent de cow-boy, avant de lui mettre le bâton dans la bouche. On n'a pas d'anesthésiant. Mords de toutes tes forces. Et vous, l'infirmière, arrêtez l'hémorragie pendant que j'opère ! » dit-il en s'adressant à Ruth, et il lui passa l'un des deux mouchoirs. Il baigna l'autre dans l'eau.

« Tu es prêt, l'ami ? » demanda-t-il à Ronnie.

L'enfant, le bout de bois entre les dents, acquiesça.

Le jeune homme passa de l'eau sur la plaie, enlevant la terre. Ronnie cria, les dents serrées, puis rejeta soudain la tête en arrière, théâtral, et ferma les yeux.

« Le pauvre… fit l'autre à Ruth. Il n'a pas supporté, il s'est évanoui. Mais c'est mieux comme ça. (Il lui fit un clin d'œil.) C'est une sale blessure. Il est devenu un poids inutile, il va ralentir notre marche. Laissons-le ici, les coyotes règleront son sort. »

Ronnie rouvrit aussitôt les yeux :

« Me laisse pas ici, salaud ! » brailla-t-il.

Ruth éclata de rire. Le jeune banda le genou de Ronnie et le prit dans ses bras.

« OK, on rentre à la maison, dur à cuire ! (Puis il se tourna vers Ruth.) Je ne sais pas si vous l'avez compris, mais je ne suis pas son père » précisa-t-il.

Ruth rit de nouveau.

« Je m'appelle Daniel, poursuivit le jeune en lui tendant la main. Daniel Slater.

— Ruth » dit-elle, et ils se serrèrent la main.

Daniel retint sa main dans la sienne, gêné. Il la fixait et ne savait plus que dire. On lisait dans ses yeux clairs qu'il était déçu de devoir lui dire au revoir.

« Il faut payer l'infirmière ! » s'exclama alors Ronnie.

Une étincelle brilla dans le regard de Daniel :

« Il a raison. Vous avez fait du bon travail… infirmière Ruth ! » Il se tourna vers une rue où étaient alignés de petits pavillons mitoyens à un étage, tous identiques, avec un morceau de jardin devant et une allée sur le côté menant au garage. « On habite juste là. À l'heure qu'il est, maman a sûrement sorti du four la tarte aux pommes, ajouta-t-il timidement. Ça vous dirait, d'en goûter une part ?

— Oui, oui ! » s'écria Ronnie.

Ruth regarda la rue avec les pavillons.

« Ma mère fait une tarte extraordinaire ! » annonça Daniel.

Il avait perdu son air déluré. Peut-être même avait-il rougi sous son bronzage, soupçonna Ruth. Il était nerveux, et ses yeux bleus ne cessaient de chercher les siens avant de plonger aussitôt vers le sol. Il semblait soudain à la fois plus âgé et plus jeune, se dit-elle. Et chaque fois qu'il baissait la tête, sa mèche blonde et folâtre lui recouvrait le front en se colorant des reflets du soleil. Ruth pensa à Christmas, à ses cheveux couleur du blé. Elle pensa à toute la vie qu'elle avait laissée derrière elle. Elle observa encore les pavillons mitoyens, tous identiques, qui lui semblaient si rassurants, et elle crut percevoir le parfum du sucre caramélisé sur les pommes. Elle eut l'impression de se sentir moins seule.

« Tu as envie de venir ?

— Oui… » murmura-t-elle, comme pour elle-même. Puis elle regarda Daniel et répéta à voix haute : « Oui ! »

59

Manhattan, 1928

Voilà plus d'une heure que Christmas se tenait à la fenêtre de son nouvel appartement de Central Park West, au coin de la 61e Rue, onzième étage. De cette hauteur, il avait vue sur le parc et pouvait regarder le banc de Central Park où, autrefois, Ruth et lui se retrouvaient, riaient et bavardaient. Ils n'étaient alors que deux enfants. Et il ne savait pas encore ce que serait sa vie, à part qu'il voulait la lier à celle de Ruth.

C'est pour cela qu'il avait acheté cet appartement : pour voir leur banc. Parce qu'il s'était rendu compte qu'il avait cessé de regarder autour de lui. Il avait foncé dans cette aventure de la radio sans penser à rien, comme un bélier chargeant tête baissée. Or, maintenant, il avait besoin de s'arrêter et de regarder. Il avait besoin de s'interroger et d'avoir des réponses.

« Cyril et moi, on va s'occuper de déménager le siège et on va régler toutes les questions techniques. Il faudra au moins un mois avant qu'on puisse recommencer à émettre » lui avait expliqué Karl la veille, quand le contrat d'acquisition de leur radio par la WNYC avait été finalisé. « Tu as tout le temps d'aller à Hollywood et de discuter avec ce type du cinéma. »

« Vas-y ! » lui avait lancé Cyril en le regardant droit dans les yeux.

Christmas savait que Cyril ne faisait pas allusion à Hollywood mais à Ruth.

« Va la voir, mon garçon ! » avait insisté Cyril.

Christmas regarda encore une fois le banc dans le parc, et il se sentit irrémédiablement seul. Il laissa vagabonder son regard un peu plus loin : la vue s'étendait jusqu'au lac et au Metropolitan Museum, à la 5e Avenue et, plus loin, aux toits de Park Avenue, là où Ruth habitait autrefois. Il ferma la fenêtre et traîna un moment dans l'appartement vide. Il n'y avait rien d'autre qu'un lit défait. Un lit double dans lequel il s'était senti perdu lors de cette première nuit, lui qui avait dormi si longtemps dans le petit lit d'appoint dans la cuisine de Monroe Street.

Tout à coup, il était riche. Et il le deviendrait plus encore. En plus des cinquante mille dollars qui correspondaient au tiers de la cession des quarante-neuf pour cent de la CKC, il allait toucher un salaire de dix mille dollars par an en tant qu'acteur de *Diamond Dogs*, et dix mille dollars encore comme auteur du programme. En outre, il partagerait avec Karl et Cyril les dividendes de leur cinquante et un pour cent. Oui, il était riche. Plus qu'il n'aurait jamais pu l'imaginer. Et il avait toute la vie devant lui.

Christmas sortit une enveloppe de la poche de son pantalon. À l'intérieur, il y avait un billet de première classe pour Los Angeles.

« Va la voir ! » lui avait dit Cyril.

C'est à ce moment-là que Christmas avait compris qu'il devait s'arrêter et regarder autour de lui. Parce que, jusqu'alors, il avait été aveuglé par sa propre course. C'était comme autrefois, lorsqu'il s'était perdu dans les rues du Lower East Side.

Christmas ferma la porte de son nouvel appartement, sortit dans la rue et, tandis qu'il se dirigeait à pied vers Monroe Street, il se mit à penser à Joey, à leurs années passées dans les *speakeasies*, et au fait qu'il n'ait rien su dire à son enterrement. Et il pensa à Maria, dont il n'avait plus de nouvelles. Il se dit que tous deux étaient entrés et sortis de sa vie en silence. Parce que sa course, jusqu'ici, l'avait rendu sourd. Parce que sa vie entière n'avait été remplie que de sa propre voix, amplifiée par les postes de radio de tout New York, et il n'avait eu d'oreille pour personne d'autre.

Parce qu'il était le célèbre Christmas des *Diamond Dogs*. Rien d'autre ne comptait. Parce qu'il était redevenu ce garçon qui se perdait dans les rues du ghetto et s'enfonçait dans la criminalité. Parce que, comme disait Pep, il avait perdu son regard. Sa pureté. Il n'était qu'une petite frappe de bas étage. Et que ce soit dans les rues du Lower East Side ou aux microphones d'une radio, cela n'avait guère d'importance. Parce qu'il ne s'intéressait qu'à lui-même. Parce qu'il s'était laissé contaminer par une maladie plus grave que beaucoup d'autres : l'indifférence. Même sa souffrance liée à Ruth et sa sensation de manque avaient fini par faire partie d'un rôle. Elles s'étaient vidées de toute signification et de toute émotion profonde. Elles n'étaient que des traits de sa personnalité apparente.

751

« Va la voir ! » Mais pourquoi était-ce Cyril qui avait dû le lui dire ?

Il traversa Columbus Circle et prit Broadway.

Il savait pourquoi. Il le savait très bien. Il avait peur.

La semaine précédente, lorsque les dirigeants de la WNYC lui avaient mis en main le chèque de cinquante mille dollars, le monde s'était arrêté de tourner pendant un instant. C'était comme s'il avait reçu un terrible coup sur la tête, qui lui aurait faire perdre la mémoire. Il ne se rappelait pas comment il était arrivé à Central Park. Il ne savait pas comment, ni quand, il s'était assis sur leur banc. Ce banc où il avait gravé leurs deux noms, Ruth et Christmas, avec la pointe d'un cran d'arrêt que Joey lui avait offert. Et quand il avait retrouvé ses esprits, il s'était simplement rendu compte qu'il était assis là et passait le doigt sur ces lettres qui avaient cinq ans déjà.

C'est à ce moment-là qu'il avait senti la peur le gagner. Il s'était levé d'un bond et s'était éloigné du banc. Il était entré dans le premier immeuble qu'il avait trouvé, comme pour y chercher refuge. Et c'est le portier qui lui avait lancé : « Vous êtes là pour l'appartement au onzième ? » Voilà comment il l'avait trouvé. Par hasard. Parce qu'il fuyait. Il avait visité l'appartement et avait conclu que regarder de là-haut son monde réduit à un banc rendait les choses supportables.

Et alors il avait compris.

Christmas tourna dans la 12ᵉ Rue et prit la 4ᵉ Avenue. Peu après il vit le Bowery. Au coin de la troisième avenue, il regarda le *speakeasy* où sa mère travaillait comme serveuse.

« Va la voir ! » Maintenant, il ne comprenait que

trop bien pourquoi il avait fallu que Cyril le lui souffle. C'était à cause de cette peur qu'il n'avait jamais voulu s'avouer et que, tout à coup, il ne pouvait plus ensevelir en lui. À présent il était riche, il avait réussi et sa radio n'était plus clandestine, ce qui signifiait qu'il pouvait sortir à visage découvert. Or, sa véritable peur n'avait jamais été de ne pas trouver Ruth mais, au contraire, d'y parvenir.

Quatre années s'étaient écoulées depuis que les Isaacson avaient quitté New York pour Los Angeles. Quatre années depuis ce soir à Grand Central Station où il n'avait pas eu le courage de poser la main sur la vitre du wagon qui allait emporter Ruth au loin. Quatre années que Ruth avait disparu, sans jamais répondre à ses lettres. Parce que Ruth – et ce n'est que là, en se promenant parmi la foule qui se pressait dans le Bowery, qu'il se l'avoua – l'avait abandonné. Elle l'avait sans doute oublié. Parce que Ruth – se dit-il tandis qu'un gosse au visage maigre et crasseux criait : « *Diamond Dogs* sort de l'illégalité ! La CKC achetée par la WNYC ! » en agitant à bout de bras les numéros du *New York Times* qu'il essayait de vendre – l'avait refusé.

« Refusé ! » se répéta-t-il en traversant le carrefour de Houston Square et en poursuivant dans le Bowery.

Or, si Ruth l'avait refusé, oublié et effacé de sa mémoire, pourquoi serait-elle heureuse de le revoir ? Peu importe qu'il soit devenu riche et célèbre, qu'il soit digne d'elle et de sa fortune, et qu'il puisse dorénavant lui offrir un avenir. *Martin Eden*, sa lecture d'enfance, lui revint à l'esprit, avec l'ascension et la fin dramatiques du protagoniste, et son amour pour Ruth Morse. Lorsqu'il avait trouvé sa Ruth dans une ruelle sordide du Lower East Side, il avait été ému par cette extraordinaire coïncidence de nom, qu'il avait lue comme un signe du destin. Et quelle extraordinaire similitude aussi avec sa propre origine sociale et son propre succès ! Un succès qui ne menait à rien : Martin ne faisait plus partie du peuple et n'appartiendrait jamais vraiment au monde doré auquel il aspirait. Martin était irrémédiablement seul. À force de poursuivre ses rêves orgueilleux d'accomplissement, il s'était perdu en route.

Oui, maintenant il avait peur d'être Martin Eden. Et il avait peur que Ruth ne soit plus Ruth.

Mais il avait aussi une autre peur, plus subtile et souterraine. Une peur qui ne lui laissait aucune échappatoire. Jusqu'alors, toutes les filles avec qui il avait couché au fil des années avaient été Ruth, au moins un instant. Et, pendant cet instant, Christmas avait pu la posséder. Ça lui avait suffi, s'avoua-t-il. Parce qu'il avait peur d'être déçu. Il avait peur que la vie et la réalité n'emportent définitivement Ruth loin de lui. Y compris loin de ses rêves.

Or maintenant, se dit-il en entrant dans le vieil immeuble décrépi du 320 Monroe Street, il ne pouvait plus rêver. Ce n'était tout simplement plus possible. Et alors que chaque marche le conduisant au premier étage devenait plus haute et plus fatigante à gravir, il réalisa que ce n'était pas l'argent qui le rendrait meilleur, comme il l'avait toujours cru. En s'arrêtant devant la porte où avait été vissée, tant d'années plut tôt, la plaque en laiton avec l'inscription « Madame Cetta Luminita », il réalisa que ce n'était pas non plus le succès qui lui garantirait le bonheur. Quelque chose devait changer en lui.

Mais il ne savait pas s'il en aurait jamais la force.

Une semaine s'était écoulée depuis l'instant où ce contrat avait radicalement changé son existence. Une semaine pendant laquelle il s'était fui lui-même et avait fui Ruth, une semaine pendant laquelle il avait acheté un appartement au onzième étage d'un immeuble de riches, une semaine pendant laquelle il s'était aperçu qu'il avait oublié Joey et Maria, une semaine pendant laquelle il n'avait jamais eu l'idée d'aller chercher Ruth à Los Angeles.

« Va la voir ! » C'est Cyril qui avait dû le lui dire. Parce que lui, il n'avait pas le courage de le penser. Parce que lui, il ne faisait qu'avoir peur.

Il entra dans le petit appartement. Cetta l'attendait, assise sur le canapé, radieuse. Souriante.

« Dans quinze jours, je vais à Hollywood » annonça Christmas avant même de fermer la porter derrière lui, tête baissée, comme s'il annonçait à sa mère quelque chose de honteux.

Cetta ne dit rien. Elle connaissait son fils par cœur. Et elle savait bien que certains mots ne disaient pas vraiment ce qu'ils semblaient dire. Elle se contenta de le regarder en attendant qu'il lève les yeux. Puis elle lui fit signe de s'asseoir près d'elle. Et quand Christmas vint la rejoindre, s'affalant pratiquement sur le canapé, Cetta prit sa main dans les siennes et la serra sans parler. Elle attendait.

« Tu es fière de moi, m'man ? » finit par demander Christmas.

Cetta serra sa main encore plus fort :

« Comme tu ne peux même pas l'imaginer ! s'exclama-t-elle avec emphase.

— Je suis un lâche » poursuivit Christmas, tête basse.

Cetta ne souffla mot.

. « J'ai peur » avoua Christmas.

Cetta ne dit toujours rien. Et elle ne lâcha pas non plus sa main.

Alors Christmas leva la tête et la regarda :

« Ben tu dis rien ? Tu m'engueules pas ? (Il sourit.) Tu dis même pas qu'un vrai Américain n'a jamais peur ?

— Pourquoi je devrais te dire que les Américains sont des crétins ? »

Christmas sourit à nouveau :

« Je sais pas quoi faire, m'man.

— Tu as dit que tu allais à Hollywood.

— Je sais même pas pourquoi, murmura Christmas en secouant la tête.

— Avoir peur, c'est pas être lâche. Mais mentir, si ! fit Cetta en caressant ses cheveux clairs.

— Comment tu as fait pendant toutes ces années, m'man ? fit Christmas en s'écartant légèrement. Où tu as trouvé cette force ?

— Tu es plus fort que moi !

— Non, m'man...

— Mais si ! Tu es *Croc-Blanc*, tu as oublié ?

— Non, je suis Martin Eden.

— Ne dis pas de bêtises ! Tu es *Croc-Blanc*. »

Christmas sourit.

« On peut jamais discuter avec toi ! Tu veux toujours avoir raison.

— Mais *j'ai* toujours raison ! »

Christmas rit :

« C'est vrai...

« — Alors… reprit Cetta. Pourquoi tu vas à Hollywood ?

— Un gros bonnet m'a contacté, il veut que j'écrive des histoires pour…

— Pourquoi tu vas à Hollywood ? » l'interrompit sa mère.

Christmas la regarda en silence.

« Le rideau se lève ! commença Cetta. Tu te rappelles que je te parlais tout le temps du théâtre, quand tu étais petit ? Alors voilà : le rideau se lève. Par terre, au milieu de la scène, il y a une jeune fille, qui a été pratiquement mise en pièces par un dragon. Elle va mourir. Mais le destin veut qu'à cet instant passe un pauvre chevalier à dos de mulet, tellement pauvre qu'il n'a qu'une épée en bois. Mais il est beau, il est blond et il est fort ! C'est le héros. Le public le sait. Quand il apparaît sur scène, tout le monde retient son souffle. L'orchestre attaque un air inquiétant : c'est un moment très dramatique. C'est le début de l'histoire. Le chevalier sauve la jeune fille. On découvre alors que c'est une princesse… (Cetta fit la moue.) Même si je ne pense pas qu'il y ait des rois et des princesses chez les juifs…

— Maman ! protesta Christmas en riant.

— C'est le coup de foudre, reprit Cetta. Les deux jeunes gens se regardent, yeux dans les yeux, et…

— … ils voient ce que personne d'autre ne peut voir…

— Chut ! Tais-toi !… Ensuite le chevalier, qui n'a ni terres, ni titres, ni trésors pour pouvoir aspirer à la main de la princesse, s'en va faire un long voyage. Un jour il rencontre un riche marchand. Celui-ci a une fille qui s'appelle Lilliput et qui a été emprisonnée par

757

une méchante sorcière dans le corps difforme d'une chienne galeuse. Le chevalier la libère de ce sortilège, et c'est comme ça qu'il gagne sa première pièce d'or. Alors le vieux roi, qui est très sage, va trouver le chevalier dans son humble écurie, et à partir de là tous les habitants commencent à le regarder avec d'autres yeux, et ils imaginent que son épée de bois est faite en réalité d'un acier très rare. La princesse, en signe de reconnaissance et comme gage de son amour, offre au chevalier une trompette en or, qui lui permettra de jouer de merveilleuses mélodies. Et en effet, le chevalier fait preuve d'un tel don que le comté tout entier tombe sous le charme de sa musique ensorceleuse. Ainsi, le chevalier devient riche et célèbre. Mais entre-temps, la princesse a été enfermée en haut d'une tour par une méchante marâtre, et de là elle ne peut pas l'entendre. Du coup, jour après jour, ses mélodies se font plus bouleversantes. Et puis, brusquement, le chevalier comprend ce qu'il doit faire : escalader la tour du château de Hollywood, c'est le seul moyen, et alors le public…

— … retient son souffle, OK, OK, j'ai compris ! rit Christmas en regardant sa mère. Si je sais raconter des histoires, c'est bien grâce à toi, ajouta-t-il sérieusement.

— Comme tu es devenu beau, mon chéri ! (Cetta lui caressa le visage.) Va à Hollywood et retrouve Ruth !

— J'ai peur, répéta Christmas.

— Il n'y a qu'un crétin qui n'aurait pas peur d'escalader une tour avec une trompette et une épée en bois accrochées à la ceinture ! »

Christmas sourit. Il ôta sa main de celle de sa mère.

« Tu as réfléchi à ce que je t'ai proposé l'autre jour ? demanda-t-il.

— Je n'en ai pas besoin, répondit Cetta.

— Mais j'ai de l'argent, maintenant !

— Je ne peux pas, mon trésor.

— Pourquoi ?

— Il y a très longtemps, quand tu étais petit, j'ai observé comment Sal se comportait avec pépé Vito. Et ça m'a appris une leçon importante, que j'ai jamais oubliée. Si j'acceptais que tu m'offres un appartement plus beau que celui-ci, ce serait humiliant pour Sal. »

Christmas s'apprêtait à répliquer quelque chose quand la porte de l'appartement s'ouvrit, laissant entrer Sal en manches de chemise, des papiers à la main.

« Ah, toi aussi tu es là ! » s'exclama-t-il en voyant Christmas, et il jeta les feuillets sur la table basse devant le canapé.

« Jette un œil à ça ! » fit-il à Cetta.

Elle prit les papiers et les regarda.

« Mais tu les tiens à l'envers ! corrigea Sal avec rudesse, les lui arrachant des mains et les retournant. Tu sais même pas lire un plan dans le bon sens ?

— C'est où, la salle de… ? Oh, j'y comprends rien ! soupira Cetta.

— Oh, laisse tomber ! » coupa Sal, désagréable, reprenant les dessins et les enroulant.

Christmas remarqua que Cetta s'efforçait de ne pas sourire.

« Tiens, viens un peu par là ! commanda alors Sal à Christmas. Je vais te montrer les travaux.

— Quels travaux ? demanda Christmas en s'adressant à sa mère.

« — Et pourquoi c'est à elle que tu le demandes ? grogna Sal. C'est moi le patron de l'immeuble, pas elle ! Allez, dépêche toi, on va au bureau. »

Cetta sourit à Christmas et lui fit un signe de la tête, l'invitant à suivre Sal, qui avait déjà ouvert la porte et s'était éloigné à pas lourds dans le couloir.

« Qu'est-c'qui s'passe ? souffla Christmas à Cetta.

— Mais vas-y ! » lui dit sa mère, les yeux pétillants.

Christmas rejoignit Sal et entra dans l'appartement qu'il s'obstinait à appelait son bureau.

« Ferme la porte » ordonna Sal, tout en dépliant les plans sur la table en noyer.

Christmas s'approcha.

« C'est quoi, ces travaux ?

— Ça t'embêterait si ta mère et moi, on habitait ensemble ? lança alors Sal.

— Comment ça, ensemble ?

— Merde, d'après toi, ça veut dire quoi, ensemble ? Ensemble, quoi, bordel ! gronda Sal. Regarde : si j'abats ce mur et si je rattache l'appartement de ta mère à mon bureau, ça fait un appartement de quatre pièces. Là je mettrai une grande salle de bains avec baignoire, et à la place de la cuisine il y aura mon bureau. Ça fera une maison de riches.

— Et maman et toi, vous vivrez ensemble ?

— Ben oui, ensemble.

— Et pourquoi c'est à moi que tu demandes ?

— Mais parc'que t'es son fils, bordel ! Et parc'que tu débarrasses enfin le plancher !

— Et tu vas l'épouser ?

— On verra.

— Oui ou non ?

— Mais va t'faire foutre, Christmas ! Me mets pas le dos au mur ! protesta Sal en lui pointant un doigt devant le visage. Ta mère l'a jamais fait, c'est pas toi qui vas t'y mettre, bordel de merde !

— OK.

— OK quoi ?

— Tu as mon consentement. »

Sal s'assit dans son fauteuil et alluma un cigare.

« Alors comme ça, y paraît que t'es riche ? ajouta-t-il peu après.

— Plutôt, dit Christmas.

— Dans la vie, chacun arrive où il peut » commenta Sal avec sérieux, avant de le regarder fixement. Puis il tendit un bras et se mit à faire un mouvement circulaire, indiquant les murs de l'appartement de sa main noire et puissante.

« Ta mère et moi, on est arrivés jusqu'ici. Notre vie, c'est ça. Je ferai en sorte qu'elle manque jamais de rien. (Il se leva et s'approcha de Christmas.) Mais j'te promets que si, un jour, j'vois que j'arrive plus à lui donner ce qu'elle mérite… alors j'viendrai te voir et j'te laisserai faire. (Puis il frappa la poitrine de Christmas avec son doigt.) Mais tant que c'est pas le cas, respecte notre vie comme moi je respecte la tienne ! Ces murs sont minces comme la peau de ta bite : j'l'ai entendue, ton histoire d'appartement ! »

Christmas baissa les yeux.

« Excuse-moi, Sal… »

Sal se mit à rire et lui donna une pichenette.

« Prends pas la grosse tête ! lui dit-il affectueusement. Et n'oublie pas que pour moi, t'es qu'un morveux et que tu le resteras toujours. »

Christmas le regarda :

« Je peux t'embrasser ? lui demanda-t-il.

— Si t'essaies ça, j'te colle mon poing dans le nez ! s'exclama Sal, menaçant.

— OK.

— OK quoi ?

— Colle-moi ton poing ! » et Christmas lui donna l'accolade.

60

Los Angeles, 1928

À l'intérieur, le petit pavillon était exactement comme Ruth l'avait imaginé. À la fois soigné et désordonné, parfumé mais aussi imprégné d'une odeur naturelle. Rien d'artificiel ni de stérile. Un endroit vivant.

Voilà ce qui lui était venu à l'esprit en entrant chez les Slater pour la première fois avec Daniel. On voyait tout de suite que c'était une maison où vivait une famille.

La mère de Daniel et du petit Ronnie, Mme Slater, était une grande blonde de cinquante ans, au corps sec et bronzé. Ses cheveux, pointes éclaircies par le soleil et l'eau de l'océan, étaient rassemblés sur la nuque avec simplicité. Elle avait des doigts longs et forts. Daniel était tout son portrait. Le même nez droit, les mêmes lèvres rouges et charnues, les mêmes yeux limpides et vifs, et les mêmes cheveux lisses et fins. Mme Slater avait l'air d'une femme qui aimait la vie. De manière évidente et naturelle. Pour ce qu'elle était, pour ce qu'elle offrait. Et elle avait l'air épanouie. Elle aimait faire de la voile, sans être excentrique pour autant. Elle possédait un petit voilier qu'elle manœuvrait seule, et le dimanche elle emmenait en promenade son mari et ses fils. Ruth avait également découvert que la tarte aux pommes était son unique spécialité.

Ce jour-là, la semaine précédente, Mme Slater l'avait accueillie de façon cordiale et familière, sans aucune affectation. Comme elle l'aurait fait avec n'importe quelle camarade de *college* de son fils. Elle l'avait fait entrer dans la cuisine, sans se soucier d'être en nage et couverte de farine. Elle lui avait tendu la main sans enlever son gros gant de cuisine. Alors elle s'était mise à rire, avait ôté le gant et avait tendu à nouveau la main. Et puis elle avait oublié de le remettre et s'était brûlée avec le moule de la tarte aux pommes. Elle avait ri encore avec Ronnie, qui aussitôt lui avait montré sa propre blessure au genou. Mme Slater avait soulevé son fils et l'avait posé sur le plan de travail de la cuisine. Elle s'était penchée pour observer l'écorchure, avant de poser un baiser dessus.

« Pouah ! s'était exclamé Ronnie en plissant son visage de clown.

— Il n'y a rien qui puisse me dégoûter, chez mon petit garçon ! » avait rétorqué Mme Slater.

En revanche, Daniel n'avait pas quitté Ruth des yeux un instant. Il l'avait fait asseoir sur l'un des tabourets de la cuisine, s'était mis debout contre le montant de la porte du jardin, et il la regardait. En silence.

« Dis donc, avait lancé sa mère, si tu te mettais un morceau de tarte dans la bouche, ton silence aurait l'air plus naturel ! »

Daniel avait à peine rougi. Il avait pris une part de tarte et commencé à manger.

Ruth avait vu comme Mme Slater le regardait avec amour. Puis la mère s'était adressée à elle :

« Parfois je suis abrupte avec Daniel, lui avait-elle expliqué. Tu sais, un peu comme une vieille fille… C'est que je ne me fais pas à l'idée qu'il soit déjà si grand, et qu'il me quittera peut-être…

— Maman, arrête… avait interrompu Daniel, gêné.

— Oui, j'aime le voir souffrir comme je souffre moi-même ! avait poursuivi Mme Slater en parlant à Ruth, un beau sourire sur ses lèvres rouges.

— Espèce de bâtard, tu vas m'le payer ! » s'était soudain écrié Ronnie dans une pose de boxeur, prêt à affronter son frère.

Daniel et Ruth avaient ri et s'étaient regardés. Daniel était redevenu sérieux. Mais Ruth ne s'était pas sentie en danger. Il lui avait suffi de se tourner vers Mme Slater, qui avait coupé une part de tarte, où les crêtes des pommes étaient couvertes de sucre caramélisé bruni, et qui la lui tendait.

« Je ne sais pas si c'est une bonne chose, cette invention du cinéma, avait commenté la mère. Daniel ne parlait pas comme ça, quand il était petit. Mais Ronnie, c'est une catastrophe ! Peut-être que je ne devrais pas l'emmener au cinéma mais… j'adore quand on y va tous ensemble ! » et elle avait ri.

« Tous ensemble » avait pensé Ruth. Elle s'était tournée pour regarder Daniel, puis Ronnie et Mme Slater. Aucun d'eux n'était seul.

« Ruth, il faut que tu rentres chez toi, ou bien on peut t'inviter à dîner ? lui avait alors demandé Mme Slater.

— Je n'ai personne à prévenir, avait répondu Ruth. Je vis seule. »

Ruth avait remarqué l'expression de Mme Slater. Pendant un instant, la mère l'avait regardée différemment. Mais pas avec suspicion, non : pas un instant Ruth n'avait eu l'impression d'avoir été jugée ni étiquetée. Mme Slater avait plutôt l'air de penser que la situation de la jeune fille devait être terrible.

« Ma famille vit à Oakland, avait alors précisé Ruth, parlant rapidement, comme pour faire diversion auprès de Mme Slater et lui faire oublier cette tare qu'elle avait cru voir en elle. Je suis photographe.

— Tu photographies aussi les acteurs de Hollywood ? » avait demandé Ronnie.

Ruth n'avait pas répondu tout de suite.

« Parfois… ça m'arrive, oui.

— C'est d'enfer ! avait braillé Ronnie.

— Il est six heures et demie, avait expliqué Mme Slater. Mon mari devrait rentrer d'un instant à l'autre. Il y a de la dinde et du gratin de pommes de terre au jambon. Alors, tu restes ? »

À ce moment-là, ponctuel comme tous les soirs, M. Slater était arrivé. Il avait embrassé sa femme, défait sa cravate, filé une petite bourrade à Ronnie et donné une tape sur l'épaule de Daniel, et puis il avait dit bonjour à Ruth, la regardant sans que ce soit un examen pour autant. Il avait l'âge de sa femme. Quand ils étaient au *college*, avait appris Ruth au cours du dîner, ils étaient tombés amoureux, avaient abandonné leurs projets universitaires et s'étaient mariés, et M. Slater avait commencé à vendre des tracteurs et des machines agricoles dans la Valley. L'année suivante, Daniel était né.

« On pensait avoir une petite tribu, avait ajouté le mari. En fait, dix-sept ans se sont écoulés avant que naisse cette catastrophe ambulante, avait-il ri en indiquant Ronnie.

— J'suis pas une catastrophe ! avait protesté le gamin.

— Non, tu as raison, avait dit le père. Tu es un ouragan. Et pour ta gouverne, sache qu'un ouragan, c'est pire qu'une simple catastrophe ! »

Ronnie avait ri avec satisfaction, et puis soudain il avait reculé sa chaise :

« J'ai oublié ! s'était-il exclamé. Regarde, p'pa ! J'suis blessé ! La cicatrice va rester ? »

M. Slater mit une paire de lunettes de lecture et examina la plaie.

« Non, je ne crois pas, avait-il répondu.

— Mais si j'retombe dessus... demain, par exemple ? avait insisté Ronnie.

— Il y a un moyen plus simple » avait répliqué le père avec sérieux. Il avait tendu le bras vers la dinde et empoigné le grand couteau qui avait servi à la trancher.

Pendant un instant, Ronnie avait eu l'air perdu. Puis il avait éclaté de rire mais, prudent, avait vite remis sa jambe sous la table.

« Si tu changes d'avis, je peux t'aider ! » avait dit M. Slater, et il avait fait un clin d'œil à Ruth.

Ruth avait compris de qui Ronnie avait hérité. Le père aussi avait un visage comique et des oreilles un peu en chou-fleur.

Après dîner, Daniel et Ruth étaient sortis prendre l'air. Ils s'étaient assis sur la balancelle du porche et avaient bavardé. Daniel lui avait expliqué qu'il avait commencé à travailler dès la fin du *college*. Maintenant son père était associé à un vendeur de voitures : il disait que la voiture, c'était le futur. Et donc, alors que le père continuait à s'occuper des machines agricoles, le fils était apprenti vendeur.

« Dès que je serai assez bon, l'associé de mon père nous vendra sa part et partira, avait ajouté Daniel. Ce n'est pas un travail créatif comme le tien... mais ça rapporte. On peut faire vivre une famille avec. »

Ruth l'avait regardé. Daniel était tellement rassurant ! Il deviendrait un excellent vendeur. N'importe qui aurait envie de lui acheter une voiture. Il serait aussi un mari affectueux et un père chaleureux. Ça se voyait à la manière dont il se comportait avec Ronnie. Et puis il avait eu une famille, une vraie. Il avait eu tout le temps d'apprendre ce que c'était. Mais Ruth savait que Daniel ne réalisait pas sa chance. Pour lui c'était évident, un point c'est tout.

Quand il l'avait raccompagnée à Venice Boulevard avec l'automobile de son père, Ruth était descendue précipitamment du véhicule. Sans lui donner d'explication. Elle ne pouvait pas lui parler de Bill, le seul garçon avec qui elle ait jamais été seule dans une voiture. Mais ensuite, elle s'était arrêtée sur le trottoir. Alors Daniel était descendu et l'avait rejointe.

Ruth avait mis son sac avec ses appareils photo devant elle, comme pour se protéger. Et Daniel ne s'était pas trop approché.

« Tu as envie qu'on se revoie ? lui avait-il demandé.

— Tu n'as pas une copine de *college*, toi aussi ? » lui avait lancé Ruth.

Daniel avait secoué la tête.

« Non » avait-il répondu doucement. Puis, timide,

il avait tendu la main vers le sac placé entre Ruth et lui, et avait commencé à en tripoter la bandoulière.

« J'aimerais bien… avait-il commencé à dire.

— Je ne sais pas ! » avait interrompu Ruth avec brusquerie.

Daniel l'avait regardée :

« J'aimerais bien voir tes photos » avait-il repris.

Ruth n'avait rien répondu.

« Je dis pas ça pour te séduire ! » avait ajouté Daniel en riant.

Ruth avait souri :

« Ah non ? » lui avait-elle lancé, ironique.

Alors Daniel était devenu sérieux.

« Pas du tout. Si tu voyais ma mère quand elle navigue, tu comprendrais que je dis la vérité : on ne sait rien d'elle si on ne l'a pas vue en mer. (En disant ces mots, il avait eu un regard limpide et honnête.) Et je crois que pour toi, les photos c'est la même chose.

— Tu m'invites à dîner demain ? lui avait alors demandé Ruth.

— Bien sûr ! les yeux de Daniel s'étaient illuminés.

— Appuie-toi contre ce réverbère, avait dit Ruth. Et ne bouge pas. »

Elle avait sorti son Leica et avait pris une photo.

« Chez toi ? avait-elle suggéré.

— À six heures et demie.

— D'accord, six heures et demie. »

Le lendemain, chez les Slater, Ruth montra les photos de Ronnie. Et celle de Daniel.

Quand Mme Slater vit le cliché pris sous le réverbère, ses yeux devinrent humides. Elle passa un doigt sur le visage en clair-obscur de son fils, tête légèrement inclinée et mèche lumineuse en bataille sur le front. Puis, avec la même émotion, elle caressa le visage de Daniel.

« Mais qu'est-c'qui lui prend ? avait glissé Ronnie à son père.

— C'est la nostalgie » avait-il répondu, sérieux, en regardant sa femme.

Mme Slater avait tendu la main vers celle de son mari et l'avait serrée en souriant.

« Les femmes… » avait soupiré Ronnie, et tout le monde avait éclaté de rire.

Ruth y compris. Et elle avait regardé Daniel.

« Ruth peut venir en bateau avec nous, dimanche ? avait alors demandé Daniel, sans quitter Ruth des yeux.

— Ah ça, avait lancé M. Slater, tant que tu n'as pas risqué la noyade pendant une des virées de ta mère, tu ne fais pas vraiment partie de la famille ! »

Ce dimanche-là, quand Daniel l'invita au cinéma, Ruth avait encore les cheveux pleins de sel. Elle avait l'impression que le clapotis des vagues sur la quille résonnait toujours à ses oreilles, ainsi que le claquement des voiles dans le vent. Ses yeux étaient encore remplis de la lumière aveuglante reflétée par la surface de l'océan, le transformant en miroir. Mais c'était surtout une phrase qui résonnait avec insistance dans sa tête : « Voilà, maintenant tu fais partie de la famille ! Et tu ne t'es même pas noyée ! » lui avait dit Mme Slater.

« À quoi tu penses ? » lui demanda Daniel.

Ruth le regarda et sourit. Si elle le lui avait dit, il n'aurait pas compris.

« À rien, répondit-elle.

« — On va au cinéma ? lui demanda à nouveau Daniel.

— Tous ensemble ? » demanda Ruth radieuse.

Le visage de Daniel se rembrunit un instant :

« Je pensais plutôt toi et moi, seuls. »

Non, il n'aurait pas pu comprendre, se dit Ruth. Il ne pouvait comprendre la sensation de chaleur que lui donnaient les Slater, tous réunis. Et il ne pouvait comprendre combien elle désirait cette chaleur.

« Je plaisantais ! » lança-t-elle.

L'Arcade, au 534 South Broadway, avait un aspect sévère. Des colonnes et des fenêtres rectangulaires, de style néoclassique. Alors que Daniel se dirigeait vers la billetterie, Ruth songea brusquement que c'était le cinéma qui l'avait arrachée à New York, qui avait détruit son père et rendu sa mère alcoolique. Elle rattrapa Daniel en courant et le prit par le bras :

« Je ne peux pas rester ! s'exclama-t-elle, et elle lut aussitôt la déception dans ses yeux limpides. Tu ne comprendrais pas pourquoi. Mais ça n'a rien à voir avec toi.

— Pourtant, tu ne peux pas rester, répéta Daniel.

— C'est ça.

— D'accord, je te ramène à Venice Boulevard, fit-il avec un sourire mélancolique.

— Pourquoi ? fit-elle. Je ne veux pas aller au cinéma, mais je veux rester avec toi. »

Le beau visage de Daniel s'illumina d'un sourire radieux :

« Mais on s'en fiche, du cinéma ! s'écria-t-il joyeusement. Qu'est-ce que tu as envie de faire ? Tu veux aller dîner chez moi ? »

Ruth savait que son désir le plus ardent était bien

celui de s'enfermer à nouveau dans le pavillon des Slater. En famille. Néanmoins, elle suggéra :

« Tu ne veux pas m'inviter à dîner quelque part ? au restaurant ?

— Toi et moi ! » fit Daniel à voix basse et d'un ton solennel, comme s'il se parlait à lui-même. Puis il tendit la main et prit celle de Ruth.

« On y va ! »

Ce n'était plus un garçon mais un homme, avait pensé Ruth.

Arrivés devant le petit restaurant mexicain de La Brea, le serveur leur avait dit qu'il fallait attendre une heure pour avoir une table.

« Et pour avoir des tacos à emporter, il faut attendre combien de temps ? demanda Daniel aussitôt. Ça te dit, de manger sur la plage ? » proposa-t-il à Ruth.

Ruth s'était crispée. Le soleil commençait à décliner. Elle s'imagina en voiture et ensuite sur la plage, seule, avec Daniel. Elle recula d'un pas. Et attendit la peur. La peur arriva. Mais, tout à coup, elle décida qu'elle ne pouvait plus rester dans cette prison.

Ainsi étaient-ils remontés en voiture et avaient-ils conduit jusqu'à une dune de sable, d'où ils dominaient tout l'océan. La nervosité de Ruth avait fini par diminuer. Ils avaient ri et plaisanté. Peu à peu, Ruth avait réussi à ne plus se sentir en danger. Et jamais elle n'avait surpris dans les yeux de Daniel cette lumière noire qu'elle avait vue dans ceux de Bill, tant d'années auparavant.

Quand ils eurent fini de manger, ils rangèrent papiers et bouteilles. Puis un silence gêné s'abattit, que ni l'un ni l'autre ne parvenait à briser. Plus ce silence durait, plus Ruth se sentait mal à l'aise.

Elle avait la main ouverte dans le sable et jouait avec les grains encore tièdes.

Daniel posa sa main près de la sienne.

Ruth regarda cette main. Il avait des doigts longs et forts comme sa mère. Des mains à la fois masculines et féminines.

« Ça te dégoûte ? » demanda-t-elle à brûle-pourpoint. Et elle enfonça sa main dans le sable.

« Quoi ? demanda Daniel ébahi.

— Il me manque un doigt, tu n'as pas remarqué ? lança-t-elle avec dureté, se retournant pour le dévisager.

— Si… » fit Daniel, et il approcha sa main de la sienne, sous le sable. Il la toucha avec douceur et délicatesse.

« Il n'y a rien chez toi qui puisse me… (Il s'interrompit et secoua la tête.) Je ne peux même pas prononcer ce mot ! Ça n'a aucun rapport… »

Ruth se tourna vers l'horizon, où résistait encore un fin ruban orangé, le soleil une fois éclipsé.

« Ruth… »

Elle tourna la tête. Daniel s'approcha d'elle lentement, en la regardant droit dans les yeux. Ruth pouvait sentir son odeur. Il sentait le propre, le frais. Cela lui faisait penser aux sachets de lavande que l'on mettait dans les tiroirs, pour le linge. C'était une odeur qui ne faisait pas peur, qui ne troublait pas. Une odeur de famille.

Daniel approcha ses lèvres de celles de Ruth. Un contact léger. Doux comme Daniel, se dit Ruth, fermant les yeux et s'abandonnant au baiser, bien qu'elle se sente très tendue. C'était son premier baiser. Le baiser qu'elle n'avait jamais donné à Christmas.

Rassemblant son courage, Daniel sortit sa main du sable et prit Ruth par la nuque, l'attirant contre lui. Le cœur de Ruth se mit à battre à en éclater. Elle tenta d'échapper à cette pression, mais la main de Daniel était puissante. Tout à coup, elle eut l'impression de ne plus pouvoir bouger. Elle était paralysée. Elle écarquilla les yeux, envahie par une vague de peur violente et impérieuse. Trouble. Mais ensuite elle vit les yeux fermés de Daniel. Sa mèche blonde décoiffée sur le front. Ce n'était pas Bill, pensa-t-elle. C'était Daniel. Le garçon qui sentait le linge fraîchement lavé. Alors elle s'obligea à refermer les yeux, respirant cette odeur de propre qui, peu à peu, l'aidait à moins se sentir en danger et chassait la peur. Elle entrouvrit les lèvres. Goûtant la gentillesse et non la force. Découvrant la sensation tiède de ce baiser. Essayant de s'abandonner et de vaincre le passé.

Mais à ce moment-là, Daniel lui caressa l'épaule et commença à descendre le long de son buste, sa main ouverte l'attirant vers lui avec passion, avec fougue.

« Non ! » Ruth s'écarta brusquement. Le dos arqué, évitant la main du jeune homme. « Non ! » répétat-elle. Et dans ses yeux, son ancienne peur avait resurgi.

« Je… balbutia Daniel. Je… ne voulais rien faire de mal… Je ne voulais pas… »

Ruth posa un doigt sur les lèvres rouges qu'elle venait d'embrasser. Elle le fit taire. Elle sentait sa respiration lui gonfler la poitrine. Elle éprouvait une terrible nostalgie pour la gaze qui, autrefois, la tenait bien serrée et lui coupait le souffle.

« Je ne veux pas que tu me touches » dit-elle.

Daniel baissa les yeux, mortifié :

« Excuse-moi, j'ai tout gâché… fit-il. Mais je ne voulais pas… »

Il ne pouvait pas comprendre, se dit Ruth sans colère. Il ne pouvait pas savoir. Personne ne savait. À part Christmas. À part l'elfe du Lower East Side, qu'elle avait décidé d'embrasser, quatre ans auparavant, sur leur banc de Central Park. Pour qui elle s'était mis un soupçon de rouge à lèvres. C'était le seul à savoir. C'était aussi le seul capable de changer les mathématiques parce qu'elle avait neuf doigts. Le seul qui lui ait offert neuf fleurs. Le seul qui obligerait l'Amérique entière à compter uniquement jusqu'à neuf. Le seul qui aurait su l'embrasser.

Mais il n'était plus là.

Maintenant il y avait Daniel. Qui était tout l'amour qu'elle pouvait se permettre.

« Embrasse-le encore » s'obligea-t-elle à penser, regardant ses lèvres rouges et charnues qui brillaient de leur chaste baiser à la lavande. Elle se sentit envahir par la douceur rassurante de cette tendre émotion.

« Il faudra que tu sois patient avec moi, Daniel » lui dit-elle.

61

Los Angeles, 1928

Quand Arty Short tomba sur lui, un mois après sa disparition, il ne le reconnut pas.

Arty était dans sa voiture, immobilisée à un feu rouge. Il regardait distraitement un petit rassemblement de clochards et de curieux. L'un des mendiants, un vieil homme maigre, le visage desséché par la vie, avec ses yeux de possédé enfoncés dans leurs orbites, se tenait debout sur une caisse et hurlait des propos décousus sur la fin du monde, l'Apocalypse et Sodome et Gomorrhe. Il mêlait Nazareth à Hollywood, et les plaies d'Égypte au Sunset Boulevard, citant des titres de film ou des versets de la Bible, confondant Douglas Fairbanks Jr. avec Moïse, et les Tables de la Loi avec les premières pages des journaux à scandales. Autour de ce prophète s'était attroupée une petite foule de va-nu-pieds et de gens ordinaires, assez désespérés pour l'écouter et pour répondre : « Amen ! » en chœur à chaque fois que le vieux levait les bras au ciel et invoquait les flèches divines, la grêle ou la pluie de sauterelles.

Arty sourit. Bien qu'il n'ait aucune envie de sourire. Il avait perdu le Punisher, sa poule aux œufs d'or. Et ces derniers jours, pressé par la demande des clients qui attendaient avec impatience une nouvelle aventure du violeur préféré de Hollywood, Arty avait fait passer des bouts d'essai à quelques candidats, se résignant à l'idée d'avoir perdu son associé. Mais aucun voyou n'égalait la sauvagerie ni la fureur du Punisher. Devant la caméra, même le pire des assassins devenait gauche et maladroit. Il sonnait faux. Tous ceux qu'il avait essayés – après les avoir dénichés dans des bouges infâmes – pouvaient certes faire peur dans la vie réelle, croisés de nuit dans une rue sombre, mais devant les projecteurs ils n'étaient que des caricatures, des amateurs. Aucun d'entre eux n'avait le don de Cochrann. Nul n'avait son charisme. Non, il n'existait qu'un Punisher. Et il l'avait perdu.

Arty observait le vieux qui descendait de sa caisse. Le feu passa au vert. Une voiture klaxonna derrière lui. Arty regarda à nouveau devant lui et embraya. Mais au moment même où il détournait les yeux du groupe, il sentit un frisson lui parcourir l'échine. Il fixa à nouveau les mendiants. L'automobile derrière lui klaxonna encore. « Va t'faire foutre ! » lui cria Arty. Il se gara le long du trottoir et examina la bande de clochards. L'un d'eux avait un air familier : un jeune avec une barbe hirsute et miteuse, et des cheveux ébouriffés et sales, qui portait la caisse sur laquelle le prophète avait parlé et tendait un vieux chapeau plein de trous vers les badauds. Quelques personnes y jetèrent un peu de monnaie. Le vieux fouilla dans le chapeau, puis fit signe au jeune de le suivre. Celui-ci, l'air apathique et résigné, lui obéit, traînant la caisse derrière lui sur le trottoir, en produisant un bruit agaçant. Le jeune et le prophète étaient accompagnés de trois autres mendiants. Les curieux s'éparpillèrent dans toutes les directions.

Arty descendit de voiture le cœur battant, surexcité. Il laissa passer un tram, puis traversa la rue en courant. Il rattrapa le groupe et le dépassa. Ensuite il s'arrêta pour observer attentivement le jeune qui traînait la caisse derrière lui. Il était maigre, squelettique et sous-alimenté, il portait des haillons et des chaussures trouées, sans lacets ni chaussettes.

« Cochrann ! » s'exclama le réalisateur.

Le jeune écarquilla les yeux, puis baissa la tête et doubla Arty en traînant sa caisse, la tête dans les épaules, accélérant le pas.

« Cochrann, Cochrann !.. » répéta le cinéaste. Il le rejoignit et le prit par le bras, essayant de l'arrêter. « Cochrann, c'est moi, Arty, Arty Short, tu ne me reconnais pas ? »

Mais l'autre ne fit que baisser davantage la tête et continua de tirer sa caisse, comme un mulet.

« Qu'est-c'que tu veux à mon disciple ? » lança alors le vieux, se tournant vers Arty et levant un bras vers le ciel, dans un geste grave et solennel, hiératique.

« Mais va t'faire foutre, connard ! rétorqua Arty. Toi tu te rends pas compte de qui c'est, ce mec ! C'est Cochrann Fennore, le Punisher ! poursuivit Arty en fixant le jeune homme, qui s'était arrêté. C'est le plus grand de tous ! Une vedette ! » conclut-il avec la même emphase que le prophète.

Alors Bill leva la tête et le regarda en silence.

Il plissa les yeux comme pour ajuster sa vision, tête inclinée sur le côté.

« C'est moi, Arty ! Tu me reconnais ? »

Bill le fixait en silence, sourcils froncés, comme s'il cherchait un fil qui puisse tenir ensemble différentes pensées qui lui traversaient l'esprit.

« Il est muet, intervint le vieux.

— Tu parles, qu'il est muet ! lança Arty.

— Le Dieu Vengeur lui a asséché la langue à cause de ses péchés, comme il le fera pour nous tous ! menaça le vieux, pointant un doigt crasseux vers lui. Et ensuite le Dieu Vengeur nous crèvera les yeux et les tympans parce que nous avons inventé le cinéma, et que nous sommes la honte de la Création !

— Amen ! » firent les trois autres mendiants, avec leur grandiloquence habituelle. Puis l'un des trois tendit une main vers Arty, pour faire l'aumône.

« C'est moi, Arty ! » répéta le réalisateur, s'approchant à nouveau de Bill et le saisissant par les épaules.

Bill le fixait, bouche entrouverte. Puis il se mit à remuer légèrement ses lèvres gercées :

« Ar-ty…, ânonna-t-il à grand-peine.

— Oui, c'est ça, Arty ! s'exclama le cinéaste en donnant l'accolade à son champion. Arty, Arty Short, ton associé, ton ami !

— Arty… » répéta lentement Bill. Alors ses yeux recommencèrent à distinguer le monde autour de lui, tout doucement. D'abord le réalisateur, puis ses propres vêtements, ensuite le vieux prophète et ses trois disciples.

« Arty…

— Oui ! rit Arty.

— Arty Short…

— C'est ça ! »

Bill s'écarta un peu d'Arty et regarda alentour. Les yeux dévorés par la peur.

« Ils me cherchent, Arty... murmura-t-il. Ils veulent me mettre sur la chaise électrique (et il jeta encore un œil autour de lui, effrayé). Je dois fuir...

— Mais non, écoute-moi, Cochrann ! Regarde-moi... regarde-moi ! dit Arty, le tenant fermement par les épaules. La police est venue me voir. Ils te cherchent pour une connerie, un vol à Détroit. Une ouvrière de chez Ford t'a dénoncé. Tu lui as volé ses économies. Tu m'entends, Cochrann ? On fout personne sur la chaise électrique pour un vol !

— Liv...

— Oui, Liv ! »

Bill avait de nouveau le regard trouble, à présent. Comme s'il recommençait à se perdre dans ses souvenirs.

« Écoute-moi, Cochrann... (Arty le secoua). Regarde-moi. Je vais tout arranger... Mais on y va, maintenant ! On rentre chez moi. Il faut que tu te laves et que tu manges, tu es horriblement maigre. Tout le monde t'attend. Tout le monde me demande ce que tu deviens. Il faut qu'on tourne un nouveau film ! »

Bill sourit. Un sourire distant. Mais un sourire quand même.

« On s'remet au cinéma, Punisher ! lui chuchota Arty à l'oreille, en le prenant par le bras. On retourne à Hollywood !

— Sodome et Gomorrhe ! » s'écria le prophète, posant une main sur Bill dans un geste de possession. Les trois autres mendiants s'approchèrent, menaçants.

« Va t'faire foutre, le vioque ! Et pousse-toi d'là ! »

Arty plongea une main dans sa poche et en sortit une poignée de pièces, qu'il jeta sur le trottoir.

Le prophète et ses trois disciples se jetèrent à genoux pour les ramasser, se les disputant.

« On y va ! » lança alors Arty à Bill. Il le saisit fermement par le bras et l'entraîna vers sa voiture.

Bill se laissait faire. Tout en continuant à traîner la caisse derrière lui.

« Merde, laisse donc cette caisse ! On s'en va, dépêche-toi ! » Il poussa Bill dans l'auto et partit à toute allure.

Une semaine plus tard, Bill se souvenait de tout et avait retrouvé le contrôle de son cerveau. Il se rappelait avoir été recueilli par le prophète et les vagabonds qui l'accompagnaient. Il se rappelait avoir dormi dehors, sans couverture, allumant des feux ici et là et survivant d'aumônes. Il se rappelait que au début, le prophète l'avait frappé avec un bâton, avant de lui assigner la tâche de porter la caisse sur laquelle il faisait ses discours. Et enfin, il se rappelait le matin où Arty l'avait retrouvé et sauvé.

Entre-temps, Arty – qui accueillait Bill chez lui – avait fermé son compte en banque et transféré tout son argent sur un autre compte, dans une autre banque, après lui avoir procuré une nouvelle identité.

« À partir de maintenant, tu t'appelles Kevin Maddox, lui avait annoncé Arty au bout d'une semaine. Les histoires de Cochrann Fennore, ça ne te regarde plus. (Puis le réalisateur s'était adouci.) Je sais, c'était ton nom, tu y étais sûrement attaché… Mais on n'a pas le choix. Je suis désolé. »

Bill l'avait regardé et, soudainement, avait éclaté de

rire. De ce rire léger qu'il avait perdu en vagabondant avec les prophètes dans les collines de Beverly Hills.

Arty l'avait dévisagé, interloqué, sans savoir que penser.

« T'en fais pas, Arty, je vais bien ! avait alors lancé Bill. C'est juste que Cochrann Fennore, c'était un nom qui commençait à me faire chier. Kevin Maddox, par contre, j'aime bien. Mais toi tu m'appelles Bill, d'accord ?

— Bill ?

— Oui, c'est ça, Bill.

— D'accord, fit Arty. (Puis il l'observa, essayant de le jauger). Il y a autre chose que tu m'as caché… Bill ? »

Bill le regarda en silence. Puis lui donna une claque sur l'épaule.

« Je suis prêt à recommencer, Arty !

— Pétard ! C'est exactement ce que j'avais envie d'entendre !

— Je suis prêt à rentrer en piste.

— Il y a une nouveauté, fit Arty.

— C'est quoi, ta nouveauté ? demanda Bill sur la défensive.

— Détends-toi, associé ! rit Arty. C'est quelque chose qui rendra nos films encore plus exquis.

— Quoi donc ?

— Le parlant, Bill. Le parlant !

— Le parlant ?

— Eh oui ! J'ai embauché un technicien et je me suis mis d'accord avec un studio de synchronisation, expliqua Arty enthousiaste. On les entendra hurler ! (Il rit.) Et on entendra les coups de poing du Punisher !

— Le parlant…, répéta Bill doucement.

— Mais viens donc par là ! » fit alors Arty.

Il le conduisit à la fenêtre du salon, qui donnait sur la rue. Il écarta les rideaux :

« Regarde, Bill ! »

Garée le long du trottoir, une resplendissante LaSalle.

« C'est la mienne ? demanda Bill.

— Oui, c'est la tienne ! fit Arty en lui tendant les clefs de la voiture.

— Merci, dit Bill.

— Ça n'a pas été difficile... (Puis Arty baissa la voix.) Par contre, il y a un problème que je n'arrive pas à résoudre... » ajouta-t-il.

Bill le regarda.

« Les clients te connaissent tous comme Cochrann Fennore. Je ne vois pas comment on pourra leur expliquer que tu as changé de nom ! Peut-être qu'il vaut mieux que, pendant un temps, tu te fasses un peu oublier... Du coup je traiterai seul avec eux, comme avant » expliqua Arty.

Bill pointa un doigt contre sa poitrine :

« N'essaie pas de me rouler, Arty ! lança-t-il d'un ton sinistre. Je te suis reconnaissant, mais n'essaie pas de me rouler !

— Tu t'es fourré dans de sales draps... » continua Arty.

Bill remarqua que son regard était devenu plus assuré.

« Il va falloir me faire confiance, affirma le réalisateur.

— D'accord, j'te fais confiance.

— Et il va peut-être falloir aussi me filer un peu de ta part...

— Alors là, j'vois pas l'rapport !

— Bill, Bill… soupira Arty. Je vais devoir tout faire seul ! Tout le boulot va me retomber dessus !

— Combien ?

— Je ne veux pas te saigner…

— Combien ?

— Soixante-dix pour moi, trente pour toi.

— Soixante.

— Soixante-dix, Bill.

— Merde, soixante-cinq ! hurla Bill.

— T'énerve pas… Soixante-dix. Je peux pas faire moins. Crois-moi… (Et il lui posa une main sur l'épaule.) T'es dans la mouise… La police qui te cherche, les faux papiers… et si ça s'trouve, y a même un autre truc que tu m'as pas raconté… Bill, Bill… moi aussi je cours des risques, s'ils me chopent, tu comprends ?

— File-moi un coup à boire ! » coupa Bill en se jetant sur le canapé.

Arty ouvrit le meuble-bar, versa un whisky de contrebande et lui tendit un verre :

« Sans rancune, associé ?

— Va t'faire foutre, Arty.

— Avec le parlant, on va se faire un paquet de fric. Des brouettées de fric !

— Va t'faire foutre, Arty.

— Quand est-ce qu'on commence ?

— J'suis tellement à cran que j'pourrais commencer tout de suite… »

Arty se mit à rire :

« Ah, je reconnais mon homme ! (Il se versa à boire et leva son verre.) Au retour du Punisher ! »

Bill leva son verre :

« Va t'faire foutre, Arty !

— Aujourd'hui ce n'est pas possible. Demain non plus. Mais sous la main j'ai une petite salope qui va te faire perdre la tête ! lança Arty en se laissant tomber sur le canapé, près de Bill. C'est exactement ton type. Brune, cheveux frisés, maigre, regard innocent… Elle raconte qu'elle est majeure mais je ne le jurerais pas. Vendredi, ça irait ?

— C'est quand tu veux, j't'ai dit. »

La fille se mit à pleurer à la première gifle. Et à crier au premier coup de poing. Le preneur de son fit signe à Arty : il l'entendait clairement, l'enregistrement serait parfait. Arty se frotta les mains, satisfait. Avec le cinéma parlant, ils allaient gagner encore plus d'argent. Et soixante-dix pour cent iraient dans sa poche.

La scène se déroulait à merveille. Sur le plateau, la petite garce avait l'air encore plus jeune qu'en réalité. Arty s'était procuré une robe de lycéenne et des chaussettes blanches montant jusqu'aux genoux. Ainsi qu'une culotte en coton blanc. Pas de jarretières ni de lingerie de femme. C'était une gamine. Ravi, le réalisateur ricana pendant que le Punisher assenait à la fille un coup de pied au ventre et déchirait sa jupe. Elle hurlait comme une démente et couvrait ses jambes nues, dans un geste de pudeur instinctive. Elle était peut-être vierge, pensa Arty avec un frisson d'excitation.

Le Punisher l'attrapa par les cheveux et la jeta sur le petit lit. Le décor était la copie exacte d'une chambre d'internat. Arty regarda Bill en souriant tandis qu'il enlevait violemment le pull de tennis et arrachait la chemisette. Pas de soutien-gorge, rien qu'un léger caraco en coton, qui laissait deviner la poitrine à peine naissante.

« Maintenant, baise-la ! » murmura Arty entre ses dents.

Le Punisher flanqua un coup de poing sur la bouche de la fille. Elle gémit. Arty se tourna vers le technicien, qui lui adressa un signe rassurant. Le son était parfait. Le Punisher arracha la culotte.

« Bravo ! Maintenant, baise-la ! » répéta Arty.

Le Punisher saisit sa proie sur le lit, la souleva et la jeta sur le sol. Et puis recommença à la bourrer de coups.

« Merde, vas-y, baise-la ! » dit encore Arty.

Bill, au milieu du décor, haletait. Alors il se figea. Il porta les mains à son masque de cuir et se prit la tête entre les mains.

« Mais qu'est-c'qu'y fout ? » demanda Arty au caméraman près de lui.

Bill entendait le ronflement de la caméra. Il l'entendait bien. Mais il n'arrivait pas à s'exciter. Entre ses jambes, il ne se passait rien. Il regarda la fille recroquevillée par terre, en train de pleurer et de gémir. Arty avait raison, c'était exactement son genre. Pourtant il ne se passait rien. Et ce maudit ronflement ne faisait que lui rappeler son cauchemar avec la chaise électrique.

« Arty ! » hurla Bill en arrachant son masque.

« Stop ! » cria Arty à son équipe. Il se précipita sur le plateau.

« Merde, qu'est-c'qui s'passe, Bill ? » demanda-t-il à mi-voix tandis que, de l'autre côté du décor, les techniciens chuchotaient en ricanant.

« Je bande pas » lança Bill.

Arty jeta un œil alentour, essayant de trouver une solution.

« Elle est vierge ! s'exclama-t-il en indiquant la fille à terre. Y faut pas rater une occasion pareille ! Ça donnera sûrement un film exceptionnel ! »

Bill le saisit par les revers de la veste :

« Je bande pas ! lui souffla-t-il au visage, débordant de rage et de frustration.

— OK, OK, on se calme… fit Arty, essayant de réfléchir à une solution. On perd un tas de fric, là… » marmonnait-il, marchant de long en large sur le plateau.

La victime tenta de se relever.

Arty l'en empêcha : « Reste là, toi ! » lui ordonna-t-il.

Puis il se tourna vers Bill :

« Fais semblant de la violer. Tu défais ton pantalon et tu fais semblant de la baiser. Je te filme de dos. Mais fais-la bien hurler, hein ! »

Bill le regardait sans mot dire.

« Ça peut arriver, Bill ! Mais remets ton masque et finis la scène. T'en fais pas, personne se rendra compte de rien » fit Arty. Puis il se tourna vers la troupe : « Tout le monde en place ! » Il disparut derrière les projecteurs et, lorsque Bill eut remis son masque, il cria : « Action ! »

Les caméras recommencèrent à ronfler.

« Fais un gros plan de la fille, lança Arty à un caméraman. J'en ai besoin comme raccord. »

Le Punisher ouvrit sa braguette, monta sur la fille, lui écarta les jambes et fit mine de la pénétrer. Pour la faire hurler, il lui prit un mamelon entre les doigts et serra avec force.

Le film fut accueilli avec tiédeur. Arty et Bill encaissèrent la somme habituelle – plus de trente mille dollars – mais les clients n'étaient pas satisfaits. Il y avait quelque chose qui sonnait faux, se plaignirent-ils, même s'ils ne savaient pas quoi. Mais Arty et Bill, eux, le savaient.

« Ça peut arriver, répéta Arty à Bill le jour où ils préparaient le film suivant, qu'ils avaient décidé de vendre au rabais afin de dédommager les clients fidèles. Mais il ne faut pas que ça se reproduise. »

Or, cela se reproduisit.

« Tu veux que je fasse semblant ? » demanda Bill à Arty.

Arty secoua tristement la tête :

« Non, on ne peut pas se permettre un autre fiasco » répondit-il en s'éloignant.

Bill n'en dormit pas de la nuit. La rage et la frustration avaient cédé la place à la perte de confiance. Il prit sa LaSalle et partit faire une virée sur la côte. Or, même son pied n'arrivait plus à appuyer à fond sur l'accélérateur. Bill roulait vite, mais pas aussi vite qu'avant. Il s'arrêta à mi-chemin entre Los Angeles et San Diego. Il descendit de voiture et alla s'asseoir au bord de l'océan. Le bruit du ressac le calma un instant. Mais soudain, il se retourna et découvrit le gyrophare d'une voiture de police près de la LaSalle. D'instinct, il voulut fuir. Mais le policier braqua une lampe vers la plage et il se retrouva en pleine lumière. Le bruit réconfortant du ressac se transforma en ronflement de caméra. La lampe devint un projecteur de dix mille watts. Et derrière ce projecteur-là, Bill savait qu'il y avait les flics. « Ça y est, c'est fini » se dit-il. Et il sentit les lanières de la chaise électrique lui serrer poignets et chevilles.

« Monsieur… monsieur, vous vous sentez bien ? » s'enquit une voix.

Bill se retourna. Le policier l'avait rejoint sur la plage. Bill sentait la transpiration lui inonder le visage.

« Oui, dit-il. Enfin non…

— Vous ne vous sentez pas bien ?

— Non… mais ça va passer… ça va passer…

— C'est à vous, la voiture ?

— Oui…

— Vous pouvez me suivre sur la route et me montrer le permis de conduire et les papiers ? » demanda le policier.

Bill peinait à marcher sur la plage. Ses pieds s'enfonçaient comme dans des sables mouvants. Et il avait du mal à respirer.

« Kevin Maddox… OK, tout est en règle, dit lentement le policier en vérifiant le permis. Vous êtes sûr que vous allez mieux ?

— Oui, oui…

— Ne roulez pas trop vite ! » conseilla l'agent en rejoignant son collègue dans la voiture de patrouille. Et il se retourna encore pour lancer : « Belle bagnole ! »

Ensuite la voiture de police disparut dans la nuit et Bill se retrouva plongé dans l'obscurité.

Or, dans cette obscurité, il eut peur de se perdre à nouveau. Il regagna précipitamment sa LaSalle et alluma les phares. Il rentra chez Arty, se jeta sous les couvertures et passa la nuit recroquevillé en position fœtale, frémissant de peur, sans éteindre la lampe de sa chambre.

« T'as l'air d'une vraie loque, Bill ! » lui lança Arty le lendemain matin, au petit déjeuner.

Bill avait les yeux creusés. Il était pâle et la main qui tenait sa tasse de café tremblait.

« J'ai trouvé une solution » annonça Arty.

Bill le regarda.

Le réalisateur sortit de sa poche une fiole en verre fumé, qu'il posa sur la table et fit glisser vers Bill.

« Cocaïne » expliqua-t-il.

Au cours des mois suivants, Arty et Bill tournèrent deux films du Punisher. La cocaïne produisait les effets escomptés. Bill se surpassait et donnait le meilleur de lui. Il réussissait même à baiser hors du plateau. Il se sentait renaître, disait-il. Mais Arty voyait bien qu'il ne pouvait plus se passer de la drogue : il en consommait des doses de plus en plus importantes, et de plus en plus fréquemment, et elle ne lui servait plus uniquement à interpréter le Punisher mais aussi à vivre. Arty remarquait une autre conséquence négative de la cocaïne : la paranoïa de Bill augmentait de jour en jour. Le Punisher avait dorénavant une date limite d'utilisation. C'est pourquoi il fallait l'exploiter au maximum. Bill n'allait pas tarder à être hors d'usage, et pour toujours. D'ailleurs c'était déjà une épave. Combien de films pourraient-ils encore tourner ? se demandait Arty. Pas beaucoup. Heureusement, dans l'état où il se trouvait, Bill ne se rendait pas compte qu'Arty prenait bien plus que les soixante-dix pour cent sur lesquels ils s'étaient mis d'accord. Arty ne laissait à Bill que les miettes. Et la cocaïne. Mais il allait bientôt devoir se débarrasser de lui.

Pour aggraver la situation, les clients commençaient à s'habituer à leurs films. Le Punisher n'était plus une nouveauté. Ses aventures étaient toujours identiques. Les recettes s'en ressentaient. Les vieux vicieux de Hollywood étaient en quête d'autre chose.

« Il faut un truc en plus » se dit Arty un matin.

Il fit alors fabriquer un nouveau décor. Une salle de chirurgie en bonne et due forme. Blanche, parfaitement propre et avec de l'aluminium étincelant. Ils en voulaient plus ? Eh bien ils allaient l'avoir. Arty allait le leur donner. Par l'intermédiaire du Punisher.

La fille était habillée en infirmière. Elle circulait dans la pièce et vérifiait les instruments chirurgicaux. Bistouris pointus, pinces, scies. Le Punisher entrait. La fille jouait le rôle de la victime effrayée, aussi mal que toutes les autres, jusqu'à ce que le Punisher la frappe. Alors, elle commençait à mieux jouer.

Bill était complètement défoncé. Dans ces moments-là, il était capable de tout. Il avait l'impression d'être au sommet d'une montagne, l'air était pur et sain. Il respirait à pleins poumons et il n'y avait pas l'ombre d'une peur dans son âme noire. C'était le roi du monde. Et cette garce n'allait pas tarder à goûter sa bite. Mais seulement après avoir été adoucie par une bonne ration de coups de pied et de poing. Et il lècherait ses larmes, à la grande joie de ses fans. Car il était le Punisher ! Pas n'importe qui.

Cependant la fille, au lieu de se mettre à pleurer, avait attrapé quelque chose de brillant qu'elle lui avait enfoncé dans le bras. Bill avait alors éprouvé une étrange sensation de chaleur. Mais pas de douleur. La cocaïne était un anesthésiant exceptionnel. Pourtant, regardant son bras, il vit qu'une tache rouge s'élargissait sur la blouse de médecin qu'Arty lui avait fait passer. Du sang. La salope tenait en main un bistouri et le frappait à nouveau, déchirant sa blouse au niveau de la poitrine. Du sang jaillissait de cette blessure aussi. Bill fit un saut en arrière. Et regarda mieux la fille. Ce n'était pas son genre.

« Fais un gros plan sur la blessure » murmura Arty au caméraman. Puis il observa à nouveau la scène. Il avait choisi une fille solide. Grosse. Musclée. Elle n'était peut-être pas très sensuelle, mais elle était plus à même que les autres de tenir tête au Punisher. C'était ce qu'il voulait.

Bill se palpa le bras. Il arracha sa blouse pour regarder la plaie. Il découvrit une coupure nette et profonde. La blessure sur la poitrine, en revanche, était plus superficielle. Mais il saignait beaucoup. Sans pour autant sentir aucune douleur. La cocaïne le rendait puissant. Invincible. Il rit, puis poussa le petit lit métallique contre la fille, lui faisant perdre l'équilibre. Il se jeta aussitôt sur elle et la désarma. Il s'empara du bistouri et le lui colla contre la gorge, la fixant droit dans les yeux. Puis, d'un geste vif, il fit sauter un bouton à la hauteur des seins. La fille se débattit et roula sur le côté. La lame la blessa au dos. Elle poussa un cri et tomba à genoux. Bill se jeta sur elle. Elle tendit une main pour se défendre. Le bistouri lui entailla la paume. Comme c'était arrivé au père de Bill. Alors il lui planta le couteau dans le ventre, mais sans pousser à fond. Juste assez pour que sa blouse se tache de rouge. Parce que Bill n'avait plus peur de rien ni de personne. Maintenant, c'était un dieu. C'était le Punisher. Il lui arracha la blouse, la saisit par le cou, l'étendit sur le lit métallique et, avec une lenteur sadique, lui entailla légèrement la peau. Puis il jeta le bistouri au loin et la baisa avec fureur.

« Fais un gros plan sur le sang » dit Arty au caméraman.

Voilà ce qu'il allait donner à Hollywood : du sang. Parce qu'il était certain que lorsque les gens de Hollywood verraient du sang, ils seraient prêts à renoncer au sexe.

Peut-être qu'un jour Hollywood se lasserait aussi du sang et réclamerait la mort. Mais Arty espérait qu'à ce moment-là, il aurait accumulé assez d'argent pour quitter le milieu.

62

Los Angeles, 1928

Lorsque Christmas arriva à Los Angeles, il découvrit qu'une voiture avec chauffeur l'attendait. L'homme prit sa valise et le conduisit à une petite villa avec piscine sur Sunset Boulevard que *Mister* Mayer, expliqua-t-il, mettait à disposition de ses invités. Il le présenta à la domestique hispanique qui allait s'occuper de tout, porta la valise dans une vaste chambre au premier étage et lui indiqua qu'il y avait une Oakland Sport Cabriolet flambant neuve dans le garage dont il pouvait se servir à loisir. Enfin, il lui donna rendez-vous pour la fin de l'après-midi, quand il viendrait le chercher pour l'emmener aux studios.

Dès qu'il se retrouva seul, Christmas se posta à la fenêtre de sa chambre et regarda dehors, au-delà du portail. « Alors c'est ici que tu vis ! » se dit-il. Il descendit au rez-de-chaussée, annonça à la domestique qu'il ne déjeunerait pas là et puis demanda : « Comment on fait, pour aller à Holmby Hills ? »

Cela avait été étrange, de retourner à Grand Central Station. Monter dans un train pour Los Angeles au lieu de rester sur un banc à le regarder partir avait été plus étrange encore. Christmas n'était plus le garçon d'alors, qui tournait un drôle de couvre-chef entre ses mains. Maintenant, il avait un billet de première classe. Mais aussitôt installé dans son wagon, il avait réalisé que les choses qui comptaient vraiment étaient exactement les mêmes qu'autrefois. « Je te trouve-rai ! » s'était-il dit. Et il avait l'impression qu'il ne s'était passé qu'un instant depuis cette soirée, quatre années auparavant, où Ruth était sortie de sa vie.

Christmas ne pensait à rien d'autre en conduisant vers Holmby Hills. Mais lorsqu'il se retrouva près de la large rue aux réverbères en fonte, il sentit exploser en lui la colère qu'il avait réussi à contenir jusque-là. Pas une lettre, pas une réponse. Ruth l'avait effacé de sa vie. Comme s'il n'avait jamais existé. Il se gara devant la grande villa. Il appuya vigoureusement sur la sonnette.

Peu après, un domestique en veste blanche vint ouvrir le portail.

« Je veux voir mademoiselle Ruth ! annonça Christmas.

— Qui ça ? demanda le domestique, surpris.

— Les Isaacson habitent bien ici, non ? lança Christmas, encore bouillant de cette colère contre Ruth qui venait de le saisir.

— Non, monsieur. Vous vous trompez d'adresse.

— C'est impossible ! s'exclama Christmas en lor-gnant dans le jardin.

— Charles, qui est-ce ? demanda une voix de femme.

— Madame Isaacson ! s'écria Christmas en tentant de franchir le portail. Je veux voir Ruth ! »

La femme surgit derrière le domestique. Grande et blonde, elle portait une paire de gants de jardinage. Elle avait l'air aimable.

« Vous avez dit les Isaacson ? vérifia-t-elle.

— Oui... répondit Christmas hésitant.

— Ils n'habitent plus ici. »

Les jambes de Christmas se mirent à trembler. Ça, il ne l'avait pas prévu. Il avait toujours imaginé qu'il pourrait reprendre les choses exactement là où il les avait laissées, qu'elles étaient restées figées, puisque lui-même l'était resté. Tout à coup, il n'y eut plus de place dans son cœur pour la colère qu'il avait nourrie quelques instants auparavant. Malgré le soleil californien, son sang se glaça dans ses veines. Il se sentit défaillir. Il avait peur d'être arrivé à Los Angeles trop tard.

« Et vous savez... où ils ont... déménagé ? balbutia-t-il.

— Non, je suis désolée, répondit la femme.

— Mais... comment ça se fait ? »

Elle le regarda, intriguée :

« Je n'ai aucune idée de l'endroit où ils habitent. Mais ne les cherchez pas dans les quartiers huppés, ajouta-t-elle. Ils ont eu des problèmes financiers. »

Christmas la fixa un instant, sans mot dire, puis il tourna les talons et regagna la voiture. Il s'appuya contre la capote, tête baissée, sans savoir que faire.

« Referme, Charles ! » lança la femme au domestique.

Christmas entendit le portail grincer, puis la serrure se fermer. Il leva les yeux. Los Angeles était immense. Il se sentit perdu. Sans espoir. Il remonta en voiture et commença à errer dans les rues, observant tous les passants sur le trottoir. Il n'avait jamais prévu de ne pas trouver Ruth. Il ne l'avait tout simplement pas prévu. Et tandis qu'il continuait à conduire sans but, tout lui sembla soudain bien différent de ce qu'il avait imaginé. Et si Ruth avait quelqu'un d'autre ?

Il coupa le moteur. Quelqu'un klaxonna derrière lui. Christmas ne l'entendit pas. Peut-être devrait-il s'adresser à un détective privé. À présent, il avait assez d'argent pour en embaucher un. « Mais je veux te trouver moi-même, se dit-il pourtant. C'est moi qui dois te trouver ! » Il regarda alentour. Repéra un *diner*.

« Vous avez un bottin ? » demanda-t-il en entrant.

L'homme derrière le comptoir tendit le bras vers la cabine téléphonique en bois sombre, déglinguée, à la porte branlante.

Christmas dénicha un annuaire sur une tablette, sous le téléphone. Il le feuilleta avec appréhension. Rien. Aucun Isaacson à Los Angeles. Et s'ils avaient changé de ville ? Dépité, il jeta le bottin.

« Holà ! » s'écria l'homme derrière le bar.

Christmas se retourna mais ne le vit pas. Et si Ruth s'était mariée et avait changé de nom ? Il sortit du *diner*, regagna sa voiture et recommença à conduire sans but, sans se soucier des klaxons qui retentissaient derrière lui parce qu'il allait trop lentement, les yeux rivés sur les gens qui marchaient dans la rue, sursautant chaque fois qu'il apercevait des boucles noires. « Où tu es ? » se répétait-il de manière obsessionnelle. « Où tu es ? » Et pour la première fois, avec une lucidité et un désespoir qui croissaient de carrefour en carrefour, il se demanda si tout était vraiment fini. S'il était vraiment arrivé trop tard.

Il ne se rendit compte de l'heure avancée qu'en

tombant sur une grande horloge au coin d'une rue. Alors il réalisa que le chauffeur de Mayer devait déjà être arrivé à la villa de Sunset Boulevard.

« *Mister* Mayer déteste qu'on ne soit pas ponctuel ! prévint le chauffeur, nerveux, lorsqu'il le vit enfin arriver.

— Eh bien dépêche-toi, alors ! » fit Christmas en montant dans l'automobile. Mais il n'en avait rien à faire, de Mayer. Et tandis qu'ils filaient à toute allure vers les studios, il continuait à épier les gens sur les trottoirs.

Louis Mayer le fit attendre une demi-heure, assis sur un canapé, face à une secrétaire efficace qui répondait à des dizaines de coups de téléphone. Puis Christmas entendit le téléphone interne grésiller et une voix lança : « Faites-le entrer ! » La secrétaire bondit, se dirigea vers la porte du bureau et l'ouvrit, faisant signe à Christmas de s'installer. Christmas s'arracha à ses pensées et pénétra dans la vaste pièce.

Mayer l'attendait assis derrière son bureau, un large sourire barrant son visage roublard et amical.

« Je ne vous imaginais pas comme ça, *Mister* Luminita ! fit-il.

— Plutôt un petit brun, avec des sourcils fournis touchant presque les cheveux, une démarche de singe et une odeur d'ail ? » lança Christmas.

Mayer se mit à rire :

« Et un pistolet à la ceinture, ajouta-t-il.

— En ce moment, à New York, ce sont surtout les juifs qui ont des pistolets » rétorqua Christmas défiant.

Mayer le regarda, pour être sûr de bien comprendre :

« Je sais, j'ai mes renseignements, fit-il. Il paraît

que vous êtes beaucoup plus ami avec certains juifs qu'avec les Italiens. »

Christmas le fixa sans répondre.

Louis Mayer eut un rire rapide, comme une quinte de toux.

« Asseyez-vous, *Mister* Luminita, dit-il. Je suis heureux que vous ayez accepté de faire un aussi long voyage. »

Christmas ne dit toujours rien.

Mayer hocha doucement la tête.

« Ainsi vous êtes joueur ? fit-il. Très bien, j'adore les joueurs » et son sourire disparut de son visage.

Christmas se dit que cet homme était certainement capable d'être aussi dur et impitoyable que Rothstein. On racontait d'ailleurs qu'il était aussi puissant que lui. Il respirait la force et le sens pratique. Christmas sourit. Il le trouvait sympathique.

« Vous avez déjà écrit, *Mister* Luminita ? lui demanda Mayer.

— Vous me demandez si je sais lire et écrire ? »

Mayer sourit :

« Non, pas vraiment. Mais on peut aussi partir de là.

— Je sais lire et écrire.

— Et vous n'avez jamais pensé à écrire professionnellement ?

— Non.

— Qui écrit les scripts de vos émissions ?

— Personne. J'improvise. »

Mayer le regarda avec admiration :

« Vous êtes un acteur né, si j'en crois les journaux et certains de mes amis qui vous écoutent tous les soirs à sept heures et demie, dit-il.

— Je ne veux pas devenir acteur. »

Mayer se mit à rire :

« Oh, surtout pas ! À Hollywood, les acteurs se multiplient aussi vite que les cafards à New York. Moi, c'est d'auteurs dont j'ai besoin. Des auteurs originaux, capables de produire quelque chose de neuf et d'électrisant. Est-ce que vous pouvez le faire ?

— Je ne sais pas.

— Vous voulez qu'on joue cartes sur table ? »

Mayer se leva et contourna son bureau. Il donna une tape sur l'épaule de Christmas.

« Moi, je regarde vers l'avenir. Or, l'avenir du cinéma, il est aussi dans le genre de personnages dont vous savez si bien parler. Vous avez déjà entendu parler de la Rome antique ? Les Romains avaient des stades où les gens s'entretuaient ou étaient dévorés par les lions. Et ces stades étaient toujours pleins, toujours complets. Ça fait partie de la nature humaine. Et selon moi, le cinéma… doit toujours être attentif à ce qui plaît au public. C'est un jouet qui coûte beaucoup trop cher pour qu'on puisse se permettre de ne pas lui plaire. Vous me suivez ?

— Autrement dit, c'est le public qui commande.

— C'est un peu réducteur, dans le sens où nous pouvons en partie orienter le goût des gens, sourit Mayer. Mais en fin de compte, vous avez raison. Le public est notre maître. Et un bon producteur doit savoir ce que les gens pensent. Or, en ce moment, l'Amérique réclame quelque chose de différent. Elle veut du sang, de la vie, des héros négatifs… parce que tout a aussi un côté sombre. L'important c'est qu'à la fin, la lumière triomphe. Vous, dans vos histoires, vous évoquez à la fois la lumière et l'obscurité. »

Mayer s'assit près de Christmas. Il posa une main sur sa jambe.

« Vous voulez essayer de prêter votre talent au cinéma ?

— Je ne sais pas si j'en serais capable. »

Mayer sourit :

« C'est exactement pour ça qu'on se rencontre, non ? »

Il sourit à nouveau.

« Combien de temps comptez-vous rester à Los Angeles, *Mister* Luminita ?

— On verra.

— Ah, vous êtes décidément grand joueur ! s'amusa Mayer. Vous aimez la villa ?

— Beaucoup.

— Avec ce que je suis prêt à vous donner, vous pourrez vous en acheter une à vous.

— J'ai déjà une maison à New York.

— Encore mieux ! Comme ça vous en aurez deux. »

Christmas se mit à rire.

Mayer refit le tour de la table et s'assit dans son fauteuil.

« Vous me plaisez, *Mister* Luminita ! Vous connaissez la vraie vie, je le lis dans votre regard. Faites donc un essai ! Écrivez quelque chose pour moi. (Il tendit la main vers une boîte noire et appuya sur un bouton.) Nick est arrivé ? demanda-t-il.

— Oui, monsieur, crachouilla la voix de la secrétaire.

— Venez ! » lança Mayer à Christmas, se relevant et allant ouvrir la porte de son bureau.

Christmas découvrit un jeune homme bien habillé,

les cheveux légèrement décoiffés. D'un geste du bras, Mayer lui indiqua Christmas :

« Nicholas, je te présente *Mister* Luminita. Il est tout à toi. Fais-lui faire une petite visite touristique » dit-il. Il se tourna et tendit la main à Christmas, à nouveau tout sourires.

« J'aimerais bien rester avec vous, malheureusement je ne suis pas maître de mon temps. Nicholas est un des mes assistants et il sait tout. Si vous avez le moindre doute, adressez-vous à lui. (Il lui donna une tape sur l'épaule). J'attends de grandes choses de vous ! (Il s'approcha davantage et lui souffla à l'oreille.) Nous n'avons pas spécialement envie de présenter le crime organisé comme un monopole juif. Montrez-nous plutôt des êtes humains, de manière réaliste et dramatique…

— … et si possible des Italiens » conclut Christmas.

Louis Mayer le regarda avec des yeux qui brillaient derrière ses lunettes :

« Il y a bien aussi les Irlandais, non ? » plaisanta-t-il avant de disparaître dans son bureau.

« Tu lui plais ! fit remarquer l'assistant tandis qu'ils descendaient l'escalier.

— Comment tu le sais ? s'étonna Christmas.

— Parce que tu es encore en un seul morceau ! s'amusa-t-il avant de lui tendre la main. Nicholas Stiller, mais appelle-moi Nick. Je suis celui qui résout les problèmes.

— Et moi je suis un problème, Nick ? »

L'homme se mit à rire :

« Les nouveaux sont toujours un problème. Jusqu'à ce qu'ils comprennent les règles et les cadences.

— Comme les chevaux, commenta Christmas

tandis qu'ils s'approchaient d'un bâtiment bas, avec une coursive le long du premier étage sur laquelle s'ouvraient en alternance des portes et des fenêtres, toutes identiques. Il faut qu'ils s'habituent au mors et à la selle.

— Ne le prends pas comme ça, sourit Nick en montant l'escalier extérieur qui menait à la coursive. C'est une industrie. Les règles sont là pour garantir la productivité.

— Autrement c'est un problème, acquiesça Christmas, le suivant d'un pas vif le long de la coursive.

— Exactement ! » fit Nick

En passant, Christmas voyait dans chaque pièce des gens assis derrière des bureaux et penchés sur des machines à écrire.

« Et alors, on t'appelle pour le résoudre.

— Je dois plutôt éviter que les problèmes ne surgissent, précisa Nick, ouvrant la porte numéro onze et invitant Christmas à entrer. Voici ta tanière provisoire. Bureau, machine à écrire, dactylo si tu ne sais pas taper à la machine, nourriture, boissons et une excellente rémunération. »

Christmas observa la pièce.

« Il ne faut pas que tu nous remettes des scénarios complets mais juste des textes qui servent de points de départ, continua Nick. Récits, trames, descriptions, anecdotes... Puis nos scénaristes les développeront. Facile, non ?

— Pour ça, il suffit d'écouter mon émission, lança Christmas. Facile, non ?

— J'ai compris, dit Nick en s'asseyant devant le

bureau. Tu es de ces chevaux difficiles à dompter, c'est ça ?

— On dirait que oui.

— Prends place derrière ton bureau, Christmas. Rends-moi ce service, dit Nick. Assieds-toi et dis-moi si le fauteuil est confortable. Tu aimes le cuir ? Le siège est assez rembourré ? Dis-moi ce que tu aimes et tu l'auras. (Il attendit que Christmas s'installe.) Qu'est-ce que tu en dis ? Mets une feuille blanche dans la machine à écrire. Le papier se trouve dans le tiroir de droite. »

Christmas hésita. Puis il ouvrit le tiroir et prit une feuille qu'il plaça dans le rouleau. Il eut une espèce de frisson. Le bruit du rouleau qui tournait en entraînant le papier lui plut.

« Voilà, maintenant essaie d'imaginer ! fit Nick. Pour le moment, ce n'est qu'un morceau de papier blanc. Rien d'autre. Mais sur cette page, toi tu peux inscrire tes mots. Et tes mots vont faire naître un personnage. Un homme, une femme, un enfant… Tu vas attribuer un destin à ce personnage. Gloire, tragédie, succès ou défaite. Ensuite un cinéaste viendra. Ainsi qu'un acteur. Tes mots seront filmés. Et alors, dans une salle perdue de… je ne sais pas, moi – pense un peu à un endroit de merde, au trou du cul du monde – … eh bien, dans cette salle, il y a des gens qui vivront le destin que tu as créé, ils le percevront comme le leur et ils croiront être là, dans ce lieu vrai mais imaginaire qui est sorti d'ici, de cette feuille… »

Christmas sentit à nouveau un frisson lui parcourir l'échine.

Nick se pencha vers lui.

« C'est ça qu'on te demande. Les règles ne sont là que pour organiser le rêve. »

Christmas le regarda. Puis regarda la feuille blanche.

« Mais c'est déjà ce que je fais ! fit-il remarquer.

— On sait, fit Nick sérieusement. Tu as un vrai talent. C'est pour ça que tu es ici. »

Christmas l'observa un instant sans parler. Mais ensuite son regard retourna à la page blanche, qui semblait l'hypnotiser. Il n'éprouvait ni malaise ni crainte devant toute cette blancheur qu'il allait falloir remplir.

« Essaie, dit Nick. Si ça ne marche pas…

— Tu résoudras le problème, sourit Christmas.

— Il n'y a ni selle ni mors » conclut Nick.

Christmas caressa les touches de la machine à écrire. Leur surface lisse et légèrement concave accueillait le bout de ses doigts. Et, à nouveau, il frissonna.

Nick fit un pas vers la porte.

« Nick, lança Christmas, c'est vrai que tu résous tous les problèmes ?

— Je suis payé pour ça.

— Je cherche quelqu'un. Tu connais les Isaacson ?

— Qui ça ?

— Un gars qui s'est installé ici pour faire le producteur.

— Isaacson, répéta Nick sur le pas de la porte. Je verrai ce que je peux faire. »

Christmas hocha la tête.

« Mais toi, fais quelque chose pour nous, Christmas ! » lança Nick, indiquant la machine à écrire. Puis il sortit du bureau en fermant la porte derrière lui.

Christmas demeura seul assis derrière son bureau et devant sa machine à écrire. Ses doigts continuaient à glisser sur les touches, appuyant à peine, regardant les barres de métal qui quittaient la corbeille comme la gâchette d'un pistolet, prêtes à imprimer leur lettre sur la page immaculée. La première lettre d'un mot. La première lettre d'une phrase. La première lettre d'un destin, d'une vie qui ne dépendrait plus uniquement de lui. Christmas se rendit compte qu'il était ému. Comme le soir où il avait empoigné pour la première fois un microphone, dans un studio de radio plongé dans le noir. Mais comme ce jour-là, il lui suffit de toucher la machine à écrire pour se sentir à l'aise. Alors il rit doucement. Il choisit une touche. Ferma les yeux. Appuya fort, sans regarder. Il entendit le bruit de l'impact sur le ruban encreur et celui du chariot qui avançait d'un cran. Les broches tenant le ruban se rabaissèrent, et il entendit la barre de métal redescendre dans la corbeille. Il rit encore, rouvrit les yeux, choisit la touche d'après et appuya. Et à nouveau, il écouta tous ces bruits, à la fois si neufs et si familiers. Alors, cherchant la troisième touche, il s'aperçut qu'elle était à côté de la première. Juste à côté. Sur la même ligne. Il appuya. Et puis il passa à la quatrième. Elle était là elle aussi, juste en dessous. Entre la troisième et la deuxième. Comme si ces quatre lettres étaient reliées par une ligne qui allait tout droit le long de deux touches, puis descendait pour aller chercher une touche avant de remonter. Une ligne continue.

R-U-T-H.

Christmas fixa un instant ces quatre lettres. Puis il se cala confortablement dans son fauteuil et commença à écrire.

63

Los Angeles, 1928

Le lendemain soir, Nick apparut à la porte du bureau que la MGM avait provisoirement attribué à Christmas.

Celui-ci, tête penchée sur sa machine à écrire, leva une main pour lui faire signe de se taire. L'air fiévreux, il finit de taper la phrase qu'il était en train d'écrire, appuyant fortement sur les touches avec ses index droit et gauche, les seuls doigts dont il parvenait à se servir.

Nick se mit à rire : « On dirait un pianiste fou ! », s'exclama-t-il.

Christmas leva la tête. Mèche blonde en bataille sur son front et lumière intense dans ses yeux brillants comme de la braise.

« On dirait que tu t'amuses ! lança Nick.

— On dirait, dit Christmas sérieux.

— Allez, avoue-le, que tu t'amuses comme un petit fou ! » insista Nick.

Christmas sourit. Puis son regard revint à la page qu'il était en train de noircir avec ses mots. Près de lui, une dizaine de feuillets déjà remplis formaient un petit tas désordonné.

« Je me suis informé sur les Isaacson » annonça Nick.

Le regard de Christmas abandonna aussitôt la feuille dans la machine. Il bondit sur ses pieds et s'approcha de Nick, anxieux.

« Il a misé sur le mauvais cheval, continua Nick. Il a investi dans le Phonofilm et a tout perdu. Il a *attrapé la peste*, comme on dit ici des perdants. Du coup, un type de la Fox lui a fait l'aumône et il est maintenant gérant du West Coast Oakland Theater…

— Oakland ? s'exclama Christmas, l'interrompant.

— Oakland, répéta Nick. Telegraph Avenue. »

Christmas secoua la tête, se retourna et se mit à faire les cent pas à travers la pièce. Il avait le regard vague et les pensées se bousculaient dans son esprit. Puis il se planta devant Nick et déclara :

« Il faut que j'aille à Oakland. »

Nick l'observa un moment en silence :

« Finis d'abord ce que tu as à faire ici.

— C'est important…

— Christmas, ce que tu fais pour nous aussi, c'est important ! Finis ton travail ici, et ensuite je te laisse la voiture… (Il rit.) À condition que tu nous la ramènes. »

Christmas le regarda :

« Tu sais de quelle marque elle est, la voiture ? Une Oakland !… »

Nick sourit :

« C'est un signe du destin, dit-il. Dans la vie, ça n'arrive presque jamais. Mais au cinéma, ça arrive tout le temps.

— Je vais bosser jour et nuit ! s'écria alors Christmas, déterminé. (Puis il pointa un doigt vers la poitrine de Nick.) Mais quand j'aurai fini, y faut que Mayer lise tout d'suite ! Dis-lui de se magner le cul ! Moi, j'attends pas.

— Ils parlent comme ça, tes personnages ? sourit Nick. Je les aime déjà !

— Mais va t'faire foutre, Nick ! (Christmas regagna sa table et se jeta à nouveau sur les touches, tête baissée.) Et me fais pas perdre de temps ! »

Quand il entendit la porte se refermer, Christmas s'arrêta un instant pour caresser les quatre touches qui composaient le nom de Ruth.

« Oakland… » répéta-t-il doucement tandis que ses yeux s'embuaient de larmes de joie.

Il travailla toute la nuit, sans rentrer à la villa. Quand il sentait qu'il n'en pouvait plus, il se jetait en arrière dans son fauteuil et fermait les yeux. Il s'abandonnait à des sommes brefs et légers, dont il se réveillait avec l'impression d'avoir gâché un temps précieux. Alors il se levait, se rafraîchissait le visage avec un peu d'eau et avalait une tasse de café noir bien fort, sans sucre. Et puis il retournait à sa table. Quand une feuille était remplie, il l'arrachait furieusement de la machine et en commençait aussitôt une autre. À l'aube, il avait écrit vingt pages. Le soir, il en était à trente-cinq. Nick était venu le voir et lui avait dit de ralentir : il ne pouvait pas travailler à un rythme pareil, il allait craquer. Christmas, le regard halluciné, n'avait même pas répondu. Il avait continué à taper sur les touches. Le bout de ses index devenait insensible. Il n'avait mangé qu'un sandwich et avait vidé un pichet entier de café. Quand la nuit était venue, il n'avait pas voulu capituler, bien que ses yeux se ferment tout seuls. Il avait écrit jusqu'à quatre heures du matin. Jusqu'à la fin de son récit. Puis il s'était écroulé par terre, sur le parquet, et avait sombré dans un sommeil lourd et sans rêves.

Le lendemain matin, Nick pénétra dans le bureau. Christmas dormait encore et ne l'entendit pas. Nick s'approcha de la machine à écrire, où était encore glissée une feuille. En bas de cette page, il lut le mot « fin ». Il sourit, satisfait. Sans faire de bruit, il ôta le papier du rouleau et prit le tas de feuilles sur la table. Puis il baissa les stores, plongeant la pièce dans la pénombre, et sortit.

Christmas se réveilla en sursaut à trois heures de l'après-midi, après onze heures de sommeil. Il avait le corps endolori, la tête lourde, et en bouche le goût amer du café. Ses vêtements étaient froissés. Il avait une sensation de nausée et de vertige. Il se leva et se passa de l'eau sur le visage. Puis il se tourna vers la table. Au lieu de la pile de feuillets, il y avait un billet : « À cinq heures dans le bureau de *Mister* Mayer. Sois ponctuel. Nick. »

Donc, au bout de deux jours, Christmas retourna dans la villa de Sunset Boulevard. La domestique hispanique lui prépara un sandwich au poulet et repassa ses vêtements tandis que Christmas se lavait et se rasait. Il mangea puis remonta en voiture. À cinq heures moins cinq, il était assis sur le divan devant la secrétaire de Mayer.

« Faites entrer *Mister* Luminita » dit la voix de Mayer dans le téléphone intérieur, à cinq heures précises.

Christmas se leva et entra dans la pièce. Mayer

était assis derrière son bureau. À sa droite, debout, appuyé contre une bibliothèque, Nick fit un signe de tête à Christmas.

« Nick m'a dit de me magner le cul » fit Mayer.

Nick sourit.

« J'ai lu » poursuivit Mayer.

Christmas se tenait debout, devant le bureau.

« Vous pensez avoir le temps de vous asseoir et d'entendre ce que j'en pense, *Mister* Luminita, ou vous êtes trop pressé d'aller à Oakland ? »

Christmas s'assit sur l'un des deux fauteuils devant le bureau. Il était encore un peu hébété, mais il ressentit aussi comme une crampe à l'estomac lorsqu'il vit Mayer prendre en main le tas de feuillets qu'il avait produit.

« Si vous appreniez à numéroter vos pages ou, au moins, à les ranger en ordre, ça aiderait le lecteur » fit remarquer Mayer.

Gêné, Christmas esquissa un geste qui ne voulait rien dire de précis.

« C'est la première fois que je me magne le cul pour un débutant, précisa Mayer.

— Mais c'est que… bredouilla Christmas, moi y faut que…

— Que vous alliez à Oakland, oui oui, Nick m'en a parlé, fit Mayer. Et il paraît que vous irez avec une des voitures de la MGM.

— Ou en train ! se raidit Christmas… Ou à pied ! J'en ai rien à f…

— Ça va, ça va ! le coupa Mayer en riant. C'est ce que j'aime en vous. Ici on est plein de gens qui ont la plume facile. Mais vous, vous n'êtes pas un écrivaillon. Vous, vous avez un cœur. Et vous connaissez la vie… malgré votre jeune âge. »

Mayer hocha la tête d'un air satisfait, baissant les yeux vers les feuillets qu'il tenait en main. Puis il regarda à nouveau Christmas :

« Vous avez fait un excellent travail. » Et il lui adressa un franc sourire.

Christmas sentit le sang se figer dans ses veines. Ainsi qu'une sensation de froid qui, partant des pieds, lui monta jusqu'à la tête. Une poussée d'adrénaline le paralysait. Il ouvrit la bouche sans émettre aucun son. Nick se mit à rire.

« Vous avez du talent, *Mister* Luminita, reprit Mayer derrière ses lunettes. D'ordinaire, je suis surtout partisan des comédies. Pourtant, ce que vous avez fait… (il s'arrêta et sourit comme un gosse)… bordel, c'est du bon boulot ! comme diraient vos personnages. Il y a de la vie, du drame, de la chair. Pas de bavardages. »

Nick lança à Christmas un regard plein de fierté.

Celui-ci, après avoir été glacé par l'adrénaline, sentit une bouffée de chaleur lui monter aux joues. Mayer s'en amusa :

« Ah, alors les gangsters rougissent aussi ! »

Nick se mit à rire, s'écarta de la bibliothèque et vint donner une tape sur l'épaule de Christmas.

Mayer s'appuya contre le dossier de son fauteuil et ouvrit un tiroir :

« Bon, maintenant filez donc à Oakland ! Mais avant… (et il sortit un papier du tiroir) lisez et signez le contrat que je vous ai fait préparer. »

Il fit glisser la feuille de l'autre côté du bureau.

« Non… enfin… tout d'suite j'ai pas le temps… fit

Christmas en se levant. Excusez-moi, *Mister* Mayer, mais moi…

— J'ignore après quoi vous courez, *Mister* Luminita. Mais ne ratez pas l'occasion de votre vie !

— Dès que je rentre d'Oakland ! » lança Christmas déterminé, saisissant le contrat et le mettant dans sa poche.

Le téléphone interne grésilla :

« *Mister* Barrymore est arrivé » prévint la voix de la secrétaire.

Mayer se pencha vers le téléphone, appuya sur le bouton et ordonna :

« Faites-le entrer ! »

Ensuite il se leva et alla ouvrir la porte du bureau :

« Viens, John ! s'exclama-t-il bras grands ouverts. Je veux te présenter quelqu'un. »

John Barrymore, vêtu d'un impeccable costume croisé gris, entra dans la pièce.

« Sa Majesté John Barrymore ! annonça Mayer en indiquant l'acteur. Et voici Christmas Luminita, astre naissant de l'écriture ! »

John Barrymore tendit la main vers Christmas, sourcils froncés.

« Christmas… fit-il doucement, comme s'il suivait l'une de ses pensées. Christmas… » répéta-t-il. Puis un large sourire vint éclairer son beau visage :

« Je crois que nous avons une amie commune ! »

Grimpant deux à deux les marches de l'immeuble de Venice Boulevard, Christmas ne pensait plus ni à Mayer ni à Hollywood ni à cette émotion nouvelle qu'il avait ressentie en écrivant. Il se disait seulement qu'il n'aurait pas besoin d'aller à Oakland. Il se disait que sa vie était pleine de signes du destin, le dernier étant cette rencontre avec John Barrymore. Il parvint au quatrième étage hors d'haleine. Il courut dans le couloir, jusqu'à la porte qui portait la plaque « Wonderful Photos ». Là, il frappa avec fougue. Puis il porta une main à son côté gauche et se plia en deux, à bout de souffle.

La porte s'ouvrit.

« Oui ? » fit M. Bailey.

Christmas se redressa :

« Je cherche Ruth Isaacson ! dit-il, une lueur un peu folle dans les yeux et s'apprêtant à entrer.

— Mais qui êtes-vous ? demanda M. Bailey méfiant.

— Il faut que je la voie, je vous en prie ! s'exclama Christmas, encore hors d'haleine à cause de sa course. Je suis un ami de New York.

— Il s'est passé quelque chose ? » demanda M. Bailey, alarmé.

Alors seulement, Christmas prit conscience de l'impression qu'il devait donner, à bout de souffle, avec une attente fébrile dans les yeux. Il se mit à rire :

« Oui, il s'est passé quelque chose : je l'ai retrouvée ! » s'écria-t-il. Et alors seulement, Clarence reconnut cette fébrilité qui l'avait d'abord inquiété. Il reconnut aussi cette lumière dans le regard. C'était la même qu'il avait dû avoir lorsqu'il avait rencontré Mme Bailey. Il sourit et s'effaça :

« Venez, jeune homme ! dit-il. Mais Ruth n'est pas encore rentrée. »

Christmas, déjà un pied dans l'agence, s'arrêta net :

« Elle n'est pas là ?

— Non, je vous l'ai dit.

« — Elle rentre quand ? » et à nouveau, sa voix vibrait d'impatience.

« — Je ne sais pas, répondit M. Bailey, souriant l'air désolé, parce qu'il savait bien que le temps avait été inventé pour torturer les amoureux. Mais elle n'arrive jamais tard, reprit-il. Entrez, vous pouvez l'attendre à l'intérieur. »

Christmas fit un autre pas dans l'agence. Il regarda autour de lui. Les murs étaient tapissés de photographies.

« Celle-là, c'est Ruth qui l'a prise » expliqua Clarence, indiquant un portrait de Lon Chaney.

Christmas acquiesça d'un air distrait, continuant à regarder la pièce, un nœud à l'estomac et des fourmis dans les jambes, qui l'empêchaient de rester en place.

« Mais d'habitude, elle rentre à quelle heure ? » insista-t-il.

Clarence eut un rire :

« Elle va bientôt arriver, jeune homme, vous allez voir ! dit-il. Venez, installons-nous dans mon bureau. Je vais vous faire un thé…

— Je crois…

— … comme ça vous me parlerez de New York !

— Non, décida Christmas en secouant la tête. Non, excusez-moi, c'est que… »

Il s'interrompit et s'imagina assis auprès de cet aimable vieil homme en train de discuter, sentant chaque seconde s'écouler interminablement.

« Non, excusez-moi mais… je préfère repasser. »

Il tourna les talons et rejoignit la porte de l'agence.

« Qu'est-ce que je dis à Ruth ? » lui demanda M. Bailey.

Mais Christmas avait déjà ouvert la porte et il s'en allait.

« Comment vous appelez-vous, jeune homme ? » lui cria M. Bailey dans le couloir.

Mais il ne répondit rien. Il dévala l'escalier et, dès qu'il se retrouva dehors, il respira profondément. Puis il porta une main à sa bouche et ferma les yeux. « Calme-toi ! » pensa-t-il. Mais il n'arrivait pas à supporter l'attente. Comme si ces derniers mètres qui le séparaient de Ruth étaient un océan, comme si ce petit laps de temps qui restait était insupportable, beaucoup plus que les quatre années où il avait vécu sans elle. Et Christmas savait bien pourquoi. C'était parce que, maintenant, tout allait être réalité.

Il scruta les trottoirs. À droite et à gauche. Il eut à nouveau des fourmillements dans les jambes et se mit à marcher. Il alla vers la gauche. Vers Ruth. Il descendit la rue à grands pas, jusqu'au premier croisement. Il regarda encore à droite et à gauche. D'où allait-elle arriver ? Il se retourna brusquement vers la porte de l'immeuble de l'agence. Et si elle arrivait de l'autre côté ? Il courut en sens inverse. Puis marcha dans la direction opposée, jusqu'à la première rue perpendiculaire. Mais sans cesser de se retourner. Et si elle était entrée dans l'immeuble juste au moment où il s'éloignait pour la chercher ? Il regarda encore alentour, puis revint sur ses pas et s'arrêta devant l'immeuble, dos au mur, sans jamais cesser de tourner la tête à gauche et à droite.

Et si elle arrivait avec un homme ? Si elle n'était pas seule ? Qu'est-ce qu'il ferait ? Il flanqua un coup de poing dans le mur derrière lui. Il ne pouvait plus attendre. Si elle avait quelqu'un d'autre, il le saurait tout de suite. Si elle ne voulait plus le voir, elle le lui dirait tout de suite. Il défit le premier bouton de sa chemise et ôta sa veste, qu'il jeta sur son épaule. Il entendit le contrat de Mayer qui se froissait : « Va t'faire foutre, Mayer ! » maugréa-t-il, irrité. Et en un clin d'œil, la tension de l'attente se transforma en colère. Il se dit soudain que Ruth n'avait jamais répondu à ses lettres. Qu'elle l'avait effacé de sa mémoire, rejeté. Après tout ce qu'ils s'étaient promis, elle l'avait oublié. Et à cet instant, il fut convaincu que Ruth avait quelqu'un d'autre. Il se dit qu'il avait été idiot de ne pas poser la question à ce vieux crétin, dans l'agence de photos : quand il saurait la vérité, Ruth aussi pourrait aller se faire foutre, et d'ailleurs le monde entier pourrait aller se faire foutre !

Alors qu'une flambée de rage lui dévorait l'âme, le cœur et le visage, lui donnant l'impression de se consumer, il tourna la tête vers la gauche. Et ce fut alors que là-bas, tout au fond, parmi la foule de Los Angeles, il l'aperçut.

Elle avançait lentement, sans se presser. Elle portait un gros sac en bandoulière et une robe couleur lilas qui arrivait juste en dessous du genou. Elle s'était coupé les cheveux. Il la vit marcher tête baissée, fouillant dans son sac. Et il se dit qu'elle était incroyablement belle. Encore plus belle que lorsqu'elle était partie. C'était une femme, à présent. Qu'est-ce qu'elle était belle, se disait-il encore et encore, tandis que ses yeux se remplissaient d'une émotion qu'il n'aurait jamais pu imaginer. Il s'en fichait maintenant qu'elle n'ait jamais répondu à ses lettres, et il s'en fichait si elle avait quelqu'un d'autre. C'était Ruth. Sa Ruth. Il l'avait trouvée.

Elle avançait d'un pas nonchalant, après une journée occupée à photographier cette vie qu'elle apprenait à accepter. Elle fouilla son sac à la recherche de ses clefs. Elle devrait ranger un peu ce bazar, se dit-elle. Le sac était plein de bric-à-brac, miettes et morceaux de papier. Elle entendit enfin le cliquetis des clefs. Elle les prit et releva la tête, souriante.

Son sourire se figea à l'instant sur son visage. Était-ce lui ? Était-ce vraiment lui, ou bien était-ce encore l'un de ces hommes qu'elle n'avait cessé de prendre pour lui au fil de ces quatre années ? Était-ce lui, ou bien n'était-ce qu'une illusion, un espoir qu'elle n'avait jamais osé espérer ? Elle sentit que sa tête tournait. Alors elle ajusta sa vision, comme si tout à coup elle était devenue myope. Elle l'examina en détail. Fit correspondre ce qu'elle voyait avec ses souvenirs. Elle se sentit soudain submergée et brisée par une émotion incontrôlable. Oui, c'était bien lui. Planté au milieu du trottoir. À quelques pas de la porte de l'immeuble qu'elle voulait franchir. Il lui barrait la route. La regardait. Il était là. Et même si elle l'avait voulu, elle n'aurait pu fuir, elle n'aurait pu se cacher. En fait, elle n'aurait pas été capable de faire un pas. Ses jambes étaient paralysées. Elle ne respirait plus. Comme autrefois, lorsqu'elle comprimait sa poitrine avec de la gaze. Elle ne respirait plus et son cœur battait à tout rompre. Il n'avait jamais battu comme ça. Tellement fort que les passants devaient l'entendre. Parce qu'il était là. Il était là pour elle.

Christmas l'attendait. Mais Ruth s'était arrêtée. À une dizaine de pas de lui. Elle se tenait là, immobile, bras ballants, et le fixait. De ses yeux verts. Christmas non plus n'arrivait pas à avancer. Maintenait qu'elle était là, à dix pas de lui, il était totalement figé. Sa tête bourdonnait. Sa respiration semblait bloquée dans sa gorge. Ses yeux brûlaient mais il s'efforçait de ne pas cligner des paupières, comme s'il craignait qu'un clignement ne suffise pour que Ruth disparaisse. C'est finalement cette peur qui le poussa à faire un pas en avant. Puis un autre. Et enfin, il fut près d'elle.

Christmas la regarda sans mot dire. Sans savoir que dire.

Ruth le regardait aussi. À elle non plus, pas un mot ne venait aux lèvres. Elle contemplait ses yeux noirs comme le charbon, sa mèche blonde que le vent agitait, et ses pommettes hautes, plus prononcées qu'autrefois. Il était devenu homme.

« Qu'est-ce que tu es belle ! » lança alors Christmas.

Ruth sentit une espèce de déchirement en elle, comme si la gaze qui entravait autrefois sa respiration avait été arrachée une seconde fois, définitivement, laissant ses poumons se dilater. Et son cœur ressentit un choc, presque douloureux.

« Je… je me sens mal… » murmura-t-elle.

Elle posa la tête contre l'épaule de Christmas.

« Viens ! » fit Christmas.

Il lui passa un bras autour de la taille, éprouvant une violente émotion à ce contact, presque comme le jour où il l'avait portée dans ses bras à l'hôpital – la première et unique fois où il l'avait touchée. Il jeta un œil alentour et repéra un café sur le trottoir d'en face. « Viens ! » répéta-t-il.

Ruth se crispa imperceptiblement quand la main de Christmas vint se poser sur sa hanche. Mais cela ne dura qu'un instant. En traversant la rue, elle s'abandonna à cette prise forte et sûre, dont en réalité elle n'avait nul besoin pour marcher. Et pourtant si, se surprit-elle à penser, elle en avait besoin ! elle en avait même toujours eu besoin. Elle ignorait pourquoi elle avait dit qu'elle se sentait mal. Peut-être parce qu'elle se sentait bien, au contraire, et c'était une sensation à laquelle elle n'était plus habituée. Peut-être parce que, ce qui la surprenait le plus, c'était ce bonheur qui avait explosé en elle comme un violent coup au cœur. Alors, timidement, faisant mine de devoir s'agripper à lui, elle passa un bras autour de sa taille. Tandis qu'ils s'approchaient du café, elle aperçut leur reflet à tous les deux dans la vitrine, et elle se dit qu'ils avaient l'air de deux jeunes gens normaux, qui s'aimaient librement. Elle rougit mais sans détacher les yeux de la vitrine, et soudain elle n'entendit plus le vacarme des voitures et des passants. Elle admira leur reflet le plus longtemps possible, puis ils entrèrent dans le café.

« Là ! » dit-elle en indiquant une table dans un coin, à côté d'un grand miroir. Et lorsqu'ils furent assis, elle se contempla encore du coin de l'œil. Là, avec Christmas.

« Tu te sens mieux ? » demanda-t-il.

Ruth ne répondit rien. Elle se contenta de le regarder. Elle aurait voulu tendre le bras et toucher cette mèche blonde, ces longs cils qui protégeaient ses yeux noirs, et ces pommettes. Et ces lèvres qu'elle avait décidé d'embrasser, quatre ans auparavant. « Ça il ne l'avait pas, alors » pensa-t-elle en observant sa cicatrice sur la lèvre inférieure.

Christmas ne s'attendait pas à une réponse. De toute façon, il aurait été incapable de l'entendre. Il avait les yeux plongés dans ceux de Ruth. Il ne se rappelait pas qu'ils étaient aussi verts. Il n'y avait plus ni questions ni explications. Ce qui avait pu se produire auparavant, le passé, les pensées et les inquiétudes, tout ne semblait qu'un dessin d'enfant sur la plage, effacé en un instant par la réalité impétueuse des vagues de l'océan. Et c'était eux, l'océan. Sans début et sans fin.

« J'ai entendu parler de toi, fit Ruth.

— Je fais une émission où on parle » dit Christmas.

Ruth sentit ses yeux se mouiller. Elle se rappela le jour où elle lui avait offert le poste de radio. Le jour où Christmas avait dit à grand-père Saul qu'il ferait de la radio, avant de la regarder, de l'autre côté de la table, et de dire, les yeux dans les yeux, sans aucune inhibition, qu'il le ferait pour elle.

« Ce sont les émissions que je préfère, fit-elle.

— J'ai vu ta photo de Lon Chaney » lui apprit Christmas.

Ruth baissa la tête.

« Je n'ai jamais reçu tes lettres. Et tu n'as pas reçu les miennes. C'est à cause de ma mère. Je ne l'ai su que récemment. »

Christmas la regarda sans parler. Et soudain, tout lui parut évident. C'était la seule explication possible. Comme si, en son for intérieur, il l'avait toujours su.

« Ta photo est magnifique » continua-t-il.

Ruth leva les yeux et rit. Puis se tourna brusquement vers le miroir. Elle vit qu'elle avait toujours une lumière dans les yeux et que Christmas riait avec elle. Comme sur leur banc de Central Park.

Christmas, en revanche, dévorait des yeux le visage de Ruth. Il devinait sa poitrine, désormais développée, qui montait et descendait sous sa robe lilas. Il savait que ses pieds se trouvaient près des siens, sous la table. Il voyait sa main posée près de la sienne, si proche qu'il avait l'impression de la toucher. Il regarda ses lèvres. Rouges, parfaites. Et il éprouva un désir irrésistible de l'embrasser. Il se sentit presque perdu, parce qu'il savait qu'aucune des femmes qu'il avait embrassées n'avait ses lèvres à elle.

Ruth devint sérieuse, comme si elle avait entendu les pensées de Christmas, comme si c'étaient les siennes. Elle ressentit un tressaillement dans l'abdomen, mais rien de douloureux. Quelque chose de chaud, d'émouvant. Ses yeux descendirent vers les lèvres de Christmas. Et sans s'en rendre compte, elle entrouvrit à peine les siennes, comme goûtant ce baiser qui durait depuis quatre ans.

« Qu'est-ce que je vous apporte ? » demanda un serveur en s'approchant de la table.

Christmas fixait Ruth sans parler ni se tourner vers le serveur. Ruth ne quittait pas Christmas des yeux.

« Qu'est-ce que je vous apporte ? répéta le serveur.

— Rien ! » répondit Christmas en se levant.

Ruth se leva au même instant et lui tendit la main.

Christmas la saisit par la main et l'entraîna dans la rue avec fougue, sans jamais la quitter des yeux, marchant à reculons afin qu'ils puissent rester face à face.

Dès qu'ils se retrouvèrent sur le trottoir, Christmas passa son pouce sur la lèvre inférieure de Ruth, s'efforçant d'être délicat. Mais sa main tremblait. Ruth ferma légèrement les yeux et se pencha en avant. Christmas l'attira contre lui et l'embrassa. Il ne ferma les yeux que lorsque les mains de la jeune femme agrippèrent son dos et le serrèrent bien fort.

Ruth sentit la chaleur de Christmas envahir son corps. Elle s'accrochait à lui de toutes ses forces, sans plus savoir où étaient ses mains à lui et où allaient ses mains à elle. Elle était comme ivre. Ses lèvres brûlaient, son visage brûlait, son corps brûlait. Ses poumons se remplissaient à fond. Elle respirait, elle respirait comme elle ne l'avait jamais fait, sans craindre que l'air n'entre ni ne sorte de son corps. Et elle sentait son cœur battre frénétiquement, sans craindre qu'il n'éclate. Sa main monta jusqu'à la tête de Christmas et elle glissa les doigts dans ses cheveux, elle saisit et tira cette mèche blonde qu'elle n'avait jamais caressée, sans se soucier des regards des passants ni de ce qui se passait en elle, poussant sa poitrine contre le torse large de cet homme et tentant de ne devenir qu'une seule et même chose avec celui qu'elle avait toujours aimé. Et pendant que leurs lèvres se mêlaient, se caressant, s'attrapant et se mordant, elle répétait sans cesse, à voix basse : « Christmas... Christmas... »

Soudain elle s'écarta, haletante, repoussa Christmas avec force, le retint d'une main et pointa un doigt devant son visage : « Emmène-moi chez toi ! » Et avant qu'il ne puisse répondre, elle l'embrassa de nouveau, avec plus de fougue, plus de passion encore, tandis que mille sensations nouvelles, longtemps refoulées, explosaient dans son corps.

Sans jamais arrêter de s'embrasser ni de se toucher, sans que leurs corps perdent le contact un instant, ils arrivèrent à la voiture. Christmas ouvrit la portière sans cesser de caresser les cheveux de Ruth, passant une main sur son visage et séchant ses lèvres brillantes du bout des doigts. Ils montèrent dans l'auto et Christmas mit le moteur en route. Ruth s'agenouilla sur son siège, passa le bras autour du cou de

Christmas, l'embrassa sur les joues et les yeux, et l'attira à elle.

« Fais vite ! » lui dit-elle. Et elle rit tout en continuant à l'embrasser.

Christmas klaxonnait, riait et, dès que la voie était libre, se tournait et embrassait Ruth sur les lèvres.

« Fais vite ! Fais vite !... » répétait-elle.

La Oakland fila sur Sunset Boulevard et franchit le portail de la villa des hôtes de Mayer.

Ils descendirent de voiture, s'embrassant et se tenant par la main, comme s'ils avaient peur de se perdre. Ils traversèrent le jardin et Christmas frappa impatiemment à la porte de la maison.

« Bonsoir, *señor* » fit la domestique en ouvrant.

Gravissant l'escalier de la villa enlacée à Christmas, Ruth réalisa que jamais, pas un instant, elle n'avait prêté attention aux gens. Elle ne s'était jamais demandé ce qu'ils pouvaient bien penser. Elle ne s'était jamais demandé non plus ce que dirait sa mère de son comportement. Elle était seule avec Christmas dans le flot du monde.

Mais lorsqu'ils se retrouvèrent véritablement seuls dans la chambre, porte fermée, Ruth revit soudain le visage de la domestique hispanique qui leur avait ouvert la porte. Elle entendit sa voix discrète qui disait : « Bonsoir, *señor* ». Elle se tourna vers la porte close, qui les isolait définitivement du monde. Puis elle regarda Christmas :

« Comment elle s'appelle ? demanda-t-elle.

— Qui ?

— La femme de ménage.

— Je sais pas...

— Elle doit se dire qu'on va faire l'amour, fit doucement Ruth en baissant les yeux.

— J'imagine…, glissa Christmas et il tendit la main, prenant celle de Ruth dans la sienne.

— Et elle pensera que nous l'avons fait même si ce n'est pas le cas.

— J'imagine… »

Ruth fixa Christmas. Maintenant, elle avait peur.

« Ruth… » commença Christmas.

Ruth avait peur que Bill ne lui revienne à l'esprit. Et que ce soit douloureux comme avec Bill. Humiliant comme avec Bill. Que ce soit sale comme avec Bill. Elle avait peur d'ouvrir les yeux et de voir Bill.

Christmas la contempla. Il garda la main de Ruth dans la sienne mais sans attirer la jeune femme à lui. Il vit la frayeur dans les yeux verts de celle qu'il aimait depuis toujours. « J'ai peur, Ruth… » dit-il alors. Puis il lui lâcha la main, fit le tour du lit et s'assit, de dos. Il demeura un moment immobile et silencieux. Puis il s'allongea sur le couvre-lit orange et se blottit en position fœtale, toujours en lui tournant le dos. « J'ai peur… » répéta-t-il.

Stupéfaite, Ruth n'avait pas bronché. Un instant, elle avait senti monter en elle une bouffée de colère, comme si elle revendiquait le monopole plein et absolu de la peur. Comme si elle pensait qu'elle seule avait le droit d'avoir peur. Mais aussitôt après, quelque chose avait changé. Christmas avait peur, avait-elle réfléchi. Il avait peur d'elle. Ou d'eux.

Lentement, Ruth s'assit au bord du lit et tendit la main. Elle caressa l'épaule de Christmas. Passa les doigts dans ses cheveux. Il ne faisait pas un geste. Il semblait enfermé dans une coquille, songea Ruth.

Alors elle s'allongea près de lui et le prit dans ses bras, par derrière, cachant le visage dans sa nuque. La main de Christmas vint doucement prendre celle de Ruth. Il la serra contre sa poitrine. Puis il la porta à ses lèvres et l'embrassa. Et Ruth se laissa faire. Sans se dire que c'était la main que Bill avait mutilée. Parce qu'elle sentait que c'était la main de Christmas, ce n'était plus la sienne. Parce que cela avait toujours été ainsi. Parce qu'elle ne devait avoir honte de rien lorsqu'elle était avec lui. Parce qu'elle ne se sentait pas sale. Elle se colla encore davantage contre lui, se laissant envahir par sa chaleur. Et elle se dit que leurs corps s'encastraient l'un dans l'autre à la perfection. Comme s'ils étaient nés pour cette position. Comme si c'était l'évidence. Alors elle quitta la main de Christmas et alla chercher le premier bouton de sa chemise à lui. Elle le défit. Puis elle déboutonna aussi le deuxième et le troisième. Elle glissa la main dans la chemise de Christmas et caressa sa peau lisse, caressa la cicatrice de sa poitrine, avec ce P qui était l'équivalent de la mutilation de son doigt à elle. Leurs deux blessures entrèrent en contact.

Christmas s'écarta légèrement et s'assit, admirant Ruth. Elle s'abandonna sur le lit, allongée sur le dos et les bras légèrement écartés, dans un timide geste d'invitation. Christmas ouvrit le premier bouton de sa robe. Puis il s'arrêta et l'observa à nouveau. Ruth ne quitta pas Christmas des yeux et se mit à défaire les autres boutons de sa robe. Alors Christmas se leva et ôta sa chemise, restant torse nu. Ruth fit glisser sa robe. Et elle le dévorait toujours des yeux, sans distraire son regard ne serait-ce qu'un instant. Christmas la fixait tout en enlevant son pantalon. Et sans jamais se perdre de vue – l'un debout, l'autre abandonnée sur le lit – ils se retrouvèrent nus.

Christmas se rallongea près d'elle, sur le côté, sans la toucher.

Ruth se tourna elle aussi et se plaça sur le côté, continuant à se perdre dans les yeux de cet homme. Puis elle tendit la main et toucha la mèche blonde de son front.

Christmas ferma les yeux à demi, prit une mèche de cheveux noirs entre deux doigts et la lui plaça délicatement derrière l'oreille. Puis il lui caressa le lobe avec délicatesse, en en suivant le contour.

Les doigts de Ruth tracèrent l'arc des sourcils de Christmas, puis se posèrent sur la ligne droite de son nez et descendirent jusqu'aux lèvres.

Les doigts de Christmas suivirent le bas du visage de Ruth, atteignirent le menton et remontèrent le long des lèvres, qu'ils caressèrent avant de se glisser à l'intérieur.

Les doigts de Ruth semblaient suivre ceux de Christmas. Et quand elle sentit les doigts de l'homme entrer dans sa bouche, à son tour elle fouilla dans sa bouche à lui, fermant les yeux.

Les doigts de Christmas quittèrent le visage de Ruth. Ils effleurèrent son cou, descendirent le long de ses épaules et puis repartirent vers le milieu de la poitrine, se glissant entre les seins, sans les toucher.

La main de Ruth copia les mouvements de Christmas sur son corps à lui. Puis elle s'aventura sur son torse et fit le tour de ses mamelons. Elle en pinça un doucement, puis mit sa main en forme de coupe et saisit un de ses pectoraux qu'elle pressa, comme si elle indiquait à Christmas des caresses qu'il copiait aussitôt. Comme si elle se caressait elle-même à travers ses mains à lui. Comme s'ils ne faisaient qu'un.

Alors Ruth quitta la poitrine de Christmas et descendit le long de son ventre, invitant silencieusement sa main à lui à en faire de même, et le guidant – par ses propres caresses sur le corps de l'homme – là où elle sentait croître une langueur chaude et intense. Là où elle n'aurait jamais imaginé que puisse se nicher un désir aussi brûlant, un plaisir aussi dévorant. Et alors qu'elle sentait la main de Christmas atteindre cette cache tellement redoutée et réduite au silence pendant toutes ces années, maintenant qu'elle découvrait qu'elle était femme, elle eut l'impression que sa peur se dissolvait dans un liquide dense et poisseux, trouble et irrésistible, qui semblait l'envelopper tout entière et qui métamorphosait chacune de ses sensations.

64

Los Angeles, 1928

C'était déjà le soir lorsque Christmas se leva du lit. « Je vais chercher quelque chose à manger à la cuisine » dit-il à Ruth en souriant. Il atteignit la porte et s'arrêta. Puis il revint sur ses pas, sauta sur le lit et prit la jeune femme dans ses bras, avec fougue. Il l'embrassa sur les lèvres.

Elle s'abandonna à ce baiser.

« Je reviens tout de suite, précisa Christmas.

— Je ne vais pas m'enfuir ! » lança Ruth. Mais aussitôt ces paroles prononcées, elle éprouva une étrange sensation.

Christmas se mit à rire, se leva et disparut dans le couloir.

« Je ne vais pas m'enfuir… » répéta lentement Ruth. Sérieuse. Comme si ces mots parlaient d'elle d'une manière particulièrement intime. Trop intime pour qu'elle puisse le supporter. Mais alors, le fracas des émotions qui l'avaient conduite dans ce lit, qui lui avaient fait oublier la peur et avaient fait taire ses pensées, cessa d'un coup. Et dans ce silence brutal et inquiétant, Ruth sentit ses propres idées et sa propre conscience se réveiller, réémerger.

« Je ne vais pas m'enfuir… » dit-elle encore, mais à voix basse cette fois, comme si elle-même essayait de ne pas entendre ces paroles qui avaient ouvert une brèche en elle. Un désagréable frisson la parcourut. Puis un malaise commença à la gagner. Sa gorge se serra et son cœur, au lieu de battre plus vite, se mit à vibrer comme si quelque chose le démangeait : c'était l'écho d'une inquiétude, le prologue d'une anxiété. Elle s'assit. Elle plia ses jambes nues contre sa poitrine, passa les bras autour de ses jambes et enfouit son visage entre les genoux. Elle respira profondément. Les yeux clos.

Et pour la première fois depuis qu'elle avait retrouvé Christmas sur Venice Boulevard, elle pensa à Daniel. Elle ne l'avait pas appelé. Elle avait disparu. Et elle n'avait pas pensé à lui un seul instant. Son doux sentiment pour Daniel avait été balayé par sa furieuse passion pour Christmas. Elle avait perdu tout contrôle. Elle songea à son baiser sur la plage avec Daniel. Ce contact chaste et inoffensif de leurs lèvres, salées par l'océan. Elle songea aux mains timides de Daniel qui se posaient sur ses épaules. Elle se souvint de sa propre réaction de peur. Et en un éclair, elle se revit avec Christmas, sous les draps, sans la moindre honte, sans la moindre pudeur, affamée d'amour. Folle d'amour. Nue. Sa peau brûlant des baisers de Christmas.

Et pour la première fois depuis qu'elle avait retrouvé Christmas, elle se sentit submergée par un incontrôlable et périlleux sentiment de bonheur. Voilà ce qui la terrorisait, la suffoquait et lui coupait le souffle.

L'écrasait, l'envahissait et la déchirait. La détruisait. Elle était ravagée par une tempête, un fleuve en crue.

Ses yeux se noyèrent de pleurs devant ce bonheur plus grand qu'elle, plus grand que son cœur et que son âme. Dès que les larmes se mirent à couler, effaçant les baisers de Christmas et le souvenir de ses mains ardentes, elle éprouva une douleur aiguë, comme du papier de verre frotté sur une blessure.

Car ce bonheur allait la rendre folle.

En un instant, la douleur se mit à hurler en elle, à la fois assourdissante et muette, dans ce tréfonds où elle sentait encore la chaleur de Christmas. Et aussitôt après, cette douleur fut balayée par une vague de désespoir. Sa respiration se fit haletante, elle avait presque l'impression d'étouffer.

D'un bond elle se leva, incapable de réfléchir et incapable de contrôler ses mouvements. Elle se rhabilla en hâte, ses larmes sillonnant toujours son visage. Elle ramassa le sac avec ses appareils photo et silencieusement, comme une voleuse, elle abandonna cette chambre qui l'avait rendue heureuse. Et folle.

Elle gagna la sortie sur la pointe des pieds, retenant son souffle malgré son envie de hurler. Elle entendit la voix de Christmas dans la cuisine. Elle traversa le jardin, ouvrit le portail et se lança dans une course échevelée sur Sunset Boulevard. Elle fuyait, trébuchait, tombait, se relevait, se cachait chaque fois qu'elle entendait une voiture arriver derrière elle, s'égratignait dans les broussailles et s'écorchait les genoux, la terre s'enfonçant sous ses ongles. Et tout en courant loin de ce bonheur qu'elle ne pouvait supporter, elle continuait à pleurer, à gros sanglots maintenant.

Quand elle fut à bout de souffle et incapable de courir davantage, elle s'arrêta derrière un buisson et tenta de reprendre sa respiration. Sans savoir pourquoi elle fuyait, et pourtant fuyant toujours. Ce qu'elle ressentait à présent, c'était la peur. Rien d'autre que la peur. La peur d'entendre ce *crac* en elle, qui lui ferait perdre son équilibre intérieur. Ce *crac* d'un doigt qui se cassait, coupé comme une branche morte. Ce *crac* qui avait résonné en elle lorsqu'elle s'était jetée par la fenêtre de la villa à Holmby Hills. Ce bruit sinistre qui ressemblait aux poings de Bill, à sa violence, et à sa propre culotte en train de se déchirer. Ce bruit semblable à une corde trop tendue qui se rompait soudain, comme un bonheur trop intense, une passion incontrôlable et un amour qu'elle ne pouvait contenir. Tout cela allait la briser.

Parce qu'elle n'était pas née pour le bonheur, se dit-elle. Parce que le bonheur ressemblait de plus en plus à la violence. Ni l'un ni l'autre n'avaient de limites. Ni l'un ni l'autre n'avaient de périmètre, de clôture. Ils ne pouvaient survivre en captivité. Tous deux étaient sauvages. Des bêtes féroces.

Elle se releva. À ce moment même, elle vit débouler une Oakland Sport Cabriolet. Dans l'auto, les cheveux blonds de Christmas. Ruth se jeta derrière le buisson.

« Il ne faut pas qu'il me trouve ! » se répéta-t-elle. Parce que, s'il l'avait trouvée, elle n'aurait su résister au bonheur qu'il était capable de lui donner. Et elle serait devenue folle, elle aurait entendu ce *crac*. Car elle n'était pas née pour le bonheur. Elle le savait depuis qu'un soir, elle s'était échappée de chez elle avec un jardinier, simplement parce qu'il riait et la faisait rire. Tout avait commencé ce soir-là, lorsqu'elle avait cherché un bonheur plus grand qu'elle, qui ne lui appartenait pas et qui ne serait jamais pour elle. Parce que sa quête du bonheur avait coïncidé avec le désastre et la violence. Avec un *crac*.

Elle jeta un œil vers l'extrémité de Sunset Boulevard. Les phares de la Oakland étaient loin désormais. Christmas roulait certainement vers Venice Boulevard : il allait réveiller Clarence et l'attendre là. Et il finirait par la trouver. C'est alors que Daniel lui revint à l'esprit. Si elle allait chez lui, se dit Ruth, elle serait en sécurité. Sans bonheur. Sans violence. Entourée de cette douce émotion qui était tout ce qu'elle pouvait se permettre.

Elle se leva et se mit en marche vers les petits pavillons mitoyens, tous identiques, habités par ces familles toutes identiques qui sentaient la farine, la tarte aux pommes et les sachets de lavande pour parfumer le linge.

Fuyant cet ignoble bonheur.

« *Carne asada* et guacamole, je sais pas ce que c'est, mais ça sent bon ! » avait ri Christmas en entrant dans la chambre, un grand plateau à la main. Ne voyant pas Ruth dans le lit, il s'était mis à parler à la porte de la salle de bains : « Au fait, la domestique s'appelle Hermelinda. Elle est mexicaine ». Ne recevant aucune réponse, il s'était assis sur le lit, avait plongé un doigt dans la sauce près de la viande et l'avait goûtée. « Si tu te dépêches pas, je finis tout ! » avait-il lancé à haute voix. Puis il avait souri, heureux, et avait fermé les yeux, cherchant dans l'air l'odeur de la peau de Ruth. Cette odeur qui était entrée en lui et dont il ne serait jamais rassasié. Mais la viande répandait dans la pièce son arôme puissant. Alors il s'était levé d'un bond et s'était approché du fauteuil où Ruth avait posé sa robe lilas, afin de pouvoir la renifler jusqu'à ce que la jeune femme revienne. Pour ne pas souffrir du manque, ne serait-ce qu'un instant. Or, la robe n'était plus là. « Ruth ! » avait-il appelé vers la porte de la salle de bains, d'une voix étranglée et d'un ton alarmé. Il avait jeté un coup d'œil à la pièce et s'était immédiatement aperçu que le sac des appareils photo avait disparu aussi. Il s'était précipité dans le couloir. « Ruth ! » avait-il crié.

« *Señor ?* » avait lancé la domestique depuis le rez-de-chaussée.

Christmas n'avait pas répondu. Il avait regagné la chambre et s'était posté à la fenêtre : « Ruth ! » avait-il hurlé dans l'obscurité. « Ruth ! » C'est alors qu'il avait vu le portail ouvert. Il s'était habillé très vite, avait dévalé l'escalier, mis en route le moteur de la Oakland et était parti en trombe.

Il avait parcouru une partie de Sunset Boulevard et puis s'était arrêté. Il avait fait demi-tour et était reparti en sens inverse, scrutant la nuit. Pas la moindre trace de Ruth. « Pourquoi ? Pourquoi ? Pourquoi ? », il hurla et cribla le volant de coups de poing, tout en se dirigeant vers Venice Boulevard. Elle ne pouvait qu'être rentrée là-bas. Elle devait y être ! se répétait-il, conduisant à une vitesse folle.

Mais maintenant qu'il avait garé la voiture le long du trottoir et grimpé l'escalier, et qu'il frappait furieusement à la porte de l'agence photographique, il n'était plus certain de la retrouver. « Ruth ! Ouvre ! » cria-t-il à pleins poumons.

« Holà ! Si vous n'arrêtez pas, j'appelle la police ! »
s'exclama une voix derrière lui.

Christmas se retourna, l'air féroce. Il découvrit le
visage d'un homme apeuré dans l'entrebâillement de
la porte d'en face.

« Va t'faire foutre, sale connard ! » lui brailla-t-il
au visage.

L'homme referma aussitôt la porte de son appartement. Christmas s'acharna avec une rage décuplée
sur la plaque « Wonderful Photos », frappant de toutes
ses forces. « Ruth, je sais que t'es là ! » hurla-t-il, la
voix brisée par l'espoir mourant.

« Jeune homme, vous allez finir par défoncer ma
porte ! » fit Clarence en apparaissant dans les escaliers, une expression inquiète sur le visage, dans une
robe de chambre à rayures bleues et rouges.

Christmas se jeta aussitôt sur lui : « Où est-elle ? »
demanda-t-il en le saisissant par le col.

La porte d'en face se rouvrit :

« J'appelle la police, monsieur Bailey ? demanda
le voisin.

— Non non, monsieur Sullivan, répondit Clarence, la
voix étranglée par la prise de Christmas. Tout va bien !

— Vous êtes sûr ? »

Clarence regarda Christmas dans les yeux :

« Lâchez-moi, jeune homme » dit-il.

Christmas obéit, puis se laissa aller contre le mur
du couloir.

« Elle n'est pas là, c'est ça ? gémit-il d'une voix
défaite.

— Fermez, monsieur Sullivan ! ordonna Clarence
à l'homme qui continuait à les épier, effrayé.

— Je me plaindrai au syndic…, commença à protester l'autre.

— Fermez ! » cria Christmas.

L'homme referma la porte.

« Où est Ruth ? demanda alors Christmas. Sans espoir, comme un automate.

— Je pensais que vous étiez ensemble » rétorqua Clarence, suspicieux.

Christmas se prit le visage entre les mains et se laissa tomber à terre, glissant le long du mur.

« Mais pourquoi ? murmura-t-il.

— Vous avez fait du mal à Ruth ? » s'enquit alors Clarence, d'une voix soudainement dure.

Christmas leva les yeux et le regarda stupéfait :

« Mais… mais moi je l'aime, Ruth !…. »

Clarence le jaugea un instant et puis secoua la tête.

« Jeune homme, moi j'ai besoin d'un bon café, bien corsé, dit-il. Et je crois que cela vous ferait du bien à vous aussi. »

À présent Christmas le regardait sans le voir.

« Venez chez moi, insista Clarence en lui tendant la main.

— Si elle n'est pas là, ou peut-elle bien être ? » interrogea Christmas.

Clarence soupira :

« Vous ne le voulez décidément pas, ce café, n'est-ce pas ? fit-il, puis il plia ses vieux genoux avec une grimace de fatigue pour s'asseoir près de Christmas. Que s'est-il passé ? Est-ce que Ruth va bien ?

— Je sais pas…

— Pourquoi est-ce que vous ne me racontez pas ce qui s'est passé ?

— Mais elle reviendra ici, hein ?

— Je commence à m'inquiéter, jeune homme. Je vous le demande une fois encore, mais après j'appellerai la police, déclara alors Clarence déterminé. Est-ce que Ruth va bien ?

— Je sais pas... je... on riait, on était heureux, et puis... et puis elle a disparu. Elle s'est enfuie... (Christmas regarda Clarence.) Mais pourquoi ? lui demanda-t-il. Aidez-moi... »

« Aide-moi, Daniel » murmura Ruth.

Daniel la regardait, effrayé. Ruth était décoiffée, blessée aux genoux, sale et en nage.

« Qu'est-ce qui s'est passé ? » lui demanda-t-il.

Quand elle était arrivée chez lui, Ruth n'avait pas frappé à la porte. Elle ne voulait pas que les Slater la voient dans cet état. Elle ne voulait pas de questions. Elle ne voulait pas qu'ils lisent la passion dans ses yeux. Elle avait fait le tour du pavillon et avait lancé un petit bâton sur la fenêtre de Daniel. La lumière était encore allumée et le jeune homme avait aussitôt ouvert la fenêtre. Ruth avait porté un doigt à ses lèvres et lui avait fait signe de descendre.

Et maintenant ils étaient encore debout, face à face, près de la palissade peinte en blanc, dissimulés derrière un grand arbre.

« Qu'est-ce qui s'est passé ? lui demanda-t-il encore.

— Pas maintenant, Daniel, fit Ruth, jetant un œil inquiet vers la maison. Aide-moi...

— Je dois faire quoi ?

— Cache-moi ! (Ruth le regarda.) Et prends-moi dans tes bras. »

Daniel se tourna vers le pavillon. Puis serra fort Ruth dans ses bras.

« Pourquoi est-ce que tu dois te cacher ? demanda-t-il à voix basse.

— Pas maintenant, Daniel, pas maintenant…

— Viens, rentrons ! l'invita-t-il en la prenant par la main.

— Je dormirai dans le garage, fit-elle en lui résistant.

— Ne dis pas de bêtises ! Tu dormiras dans ma chambre. »

Elle recula d'un pas.

« J'irai dormir dans la chambre de Ronnie, la rassura-t-il.

— Et qu'est-ce qu'on va dire à tes parents ?

— Ruth, pourquoi tu dois te cacher ? »

Elle baissa les yeux.

« On dira à mes parents que ton salaud de propriétaire t'a mis à la porte ! fit-il alors.

— Comme ça, sans prévenir ?

— Ben, c'est un salaud, non ? » sourit-il.

Elle esquissa un léger sourire.

« Mais demain, il faudra que tu m'expliques » dit-il sérieux.

Elle le regarda. Et elle se dit qu'elle aurait dû l'enlacer : c'était son sauveur.

« Demain… » fit-elle faiblement.

Elle aurait dû l'embrasser – « Plus tard » se dit-elle.

Elle se laissa alors guider à l'intérieur de la maison qui sentait la farine, la levure, la pomme et la lavande.

Ils gravirent sans bruit l'escalier. Daniel monta la garde devant la salle de bains pendant que Ruth lavait ses mains pleines de terre et désinfectait ses égratignures. Puis il la fit entrer dans sa chambre, lui montra comment allumer et éteindre la lumière, et rougit en sortant d'un tiroir rangé et parfumé un pyjama pour homme, qu'il lui tendit. Enfin, il lui indiqua la chambre de Ronnie.

« Moi je serai là » dit-il. Il la regarda un instant, immobile. Puis il approcha lentement son visage du sien.

Elle se détourna légèrement pour lui tendre la joue.

Il y déposa un baiser.

« Bonne nuit » murmura-t-il avec un sourire gêné. Puis il sortit de la pièce et ferma la porte.

Ruth éteignit la lumière et ensuite s'approcha de la porte. Elle l'entrebâilla et colla son oreille près de l'ouverture.

« Qu'est-c'qu'y a ? disait Ronnie, ensommeillé.

— Pousse-toi et dors ! fit Daniel.

— Sale bâtard, tu vas me l'payer... grommela Ronnie.

— Tais-toi ! » lança Daniel.

Ensuite elle vit le filet de lumière sous leur porte s'éteindre, et la maison plongea dans le noir. Elle revint près du lit, se déshabilla, enfila le pyjama et se glissa sous les draps. Le clair de lune baignait doucement la pièce, dessinant des ombres et arrondissant les angles.

Elle enfonça son visage dans l'oreiller et huma l'odeur de propre de Daniel. Mais elle avait encore dans les narines l'odeur âcre de l'amour, du sexe, de la passion. L'odeur de la peau de Christmas. Et quand elle fermait les yeux, elle voyait son visage tendu et en sueur. Elle voyait sa bouche et ses lèvres humides. Elle sentait ses mains et la chaleur de son corps. Elle entendait l'écho de leurs respirations saccadées croître à l'unisson et devenir un seul souffle, comme si quelque animal mythologique haletait au-dessus de leurs corps emboîtés l'un dans l'autre, soudés et en fusion. Prisonniers l'un de l'autre. Et mariés au désir, à une promesse d'extase qui était encore nichée entre ses jambes, primitive et bouleversante. Qui produisait encore des pulsations impétueuses là où elle n'avait connu auparavant que douleur et humiliation. Qui lui avait coupé la respiration quand la brûlante sensation de plaisir avait atteint son sommet, ôtant toute lumière à ses yeux et tout bruit à ses oreilles. Annihilant toute volonté à ses muscles, figés dans un spasme incontrôlable et parcourus d'une secousse électrique qui l'avait fait trembler et tressaillir, comme si son âme elle-même n'était plus que chair ardente. Ce chaos enflammé qui échappait au temps, si semblable à la mort. Si semblable à la vie absolue.

Ruth ouvrit brusquement les yeux. Troublée, elle ralluma la lumière. Elle s'assit sur le lit et retint ses larmes.

Elle se leva et alla se blottir dans un fauteuil à fleurs, près de la fenêtre. Elle se sentait mal à l'aise dans le lit de Daniel, dans ces draps qui sentaient le propre. Elle avait l'impression de les souiller avec son odeur de femme qu'aucun savon ne pourrait enlever. Elle ne se laverait jamais plus, décida-t-elle, se reniflant et se caressant doucement, cherchant dans ce geste frelaté quelque chose qui compense un peu la perte de cette béatitude, à laquelle elle avait renoncé pour toujours, afin de ne pas devenir folle. Même si maintenant elle allait perdre la raison à ce souvenir, et de manière définitive. En se rappelant ce que ni Daniel ni aucun autre homme ne pourrait jamais lui donner, ce qu'elle ne permettrait ni à Daniel ni à aucun autre homme de lui donner.

À l'aube, elle se réveilla en sursaut. Elle ne savait pas quand elle s'était endormie. Les premiers rayons du soleil avaient dissipé la légère brume du clair de lune.

Elle quitta le fauteuil. Elle avait la tête lourde, le corps endolori, et ses égratignures aux genoux l'élançaient. Elle regarda encore une fois le lit de Daniel. Elle passa une main sur l'oreiller, avec tendresse. Sans passion. Elle imagina le moment où les Slater se réveilleraient. Elle imagina le petit déjeuner, tous ensemble, avec les pancakes et le miel. Et l'odeur du café qui se mêlait à celle du savon à barbe. Elle imagina la chaleur de ce réveil troublé par sa présence, et les mensonges et l'embarras qui s'ensuivraient. Elle se vit en train de raconter à Daniel qu'elle avait été avec un homme et qu'elle s'était sentie femme. Elle se vit en train de lui expliquer Christmas, leur promesse, leur harmonie, leur relation à nulle autre pareille, le banc de Central Park, le cœur laqué rouge, Bill, l'hôpital et son départ de New York, alors même qu'elle avait décidé d'embrasser le bon génie du Lower East Side. Et elle imagina aussi, aussitôt après, le visage délicat de Daniel et ses différentes expressions. Ses épaules qui allaient se voûter, prêtes à supporter tout ce poids.

Alors elle comprit qu'elle allait mentir aussi à Daniel.

Elle se rhabilla. Prit son sac noir. Entrebâilla la porte de la chambre et tendit l'oreille. Le pavillon des Slater était encore plongé dans le silence. Ils dormaient, bercés par l'odeur de propre de la famille, rêvant de vendre des voitures et de sillonner les flots de l'océan en voilier, réchauffés par le soleil de la côte, la peau couverte de sel. Ils rêvaient les rêves d'une famille.

Elle descendit l'escalier en silence. Ouvrit la porte qui donnait dans le jardin et se faufila dehors.

Elle fuyait à nouveau, se dit-elle. Mais elle ne s'arrêta pas.

« Ruth finira par rentrer. C'est sa maison, ici » lui avait dit Clarence.

Alors Christmas avait passé la nuit dans sa voiture, devant l'immeuble de Venice Boulevard. Éveillé. Parce qu'ainsi, il était sûr de la voir. Il ne voulait pas risquer de la rater. Il devait savoir pourquoi elle avait fui.

Mais à présent, le soleil s'était levé et lui brûlait les yeux. Sa tête était de plus en plus lourde. Il ne fallait pas s'endormir, se répéta-t-il. Mais ses paupières se fermaient et ses pensées se faisaient de plus en plus confuses. Elle avait une robe lilas et un sac noir en bandoulière. Il marchait à sa rencontre. Quand est-ce que ça s'était passé ? Ce n'était que la veille. Et pourtant, on aurait dit un souvenir déjà estompé par le temps. Comme si cela s'était produit mille ans plus tôt, dans une autre vie.

Christmas ferma les yeux. « Juste un instant » se dit-il.

Il sentit comme un vertige. Alors il ouvrit grands les yeux, d'un coup, espérant ainsi retrouver son équilibre. Il s'agrippa au volant. Cligna des yeux. Et à nouveau il eut l'impression de la voir, à contre-jour, en train de tourner au coin de la rue, avec sa robe lilas et ses cheveux noirs et courts. Elle était tellement belle !

Et puis Ruth s'arrêtait et le reconnaissait. Christmas ferma les yeux. Il crut entendre ses pas légers sur le trottoir. Il sourit tout en s'abandonnant au vertige du sommeil. Ruth s'était mise à courir. Mais elle ne courait pas vers lui ! Non, elle courait dans la direction opposée. Elle s'enfuyait.

« Ruth… » appela Christmas à voix basse, suspendu entre l'éveil et le sommeil qui était en train de le terrasser, l'emprisonnant dans un cauchemar.

Il respira profondément, comme s'il émergeait d'une longue apnée. Il écarquilla les yeux, puis les frotta. Il scruta encore le bout de la rue. Elle était déserte. Il ouvrit la portière et descendit. Regarda autour de lui. Du café d'en face, un arôme de café commençait à se répandre alentour. À pas lourds, il traversa la rue et entra dans l'établissement. Et là, au fond de la salle, il vit Ruth assise à une table. Près d'elle, un homme aux cheveux blonds. Ce jeune homme se retourna et lui sourit. C'était lui-même. Un Christmas qui n'existait plus. Le Christmas de la veille. D'une tout autre vie. Il sentit ses jambes se dérober.

« Vous vous sentez bien ? » lança la serveuse derrière le comptoir.

Christmas se tourna vers elle, et il lui fallut un moment pour la distinguer. Ensuite il regarda encore vers la table du fond. Une vieille femme édentée se remplissait la bouche d'une part de tarte aux myrtilles. La garniture glissait le long de son menton.

« Un café, dit Christmas en s'appuyant contre le comptoir, les jambes instables.

— Vous vous sentez bien ? » interrogea à nouveau la serveuse.

Christmas la fixa d'un regard absent.

« Un café » répéta-t-il.

Tandis qu'elle remplissait une tasse blanche en porcelaine épaisse, Christmas regarda de l'autre côté de la vitrine, en direction de l'immeuble où, tôt ou tard, Ruth allait entrer. La Oakland était garée juste derrière. Le soleil se reflétait sur les vitres, les transformant en miroirs étincelants.

« Voilà votre café, dit la serveuse. Vous voulez manger quelque chose ? »

Christmas, sans répondre, saisit la tasse et en avala une gorgée. Le café était très chaud et lui brûla le palais. Il reposa la tasse et mit la main à sa poche, à la recherche d'un peu de monnaie pour payer. Il sentit une feuille de papier. Il la sortit, la déplia et l'examina. C'était le contrat de Mayer. Il l'avait complètement oublié. Ça aussi, ça semblait provenir d'une autre vie. Il le mit à plat sur le comptoir et le lissa de la main, s'efforçant d'éliminer les froissures. Il le lut lentement et péniblement, tentant de se rappeler le plaisir qu'il avait eu à écrire. Tentant de faire renaître en lui l'émotion électrisante qu'il avait éprouvée à faire apparaître la vie sur un feuillet, tentant de se remémorer le contact des touches de la machine, le bruit du chariot qui se déplaçait et le frémissement du papier. Il lut les sommes que l'administration de la MGM était prête à débourser pour ses histoires. Mais tout ça lui semblait trop lointain. Privé de signification. Il glissa le contrat dans sa poche, but son café, laissa quelques pièces sur le bar sans les compter et se dirigea vers les toilettes, après avoir jeté encore un œil à l'immeuble de Ruth. Il s'aspergea le visage avec de l'eau froide et se regarda dans la glace. Il se contempla longuement. Sans réussir à rien lire dans ses yeux. On aurait dit qu'il n'était pas là. Il semblait en suspens on ne sait où. Sans vie.

Il sortit des toilettes et se dirigea vers la voiture. En approchant, il se voyait réfléchi dans les vitres baignées de soleil : son costume froissé, sa démarche lasse, son dos voûté. Il posa la main sur la poignée. Il regarda en l'air, vers les fenêtres de l'agence photographique. Elles étaient encore fermées. Alors il se tourna vers la rue d'où il espérait voir arriver Ruth. Personne. Il ouvrit la portière et se glissa à l'intérieur.

« Je savais que je te trouverais ici. »

Christmas écarquilla les yeux, presque effrayé :

« Ruth… » – il ne put rien dire d'autre.

Elle était assise à la place du passager, du côté du trottoir.

« Je t'ai vu dans le café, ajouta-t-elle.

— Je t'attendais, dit Christmas.

— Oui, je sais. »

Ils se regardèrent en silence. Si proches et pourtant si lointains.

Christmas prit la main de Ruth dans la sienne. Lentement, avec douceur.

« Pourquoi ? lui demanda-t-il.

— Ce n'est pas ta faute » dit-elle en entrelaçant ses doigts à ceux de Christmas.

Il tenait la tête baissée et fixait la main de Ruth dans la sienne.

« Pourquoi ? insista-t-il.

— Je suis pourrie, répondit-elle en tournant les yeux vers la vitre. On ne pourrait jamais avoir un avenir…

— C'est pas vrai ! coupa-t-il avec fougue, se rebellant et serrant fort la main de la jeune femme. Ruth, c'est pas vrai ! »

Elle continua à fixer le néant par la vitre. Immobile.

« Ça va marcher ! s'exclama-t-il. Il faut que ça marche !

— Non, Christmas. Je ne suis pas comme les autres, je n'ai pas un avenir comme les autres femmes. (Sa voix était basse, désespérée mais contrôlée.) Je suis pourrie.

— Ruth…

— Ce n'est pas ta faute. »

Il lui serra la main :

« Regarde-moi ! » lui dit-il.

Ruth tourna la tête.

« Tu m'aimes ? lui demanda-t-il.

— Quelle importance ?

— Pour moi, ça en a. »

Elle se tut.

« J'ai besoin que tu me le dises. Tu me le dois, Ruth ! »

Ruth ôta sa main de celle de Christmas et ouvrit la portière.

« Jure de ne pas me chercher » fit-elle.

Il secoua la tête.

« Tu peux pas me demander ça. »

Ruth le fixa avec intensité, comme si elle voulait mémoriser ses traits à jamais.

« Peut-être qu'un jour je serai prête. Et alors, je te chercherai. Cette fois, ce sera mon tour. »

Christmas essaya de lui prendre la main, mais Ruth descendit de voiture.

« Je m'en vais. Je ne sais pas où j'irai, déclara-t-elle

d'une voix soudain dure, et avec une précipitation qui révélait toute sa douleur. Ne m'attends pas.

— Je t'attendrai !

— Ne m'attends pas. »

Et elle rentra dans son immeuble.

65

Manhattan, 1928

« Ah, enfin, monsieur !... s'exclama le portier de l'immeuble de Central Park West lorsqu'il aperçut Christmas, se précipitant vers lui, fébrile. Je voulais appeler la police, mais après... bref, je ne savais pas quoi faire...

— Neil, qu'est-c'qui s'est passé ? demanda Christmas, lugubre et distrait.

— Ce n'était pas réglementaire, vous voyez... commença le portier, qui se baissa pour prendre la valise de Christmas et l'accompagna vers l'ascenseur. Un homme...

— Neil, j'rentre tout juste de Los Angeles et j'suis d'humeur massacrante, maugréa Christmas, lui arrachant la valise des mains et entrant dans l'ascenseur. Qu'est-c'qui s'est passé ?

— Un homme m'a obligé à ouvrir la porte de votre appartement ! révéla le portier d'une traite.

— Qui ça ?

— Je ne sais pas comment il s'appelle. Il était grand et fort, avec deux énormes mains noires... »

Christmas eut un imperceptible sourire :

« Et comment il a fait, pour t'obliger ?

— Il a dit qu'il me collerait des pruneaux dans les genoux ! fit le portier, tout pâle.

— Et tu l'as cru ?

— Oh oui, monsieur ! Si vous l'aviez vu ! Et il avait une voix…

— Profonde comme un rot, je sais.

— Et puis, monsieur, le truc c'est que… il venait mettre des choses… à l'intérieur, bredouilla-t-il gêné. C'est-à-dire… il ne venait pas pour prendre des choses, vous voyez ? mais pour en mettre, du coup…

— Du coup, tu as très bien fait de lui ouvrir, Neil ! coupa Christmas. (Puis il s'adressa au liftier.) Au onzième !

— Je sais, m'sieur ! fit le jeune liftier avec un sourire en fermant les grilles. J'écoute *Diamond Dogs* tous les jours. Ça reprend demain, c'est ça ? »

Christmas le regarda en silence, tandis que l'ascenseur s'élevait avec un ronflement. Il ne s'était écoulé que deux semaines, et pourtant sa vie d'avant lui paraissait lointaine, presque étrangère. Comme si c'était la vie d'un autre.

« À sept heures et demie ? demanda le garçon.

— Comment ? fit Christmas distrait.

— L'émission est à sept heures et demie comme d'habitude, c'est ça ?

— Ah, oui… » répondit Christmas. Et il se demanda comment il allait faire pour parler avec son enthousiasme d'avant. Il se demanda comment il allait faire pour ne pas penser à Ruth. Maintenant que leur lien était devenu encore plus fort. Maintenant qu'il était définitivement à elle. Et qu'il l'avait perdue.

« Oui, oui, à sept heures et demie… comme toujours » confirma-t-il.

L'ascenseur s'arrêta à son étage avec une secousse. Le garçon ouvrit les grilles. Christmas sortit, valise à la main, et se dirigea d'un pas las vers chez lui.

« Bonsoir, New York ! » lança le liftier.

Christmas se retourna pour le regarder. Il esquissa à peine un sourire et acquiesça, tout en sortant les clefs de sa poche. Puis il entra dans l'appartement. Il laissa la valise dans l'entrée et traversa son logement sans meubles, droit vers la fenêtre donnant sur Central Park.

C'est alors qu'il découvrit un bureau en noyer américain et un fauteuil pivotant, installés juste devant la fenêtre d'où il pouvait voir le banc du parc. Et sur le bureau trônait une machine à écrire. Il s'approcha lentement. Une feuille était glissée dans le rouleau de l'Underwood Standard Portable. « Ta mère m'a dit que maintenant, tu te mets à écrire tes conneries, lut-il. Comment tu vas écrire tes trucs si t'as ni machine ni table, morveux ? » Christmas sourit, s'assit dans le fauteuil pivotant et continua à lire. « Le bureau appartenait à Jack London. Rien que pour ça, le mec qui le vendait en demandait cinq cents dollars. Merde, un sacré voleur, celui-là ! Mais en fin de compte, il me l'a offert. » Christmas passa la main sur la surface lisse du noyer. Il éclata de rire. Le bureau avait été volé. Puis son regard quitta le papier et alla jusqu'au banc où Ruth et lui s'asseyaient autrefois pour rire et discuter. Dans une autre vie. Il appuya les coudes sur le bureau et se prit la tête dans les mains. C'était une vie qui n'existait plus. Il se leva et ouvrit grande la fenêtre. La circulation, onze étages plus bas, bourdonnait, lointaine. Une vie qui n'existait plus, après une merveilleuse et parfaite nuit d'amour. Après six années d'attente.

Christmas resta un moment immobile à regarder les pelouses, les arbres et les lacs du parc et, au-delà, la ville tout entière. « Bonsoir, New York... » essaya-t-il d'articuler à voix basse, sans conviction.

Il se rendit dans la salle de bains, se lava et se changea. Puis il sortit et se mit à marcher, sans aucune hâte. Il traversa le parc et, de là, s'engagea sur la 7e Avenue, poursuivant vers le nord.

Quand Ruth lui avait ordonné de ne pas la chercher, Christmas était retourné à la villa que Mayer avait mise à sa disposition. Il s'était jeté sur le lit où il avait fait l'amour avec Ruth et, pendant une journée entière, avait respiré son odeur, jusqu'à ce que celle-ci s'évapore. Il ne pensait à rien. Il reniflait, c'était tout. Il ne se souvenait plus de rien. Puis, après cette journée passée au lit, il n'avait pu résister, il avait décroché le téléphone, avait appelé Wonderful Photos et avait parlé à M. Bailey.

« Elle est partie ? avait-il demandé au vieil agent.

— Oui.

— Et elle est allée où ? »

Long silence à l'autre bout du fil.

« Ruth m'a expliqué que vous avez fait un pacte, avait repris Clarence.

— Oui...

— Mais elle n'était pas sûre que vous le respecteriez. »

Christmas avait cru percevoir de la peine dans la voix de M. Bailey.

« Mais vous savez où elle est, c'est ça ? » avait lancé Christmas.

Un autre long silence, puis le *clic* d'une communication que l'on interrompt. Gentiment. Christmas s'était de nouveau jeté sur le lit, plongeant son nez dans l'oreiller sur lequel avaient reposé les cheveux noirs de Ruth. Mais il ne sentait plus que le coton. Ruth avait disparu. Définitivement. Christmas avait espéré pouvoir pleurer. Mais ses yeux se mouillèrent à peine, comme si la douleur ne voulait pas faire surface. Comme si son âme la retenait. C'était la dernière chose qui lui restait de Ruth.

Le soir, une voiture s'était garée dans le jardin. Christmas avait entendu la voix de Hermelinda et puis des pas énergiques dans l'escalier.

Nick était entré dans la pièce. Il avait pris place dans le fauteuil, croisé les jambes et fouillé dans la poche de la veste de Christmas, d'où il avait sorti le contrat de la MGM tout chiffonné. « Mayer dit que c'est à ton tour, de te magner le cul ! Tu as lu le contrat ? » lui avait-il demandé.

Christmas ne s'était même pas tourné pour le regarder.

« La domestique raconte que tu as eu de la visite, avait poursuivi Nick d'un ton détaché. Tu t'es bien amusé ? »

Christmas ne broncha pas.

« On ne dirait pas, avait conclu Nick, se levant et remettant le contrat où il l'avait trouvé. On t'attend demain à dix heures. Dans le bureau de Mayer. Sois ponctuel. On signe le contrat, OK ? »

Christmas était resté le visage enfoncé dans l'oreiller qui avait perdu l'odeur de Ruth.

« Écoute, Christmas… avait alors ajouté Nick sur le pas de la porte. C'est un problème de femme, c'est ça ? Moi, je peux te procurer toutes les filles que tu veux. Tu es à Hollywood, ici !

— Et c'est pour ça que t'es là, pas vrai ? avait alors lancé Christmas d'une voix lointaine, étouffée par l'oreiller. Tu résous les problèmes ! »

Nick l'avait regardé avec sévérité.

« À dix heures chez Mayer » avait-il répété en partant.

Christmas continua à remonter la 7e Avenue. Il apercevait déjà les « Negro Tenements » sur la 125e Rue. Il ralentit, puis s'arrêta. Il avait besoin de se réapproprier cette ville, ces lieux d'où il avait été déraciné en deux semaines seulement, devenant quelqu'un d'autre. Et il devait comprendre qui était cet autre qu'il avait été forcé de devenir.

Le lendemain matin, il s'était rendu aux studios de la MGM. Il avait regardé la porte numéro onze, qui s'ouvrait sur le petit bureau où il avait découvert le plaisir d'écrire. « C'est tout ce qui me reste » avait-il pensé. Et même cette sensation, si neuve et si proche, lui avait semblé lointaine. Ensuite il avait fait demi-tour pour se diriger vers le bureau de Mayer, son contrat à la main. Il était dix heures moins deux. Il serait ponctuel. Comme un bon employé, avait-il songé. Et alors, sans même qu'il le décide, ses jambes s'étaient arrêtées d'elles-mêmes. Le mot « employé » avait commencé à résonner dans ses oreilles. Un mot lourd comme du plomb et une menace imminente. À ce moment-là, il avait entendu une voix qui criait quelque chose dans un mégaphone. Il avait suivi ce son, le contrat toujours à la main. Dans l'entrebâillement d'une grande porte coulissante, il avait aperçu des feux de projecteurs braqués sur un faux jardin et sur une fausse fontaine d'où l'eau s'était mise à jaillir, ainsi que sur deux acteurs, perruque blanche sur la tête et visage fardé de blanc. Christmas s'était faufilé dans l'obscurité, trébuchant sur un faisceau de gros câbles qui traînaient par terre. « Silence ! » avait ordonné la voix dans le mégaphone. « Moteur ! » avait crié quelqu'un d'autre. Et dans le silence, la caméra avait commencé à ronfler. « Action ! » avait lancé le réalisateur, assis sur une chaise à côté du plateau. Et tout à coup, les deux acteurs avaient pris vie. Deux répliques rapides, faisant allusion à quelque chose qui avait dû se passer avant. Puis les acteurs s'étaient tournés vers le fond du décor, d'où provenait tout un brouhaha, et ils avaient couru se cacher derrière un gros buisson. « *Cut !* » avait commandé le réalisateur dans le mégaphone. Tout s'était arrêté. On avait rallumé les lumières du studio, ce qui révéla la nudité des murs et aplatit totalement le décor, le montrant pour ce qu'il était vraiment : du carton-pâte. Ensuite le réalisateur avait signé quelques papiers. Les deux acteurs s'étaient assis devant un miroir et s'étaient passé une petite éponge sur le visage pour se démaquiller. Puis ils avaient ôté leur perruque. L'un d'eux était chauve. Un autre homme était arrivé, de l'argent à la main, et le leur avait donné. Christmas l'avait entendu dire : « Vous avez fini ! » Les acteurs avaient compté leur argent, s'étaient déshabillés et changés. En partant, ils étaient passés près de Christmas, et l'un deux s'était exclamé : « Dépêchons-nous ! On nous attend à dix heures vingt au studio sept, et on doit encore mettre nos costumes de cow-boy ! »

« Des employés » avait pensé Christmas.

« Vous êtes qui, vous ? lui avait demandé un assistant à cet instant, tout en vérifiant ses fiches. Vous avez quelque chose à faire ici ? »

Christmas l'avait regardé. Et il avait compris.

« Non non, j'ai rien à faire ici ! » avait-il répondu en souriant, et il était parti.

Ce n'était pas son monde. Il n'était pas fait pour arriver au bureau numéro onze tous les matins, ponctuel, comme un bon employé. Au fur et à mesure qu'il s'était rapproché de la sortie des studios, parcourant les allées industrieuses et bourdonnantes de l'industrie de Hollywood, Christmas avait retrouvé la sensation d'ivresse qui l'avait envahi lorsqu'il était en train d'écrire, lorsqu'il avait inventé et modelé des personnages, avant de les voir peu à peu émerger de l'encre et du papier, pleins de vie, et devenir presque indépendants de lui. Il s'était aussi souvenu des yeux étincelants de sa mère lorsqu'elle lui parlait du théâtre. Il avait pensé au silence chargé de tension et d'émotion du parterre qui se taisait, au bruit délicat, sacré et liturgique du rideau qui se levait dans un frémissement, à la chaleur des notes que l'orchestre, dissimulé dans une fosse de l'avant-scène, faisait vibrer dans l'air, et à la lumière aveuglante des projecteurs qui s'allumaient. Comme s'il était retourné à cette soirée avec Maria, lorsqu'il avait rencontré Fred Astaire. Il avait entendu son propre cœur se taire et s'unir au silence des autres spectateurs. Et, avec eux, il avait retenu son souffle, comme s'il s'était retrouvé à nouveau dans cette salle obscure qui sentait légèrement le moisi, telle une église au parfum d'encens.

Et en un éclair – tandis qu'il évitait un groupe de

figurants braillards – il avait su. Une fois franchi le portail des studios de la MGM, sa main, qui tenait le contrat, s'était ouverte. La feuille de papier froissée avait plané un peu dans l'air chaud de la Californie. Et c'est à cet instant précis que Christmas avait décidé de rentrer à New York. Et d'essayer d'écrire. Pour le théâtre.

« Je ne l'ai encore dit à personne ! » sourit Christmas en retrouvant Harlem. Il se dirigea vers le vieux siège de la CKC. Il avait besoin de repartir de là. C'était sa base.

Il tourna au coin de la 125e Rue. Deux *blocks* plus loin, là où se trouvait l'appartement de *sister* Bessie, il découvrit un attroupement qui débordait du trottoir et se répandait sur la chaussée. Il remarqua aussi un gyrophare. En s'approchant, il vit non pas une mais deux patrouilles de police. Il accéléra le pas et rejoignit les gens qui se pressaient près de la porte de l'immeuble où se trouvait le siège de la CKC.

« Qu'est-c'qui s'passe ? » demanda-t-il à une femme qui riait joyeusement.

Elle se tourna vers lui. Ses lèvres sombres et charnues s'écartèrent en un large sourire, révélant des dents blanches bien alignées.

« Mais c'est Christmas ! s'exclama-t-elle.

— Qu'est-c'qui s'passe ? répéta-t-il.

— Christmas est arrivé ! » cria-t-elle à l'intention de la foule.

Tous ceux qui l'avaient entendue se retournèrent.

« Christmas est là aussi ! » s'écria-t-on ici et là, et le bruit courut de bouche en bouche. Des mains s'emparèrent alors de Christmas et le poussèrent en avant, au cœur de la réunion de rue. Et pendant qu'il avançait, toutes sortes de gens lui donnaient des claques dans le dos, l'embrassaient et lui lançaient des plaisanteries.

« Hé, tu te rappelles qui j'suis ? lui demanda un noir gigantesque. C'est moi qui t'ai prêté un vélo, le jour où on a posé la *vieille* antenne ! », et il tendit son bras puissant vers le toit de l'immeuble.

« La vieille antenne ? » s'étonna Christmas en levant les yeux.

Sur le toit se dressait une grande antenne élancée, avec une sphère dorée tout en haut. Au milieu de la structure, une horloge étincelante, vert et or, marquait sept heures et demie. Et au-dessus se détachaient les lettres CKC.

Christmas regarda le grand noir : « Tu t'appelles Moses, c'est ça ? » vérifia-t-il.

L'autre ne répondit pas.

« Christmas est arrivé ! » hurla-t-il en revanche à la foule.

Puis il se tourna vers Christmas, l'attrapa par la taille et le souleva avec une facilité stupéfiante, pour que tout le monde le voie. Un autre noir saisit les jambes de Christmas. Ils le levèrent à bout de bras puis se mirent à le lancer en l'air en riant. Alors une rangée d'hommes se forma spontanément et ils firent avancer Christmas jusqu'au milieu du groupe, le brandissant au-dessus de leurs têtes et le fêtant comme un héros.

Quand ils le reposèrent enfin à terre, Christmas avait le souffle coupé et sa tête tournait. Devant lui, Cyril et Karl riaient à gorge déployée, rayonnants.

« Bienvenue, associé ! lui lança Cyril en lui donnant l'accolade.

« — Mais qu'est-c'qui s'passe ? » bredouilla Christmas.

Karl aussi le prit dans ses bras et le serra fort, manquant de l'étouffer :

« Bienvenue, associé ! » dit-il également.

Christmas se dégagea et recula d'un pas, les bras tendus en avant pour tenir à distance ses deux amis :

« Merde, quelqu'un peut m'dire c'qui s'passe, à la fin ? »

Cyril et Karl s'esclaffèrent à nouveau.

« T'as vu l'toit ? demanda Cyril.

— Où est notre antenne ? s'étonna Christmas. Et notre horloge ? »

Cyril et Karl rigolaient toujours. La foule tout autour riait avec eux.

« Bordel de merde, parlez ! s'égosilla Christmas.

— OK, OK…, fit Cyril en lui passant un bras autour des épaules. Y a eu un changement de programme. (Il indiqua Karl.) Pour une fois, notre directeur a fait un truc intelligent. Tu vois ces messieurs là-bas ? (Il lui montra trois blancs en costume gris qui se tenaient près des patrouilles de police, un sourire contraint sur le visage). Eh ben, le Polonais les a forcés à créer un siège indépendant pour la CKC. Les studios de la WNYC sont magnifiques, mais… mais vraiment, notre trou clandestin nous manquait trop… Alors ils ont accepté de nous donner une antenne à nous, et d'apporter ici le meilleur équipement qui existe sur le marché…

— Et ce n'est pas tout ! intervint Karl surexcité. Pour le moment, on est installés seulement dans l'appartement de *sister* Bessie, mais à partir d'aujourd'hui les véritables travaux commencent. On va occuper tout le dernier étage ! On fera trois studios, des bureaux, bref, on aura tout sur place.

— Et on donnera du boulot à une flopée de nègres ! » s'écria Cyril.

Christmas était bouche bée.

« Deux semaines…, finit-il par dire en riant. Je m'en vais deux semaines, et vous réussissez à me foutre tout un bordel…

— Viens dire bonjour aux patrons de la WNYC ! proposa Karl, le prenant par le bras et l'entraînant vers les trois blancs en costume gris qui ne cessaient de sourire.

— Avec tous ces nègres autour d'eux, ils se chient d'ssus ! » ricana Cyril.

Les trois dirigeants serrèrent la main de Christmas avec chaleur. En bons bureaucrates, ils prononcèrent quelques paroles de circonstance, puis ils prétextèrent un engagement urgent et s'engouffrèrent dans une voiture de luxe.

« Je vais avec eux ! s'exclama Karl. J'ai toute une série de programmes en tête pour la CKC, je veux leur en parler tant qu'ils sont bien chauds. »

Cyril attendit qu'il soit monté dans l'auto :

« C'est un dirigeant né. Il ne pense qu'à ça » fit-il en secouant la tête.

Puis il donna un coup de coude à Christmas et s'adressa à l'agent le plus âgé des deux patrouilles, qui se tenait debout sur le marchepied de sa voiture.

« Excusez-moi, m'sieur, vous avez l'heure ? » lui demanda-t-il avec un sourire ironique. Puis il tendit le bras vers le toit et ajouta : « Vous savez, nous les nègres, on est tellement bêtes qu'on a installé une horloge qui marche pas… »

Le visage du policier se crispa, révélant son énervement.

Tout autour, la foule se mit à rire.

« Il est quelle heure, m'sieur l'agent ? » s'écria-t-on en chœur. Et l'attroupement se resserra autour des policiers.

Alarmés, les trois autres agents portèrent la main à leur étui de pistolet.

« Faites pas d'conneries ! leur souffla l'agent le plus âgé. J'm'en occupe, de ces connards... »

Il descendit du marchepied et se dirigea vers le milieu de la rue. Là, il leva la tête.

« Bon, y faut l'avouer, ils nous l'ont mis dans l'cul pendant un bon bout d'temps... » déclara-t-il alors à haute voix.

L'assemblée éclata de rire. Ses collègues éloignèrent la main de leur étui de pistolet et feignirent de goûter aussi la plaisanterie.

« Il est quelle heure ? » cria encore quelqu'un dans le public.

Le vieil agent se retourna vivement, une expression hargneuse sur le visage. Mais aussitôt après il sourit à nouveau, secoua la tête, ôta sa casquette et se gratta le peu de cheveux qui lui restaient. Puis il s'adressa à la foule :

« Ici, il sera toujours sept heures et demie ! »

Tout le monde rit et applaudit.

Le policier sourit encore, puis s'approcha d'un de ses collègues et chuchota :

« Allez, on s'casse. La puanteur des nègres, ça m'fait vomir. »

Il monta en voiture, mit le moteur en marche et

passa entre deux rangées de noirs, suivi par l'autre patrouille.

« Tu as été extra, Charlie ! le félicita l'agent assis près de lui.

— Les nègres sont des inférieurs, n'oublie jamais ça ! grinça le policier, tout en souriant aux gens qui donnaient des claques sur le toit du véhicule. À chaque fois qu'on en chopera un, on l'fera regretter de s'être foutu d'notre gueule ! »

« Allez, on monte ! J'veux t' montrer ton nouveau lieu d'travail » disait pendant ce temps Cyril à Christmas.

Tandis que Cyril se dirigeait vers la porte de l'immeuble, Christmas jeta un œil autour de lui. Les gens rassemblés là semblaient heureux. C'était la fête. Au milieu des noirs, il distingua aussi quelques blancs. L'un d'eux, un gars costaud aux cheveux bouclés et très noirs, avec des cernes profonds et un fin nez aquilin, lui coupa soudain la route et lui adressa un regard torve.

« Je suis le Calabrais » lança-t-il.

Christmas l'examina. La veste était trop m'as-tu-vu pour être honnête, et elle était gonflée sous l'aisselle. Dans la poche droite de son pantalon, on devinait la forme d'un cran d'arrêt.

« Y a un problème ?

— J'suis d'Brooklyn, poursuivit le Calabrais avant de s'approcher de l'oreille de Christmas. Et j'ai une bande rien qu'à moi » murmura-t-il.

Il jeta un coup d'œil à droite et à gauche, puis se pencha à nouveau vers Christmas :

« Pourquoi tu parles pas aussi d'moi dans ton émission ? Un peu d'publicité, ça fait pas d'mal, si tu vois c'que j'veux dire… En échange, j'pourrais t'filer quelques tuyaux… »

Christmas sourit.

« Tu veux qu'j'te raconte un truc marrant ? enchaîna le gangster. Tu sais comment j'm'appelle ? Pasquale Anselmo. Je suis le seul mec de tout New York fiché deux fois au FBI. Parce qu'ils savent pas quel est mon nom et mon prénom. Sur une fiche y z'ont "Pasquale Anselmo", et sur l'autre "Anselmo Pasquale." »

Il regarda Christmas, attendant sa réaction :

« T'as pigé ? rit le gangster. C'est marrant, hein !

— Ouais, c'est vrai, c'est marrant ! s'amusa Christmas. Écoute bien l'émission, hein !

— Hep, c'est quoi cette histoire ? interrompit alors un noir en costume de satin. Tu fais d'la publicité aux blancs et pas aux noirs ? (Il se planta devant le Calabrais). Tu crois qu'y a qu'les Italiens, les juifs et les Irlandais qui ont des couilles ?

— Pousse-toi d'là, sale mac ! lança le Calabrais.

— J'te signale que t'es sur mon territoire, espèce de merde blanche ! menaça le noir.

— C'est bon, ça suffit ! intervint Cyril. Merde, qu'est-c'que vous avez dans l'crâne ? Bordel, allez vous faire foutre tous les deux ! »

Le Calabrais foudroya du regard le maquereau :

« On s'retrouvera ! » Puis il s'éloigna d'un pas contrôlé.

« Quand tu veux ! » rétorqua le noir.

Cyril prit Christmas par le bras et l'emmena dans ce qui avait été l'appartement de *sister* Bessie.

« Moi aussi, j'ai acheté une maison. Très grande. Ici à Harlem, ça coûte que dalle, expliqua-t-il en mettant la clef dans la serrure de la porte où était maintenant écrit : "CKC". *Sister* Bessie habite avec nous. Ses gosses sont mes neveux, après tout ! »

Cyril ouvrit la porte. L'appartement avait été repeint en blanc. Il y avait des boîtes débordant de matériel électrique dans tous les coins. Des câbles traînaient partout.

« C'est encore le bordel, mais bientôt ce sera une merveille ! dit-il fièrement, avant de saisir un microphone qu'il montra à Christmas. C'est là-dedans que tu parleras. Il est très sensible. »

Christmas jeta un coup d'œil circulaire à la pièce. C'était ça, sa maison. Il était rentré chez lui.

« Tu l'as trouvée ? lui demanda alors Cyril.

— J'ai décidé d'écrire pour le théâtre » déclara Christmas.

Cyril le regarda en silence.

Christmas erra un instant dans l'appartement, ouvrant distraitement quelques boîtes et admirant le matériel flambant neuf.

« Je veux pas parler d'elle » lâcha-t-il soudain.

Cyril s'assit sur une chaise bancale. Il frotta ses doigts noueux d'un air concentré. Peiné. Mais quand il releva la tête, il souriait :

« Le théâtre, hein ? lança-t-il. J'adore le théâtre ! »

66

Manhattan, 1928

Mais écrire ne s'avéra pas si facile que ça.

Le premier jour, Christmas resta assis devant son Underwood sans taper un seul mot. Il fixait la feuille blanche sans se décider à commencer. Comme s'il en avait peur. Comme s'il avait perdu cette inconscience qui lui avait permis d'affronter la vie, sourire impertinent aux lèvres, cette inconscience qui l'avait conduit loin des pauvres rues du Lower East Side. On aurait dit que, tout à coup, le monde lui paraissait une affaire sérieuse, et que le succès et l'argent, au lieu d'accroître sa hardiesse, l'avaient rendu plus prudent. Comme si, maintenant qu'il avait quelque chose à perdre, il n'avait plus le courage de prendre des risques. Une forme d'avarice, pourrait-on dire. Ou peut-être qu'il se prenait simplement au sérieux.

On aurait dit que quelque chose en lui s'était tu. Ou que le monde autour de lui s'était tu. À moins qu'il n'ait élevé un mur entre le monde et lui. Comme s'il avait endossé une cuirasse qui l'aurait incroyablement endurci.

Maintenant que la CKC était sortie de la clandestinité, les auditeurs de New York écrivaient des centaines de lettres à la radio, toutes adressées à lui. Des lettres pleines de compliments, d'affection et d'admiration. Des femmes qui se sentaient enfin comprises, des hommes qui rêvaient d'être courageux, des jeunes qui voulaient devenir comme Christmas, des filles qui voulaient le rencontrer et lui déclaraient leur amour. Et soudain – alors que Karl avait lancé une émission annexe de *Diamond Dogs*, dans laquelle on lisait des extraits de ces lettres – Christmas avait commencé à ressentir le poids de tous ces regards braqués sur lui. Et il semblait figé dans l'image du personnage public que le monde extérieur lui renvoyait. Il était embourbé dans son propre reflet stagnant.

C'est pour cela que, le premier jour, il n'écrivit pas un mot sur la feuille blanche glissée dans le rouleau de son Underwood. Le deuxième jour, il se força et il essaya de retrouver l'enthousiasme qui l'avait animé dans le bureau numéro onze des studios de la MGM. Il tapa timidement ses premiers mots. Il les écouta résonner dans l'air et tenta d'imaginer le son de ces premières phrases rompant le silence du théâtre. Mais elles lui semblaient pauvres. Quelque chose manquait. Et s'il les étoffait, aussitôt elles paraissaient boursouflées. Il n'arrivait pas à trouver l'équilibre. Il dut se rendre à l'évidence : bâtir une histoire, c'était bien autre chose que raconter une trame, et construire des personnages en les faisant interagir de manière vraisemblable, c'était beaucoup plus compliqué qu'esquisser quelques portraits, comme il l'avait fait pour Mayer. Savoir inventer des personnages qui aient l'air vivants n'était pas la garantie de pouvoir organiser une histoire qui soit elle-même pleine de vie.

Le troisième jour, il décida de se jeter bille en tête sur son clavier. Il se dit qu'il allait commencer par inventer des scènes et les transcrire. Ensuite il trouverait le fil qui les relierait entre elles. Alors il ferma les yeux et imagina. Il vit une salle de billard enfumée. Puis, lentement, il vit émerger quelques bandits en manches de chemise, queue de billard à la main et pistolet dans l'étui. Il y avait des bouteilles de whisky de contrebande dans un coin. Soudain, ouvrant la porte d'un grand coup d'épaule, un homme surgissait dans la salle et faisait feu sur les gangsters. Il les descendait tous, l'un après l'autre. Christmas entendit le silence qui suivit ce brusque déferlement de coups de feu. Ainsi que le rire du tueur qui saisissait une bouteille, avalait une généreuse rasade de whisky et puis – un rictus glaçant sur le visage – versait le reste de l'alcool sur les cadavres ensanglantés. Ensuite l'homme se dirigeait vers la porte encore ouverte et faisait flamber une allumette. Il la tenait en l'air un instant, sourire cynique aux lèvres, et la jetait vers la flaque d'alcool qui allait incendier toute la salle de billard. Obscurité. Changement de scène.

Christmas ouvrit les yeux et se jeta sur son clavier avec frénésie. Cette scène allait déchaîner les applaudissements, se disait-il. Obscurité, applaudissements. Il écrivit avec ardeur, tête penchée sur sa machine. Quand il eut achevé la scène, il arracha la feuille du rouleau et la posa sur sa droite. Il prit de la pile sur sa gauche une feuille blanche, l'enfila dans le rouleau, la regarda un instant d'un air concentré et puis ferma les yeux.

Il imagina un appartement du Lower East Side et une femme à terre, désespérée, pleurant le dos appuyé contre un divan élimé. Une photographie à la main. Une photographie que les larmes abîmaient. Alors, pour tenter de l'essuyer, la femme frottait la photo sur sa robe, à hauteur de son cœur. À hauteur de sa poitrine. C'était une jolie jeune femme. Puis on frappait à la porte et un homme entrait. On ne le voyait pas. Il était dans la pénombre. Il se tenait là, immobile, et fixait la femme qui pleurait, désespérée. Enfin la femme levait les yeux et le regardait : « Ils l'ont tué ! sanglotait-elle. Ils ont tué mon Sonny à la salle de billard ! » À ce moment-là, l'homme sortait de l'ombre, s'approchait d'elle, l'aidait à se relever et la prenait dans ses bras. Et tous les spectateurs le reconnaissaient : c'était le tueur. « Je retrouverai le salaud qui a fait ça ! » lui disait-il. Il lui caressait les cheveux. Obscurité. Applaudissements.

Christmas recommença à taper sur les touches de la machine, décrivant en détail l'appartement et le visage de la femme. Ce n'est qu'en arrivant aux répliques finales qu'il leva les yeux de la feuille et réalisa que, depuis qu'il avait décidé d'écrire, il ne s'était plus posté à la fenêtre pour regarder le banc du parc. Le banc pour lequel il avait acheté cet appartement. Et il se sentit mal à l'aise. Comme s'il avait trahi Ruth.

Il tapa rapidement la fin de la scène, ôta la feuille du rouleau et la posa au-dessus de la précédente. Puis il sortit et se dirigea vers la 125e Rue. C'était bientôt l'heure de l'émission. Mais il évita de passer par le parc. Sa sensation de malaise persistait. Il haussa les épaules. Ça y est, il écrivait ! se disait-il. Il avait une mission, maintenant : écrire pour le théâtre. Il ne pouvait continuer à penser à ce qui, désormais, n'était plus. Ce n'était pas lui qui l'avait voulu. Il l'avait cherchée et désirée avec une constance que nul autre n'aurait eue. C'était elle qui l'avait chassé. C'était elle qui l'avait trahi. À présent, il était Christmas Luminita, un homme important, riche et célèbre, qui recevait des dizaines et des dizaines de lettres d'admirateurs. Il devait s'occuper de lui et de sa carrière. De sa vie. Il devait poursuivre son chemin.

« Comment c'était ? demanda-t-il à la fin de l'émission, sourire triomphal aux lèvres.

— Tu es un peu rouillé, fit Karl.

— Qu'est-c'que tu veux dire ? lança Christmas, se raidissant.

— C'est un peu mécanique, continua Karl. Comme si tu débitais ton truc par cœur... comme si...

— Bordel, qu'est-c'que tu racontes, Karl ? C'était une émission fantastique ! s'écria Christmas, agressif.

— Je veux dire, c'est un peu comme...

— Comme quoi ?

— Comme si tu t'imitais toi-même. »

Christmas bondit hors de son siège :

« Mais va t'faire foutre, Karl ! Te mets pas à jouer au directeur artistique avec moi, hein ! »

Il se laissa aller à un petit rire nerveux. Secoua la tête.

« Merde, qu'est-c'que ça veut dire, que j'm'imite moi-même ? ricana-t-il avant de se tourner vers Cyril. T'entends ça ? J'm'imite moi-même ! Mais je *suis* moi-même, bordel ! C'était une émission fantastique ! Le public me mangeait dans la main, je le

871

sentais ! C'est pas vrai, Cyril ? (Et il rit en cherchant sa complicité.) Merde, c'est quoi cette histoire, que j'm'imite moi-même ?

— Tu veux savoir la vérité ? » intervint Cyril.

Christmas fronça les sourcils. Puis il écarta les bras, un sourire insolent barrant son visage.

« Eh ben vas-y ! lança-t-il, le mettant au défi de s'exprimer.

— Ça veut dire que tu ressembles à un ballon de baudruche ! » fit Cyril.

Christmas resta un instant immobile, comme pétrifié. Puis il sentit que les paroles de Cyril rebondissaient sur lui. Comme s'il portait une cuirasse. Il rit. Un rire plein de superbe. Et puis, brusquement, il devint sérieux. Une expression de froideur durcissait ses traits tandis qu'il pointait un doigt contre Karl et puis contre Cyril, l'agitant en l'air.

« Tous les deux, y faut pas que vous oubliiez un truc, commença-t-il à dire à voix basse. Sans moi…

— Arrête-toi là, mon garçon » l'interrompit Cyril.

Christmas resta en suspens, avec son index en l'air, qui continuait à remuer, menaçant.

« Arrête-toi là » répéta Cyril, sans jamais détourner le regard. Un regard solide, déterminé. Plein d'autorité et d'affection.

Christmas fit un pas en arrière et baissa le bras. Sarcastique, il sourit et ouvrit la bouche pour parler. Puis, brusquement, il fit volte-face et quitta le studio.

Dans la rue, il reconnut une Ford Modèle T déglinguée :

« Santo ! s'exclama-t-il, une allégresse forcée dans la voix, avant d'ouvrir la portière du conducteur. Qu'est-c'que tu fais ici ?

— J'suis venu t'voir, chef ! dit l'ami de toujours, frappant le volant du plat de la main. Ah, tu peux pas savoir comme ça me manque, nos *enlèvements* ! »

Christmas eut un petit rire et appuya les coudes sur le toit de la voiture.

« Eh oui, maint'nant les mecs font la queue directement devant l'immeuble pour que j'les invite ! dit-il.

— T'es un vrai boss ! rit Santo avec fierté.

— T'as entendu l'émission d'aujourd'hui ? lui demanda Christmas.

— Eh non, j'étais encore au boulot, désolé ! Mais Carmelina, c'est sûr, elle l'a…

— Elle était fantastique ! coupa Christmas. Le public me mangeait dans la main ! »

Santo le regardait, en adoration :

« Tu sais que j'ai acheté une maison ?

— Ah bon… répondit Christmas, distrait.

— À Brooklyn, poursuivit Santo. Ça va m'prendre un sacré bout d'temps pour la payer, mais c'est une belle maison. Elle a un étage.

— C'est bien…

— T'as envie de venir la voir ? demanda Santo enthousiaste. Tu veux dîner avec nous ? Carmelina serait tellement contente !

— Non, je…

— Allez, boss ! On mangera italien !

— Non, Santo… (Christmas s'écarta du toit de l'auto et fourra les mains dans ses poches.) Malheureusement, il faut que je voie des gens, inventa-t-il, dans le monde du spectacle, tu sais… »

La déception assombrit brièvement le visage de Santo. Mais il sourit aussitôt après :

« Tu es devenu un gros bonnet, maintenant ! Il faut prendre rendez-vous pour te voir ! »

Christmas sourit, gêné :

« Je passerai vous voir un soir !

— C'est vrai ? fit Santo d'un ton fervent.

— Promis ! dit Christmas en se balançant d'un pied sur l'autre. Dès que j'ai un moment de libre, je fais un saut à Brooklyn.

— Tu me manques, chef ! (Pendant un instant, il contempla son idole en silence, sans obtenir de réaction). Dis, tu te rappelles quand on s'est retrouvés en taule ? (Il rit) Et cette fois où…

— Je dois y aller, Santo, l'interrompit Christmas avec brusquerie. Quand j'viendrai à Brooklyn, on parlera du bon vieux temps, OK ?

— T'as promis, hein !

— Oui oui, promis !

— On est qui ? s'exclama Santo, heureux.

— Les Diamond Dogs…, répondit Christmas sans enthousiasme.

— Les Diamond Dogs, bordel de merde ! » cria Santo.

Christmas sourit :

« Allez, vas-y ! Carmelina t'attend. »

Santo mit le moteur en route et passa la première :

« Les Diamond Dogs, répéta-t-il incrédule en regardant Christmas. Chef, si je t'avais pas rencontré, ma vie aurait été d'la merde. Tu le sais, ça ?

— Allez, démarre, casse-couilles ! »

Christmas referma la portière puis frappa du plat de la main sur le toit de l'auto. Il resta immobile au milieu de la 125e Rue, tandis que Santo s'éloignait.

« C'était une émission fantastique, répéta-t-il à voix basse. Le public me mangeait dans la main… »

Il entendit des voix derrière lui. Il se retourna. Cyril et Karl sortaient de la CKC, plaisantant et riant. Christmas se tapit dans un coin sombre. Il attendit que tous deux le dépassent et puis, traînant péniblement les pieds, il rentra chez lui. Seul. Sa cuirasse sur le dos.

Et c'est seul qu'il s'assit à son bureau. Il mit une feuille blanche dans l'Underwood et se mit à taper sur le clavier. L'assassin essayait de coucher avec la femme dont il avait tué l'amoureux. Et alors que cette ordure essayait de la séduire, le public découvrait que l'homme assassiné était son meilleur ami. « La vie c'est dégueulasse, disait le tueur. La vie c'est dégueulasse, et après on crève. » Obscurité. Applaudissements. Changement de scène.

Christmas ôta la feuille du rouleau et la posa sur les autres. Il se frotta les yeux. Il était fatigué et de mauvaise humeur. Il avait un poids sur l'estomac. Il repensait aux paroles de Cyril. Il l'avait appelé un ballon de baudruche. Mais ces mots ne lui avaient rien fait. Il portait une cuirasse. Et il avait des trucs plus importants à faire qu'écouter les conneries d'un magasinier noir. Il avait mieux à faire qu'aller dîner à Brooklyn, dans une petite maison minable d'un étage, avec Santo et Carmelina. Il écrivait, maintenant ! Pour le théâtre. Il regarda par la fenêtre. La nuit était noire. Il ne voyait pas le banc du parc. Et il n'en avait rien à faire. Il se leva d'un bond, faisant tomber le fauteuil pivotant. Avec rage. « J'en ai rien à foutre ! » braillat-il par la fenêtre ouverte. Puis il ferma la fenêtre, releva le fauteuil et prit une nouvelle feuille blanche, qu'il glissa dans l'Underwood.

Obscurité. Lumière. Commissariat de police. La femme est assise devant un bureau. Un jeune détective lui pose des questions. La femme répond par monosyllabes. Puis le détective lui demande si elle connaît l'homme que les spectateurs savent être l'assassin. La femme regarde le détective. « Oui, répond-elle, c'était le meilleur ami de mon Sonny. » Alors le détective fronce un sourcil…

« Quelle connerie ! » s'exclama Christmas, arrachant la feuille de la machine à écrire. « Quelle connerie, c'est pathétique… » Il en fit une boule et la jeta par terre. Il prit une autre feuille et la glissa dans l'Underwood.

Obscurité. Lumière. C'est l'aube. Dans un lotissement en construction de Red Hook, deux voitures à l'arrêt. De l'une d'elles sort l'assassin. De l'autre, un boss courtaud avec une cicatrice qui lui traverse la joue droite. Ils se serrent la main. « Bon travail » dit le chef. Le tueur tapote son étui de pistolet d'une main, sans mot dire. Le boss fait signe à l'un de ses hommes. Celui-ci ouvre le coffre de la voiture, en sort une enveloppe et la pose sur un bout de pilier en béton. Le tueur s'approche et ouvre l'enveloppe. Elle contient de l'argent. Pendant qu'il le compte, le boss sort son pistolet, le colle sur la nuque du tueur et tire à bout portant. Le tueur s'effondre, visage contre le poteau. L'homme de main du boss ramasse l'argent, puis ils regagnent la voiture. Obscurité. Lumière. Applaudissements. Changement de scène.

Christmas s'étira et frotta son cou endolori. Il soupira, immobile. Comme si plus un bruit, plus une raison, plus une pensée ne pouvait le faire bouger. Il n'y avait plus ni Cyril ni Karl. Ni Santo avec sa

Carmelina. Il n'y avait plus rien ni personne. Il n'y avait pas *Diamond Dogs*. Ni la radio. Ni Hollywood. Il n'y avait pas de lettres d'admirateurs ni d'articles dans les journaux, il n'y avait ni cet appartement ni tout cet argent sur le compte en banque. Peut-être que lui-même n'existait pas. Lui, la baudruche. Lui, la caricature.

Il regarda par la fenêtre, dans le noir. Il n'y avait plus le banc de Central Park. Ni New York. Tout ce qu'il y avait, c'était une solide cuirasse qui lui dissimulait le monde entier, et qui le dissimulait au monde.

Il n'y avait qu'une douleur sourde, qui le faisait souffrir comme une infection, comme un cancer. Une douleur qui hurlait en lui. Dans sa cuirasse, il n'y avait rien d'autre.

Il n'y avait que Ruth.

Et Ruth n'était plus là.

Christmas se leva lentement et, à bout de forces, il sortit. Sans plus résister, il traversa la rue. Il s'arrêta à l'orée du parc. Il ne pouvait voir le banc mais savait qu'il était là, à quelques pas. Il suffisait de mettre le pied sur l'herbe. Mais il n'avança pas. Il demeura immobile. Les larmes sillonnaient ses joues et dissolvaient sa cuirasse.

Alors il fit demi-tour, regagna son appartement vide, saisit les feuilles qu'il avait écrites et les déchira. Puis il lança son Underwood contre le mur, avec violence. En hurlant. Enfin, il se jeta tout habillé sur le lit et sombra dans un sommeil noir et profond, privé de rêves.

Le lendemain matin au réveil, il ne prit la peine ni de se laver ni d'ôter ses vêtements froissés. Il traversa l'appartement sans jeter un regard à la machine à écrire qui gisait par terre, un côté cabossé et les tiges de sa corbeille tordues, il piétina les morceaux de feuilles sur le sol et sortit. Il but un café fort et décida d'aller voir sa mère. Il se mit à marcher et s'engagea sur Broadway.

« On a tiré sur Rothstein ! » brailla un crieur de journaux sur le trottoir d'en face à la hauteur de Bryan Park, brandissant un journal à bout de bras. « Mr. Big mortellement blessé ! »

Christmas se retourna comme s'il avait reçu une gifle. Il traversa l'avenue sans se soucier des voitures, rejoignit le garçon et lui arracha le journal des mains.

« Eh ! » protesta le gamin.

« Cette nuit, à 10 h 47, Vince Kelly... » Christmas commença à lire précipitamment.

« Eh ! » répéta le crieur en le tirant par un pan de la veste.

Christmas porta une main à sa poche, sortit une pièce et la tendit au gosse. Puis il s'éloigna en lisant.

« Un dollar ? s'exclama l'autre. Merci, m'sieur ! »

« ... Vince Kelly, liftier du Park Central Hotel, à l'angle de la 56e Rue ouest et de la 7e Avenue, a découvert Arnold Rothstein grièvement blessé dans un couloir de service du premier étage. La balle a atteint le gangster à l'abdomen... »

Christmas abaissa le journal, regard dans le vide. Mais aussitôt après il reprit sa lecture. Mr. Big avait été transporté d'urgence au Polyclinic Hospital. Aux policiers qui lui demandaient qui lui avait tiré dessus, Rothstein avait répliqué : « Je m'en occupe ! »

Christmas plia le journal et siffla un taxi : « Au Polyclinic Hospital ! » ordonna-t-il au chauffeur en montant dans la voiture.

Quand le taxi parvint à destination, Christmas se précipita dans le hall de l'hôpital, mais ses jambes se figèrent. Jusqu'alors, il n'était entré qu'une seule fois dans un hôpital. Pour Ruth. L'odeur des désinfectants agressa aussitôt ses narines. Il avait la tête qui tournait. Il aperçut deux policiers qui s'apprêtaient à prendre l'ascenseur. Il les rejoignit et monta avec eux.

L'étage était surveillé par la police.

« Il faut que je voie Rothstein ! lança Christmas à un agent.

— Vous êtes parent ?

— Je vous en prie, il faut que je le voie.

— Vous êtes journaliste ?

— Je suis… un ami.

— Rothstein n'a pas d'amis ! » plaisanta un capitaine qui passait devant eux. Puis il s'arrêta, revint sur ses pas et dévisagea Christmas :

« Mais j'te connais, toi ! » fit-il en pointant un doigt vers lui. Aussitôt il le poussa, pressant son visage contre le mur.

« Fouille-le ! ordonna-t-il à l'agent. Moi j'le connais, ce merdeux ! J'parie qu't'es fiché, connard !

— Il a rien sur lui, capitaine ! » conclut l'autre. Puis il plongea la main dans la poche intérieure de la veste de Christmas et en sortit son portefeuille, qu'il examina :

« Christmas Luminita, lut-il.

— Christmas Luminita ? s'exclama le capitaine. Laisse-le ! lança-t-il à l'autre. Merde, lâche-le ! commanda-t-il, puis il écarta les bras en secouant la tête. Désolé, *Mister* Luminita… mais vous devez comprendre que… merde… (Il se tourna vers l'agent). C'est Christmas Luminita ! *Diamond Dogs !*

— Celui de la radio ?

— Ben oui, celui de la radio, crétin !

— Je veux voir Rothstein, c'est possible ? » reprit Christmas.

Le capitaine jeta un coup d'œil alentour, réfléchissant :

« C'est bien parce que c'est vous, hein ! dit-il. Venez… »

Il avança dans le couloir, suivi de Christmas. Il s'arrêta devant une porte :

« Mais si vous voulez un conseil, ne racontez pas que vous êtes l'ami de Rothstein…

— Merci, capitaine » dit Christmas en pénétrant dans la chambre.

Rothstein était allongé sur le lit, yeux clos. Pâle et en nage. Les traits tirés par la souffrance.

« C'est toi, Carolyn ? demanda-t-il sans bouger la tête lorsqu'il entendit la porte se refermer.

— Non, monsieur. C'est Christmas. »

Rothstein ouvrit les yeux et tourna légèrement la tête. Il sourit.

« Ah, mon cheval gagnant… fit-il d'une voix faible.

— Comment vous vous sentez ? demanda Christmas en s'approchant.

— Quelle question à la con, mon garçon ! sourit Rothstein. Allez, assieds-toi… (Il tapota le bord de son lit). On voit que tu es vraiment devenu un gros bonnet : ils ne laissent entrer personne. »

Christmas prit place sur une chaise, près du lit. Un instant, il regarda l'homme qui régnait sur New York. Même blessé, même souffrant, il n'avait pas perdu ses airs impériaux.

« Vous savez, ces cinq cents dollars que je vous

dois pour la radio, *Mister* Rothstein ? Maintenant, ils sont devenus cinq mille !

— Tu me dois rien, mon garçon. Garde-les, sourit péniblement Rothstein. T'es vraiment un gangster de merde ! On paie jamais ses dettes à un mort, c'est une vieille règle.

— Mais vous avez parié, et vous avez gagné…

— Quand je te les ai donnés, ce n'était pas pour parier, expliqua Rothstein, qui respirait difficilement. Tu sais pourquoi je l'ai fait ? Parce que t'es un type bien. Or, aucun type bien ne m'a jamais demandé d'argent. D'habitude, mon fric les dégoûte, les types bien ! Même mon père n'a pas voulu de mon argent : j'ai dû le lui filer en douce. »

Rothstein ferma les yeux et serra ses lèvres fines, résistant à un accès de douleur. Puis il regarda à nouveau Christmas et respira quelques secondes bouche ouverte.

« T'es le premier type bien qui a voulu de mon fric. C'est pour ça que je te l'ai filé. Et ça me fait plaisir que tu le gardes. (Puis il lui fit signe d'approcher.) Maintenant, jure de ne révéler à personne ce que je vais te dire.

— Je le jure » dit Christmas.

Il quitta sa chaise et se plaça à côté de Rothstein. Alors Mr. Big lui murmura à l'oreille le nom de son assassin.

Christmas demeura un instant immobile, l'oreille tout près des lèvres de Rothstein. Puis il s'écarta lentement, tout en demeurant penché vers le gangster.

« Mais pourquoi c'est à moi que vous le dites ? demanda-t-il, ému et troublé.

— Parce que le garder pour moi, ça me fait vraiment trop chier… mais je peux seulement le dire à un type bien ! »

Et Rothstein lui donna une petite claque sur le visage, sans force, presque une caresse. Christmas se rassit.

« T'es le seul en qui je peux avoir confiance, reprit Rothstein à grand-peine. T'as juré de ne le révéler à personne, et je sais que tu tiendras parole. (Sa voix était de plus en plus faible). Si je le disais à Lepke… mon assassin serait mort en moins d'une heure. Et ce serait pareil… pour tous les autres. (Il reprit péniblement son souffle, bouche ouverte, et fit une grimace de douleur.) Or, je veux pas que ce connard crève…

— Et pourquoi ? »

Rothstein ricana :

« Ça, c'est mon dernier coup de dés ! (Son rire ressemblait à un râle). Tu veux parier… que quand tu seras vieux… l'histoire circulera encore que je n'ai révélé à personne le nom de mon assassin, et que j'ai dit… que j'ai juste dit… "Je m'en occupe" ? (Il fit un clin d'œil à Christmas et tenta de sourire.) Comme ça, je m'assure une sortie en beauté. Si je le disais… on découvrirait que j'ai été descendu par un connard quelconque… qui deviendrait un cadavre célèbre pour avoir tiré sur Mr. Big… et alors ma fin serait… pathétique… comme c'est toujours le cas pour nous les gangsters… Par contre, de cette manière… ma mort entrera dans la légende (Rothstein soupira et ferma les yeux, narines dilatées. Il laissa passer quelques instants et puis regarda à nouveau Christmas.) Tu vois, tu m'as appris un truc (il toussa) : raconter des conneries, ça rapporte… »

Christmas tendit timidement la main et toucha celle de Rothstein. Il la serra.

« Allez, casse-toi ! fit Rothstein avec un filet de voix rauque et fatiguée, souffrante. Déblaie le plancher, Christmas ! »

Derrière la porte, Christmas découvrit l'épouse de Rothstein, Carolyn, qui attendait pour entrer. Ils échangèrent un regard et puis la femme se glissa dans la chambre du Polyclinic Hospital.

Le lendemain, Rothstein tomba dans le coma et mourut.

« Il y avait beaucoup de monde à l'Union Field Cemetery, raconta Christmas à la radio quelques jours plus tard, en conclusion de son émission. Un tas de crapules, et quelques types bien. Arnold aurait été déçu. La voie qu'il avait choisie ne lui permettait pas d'être une personne comme il faut, et pourtant il y tenait, aux gens comme il faut. Il savait les apprécier. Mr. Big aussi, il a été New York, ne l'oubliez pas ! Parce que tu es comme ça, New York, ombre et lumière... »

Puis il baissa la tête, attendant que Cyril coupe la transmission. Quand il la releva, il croisa le regard de Karl. Celui-ci hochait doucement la tête, ému. Christmas se tourna vers Cyril. Et celui-ci lui sourit, comme il ne l'avait plus fait depuis qu'ils avaient repris *Diamond Dogs*.

Ce soir-là, Christmas se présenta chez Santo, à Brooklyn. Il dégusta des *maccheroni* au four et des jarrets de porc avec des pommes de terre.

Quand il regagna son appartement de Central Park West, il ramassa sa machine qui était restée par terre depuis qu'il l'avait jetée contre le mur. Il redressa comme il le put les tiges de la corbeille. L'une d'elles était cassée. C'était le R. Il s'assit à son bureau et glissa une feuille blanche dans le rouleau. Il prit un stylo et écrivit un R majuscule à la main. Puis il tapa trois lettres. U-T-H. Ruth. Et il resta là, immobile, les mains sur le clavier, fixant ce nom qui était toute sa vie.

Il leva les yeux et regarda par la fenêtre. Il ne pouvait pas voir le banc. Mais il savait qu'il était là.

Tout à coup, il se souvint que les ouvriers avaient oublié quelque chose chez lui, qu'il avait mis dans un débarras. Il glissa des allumettes dans sa poche, alla dans le débarras et récupéra la lampe à huile qu'ils avaient laissée derrière eux.

Il descendit dans la rue et s'arrêta à l'orée du parc. Il ne pouvait pas voir le banc mais savait qu'il était là, à quelques pas. Il suffisait de mettre les pieds dans l'herbe. Il sourit et posa un pied sur le gazon, puis l'autre. Et se retrouva bientôt à courir vers le banc.

Lorsqu'il s'installa à nouveau derrière son bureau, il apercevait par la fenêtre, derrière la feuille sur laquelle il avait écrit le nom de Ruth, une lueur faible et fragile qui brillait. Celle de la lampe à huile. Et grâce à cette lueur, il voyait aussi le banc.

Sous le nom de Ruth, il tapa : « Diamond Dogs ». Puis : « Une histoire d'amour et de gangsters ». Il ajouta à la main tous les R qui manquaient. Ensuite il retira la feuille, la posa à sa droite, et en prit une autre sur la pile de gauche. Il fit tourner celle-ci dans le rouleau et écrivit : « Scène I ». Il respira à pleins poumons et se jeta frénétiquement sur l'Underwood, tapant avec enthousiasme sur les touches et ajoutant à la main le R à chaque fois qu'il en fallait un.

Et il savait que maintenant, dans ce tas de feuilles qui grossissait à vue d'œil, il y avait de la vie.

67

San Diego-Newhall-
Los Angeles, 1928

C'était Clarence qui l'avait aidée. Il ne lui avait rien demandé. Il l'avait écouté parler sans mot dire puis n'avait fait que deux commentaires : « Je suis désolé pour ce jeune homme » et « Tu vas manquer à Mme Bailey ». Puis il s'était enfermé dans son bureau et avait passé une série de coups de téléphone. Après moins d'une heure, il était retourné auprès de Ruth et lui avait demandé : « San Diego, tu connais ? »

Deux jours plus tard, Ruth prenait possession d'un minuscule appartement dans la zone de Logan Heights que Barry Mendez, son nouvel employeur, lui avait trouvé. Barry se situait quelque part entre trente et quarante ans. Des trente ans, il conservait les dents très blanches et le rire joyeux. Des quarante, il avait la calvitie naissante et le ventre rond débordant au-dessus de la ceinture. Il y a des années de cela, il avait été photographe dans l'agence de Clarence. Il avait fait une belle carrière à Los Angeles, mais ensuite il était retourné à San Diego. « Bien qu'il soit né en Amérique, il a toujours été mexicain dans l'âme » avait dit Clarence à Ruth. « C'est un gars paresseux et génial. » Barry Mendez avait un studio et photographiait surtout des mariages. Le gros de son travail se faisait au sein de la communauté mexicaine. « Ils paient moins, *chica*, avait prévenu Barry en montrant des photos à Ruth. Mais tu verras de ces couleurs ! Et puis, regarde un peu ces visages… Pour eux, se marier, c'est à la fois un truc sérieux et un jeu. Ils ont beaucoup de fierté. »

Ruth développait les photos de Barry, et elle tenait le magasin quand il était de sortie pour un mariage. Si la cérémonie avait lieu le dimanche, elle l'accompagnait et lui servait d'assistante. En revanche, s'ils recevaient une commande pour un travail de *gringo*, alors Barry l'envoyait seule.

Au début, Ruth n'avait su que faire de son temps libre. Elle restait assise dans son minuscule appartement qui la rendait claustrophobe, et elle réfléchissait. À elle-même, à Christmas. Et la nuit, trop souvent, elle rêvait aux mains de Christmas sur sa peau. Elle s'était enfuie parce qu'elle n'était pas prête, se disait-elle, pour faire le silence en elle. Or, dans le silence de sa solitude, elle vivait tout un tumulte de souvenirs et de sensations, anciennes et nouvelles. Bientôt, rester enfermée chez elle devint insupportable. Elle se mit à errer dans San Diego, Leica en bandoulière, et à prendre des photos. Ensuite, elle atteignit le bord de mer et commença à photographier la nature. Mais les voix, les pensées, les souvenirs et les émotions ne s'apaisaient pas. Parfois, elle croyait les tenir un peu à distance et les entendre moins vivement, comme un léger bruit de fond, comme le ressac de l'océan. Cependant, cela ne durait pas. Les questions ne tardaient pas à s'imposer à nouveau. Les souvenirs l'entraînaient au loin, bien loin d'où elle se trouvait. Parfois, elle pensait à Daniel, rien que pour éloigner Christmas. Elle tentait de humer dans l'air le rassurant parfum de lavande des Slater. Mais cela ne l'aidait guère.

Un jour, Barry lui annonça qu'ils devaient passer la frontière pour aller photographier un mariage à Tijuana. Ruth grimpa en voiture avec tout son équipement, heureuse de cette nouveauté qui venait la distraire de ses pensées. Alors qu'ils approchaient de la frontière, elle vit une camionnette foncer dans la direction inverse, suivie d'une patrouille de police, toutes sirènes hurlantes. Ruth se retourna pour suivre la scène et aperçut un policier se pencher par la vitre et ouvrir le feu. Cela provoqua une embardée de la camionnette, qui finit sur le bas-côté de la route et se renversa. Barry arrêta la voiture. Ruth descendit et se mit à prendre des photos. Une femme blessée au front sortait, mains en l'air. Derrière elle, deux enfants effrayés. Puis deux hommes vêtus de pantalons sales, clairs et courts, laissant voir leurs chevilles. Ensuite elle photographia les policiers qui poussaient la femme et la faisaient tomber dans la poussière. Essayant de défendre sa mère, l'un des gosses se jetait sur un agent et le criblait de coups de poing. Le policier lui envoyait un coup de pied. Un des deux hommes s'avançait, mais un autre agent lui appuyait un pistolet contre la tête et l'obligeait à s'agenouiller. Après elle photographia une seconde patrouille qui surgissait, s'arrêtait, obligeait tous les Mexicains à monter en voiture, puis faisait demi-tour et repartait en sens inverse, vers la frontière. Ruth saisit le visage des cinq fugitifs dans la voiture de police, lorsque celle-ci passa devant eux. Et, en particulier, les yeux noirs écarquillés, à la fois effrayés et curieux, de l'un des deux enfants, qui se tournait et la regardait par la lunette arrière de l'auto.

« *Finito el sueño* » commenta Barry. Il cracha dans la poussière qui recouvrait l'asphalte de la route et remonta en voiture.

« Qu'est-ce que ça veut dire ? » demanda Ruth en s'asseyant près de lui, tandis que l'auto repartait.

« Fin du rêve. »

Ruth resta les yeux fixés devant elle, en silence. À présent, la frontière était proche. Les policiers américains les regardèrent passer sans les arrêter. Les Mexicains firent de même. Ruth se retourna en reconnaissant les cinq fugitifs que la patrouille faisait descendre de voiture et remettait aux policiers mexicains. La femme blessée au front, à peine revenue en terre mexicaine, fit volte-face pour regarder vers l'Amérique.

Le soir, quand ils rentrèrent à San Diego, Ruth développa les photos que Barry avait prises au mariage de Tijuana, et celles qu'elle avait prises à la frontière.

« Au moins, ils ont essayé… » soupira Barry derrière son dos, en regardant ses clichés.

À partir de ce jour-là, sans bien savoir pourquoi, dès que Ruth avait une journée libre, elle prenait l'autocar qui allait à Tijuana, descendait à la frontière et restait des heures à regarder les gens passer d'un côté à l'autre, en prenant ses photos. Puis elle marchait le long du grillage de clôture. Et elle photographiait cette cage. Maintenant, les agents de la police des frontières la connaissaient et ils prenaient la pose, pistolet en main. Ruth les photographiait. Derrière eux, elle tentait toujours de cadrer des visages sombres et fiers, aux regards profonds et nonchalants, ceux des Mexicains – leurs visages pleins de passion.

Le soir, elle développait ses photos et les examinait pendant des heures. Plus elle les observait, plus elle sentait quelque chose changer en elle. On aurait dit que des nœuds se défaisaient. Les émotions auxquelles elle s'efforçait d'échapper ne cessaient de se manifester. Mais quelque chose semblait bouger en elle. Comme si elle nourrissait une pensée qu'elle n'était pas encore capable de véritablement formuler. Et comme si cette pensée lui apportait quelque chose qu'elle prit, au début, pour l'apaisement qu'elle recherchait. Une espèce de sérénité souffrante. C'était quelque chose qu'elle voyait dans ses clichés, dans les yeux de ces Mexicains qui n'arrivaient pas à franchir la frontière, quelque chose qui la rendait mélancolique mais la réconfortait en même temps.

Mais cela ne dura qu'un temps, jusqu'à ce que cette pensée se manifeste dans toute sa clarté. Alors, une véritable explosion se produisit en elle et elle ne prit jamais plus l'autocar pour Tijuana, elle ne photographia jamais plus la frontière ni le visage des Mexicains derrière le grillage. Elle avait peur. À nouveau, elle avait peur. Dès lors, émotions et souvenirs ne devinrent plus qu'un seul déchirement, plus terrible encore qu'auparavant.

Deux semaines plus tard, Ruth demanda un congé à Barry. Elle inventa une excuse, prit l'autocar pour Los Angeles et, de là, se rendit à Newhall. Le jour où elle franchit le portail du Newhall Spirit Resort for Women, la clinique pour maladies nerveuses où elle avait été internée, ce n'était pas un dimanche. Mais on la laissa entrer quand même et elle fut autorisée à voir Mme Bailey.

Comme toujours, Ruth la trouva assise devant sa fenêtre, le regard perdu dans son monde. Ruth s'assit près d'elle en silence et prit sa main dans la sienne. Mme Bailey ne réagit pas.

« J'ai toujours peur de finir dans le piège, dit Ruth après un moment. Qu'est-ce que je dois faire ? »

Mme Bailey continuait à regarder par la fenêtre, sans rien voir.

Ruth resta à son côté, sans mot dire. Puis, au bout de presque une heure, elle abandonna la main de Mme Bailey, se leva et se dirigea vers la porte.

« Un jour, un enfant, le fils d'un homme qui vendait des canaris, décida de libérer tous les oiseaux de son père » commença soudain Mme Bailey.

Ruth s'arrêta, la main déjà sur la poignée.

« Il ouvrit les cages et tous les canaris s'échappèrent, emplissant le ciel de leurs gazouillis, continua Mme Bailey. Tous, sauf un. Un canari femelle qui s'appelait Aquila, la plus vieille du groupe, qui était même plus âgée que l'enfant. Le gosse haussa les épaules : elle va bien finir pas s'envoler et prendre sa liberté ! se dit-il. Mais, le soir venu, le canari était toujours là, tapi dans un coin de la cage, le plus loin possible de la porte. "Je suis désolé, mais c'est pour ton bien, Aquila !", dit alors le gamin en enlevant de la prison ouverte la soucoupe d'eau et celle avec les graines, certain que la faim et la soif obligeraient le canari à conquérir sa liberté. Le lendemain, l'oiseau se trouvait encore là, au même endroit, mais maintenant il était rigide, dos rougeâtre contre le sol de la cage et petites pattes dirigées vers le plafond, squelettiques et contractées. Ses yeux étaient rendus inexpressifs par un voile opaque et ses ailes, qui n'avaient jamais volé, enserraient son sternum, comme des chaînes. » Mme Bailey soupira et se tut.

Ruth sentit le souffle lui manquer. Puis un flot de larmes noya ses yeux. Elle retourna s'asseoir près de Mme Bailey et resta là à pleurer, en silence.

Alors Mme Bailey tendit la main et prit celle de Ruth dans la sienne.

Ruth ne tourna pas la tête pour la regarder. Elles restèrent toutes deux silencieuses, là devant la fenêtre, sans rien voir de ce qu'il y avait dehors, chacune perdue dans son monde, ses pensées et ses souvenirs.

Au coucher du soleil, un employé entra dans la chambre avec le dîner et dit à Ruth qu'elle devait partir.

Ruth retira sa main de celle de Mme Bailey et quitta le Newhall Spirit Resort for Women.

Ce soir-là, de retour à Los Angeles, elle sonna à la porte de M. Bailey et dormit dans sa vieille chambre de l'agence Wonderful Photos.

Si Arty croyait pouvoir le baiser, il se trompait sur toute la ligne ! « C'est fini » lui avait annoncé Arty deux mois auparavant. Fini le Punisher. Finie la cocaïne. Tu parles, que c'était fini ! Ce serait seulement fini quand il le déciderait, lui ! Arty prétendait qu'ils ne gagnaient plus assez, qu'il n'y avait pas de marge. Quelle connerie ! Bill était certain qu'en réalité, Arty voulait le remplacer et donner son masque à quelqu'un d'autre. Mais le Punisher, ce n'était pas un masque, c'était celui qui était derrière le masque. Arty imaginait pouvoir encore se faire des tonnes de fric sans lui. Quelle connerie ! Bill ne le lui permettrait pas.

Le jour où Arty l'avait surpris en train de violer la salope mexicaine, Bill s'était dit qu'il allait le tuer. À l'évidence, c'était ça, le destin d'Arty. Se faire crever par Bill. Il n'était resté en vie que pour lui ouvrir les portes du paradis, mais à présent sa mission était achevée.

« Va t'faire foutre, Arty ! C'est moi qui n'ai plus besoin d'toi. Amen ! » ricana Bill en aspirant une bonne dose de cocaïne. Il revissa la fiole en verre fumé et la mit dans sa poche. Il respira à pleins poumons, en grinçant des dents. Il la sentait. Elle était en train de monter. Celle du matin, c'était la meilleure. La première, c'était pour se lever. La deuxième, pour se sentir invincible. Ses dents commençaient à être anesthésiées. Ainsi que ses narines et sa gorge. Et ses pensées devenaient brillantes et tranchantes comme un bistouri.

« Arty de mes deux ! » s'exclama-t-il.

Deux mois auparavant, quand le réalisateur lui avait déclaré que c'était fini, Bill avait feint le désespoir et s'était mis à le supplier. Inconsciemment, il avait joué là un rôle, ce qu'il n'avait pas tardé à réaliser. Sur le coup, il avait vraiment cru être désespéré et, bave aux lèvres, il avait imploré ce maquereau pourri de lui donner une autre fiole de cocaïne. Mais en réalité, son instinct l'avait engagé dans une voie géniale : faire mine d'être faible devant l'ennemi afin de pouvoir mieux le baiser. Il avait compris sa propre stratégie deux jours plus tard. Deux jours passés au lit, sans la force de se lever ni de réagir, deux jours où il s'était senti perdu. Fini, comme avait dit cet Arty de mes deux. Fini dans cette petite chambre de merde d'une pension de merde dans cette ville de merde où il était resté prisonnier. Avec trois sous de merde en poche. Mais Bill n'était pas fini. Et il s'était relevé. C'était la rage qui lui avait donné la force nécessaire. La rage avait insufflé de l'adrénaline dans tout son corps.

Les deux jours suivants, il avait filé Arty. Il avait étudié tous ses mouvements. Avant de frapper. Ces deux jours lui avaient permis de découvrir qui fournissait la cocaïne à Arty : Lester, un petit mec tout pimpant. Bill avait débarqué chez Lester, l'avait massacré et s'était fait donner le nom de celui qui contrôlait le marché. Tony Salvese l'avait reçu à l'arrière d'une salle de billard, protégé par deux sbires, pistolet à la ceinture. Bill avait révélé à Tony Salvese qui il était : le Punisher. Alors Tony Salvese avait ri et avait lancé à ses hommes : « C'ui-là, y s'est tapé les plus belles garces de Hollywood ! » Les sbires avaient ri à leur tour et avaient regardé Bill d'un autre œil. Bill avait expliqué qu'il voulait vendre de la cocaïne à Hollywood. Tony Salvese lui en avait confié un kilo. « Les salopes, ça aime la cocaïne, hein ? s'était-il exclamé. Quatre-vingt pour cent, c'est pour moi. Et s'il manque un centime, ta bite c'est pour mon chien. » Quand Bill avait quitté la salle de billard, cocaïne glissée dans le pantalon, il était retourné chez Lester. Tête encapuchonnée, il avait volé toute la cocaïne et tout l'argent qu'il avait pu trouver. Enfin, il s'était rempli les narines.

Maintenant, il vendait donc de la cocaïne. Trouver

des clients n'avait pas été difficile. Il avait fait le tour des gens qui connaissaient ses films et, à chacun d'entre eux, il avait révélé son identité. Ainsi, il fréquentait de nouveau le milieu du cinéma. Et bientôt, il recommencerait à faire des films, se disait-il. Parce qu'il n'y avait personne comme lui. Certes, il devrait attendre un peu. Mais Bill était patient. Déjà, deux de ses clients avaient organisé des petites fêtes dans un motel juste en dehors de Los Angeles, auxquelles il avait été invité. Ils lui avaient fait mettre le masque du Punisher et lui avaient demandé de violer une salope devant eux. Comme ça, en direct. Bill avait eu l'impression d'être le magicien des anniversaires de gosses. Ce n'était pas mirobolant, mais c'était un début. Ensuite, on l'avait appelé pour participer à deux autres fêtes. Une fois, il n'avait pas réussi à bander, mais la cocaïne rendait lucide et intelligent, et Bill n'avait pas paniqué. Il avait regardé ces débauchés et leur avait dit : « J'ai bien attendri la viande, maint'nant c'est vot'e tour ! » Cela avait été une idée fantastique. Ils lui avaient filé cinq cents dollars en plus, tellement ils étaient contents. Oui, il retrouverait bientôt sa place dans le milieu. Il redeviendrait bientôt le Punisher.

Mais l'heure était venue de faire payer cette merde d'Arty.

Il aspira encore une ligne de cocaïne, serra les poings et grinça des dents. Voilà, maintenant il était invincible ! Il attendit qu'Arty sorte de chez lui à pied, comme tous les jours. Arty était un type routinier. Chaque matin, il allait faire une promenade, comme un foutu retraité. Sur le chemin du retour, il s'arrêtait dans un café où il prenait son petit-déjeuner. « Pauvre con ! » pensa Bill. Alors il força la porte arrière de son pavillon et entra. Il se dirigea directement vers la chambre et vida la table de chevet de tout un bric-à-brac. Ça sentait le double fond. Il parvint à le soulever, et découvrit cinq mille dollars en comptant et vingt fioles de cocaïne. Alors il redescendit au salon, mit l'argent dans sa poche et posa la cocaïne sur la table. Il souleva le téléphone et composa le numéro de la police. Il donna l'adresse d'Arty et leur dit de se dépêcher : une grosse quantité de cocaïne les attendait. Dès qu'il eut raccroché, il renversa une fiole sur la table. Il aspira avidement la poudre blanche, pour la quatrième fois de la journée, avant de sortir par l'arrière.

Arty rentra chez lui au moment même où la police arrivait, toutes sirènes hurlantes. Les policiers le plaquèrent contre un mur avant de le pousser à l'intérieur de la maison. Arty ressortit peu après, menotté.

« C'est pas la peine de se salir les mains avec un maquereau ! » se dit Bill rieur pendant qu'il suivait la scène, caché derrière un arbre. Non, il ne le tuerait pas. C'était beaucoup plus marrant comme ça. Il lui enverrait un gâteau en prison, histoire qu'il sache qui remercier. Ainsi, Arty comprendrait qu'on ne pouvait pas dire au Punisher que c'était fini, et qu'on ne le liquidait pas comme une quelconque salope. « Adieu, Arty ! » s'amusa-t-il et il s'en alla, tandis que les sirènes de police remplissaient l'air de leurs chants plaintifs.

Il se rendit à la salle de billard de Tony Salvese.

« J'ai besoin de nouveaux papiers » lui dit-il.

Si Arty pensait le rouler en donnant son nom, il se trompait lourdement. On ne le trouverait pas. Ni William Hofflund ni Cochrann Fennore n'existaient plus, et bientôt il en irait de même pour le dernier né, Kevin Maddox. Le moment était venu de changer de nom.

« Ça va te coûter cher, prévint Salvese.

— Combien ?

— Trois mille. »

Bill sortit de sa poche de pantalon les cinq mille dollars d'Arty et en compta trois mille. « Merci pour ça aussi, Arty ! » songea-t-il. Puis il éclata de rire.

« Qu'est-c'qu'y a d'drôle ? demanda Salvese.

— Rien, Tony, répondit Bill. J'pensais juste à un vieux copain.

— Et qu'est-c'qu'y faisait donc ? Le comique ? » fit Salvese.

Les deux gorilles qui l'accompagnaient s'esclaffèrent.

« Plus ou moins, plaisanta Bill. C'était un maquereau. Et un traître. »

Salvese sourit :

« Je suis content qu'tu parles au passé ! »

Oui, Arty, c'était le passé. Maintenant, il fallait penser au futur.

« J'ai besoin d'un peu plus de marchandise, déclara Bill.

— Et pour quoi faire ? demanda Salvese.

— Je vais à une fête où il y aura des huiles. »

Salvese acquiesça en silence. Il ouvrit un tiroir caché dans le billard et en sortit un gros paquet, qu'il jeta sur le tapis vert.

Bill le ramassa, fit un signe de la tête et s'en alla. Il rentra chez lui, dissimula la cocaïne dans la bouche d'aération et s'allongea sur le lit. Il revit le visage d'Arty que l'on poussait dans la voiture de police et se mit à rire. Mais bientôt il se releva d'un bond. Il se frotta les yeux, ouvrit et referma les poings. Il ne tenait pas en place. Il commença à faire les cent pas dans la chambre. Puis il s'arrêta, renversa un peu de poudre blanche sur la table, roula un billet de banque d'Arty et aspira à pleins poumons. « À ta santé, Arty ! » et il rit à nouveau.

Il prit un costume crème et une chemise en soie rouge, et se rendit à la blanchisserie au coin de la rue : « J'en ai besoin pour ce soir, expliqua-t-il. Parfaitement repassés ! »

Le propriétaire du magasin lui tendit un billet :

« À cinq heures, ça va ? lui demanda-t-il.

— Cinq heures juste ! » précisa Bill, qui ne tenait décidément pas en place et sautillait constamment d'un pied sur l'autre.

Il sortit et entra dans la boutique d'un coiffeur barbier : « Barbe et cheveux ! » ordonna-t-il en s'installant dans un fauteuil. En regardant dans le miroir, il vit derrière lui, assise sur un banc, une femme blonde avec une blouse rayée, pantoufles aux pieds, absorbée dans la lecture d'une revue : « Vous pouvez me faire les ongles ? » fit-il.

« Bien sûr, monsieur » répondit la femme sans le regarder. Elle posa le magazine, se leva et se dirigea vers l'arrière-boutique.

Bill entendit de l'eau couler.

« Et après le rasage, un massage avec l'émollient » commanda-t-il au barbier.

La femme revint avec un récipient plein d'eau et de savon et s'assit près de lui, sur un petit tabouret.

Bill tendis le bras vers elle. La femme prit sa main

et la plaça dans le récipient. L'eau était tiède, ce qui le détendit.

Le barbier lui savonna le menton et commença à aiguiser son rasoir sur la lanière en cuir.

Bill regarda l'instrument, brillant et tranchant. Comme ses pensées. Comme la cocaïne. Il était invincible.

« Ce soir, je vais à une fête à Hollywood, raconta-t-il à la femme.

— Vous avez de la chance ! » commenta-t-elle sans le regarder, tout en lui coupant les ongles.

Oui, songea Bill. La vie reprenait bel et bien !

68

Los Angeles, 1928

« Barrymore m'a demandé de tes nouvelles » lui dit M. Bailey, un paquet à la main.

Ruth le regarda sans répondre.

« Il m'a dit que si tu venais toi aussi ce soir, il exposerait une de tes photos, qu'il n'a jamais déchirée » poursuivit-il.

Elle sourit.

« Qu'est-ce que ça veut dire ? demanda Clarence.

— Que c'est une vedette courageuse. »

Il secoua la tête et renonça à comprendre :

« Tu veux m'accompagner ?

— Je ne sais pas.

— Allez, fais-le pour un pauvre vieux ! s'exclama M. Bailey. Je déteste les fêtes, mais celle-là, je ne peux pas y échapper.

— Franchement je ne sais pas, Clarence...

— Ça aurait de la classe, si je me présentais une belle fille au bras ! plaisanta-t-il. Surtout si c'est l'une de mes plus géniales photographes ! »

Elle sourit.

« Capricieuse, lunatique… mais bourrée de talent »
poursuivit-il.

Elle éclata de rire :

« Je ne suis pas capricieuse !

— Oh que si ! s'amusa Clarence. Tu fais plus de
foin que les vedettes ! Et le pire, c'est qu'on te laisse
faire. Allez, viens avec moi, comme ça je verrai la
photo de Barrymore.

— Je n'ai rien à me mettre » protesta-t-elle.

M. Bailey posa son paquet sur le bureau de Ruth.

« Qu'est-ce que c'est ? demanda-t-elle.

— Ouvre ! »

Elle s'approcha du paquet et l'ouvrit. Elle découvrit
une robe en soie. Vert émeraude.

« De la même couleur que tes yeux ! » sourit-il.

Elle en resta bouche bée.

« Mais… pourquoi ? » demanda-t-elle.

Il s'approcha d'elle et l'embrassa tendrement :

« Autrefois, j'adorais acheter des robes pour
Mme Bailey, dit-il doucement. Si tu avais vu comme
elle était belle !

— Mais… pourquoi à moi ? »

M. Bailey s'écarta légèrement et posa les mains
sur les épaules de Ruth.

« Tu es la seule femme à qui je puisse faire un
cadeau de ce genre sans passer pour un gros dégoûtant » répondit-il.

Elle se mit à rire.

« Merci, Clarence. »

Le vieil agent haussa les épaules.

« C'est pour moi que je le fais. Pour me sentir
vivant.

— Je ne parle pas de la robe, Clarence, précisa-t-elle. Si tu n'avais pas été là…

— Alors on est d'accord, coupa-t-il, tu m'accompagnes ! » Il tourna les talons et quitta la pièce.

Ruth regarda longuement la robe verte. Puis elle la plaça devant elle et s'admira dans la glace. La dernière personne qui lui avait offert une robe de soirée, c'était sa mère. Une robe rouge sang. Qui l'avait menée au Newhall Spirit Resort for Women. Et pourtant, Ruth ne sentit pas son estomac se nouer à ce souvenir. Dans cette clinique, elle avait connu Mme Bailey. Et Clarence. Aussi douloureux que soit ce souvenir, le Newhall Spirit Resort for Women avait aussi marqué le début de sa nouvelle vie. Elle avait trouvé le courage de sortir de la cage de sa famille. Ruth admira encore la robe verte. « On t'ouvre à nouveau la cage » pensa-t-elle.

Elle la déposa sur le lit et sortit. Elle alla acheter des chaussettes blanches, une paire de chaussures vernies noires à talons plats, ainsi qu'une veste courte et légère en soie noire avec un large col arrondi et des manches serrées qui ne couvraient que la moitié de l'avant-bras. Puis elle se rendit dans une mercerie où elle trouva cinq boutons ronds et plats du même vert que la robe, qu'elle utilisa pour remplacer les boutons noirs de la veste. Elle choisit dans une parfumerie un rouge à lèvres discret, un fond de teint clair couleur perle, un crayon noir pour les yeux et un flacon de Chanel N° 5. Enfin, elle se fit lisser les cheveux chez un coiffeur.

Le soir, quand Clarence entra dans la chambre de Ruth juste avant de partir pour la fête, il s'arrêta net sur le seuil de la porte, bouche bée : « Excusez-moi, dit-il, vous avez vu Mlle Isaacson ? »

Rougissante, Ruth se mit à rire.

« Tu es magnifique ! » s'exclama Clarence avec une fierté toute paternelle. Il lui offrit le bras : « On y va ? » Puis, alors qu'ils étaient déjà dans le couloir de l'immeuble, il se frappa le front d'une main : « Attends ! » dit-il avant de remonter au cinquième étage. Lorsqu'il redescendit, il tenait en main un foulard en tulle, léger et transparent. Il l'enroula autour du cou de Ruth, en l'étoffant sur ses épaules : « C'est à Mme Bailey, expliqua-t-il. Maintenant, tu es parfaite ! »

Ils prirent la voiture et se rendirent à une gigantesque villa sur Sunset Boulevard, qui brillait de mille feux. Ils furent obligés de s'arrêter presque au début de la longue allée menant à la demeure. Un domestique ouvrit la portière, les fit descendre et puis gara leur véhicule derrière une interminable file d'automobiles de luxe. Ruth et Clarence étaient à peine descendus de voiture que d'autres véhicules arrivaient déjà, que l'on garait juste derrière la leur.

Clarence se retourna pour regarder le spectacle : « Voilà, ronchonna-t-il, ça c'est exactement ce que je déteste, dans ce métier… On aurait dû laisser la voiture avant la grille : maintenant, elle est complètement coincée. » Puis il offrit son bras à Ruth et ils remontèrent l'allée.

À ce moment-là, une voiture foncée surgit. Alors que l'employé chargé du parking s'approchait pour ouvrir la portière, un géant vêtu de noir sortit du côté passager, pistolet au poing. Il poussa le domestique et jeta un coup d'œil méfiant à la ronde. Puis il adressa un signe à quelqu'un dans le véhicule. De l'arrière surgirent deux types identiques au premier. Leur veste était déboutonnée et on devinait leur pistolet dans un étui, sous l'aisselle. L'un d'eux tendit la main vers l'intérieur pour aider une femme élégante et un peu grassouillette à sortir. De l'autre portière descendit un petit homme chauve et bronzé, avec de petites lunettes rondes.

« La voiture du sénateur doit pouvoir repartir à tout moment » aboya l'un des types armés en direction de l'employé, alors qu'un autre véhicule franchissait le portail.

« Il y en a qui se croient tout permis, maugréa Clarence. C'est le sénateur Wilkins, expliqua-t-il ensuite à Ruth. Il a déjà échappé à deux attentats. Il lutte contre la criminalité organisée. (Il secoua la tête.) Et pourtant on dirait que c'est lui le mafieux ! Quelle différence y a-t-il entre ses gardes du corps et les gorilles d'un gangster ? »

Approchant des marches de la villa, ils entendirent les notes d'un orchestre qui jouait, et bientôt aussi le bourdonnement de voix des invités.

« Quelle plaie… » ronchonna Clarence.

Ruth se mit à rire. Ils atteignirent le hall.

Les murs de la villa étaient tapissés de photographies de vedettes, comme un immense hommage à la vie mondaine.

« C'est Hollywood en pleine autocélébration… râla Clarence. Quelle bouffonnerie ! »

Un homme élégant aux gestes efféminés, cheveux blond platine pommadés et sourcils très fins, se précipita vers Clarence dès qu'il l'aperçut. Il l'enlaça et l'embrassa avec un enthousiasme démesuré : « Ah, voici le roi de la soirée ! Presque toutes les photos viennent de ton agence ! »

Clarence s'écarta et sourit poliment :

« Je te présente la photographe Ruth Isaacson… Et lui, c'est Blyth Bosworth, l'homme qui a eu l'idée grandiose de cette soirée ! » finit-il, sarcastique.

Blyth Bosworth ouvrit des yeux grands comme des soucoupes et écarta les bras en regardant Ruth : « Ah, mais on dirait que nous avons aussi trouvé la reine de la fête, alors ! s'exclama-t-il. Viens, très chère ! » dit-il, prenant Ruth par la main et l'entraînant vers une salle bondée.

Inquiète, Ruth se tourna vers Clarence. M. Bailey lui fit au revoir de la main, pouffant comme un petit garçon bien content d'avoir embêté quelqu'un.

« Faites place, braves gens ! » s'écria Blyth en entrant dans la salle.

Tout le monde se retourna pour les regarder.

« John ! John ! continua Blyth. John, la Traîtresse est arrivée ! »

Les hôtes s'écartèrent, formant comme une haie d'honneur, et Ruth découvrit John Barrymore à côté d'une immense photo.

L'acteur portait une veste noire et une chemise très blanche, premier bouton ouvert et cravate légèrement desserrée. Quand il aperçut Ruth, ses lèvres d'adolescent s'élargirent en un sourire. Il lui fit un salut lent et théâtral et puis tendit le bras vers elle.

Ruth, empourprée, se figea.

« Vas-y, mon trésor ! Les vierges timides, c'est pas la mode, à Hollywood ! » lui glissa Blyth en la poussant vers le grand acteur.

Ruth s'approcha en observant la photo. C'était une

de celles qu'elle avait prises chez Barrymore, avant qu'il ne s'habille. Il portait sa robe de chambre à rayures en satin et fixait l'objectif avec un regard distant et mélancolique. Le faisceau de lumière provenant du rideau entrebâillé éclairait ses boucles décoiffées, ses pieds nus et une bouteille sur le sol. Ainsi agrandie, la photo gagnait encore en tragique et en sincérité, avec ce contraste exacerbé entre obscurité et lumière.

« Évidemment, j'ai expliqué à nos amis que dans la bouteille, il n'y avait que du thé froid ! » plaisanta Barrymore, passant un bras autour des épaules de Ruth et la présentant aux personnes alentour.

Le tout-Hollywood se mit à rire et applaudit.

Barrymore souriait et tenait Ruth contre lui : « Bravo, Traîtresse ! chuchota-t-il. Je les ai tous roulés ! Ils ne regardent que ma photo. Ni Greta Garbo ni Rudolph Valentino ne peuvent rivaliser. Gloria Swanson est furieuse, il paraît même qu'elle est partie ! » s'amusa-t-il.

Ruth le regarda :

« *Mister* Barrymore, vous savez que vous ne m'avez jamais payé cette photo-là…

— Oh que si, je te l'ai payée, Traîtresse ! »

Ruth fronça les sourcils.

« C'est moi qui ai dit à Christmas où te trouver » expliqua Barrymore.

Elle baissa les yeux.

« Je n'aurais pas dû ? demanda-t-il.

— Si, si, répondit-elle doucement.

— Prenez la pose près de la photo ! » s'écria Blyth survolté. Puis il s'écarta, laissant la place aux photographes des revues qu'il avait invités. Ils firent crépiter leurs flashes, comme un peloton d'exécution armé de lampes.

Ruth fut complètement aveuglée. Tout devint blanc. Puis noir. Ensuite la foule amassée autour d'elle, applaudissant et riant, commença à réapparaître. Au milieu de tous ces gens souriants, Ruth aperçut soudain un visage sérieux. Cela ne dura qu'un instant. Les flashes reprirent. Nouveau déferlement d'éclairs. Blanc. Noir. Et puis les visages qui redevenaient visibles. Et de nouveau, ces yeux graves qui la fixaient. Stupéfaits. Sombres.

Ruth sentit ses jambes se dérober. Les voix du public se transformèrent en un éclat de rire unique et effrayant surgissant du passé.

Bill était arrivé de bonne heure à la fête. Il avait garé sa voiture dans l'allée et était entré, un volumineux paquet sous le bras. Il avait été reçu par le maître de maison dans son bureau privé. Il lui avait remis le colis et avait empoché sept mille dollars en liquide. Puis, en compagnie de son hôte, il avait ouvert le paquet et s'était fait une ligne de cocaïne. Il ne savait plus à combien il en était aujourd'hui. Être parmi toutes ces personnes importantes le rendait nerveux. Il avait déjà vidé une de ses fioles personnelles avant d'arriver et ne s'était pas arrêté là. Avec un peu de cocaïne, il serait plus à l'aise, s'était-il dit. Et en effet, il ne se s'était pas senti déplacé tant qu'il plaisantait avec le maître de maison. Mais la situation avait changé quand l'épouse était arrivée, une jeune femme d'une trentaine d'années qui avait tourné dans deux petits films avant de se marier avec ce millionnaire. Elle n'avait même pas salué Bill. Elle avait regardé la cocaïne, s'était emparée d'une fiole qu'elle avait glissée dans son sac du soir, et puis s'était adressée à son mari : « Ce monsieur a l'intention de rester ? » avait-elle demandé. Son époux l'avait prise par le bras et accompagnée en douceur vers la porte du bureau. « Personne ne le remarquera » lui avait-il répondu à voix basse. « Avec un costume blanc et cette horrible chemise rouge ? » avait insisté la femme. « Il y aura tellement de types dans son genre… » avait répliqué le mari, parlant encore plus doucement. Mais pas assez bas pour que Bill n'entende pas. Quand la cocaïne circulait dans ses veines, Bill entendait tout. Et il voyait tout. Voilà pourquoi il était certain d'être invincible. Mais soudain, il avait réalisé qu'il était en nage et qu'il avait un désir irrésistible de se faire une autre ligne.

Quand le maître de maison était revenu dans le bureau, une fois sa femme éloignée, il avait trouvé Bill penché sur la table en train d'aspirer une ligne de poudre blanche. Il s'était mis à rire. Il s'était dirigé vers une armoire et l'avait ouverte. Il en avait sorti un flacon de cristal et deux verres. « Du Glenfiddich dix-huit ans d'âge ! avait-il précisé. J'ai réussi à lui faire passer la douane lors d'un de mes derniers voyages en Europe. Cocaïne et scotch, que demander de plus ? » Il avait trinqué avec Bill et lui avait recommandé de ne pas raconter à tout vent qu'il était le Punisher : « Il vaut mieux que certaines choses restent entre nous… »

Au fur et à mesure de l'arrivée des invités, Bill s'était senti de plus en plus exclu. Irrémédiablement exclu. Et plus cette sensation de malaise croissait, plus il se fourrait de la cocaïne dans le nez, s'enfermant dans l'une des cinq salles de bains luxueuses du rez-de-chaussée. Ensuite il regagnait le bureau du maître de maison pour boire le Glenfiddich dix-huit ans d'âge, sans demander la permission à quiconque. Il avait fini par boire directement au flacon de cristal. Quand un domestique l'avait surpris, Bill lui avait lancé un regard hargneux en sifflant : « Qu'est-c'tu m'veux, p'tit merdeux ? » Il avait vidé la bouteille et l'avait laissée sur le bureau en merisier rouge, faisant des taches sur le bois précieux. Et il avait continué à boire tout ce qu'il pouvait trouver. Quand sa tête devenait trop lourde, il retournait dans la salle de bains, s'enfermait à clef et reprenait une autre dose de cocaïne.

Nul ne lui adressait la parole. Bill regardait les photos accrochées aux murs et se disait : « Moi aussi, je devrais y être ! Vous avez fait combien de branlettes grâce à moi, têtes de nœud ? Moi aussi, j'suis une vedette ! » Les muscles de son visage étaient contractés. Il essayait de sourire mais, à chaque fois qu'il croisait son reflet dans un miroir, il n'y voyait qu'une grimace. Sa deuxième fiole de cocaïne finie, il eut la nette impression que tout le monde le dévisageait. Puis les types se murmuraient quelque chose à l'oreille, avant de le fixer à nouveau. « Merde, qu'est-c'que vous reluquez ? se disait-il. Vous voulez que j'baise vos femmes ? Vous voulez que j'les tabasse ? Bande de merdeux ! Lâches ! » À un moment donné, il avait rejoint la sortie. Il aurait dû s'en aller. Qu'est-ce qu'il foutait avec tous ces riches de merde ? Quand ils étaient entre eux, ils avaient honte de lui. Ils faisaient mine de ne pas le connaître. Il en avait salué deux, des personnes à qui il vendait de la cocaïne.

Ah ça, ils étaient tout sourires et salamalecs, quand ils avaient besoin d'un peu de poudre ! Mais maintenant, ils prétendaient ne pas le connaître. Il aurait dû mettre de la mort aux rats dans la cocaïne. Oui, voilà ce qu'il aurait dû faire. Car c'étaient tous des rats dégueulasses. Ils n'avaient pas de couilles. Allez, il ferait mieux de s'en aller, se disait-il, en essayant de remplir ses poumons d'air frais. Mais en même temps, il ne fallait pas qu'il s'avoue vaincu, bordel de merde ! C'était quand même lui, le Punisher ! C'était lui, le meilleur ! Il avait serré les poings et s'était mis à l'écart, dans un coin sombre du jardin, afin d'aspirer le fond de sa fiole. « Allez vous faire foutre, connards ! avait-il pensé. On va voir qui c'est qu'a des couilles, ici ! »

De retour à l'intérieur de la villa, il avait entendu des rires et des applaudissements. « Ça devrait être pour moi ! » avait-il songé en suivant la lumière des flashes qui crépitaient follement. Il était entré dans la salle et avait joué des coudes pour avancer parmi la foule, narines dilatées, ses yeux vitreux écarquillés, ses dents mordillant des lèvres qui avaient perdu toute sensibilité. Des pensées tournoyaient dans son cerveau sans jamais se formuler entièrement. Il voulait voir qui était la nullité qui recevait tous ces hommages alors que c'est à lui qu'ils auraient dû revenir.

Et c'est alors qu'il l'avait vue.

Elle le fixait.

Tout à coup, Bill comprit que tous ses cauchemars passés n'étaient rien d'autre qu'une prémonition. Ils annonçaient ce moment précis. Les rires de la foule et les applaudissements se turent. À chaque flash qui explosait, c'était comme si Ruth s'approchait un peu plus de lui. Ses pensées se turent également, comme mortes à l'instant même, foudroyées par Ruth. Bill n'avait plus aucune pensée en tête. Il la regardait, immobile. Sans pouvoir faire rien d'autre que la fixer. Hypnotisé.

C'était comme s'il regardait son propre destin. Comme si, après toutes ces péripéties, il se retrouvait face à la mort. La mort qui, nuit après nuit, l'avait tourmenté et réveillé dans la terreur. Elle était là. Et elle était là pour lui. Rien que pour lui.

Ruth était venue pour l'emporter.

Elle tendrait un bras dans sa direction, pour le désigner. Sa bouche s'ouvrirait en un cri : « C'est lui ! » hurlerait-elle. Et dans ce silence irréel, tout le monde le regarderait. Et saurait. « C'est lui ! » Alors ils le traqueraient comme un animal. Ils le jetteraient à terre, l'immobiliseraient et se moqueraient de lui. Ils le lieraient et le remettraient à la police. Et la police le mettrait sur la chaise électrique, avec les lanières de cuir, la calotte serrée autour de la tête et l'éponge dégoulinante d'eau. « C'est lui ! » crierait Ruth tout en abaissant la manette. Et ce serait la mort du Punisher. Grillé. Cerveau giclant partout dans son crâne et mains serrées sur les bras du fauteuil. Comme un chien. Comme dans ses cauchemars.

Juste derrière lui, un photographe appuya sur le bouton de son appareil. Le magnésium explosa, déchirant le silence dans la tête de Bill. Celui-ci fit volte-face d'un bond, yeux exorbités, et flanqua un coup de poing au photographe. À présent, tout le monde le regardait. Et personne ne riait plus.

Bill se retourna pour voir Ruth. Elle le dévisageait toujours. Et elle souriait. Oui, il était certain que Ruth le contemplait en souriant. C'était un rictus atroce, comme dans ses cauchemars. Oui, tout se passait exactement comme dans ses cauchemars.

Bill vit alors un gars efféminé s'approcher de lui, sourcils fins comme ceux d'une femme et cheveux teints en blond platine. Bill brandit le poing. L'autre hurla et se cacha le visage derrière sa main. Bill le poussa brutalement, le jetant à terre. Puis il s'enfuit, se frayant un passage parmi tous ces riches de merde.

Ruth le reconnut immédiatement.

Elle sentit ses jambes se dérober. Le souffle s'arrêta net dans sa gorge. Elle fut submergée par une vague de terreur.

Bill la regardait. Et il l'avait reconnue lui aussi.

La rencontre tellement redoutée. L'homme de ses cauchemars. Le passé qui revenait pour l'engloutir dans l'abîme. Ruth sentit une douleur à son doigt amputé et eut peur qu'il ne se remette à saigner.

Bill la regardait avec une expression féroce.

La victime et le prédateur s'étaient reconnus. Tout se passait comme si, dans cette salle bondée, ils n'étaient que tous les deux.

Ruth eut l'impression d'être comprimée dans un étau : les mains de Bill. Ces mains qui l'avaient immobilisée sur le plancher de la camionnette, cette nuit-là. Ces mains qui l'avaient touchée, frappée et fait saigner. Ces mains qui lui avaient écrasé le nez, la lèvre et les côtes, et lui avaient crevé un tympan. Ces mains qui avaient empoigné des cisailles et l'avaient mutilée. Qui avaient sali et marqué sa vie. Les images qui lui revenaient, vives et brutales, la clouaient sur place comme l'avaient fait les mains de Bill cette nuit-là, sans lui laisser la possibilité de fuir ni de se soustraire à l'humiliation et la violence.

Entre deux éclairs de flash, Ruth regardait Bill, et elle ne parvenait ni à crier ni à pleurer ni à s'échapper. Elle ne pouvait rien faire d'autre que rester là à le fixer, pétrifiée d'horreur. Elle avait l'impression de percevoir son haleine pleine d'alcool et de sentir brûler le corps de cet homme dans le sien, et n'avait rien d'autre dans les oreilles que sa voix et son rire terrifiant.

Bill continuait à la regarder, et Ruth lisait dans ses yeux toute la force et tout le pouvoir qu'il avait sur elle.

Presque inconsciemment et avec une lenteur exaspérante, elle parvint à s'agripper à la manche de veste de Barrymore. Dès qu'elle senti le contact de cette étoffe légère et douce, ses yeux s'emplirent de larmes. Elle réalisa soudain qu'elle était capable de bouger. Oui, elle était encore capable de bouger ! Alors peut-être pourrait-elle fuir ? Peut-être pourrait-elle se détourner et se soustraire au regard inhumain de Bill ? Elle pourrait trouver un peu de courage, ou au moins un peu de colère. Elle pourrait montrer cet homme du doigt et le faire arrêter. Elle pourrait se venger. Elle pourrait le vaincre et l'écraser. Si seulement elle pouvait échapper un instant, ne serait-ce qu'un instant, à ce regard impitoyable !

Mais tout ce qu'elle parvenait à faire, c'était rester agrippée à la manche de Barrymore, tandis que les flashes continuaient à crépiter follement, effaçant brièvement le visage de Bill dans leurs éclairs. Pourtant il était là, se disait Ruth, et il la fixait. Il la dominait. Il la tenait en son pouvoir. Comme si elle était à lui, une chose à lui, sans nulle volonté ni possibilité de se libérer de son étau.

Et puis, tout à coup, elle aperçut Bill qui se tournait vers un flash. Elle le vit frapper un photographe, se jeter sur Blyth qui accourait et puis s'enfuir. Se perdre parmi la foule.

Il fuyait ! Bill fuyait !

Ruth sentit ses jambes se tendre et elle se retrouva sur la pointe des pieds, en train d'épier Bill qui se frayait un chemin parmi les invités. Elle nota qu'il se retournait un instant avant de quitter la pièce. Et elle lut dans ses yeux quelque chose d'animal. Quelque chose qui ressemblait à sa propre peur. Or, dans la peur de Bill, la sienne commença à se dissoudre. Comme si, dans leur histoire, il n'y avait de place que pour une seule peur. Et cette peur, maintenant, n'était plus la sienne.

Elle réalisa qu'elle était en nage. C'était un voile glacé et impalpable de sueur, comme une rosée de peur. Pourtant, la chaleur recommençait à gagner son corps. Elle lâcha la manche de Barrymore. Cette sensation de chaleur, ce sang qui se remettait à couler dans ses veines, provoqua en elle comme une secousse électrique. C'était une longue et violente aspiration d'air, comme après une apnée, comme une naissance.

Bill avait fui. C'était lui, maintenant, qui avait peur – d'elle !

Alors Ruth esquissa un sourire. On aurait dit un cadeau inattendu, un trésor précieux. Ce ne fut d'abord qu'un léger plissement des lèvres, encore tremblantes de l'écho de sa peur. Un sourire qui ne correspondait pas encore à une pensée, comme une fleur éclose avant le lever du soleil. Au fur et à mesure que ce sourire se dessinait sur ses lèvres et montait dans ses yeux, elle finissait par oublier sa peur, comme si celle-ci n'avait jamais existé, comme si Bill l'avait emportée avec lui. Elle sentit alors qu'elle était arrivée au bout d'un parcours. Elle sentit, dans les tréfonds les plus cachés de son âme, que le moment était enfin venu de laisser à nouveau s'écouler le temps.

Elle comprit qu'elle était restée emprisonnée dans un photogramme et que, dans ce photogramme, elle avait aussi emprisonné Bill, les condamnant ainsi tous deux. Sa vie s'était cristallisée dans une soirée qui avait eu lieu plus de six ans auparavant.

« Mais moi, je suis une autre. Et maintenant toi, tu es un autre aussi ! » se dit-elle, stupéfaite par la simplicité de cette constatation.

Le cœur presque léger – ou, du moins, porteur d'une promesse de légèreté –, elle se tourna vers Barrymore : « Je dois y aller ! » lui souffla-t-elle à l'oreille avant de rejoindre Clarence. Elle demanda au vieil agent de la raccompagner à la maison. Elle passa un bras sous le sien et ils se dirigèrent vers la sortie.

L'air était frais et limpide, le ciel étoilé.

« La voiture est là-bas ! » dit M. Bailey en indiquant le bout de l'allée.

Ruth eut l'impression d'entrevoir un homme avec un costume clair et une chemise rouge criarde qui courait entre les véhicules garés. Il sembla s'arrêter au milieu d'une rangée de voitures et regarder autour de lui avant de reprendra sa course. Peut-être fit-il aussi une chute. Mais Ruth n'y prêta aucune attention. Elle ne le connaissait pas, cet homme. Elle ne le connaissait plus. Ça pouvait être n'importe qui.

Ruth sourit et commença à descendre l'escalier. « Je

ne suis plus à toi ! » se dit-elle. Son sourire ouvrait grande la cage : « Adieu, Bill ! »

Bill trébucha. Tomba. Se releva.

Sa LaSalle était bloquée par des dizaines d'autres voitures.

« Vous partez ? demanda un domestique. Si vous me donnez dix minutes, je vous sors votre voiture. »

Bill le bouscula. « Mais va t'faire foutre ! » grogna-t-il. Non, il n'avait pas dix minutes, il n'avait pas même une seconde !

Il se tourna vers la villa. Ruth se tenait devant la porte et regardait dans sa direction. Elle l'avait vu. Elle était avec un homme, certainement un policier. Le policier avait levé le bras et l'indiquait. Ruth riait.

Bill s'élança vers le portail. Il devait fuir. Il ne se laisserait pas prendre. Dans sa course, il se heurtait aux voitures garées là et le gravier entrait dans ses chaussures. Il jeta encore un coup d'œil derrière lui.

Ruth descendait l'escalier de la villa avec le policier. Ils avançaient sans se presser. Ils se jouaient de lui. Bill se trouvait dans une cage, et la cage s'était refermée. Il sentait son cerveau exploser. Il était traversé d'éclairs aveuglants, puis il faisait noir, et puis des éclairs encore. L'alcool lui coupait les jambes. Il se remit à courir. Maintenant le portail était proche. Mais que ferait-il, une fois sur Sunset Boulevard ? Il ne pouvait pas prendre la fuite à pied ! Il se ferait rattraper. Il regarda derrière lui. Le policier l'indiquait à nouveau. Le domestique se retournait et l'indiquait à son tour. Et Ruth riait ! Elle riait. De lui.

Bill se camoufla derrière un buisson. Il reprit son souffle et observa les alentours. Si seulement il pouvait se faire une autre ligne de cocaïne ! Avec une ligne en plus, il ne se ferait pas choper. Il redeviendrait invincible. Il fourra la main dans sa poche où il sentit quelque chose. En retirant sa main, il découvrit un peu de poudre blanche sur le bout de ses doigts. Une des fioles avait dû s'ouvrir. Il ôta sa veste et retourna la poche dans la paume de sa main. Il n'y avait pas grand-chose, mais ça suffirait. Il se mit à rire. Puis il porta la main à son nez et aspira de toutes ses forces. Il sentit de l'amertume dans sa gorge. Il renifla l'étoffe de sa poche. Il rit à nouveau. Se mordant violemment la lèvre, il perçut le goût du sang mais aucune douleur. « Merde, je suis encore invincible ! » s'exclama-t-il.

Il jeta un œil de l'autre côté du buisson. Des hommes en costume sombre bavardaient et fumaient sur la pelouse, tout en faisant les malins avec une domestique. Bill savait qui ils étaient : les gardes du corps d'un connard de sénateur. Des merdes. Ils se trouvaient au moins à vingt pas de la voiture noire. L'un d'eux avait ôté sa veste et Bill pouvait apercevoir son pistolet dans l'étui. Personne d'autre ne pourrait réussir un coup pareil, mais lui si ! Car lui, il était invincible. Il avait un avantage de vingt pas sur ces pauvres cons. Il rampa sur le gravier de l'allée, se cachant derrière les voitures garées très serrées. Il atteignit la voiture du sénateur, la dernière de la file. Il ouvrit sans bruit la portière et se glissa à l'intérieur, sans se relever. Il suffisait de mettre le moteur en route et d'enclencher la marche arrière. Ces pauvres cons n'auraient jamais le temps de le rattraper.

Il se redressa, la main sur la clef de contact. Mais là, il s'arrêta.

Ruth avançait dans l'allée. Elle avait le regard tourné vers lui.

Ce n'est qu'à cet instant que Bill réalisa qu'il ne l'avait jamais appelée « putain », ce soir-là. À partir du moment où il l'avait vue, il n'avait jamais pensé à elle comme à une putain. Il ignorait pourquoi il se faisait soudain cette réflexion. Il se disait juste que ça semblait bizarre. Et alors, il sentit comme quelque chose qui le démangeait à l'intérieur de sa poitrine, quelque chose qui devint une espèce d'émotion.

Ruth avançait dans l'allée. Elle était proche, maintenant. Elle portait une robe vert émeraude. Comme la bague que Bill avait arrachée en même temps que son doigt. Comme ses yeux. Elle marchait et souriait. Elle était radieuse. La plus belle femme que Bill ait jamais vue.

La gamine pour laquelle il avait perdu la tête.

Les doigts de Bill étaient immobiles sur la clef de contact, hésitants.

Bill sentit l'émotion envahir tout son corps. Le temps s'arrêta. Tout à coup, il n'avait plus peur. Il aurait pu descendre de voiture et aller à la rencontre de Ruth. Elle était tellement proche, à présent ! Il aurait pu tout reprendre à zéro.

C'était ce que lui dictait son émotion.

« Tu es magnifique, Ruth ! » pensa-t-il.

Le cœur bouleversé par l'émotion, il tourna la clef.

Il n'entendit pas le bruit. Juste un silence étrange. Et puis une chaleur qui le dévorait vif.

Quand la voiture explosa, Ruth fut projetée à terre par le déplacement d'air, complètement assourdie par le vacarme de la bombe et de la tôle.

Tandis que Clarence l'aidait à se relever, elle vit les gardes du corps accourir, pistolet au poing. Les domestiques couraient et hurlaient. La foule sortait de la villa, regardait, courait et hurlait aussi. Et bientôt, les sirènes des voitures de police garées sur Sunset Boulevard hurlèrent à leur tour.

« Où est le sénateur ? cria un policier.

— Il est vivant ! s'exclama l'un des gardes du corps.

— Préparez une voiture ! » ordonna le capitaine de police.

Les deux autres gardes du corps se précipitèrent vers la villa, bousculant les curieux. Ils ressortirent avec le sénateur et sa femme et les escortèrent jusqu'au portail. Ils les firent monter dans une voiture de police qui démarra aussitôt, toutes sirènes déployées.

Il y avait des débris de verre partout. Les portières avaient été arrachées de leurs charnières. La tôle se tordait et craquait. La chaleur était insupportable.

« C'est le troisième attentat ! commenta une personne derrière Ruth.

— Il vaudrait mieux éviter de l'inviter » fit remarquer un autre.

Cela fit rire quelqu'un.

La foule en tenue de soirée se pressait dans l'allée. Les photographes prenaient des photos. Les flashes crépitaient dans la nuit comme des lucioles affolées. L'air se remplissait d'odeurs nauséabondes d'essence et d'huile, de métal fondu et de cuir.

Ensuite le feu s'éteignit. Tout seul, soudainement, comme si quelqu'un avait renversé dessus un énorme seau d'eau invisible. Ne restèrent plus que quelques flammèches, ici et là. Et un léger crépitement.

Comme la braise dans un feu de cheminée, pensa Ruth.

Elle fit un pas vers la voiture difforme.

Le corps carbonisé de Bill se cramponnait encore au volant, la tête brûlée rejetée en arrière.

« Faites attention, mademoiselle ! lui dit un policier.

— Il faut que je voie, murmura Ruth.

— Vous le connaissiez ? » demanda-t-il.

« J'étais déjà libre » songea-t-elle.

« Mademoiselle, vous le connaissiez ? » insista le policier.

Ruth le regarda sans aucune expression :

« Non » dit-elle enfin. Puis elle tourna le dos à Bill.

69

Manhattan, 1929

Quand Christmas avait inscrit le mot « fin » sur la dernière page de sa pièce, il s'était senti comme vidé. Il s'était également senti seul et perdu.

L'écriture l'avait tellement absorbé qu'il s'était comme égaré, oubliant sa vie réelle. Il était resté penché sur son clavier, tapant avec fougue, vivant ce qu'il écrivait comme s'il avait été là, avec ses personnages : l'amitié, la lutte pour s'en sortir ou simplement pour survivre, l'existence dans le Lower East Side... et puis l'amour, le rêve et le monde tel qu'il devait être, toujours parfait, y compris dans la douleur et la tragédie. Le sens : voilà ce qu'il avait cherché. Donner un sens à la vie, la rendre moins arbitraire. C'était ça, la perfection, non pas le succès, la réussite, le couronnement d'un rêve ou d'une ambition : c'était le sens. Ainsi, dans son histoire, même les méchants trouvaient un sens à leur vie, en tout cas ils lui en donnaient un. Et chaque vie était reliée à celle des autres, comme des fils qui se croisaient et se recroisaient et finissaient par dessiner une toile d'araignée – un dessin bien réel, sans rien d'abstrait. Il n'y avait ni pathos ni ironie, que du sentiment.

« Et maintenant ? » s'était-il demandé en regardant le mot « fin » en bas de la page numéro deux cent dix-sept.

Alors il avait levé les yeux. Le banc était là, il le voyait. Mais il n'avait aucun sens. En effet, cela n'avait aucun sens que Ruth et lui ne soient pas assis sur ce banc. Dans sa pièce, une telle chose ne se serait jamais produite, pas comme ça. Dans sa pièce, il n'aurait jamais gâché tout cet amour.

Il avait ajouté la feuille portant le mot « fin » à la pile, puis il avait mis tout son travail dans une enveloppe sur laquelle il avait déjà écrit un nom et une adresse. Et il avait chargé Neil, le portier de Central Park West, de la remettre au destinataire.

Et cela avait marché, encore plus vite qu'espéré. Moins de quinze jours après, le vieil imprésario Eugene Fontaine, un fidèle auditeur de *Diamond Dogs*, l'avait convoqué dans son bureau de Broadway :

« Ça fait quarante ans que je fais ce métier, et je sais reconnaître une pièce bien tournée ! » s'était exclamé Eugene Fontaine en frappant de sa main ridée la couverture du manuscrit. Puis il avait regardé Christmas :

« Il y a les gangsters, il y a l'amour… C'est New York !

— C'est bien ? lui avait demandé Christmas, se sentant un peu stupide.

— Exceptionnel !

— Vraiment ?

— Accroche-toi au fauteuil, Christmas Luminita ! Ça va décoiffer ! Un véritable ouragan ! s'était-il écrié.

Donne-moi le temps de la monter. Puis l'Amérique ne parlera que de nous ! »

Il n'y avait plus que deux semaines avant la première. Et tous les journaux parlaient déjà d'eux. Christmas était sans cesse sollicité pour des interviews. *Vanity Fair* s'apprêtait à lui consacrer une couverture. Mayer lui avait envoyé un télégramme de Los Angeles : « Tu devrais me donner un pourcentage. Stop. C'est moi qui t'ai poussé à écrire. Stop. Bonne chance. Stop. Si tu trouves que le théâtre sent trop le moisi et si tu as envie de respirer l'air de la Californie, je t'attends bras ouverts. Stop. L.B.M. » L'attente était palpable, électrique. Le spectacle n'avait pas encore commencé, or il était déjà dans tous les esprits.

Christmas se leva et se pencha à la fenêtre. Il regarda le banc vide, sombre au milieu de la blancheur de la neige qui recouvrait Central Park. Les rues aussi étaient blanches. Les gens marchaient vite, attentifs à ne pas glisser. Hommes et femmes avaient des paquets enrubannés à la main.

Il sentit une légère mélancolie l'envahir. Il frissonna. Il ferma la fenêtre et se retourna. Son appartement était toujours vide. Pas un meuble, un divan ni un tapis. Il sourit. « C'est vraiment une merde, cette piaule ! » avait commenté Sal la veille en regardant autour de lui, lorsqu'il était venu l'inviter à dîner pour le Nouvel An.

Christmas se rendit dans la chambre à coucher et regarda le costume marron que sa mère lui avait acheté deux ans auparavant. Un costume de pauvre. De pauvre plein de dignité. C'était le costume qui l'avait arraché à la rue. Le protagoniste de sa pièce aussi avait un costume marron, pauvre et digne. Christmas n'avait jamais jeté le sien et parfois il le prenait dans ses mains, le regardait, caressait le col ou les manches élimées, et remerciait sa mère. Il le mit de côté et prit son costume en laine bleue, celui que Santo lui avait offert pour aller au théâtre pour la première fois avec Maria. Son protagoniste aussi avait un costume en laine bleue, de chez Macy. Et, comme Christmas, il avait un véritable ami. Christmas posa le costume bleu près du marron. Il prit sur un cintre un élégant costume noir, du sur mesure, et l'endossa avec une chemise blanche et une fine cravate. Puis il ouvrit la porte du débarras d'où il sortit deux paquets enrubannés : un grand pour sa mère et un minuscule pour Sal. Il téléphona au portier pour lui demander d'appeler un taxi. Il mit son manteau de cachemire noir et sortit dans la rue.

Neil l'attendait, portière du taxi ouverte.

« Bonne année, Neil ! lui lança Christmas, montant en voiture.

— Bonne année, *mister* Luminita ! et il referma la portière.

— Monroe Street ! » ordonna Christmas.

Le chauffeur se retourna, coude appuyé sur le dossier, et le regarda un instant, examinant sa mise élégante.

« Monroe Street ? répéta-t-il perplexe. Vous savez où c'est, monsieur ?

— Bien sûr.

— C'est dans le Lower East Side !

— Y a pire. »

Le chauffeur fit la grimace, enclencha la première et démarra.

Christmas le regardait dans le rétroviseur et souriait. Puis, quand ils tournèrent dans Monroe Street, il dit : « À côté de la Cadillac ! », descendit et paya.

Un groupe de quatre gamins tournaient autour de la luxueuse voiture. Ils étaient maigres et avaient le teint maladif. Leurs bonnets descendaient jusqu'aux oreilles et ils tremblaient dans des vêtements trop légers, pourtant ils n'arrivaient pas à se décider à rentrer chez eux, fascinés qu'ils étaient par cette automobile que personne, dans le quartier, ne pouvait se permettre.

« Ce soir pas touche, hein ! » lança Christmas aux enfants en souriant.

Les gosses l'observèrent, méfiants. Ce type était habillé comme personne d'autre dans le quartier. Ils ne savaient pas qui c'était. Il n'avait pas l'air d'un gangster. C'était sûrement quelque connard d'Upper Manhattan – autrement dit, un pigeon.

« Vous êtes perdu, m'sieur ? fit alors l'un des gamins, plus petit que les autres mais avec un regard intelligent et espiègle, tout en fourrant une main dans sa poche.

— Non, répondit Christmas.

— C'est à vous, ça ? demanda-t-il en indiquant la Cadillac.

— Non. »

Le garçon sortit la main de sa poche. Il tenait un couteau à cran d'arrêt minable et inoffensif, la pointe de la lame ébréchée :

« Alors, occupe-toi d'tes affaires ! » lança-t-il d'un ton insolent.

Christmas leva les mains en signe de reddition.

« Ici c'est notre territoire, poursuivit le gamin.

— Et vous vous appelez comment ? » interrogea Christmas, sans baisser les bras.

L'enfant se tourna vers ses trois compagnons, l'air perdu. Mais ses amis ne lui furent d'aucun secours. Il fit à nouveau face à Christmas :

« Nous sommes…, et là il hésita, regarda à droite et à gauche comme s'il cherchait quelque chose, et puis son visage s'illumina. Nous sommes les Diamond Dogs ! » annonça-t-il en gonflant son maigre torse.

Christmas sourit :

« Il y a longtemps, il y avait une bande dans le coin, qui s'appelait comme ça. »

L'autre haussa les épaules :

« Eh ben, on voit qu'ils ont entendu parler de nous et qu'ils se sont taillés, dit-il. Maintenant, le nom est à nous. »

Christmas acquiesça :

« Je peux baisser les mains ? demanda-t-il.

— OK, mais pas d'conneries, hein ! répondit l'autre, agitant son cran d'arrêt en l'air.

— Du calme, du calme, je veux pas finir découpé en rondelles… dit Christmas. Mais moi, il faudrait que j'aille par là ! et il indiqua la porte de son ancien immeuble. C'est possible ? »

Le gosse se tourna vers ses copains :

« On le laisse passer ? »

L'un des trois laissa échapper un rire avant de plaquer la main sur sa bouche.

« T'as d'la chance, jobard ! Aujourd'hui, on est d'bonne humeur. Tu peux y aller. Pour ce soir, les Diamond Dogs t'épargnent.

— À la prochaine ! » fit Christmas en franchissant la porte. Et il commença à monter joyeusement l'escalier.

« Hé ! lança le gamin derrière son dos, le rejoignant sur le palier de l'entresol. Qu'est-c'qui f'saient, ces Diamond Dogs que tu connaissais ? lui demanda-t-il. Ils étaient connus ?

— Assez, oui ! Mais ils se servaient de leur tête, pas de pistolets ni de couteaux. »

Le garçon le regarda, intrigué :

« Et c'était qui, leur chef ?

— Un gars avec un nom de nègre…

— Ah bon… Moi, je m'appelle Albert. Mais pour les copains, je suis Zip.

— Enchanté, Zip » et Christmas lui tendit la main.

Le gamin resta immobile :

« Qu'est-c'que t'en dis ?… C'est bien comme nom, Zip, pour le chef des Diamond Dogs ? »

Christmas réfléchit un instant.

« Zip, c'est un nom d'enfer » finit-il par répondre.

Zip sourit et lui serra la main :

« Et toi, comment tu t'appelles ?

— Moi ? Christmas haussa les épaules. J'ai un nom idiot. Laisse tomber. »

Puis il regarda le gosse dans les yeux :

« Où tu habites ? lui demanda-t-il.

— Là, en face.

— Et de la fenêtre de chez toi, tu vois la rue ?

— Oui, pourquoi ?

— Parce que tu pourrais me rendre un énorme service, Zip, expliqua Christmas avec sérieux. Si tu rentrais chez toi au lieu de te geler dehors, tu pourrais peut-être tenir à l'œil cette Cadillac là-dehors…

Qu'est-c'que t'en dis ? Car si je savais que le chef des Diamond Dogs la surveille, je serais plus tranquille. »

Christmas glissa une main dans sa poche et en tira un rouleau de billets de banque, un geste qui lui rappela Rothstein. Il prit un billet de dix, qu'il tendit au gosse :

« Alors ? Tu crois qu'on pourrait faire ça ? »

Zip écarquilla les yeux. Il s'empara du billet et le colla sous son nez :

« OK, répondit-il en tentant de contrôler sa voix. J'verrai c'qu'on peut faire.

— Merci, l'ami ! » fit Christmas.

Mais Zip n'écoutait plus. Il avait fait volte-face et descendait déjà les marches quatre à quatre. Christmas le regarda disparaître en souriant, une pointe de nostalgie dans le cœur, puis il atteignit la porte de son ancien appartement et frappa.

« Eh, t'en as mis du temps à arriver, morveux ! s'exclama Sal en ouvrant. Viens que j'te fasse visiter un peu une maison de grand seigneur, pas une merde comme là où tu crèches… »

Christmas entra et prit sa mère dans ses bras. Puis Cetta saisit le visage de son fils entre ses mains, l'embrassa et lui fit une caresse :

« T'as mauvaise mine, mon chéri… se lamenta-t-elle.

— Oh, moi j'me d'mande comment t'as fait pour pas dev'nir une tapette avec une mère pareille, râla Sal. Mais laisse-le un peu tranquille, Cetta ! »

Cetta se mit à rire, prit le manteau de son fils et admira son costume :

« Qu'est-c'que t'es beau ! Mais passez donc à table, tout est prêt !

— Non, non, y faut d'abord qu'il fasse le tour du propriétaire, insista Sal. J'ai dépensé une tonne de fric pour cette baraque et je peux même pas lui faire visiter ? »

Il prit Christmas par le bras et l'entraîna dans tous les recoins de l'appartement, l'informant dans les moindres détails des coûts de maçonnerie, plomberie, électricité et mobilier. Arrivés à la chambre à coucher, il n'ouvrit pas la porte. « C'est là où ta mère et moi on dort » bougonna-t-il vaguement à voix basse, gêné.

Christmas se tourna vers Cetta et sourit.

« Alors, comment tu la trouves, cette baraque ? demanda Sal à la fin de la visite.

— Splendide, répondit-il.

— Splendide ? tonna Sal. Mais t'y connais vraiment rien en maisons, morveux ! C'est un palais, un vrai palais, bordel de merde !

— T'as raison, Sal ! » rit Christmas avant de retourner au salon.

La table était dressée pour trois personnes. Ils savourèrent des pâtes avec des boulettes et des poivrons, des saucisses à la sauce tomate, des aubergines farcies de viande de porc, des olives noires, et pour finir, du saucisson piquant et du fromage de chèvre. Le tout arrosé d'un vin italien épais, rouge rubis. Puis Sal s'approcha de la glacière, d'où il sortit une boîte en carton et une bouteille : « La *cassata*, une spécialité sicilienne ! expliqua-t-il. Et du *spumante* doux, c'est mieux que le champagne, cette cochonnerie amère… »

Lorsqu'ils se retrouvèrent tous trois bras levé pour porter un toast, Sal annonça, gêné :

« J'ai demandé à ta mère de m'épouser…

— Et qu'est-c'que tu lui as répondu, m'man ? sourit Christmas.

— Merde, et qu'est-c'tu voulais qu'elle réponde ? » s'écria Sal, s'agitant sur sa chaise et faisait tomber un peu de *spumante* sur la nappe.

Cetta trempa son doigt dans le *spumante* renversé et le passa derrière l'oreille de Christmas, puis celle de Sal. « Ça porte bonheur ! » dit-elle.

« Je suis heureux pour vous, dit Christmas. Et c'est pour quand ?

— On verra, ronchonna Sal. Un mariage, ça coûte un sacré pognon, et pour le moment j'en ai déjà assez dépensé pour la baraque…

— À vous deux ! souhaita Christmas.

— Et à ta pièce ! ajouta Cetta. C'est pour bien-tôt… »

Christmas sourit :

« Dans deux semaines, précisa-t-il doucement.

— À ta pièce ! reprit Sal.

— Et à pépé Vito et mémé Tonia, dit Cetta avant de caresser la main de Sal. Ils seraient fiers de toi.

— Et à Mikey, ajouta Sal rapidement.

— Et à Mikey » répéta Cetta sérieuse.

Ils burent le *spumante* et dégustèrent la *cassata siciliana*. Puis Christmas prit le paquet pour sa mère. Elle l'ouvrit, enthousiaste.

« C'est pour votre lit » expliqua Christmas tandis que sa mère dépliait un grand couvre-lit brodé main, avec un C et un S dessus.

Cetta serra son fils dans ses bras et l'embrassa.

Sal lui donna une claque sur l'épaule :

« Merci ! » dit-il.

— C'est pour maman, t'as pas à m'remercier »

répliqua Christmas en palpant le minuscule paquet dans sa poche de pantalon. Puis il se posta à la fenêtre, l'ouvrit et regarda un instant dehors.

« Ferme ça ! Quand le froid entre, ça m'bousille la digestion, râla Sal.

— J'regardais juste un truc… fit Christmas.

— Quoi ? interrogea Sal, le rejoignant et le poussant pour fermer la fenêtre.

— Tu l'as vue, celle-là ? »

Sal se pencha et eut une moue d'admiration :

« Hum, Cadillac Série 314, huit cylindres en V…

— Pas mal, hein ?

— T'es vraiment un constipé du compliment, toi ! Cette bagnole, c'est un vrai bijou !

— Je m'demande à qui elle peut bien appartenir… fit-il en glissant tout doucement le petit paquet dans la poche du pantalon de Sal. Je suppose qu'il suffirait de trouver qui a la clef… (Il fouilla dans ses poches, de manière théâtrale). Bon, c'est pas moi… Et toi, m'man, t'as la clef de cette Cadillac ?

— Tu tiens pas l'alcool, morveux ! rit Sal. Comment tu peux imaginer que ta mère… »

Mais il s'interrompit et devint brusquement sérieux. Il fixait Christmas qui souriait. Cetta souriait aussi. Alors Sal regarda dans la rue, une expression indéchiffrable sur le visage. Puis il fourra une main dans sa poche, trouva le paquet, l'ouvrit en silence et se mit à tourner et retourner la clef devant ses yeux. Ensuite il secoua longuement la tête, tout en se mordant les lèvres et en soufflant par le nez. Il avait les yeux rouges et les sourcils froncés, et il agitait un gros doigt noir en l'air, sans dire un mot. Il regarda à nouveau la Cadillac dans la rue. Puis il se tourna vers

Cetta et Christmas, qui l'observaient en se tenant par le bras. Il se mit à respirer comme un taureau. Une fois, deux fois, gonflant ses poumons au maximum et serrant les poings.

Et soudain il assena un violent coup de poing à une petite table, sur laquelle était posé un vase. Une jambe de la table céda aussitôt et se brisa. Le vase tomba et explosa en mille morceaux :

« Bordel, mais qu'est-c'que t'as dans l'crâne ? T'as d'la merde à la place du cerveau ou quoi ? hurla-t-il, écartant furieusement du pied la table et les débris du vase. Une Cadillac Série 314 ! Va falloir qu'je loue un garage pour pas m'la faire esquinter ! », puis il sortit de l'appartement en faisant claquer la porte, qui rebondit tellement fort que cela fit tomber au sol un tableau au point de croix.

« Bonne année, *Mister* Tropea ! lança une voix sur le palier.

— Mais va t'faire foutre ! entendit-on brailler dans l'escalier.

— Qu'est-c'qui lui prend, m'man ? » s'inquiéta Christmas.

Cetta sourit : « Il est ému » dit-elle. Puis elle regarda dans la rue.

De sa fenêtre, Zip aperçut un homme gros et grand qui approchait de la Cadillac. L'homme se tint un instant immobile près du capot, puis fit le tour de la voiture et sembla en examiner le coffre. Ensuite il flanqua un coup de pied dans la jante d'une roue, avant de se pencher, de sortir un mouchoir et de se mettre à frotter là où il avait touché l'auto.

Le père de Zip se plaça derrière son fils et lui posa une main sur le cou. Zip aimait sentir ainsi la main large et chaude de son père sur sa nuque, cela lui donnait une impression de sécurité.

« Belle voiture, hein, Albert ? » lança le père.

L'homme dans la rue inséra une clef dans la serrure de la Cadillac et ouvrit la portière. Il regarda un instant l'intérieur, sans bouger.

Le père de Zip ouvrit grand la fenêtre et se pencha vers l'homme : « Belle voiture, *mister* Tropea ! » s'écria-t-il.

L'homme dehors regarda dans leur direction. Mais il ne dit rien. Il avait l'air plutôt stupide, pensa Zip. Puis le type se glissa précautionneusement dans la voiture. Il mit le contact et appuya sur l'accélérateur, faisant monter en tours le moteur de manière excessive.

« P'pa, j'ai décidé de m'appeler Zip, annonça le garçonnet.

— Zip ? Mais c'est quoi ce nom ? »

Le gars dans la rue se mit à klaxonner comme un fou. Il finit par sortir de la voiture et lever la tête, adressant des gestes frénétiques à quelqu'un dans l'immeuble en face de celui de Zip : « Bordel, qu'est-c'que vous foutez ? On peut quand même faire un tour, non ? » cria-t-il.

« Tu sais que j'ai ma bande à moi, p'pa ? fit Zip.

— Une bande ? (Son père lui fit une chiquenaude). Mais quand t'arrêteras de dire des conneries ? s'exclama-t-il en levant les yeux vers la fenêtre d'en face. Tiens, tu vois le gars, là ? (Et il indiqua un jeune homme élégant vêtu de noir, qui riait à côté d'une femme). Ça, c'est Christmas Luminita. Lui, il a réussi à s'en aller d'ici. Il a fait fortune. »

Zip reconnut l'homme qui lui avait demandé de

surveiller la Cadillac. « Christmas, c'est un nom de nègre » se dit-il amusé, et il caressa le billet de dix dollars qu'il avait en poche.

« Et tu crois peut-être que ce gars, il est devenu riche en racontant des conneries ? » s'exclama le père de Zip avant de refermer la fenêtre.

L'homme à la Cadillac continuait à appuyer sur son klaxon.

70

Manhattan, 1929

Christmas frissonna dans la froide soirée de janvier. Il remonta le col de son manteau de cachemire et enroula encore une fois son écharpe de soie blanche autour de son cou. Il fit une caresse aux lames abîmées du banc de Central Park, puis se leva.

La limousine Lincoln l'attendait garée en double file, là même où Fred, le chauffeur du vieux Saul Isaacson, attendait Ruth autrefois.

Christmas monta en voiture : « On y va ! » dit-il.

La Lincoln démarra.

Christmas défit son écharpe et remit le col de son manteau correctement. Il regarda par la vitre. New York scintillait des feux de toutes ses enseignes. Mais la plus éclatante de toutes, c'était celle du théâtre situé au numéro 214 de la 42ᵉ Rue ouest : « Diamond Dogs » brillait sur sa façade, avec des lettres formées de plus de mille ampoules.

La limousine s'arrêta près d'un flot de spectateurs, maintenus à distance par des barrières et des policiers. Un figurant, pistolet-mitrailleur en bandoulière, ouvrit la portière de la Lincoln. Il était vêtu de manière voyante, comme un vrai gangster. Christmas lui sourit en descendant. Le figurant pointa son arme sur la foule. C'était une idée d'Eugene Fontaine, l'imprésario : « Le spectacle commencera dans la rue ! » avait-il dit. Les gens applaudirent. Les photographes firent exploser le magnésium de leurs flashes. Deux autres faux gangsters arrivèrent et escortèrent Christmas entre deux haies de spectateurs. À la porte du théâtre, une jeune fille vêtue comme une prostituée accueillit Christmas avec des œillades aguicheuses. Puis un gamin en guenilles, le visage sale, fit mine de trébucher et se cogna contre Christmas. Aussitôt après il s'écarta et montra au public une montre de gousset. On rit et on applaudit encore. Les photographes continuaient à éclairer la scène de leurs flashes.

Christmas entra dans le hall. Il serra des dizaines de mains, sourit à tout le monde et répondit aux questions des journalistes. Puis il se dirigea vers les coulisses. Il sortit par une porte à l'arrière du théâtre et s'arrêta un moment dans la ruelle qui servait aux livraisons. De là aussi, il pouvait entendre le brouhaha des gens dans la rue comme dans la salle.

« Ça fait tourner la tête, hein ? » lança quelqu'un derrière lui.

Christmas se retourna. Dans la pénombre de la rue, il découvrit un jeune homme pauvrement vêtu, les mains lisses comme de la cire, en train de fumer une cigarette. Il était maigre et avait un maquillage noir sous les yeux.

« Je suis Irving Solomon, dit-il. Je joue…

— Joey Sticky Fein, compléta Christmas.

— Euh, en fait... bredouilla-t-il gêné. Je joue Phil Schultz, surnommé Wax. »

Christmas le regardant en souriant :

« Oui oui, je sais, dit-il.

— Il n'y a aucun... Joey Sticky Fein dans votre pièce » ajouta l'acteur.

Christmas regarda un instant le sol, absorbé dans ses souvenirs. Puis il leva les yeux sur le jeune homme :

« Donne-lui de la dignité, à Wax ! conseilla-t-il. Ce n'était pas seulement un traître.

— C'était... ? » demanda le garçon.

Christmas ne répondit rien. Il regarda les mains enduites de cire du jeune acteur et ses cernes noirs. Il sourit :

« Quand tu apparais dans le deuxième acte avec ton costard à cent cinquante dollars, sautille d'un pied sur l'autre... comme ça... comme un boxeur ou un danseur... »

Et Christmas se mit à bouger les pieds, léger et nerveux comme Joey autrefois.

« Solomon, qu'est-c'que tu fais dehors ? cria le metteur en scène apparaissant sur le seuil des coulisses. Et arrête de fumer ! »

Le jeune acteur regarda Christmas dans les yeux :

« Alors c'est vrai qu'vous étiez amis ? demanda-t-il.

— Vas-y... lui dit Christmas en souriant. Et bonne chance ! »

Quelques minutes plus tard, le metteur en scène réapparut dans la ruelle :

« *Mister* Luminita, dit-il, vous venez ? Ça va bientôt commencer. »

Christmas lui adressa un signe de tête. À nouveau seul, il contempla un instant le ciel sans étoiles de

New York avant de rejoindre les coulisses. De l'autre côté du rideau, on entendait le public qui bavardait en sourdine.

« Bonne chance ! » lança-t-il aux acteurs.

Le garçon qui interprétait Joey se tenait à l'écart et sautillait d'un pied sur l'autre. Avec légèreté, comme un boxeur.

Christmas entrouvrit le rideau et descendit dans la salle. Il y eut des applaudissements.

Christmas sourit, rentra la tête dans les épaules et rejoignit le fond de la salle. Il resta debout à regarder le public.

Au premier rang, il voyait sa mère, cheveux noirs ramassés, dans une robe bleue décolletée. Près d'elle, en sueur et les mains propres, il y avait Sal, engoncé dans un smoking flambant neuf. Un peu derrière lui, il vit Cyril, « le nègre le plus riche de Harlem » comme il se faisait appeler, avec sa femme Rachel. Christmas avait dû se disputer avec le directeur du théâtre qui ne voulait pas de personnes avec la peau noire, comme il les avait appelées, à l'orchestre. Cyril n'en savait rien. Christmas reconnut Bessie qui, pleine de fierté, montrait à tous une bague sertie d'un dollar en or. Et puis il sourit à Karl qui, après avoir fait asseoir son père quincaillier et sa mère, s'était aussitôt mis à comploter avec les dirigeants de la WNYC, discutant sans doute de nouveaux programmes. Christmas salua de la main les techniciens de la CKC qui allaient enregistrer le spectacle pour le transmettre à la radio. Il regarda affectueusement Santo, le nouveau directeur de chez Macy, assis près de Carmelina, le ventre rond, dans l'attente imminente de leur premier enfant. Et il se mit à rire en apercevant Lepke, Gurrah et Greenie dans leurs costumes tape-à-l'œil, au milieu de l'orchestre. Assis autour d'eux, il y avait le tout-New York qui comptait. Les plus jeunes en smoking, les plus âgés en frac. Il n'y avait pas une place vide dans le théâtre, dans aucune catégorie. Et Eugene Fontaine lui avait dit que les trois premières semaines étaient complètes, avant même que le public ne sache ce qu'en dirait la critique. Les artistes, les journalistes et les riches étaient là. Tout le monde.

Mais là, debout au fond de la salle, Christmas ne parvenait pas à se sentir vraiment heureux. Il ferma les yeux. Toute sa vie défilait devant lui. Rapide et lacunaire.

« Tamisez les lumières ! » ordonna le régisseur.

Le train était en retard. Anxieuse, Ruth consulta sa montre. Elle n'arrivait pas à rester assise à sa place. Elle baissa la vitre et se pencha dehors. Le vent lui ébouriffa les cheveux. Elle remonta la vitre. La dame âgée qui occupait la place d'en face la regarda et sourit. Ruth lui rendit un sourire forcé.

Elle n'avait pas le temps. Tout à coup, elle n'avait plus le temps. Elle n'y serait jamais à temps.

« On va finir par arriver ! lui lança la dame.

— C'est sûr… » répondit Ruth en se rasseyant.

Elle demeura un instant tête baissée, s'efforçant de maîtriser sa respiration et d'arrêter le tremblement de ses jambes. Elle porta une main à sa poitrine. Sous son corsage blanc, elle sentit la forme du cœur rouge que Christmas lui avait offert, cinq ans auparavant. Le vernis s'était écaillé. Elle tenta de le serrer entre ses doigts. Mais ses jambes semblaient montées sur ressorts et Ruth se retrouva à nouveau debout, pour baisser la vitre et regarder à nouveau dehors. L'air plein de suie entrait en force dans ses poumons.

Quand elle referma, la dame d'en face rit et porta sa main gantée à la bouche :

« Grand Dieu, vous vous êtes mise dans un sacré état ! » s'exclama-t-elle.

Elle fouilla dans son sac à main, d'où elle sortit un mouchoir en lin :

« Approchez, jeune fille impatiente ! »

La dame se leva sur ses jambes instables et se pencha vers Ruth pour frotter ses joues. Elle la regarda, rit à nouveau et lui dit :

« Vous devriez vous remaquiller, c'est un désastre ! »

Ruth la dévisagea sans répondre. Elle vérifia l'heure à nouveau. Puis elle se tourna vers le porte-bagages d'où elle descendit sa petite valise en crocodile. Elle l'ouvrit et en sortit la robe en soie verte que Clarence lui avait offerte, ainsi qu'une trousse en cuir clair. Elle se précipita hors du compartiment pour gagner le cabinet de toilette.

Arrivée devant la porte, elle s'arrêta un instant. La dernière fois qu'elle était entrée dans un cabinet comme celui-ci, c'était cinq ans auparavant, dans un train qui faisait le trajet inverse. Ce jour-là, elle tenait le cœur laqué rouge dans une main, et une paire de ciseaux dans l'autre.

Elle abaissa la poignée et entra à l'intérieur.

Elle se regarda dans la glace. La dernière fois qu'elle s'était regardée dans un miroir comme celui-ci, elle avait de longues boucles noires et elle venait de lire sur les lèvres de Christmas une promesse : « Je te trouverai ». La dernière fois qu'elle s'était enfermée dans une salle de bains comme celle-ci, elle avait coupé ses boucles noires et s'était bandé étroitement la poitrine, afin de ne pas avoir à devenir femme.

Elle s'appuya sur le lavabo et s'aspergea le visage. Puis se regarda. Les gouttes d'eau ressemblaient à des larmes. Mais non, cette fois elle ne pleurait pas.

Elle dégrafa son corsage, enleva sa jupe en laine et les laissa tous deux tomber à terre. Elle inspecta un moment son reflet dans la glace, comme cet après-midi où elle avait décidé d'embrasser le petit génie du Lower East Side. Elle ouvrit la trousse en cuir clair et, comme ce jour-là, se mit du fond de teint et de la poudre. Puis elle agrandit ses yeux avec un crayon noir. Enfin elle se peignit les lèvres d'un rouge dense et épais, le même rouge que le cœur laqué. Et elle se coiffa. Elle se contempla à nouveau. Maintenant elle savait qu'elle était femme. Elle n'avait plus besoin de caresser sa peau pour le savoir.

Elle passa la robe vert émeraude lentement, avec soin.

Quand elle regagna son compartiment, la dame âgée l'examina sans mot dire. Mais sur son visage ridé apparut l'esquisse d'un sourire, léger comme le souvenir lointain de quelque chose qu'elle n'avait jamais oublié. Quand le train s'arrêta à Grand Central et qu'elle vit Ruth se jeter sur la porte du wagon, elle murmura tout doucement : « Bonne chance ! »

Ruth manqua de trébucher en descendant du train encore en mouvement. Elle courut le long du quai, contourna la foule qui encombrait le hall et se précipita vers la station de taxis.

« Au New Amsterdam ! lança-t-elle en montant en voiture, essoufflée. Le plus vite possible, je vous en prie ! »

Le chauffeur enclencha une vitesse et partit en trombe.

Pendant que l'auto filait dans les rues, Ruth ne regardait rien, comme si elle n'avait pas la tête à reconnaître la ville où elle était née, où elle avait grandi et d'où elle avait été arrachée. La ville qui avait été témoin des violences qu'elle avait subies et où était né son unique et immense amour, le seul possible.

Tout ce qu'elle vit, lorsque le taxi s'arrêta, ce fut cette gigantesque enseigne lumineuse :

DIAMOND DOGS

Il y avait tellement de monde, dans cette rue ! Des gens ordinaires et d'autres habillés en gangsters ou en prostituées. Elle régla le taxi, descendit de voiture et resta un moment immobile, devant l'entrée du théâtre. Comme si elle n'avait soudain plus de souffle. Ou comme si elle fixait dans sa mémoire tous les détails de cette scène.

Puis elle fit son premier pas sur le tapis rouge. Et elle ne se dit pas qu'il ressemblait à une longue trace de sang. Non, il n'y avait plus de sang dans sa vie. Le tapis était simplement rouge comme ses lèvres, et comme un cœur laqué.

Elle pénétra dans le hall. Le personnel était en train de fermer les rideaux de velours et il s'apprêtait à fermer les portes aussi. Elle monta les quelques marches qui conduisaient à l'orchestre, manteau dans une main et valise en croco dans l'autre.

« Mademoiselle… » fit une voix derrière elle.

Elle ne s'arrêta pas.

« Mademoiselle… »

Elle ne savait pas si elle le trouverait. Elle ne savait

pas s'il l'attendait encore. Elle ne savait pas ce que serait leur avenir. Et elle ne savait même pas s'ils auraient un avenir.

« Mademoiselle, où allez-vous ? »

La seule chose qu'elle savait, c'est qu'elle devait essayer. Elle ne mourrait pas dans sa cage – de peur…

Un des employés lui barra la route.

… Ce qu'elle savait, c'est qu'elle lui appartenait. Depuis toujours.

« Tamisez les lumières ! » ordonna le régisseur.

L'orchestre plongea dans la pénombre. Les spectateurs encore debout s'assirent. Le bruit diminua et on n'entendit plus qu'un vague murmure plein de fébrilité.

Les employés avaient fermé les rideaux de velours des entrées menant à l'orchestre, à droite et à gauche de Christmas, qui se tenait appuyé contre le mur du fond, yeux clos. Toute sa vie défilait devant lui, rapide et lacunaire.

« Il est interdit d'entrer ! » lança une voix de l'autre côté de l'entrée, sur sa gauche.

Puis il y eut tout un remue-ménage, des bruits confus.

Christmas rouvrit les yeux.

Le rideau sur sa gauche s'agitait, quelqu'un forçait l'entrée. Christmas se retourna, tête baissée.

Il aperçut une robe vert émeraude. En soie.

« Mademoiselle, vous ne pouvez pas entrer ! » dit encore une voix.

Christmas leva les yeux. Ruth était tellement belle ! Elle était radieuse. Et elle le regardait. Ses yeux vert émeraude brillaient d'une lumière intense. Elle tenait un manteau dans une main et une valise dans l'autre.

Il ouvrit la bouche mais fut frappé d'une émotion tellement inattendue et violente qu'il resta paralysé : par la stupeur, la perfection et l'évidence du sens. Il ne put que lever un bras en direction de l'employé qui retenait Ruth.

L'homme recula d'un pas.

Ruth regarda Christmas sans faire un geste.

« Obscurité ! » lança le régisseur.

On entendit le bruit des interrupteurs. Le théâtre plongea dans le noir.

À l'orchestre, tout le monde se tut. C'était un silence tendu et vibrant.

L'employé écarta le rideau pour sortir, et dans le rayon de lumière, Christmas vit les mains de Ruth s'ouvrir presque en même temps : manteau et valise tombèrent au sol.

Au dernier rang, quelqu'un se retourna : « Silence ! » râla-t-on.

Christmas sourit. Et dans le silence, il entendit les pas de Ruth qui approchaient.

« Je suis revenue » dit Ruth.

Christmas pouvait sentir son parfum.

Le rideau de scène s'ouvrit en frémissant.

Christmas tendit une main et la glissa dans celle de Ruth.

Et alors une voix résonna sur la scène :

« Bonsoir, New York ! »

Remerciements

Merci à Roberto Minutillo Turtur, qui veille sur moi et guide ma plume, de sa main sûre. À Maurizio Millenotti, qui grâce à son art m'a permis d'habiller mes personnages. À Peter Davies, infatigable curieux qui a su me révéler sa ville. Et à Emanuela Canali, qui a donné à ma voix tant de langues qui me sont inconnues.

POCKET N° 16886

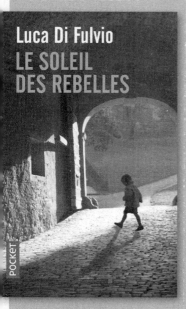

> « *Beaucoup de suspense, sans oublier une histoire d'amour avec un grand A !* »

Sandrine Bajos –
Le Parisien

Luca DI FULVIO
LE SOLEIL DES REBELLES

Royaume de Saxe, 1407.

Marcus II, prince héréditaire, grandit choyé dans son château. Au début de l'hiver, l'impitoyable Agomar, seigneur du royaume voisin, pénètre avec ses troupes dans l'enceinte fortifiée. Sous les yeux impuissants du jeune Marcus, les membres de sa famille et de la Cour sont massacrés.

Grâce à la fille d'une domestique il parvient à s'enfuir et trouve refuge chez les serfs. Une nouvelle vie commence pour le prince. Mais, pour survivre, l'héritier saura-t-il oublier d'où il vient ?

Retrouvez toute l'actualité de Pocket sur :
www.pocket.fr

POCKET N° 16885

Lucas DI FULVIO
LES ENFANTS DE VENISE

Venise, 1515. Peu de villes auront connu autant d'injustices, de dangers, de misère et de vices. De liberté, aussi. Liberté pour Mercurio, petit voleur des rues, as du déguisement, pour qui le pavé romain est devenu trop brûlant. Liberté pour Giuditta, jeune et belle Juive, dont la religion semble ici tolérée – mais pour combien de temps ? Rien ne les vouait à s'aimer. Pourtant...

Entre inquisiteurs et courtisanes, palais, coupe-gorge et canaux putrides, les amants de Venise feront mentir le destin...

Faites de nouvelles rencontres sur pocket.fr

- Toute l'actualité des auteurs :
rencontres, dédicaces, conférences...
- Les dernières parutions
- Des 1ers chapitres à télécharger
- Des jeux-concours sur les différentes
collections du catalogue pour gagner
des livres et des places de cinéma

Découvrez
des milliers de
livres numériques chez

I2-2I

➔ *www.12-21editions.fr*

I2-2I est l'éditeur numérique de Pocket

Composition et mise en pages
Nord Compo à Villeneuve-d'Ascq